L'ÉNIGME DES FOSTER

Du même auteur
chez Sonatine Éditions

Par un matin d'automne, traduit de l'anglais par Marie-Jo Demoulin-Astre, 2010.

Heather Mallender a disparu, traduit de l'anglais par Catherine Orsot Cochard, 2012.

Le Secret d'Edwin Strafford, traduit de l'anglais par Catherine Orsot Cochard, 2013.

Le Retour, traduit de l'anglais par Élodie Leplat, 2014.

Sans même un adieu, traduit de l'anglais par Claude et Jean Demanuelli, 2016.

Les Mystères d'Avebury, traduit de l'anglais par Maxime Berrée, 2017.

La Croisière Charnwood, traduit de l'anglais par Marc Barbé, 2018.

L'Héritage Davenall, traduit de l'anglais par Élodie Leplat, 2019.

Le Monde des Abberley, traduit de l'anglais par Claude et Jean Demanuelli, 2020.

Robert Goddard

L'ÉNIGME DES FOSTER

Traduit de l'anglais par
Claude et Jean Demanuelli

SONATINE ÉDITIONS

Directeur de collection : Arnaud Hofmarcher
Coordination éditoriale : Marie Misandeau et Hubert Robin

Titre original : *Fault Line*
Éditeur original : Bantam Press, une maison
du groupe Transworld Publishers LTD

Sonatine Éditions
32, rue Washington
75008 Paris
lisezsonatine.com

Ouvrage réalisé par Cursives à Paris

ISBN 978-2-35584-860-5
N° d'édition : 860 – Dépôt légal : octobre 2021

LA FAMILLE WREN
(en juillet 1968)

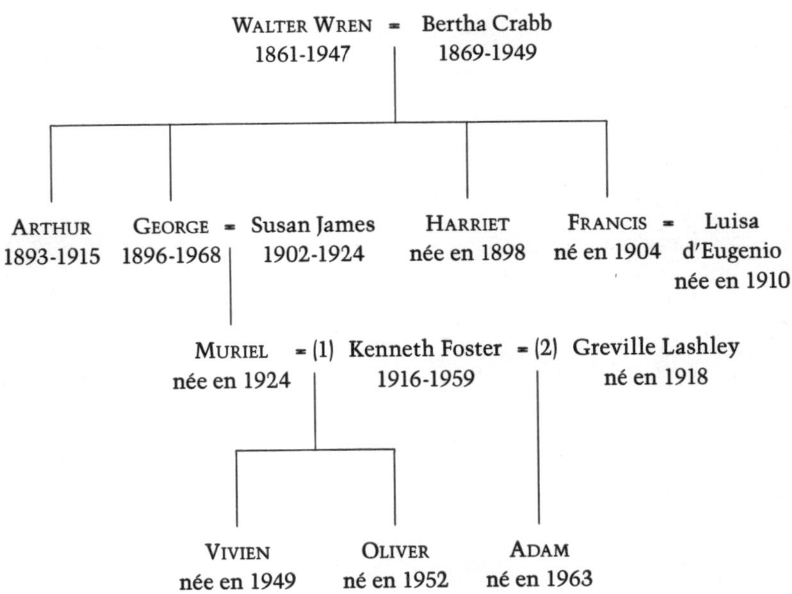

2010

1

Je n'étais pas un habitué du bureau de Presley Beaumont. Je n'étais pas davantage un habitué du quartier général d'Intercontinental Kaolins à Augusta. Des années durant, j'avais été un homme de terrain, trop heureux d'échapper au traitement de masse auquel on était soumis au siège social de la compagnie. Je me souvenais encore des bureaux d'IK à Sandersville et les préférais (de très loin) à la tour d'acier et de verre teinté, anguleuse et anonyme, qu'était notre nouveau centre d'opérations.

Notre nouveau centre ? Le leur plutôt, n'allais-je pas tarder à pouvoir dire. J'avais remis ma démission. J'allais bientôt quitter tout ce joli monde. Démission ou départ à la retraite ? Difficile à dire. Quoi qu'il en soit, je partais.

Manifestement, toutefois, pas aussi rapidement et facilement que mon supérieur hiérarchique me l'avait laissé espérer. Il avait supposé – et moi de même – que mon préavis de trois mois serait ignoré et qu'on préférerait me congédier en douceur avec une tape dans le dos et un gros chèque : illustration de l'homme embarqué vers la sortie sur le tapis roulant du monde du travail tandis qu'un nouveau collègue s'y engage à l'autre bout.

Puis était arrivé cet appel du directeur des ressources humaines : Beaumont souhaitait me voir avant que la chose soit finalisée. Il y avait encore « quelques sujets à aborder ». Lesquels ? Si futile que fût la question, je me l'étais néanmoins posée.

J'avais travaillé pour le père de Beaumont. Un brave homme. J'avais même prononcé quelques mots émus et sincères à son enterrement Le fils, lui, était plus malin, plus... lisse aussi, et beau parleur. Je ne l'aimais guère. Ou bien plutôt, je me méfiais de lui. Sans doute le savait-il – même si nous n'aurions été prêts à l'admettre ni l'un ni l'autre.

Il avait grossi depuis notre dernière entrevue. Mais son tailleur n'avait apparemment eu aucune difficulté à s'adapter aux nouvelles courbes. Le costume était une œuvre d'art, mélange chatoyant de fibres parsemant le bronze dominant de notes écarlates. Large sourire, poignée de main ferme. Ses kilos en trop le rajeunissaient, lissant son teint de bébé. De toute évidence, l'homme était convaincu qu'il portait encore beau.

« Un café te ferait plaisir, Jonathan ? s'enquit-il de son ton le plus onctueux.

– Aurai-je le temps de le boire, Presley ? ripostai-je. Ce que je veux dire, c'est que je te suis reconnaissant de vouloir me faire personnellement tes adieux, mais je sais à quel point ton temps est précieux.

– Non, rien ne presse. » Le sourire se crispa quelque peu. « Assieds-toi. »

Nous prîmes place de part et d'autre de son vaste bureau, pratiquement vide. Il se cala dans son siège au design ergonomique et tendit le bras pour appuyer sur le bouton de l'Intercom. « Préparez-nous un café, voulez-vous, Beth ? Je crois que Jonathan prend le sien noir.

– Je suis impressionné que tu te souviennes d'un tel détail.

– Je m'étonne moi-même », dit-il avec un sourire.

Quelqu'un m'avait dit un jour que, si Presley souriait autant, c'était pour exhiber ses dents. Des dents de prix, rien qu'à les voir.

« J'ai été surpris d'apprendre que tu songeais à nous quitter, Jonathan. Stupéfait, pour tout dire.

– J'ai eu soixante ans en octobre dernier. Temps pour moi de me mettre à l'abri des intempéries.

– On aurait pu te trouver quelque chose de moins dur physiquement, ici au siège, si c'était là le problème.

– Histoire d'aborder la retraite en douceur derrière un bureau, tu veux dire ?

– Exactement. Un bureau moins grand que celui-ci, bien entendu, dit-il en pouffant.

– Évidemment. »

Un silence s'ensuivit, non dénué d'un certain malaise. Puis il reprit la parole. « Mon petit doigt m'a dit que tu avais émis... des réserves au sujet du projet du Rio Tocaru. »

Des *réserves* ? C'était une façon de voir les choses. Le bassin amazonien représentait l'avenir d'Intercontinental Kaolins en particulier et de l'industrie du kaolin en général. Il allait constituer une source plus importante encore que la Géorgie et la Caroline du Sud. Plus importante même que le Devon et les Cornouailles. Mais qui disait exploitation disait déforestation – et ce sur une grande échelle. J'avais supervisé une bonne partie des recherches géologiques qui au départ avaient attiré IK au Brésil. Impossible de nier le rôle que j'avais joué. Mais j'étais au moins en mesure de mettre un terme à mon implication dans l'affaire avant que disparaissent de nouvelles étendues de forêt tropicale sous l'effet d'une extraction intensive à ciel ouvert. Je ne prétendais pas pouvoir faire beaucoup plus.

« Tu ne deviendrais quand même pas écolo sur tes vieux jours, Jonathan ? reprit Presley.

– La fin de l'âge mûr, c'est ainsi que je préfère me figurer la soixantaine.

– C'est probablement... »

Il s'interrompit quand Beth entra avec le café. Sourires et échange à trois voix de formules de politesse insipides, tandis qu'elle posait le plateau et disposait les tasses. Puis elle ressortit, laissant Presley, toujours souriant, me dévisager par-dessus le rebord de la sienne.

Son expression m'amena à me demander si les souvenirs qu'il gardait des multiples affrontements que nous avions connus par le passé s'apparentaient aux miens ou pas. Avait-il oublié plus que moi – ou moins ? Auquel de nous deux profiterait l'avantage de pouvoir répondre à cette interrogation ?

« Quelques réserves que je puisse avoir, elles ne sont pas pertinentes, dis-je après une gorgée de café dilatoire. Je ne suis plus dans la course.

– Encore un peu, tout de même.

– Tu ne vas pas m'obliger à aller au bout de mes trois mois ?

– Il n'est pas dans mon intention de t'obliger à quoi que ce soit.

– Alors... pourquoi cette convocation ?

– Convocation ? Est-ce sous cette forme que mon message t'est parvenu ?

– En gros, oui.

– Eh bien, tu m'en vois désolé. Défaillance de transmission, je suppose. Tu sais ce que c'est. »

Et comment ! C'était bien pour cette raison que je ne croyais pas une seconde à une défaillance de ce genre. « Je peux faire quelque chose pour toi, Presley ? demandai-je, lui rendant sourire pour sourire. Avant mon départ.

– Non, pas pour moi. » Il leva les sourcils et présenta les paumes de ses mains largement ouvertes, signifiant ainsi qu'il se dégageait de toute responsabilité. « Je ne suis rien d'autre qu'un messager dans cette affaire.

– Et de qui est le message ? »

Une ou deux secondes, le temps de me faire attendre un peu.

« Du vieux. »

Bien sûr, le vieux. Il n'existait qu'une seule personne dans le monde de Presley pour laquelle il aurait accepté de se charger d'un message. Le vieux Greville Lashley. L'ancien PDG, officiellement à la retraite, mais officieusement toujours en activité, même partielle. Et qui le resterait jusqu'à sa mort. Tous ceux qui le connaissaient en étaient convaincus. Et moi, plus que tout autre, puisque, pour mon malheur, je le connaissais fort bien.

« C'est incroyable, Jonathan. Il m'a demandé de t'appeler le jour même où j'ai appris ton départ. Il semblerait que tu aurais été délivré du Rio Tocaru de toute façon. Sans avoir à aller jusqu'à la démission.

– C'est pas de chance, mais j'ai bel et bien démissionné. Donc...

– Tu devrais pouvoir mener à bien la tâche qui t'est assignée en quelques semaines, à mon avis. Au sien, devrais-je rectifier. Quand je l'ai informé de ta... retraite imminente, il m'a dit : "Il aura encore le temps d'accomplir un dernier travail pour moi." Tu devrais être flatté. J'ai eu le sentiment qu'il n'aurait fait confiance à personne d'autre que toi pour l'exécuter. »

La confiance, voilà ce que Greville Lashley n'accordait que parcimonieusement. Je ne me faisais aucune illusion sur ce point : cette confiance, je ne l'avais moi-même jamais gagnée. Mais qui pouvait s'en vanter ? C'était peut-être là toute la question. Non pas qu'il ne fît confiance à personne d'autre, mais tout bêtement, en l'occurrence, il n'avait personne d'autre que moi sous la main.

« Il consiste en quoi, ce travail ? demandai-je, méfiant.

– Tu as entendu parler de ce projet du vieux concernant une publication à compte d'auteur ?

– De quoi ?

– Il y a quelques mois, il a demandé au conseil d'administration de commander une histoire de la compagnie. En fait, des deux compagnies avant la fusion CCC et NAK. » Cornish China Clay et North American Kaolins étaient les ancêtres d'IK. Je n'arrivais pas à imaginer ce qui aurait pu pousser Greville à vouloir retracer leurs parcours, donc leur histoire, laquelle, à bien des égards, équivaudrait à établir sa propre biographie professionnelle ; je l'aurais plutôt cru au contraire prêt à empêcher pareil ouvrage de jamais voir le jour. Mais l'extrême vieillesse, pourquoi pas, avait peut-être eu raison de sa réticence. « Nous avons donc organisé la chose pour lui. Engagé un historien spécialiste de ce domaine. *Une* historienne, en l'espèce. Fay Whitworth, *professeure* Whitworth, de l'université de Bristol. Nous lui avons donné accès à tous les documents disponibles dont elle pouvait avoir besoin et l'avons laissée à son travail.

– C'est la première fois que j'entends parler de cette histoire.

– Oui ? Il n'y avait pas de raison particulière pour que tu en entendes parler, j'imagine. Notre sommité n'a pas encore abordé le versant NAK de l'affaire. Ni rien de postérieur à la fusion. Pour être honnête, je ne suis pas sûr qu'elle y viendra un jour. C'est là le gros problème.

– Tu peux être plus précis ? »

Le sourire de Presley s'évanouit. « Elle affirme que des sections entières des archives de CCC remontant aux années 1950 et 1960 ont disparu. Normalement, elles devraient se trouver dans les sous-sols de la boîte à St Austell – mais elles n'y sont pas. Du même coup, notre perfectionniste se déclare incapable, sans elles, de faire avancer ses travaux. Elle s'est, comme qui dirait, mise en grève. Le vieux voudrait que tu la remettes au boulot.

– En faisant quoi ? »

Le sourire refit son apparition. « En retrouvant les dossiers disparus, j'imagine. Entre nous, Jonathan, je me fiche éperdument que cette histoire soit publiée ou pas. Mais le vieux y tient absolument. Alors, il va nous falloir faire comme si nous y tenions, nous aussi.

– C'est sans doute valable pour toi, Presley, mais je ne vois pas en quoi ça le serait pour moi.

– Vraiment ? Tu me déçois.

– Mais je suis sûr que je ne te surprends pas. »

Il eut un froncement de sourcils peiné, comme s'il était déconcerté par mon attitude peu coopérative. « Je vais devoir insister, Jonathan. Relis ton contrat ; il y est précisé : "... et toute autre tâche dont le président-directeur général estimerait être en droit, de temps à autre, et à sa discrétion, de vous demander de vous acquitter". On en a là un bel exemple. Tu ne voudrais quand même pas risquer une rupture de contrat à quelques mois de la retraite ? Ce serait... plutôt idiot, tu ne trouves pas ? »

Idiot, pour le moins, en effet. Mais, d'un autre côté, partir à la recherche de dossiers d'entreprise disparus remontant à quarante ou cinquante ans en arrière ne me paraissait guère plus sensé. En repensant à mes premiers contacts avec Cornish China Clays, en 1968, j'eus un frisson d'appréhension. C'était incroyable, cette période aurait dû constituer pour Greville Lashley un livre qui ne pouvait que rester fermé à tout jamais. Mais à quoi pensait donc le vieil homme ? « Je devrais peut-être d'abord parler de tout ça avec Greville, Presley. »

Je vis briller dans les yeux de mon interlocuteur une lueur de ce qui s'apparentait à de la pitié. « C'est ce que je lui ai moi-même suggéré et à quoi il a répondu que c'était inutile. Que tu n'avais qu'à régler le problème comme tu l'entendais. Nous t'avons programmé une entrevue avec la professeure Whitworth pour après-demain. Beth te donnera les détails.

– Après-demain ?

– Plus vite tu la verras, plus vite tu auras bouclé l'affaire, plus vite tu pourras commencer à préparer ta retraite. » Presley finit sa tasse de café et jeta un coup d'œil à sa montre, qui gonflait démesurément sa manchette. « Bon, ce n'est pas le tout, reprit-il, j'ai pas mal à faire, et nous allons devoir en rester là, j'en ai peur. Je peux répondre au vieux que tu es partant, n'est-ce pas, Jonathan ? »

La seule réponse possible à la question de Presley ne pouvait qu'être affirmative. Non pas en raison d'une quelconque clause de mon contrat. Mais parce que, à l'instar de Greville Lashley, je n'aurais confié à personne d'autre le soin de découvrir ce que cachait cette histoire. J'étais tout spécialement qualifié pour mener l'entreprise à bien, et le vieil homme le savait pertinemment. Pour toute une série de raisons – qu'il ne connaissait que trop bien pour la plupart –, je n'avais pas le choix et ne pouvais qu'accepter cette tâche. À son insu, un mystère que je croyais avoir laissé loin derrière moi se rappelait à mon bon souvenir. Et j'étais dans l'incapacité, comme il l'avait clairement deviné, de l'ignorer.

1968

2

Les souvenirs sont plus que de simples expériences mémorielles. Ils font de nous des êtres mobiles dans le temps et l'espace. Ce sont des événements dont, plus jeunes, nous avons été témoins, auxquels nous avons pris part et dont nous nous souvenons, plus âgés, en nous demandant souvent si nous avons vraiment affaire à la même personne. Visions de gens que nous avons connus autrefois et dont, à notre grande surprise, nous faisons partie.

Quand je quittai le lycée de St Austell en juillet 1968, j'étais parfaitement conscient que ma vie prenait un nouveau tournant. Nouveau et excitant, si mes espoirs en la matière se concrétisaient. Le monde connaissait des bouleversements profonds et quasiment hallucinogènes. L'ordre ancien se délitait. Et j'aimais le son de ce qui, à en croire la rumeur, était en passe de le remplacer – la libération sous toutes ses formes, plus séduisantes les unes que les autres.

Mais à St Austell, ce son était presque inaudible – récits de deuxième ou de troisième main d'événements prodigieux, voire dangereux, se produisant loin, très loin d'ici. Pour vivre une expérience de première main, il fallait partir. Et c'était exactement ce que je projetais de faire. Une place à la London School of Economics m'attendait en septembre. Londres était l'endroit, j'en étais sûr, où je trouverais tout – y compris moi-même.

L'ironie voulait que je sois né à Londres. Nous avions cependant déménagé en Cornouailles quand j'avais deux ans, et je n'avais par conséquent aucun souvenir de mon lieu de naissance. La banque avait proposé à mon père la direction d'une succursale locale, et nous étions donc partis pour l'ouest. Cette mutation n'avait pas été suivie d'une autre pour une agence plus importante. Je discernais chez lui cette absence de vision que ses supérieurs avaient dû eux aussi détecter. S'il avait jamais vu St Austell comme une simple étape sur le chemin d'une carrière plus glorieuse, il avait cessé d'entretenir un tel espoir quand j'atteignis l'âge où j'étais à même de le comprendre.

Nous avions emménagé dans une maison jumelée toute neuve pourvue de trois chambres, située dans Eastbourne Road entre le cimetière et la rocade, à l'extrémité sud de la ville. Seize ans plus tard, nous y étions toujours. Enfin... pas « nous », uniquement mon père et ma mère. Dans ma tête, j'avais déjà fait mes valises et j'étais prêt à partir. Mon père avait gentiment essayé de m'orienter vers des études d'ingénieur ou de géologue, en arguant du fait qu'elles m'aideraient à trouver un emploi dans l'industrie du kaolin quand je reviendrais en Cornouailles une fois mon diplôme en poche. Si j'avais choisi les sciences économiques, c'est parce que le genre de travail qu'il me faisait miroiter était bien la dernière chose à laquelle j'aspirais. Sans compter que je me refusais à envisager un retour en Cornouailles ; je ne pensais qu'à partir d'ici et faire ma vie ailleurs.

Enfant, j'avais longtemps cru que les énormes monticules de terre qui se découpaient sur l'horizon au nord de la ville étaient des formations naturelles. Par la suite, je compris que l'arrière-pays de St Austell avait été entièrement modelé par l'homme : étrange paysage lunaire totalement disproportionné, fait de vastes cratères creusés par des machines monstrueuses qui, vues d'en haut, n'avaient pas l'air plus grosses que mes petites voitures ; de montagnes de déchets en forme de cône écrasant des rangées de maisons d'ouvriers ; de lacs bleu-vert dans des bassins de décantation inondés et de séchoirs grands comme des cathédrales ; de longs trains de marchandises brinquebalants emportant des chargements entiers vers les docks de Par, pendant que mes parents et moi les regardions passer lentement, arrêtés dans la Mini Minor au passage à niveau de St Blazey. Par temps sec et venteux, le kaolin emplissait l'air des tourbillons de sa poussière, là où, quand il pleuvait, il s'écoulait en traînées de boue laiteuses. Il caillait les cours d'eau, décolorait le pays. Il envahissait tout.

C'était lui aussi qui fournissait du travail à un résident sur deux dans la région. St Austell n'était pas seulement une ville de kaolin. C'était par excellence *la* ville du kaolin. Son exploitation était en grande partie le fait d'une seule compagnie, Cornish China Clays, dont les bureaux étaient installés dans un grand bâtiment visible des terrains de sport du lycée. En terminale, on nous avait emmenés un jour admirer les merveilles de leur ordinateur IBM et visiter leurs laboratoires de recherche. Nous avions rencontré divers diplômés issus de facultés de sciences réparties un peu partout dans le pays. Le message était clair : nous avions affaire à une entreprise moderne, efficace et innovante, à laquelle nous devrions sérieusement songer au moment de choisir une carrière. Oui, sans doute. Dommage qu'elle fût implantée à St Austell. Où je n'avais aucune intention de rester.

Un boulot d'été chez CCC me semblait par trop s'inscrire dans un parcours imposé, si bien que, pour réunir l'argent dont j'aurais besoin pour la folle vie londonienne que je me promettais, je cherchai ailleurs. Walter Wren & Co. était elle aussi une entreprise vouée à l'exploitation du kaolin, mais plus modeste, quelque peu en retard sur son temps. Leur annonce dans le *Cornish Guardian* n'en faisait pas mystère : l'emploi de bureau proposé était de nature subalterne et temporaire – combinaison qui me convenait on ne peut mieux. Ce serait pour une durée de deux mois ; je n'en demandais pas davantage. Je commençai dix jours après la fin de l'année scolaire.

Wren avait ses bureaux dans des locaux décrépits d'East Hill. Non seulement il n'y avait pas plus de laboratoires de recherche que d'ordinateurs, mais on avait l'impression que rien n'avait bougé depuis bien avant la guerre. Maurice Rowe, le lugubre responsable de la comptabilité, un fumeur invétéré sous les ordres duquel j'étais, m'informa avant même la fin de ma première semaine que la compagnie serait tôt ou tard absorbée par CCC, si bien que les directeurs ne voyaient pas la nécessité d'investir dans de nouveaux équipements et de nouvelles méthodes de gestion. « Nous ne sommes pas ce que l'on pourrait appeler une entreprise moderne et dynamique. »

C'était peu dire. Au service comptable, on utilisait encore des machines à écrire manuelles, du papier carbone pour les copies et des classeurs en bois. J'avais la chance de ne pas avoir à passer tous les jours et toute la journée dans ces locaux à suffoquer à cause de la fumée de cigarette. Les courses à faire jusqu'au bureau des expéditions, comme on le nommait pompeusement, ne manquaient pas. Ce dernier était attenant au hangar de séchage de la firme situé près du port, à environ deux kilomètres de là, à Charlestown. On n'avait pas à me le demander deux fois pour que je m'y rende avec la fourgonnette. L'endroit était tout aussi vétuste que les bureaux d'East Hill, mais nettement plus vivant grâce à l'animation créée tout autour par les chargements et déchargements incessants.

Les docks de Par étaient le domaine réservé de CCC, et quelques-unes des firmes de taille réduite devaient se contenter de Charlestown pour leurs expéditions. Pas d'accès ferroviaire, un port minuscule et des installations auxquelles on n'avait pas touché depuis que le village avait été fondé par un propriétaire terrien du coin, Charles Rashleigh, à la fin du XVIIIe siècle. Mais l'endroit ne manquait pas de charme quand la mer scintillait sous les rayons du soleil. Je passai là autant de temps que je pouvais me le permettre. Le chef du service, Jim Turner, qui détestait cordialement Maurice Rowe, prenait un malin plaisir à me retenir à ses côtés. Ce à quoi je consentais de bon cœur.

La plupart des membres du personnel avaient vingt ans de plus que moi et se comportaient comme si cette différence d'âge était encore plus grande. Exceptions faites, d'un côté, de Polly Hodge, la dactylo du service aux longue jambes, qui rendait fous tous les hommes du bureau avec ses mini minijupes, mais était si étrangement écervelée qu'elle ne s'en rendait même pas compte, et, de l'autre, de Peter Newlove, qui avait exactement mon âge et avait rejoint les rangs de Wren à quinze ans, au sortir du CEG. Un garçon sec comme un coup de trique, doté d'une moustache à la Ringo Starr et d'un appétit insatiable pour les pastilles de menthe, qui me considérait avec un mélange d'admiration et de ressentiment. L'université et Londres relevaient pour lui de concepts difficilement imaginables. Je le soupçonnais de rechercher ma compagnie dans l'espoir de se voir inviter dans la capitale quand j'aurais quitté Wren. Inutile de dire qu'il n'y avait aucune chance pour que j'exauce un jour ses désirs. Mais j'appréciais sa présence lors de nos expéditions à la pause déjeuner jusqu'à son pub favori, le General Wolfe, à l'autre bout de Fore Street.

Pete prétendait ne pas s'inquiéter de ce qu'il adviendrait de lui dans le cas d'une fusion Wren/CCC, mais sa connaissance exhaustive des alliances et des conflits au sein de la famille Wren suggérait qu'il n'était pas sans envisager son avenir avec une certaine inquiétude. George Wren, fils du fondateur Walter, venait de mourir quelques mois plus tôt. Son gendre, Greville Lashley, avait à ce moment-là le vent en poupe et n'épargnait rien, à en croire la rumeur, pour se faire bien voir du comité de direction de CCC. Il avait épousé Muriel, la fille unique de George, après la mort du premier mari de celle-ci, Ken Foster. « Un suicide », m'avait informé Pete avec une joie malicieuse, comme s'il avait une connaissance personnelle de l'événement, alors que, quand je le questionnai, il reconnut qu'à l'époque il était encore à l'école élémentaire.

D'autres bruits couraient, qui voulaient que le vieux George ait laissé les finances de l'entreprise se détériorer à un point tel qu'un rachat par CCC apparaissait comme la seule solution pour éviter la faillite. Pete était pour. Ainsi, à l'entendre, que l'ensemble du personnel. « À condition qu'on garde nos boulots. » C'était là que le bât blessait. Lashley négocierait pour se protéger, lui et sa famille, mais pas pour le personnel. Il n'y avait aucun moyen de savoir combien ils seraient à atteindre la terre promise avec lui.

Greville Lashley me donnait l'impression d'un homme intelligent à l'esprit vif qui faisait de son mieux pour gérer une situation difficile. Grand, mince, plutôt bel homme, pouvant s'enorgueillir de services distingués dans la RAF pendant la guerre, il était toujours impeccablement vêtu et conduisait une Jaguar rutilante. On ne l'aurait jamais cru au bord de la ruine. Mais, à en croire Pete, ce n'était qu'une façade. « Cette année, ça passe ou ça casse – pour lui *et* pour nous. »

Le problème, apparemment, venait de ce que la répartition des parts de l'affaire au sein de la famille signifiait que Lashley, s'il voulait conclure quelque marché que ce soit, avait besoin pour le faire passer du soutien d'au moins un des deux frère et sœur du défunt George Wren. Le frère, Francis, vivait à l'étranger, tandis que la sœur, Harriet, partageait la demeure ancestrale, Nanstrassoe House, sur Carlyon Road, avec Greville et Muriel Lashley, leur jeune fils et les deux enfants du premier mariage de Muriel. On croyait Harriet hostile à un rachat ; on ignorait en revanche l'opinion de Francis.

Tout cela n'éveillait en moi qu'une curiosité passagère. À la différence de Pete et de ses collègues de travail, je ne serais guère affecté par la suite des événements. Je serais bientôt en route pour un endroit où tout le monde se ficherait royalement du sort d'une petite entreprise de kaolin de Cornouailles. Il était pourtant difficile d'ignorer les intrigues et les conjectures qui allaient bon train dans les bureaux de Walter Wren & Co., et Pete se fit un plaisir de me tenir informé des événements que l'on jugeait devoir bientôt se produire.

De l'avis général, une crise était imminente. Mais jusqu'à quand le resterait-elle, il était difficile de le savoir. « Tu seras probablement parti quand le moment critique sera venu, conjectura Pete. Mais ne t'inquiète pas, je te ferai un tableau complet quand tu reviendras pour Noël. » J'étais bien certain de ne pas être alors le moins du monde intéressé par son compte rendu. J'oublierais tout de Walter Wren & Co. sitôt monté dans le train pour Londres le dimanche 22 septembre. Oui, je connaissais déjà la date du jour où je mettrais St Austell derrière moi. Et Dieu sait comme j'avais hâte de la voir arriver.

Mais bon, elle viendrait à son heure, et pas plus tôt. En attendant, il y avait un été à passer, et j'étais bien décidé à en profiter, en dépit de la routine laborieuse de mes journées. Or il se trouva que la crise prophétisée par Pete n'attendit pas que je sois parti pour se dénouer.

Le premier signe de son imminence survint un mardi après-midi pluvieux de la mi-août, sans que, sur le moment, j'en perçoive la signification. Je venais de rentrer de Charlestown avec la fourgonnette et, quand je tournai dans la petite cour à l'arrière du bâtiment, je dus écraser la pédale de frein pour éviter de heurter un adolescent qui sortait comme un fou par la porte de service de l'immeuble et se précipitait en travers de ma route. Il ne sembla même pas m'avoir vu et disparut en un éclair. Je ne remarquai rien d'autre qu'un jean, une chemise blanche et une tignasse blonde. Mais ces détails suffirent à l'identifier comme travaillant au service de la comptabilité et à me procurer un sentiment de malaise que je trouvai passablement déroutant.

« Oliver Foster », m'informa Maurice Rowe d'un ton acerbe. Ah, oui, bien sûr, l'un des deux enfants du premier mariage de Muriel Lashley. Il m'avait paru avoir une quinzaine d'années, ce qui semblait logique. « Il n'arrête pas de nous empoisonner. Alors, ne l'encourage pas. Il est casse-pieds comme pas deux. »

Les marmonnements de Pete quand nous nous retrouvâmes un peu plus tard devant la fontaine à thé donnaient à penser que, moyennant une *lager and lime* (sa boisson favorite) au General Wolfe à l'ouverture, je serais en mesure d'en apprendre davantage sur le compte de ce jeune fauteur de troubles. Comme Pete l'avait sans doute deviné, je m'ennuyais suffisamment pour prêter l'oreille au moindre potin. Si bien que, juste après l'heure d'ouverture, nous étions à la porte du pub.

Oliver et sa sœur, Vivien, avaient fait leurs études secondaires dans des *boarding schools* huppées en dehors du comté. On ne les voyait guère à St Austell. Ils y étaient en ce moment pour les vacances d'été, Vivien s'apprêtant à entrer à Cambridge. « Un cran au-dessus de Londres, pas vrai, Jon ? » lança Pete. (J'avais essayé de l'empêcher de m'appeler Jon, ce que personne d'autre ne faisait, mais sans succès.) « Elle et Olly, c'est des cerveaux, apparemment. »

Ce sur quoi Oliver pouvait exercer son cerveau dans les bureaux de Wren n'était pas clair, mais il transpira que, après avoir été envoyée par Lashley chercher quelque chose au sous-sol, où étaient conservées les archives remontant à la fondation de la compagnie en 1895, sa secrétaire, la redoutable Joan Winkworth, était tombée sur le jeune Oliver en train de fouiller dans les dossiers. Il avait détalé sans fournir plus d'explication. Elle avait rapporté la chose à Lashley, qui avait réagi en publiant une note de service selon laquelle la grille des sous-sols serait à l'avenir verrouillée, la clé confiée à la garde de Joan, et les locaux désormais défendus à toute personne étrangère au personnel. Implicitement, l'interdiction s'appliquait à son beau-fils autant qu'à n'importe qui.

« Je suppose qu'Olly a dû revenir pour finir le travail interrompu par la secrétaire et qu'il a trouvé porte close, conjectura Pete. Il devait être en train de repartir quand tu as failli le renverser.

– Mais qu'est-ce qu'il pouvait bien aller chercher dans le sous-sol ? » demandai-je. Je ne voyais vraiment pas quel pouvoir d'attraction pouvaient exercer les archives poussiéreuses de la firme familiale sur un adolescent, alors qu'il y avait des filles en bikini à reluquer toute la journée à la piscine du Lido.

« Alors là, mystère, avoua Pete. Mais y en a qui disent qu'il a l'esprit dérangé depuis qu'il a assisté au suicide de son père.

– C'est vrai, ça ?

– Ben, plus ou moins. Ken Foster est allé à Goss Moor, s'est garé au bout d'un chemin et s'est asphyxié dans sa voiture. Tu vois ce que je veux dire – un tuyau passé par la vitre et fixé au pot d'échappement. C'est comme ça qu'il s'est foutu en l'air. Mais ce qu'il savait pas, c'est qu'Olly s'était caché dans le coffre. Pour faire une blague, j'imagine. Il avait que sept ans à l'époque. Bref, il était toujours dans le coffre quand un couple de randonneurs est tombé sur la voiture. Trop tard pour Ken. Je sais pas trop dans quel état se trouvait Olly à ce moment-là. Mais il en a forcément gardé des séquelles, non ? »

Je l'admis volontiers. Ce qui n'expliquait en rien sa visite clandestine dans les sous-sols, ni le moment choisi pour son forfait – neuf ans après la disparition de son père.

« Peut-être quelque chose à voir avec la fusion, avança Pete. Peut-être qu'Olly a peur d'être privé de son héritage. »

Une totale incrédulité à l'idée que quelqu'un de notre génération puisse vouloir s'encombrer d'une affaire comme Walter Wren & Co. dut se lire sur mon visage.

« Parle pour toi, se plaignit Pete, en me lançant un regard réprobateur. Mais y en a qui crachent pas sur un salaire, excuse-moi. Et y a pire que Wren.

– Ah, la boîte a fait son temps, Pete. Et si Oliver Foster n'est pas capable de s'en rendre compte, alors c'est qu'il a vraiment l'esprit dérangé. »

Je ne repensai plus à l'état d'esprit d'Oliver Foster jusqu'au jeudi suivant, quand je me retrouvai une fois de plus à Charlestown. Jim Turner m'avait réquisitionné pour mettre de l'ordre dans de la paperasserie en souffrance, autrement dit trier plusieurs mois de bons d'expédition, par ordre d'abord chronologique puis alphabétique. Ayant un grand besoin de changer d'air à l'heure du déjeuner, je descendis le long du port avec mes sandwichs et m'assis au soleil sur la borne d'amarrage du bout de la jetée est.

Quelques touristes erraient de-ci de-là tout en prenant des photos du vieux port (assez pittoresque, il est vrai), mais Charlestown connaissait par ailleurs une journée calme, sans aucune opération de chargement sur le quai. J'avais la jetée pour moi tout seul.

Ma tranquillité fut cependant de courte durée. Je venais juste d'allumer une cigarette quand j'entendis une voix derrière moi. « Je peux t'en acheter une ? » Un accent cultivé, un ton désinvolte.

Je tournai la tête pour voir Oliver qui me fixait d'un regard absent. Il était vêtu comme la veille : chemise blanche, jean et tennis, auxquels s'ajoutait un pull vert noué à la taille. Les mains enfoncées dans les poches, un air blasé, la paupière lourde. Son front haut le faisait paraître beaucoup plus âgé, et ce en dépit d'une masse de cheveux blonds en bataille.

« Alors, qu'est-ce que tu en dis ? Trois pence, ça ferait l'affaire ? demanda-t-il, en extirpant une pièce de sa poche.

– Je te l'offre pour rien, lui répondis-je en sortant mon paquet.

– OK. » En prenant une cigarette, il arrêta son regard deux secondes sur l'étiquette. « Ah ! *The international passport to smoking pleasure.* » Il eut un petit rire, dont j'aurais eu du mal à dire s'il était le fruit de sa capacité à énoncer la devise publicitaire de Peter Stuyvesant ou de la prétention que dénotait chez moi à ses yeux le choix de cette marque.

Il exhiba un briquet en argent. Sur lequel étaient gravées des initiales qui ressemblaient à KLF. Je me demandai si l'objet avait appartenu à son père. Il tira une première longue bouffée, et se mit à contempler la mer d'un air absent.

« Tu sais que j'ai failli te renverser en voiture avant-hier ? » dis-je, certain que la remarque me vaudrait son attention.

Le succès escompté se fit attendre. Ce ne fut qu'au bout d'un long silence qu'il avança : « Alors, tu bosses chez Wren ?

– Oui. Juste pour l'été. Ensuite, j'entre à l'université.

– Où ça ?

– Londres.

– Veinard.

– Tu es Oliver Foster, c'est bien ça ?

– Selon toute apparence, oui.

– Jonathan Kellaway », dis-je en tendant la main.

Il sourit, amusé, manifestement, par le côté désuet du geste, qu'il consentit cependant à me rendre. « Comment vas-tu, Jonathan ? » Il avait deux ou trois ans de moins que moi, mais c'était difficile à croire. Il avait déjà l'air adulte – mûr, maître de lui, voire cynique. Façade ou pas, le résultat était impressionnant.

« Tu te promenais ? demandai-je.

– On pourrait dire ça. J'étais en visite. Au Carlyon Bay. » Je compris qu'il voulait parler de l'hôtel haut de gamme des environs, situé à deux kilomètres environ le long de la côte. « Après, j'ai eu envie d'une petite balade. J'ai dit à ma chauffeuse de venir me prendre ici.

– Ta chauffeuse ?

– Ma sœur. Elle ne va pas tarder. Très fiable, ma sœur.

– Elle a quel âge ?

– Dix-neuf. Elle aussi va entrer à l'université.

– Ah bon, laquelle ? » (Je connaissais la réponse, évidemment, grâce à Pete.)

« Pas à Londres, dit-il en souriant, avant d'ajouter : Ah, la voiture de monsieur est avancée. » Il pointa sa cigarette en direction d'une Mini jaune vif qui descendait la route de l'autre côté des docks. Elle s'arrêta au bout de la jetée ouest, séparée de nous par l'embouchure du port. Une fille aux cheveux blonds en descendit et s'avança dans notre direction. Elle portait un ensemble saharienne dont la blancheur était aveuglante dans la lumière ainsi que plusieurs rangs de perles. Ses grosses lunettes de soleil rondes et ses longs cheveux agités par le vent lui donnaient une allure folle, raffinée. Son monde – j'en étais sûr – était exactement celui auquel je rêvais d'accéder sitôt sorti de St Austell.

Mais l'impression qu'elle me fit ne se réduisit pas à une question d'éblouissement ou de raffinement. Au moment où elle atteignait l'extrémité incurvée de la jetée, avec pour seule distance entre elle et nous l'embouchure étroite du port, elle repoussa ses lunettes sur son front – haut, comme celui de son frère – et sourit.

Elle était très belle. La conscience que je pris de sa beauté m'ébranla de la tête aux pieds. Pas simplement jolie, sexy ou séduisante, mais bien plutôt tout cela ensemble, avec en plus quelque chose de magique : la forme de sa bouche, les étincelles de ses yeux bleus, si bleus, la touche de mystère et de séduction qui affleurait dans son regard. Elle était extraordinairement belle. Le genre de fille que j'avais rêvé de rencontrer à Paris, Venise ou San Francisco. Et elle était là, non dans un monde fantasmé inatteignable, mais devant moi, sur la jetée du port de Charlestown, en Cornouailles.

« Tu rentres à la maison ? lança-t-elle à l'adresse d'Oliver, d'une voix douce et légèrement rauque.

– Heureux de voir que tu as réussi à te traîner jusqu'ici, répondit-il.

– Tu avais dit que tu aurais besoin d'une voiture, alors je suis là. Tu viens ?

– Oui, j'arrive. Mais dis d'abord bonjour à Jonathan, avant qu'on y aille. Il travaille chez Wren jusqu'à son départ pour l'université. Pas Cambridge. Mais le supérieur quand même. Jonathan, je te présente ma sœur, Vivien.

– Salut », dis-je, avec la conscience douloureuse de l'air penaud que je devais avoir. Mais la vraie beauté, comme Vivien le savait sans doute, est intimidante.

« Bonjour, Jonathan, me répondit-elle, me gratifiant d'un bref sourire avant de reporter son attention sur Oliver. Alors, on peut y aller maintenant ? »

Telles furent les circonstances de ma première rencontre avec Vivien Foster. Je la regardai retourner à sa voiture le long de la jetée, tandis qu'Oliver se dirigeait vers le pont qui franchissait l'entrée des docks. Elle n'eut pas un coup d'œil pour moi, alors qu'elle multiplia les regards en direction de son frère. Il était on ne peut plus clair qu'elle m'avait à peine remarqué. Mais ce n'était pas mon cas. J'étais déjà certain de ne plus jamais l'oublier.

Et je ne me trompais pas.

3

De toute la journée, je n'arrêtai pas de penser à Vivien Foster. Je voulais la revoir – je n'aspirais qu'à ça –, mais je savais que ce ne serait pas facile. À supposer que je réussisse à me débrouiller pour provoquer une rencontre, je soupçonnais fort qu'elle m'enverrait promener si je lui demandais de sortir avec moi. Le regard expéditif dont elle m'avait gratifié laissait à penser qu'elle me jugeait à peine plus intéressant que la bitte d'amarrage sur laquelle j'étais assis.

Le lendemain matin, j'avais plus ou moins abandonné l'idée. Je partis travailler le moral au plus bas, et les prévisions météo d'un très beau week-end, que ma mère me rapporta en guise d'au revoir au moment de mon départ, ne contribuèrent pas à le faire remonter. « On ira sans doute au cabanon dimanche. » Pauvre maman, sincèrement persuadée, je crois, que ce qui m'amusait à douze ans était encore de mise à dix-huit.

Il ne se passait jamais grand-chose sur le bref trajet qui me menait aux bureaux de Wren, en coupant par le cimetière avant de déboucher sur Alexandra Road. Ce ne fut pourtant pas le cas ce matin-là. En arrivant au cimetière, quelle ne fut pas ma surprise de voir Oliver Foster appuyé contre la grille, en train de fumer une cigarette. Il avait l'air d'avoir froid, le col de son mince coupe-vent relevé autour de son cou. Il m'apparut aussitôt qu'il m'attendait.

« Salut, Jonathan, dit-il en souriant.

– Salut. Qu'est-ce que tu fais ici ?

– J'avais à te parler, répondit-il en ouvrant la grille pour me laisser entrer. Cigarette ? proposa-t-il en sortant un paquet. Désolé, c'est pas des Stuyvesant.

– Pas grave. Merci. » J'en pris une et il m'offrit du feu. « Ça fait longtemps que tu m'attends ?

– Une dizaine de minutes.

– Comment tu savais où j'habite ?

– Il n'y a pas d'autres Kellaway dans l'annuaire de St Austell.

– Mais tu n'as pas voulu téléphoner.

– Je me suis dit qu'une rencontre de vive voix, ce serait mieux.

– Mieux pour quoi ?

– Viens, marchons un peu, je vais t'expliquer, dit-il avec un coup d'œil à sa montre. T'inquiète, tu seras pas en retard au boulot.

– Je ne m'inquiète pas.

– Bien. » Il s'engagea d'un pas nonchalant dans une des allées entre les tombes. Le cimetière semblait désert – en dehors de ses résidants permanents.

– De quoi voulais-tu me parler, Oliver ?

– J'ai besoin que tu me rendes un service. En retour, je t'en devrai un.

– Quel genre de service ?

– Eh bien, je me doute que tu aimerais bien faire la connaissance de ma sœur. Je peux t'arranger ça. »

Ma question portait sur le genre de service qu'il espérait de moi, et non l'inverse. Il n'avait pas été long à me manipuler. « Qu'est-ce qui te fait penser que j'ai envie de faire la connaissance de ta sœur ? demandai-je, sur la défensive.

– Aucun mec n'y échappe. Fais pas semblant d'être différent. De toute façon, c'était on ne peut plus clair, à te regarder.

– Comment ça ?

– Ça se voyait, comme le nez au milieu de la figure, c'est tout. Mais tu n'iras nulle part avec elle sans mon aide. »

C'était vexant de constater qu'il avait raison, mais j'étais décidé à ne rien lui laisser voir. « Peut-être que je n'ai pas besoin d'intermédiaire.

– Tout seul, tu n'obtiendras rien d'elle. Tu ne joues pas dans la même cour. Sans compter que même ceux qui y jouent n'obtiennent rien non plus, en général. Viv est très... difficile.

– Dans ce cas, je doute qu'elle laisse son petit frère choisir pour elle.

– Elle n'en saurait rien. Elle est très protectrice avec moi. Tu as vu comme elle est venue me chercher hier. Elle se fait du souci pour moi, tu vois. Et une des choses qui la préoccupent au premier chef c'est que je n'ai pas d'ami. Alors, si elle pensait que tu es un ami pour moi, elle voudrait sûrement faire ta connaissance. Et là, t'aurais une vraie chance avec elle. La seule que tu auras jamais. »

Comme j'aurais été heureux de lui prouver le contraire – satisfaction hautement improbable. « Disons, pour le simple plaisir de la discussion, que je...

– Tu joues aux échecs ? »

La question me coupa dans mon élan. « Aux échecs ?

– Oui ou non ?

– Si on veut, oui, dis-je avec un haussement d'épaules.

– Ça fera l'affaire. Viens chez nous dimanche matin, vers 10 h 30. On fera quelques parties. Je te traiterai comme le grand frère que j'ai jamais eu. Ça suffira à attirer l'attention de Viv, je peux te le garantir. » Il pouffa, comme un gamin, me rappelant ce qui était si facile à oublier : son extrême jeunesse. Est-ce que je jouais aux échecs ? Mal, ce qui n'était évidemment pas son cas.

La sagesse aurait voulu que je décline son invitation. Mais ce n'était pas seulement l'occasion de rencontrer sa sœur sur son propre terrain qui me poussa à l'accepter. Il émanait de cette famille un parfum de mystère auquel je me sentais incapable de résister. Un dimanche matin à Nanstrassoe House était une perspective autrement plus séduisante que tout ce qu'un week-end à St Austell pouvait avoir à m'offrir. Ce qu'Oliver n'ignorait pas.

« Tu ne m'as toujours pas dit ce que tu attendais de moi en retour, Oliver, dis-je d'un ton égal.

– Tu viendras, alors ?

– Oui, je viendrai.

– Bien. Dans ce cas, prends ça. » Il sortit de sa poche un paquet enveloppé dans un sac en papier kraft qu'il me tendit.

– C'est quoi ? » L'objet avait la taille et la forme d'une plaque de beurre de deux cent cinquante grammes et pesait à peu près le même poids.

« Un morceau de savon. Du savon soigneusement choisi, précisa-t-il avec un petit sourire. Juste la consistance qu'il faut. Pas trop dur ni trop mou. Je l'ai coupé en deux dans le sens de la longueur. En comprimant la clé entre les deux moitiés, tu devrais obtenir une empreinte parfaite.

– Quelle clé ? »

De fait, je connaissais déjà la réponse. Il n'y avait que quelques jours qu'il avait trouvé la porte du sous-sol de l'immeuble Wren verrouillée. Mais je comprenais mal qu'il puisse en arriver à de telles extrémités pour se ménager un accès.

« Il faut absolument que j'accède aux archives de la compagnie, Jonathan. Et ce n'est pas Greville qui va m'en empêcher avec son cadenas.

– Qu'est-ce que tu cherches, exactement ?

– Mieux vaut que tu ne le saches pas, dit-il en souriant. Mieux vaut que personne ne soit au courant. Tant que je ne serai pas prêt. »

J'étais intrigué, inutile de le nier. Intrigué et alléché. Voilà qu'un petit boulot de vacances des plus ennuyeux se révélait soudain fort intéressant.

« J'ai besoin d'une empreinte suffisamment creusée pour qu'un serrurier puisse reproduire un double de la clé aussi fidèle que possible. » Oui. Sans doute. Je me demandai ce qu'il offrait au serrurier en échange. Un autre service, sans doute, qu'il valait mieux pour moi ne pas connaître. « Tu crois pouvoir y arriver ?

– Ça n'a pas l'air sorcier.

– Bien. Mais il faut que ça soit fait aujourd'hui même. Apporte-moi le truc à la bibliothèque municipale cet après-midi, après le boulot. Je serai dans la salle de lecture. Et n'oublie pas : sans clé, pas de partie d'échecs ; et sans partie d'échecs, pas de Vivien. C'est compris ? »

Je l'assurai que oui. Mais quand je le regardai s'éloigner avant de reprendre mon chemin, le morceau de savon ni trop dur ni trop mou à l'abri dans mon sac à dos, force me fut de reconnaître que ce n'était pas du tout le cas : je ne le comprenais absolument pas.

Pourtant il m'avait ferré.

Le temps que j'arrive au bureau, j'avais inventé une histoire qui me servirait de prétexte pour aller consulter les archives de la boîte : une divergence dans les comptes que Jim Turner m'avait chargé d'éclaircir. Avec un peu de chance, je n'en aurais même pas besoin. J'avais programmé mon expédition au sous-sol pour le moment suivant immédiatement la pause-café du milieu de matinée, quand Joan Winkworth avait toute chance d'être dans de bonnes dispositions. On m'objectera qu'elle aurait été encore plus réceptive après le déjeuner, mais on était vendredi, et plusieurs pintes partagées avec Pete au General Wolfe seraient de rigueur. Or la tâche qui m'attendait réclamait une totale lucidité.

Finalement, la chose s'avéra d'une simplicité déconcertante. J'empruntai la clé à Joan sans avoir à fournir la moindre explication, et, cinq minutes plus tard, je ressortais du sous-sol avec une empreinte qu'un serrurier un tant soit peu compétent n'aurait aucune peine à reproduire. Auparavant, j'avais jeté un œil autour de moi sur les boîtes de rangement poussiéreuses entassées sur les rayons, me demandant ce qu'Oliver pouvait bien y chercher. Mais je me dis qu'il avait raison : mieux valait pour moi ne rien savoir. Surtout si Vivien Foster devait être ma récompense pour n'avoir pas cédé à ma curiosité.

Sur un point au moins, je n'eus pas à rester curieux bien longtemps. Pete avait des nouvelles, qu'il s'empressa de me communiquer dès sa première *lager and lime*. Sa sœur travaillait comme femme de chambre au Carlyon Bay Hotel, où, parmi les derniers clients arrivés, se trouvaient Francis Wren et son éblouissante épouse italienne, l'ex-chanteuse d'opéra Luisa d'Eugenio.

Ainsi donc le frère du défunt George Wren était en ville. Et il ne séjournait pas à Nanstrassoe House.

Je savais maintenant ce qu'Oliver et Vivien avaient fait juste avant notre rencontre à Charlestown : ils avaient rendu visite à leur grand-oncle. J'en fis part à Pete, sans bien entendu mentionner ma deuxième rencontre avec Oliver le matin même. Mon compagnon incorpora l'information au mélange épicé de conjectures et de soupçons qu'il remuait avec constance dans sa marmite. D'après lui, le clan Wren se réunissait au grand complet – sur une base qui n'avait rien de cordial, puisque Francis préférait un hôtel à la demeure familiale. Et s'ils se rassemblaient, c'était pour décider de l'avenir de Wren & Co. Rien d'autre ne pouvait expliquer le brusque retour de Francis en Cornouailles seulement quelques mois après l'enterrement de son frère. « Regardons les choses en face. Carlyon Bay, c'est loin de valoir Capri, d'accord ? déclara Pete comme s'il était personnellement qualifié pour comparer les deux endroits. S'il est ici, c'est parce qu'il n'a pas pu faire autrement. »

Je ne discutai pas. C'était probablement vrai. Mais, naturellement, Pete ne s'en tint pas là. « Olly a dû avoir vent de la venue de son grand-oncle, et je parierais que celle-ci n'est pas étrangère à ses efforts pour tenter d'accéder aux archives de la société. Francis a travaillé dans l'entreprise avant la guerre, jusqu'à il y a une vingtaine d'années, tu comprends. Et puis, d'un coup, il se barre, sans que personne sache pourquoi. Peut-être qu'Olly est sur le point d'éclairer ce mystère. »

Je ne voyais pour ma part aucun mystère là-dedans. Francis avait échangé les Cornouailles et le kaolin contre l'Italie et une vie de luxe en compagnie d'une beauté pulpeuse genre Sophia Loren. Qui l'en aurait blâmé ? Pas moi, en tout cas. Ni Pete. Sauf que lui maintenait que Francis et sa femme traînaient derrière eux de sérieuses rumeurs de scandales passés. « Les Wren, y sont pas clairs, bredouilla-t-il, son propos noyé dans une bouillie de bière et de chips. L'ont jamais été. »

Les preuves susceptibles d'étayer les affirmations de Pete étaient plus nombreuses que lui-même aurait pu le penser. Mon rendez-vous avec Oliver cet après-midi-là à la bibliothèque en fut un bel exemple. Je le trouvai penché sur une collection reliée d'anciens numéros du *Cornish Guardian*. À mon approche, il souleva l'énorme volume pour le refermer et tira une chaise à côté de lui.

L'atmosphère était tiède, léthargique ; la poussière dansait dans les rayons de lumière tombant en biais de la verrière. Il n'y avait que deux autres personnes dans la salle de lecture, et elles étaient trop éloignées pour pouvoir saisir notre échange à voix basse.

« Alors, comment ça s'est passé ? demanda Oliver.

– Très bien. Tiens, voilà l'objet. » Je sortis de ma poche le morceau de savon enveloppé et le plaçai devant lui. « Je crois que ton serrurier sera content.

– Y a intérêt. Sinon, pas de Vivien dimanche.

– Aucun problème.

– Bien. Voilà quelque chose qui va t'occuper en attendant. » Un livre dont je n'avais pas remarqué la présence jusqu'ici se trouvait à sa droite sur la table, ouvert à l'envers. Il le retourna et le fit glisser dans ma direction.

L'illustration de la couverture représentait un échiquier avec les pièces en place pour une partie. Le titre du livre : *Les Échecs pour débutants*. « Très drôle, dis-je d'un ton peiné.

– Ce n'est pas une plaisanterie. Tu devrais l'emprunter. Tu voudrais pas avoir l'air d'un crétin fini dimanche, si ?

– Tu es fort à ce point aux échecs, Oliver ?

– Pas autant que je voudrais. Mais meilleur que tous les adversaires que j'arrive à dégoter. T'as déjà entendu parler de Bobby Fischer ?

– Non.

– Un vrai génie. Il a remporté ce qu'on appelle le match du siècle à treize ans. Tu trouveras les coups dans ce bouquin. Sidérant. Il devrait être champion du monde.

– Pourquoi il ne l'est pas ?

– Parce qu'il refuse les compromis, ne renonce jamais quand il estime avoir raison. Je suppose que c'est ce qui fait de lui un pareil joueur. » Oliver réfléchit un moment à ce qu'il venait de dire, comme si ses mots avaient pour lui une résonance particulière. Puis il repoussa sa chaise et se leva. « Bon, j'y vais. » Il empocha le savon et ramassa le volume des numéros du *Cornish Guardian*. J'eus le temps de déchiffrer sur le cuir gaufré du dos les dates de la période que couvrait celui-ci : *juillet-sept. 1959*. 1959, je m'en souvenais, était l'année de la mort de son père.

« Tu viens ?

– Non, je vais... jeter un coup d'œil à ça d'abord, dis-je en levant le livre à l'usage des débutants.

– Bonne idée. À dimanche, donc.

– Ouais. À dimanche. »

Il partit, et je commençai à feuilleter l'ouvrage. Quelques minutes plus tard, je le vis par la fenêtre s'éloigner le long de Carlyon Road, dans la direction de Nanstrassoe House.

C'était le moment que j'attendais pour me rendre au bureau des emprunts et demander à consulter le volume qu'il venait de rendre. Pour gagner aux échecs, pensais-je, il importe d'étudier son adversaire au moins autant que l'art du jeu.

Par chance pour moi, Kenneth Foster était mort début juillet et non fin septembre. Le *Cornish Guardian* daté du jeudi 9 juillet 1959 publiait une photo de lui assez floue, qui donnait un aperçu troublant de ce à quoi ressemblerait probablement Oliver à cinquante ans, et, au-dessous, un article titré « UN HOMME D'AFFAIRES DE LA RÉGION EST DÉCOUVERT MORT DANS SA VOITURE ». C'était certainement là ce que lisait Oliver à mon arrivée – ce qu'il avait dû lire, autant que je puisse en juger, à maintes reprises auparavant.

Kenneth Foster, quarante-trois ans, administrateur de Wren & Co. Ltd, une des principales entreprises d'exploitation de kaolin de St Austell, a été retrouvé mort lundi dernier dans sa voiture, garée au bout d'un chemin de terre sur Goss Moor. L'inspecteur principal Hancock, de la police de Cornouailles, a déclaré que le moteur du véhicule tournait encore, diffusant les vapeurs d'essence dans l'habitacle au moyen d'un tuyau relié au pot d'échappement, quand un couple de randonneurs est arrivé sur les lieux. Ils ont aussitôt sorti M. Foster de la voiture et tenté de le ranimer, mais en vain. Une enquête est ouverte, mais a été ajournée à mardi.

L'inspecteur Hancock a également déclaré que le fils de M. Foster, Oliver, âgé de sept ans, a été découvert dans le coffre du véhicule dans un état alarmant. Comment l'enfant a pu se retrouver ainsi enfermé ? Cela reste pour l'instant un mystère. Son grand-père, le président-directeur général de Walter Wren & Co., a fait savoir que la famille était très choquée et profondément peinée par la disparition de M. Foster, et que rien dans le comportement récent de ce dernier ne pouvait laisser prévoir un tel drame.

M. Foster était originaire du Kent. Il avait fait la connaissance de son épouse, Muriel Wren, pendant qu'il servait à la station stratégique de la RAF à St Eval. Ils s'étaient mariés en 1945. Il travaillait depuis dans l'entreprise Wren & Co.

J'imaginais ce que cela avait dû être pour un gamin de sept ans d'être sorti du coffre d'une voiture pour découvrir, comme Oliver avait dû le faire, le corps sans vie de son père étendu sur le bord du chemin – la gorge enflammée par les gaz d'échappement, les yeux débordant de larmes, le ventre tordu par la terreur et la panique. De fait, la chose était positivement impossible à imaginer. Et je ne pouvais guère me renseigner auprès du protagoniste de la scène. Terrible et douloureux souvenir qu'Oliver retiendrait à jamais, sans risque de le voir s'estomper ni rien perdre de son acuité. Il faisait partie de lui. Tout autant que de l'entreprise dans laquelle il s'était engagé aujourd'hui, neuf étés plus tard.

Je continuai à feuilleter le volume et tombai sur un compte rendu des conclusions de l'enquête. Lequel n'apportait pas grand-chose de nouveau par rapport au premier article, en dehors d'un verdict de suicide, et de quelques mots du coroner qu'Oliver avait peut-être – c'est du moins ce qui m'apparut – pris comme un défi, dès qu'il avait été en âge de les comprendre. *Nous ne pouvons espérer découvrir ce qui a pu conduire M. Foster à commettre un acte aussi désespéré. Il a emporté la vérité avec lui.*

Ou pas.

Il y avait plusieurs grandes propriétés disséminées le long de Carlyon Road. La plupart étaient, ou avaient été, les résidences de magnats du kaolin. Il n'y avait jamais eu beaucoup d'autres voies vers la richesse et le standing à St Austell. Je marchai ce soir-là jusqu'à l'entrée flanquée de piliers de Nanstrassoe House avant de rentrer à la maison. L'allée qui s'ouvrait derrière le portail dessinait une courbe entre des arbres et des arbustes qui cachaient la bâtisse elle-même à la vue. Tout ce que je pus en apercevoir fut un toit aux cheminées imposantes. Il n'y avait rien d'autre à voir, encore moins à apprendre… d'ici dimanche.

4

Le samedi, je consacrai quelque temps à parcourir la méthode *Les Échecs pour débutants*. Qui me fit comprendre que je partais pratiquement de zéro. Je m'essayai à quelques spécimens, dont le « match du siècle » disputé par Fischer contre Donald Byrne en 1956, alors que le premier n'avait que treize ans. Ce pauvre vieux Byrne n'avait jamais vu venir le fameux dix-septième coup. Mais bon, je me consolais à l'idée que les échecs n'étaient en l'occurrence qu'un prétexte. Si j'allais à Nanstrassoe, c'était pour de tout autres raisons. Comme le savait Oliver. Contrairement à Vivien.

Le dimanche matin, le temps était calme et agréablement ensoleillé. Je m'étais habillé comme si je n'accordais pas la moindre importance aux apparences, alors que j'avais évidemment pris grand soin de ma tenue. Difficile d'afficher la désinvolture quand, comme moi, on ignore tout de la décontraction. Or, en la circonstance, mon ignorance était sans bornes.

Je franchis les grilles de Nanstrassoe quelques minutes avant 10 h 30 et m'engageai dans l'allée centrale. J'en étais au point où j'étais maintenant persuadé que le plan allait rater : Vivien ne serait pas à la maison ; Oliver non plus, peut-être. Je ne pouvais exiger de voir exécuter le genre de marché que j'avais passé avec lui. J'avais tenu parole, et Oliver avait obtenu ce qu'il voulait, mais je ne le connaissais pas suffisamment pour savoir s'il tiendrait la sienne.

Je continuai à me morfondre jusqu'à ce que j'arrive pratiquement à la maison, laquelle m'apparut soudain au détour de l'allée : une demeure victorienne de trois étages, en pierre de taille, sobre plutôt qu'élégante, dotée d'un porche à piliers. Qu'une voiture quittait juste à cet instant : une Rover bordeaux, avec au volant une femme entre deux âges et une autre, de plusieurs années son aînée, à ses côtés. En me voyant, la conductrice ralentit. Et un labrador en surpoids qui observait leur départ en position couchée se leva brusquement et vint vers moi en bondissant, à grand renfort d'aboiements et de frétillements de queue.

La voiture s'arrêta à ma hauteur. La conductrice baissa sa vitre. Elle avait à peu près l'âge de ma mère – quarante, quarante-cinq ans –, mais était vêtue avec un chic que ma mère n'aurait jamais, sans compter une certaine hauteur, perceptible dans ses traits et son maintien. C'était Muriel Lashley ; ce ne pouvait être qu'elle. La passagère, qui me regardait les yeux plissés derrière des petites lunettes rondes, était nettement plus âgée, soixante-dix ans au moins : un visage calme et serein qui semblait sourire, même si ce n'était pas le cas. La mère de Muriel peut-être ? Non, je me souvins de Pete me disant que les grands-parents de Vivien et Oliver étaient morts tous les deux. Sa tante, alors ? Harriet Wren ? Oui, très probablement. Elle aussi était élégamment vêtue, quoique dans un style un peu bizarre, légèrement bohème, qui mêlait un tweed jaune à un béret et un foulard au motif coloré, tandis que Muriel aurait pu sortir tout droit d'un magazine de mode pour femmes d'âge mûr.

Le labrador m'avait rejoint et me léchait amicalement la main, tandis que Muriel m'examinait de la tête aux pieds. « Puis-je vous aider, jeune homme ? demanda-t-elle d'un air sceptique.

– Madame Lashley ? hasardai-je.

– Oui.

– Ravi de faire votre connaissance. Je m'appelle Jonathan Kellaway. Je suis un ami d'Oliver. Il m'a invité pour une partie d'échecs.

– Vraiment ?

– Cet enfant ne cessera de m'étonner, fit remarquer Harriet avec un sourire rayonnant à mon adresse.

– Oliver n'a pas parlé de vous, dit Muriel.

– Mais parle-t-il jamais de grand-chose, ma chère ? se permit Harriet, bien inutilement à en juger par le pincement de lèvres de sa nièce.

– Il est à la maison ? demandai-je d'un air dégagé.

– Oui, bien sûr, dit Harriet.

– Oui, oui, confirma Muriel d'un ton neutre. Allez-y. Allez... et bonne partie.

– Au revoir, Jonathan », dit Harriet tandis que la Rover démarrait.

Je continuai à flatter le chien de la main pendant que la voiture s'éloignait dans l'allée. Mais l'animal en avait déjà assez ; il ne daigna pas me suivre quand je me dirigeai vers le porche et fis résonner le heurtoir en forme de dauphin.

La porte fut ouverte par une fille aux courbes généreuses, aux cheveux noirs nattés et à la peau olivâtre. Son bonjour portait la trace d'un accent méditerranéen. La jeune fille au pair, sans doute. Le fait que je me présente comme un ami d'Oliver parut la surprendre au moins autant qu'il avait surpris la mère de celui-ci. Mais le sésame fonctionna. Elle m'indiqua le chemin du salon avant d'appeler pour m'annoncer : « Une visite pour vous, Oliver ! »

La maison était tout aussi victorienne à l'intérieur qu'à l'extérieur : lourdes tentures, peintures à l'huile aux tons sombres, tapisseries en tontisse. Le salon avait beau être vaste, il était encombré de fauteuils rembourrés couverts de coussins, de commodes, de dessertes et de vitrines. Le soleil qui se déversait par de hautes fenêtres allégeait quelque peu l'obscurité ambiante et dessinait une auréole autour des cheveux blonds d'Oliver, qui, allongé sur un canapé, feuilletait le supplément en couleurs du *Sunday Times*. Il ne se leva pas, ni ne m'accorda un regard, mais lâcha tout de même un bonjour courtois.

« Salut, Oliver. Comment vas-tu ? »

Il jeta le magazine au sol et me lança un œil quasi provocateur.

« Je m'ennuie à périr. Voilà comment je vais.

– C'est dimanche. Tu t'attendais à quoi ?

– Tu viens de manquer ma mère et ma grand-tante Harriet.

– Non. En fait, je les ai croisées au moment où elles partaient. Pour l'église ?

– Gagné !

– Et ton... beau-père ?

– Au golf.

– Et Vivien ?

– Pas encore levée. En tout cas, pas encore descendue.

– Elle se lève vers quelle heure en temps ordinaire ?

– Elle fera sans doute son apparition vers les 11 heures, répondit Oliver avec un sourire en coin. Alors, en attendant... » Il bascula ses pieds par terre et de la main me fit signe de m'asseoir de l'autre côté de la table basse devant lui, sur laquelle se trouvait un échiquier, pour l'instant vide de pièces. Celles-ci étaient encore dans la boîte posée à côté. Oliver en fit glisser le couvercle à mi-course et déversa sans cérémonie les pièces blanches devant moi. « Je t'accorde les blancs pour commencer. »

Pour commencer ? Cela n'augurait rien de bon, cependant je m'abstins de toute remarque. « Très bien. »

Mais c'était loin d'être très bien. Au bout de douze coups, j'étais comme Byrne face à Fischer, au bord de la défaite. J'avais la terrible impression que certains des coups d'Oliver étaient identiques à ceux de Fischer dans ce fameux match. Je ne m'en souvenais pas avec exactitude, mais je ne doutai pas un seul instant qu'Oliver, lui, s'en souvenait parfaitement.

« La défense Gruenfeld est géniale, non ?

– Une des tactiques préférées de Fischer, je suppose, soupirai-je.

– Tout juste.

– Ça irait peut-être mieux pour moi avec les noirs.

– Peut-être. »

Nous disposâmes à nouveau les pièces sur l'échiquier. J'avançai la reine de deux cases, et Oliver fit de même de son côté. Jusque-là, pas de souci.

C'est alors que je pris soudain conscience que nous étions observés. Un gamin de cinq ou six ans dans un déguisement de cow-boy, auquel ne manquaient ni le Stetson ni le revolver à la ceinture, me dévisageait, yeux écarquillés, à quelques mètres. Ses joues rebondies et la frange de cheveux blonds visible sous le bord du chapeau lui donnaient un air angélique, que son front obstinément plissé et ses yeux animés d'une lueur de franche hostilité démentaient. Il dégaina son revolver en plastique et le pointa sur moi. « Mains en l'air ! » lança-t-il d'une voix qui se voulait comminatoire.

J'obéis d'une manière théâtrale, mais Oliver se contenta d'une grimace avant de dire : « Laisse-nous tranquilles, Adam.

– Mains en l'air ou je tire !

– Tu vas filer, oui ? »

Adam ne semblait pas disposé à tenter une dernière sommation. Il visa Oliver et appuya sur la détente. Une amorce explosa, me faisant sursauter. Mais Oliver ne broncha pas. « Maria ! » hurla-t-il, sans lever les yeux de l'échiquier.

Adam eut le temps de tirer deux autres coups, assortis d'un ricanement, avant que la fille au pair se précipite dans la pièce.

« Adam, appela-t-elle avec son accent. Arrête d'ennuyer ton frère.

– Demi-frère, murmura Oliver.

– Cette vermine refuse de se rendre, objecta Adam.

– Mais moi, non, dis-je, en levant à nouveau les mains.

– Toi, tu comptes pour du beurre, rétorqua Adam en me fusillant du regard.

– Eh bien, c'est ce qui s'appelle être remis à sa place.

– Allez, viens avec moi, Adam, dit Maria en lui faisant signe de la rejoindre. Tu devrais pas être dans la maison, avec le beau soleil. »

Adam n'eut pas l'air convaincu par l'argument, mais il la suivit tout de même, non sans avoir tiré la langue à son frère – *demi*-frère – avant de sortir de la pièce.

« Il me déteste, dit Oliver d'un ton neutre quand nous fûmes à nouveau seuls.

– Il s'amusait, c'est tout.

– Attends, tu lui donnerais un vrai pistolet qu'il serait tout heureux de me tirer dessus.

– Oh, arrête.

– Non, je t'assure. Mais je ne devrais rien trouver à redire. J'en ferais tout autant avec lui.

– T'es pas sérieux, là.

– On ne peut plus sérieux. Bon, on reprend ? »

J'essayai de me reconcentrer, mais ce n'était pas facile. J'avançai un cavalier et un fou, immédiatement imité par Oliver. Je déplaçai encore quelques pièces, mais les réponses de mon adversaire étaient aussi rapides que subtiles. Je sentis qu'une nouvelle fois il contrôlait la situation. La partie était en train de m'échapper.

C'est alors qu'une autre interruption vint à ma rescousse. Doublement bienvenue, celle-là. Vivien entra paresseusement dans la pièce, bâillant encore, les cheveux ébouriffés. Elle portait une chemise ample bleu foncé, en soie, et un jean moulant délavé. Contrairement à la mienne, sa tenue était vraiment décontractée. Et elle-même était d'une beauté renversante quand elle s'approcha de nous et s'arrêta dans une flaque de soleil.

« Ah, tiens, salut, dit-elle en étouffant un bâillement, quand elle m'aperçut.

– Sauvé par le gong, me chuchota Oliver par-dessus la table. Par *la belle dame sans merci** [1], en l'occurrence.

– Salut, Vivien, répondis-je, en souriant d'un air que j'espérais nonchalant. Ton frère me donne une leçon d'échecs.

– Ne t'inquiète pas, va, répliqua-t-elle en me rendant mon sourire. Il bat tout le monde.

– Jonathan se débrouille bien, tu sais, dit Oliver.

– Waouh ! C'est un sacré compliment.

1. Les mots en italique suivis d'un astérisque sont en français dans le texte original. (*Toutes les notes sont des traducteurs.*)

– Fais-moi plaisir, Viv. Veille à ce qu'il ne déplace pas une ou deux pièces en douce pendant que je monte dans ma chambre, tu veux ? J'ai promis de lui prêter un de mes bouquins. Mais je risque de mettre du temps à le trouver. »

S'il y avait une chose que je ne pouvais reprocher à Oliver, c'était de ne pas honorer notre contrat. Le clin d'œil appuyé qu'il me lança tandis qu'il se levait d'un bond du canapé en fut la preuve. Il me servait une occasion sur un plateau. À moi de jouer.

Vivien regarda son frère quitter la pièce, l'air un peu perplexe, avant de s'asseoir à son tour sur le canapé. « Vous deux, vous ne vous êtes vus pour la première fois que jeudi soir, c'est ça ? » demanda-t-elle, teintant son sourire d'un froncement de sourcils.

Ma rencontre du mardi avec Oliver, accidentelle à plus d'un titre, était un sujet qu'il valait mieux éviter d'aborder. Je me contentai donc d'acquiescer en réponse à sa question.

« En tout cas, je suis contente qu'il ait trouvé quelqu'un avec qui jouer.

– Et toi ? Tu ne joues pas, si je comprends bien ?

– Non, plus. Me faire battre sans arrêt – et à plates coutures qui plus est – par mon petit frère a fini par me dégoûter. Je préfère le tennis.

– Entre nous, c'est pareil pour moi. Qu'est-ce que tu dirais d'une partie un de ces jours ?

– Ben... pourquoi pas ? » La réponse ne débordait pas d'enthousiasme, et je me demandai si je n'étais pas allé un peu trop vite en besogne. « Alors, tu travailles chez Wren, c'est ça ?

– Oui. Jusqu'en septembre.

– Et puis tu pars pour Londres ?

– Oui, pour la LES.

– Je parie que ça te démange.

– On ne peut rien te cacher. Je suppose que c'est pareil pour toi, pour Cambridge.

– Bof, oui. Mais ça paraît si loin.

– Tu pars d'abord en vacances ?

– Je n'ai rien de prévu pour l'instant. D'habitude, ma mère et Greville vont en Écosse, et on les accompagne. Mais cet été, ils restent ici. Greville a trop à faire pour s'absenter. »

Ce qui ne pouvait s'expliquer que par les négociations qu'il était censé avoir entamées avec la direction de Cornish China Clays. Vivien m'aurait certainement trouvé stupide si j'avais prétendu ne pas être au courant. « Beaucoup de membres du personnel pensent que la compagnie va être rachetée par CCC.

– Ah bon ?

– Oui.

– Je n'ai pas vraiment d'opinion là-dessus, dit-elle avec un sourire embarrassé. On pourrait peut-être parler d'autre chose, non ? »

Excellente suggestion, qui fut aussitôt suivie d'effet. Nous passâmes d'abord un moment à pleurer les assassinats de Robert Kennedy et de Martin Luther King ; nous en étions à la musique – elle était en ce moment dans Bob Dylan, et je faisais de mon mieux pour la convaincre que c'était aussi mon cas – quand Oliver revint dans la pièce, les mains ostensiblement vides.

« Désolé, Jonathan, annonça-t-il. J'ai dû laisser le bouquin au lycée.

– Pas de problème », dis-je en haussant les épaules.

Il se concentra deux secondes sur l'échiquier, déplaça une pièce d'un geste rapide, avant de décocher un sourire apitoyé à sa sœur. « C'est bien le nom du divin Dylan que j'ai entendu prononcer en descendant l'escalier, Viv ?

– Oliver ne s'intéresse absolument pas à la musique, dit Vivien en levant les yeux au ciel.

– C'est vrai, admit Oliver en se tournant pour me sourire. Mais vu comme elle monte le son quand elle écoute les disques de Dylan, je connais les paroles par cœur. D'après elle, ce sont elles qui font tout le mérite de ses chansons. J'ai du mal à comprendre pourquoi. *The times they're a-changing. A hard rain's a-gonna fall.* On le sait tous, non ?

– Je vais vous laisser poursuivre votre discussion », dit Vivien avec un soupir. Elle se leva pour quitter la pièce. Je constatai alors avec horreur que j'avais laissé passer l'occasion de lui demander de sortir avec moi.

« Au fait, Viv, à propos de mardi soir », dit Oliver, l'arrêtant dans son élan.

Elle fronça les sourcils, étonnée, me sembla-t-il, de le voir aborder le sujet – quel qu'il ait pu être – en ma présence. « Oui, qu'est-ce qui se passe, à propos de mardi soir ?

– Je n'irai pas.

– Oliver, *s'il te plaît.*

– Non, je veux pas y aller.

– Mais je leur ai dit que tu viendrais.

– T'aurais dû me demander d'abord.

– Et comment j'aurais pu ? Tu étais déjà parti, de façon si brusque, pour ne pas dire… théâtrale. »

Oliver se tourna vers moi. « Notre grand-oncle Francis séjourne au Carlyon Bay, avec sa femme, *la stupenda* Luisa. On venait juste d'aller les voir quand je suis tombé sur toi jeudi. Après mon départ – lequel, je tiens à le préciser, s'est passé sans esclandre –, Vivien a accepté une invitation à dîner avec eux mardi soir, une invitation qui m'incluait, bien sûr. La soirée va être un vrai supplice. Je refuse de m'y soumettre, un point c'est tout.

– Mais je ne peux pas y aller seule, protesta Vivien.

– T'as qu'à trouver quelqu'un pour t'accompagner. Quelqu'un d'autre que moi.

– Et comment veux-tu que je fasse ? C'est toi qu'ils veulent voir. Et pas un quelconque petit ami, qui par ailleurs n'existe pas.

– Eh bien, ils ne me verront pas. Au fait, Jonathan, tu pourrais pas me remplacer, par hasard ?

– Oliver, je t'en prie, arrête, dit Vivien. Et puis, Jonathan n'a certainement aucune envie d'aller dîner avec ces gens.

– Écoute, c'est simple, soit tu y vas avec lui, soit tu y vas toute seule.

– Ça ne m'ennuierait pas du tout, dis-je, en m'efforçant de prendre un air dégagé. Vraiment.

– Tu es sûr ? demanda Vivien, me regardant avec compassion à l'idée que son frère ait pu me pousser à me porter volontaire. Si Oliver continue à ne rien vouloir entendre, ajouta-t-elle en lui lançant un regard furieux, je serais certainement…

– Ce sera un plaisir pour moi, dis-je en lui souriant.

– Alors, entendu. Rendez-vous est pris. »

Oliver et moi revînmes sans grande conviction à nos échecs après le départ de Vivien, mes pensées déjà tournées vers la soirée de mardi. Il me faudrait certes partager Vivien avec le grand-oncle et sa femme, mais c'était un début – et un excellent début, pour tout dire. Grâce à Oliver.

« J'aimerais que tu fasses quelque chose pour moi pendant ce petit dîner *à quatre** de mardi, Jonathan, me dit-il, tandis qu'il m'orientait sans avoir l'air d'y toucher vers un échec et mat.

– Quoi donc ?

– Tu sais pour quelle raison il est ici, je me trompe ?

– Ton grand-oncle ? Non. Pourquoi, je devrais ?

– Oh, arrête. Tu as bien dû tirer tes conclusions tout seul.

– Bon, d'accord. Ça a quelque chose à voir avec le rachat de Wren par CCC.

– Et avec rien d'autre. L'affaire sera décidée lors d'un vote au cours d'une réunion du conseil d'administration qui doit se tenir jeudi prochain. Le projet sera adopté, c'est certain. À moins d'un accroc de dernière minute.

– Il pourrait y en avoir un ?

– Non, pas si Francis vote pour. Ses parts et celles de ma mère feront pencher la balance en faveur du rachat, quoi qu'en pense tante Harriet.

– Elle y est opposée ?

– Elle voudrait que la famille garde le contrôle de l'entreprise.

– Et toi, tu voudrais quoi ?

– C'est sans importance. Je n'ai pas voix au chapitre. Grand-père nous a laissé à Vivien et à moi quelques-unes de ses parts, mais elles sont administrées par fidéicommis jusqu'à notre majorité.

– Au moment où Wren aura cessé d'exister.

– Exactement.

– Tu ne serais pas à la recherche d'un moyen susceptible de faire capoter l'opération, dis-moi ? »

Il me regarda d'un drôle d'air, le visage soudain assombri. « Si seulement ça pouvait être aussi simple.

– Mais qu'est-ce qu'il y a au juste derrière tout ça ?

– Comme je te l'ai dit, mieux vaut pour toi ne rien savoir. De cette façon, ta question paraîtra… innocente.

– Quelle question ?

– Celle que je voudrais te voir poser à Francis. Dis-lui comme ça, en passant, poursuivit-il en baissant la voix, qu'on a fait quelques parties d'échecs ensemble. Que tu n'arrives pas à comprendre pourquoi c'est toujours moi qui gagne. Dis-lui que je te l'ai expliqué mais que tu ne comprends pas mon explication, qui est la suivante : il faut s'attacher à voir ce que chaque pièce – tout objet en fait, quel qu'il soit – représente vraiment. À titre d'exemple je t'ai dit que, pour la plupart des gens, un "œuf de porc"…

– Un quoi ?

– Un œuf de porc. C'est le nom que donnent les ouvriers du kaolin dans leur jargon à un gros cristal feldspathique, la muscovite. Mais peu importe. En revanche, il faut absolument que tu fasses semblant de ne pas savoir ce que c'est. Explique à Francis que je t'ai dit que pour la plupart des gens un œuf de porc n'est qu'un gros caillou gris, mais que, pour un connaisseur, ça peut être la clé de tout. Ajoute que tu m'as demandé ce que c'était, comme d'ailleurs tu viens de le faire, et que je me suis contenté de te répondre : demande à mon grand-oncle, il est expert en la matière.

– Expert en quoi ?

– En cristallographie. Il a une collection de spécimens de cristaux trouvés par les ouvriers de Wren au fil des ans. Il n'aura donc aucun mal à te dire de quoi il s'agit. Mais ce que je te demande, c'est d'étudier attentivement son expression pendant que tu lui serviras la petite histoire que je viens de te raconter. Il faut que je sache exactement comment il réagit.

– Et comment devrait-il réagir ?

– Contente-toi de l'étudier, Jonathan. Fais-toi ta propre opinion. Ensuite, tu viendras au rapport. Je te retrouverai au cimetière mercredi matin comme la dernière fois. Tu me diras alors comment ça s'est passé. » Il s'interrompit, puis se laissa aller contre le dossier du canapé avant d'ajouter : « Au fait, échec et mat. »

D'après Oliver, il était préférable que je parte avant le retour de sa mère et de sa grand-tante. Elles risquaient de me poser des tas de questions et, pour l'instant, moins elles en sauraient sur mon compte, mieux cela vaudrait. Son attitude n'avait rien, me sembla-t-il, de particulièrement inhabituel. Elle ne relevait pas en l'occurrence d'une dissimulation délibérée ; elle était conforme à sa nature.

J'hésitais à demander à prendre congé de Vivien, mais nous nous étions déjà arrangés pour mardi soir, et, de manière parfaitement irrationnelle, je craignais qu'elle change d'avis si je lui en donnais l'occasion. Je laissai donc Oliver à ses journaux du dimanche et sortis discrètement de la maison.

Le chien occupait toujours une place au soleil dans l'allée. Il me salua d'un aboiement paresseux quand je passai devant lui. Puis j'entendis une fenêtre s'ouvrir au premier étage, et Vivien m'appeler : « Jonathan ! »

Levant les yeux, je croisai son grand sourire désarmant.

« Je partais, Vivien. Je te…

– Attends un moment, j'arrive. » Sur quoi, elle disparut.

Elle réapparut, essoufflée, à la porte d'entrée, à peine une minute plus tard. Je commençais à revenir sur mes pas pour aller à sa rencontre quand elle me fit signe de rester où j'étais.

« Je t'accompagne jusqu'en bas de l'allée », dit-elle, jetant un coup d'œil par-dessus son épaule en direction de la maison tandis qu'elle me rejoignait. Il y avait quelque chose d'étonnamment furtif dans son attitude.

« Ton frère est un vrai tueur aux échecs, dis-je en lui souriant, et en remarquant la mèche folle que le vent faisait voleter sur son front.

– Pas seulement aux échecs. Écoute, à propos de mardi... »

J'eus un coup au cœur. Elle avait bel et bien changé d'avis.

« Quand j'ai dit que ce serait un plaisir pour moi, j'étais sincère.

– C'est gentil à toi de le dire.

– Mais c'est vrai.

– Tu risques de regretter ton geste quand tu auras fait la connaissance de Francis et de sa femme.

– Eh bien, je le prends quand même.

– Bon, comme tu veux. Mais tu ne les connais pas, ces gens. Pas plus que tu ne me connais, moi, d'ailleurs, ou Oliver. Ce qui pourrait nous mettre dans l'embarras. Comprends-moi, ils vont se demander ce que tu fais là – pour quelle raison je t'ai amené avec moi. Alors...

– Alors ?

– Peut-être qu'il vaudrait mieux qu'on se voie avant. Rien que nous deux. Pour faire plus ample connaissance. Qu'est-ce que tu en penses ? »

Ce que j'en pensais ? Pareil coup de chance ne m'était pas arrivé depuis longtemps. Toutefois, au prix d'un gros effort, je me contentai de dire : « Voilà une bonne idée. »

Vivien me dit qu'elle était libre ce soir-là, et je l'assurai que je l'étais aussi. À St Austell, un dimanche, même en plein mois d'août, je ne risquais guère d'être déjà pris. Nous nous mîmes d'accord pour nous retrouver au Rashleigh Inn, au bord de la plage de Polkerris. C'était de l'autre côté de Par, mais je déclinai l'offre de Vivien de passer me prendre avec sa voiture. La curiosité de ma mère, une fois éveillée, ne tarissait plus.

Je pris un bus jusqu'à Par, puis j'empruntai le sentier du bord de mer jusqu'à Polkerris. J'étais assis à la terrasse du Rashleigh avec un verre, à regarder les derniers baigneurs quitter la plage, quand Vivien arriva. Elle portait une robe-pull sans manches bleu et blanc et d'énormes lunettes noires en losange qui lui fournirent aussitôt l'occasion d'une plaisanterie. « *Diamonds are a girl's best friend*[1] », lança-t-elle avec un sourire à la Marilyn Monroe, en les ôtant d'un geste vif. Elle était d'une beauté à couper le souffle.

Elle me laissa lui offrir un Cinzano et accepta une cigarette. Elle me dit que, là-bas à Cambridge, la mer allait certainement lui manquer, puis elle voulut absolument savoir ce que je faisais chez Wren, même si je lui assurai que mon travail sur place était encore plus ennuyeux à décrire qu'à accomplir.

Girton College – réservé aux filles, et à trois kilomètres de Cambridge – promettait d'être passablement ennuyeux lui aussi, m'assura-t-elle à son tour. Je lui dis que j'irais la voir là-bas. « Je risque de te prendre au mot », telle fut sa réponse encourageante. Elle se montra d'humeur enjouée, drôle et captivante tout au long de notre conversation. Son côté sérieux et anxieux ne réapparaissait que quand il était question d'Oliver. Je soupçonnai qu'il en serait ainsi quand je revins avec une nouvelle tournée et que je constatai un changement dans son expression. Elle avait pensé à son frère, et un nuage avait caché le soleil.

« Étant donné que tu travailles chez Wren, dit-elle, tu as forcément entendu parler de ce qui est arrivé à notre père.

– Oui. Ça a dû être… terrible, pour toi.

1. « Les diamants sont les meilleurs amis de la femme. » Il s'agit d'un jeu de mots sur le terme anglais *diamond*, qui peut signifier à la fois « diamant » et « losange ».

– Oui. Mais bien pire encore pour Oliver.

– Parce qu'il était dans la voiture ?

– Il était tellement espiègle quand il était petit. Se cacher dans les endroits les plus invraisemblables était un de ses jeux favoris. Ce jour-là, il était à la maison parce qu'il n'allait plus à l'école depuis plusieurs semaines à cause d'une rougeole. Sinon, il ne se serait jamais trouvé là quand mon père est rentré au milieu de la matinée, laissant le coffre de la voiture ouvert le temps d'apporter quelque chose dans la maison. Oliver en a profité pour sauter dedans et se glisser sous le plaid des pique-niques de façon que notre père ne le voie pas en revenant à la voiture. Et tout s'est passé comme prévu. » Son regard se fit lointain. « Il a refermé le coffre et il est reparti.

– Pourquoi est-ce que… votre père…

– Personne ne le sait. » Ses yeux allèrent se perdre sur la ligne d'horizon. « Pas de mot d'adieu. Aucune explication d'aucune sorte. Il était revenu à la maison pour apporter un catalogue d'échantillons de tissus de chez Broad que ma mère lui avait demandé de passer prendre – elle voulait changer les rideaux de la salle à manger. Elle a trouvé bizarre qu'il n'ait pas attendu la fin de la journée pour le faire, vu que rien ne pressait. Ce n'est qu'avec le recul qu'on a compris pourquoi. De toute évidence, il avait voulu s'assurer qu'elle trouve le catalogue… avant qu'il… »

Je m'aperçus soudain qu'elle avait les yeux brillants de larmes. Elle s'était interrompue pour les écraser du bout du doigt. « Excuse-moi. Ça fait pourtant neuf ans, mais il me manque toujours autant.

– Je suis désolé, dis-je en lui tapotant doucement le bras. Je ne voulais pas te faire de peine.

– Ce n'est rien, ça va aller, dit-elle, en me souriant et en buvant une gorgée de Cinzano. Il arrivait à mon père d'être déprimé, sans raison apparente. Simplement… il était comme ça. Je suppose qu'à ce moment-là son état dépressif s'est aggravé et que… il a décidé que le fardeau était trop lourd. Je suis sûre qu'il n'en serait jamais arrivé à une telle extrémité s'il avait su à quel point Oliver en serait affecté.

– Comment a-t-il vécu la chose ?

– Oh, à l'époque c'était un gamin de sept ans tout à fait normal. En revanche, tu ne dirais pas que c'est un ado de seize ans normal, si ?

– On change... en grandissant.

– Lui, il a changé du jour au lendemain, Jonathan. Depuis ce jour, il y a neuf ans, il est obsédé – il n'y a pas d'autre mot – par ce qui est arrivé à notre père. *Comment* c'est arrivé. Et *pourquoi*. Il est incapable de l'oublier un instant. Il m'arrive de penser qu'il ne vit plus que pour ça.

– Ça ne peut pas être aussi grave que ça. » Je l'espérais de tout cœur, dans la mesure où j'avais peut-être contribué récemment à nourrir cette obsession. L'idée terrifiante me vint soudain que, si jamais Vivien découvrait ce que j'avais fait pour Oliver – et pourquoi –, elle ne voudrait plus rien avoir à faire avec moi.

« Il y a deux ou trois autres petits mystères liés aux allées et venues de père le jour de sa mort. Oliver a passé des années à essayer de les résoudre. Sans succès, pour autant que je sache, Mais il refuse de renoncer.

– Tu peux m'en dire un peu plus sur ces mystères ?

– Eh bien, je sais qu'Oliver pense qu'ils n'en forment en fait qu'un. Père n'avait pas son porte-documents avec lui dans la voiture, et il n'était ni à la maison ni au bureau. Où donc est-il passé ? Autre chose : d'après Oliver, il s'est arrêté une dizaine de minutes en chemin en allant de St Austell à Goss Moor. C'est à ce moment-là qu'il s'en serait débarrassé.

– Pourquoi faire une chose pareille ?

– Oliver l'ignore. Et il ignore également l'endroit où il s'est arrêté, ce qui rend impossible toute recherche du porte-documents. Ça pourrait être dans un des villages du bord de la route, où il l'aurait jeté dans une poubelle. Il se pourrait aussi que la serviette ait été égarée dans les bureaux de la compagnie.

Nous n'avons aucune idée de l'itinéraire qu'il a pu emprunter pour aller à Goss Moor. Je n'ai pas besoin de te dire qu'Oliver a passé au crible le moindre tronçon de tous les parcours possibles. Sans rien trouver. Je veux absolument qu'il arrête. Tout comme mère. Mais je suis sûre qu'il n'en fera rien. C'est plus fort que lui.

– Peut-être que quand il quittera le lycée...

– C'est ce que Greville dit à mère : "Il finira par oublier."

– Comment vous avez pris le remariage de votre mère ?

– J'étais contente pour elle. Oliver aussi, je crois. À sa manière. Greville n'a jamais essayé de remplacer notre père. C'est un homme... très sensible, en fait. Et puis, il a donné Adam à mère, un petit garçon adorable.

– Je ne suis pas sûr qu'Oliver partage ton sentiment sur ce point.

– Oliver essaye de faire comme s'il n'existait pas. Mais c'est impossible avec un gamin de cinq ans.

– Greville connaissait ton père ?

– Oui, ils ont servi tous les deux dans la RAF pendant la guerre. C'est par l'intermédiaire de mon père que Greville a obtenu un emploi chez Wren au départ. À ce que dit tante Harriet... Mais elle a tendance à tout exagérer, alors...

– Et qu'a-t-elle exagéré en l'occurrence ?

– Eh bien, d'après elle, Greville était dans une mauvaise passe après la guerre, et père lui a rendu un signalé service en persuadant grand-père de l'embaucher. Le voilà aujourd'hui à la tête de l'entreprise, et regarde ce qu'il s'apprête à en faire.

– La vendre à CCC. Oliver me l'a dit.

– Ah bon ? fit-elle, légèrement surprise, mais aussi impressionnée, me sembla-t-il. Il t'a dit ça, vraiment ?

– Il m'a également parlé de l'assemblée extraordinaire du conseil d'administration qui doit avoir lieu jeudi. C'est ce qui explique la présence de votre grand-oncle à St Austell, non ?

– Oui. J'allais t'en parler. Francis n'aime pas Greville, vois-tu. Et ce depuis toujours. D'où la brouille entre mère et lui. D'où le fait qu'ils séjournent au Carlyon Bay, Luisa et lui, plutôt qu'à Nanstrassoe. Ne sois pas surpris, surtout, s'il dit des choses désagréables sur Greville pendant le dîner.

– Je ferai de mon mieux. Ah, les histoires de famille !

– Exactement. Pour être honnête, Greville fait tout ce qu'il peut dans les intérêts de la famille avec ce projet de rachat. Wren n'a aucun avenir en tant qu'entreprise indépendante. » Qui pensait cela ? me demandai-je. Tout le monde, sans doute, sauf la personne portée aux exagérations et indifférente aux biens de ce monde qu'était Harriet, la grand-tante. « Oncle Francis sait pertinemment que c'est fichu. Mais il se pourrait qu'il cherche malgré tout à mettre des bâtons dans les roues.

– Merci de m'avoir prévenu. Je crois que je serai capable de faire face à la situation.

– C'est bien, dit-elle, avant de m'examiner un instant avec une attention touchante et de conclure : J'en suis convaincue moi aussi. »

5

Je restai éveillé plus d'une heure ce soir-là à me ronger les sangs en réfléchissant à la situation dans laquelle je m'étais fourré. Oliver manigançait quelque chose, j'en étais certain. Si je disais à Vivien ce que j'en savais, elle m'en serait reconnaissante. La chose pourrait peut-être même nous rapprocher. Mais Oliver se sentirait trahi, à juste titre. J'étais incapable de prédire de quelle manière il réagirait. Et, de toute façon, je refusais de lui mentir.

Le lendemain matin, j'avais pris ma décision. Je ne révélerais rien à Vivien tant que je n'aurais pas dûment averti Oliver de mes intentions. Lors de notre prochaine rencontre, mercredi, je lui dirais franchement que sa sœur s'inquiétait beaucoup à son sujet, tout comme moi, d'ailleurs; que j'avais mal jugé des difficultés qu'il avait eues à se remettre de la mort de son père; et que, à moins qu'il m'avoue ce qu'il cherchait dans les archives de Wren, je me verrais dans l'obligation de faire savoir à sa sœur qu'il trafiquait quelque chose.

Restait le problème de la question que je m'étais engagé à poser mardi soir à Francis Foster pour le compte d'Oliver, mais qui semblait, à première vue, constituer une demande bien innocente. Sans compter que j'avais envie de voir quel effet elle produirait. Plus j'en découvrais sur les Wren, mieux je comprenais Vivien. Et mieux je la comprenais...

Je m'attendais à un lundi tranquille et sans histoires. Mais depuis la fin de la semaine précédente, j'avais cessé d'être un simple intérimaire anonyme, pour devenir, comme je n'allais pas tarder à m'en apercevoir, quelqu'un que Greville Lashley pensait devoir prendre en considération.

On approchait de midi dans les bureaux de la comptabilité, l'atmosphère se composait à parts égales de poussière, de fumée de cigarette et de léthargie quand Maurice Rowe prit un appel interne qui le laissa encore plus renfrogné qu'à l'ordinaire. « Monsieur Kellaway, aboya-t-il à travers la salle après avoir reposé le combiné d'un geste brusque, rendez-vous immédiatement au bureau de M. Lashley. » (Jamais, en temps normal, il ne m'aurait donné du « Monsieur Kellaway ». C'était là le signe indubitable qu'il considérait la convocation de subordonnés sous ses ordres chez le patron comme hautement suspecte.)

« M. Lashley... veut me voir, moi ? demandai-je, incrédule.

– Manifestement, oui.

– Mais... pourquoi ?

– Ce n'est pas à nous de chercher à savoir. Allez, file. »

Ce que je fis sans demander mon reste.

« Entrez », me dit Joan Winkworth à mon arrivée. Mes coups hésitants à la porte du bureau directorial restèrent sans réponse, mais Joan me fit signe de passer outre.

Le bureau du directeur général servait également de salle de réunion du conseil et accueillait à ce titre une longue table de conférence impeccablement cirée, surplombée par des photos encadrées de scènes représentant le passé de l'entreprise : ouvriers remplissant des sacs de kaolin sur la cale d'accostage de Charlestown ; bateau chargé de kaolin, voiles déployées, en train d'appareiller ; équipe d'ouvriers posant devant l'objectif, pelle à la main, dans une carrière nouvellement ouverte ; camion de l'entreprise chargé d'enfants lors d'une sortie du catéchisme ; le vieux Walter Wren en personne, arborant moustache et gilet, la petite cinquantaine à l'époque, serrant la main du prince de Galles avant la Première Guerre mondiale.

Des photos que j'eus tout loisir d'examiner étant donné que Greville Lashley était au téléphone quand je pénétrai dans la pièce. D'un geste désinvolte de la main, il me fit signe de rester et poursuivit sa conversation, renversé en arrière presque à l'horizontale dans un fauteuil pivotant à ressorts. Son bureau en forme de T occupait l'un des bouts de la table de conférence. Derrière lui, une grande fenêtre en arc de cercle ouvrait sur la cour. Les balancements qu'il imprimait à son fauteuil le faisaient basculer, pour l'en ressortir aussitôt, dans le large faisceau d'un rayon de soleil qui brillait sur ses cheveux mi-longs et brillantinés et sur son bracelet de montre en or. Élégant comme à l'habitude, il portait beau ses cinquante ans. On n'avait pas besoin d'un gros effort d'imagination pour se le représenter en blouson et casque d'aviateur, en train de grimper dans le cockpit d'un Spitfire pour aller combattre la Luftwaffe. Il avait de la classe et du charisme à revendre, c'était indéniable.

« Dites-leur que je m'en porte personnellement garant », furent les mots sur lesquels il mit un terme à sa conversation. Il reposa ensuite le combiné sur son support, déclenchant un bref déclic, et, sourcils froncés, me gratifia d'un sourire scrutateur.

« Jonathan Kellaway ?

– Oui, monsieur. Je...

– Assieds-toi, dit-il en désignant une chaise. Tu vas vite en besogne, toi, dis-moi.

– Pardon, monsieur ?

– Tu travailles chez nous depuis moins d'un mois et déjà tu joues aux échecs avec mon beau-fils, et tu sors avec ma belle-fille.

– Eh bien, je...

– Remarque, je n'ai rien personnellement contre les rapides. Bien au contraire. J'estime que ce sont eux qui font avancer le monde. J'appartiens moi-même à cette catégorie. Manifestement. »

Je ne voyais pas pourquoi ce devait être manifeste, mais le sourire carnassier de Lashley me mettait presque au défi de ne pas conclure que son dernier mot était une référence implicite à la principale raison qui l'avait amené à succéder à George Wren à la tête de l'entreprise, pour en devenir le directeur général et président du conseil et épouser la veuve de son ancien ami, ni plus ni moins. Une carrière menée de main de maître, à l'évidence.

« Maintenant, écoute-moi bien, Jonathan, voilà ce dont je voulais te parler. » Son recours à mon prénom et au tutoiement était sans doute destiné à me mettre à l'aise, mais, pour une raison ou pour une autre, n'atteignit pas le but recherché. « Mon épouse s'inquiète beaucoup pour Oliver. Ce qui n'a rien de surprenant si l'on songe à l'épreuve qu'a été pour lui la mort de son père. Je suis sûr que tu connais l'histoire. Tout le monde est au courant. Je n'en dirai donc pas plus sur ce pauvre vieux Ken. Une perte irréparable, sans doute, surtout pour ses enfants. Je ne pourrai jamais le remplacer, et je n'ai d'ailleurs pas commis l'erreur d'essayer. Oliver passe beaucoup trop de temps seul, et vraisemblablement beaucoup trop de temps à cogiter. Ne jamais consacrer plus de temps à la réflexion qu'à l'action. Telle est ma devise. L'inverse est également vrai. L'équilibre, vois-tu, l'équilibre en toute chose. Là où je veux en venir, c'est que si tu pouvais… le sortir de son marasme, en quelque sorte, nous t'en serions reconnaissants. Tous autant que nous sommes. »

Je n'étais pas vraiment sûr qu'il m'ait fait à ce moment-là un clin d'œil de connivence. Mais c'est l'impression que j'en eus. L'implication de son propos était claire : la reconnaissance de Greville Lashley était une chose qui méritait d'être obtenue.

« Vivien est une jeune fille séduisante, Jonathan. Très séduisante. Je ne saurais reprocher à un jeune homme vigoureux de jeter son dévolu sur elle, comme tu l'as fait, si j'ai bien compris. Bonne chasse, c'est tout ce que je peux te souhaiter. En précisant tout de même que c'est une fille difficile à satisfaire. Bref, j'en viens maintenant à mon premier sujet de préoccupation. L'entreprise Wren & Co. traverse en ce moment… une période délicate. Les temps sont en train de changer. Ce qui est une bonne chose. Inquiétante pour certains, peut-être, mais enthousiasmante pour d'autres. Sans changement, les affaires stagnent. Et une affaire qui stagne ne saurait être prospère. Tu me suis ?

– Euh… oui, monsieur.

– J'ai cru comprendre que tu allais étudier l'économie à l'université. »

Je fus surpris et considérablement perturbé de constater l'étendue des recherches qu'il avait faites sur mon compte. « Euh, oui, c'est exact, répondis-je.

– Alors, je n'ai pas besoin de te faire un cours sur la nécessité où nous sommes de moderniser l'industrie britannique. Plein feu sur la révolution technologique, et le reste. En bref, l'avenir. C'est en prévision de l'avenir que je travaille. Et c'est là-dessus précisément que portent mes projets actuels. Délicatement, comme je l'ai dit, et avec doigté, j'aime à le penser. Le personnel s'inquiète de savoir ce qu'il va advenir de lui si nous fusionnons avec Cornish China Clays. En réalité, il devrait d'abord s'inquiéter de ce qui risque de lui arriver si la fusion ne se fait pas. Une réunion du conseil de direction est prévue dans le courant de la semaine. Oliver t'en a parlé ? Ou Vivien ?

– En fait, ils l'ont fait tous les deux, monsieur.

– Je vois, dit Lashley en hochant la tête, l'air pensif. Et tu en as parlé toi-même à tes… collègues de la comptabilité ?

– Non, monsieur. » Ce qui était vrai. Mais ils apprendraient la nouvelle sans moi bien avant jeudi. Je n'en doutais pas. Et Lashley non plus, selon toute vraisemblance.

« Ce qui témoigne d'une certaine… retenue de ta part. Mais j'aimerais te croire capable d'une attitude plus… engagée, disons. » Il sourit devant mon expression ébahie. « Tu es en bons termes avec Oliver. Avec Vivien, aussi. Et j'ai cru comprendre que tu n'allais pas tarder à faire la connaissance de l'oncle de ma femme et de sa *signora*. En conséquence, il se pourrait que, dans les jours qui viennent, tu apprennes quelque chose qui ait une incidence sur l'issue de la réunion de jeudi. Un éventuel… obstacle au bon déroulement de notre opération. Tu me suis ?

– Je… je crois, oui. Mais…

– Il se peut même qu'il s'agisse de quelque chose dont tu ne saisiras pas la portée. Un fait, une remarque, une attitude, insignifiants à première vue, mais à la réflexion bizarres, inattendus, inexplicables. » Son sourire me pressait de le comprendre à demi-mot. « Si quoi que ce soit de cette nature, même éloigné en apparence, retenait ton attention, Jonathan, il faudrait me le faire savoir aussitôt. Un mot, rien de plus. Entre nous. »

Bizarres, inattendus, inexplicables. Comme, par exemple, l'acharnement d'Oliver à vouloir accéder au sous-sol. Lequel réunissait à lui seul toutes ces caractéristiques. Si ce n'est qu'il ne serait peut-être pas inexplicable aux yeux de Greville Lashley. Si j'avouais maintenant ma contribution, où cela me mènerait-il ? À un renvoi immédiat ? Ou, au contraire, à une admission dans le saint des saints ?

« Tu penses peut-être que Wren est une entreprise à bout de souffle et que le kaolin n'offre aucune perspective d'avenir pour un jeune homme ambitieux et intelligent, poursuivit Lashley. Si c'est le cas, je ne saurais te blâmer. Mais il faut voir les choses en grand. L'avenir est déjà écrit, Jonathan. En chiffres et en lettres. Nous produisons toujours davantage. Ce qui signifie un besoin sans cesse grandissant de papier. Je voudrais que tu voies les rouleaux de cette denrée que vomit quotidiennement l'ordinateur qu'ils ont à CCC. La demande mondiale de kaolin pour la fabrication du papier couché va s'accroître dans des proportions considérables. Et il faut voir au-delà du papier. Une population en constante augmentation consomme de plus en plus. Tasses à café. Dentifrice. Pilules. Préservatifs. Surtout ces derniers, à condition qu'on arrive à réguler la demande, pas vrai ? » Il pouffa de rire, et je fis un effort pour l'imiter. « Bref, il y a du kaolin dans tous ces produits. C'est ça, l'important. Dans ces produits-là, ainsi que dans des centaines d'autres. Ce sera bientôt une industrie mondiale. Et je veux en être. En compagnie de quelques personnes suffisamment motivées pour m'apporter leur soutien et, qui sait, me succéder un jour. Il n'y aura que le ciel pour borner notre action. Que dis-je… même pas. Il y aura dans l'*Apollo* qui atteindra la Lune des dizaines de composants à partir de produits manufacturés contenant du kaolin. Comme tu le vois, les possibilités sont littéralement infinies. Penses-y, Jonathan. Ne l'oublie pas. »

Greville Lashley voyait manifestement dans une fusion avec CCC une échelle vers la réussite – la sienne autant que celle de fidèles prêts à s'accrocher à ses basques. La rhétorique de son discours était creuse et grandiloquente. Il était certainement à la fois trop âgé et trop marginal par rapport aux préoccupations de CCC pour retirer de l'opération à venir autre chose qu'un confortable acheminement vers la retraite. Il parlait de fusion, alors qu'il s'agissait ni plus ni moins d'un rachat. CCC ne ferait qu'une bouchée de Wren. Point final.

À ce moment-là, je serais moi-même sur les premiers barreaux de mon échelle, à Londres. La seule raison qui m'incitait à me montrer prudent chez Wren & Co. dans l'intervalle, c'était Vivien. J'étais déjà amoureux d'elle alors que nous ne nous étions même pas encore embrassés. Je ne supportais pas l'idée de me l'aliéner en me mettant à dos son frère ou un autre membre de sa famille. Mais les secrets que je gardais commençaient à s'accumuler de manière alarmante. Quelque chose allait forcément lâcher. Il ne me restait plus qu'à espérer que Vivien ne m'en rende pas responsable.

Pete Newlove exigea, naturellement, de savoir ce que me voulait Lashley. Je fus obligé d'admettre que je m'étais rendu à Nanstrassoe pendant le week-end. Mais la version que je lui servis de mes contacts avec la famille n'alla guère au-delà de ma partie d'échecs avec Oliver. Je prétendis ne pas avoir vu Vivien du tout. Pete sembla se satisfaire de mon rapport ; en partie, je crois, parce qu'il corroborait l'impression qu'il avait d'elle, celle d'une femme extrêmement distante. Il accepta également sans broncher le fait que Lashley n'avait pas lâché un mot devant moi sur la réunion de jeudi, dont, comme je l'avais prédit, il avait lui-même entendu parler par le téléphone arabe.

« Tout se décide ce jeudi, Jon. Évidemment, toi t'as pas de souci à te faire. Mais pour nous autres, pauvres travailleurs, c'est le grand jour. J comme jugement. G comme guillotine. Ça va sacrément chauffer. »

J'étais désolé pour Pete. Il avait le droit d'être inquiet et manifestement ne soupçonnait pas le moins du monde que je pouvais lui cacher quelque chose. C'était tout aussi bien que sa sœur soit femme de chambre au Carlyon Bay Hotel plutôt que serveuse. J'étais tranquille. Du moins, pour l'instant.

Je trafiquai pareillement l'histoire que je servis à mes parents : Oliver m'avait demandé de l'accompagner, lui et sa sœur, à un dîner avec leur grand-oncle Francis et sa femme. Et j'avais à peine échangé quelques mots avec Vivien à ce sujet. Ma mère était si heureuse de me voir le mardi soir nippé de mon unique costume de sortie qu'elle accepta mon histoire sans demander d'explications. Pas plus sur ce sujet que sur l'arrangement que j'avais censément conclu avec eux concernant le trajet : je devais me rendre à pied jusqu'à Nanstrassoe, d'où nous partirions tous les trois pour l'hôtel.

En réalité, je n'allai pas plus loin qu'Alexandra Road, où j'attendis un moment devant le cinéma le Capitole, avant de voir arriver Vivien dans sa Mini jaune.

Elle était belle dans n'importe quelle tenue, mais l'élégante veste de velours frappé et le pantalon en soie à motifs de fougère qu'elle avait choisis pour notre soirée au Carlyon Bay ajoutaient à sa beauté une maturité que je trouvai presque aussi intimidante qu'attirante.

« Oncle Francis n'a pas eu l'air content quand je lui ai annoncé qu'Oliver avait décliné son invitation, dit-elle en démarrant. Il s'est tout de même un peu déridé quand il a su qu'il allait faire la connaissance de mon nouveau petit ami. Enfin, c'est plus ou moins comme ça qu'il te voit, et je n'ai pas voulu compliquer les choses en le détrompant. J'espère que la situation ne sera pas trop embarrassante pour toi.

– Ça va être terrible, tu veux dire, lançai-je en souriant. Un véritable enfer. »

Elle ôta une main du volant le temps de m'envoyer une tape sur l'épaule. « Chameau, va.

– Pour tout dire, je pense que je suis taillé pour le rôle.

– Non, tu crois ? » me demanda-t-elle en me coulant un regard de biais.

Le palace de station balnéaire qu'était le Carlyon Bay Hotel, avec sa façade Art déco habillée de lierre, ne figurait pas au nombre des établissements que je fréquentais d'ordinaire, c'était le moins qu'on puisse dire. Et pourtant, quand j'y pénétrai ce soir-là aux côtés de Vivien, j'eus l'impression qu'il aurait aisément pu le devenir. Sa seule compagnie apportait la promesse d'un changement de vie radical.

Il faisait suffisamment chaud pour que certains aient choisi de s'installer sous les parasols de la terrasse. Mais on vint nous dire que Francis Wren nous attendait dans le salon. « Trop froid pour les habitués de Capri », chuchota Vivien tandis que nous entrions.

Ce que nous confirma le petit pull que portait Francis sous son blazer. C'était un homme d'une bonne soixantaine d'années, aux cheveux blancs et au teint rougeaud, dont la petite taille accentuait encore l'embonpoint. Mais sa poignée de main était ferme, et ses yeux bleus portaient la marque d'un caractère inflexible. Blazer, foulard et visage buriné lui donnaient l'allure d'un ancien yachtsman dont les meilleures années n'étaient plus désormais qu'un souvenir.

« Luisa est encore en train de se pomponner, expliqua-t-il, avant de nous inviter à prendre un siège et à partager un gin tonic avec lui. Ah, les femmes, les femmes, Jonathan. »

Je souris d'un air condescendant, comme si j'étais un fin connaisseur des travers du beau sexe, ce qui me valut un regard sévère de la part de Vivien. Laquelle nous exposa ensuite à un récit de Francis très décousu concernant la manière dont Luisa et lui avaient occupé ces derniers jours. En résumé, dans l'oisiveté la plus totale. Un peu de lecture, quelques baignades, beaucoup de bains de soleil, et un brin de tennis. S'il avait pris le temps de se pencher sur un quelconque projet de fusion en prévision de la réunion de jeudi, il n'en fit pas mention.

Une fois ce sujet épuisé, il venait juste de s'intéresser au petit mystère que constituait pour lui ma soudaine apparition dans la vie de Vivien quand Luisa fit son entrée dans un nuage de parfum et un chatoiement de bleu nuit. Robe longue, étole, colliers de perles à profusion, elle avait la voix riche et le port altier de la chanteuse d'opéra qu'elle avait été. Mais elle montra aussitôt une gaieté et un entrain communicatifs en pinçant la joue de Francis, en embrassant Vivien à trois reprises et en retenant ma main dans la sienne pendant qu'elle me dévisageait de ses grands yeux marron aux longs cils recourbés. Ses cheveux foncés et brillants étaient tirés en arrière pour dégager la fine ossature de son visage. Elle n'était plus jeune, mais elle avait encore de l'éclat et du charme.

Naturellement, on voulut savoir qui j'étais, d'où je venais, mais je restai aussi laconique – et factuel – que possible. Vivien et moi nous étions rencontrés par l'intermédiaire d'Oliver (vrai) et ne nous connaissions pas depuis longtemps (également vrai). Vivien s'interposa rapidement et avec adresse pour exiger de Luisa qu'elle me décrive le décor de leur villa de Capri.

Mais la tâche s'avéra impossible pour l'ex-diva. « Il faut le voir pour comprendre à quel point il est paradisiaque, expliqua-t-elle. Connaissez-vous Capri, Jonathan ? » Je secouai la tête. « Ah, mais cela ne saurait tarder, à présent que Vivien et vous êtes amis. Et alors... vous comprendrez. »

Capri en compagnie de Vivien : un rêve de plaisirs aussi inaccessibles que délicieux. Mais pourquoi donc inaccessibles ? Je m'efforçai de croire que le rêve pouvait devenir réalité.

En attendant, il me fallait affronter les dangers d'un dîner raffiné. J'étais beaucoup plus étranger aux restaurants des hôtels quatre étoiles que je ne souhaitais le laisser voir à Vivien, mais le repas se déroula sans que j'utilise une seule fois les mauvais couverts ou que je finisse trop vite mon verre. Et j'arrivai à apporter à la conversation deux ou trois contributions qui n'étaient pas complètement stupides. Je surpris même à plusieurs reprises le sourire, disons presque affectueux, que m'adressa Vivien.

Francis ne dit rien qui fût en relation avec les vicissitudes que traversait Wren & Co. en ce moment et resta bouche cousue quand Luisa fit allusion à la « réunion de jeudi ». Il préféra se désoler de l'état de son pays natal aux mains d'un gouvernement travailliste et ne le prit pas mal quand Vivien lui remontra qu'il parlait comme un vieux colonel réactionnaire, faisant remarquer qu'il était bel et bien un ancien colonel et par suite revendiquait le droit d'être réactionnaire. Tout compte fait, il était loin d'être aussi bourru qu'il en avait l'air.

Quand je lui demandai pourquoi il était allé vivre en Italie, il m'expliqua qu'il y avait servi pendant la guerre avec la huitième armée (« depuis la Sicile jusqu'à Venise ») et qu'il était tombé amoureux du pays à ce moment-là. Revenir travailler chez Wren & Co. une fois la guerre finie avait été « une sacrée douche froide », et, au bout de quelques années, il avait été « tout simplement incapable de tenir le coup plus longtemps ». Ce qui se comprenait aisément. Quant à Luisa, « ma rencontre avec elle était la meilleure chose qui m'était jamais arrivée ». Ce qui était aussi tout à fait compréhensible. Sauf à remarquer, comme je le fis de façon fugitive, le sourire contraint de Luisa tandis qu'elle l'écoutait. Malgré l'image du couple heureux, vivant en bonne harmonie, qu'ils donnaient, on sentait la présence d'un ver dans le fruit.

L'histoire de leur première rencontre, qu'apparemment Francis avait racontée maintes fois auparavant, en était un exemple parmi d'autres. Ils s'étaient retrouvés dans le même wagon d'un train qui de Rome roulait à destination de Naples par un doux après-midi de printemps, en 1949. Quelques semaines seulement après que Francis eut définitivement quitté St Austell. Il parcourait le pays sans trop s'en faire, espérant tout de même voir l'occasion se présenter d'un emploi rémunéré avant de se retrouver sans le sou. « C'était quelques jours après ta naissance, ma chérie, dit-il, s'adressant à Vivien. J'avais dans ma poche un télégramme de ton grand-père m'apprenant l'heureux événement. » Son plus grand atout, expliqua-t-il, avait été sa totale ignorance en matière d'opéra. « Je n'avais aucune idée de qui était Luisa. » Ce qui, après des rencontres répétées et fastidieuses avec des admirateurs ou des coureurs de dot, fut pour elle un immense soulagement. Ils n'étaient pas au bout de leur voyage qu'elle lui avait offert le gîte et le couvert dans sa villa de Capri en échange de ses services d'homme à tout faire et de chauffeur. « Je suppose qu'on pourrait dire que depuis rien n'a changé.

– Rien... et pourtant tout », intervint Luisa à point nommé, avant que Francis enchaîne tout naturellement avec une évocation du moment où les effusions énamourées du chauffeur de taxi qui les emmenait de la gare de Naples au ferry pour Capri l'avaient averti de la notoriété de Luisa.

Je n'aurais su dire exactement ce qui ne sonnait pas juste dans cet hymne au mariage de l'amour et du hasard, mais la fausse note était perceptible. Je ne doutais certes pas de la véracité de l'histoire, mais soupçonnais que Francis en omettait une partie – et non la moindre.

C'est peut-être ce qui me poussa à poser la question préparée par Oliver. Luisa me fournit le prétexte idoine en me demandant de ses nouvelles. Je fis un récit enjoué et plein d'autodérision de mes pitoyables efforts pour tenter de le battre aux échecs de façon à mettre Francis en confiance, avant d'aborder le sujet en douceur.

« Pour la plupart des gens, la muscovite n'est qu'un gros caillou gris, m'a dit Oliver, mais, pour le connaisseur, ce peut être la clé de tout. » Je scrutai le visage de Francis en prononçant ces mots ; pas de doute, j'y vis un tressaillement d'inquiétude. La flèche d'Oliver avait atteint sa cible. « Quand je lui ai demandé ce qu'était la muscovite, continuai-je, il s'est contenté de me dire : "Demande à mon grand-oncle, c'est un expert."

– Un expert, dit Francis, affichant un sourire contraint. C'est ce qu'il a dit ?

– Oui.

– Expert en quoi ? demanda Vivien, fronçant un sourcil étonné.

– Que voulait-il dire par là, *caro* ? » demanda à son tour Luisa, perplexe elle aussi.

Francis lui dit quelque chose en italien où je relevai le mot *cristalli*, et qui sembla la satisfaire, mais ne suffit pas à le calmer, lui. Son verre de vin tremblait légèrement quand il le porta à ses lèvres.

« Alors, dis-je, pouvez-vous me dire ce qu'est une muscovite ?

– Je le puis, en effet, répondit Francis, qui se tamponna les lèvres avec sa serviette. C'est un gros cristal de feldspath potassique – un phénocristal, pour employer le terme minéralogique exact – préservé dans une matrice plus tendre au cours du processus de kaolinisation. Les ouvriers en trouvent dans les carrières de temps à autre. Intéressants d'un point de vue purement géologique, il se trouve que ces cristaux sont aussi souvent très beaux. J'ai une petite collection que j'ai rassemblée du temps où je travaillais encore chez Wren. » Je sentis qu'il s'était ressaisi. Quelle qu'ait été la nature du choc que lui avait donné Oliver par mon intermédiaire, il l'avait rapidement encaissé, en croyant probablement que personne n'avait rien remarqué d'anormal. « Maintenant que j'y pense, Vivien, je me souviens avoir montré cette collection à Oliver quand vous êtes venus tous les deux avec

Harriet à Capri l'été dernier. Il reste que le qualificatif d'expert est assez flatteur. J'avais aussi dans le temps une collection de monnaies. Ce qui ne fait pas davantage de moi un numismate qu'un cristallographe.

– Mais comment une muscovite – un cristal de feldspath – peut-elle être "la clé de tout" ? demanda Vivien, sincèrement perplexe.

– Ah, dit Francis, le front plissé par la réflexion. Je suppose qu'Oliver fait allusion à la façon dont les roches à nos pieds, parmi lesquelles une muscovite n'est qu'un exemple particulièrement décoratif, révèlent, à condition d'être correctement étudiées, l'histoire de notre planète depuis des centaines de millions d'années. Changements climatiques. Montées ou baisses du niveau des océans. Mouvements dans les pôles magnétiques. Tous ces phénomènes, la Terre les enregistre, et les traces qu'ils laissent sont là, bien visibles pour qui prend la peine de regarder de près.

– On dirait bien que tu es un expert, finalement, oncle Francis, dit Vivien.

– Détrompe-toi, ma chère. J'en suis bien loin. » Il me regarda par-dessus la table. « Je crains bien en attendant que rien de tout cela ne vous aide à battre Oliver aux échecs, Jonathan. Peut-être n'existe-t-il aucun moyen d'y parvenir.

– Vous-même avez-vous jamais joué contre lui ? demandai-je.

– Une seule fois. L'été dernier, en fait.

– Qui a gagné ?

– Il m'a fait pat, me semble-t-il », dit Francis avec un sourire.

« Tu es conscient, je suppose, qu'avec cette histoire de muscovite tu as été victime d'un coup monté de la part d'Oliver ? » me demanda Vivien tandis que nous quittions le Carlyon Bay à la fin de la soirée.

Regardant derrière moi, je vis Francis nous observer de l'entrée de l'hôtel, son cigare d'après dîner à la bouche, sa main libre levée en signe d'adieu. Comprenait-il lui aussi qu'on lui avait tendu un piège ? Et si oui, croyait-il que j'étais complice dans l'affaire ?

« Peut-être qu'Oliver pensait que votre grand-oncle aurait plaisir à faire étalage de ses connaissances minéralogiques, avançai-je.

– Tu veux rire. C'était un genre de code.

– Mais quel message codé pourrait bien transmettre un morceau de feldspath ?

– Je ne sais pas. Mais, de toute façon, je ne sais jamais ce qu'Oliver a dans la tête.

– Veux-tu que j'essaie de le découvrir ?

– Tu crois que tu pourrais ?

– Peut-être. J'ai droit à quoi si je réussis ? »

Elle me taquina en me faisant attendre sa réponse un moment. « T'emballe pas, tu veux. Je t'en serais reconnaissante, voilà. Très reconnaissante. Ça devrait suffire comme incitation. »

Nous nous embrassâmes pour nous souhaiter bonne nuit avant que je descende de voiture au bout d'Eastbourne Road. Ça n'alla guère plus loin que le genre de baiser plus ou moins de rigueur en pareilles circonstances. Mais c'est sur un nuage que je rentrai à la maison, l'espoir enivrant de la connaître mieux chassant de mes pensées l'idée des ennuis que pourrait m'attirer une relation plus approfondie avec son frère. Elle avait accepté avec enthousiasme ma proposition d'une soirée au cinéma le vendredi. Je ne savais pas quel film était à l'affiche, mais peu m'importait. Si Vivien voulait voir la comédie musicale *Millie*, je n'avais aucune objection.

6

J'étais bien décidé à lancer un ultimatum à Oliver le lendemain matin lors de notre rendez-vous au cimetière. Il se trouva que je n'en eus jamais l'occasion. Il m'attendait près de la chapelle de l'entrée nord, faisant les cent pas et tirant nerveusement sur une cigarette.

« T'es en retard », m'annonça-t-il, comme si nous avions fixé une heure précise. Il avait l'air si impatient et égaré que je fus tenté de lui faire remarquer que si nous nous rencontrions, c'était à sa demande, pas à la mienne.

« Bonjour quand même, Oliver », rétorquai-je plutôt froidement.

Il accueillit le reproche avec un sourire renfrogné. « Alors, tu as passé une bonne soirée hier ?

– Oui, tout à fait.

– Et tu as interrogé Francis sur les muscovites. Mission accomplie de part et d'autre, donc. »

Son affirmation me laissa perplexe. « Comment peux-tu...

– Vivien m'a tout raconté quand elle est rentrée hier soir. Elle m'a accusé d'avoir monté un coup contre toi. De manière assez compréhensible, je suppose, puisqu'elle ne sait rien de notre marché. Et je suis sûr que tu préférerais qu'elle continue à n'en rien savoir.

– Justement, à ce sujet, je...

– Laisse tomber. J'ai pas le temps maintenant. Et puis, je ne voudrais pas te mettre en retard pour ton boulot. Vivien m'a dit que le vieux avait eu tout à coup l'air de quelqu'un qui voit un fantôme quand tu lui as posé la question. Tu dirais la même chose ?

– Oui, je suppose. Encore que...

– Tais-toi et écoute-moi. Il faut qu'on fasse vite. Je crois qu'ils sont après moi.

– Qui ça, "ils" ?

– Peu importe. Mais si ça t'intéresse vraiment, va le lui demander », dit-il en désignant un point derrière moi du bout de sa cigarette.

Quand je me retournai, je ne vis rien d'abord en dehors des rangées de pierres tombales dressées dans le silence et de la lumière pâle du matin. Puis je repérai, à quelque distance de nous, une silhouette habillée de marron, qui se déplaçait lentement dans une des allées. Difficile d'en être sûr, mais l'homme semblait occupé à déchiffrer certaines inscriptions ; quoi qu'il en soit, il n'avait pas du tout l'air de s'intéresser à nous.

« Il s'appelle Strake, reprit Oliver. Il a travaillé pour Wren à une époque. À présent, il travaille pour... là, c'est la question à mille livres. Ça fait déjà plusieurs jours qu'il me suit. J'en suis sûr et certain.

– Arrête, t'es pas sérieux, là.

– Si tu ne me crois pas, attends de voir ce qui se passe quand on partira.

– Tu as besoin de te détendre, Oliver. Ça devient...

– Écoute-moi, tu veux, m'interrompit-il, en agrippant mon bras pour me convaincre de l'importance de son propos. J'ai de bonnes nouvelles pour toi, Jonathan. Je vais te libérer du fardeau que je t'ai collé sur les épaules. Je veux simplement que tu dises à mon beau-père que je me suis confié à toi. Et voici ce que je t'ai révélé : que j'avais déjà trouvé des renseignements précieux dans les archives avant qu'il ait donné l'ordre de verrouiller la grille du sous-sol, que je serais bien retourné en chercher d'autres si j'en avais eu la possibilité, mais que, finalement, ça n'a pas d'importance ; j'en ai suffisamment.

– À quel sujet ?

– Dis-lui que je n'ai pas voulu te donner plus de précisions. Si tu veux mettre Vivien dans le secret, vas-y. Ainsi que Francis, si tu tombes sur lui. Explique-leur que, si tu divulgues ces révélations, c'est parce que tu te fais du souci pour moi.

– Justement, je m'en fais.

– C'est pas la peine. Je sais très bien où je vais. Mais si on agit comme ça, je te mets au-dessus de tout soupçon. Pas de fabrication d'un double de clé; pas d'accord secret conclu entre nous. C'est plutôt généreux de ma part, tu ne trouves pas ? »

Ça l'était – un peu trop pour être honnête, à dire vrai.

« Pourquoi ne pas me dire carrément ce que tu cherches, Oliver ?

– Plus tard peut-être. Si tu fais une dernière chose pour moi. Je sais que tu conduis, mais est-ce que tu as une voiture ?

– Non, je n'en ai pas les moyens.

– Tu pourrais emprunter celle de ton père ?

– Oui, probablement. » En fait, je n'avais en principe aucun mal à convaincre mon père de me laisser l'utiliser tant que je ne renouvelais pas ma demande trop souvent. Lui-même s'en servait peu. « Pour quoi faire ?

– Je voudrais que tu m'emmènes quelque part ce soir.

– Où ça ?

– Viens me prendre à Nanpean. Gare-toi devant le pub. Sois là-bas pour 7 heures. J'arriverai par le bus en provenance de Newquay. Dès que tu le vois approcher de l'arrêt, tu te tiens prêt à démarrer. Il faudra qu'on file en vitesse.

– Qu'on file en vitesse ? Et pourquoi ça ?

– Sois au rendez-vous, c'est tout. D'accord ? Sinon, préviens-moi à l'avance si t'as l'intention de me laisser tomber.

– Qui a dit que je voulais te laisser tomber ? »

Ses yeux bleus me transpercèrent. Je remarquai que ses pupilles étaient anormalement dilatées. Je me demandai – et ce n'était pas la première fois – s'il était entièrement sain d'esprit.

« Est-ce que je peux compter sur toi, Jonathan ? »

Je sentis à quel point il voulait m'entendre l'assurer de mon soutien. « Bien sûr, j'y serai, murmurai-je. Mais pourquoi...

– Assez de questions, s'il te plaît. Je vais partir dans cette direction, dit-il en pointant du doigt la grille en bas du cimetière.

Reste ici et regarde ce que fait Strake, tu veux ? Comme ça, tu sauras si je suis paranoïaque ou pas. »

Il pivota sur ses talons et s'éloigna à grandes enjambées. Strake cessa aussitôt de déchiffrer ses inscriptions pour lui emboîter le pas. Pas de doute, il filait Oliver. Il accélérait régulièrement l'allure, coupant à travers les tombes en diagonale, son imper marron gonflé par le vent derrière lui.

Il avait un feutre posé de guingois sur la tête, dont le bord m'empêchait de voir son visage, mais un mouvement du bras et une volute de fumée m'apprirent qu'il fumait.

Oliver arriva à la hauteur de la grille et la franchit. Strake pressa le pas, et bientôt il sortait à son tour du cimetière. Je me retrouvai seul.

D'un côté, Oliver m'avait fourni exactement ce dont j'avais besoin : un prétexte susceptible de convaincre Vivien – et son beau-père – que je ne saurais être tenu pour responsable des agissements de son frère et de leurs conséquences, quelles qu'elles puissent être. Mais d'un autre, il continuait à me manipuler et à se servir de moi pour l'aider à réaliser les sombres desseins dont j'ignorais tout. Durant le reste du trajet, je réfléchis aux conditions pratiques qui me permettraient de transmettre le message d'Oliver à Greville Lashley. Devenir un habitué du bureau du boss juste avant une réunion critique du comité de direction risquait d'éveiller les soupçons de mes collègues de la comptabilité. C'est pourquoi je décidai de saisir ma chance quand je croisai Lashley dans la cour, au moment où il se dirigeait à grands pas vers sa voiture. Il n'était pas 9 heures, et il repartait déjà, au lieu d'arriver, comme l'eût voulu la normale. Il avait manifestement commencé sa journée de très bonne heure – signe évident des moments chaotiques que traversait l'entreprise.

« Puis-je vous dire un mot rapide, monsieur Lashley ? demandai-je en l'interceptant.

– Vraiment en vitesse alors, dit-il sans ralentir l'allure.

– C'est au sujet d'Oliver. »

Il eut un rictus douloureux, comme si une dent gâtée venait tout à coup de le lancer. « Monte dans la voiture, dit-il. Tu me raconteras ça en route. »

J'étais déjà installé sur le siège au cuir lisse de la Jaguar et Lashley sortait en trombe de la cour quand je songeai à demander où nous allions.

« J'ai une réunion à la direction de Cornish China Clays. Il te faudra revenir de là-bas à pied, je le crains. Mon emploi du temps est très serré aujourd'hui. »

Si serré qu'il en méprisait les limitations de vitesse. À ce train-là, et si les conditions de circulation étaient bonnes, nous allions nous retrouver à destination en quelques minutes. Je n'avais pas de temps à perdre en préambules inutiles. « J'ai réfléchi à ce que vous m'avez dit lundi, monsieur, à propos d'événements... sortant de l'ordinaire.

– Tiens donc ! J'en déduis qu'il s'est effectivement passé quelque chose d'inhabituel. Et qu'Oliver n'y est pas étranger.

– C'est bien le cas.

– Jusque-là, rien de surprenant. Le garçon est un spécialiste de l'inhabituel. De quoi s'agit-il ?

– Eh bien... de quelque chose qu'il m'a dit... dimanche dernier.

– Alors, tu le craches, oui ou non ?

– Il a dit... voilà ce qu'il a dit exactement : qu'il avait déjà trouvé des renseignements précieux dans les archives avant que l'ordre soit donné de verrouiller la grille du sous-sol, et que, même s'il serait bien retourné en chercher davantage s'il avait pu, ça n'avait finalement pas d'importance, parce qu'il en avait suffisamment. »

La première réaction de Lashley fut de ralentir significativement l'allure, tout en multipliant les hochements de tête pensifs. Je commençai à me demander s'il allait dire quelque chose et finis par combler moi-même le silence.

« La raison qui me pousse à vous informer n'est pas l'éventuelle incidence que ça pourrait avoir sur... les pourparlers entre Wren et CCC, mais...

– Mais que tu t'inquiètes de l'état d'esprit d'Oliver en ce moment. »

Comment le nier ? Il m'avait ôté les mots de la bouche.

« Heu… oui.

– Moi de même, Jonathan, moi de même. Je suppose qu'il ne t'a pas dit ce qu'il cherchait dans le sous-sol, n'est-ce pas ?

– Non, monsieur.

– Ni ce qu'il avait en quantité suffisante ?

– Je le lui ai demandé, mais…

– Sans résultat.

– Exactement.

– Eh bien, je te serais reconnaissant d'essayer encore.

– Entendu.

– Il y a forcément un lien avec la mort de son père. Tu t'en es rendu compte, je suppose.

– Je m'en doutais, oui.

– D'après Muriel, Oliver est convaincu que son père n'aurait jamais accepté une fusion avec CCC. Et c'est Ken, bien sûr, qui serait aujourd'hui à la tête de l'entreprise s'il n'avait pas… mis fin à ses jours. Pour autant que je sache, c'est bien possible. Ken était un sentimental. Mais le fait est que ce n'est pas lui qui est aux commandes, c'est moi. Et il n'y a aucune place pour les sentiments dans cette affaire. »

Au fil de notre conversation, j'avais perdu toute conscience de notre environnement, si bien que j'eus un sursaut de surprise en voyant soudain se dresser le grand bâtiment de béton et de verre du siège de Cornish China Clays. Un gardien en uniforme dans sa guérite porta la main à sa casquette pour saluer Lashley et leva la barrière, nous laissant entrer au pas dans le parking pour aller nous garer près de l'entrée principale.

« Merci d'avoir été aussi franc avec moi, Jonathan, me dit Lashley tandis que nous descendions de voiture. J'apprécie vraiment. » Cette dernière remarque, il me l'adressa par-dessus le toit de la Jaguar, accompagnée d'un sourire qui se refléta dans la peinture lustrée du métal. « Au fait, je ne t'ai pas demandé comment s'était passé le dîner avec Francis et Luisa.

– Oh, très bien, merci. Ils se sont montrés... très amicaux.

– J'en déduis qu'ils sont bien disposés. Espérons que ça va continuer. Allez, tu ferais bien de ne pas traîner, mon garçon, dit-il après un coup d'œil à sa montre. Sinon, Maurice Rowe va t'écorcher vif. »

J'eus beau ne pas traîner, j'aggravai encore mon retard en m'arrêtant dans une cabine téléphonique pour appeler mon père à la banque et lui demander s'il me prêterait sa voiture le soir même. C'était pour rendre service à un membre de la famille Wren, lui expliquai-je, ce qui ne manqua pas de l'impressionner. Se faire bien voir de son employeur était une pratique qu'il recommandait vivement. Le prêt de la voiture fut donc accordé.

En fait, Maurice Rowe fit peu de cas de mon arrivée tardive au travail, en grande partie parce que la réunion du lendemain était désormais au centre de toutes les préoccupations, à l'exclusion de tout autre sujet ou presque. Pete, par exemple, fut incapable de parler d'autre chose au General Wolfe pendant l'heure du déjeuner. Jusqu'à ce que je l'aiguille sur une autre voie grâce à une question portant sur un ancien employé de chez Wren.

« Strake ? Gordon Strake ? Ouais, bien sûr que je me souviens de lui. Comment t'as entendu parler de lui ?

– C'est juste que j'ai entendu son nom mentionné deux ou trois fois... là-bas, à Charlestown.

– Ah bon ? » Il eut l'air légèrement surpris, comme il avait toute raison de l'être, évidemment. « Eh ben, Lashley l'a licencié l'an dernier. C'était un de nos VRP. Pas assez performant, je suppose.

– Qu'est-ce qu'il fait maintenant ?

– Pas la moindre idée. Il est toujours à St Austell, remarque. Je l'ai vu au bureau de paris sportifs. »

Avant que j'aie eu le temps de lui soutirer d'autres renseignements sur le compte de Strake, il était revenu au sujet du jour : la fusion de Wren avec – ou son rachat par – CCC.

Le soleil s'imposa peu à peu ainsi que le bleu dans le ciel au fil de l'après-midi. Le temps qui m'accueillit quand je quittai St Austell au volant de la voiture était calme et clair, la lumière découpant avec précision le contour de chaque haie et de chaque maison. J'arrivai très en avance à Nanpean, et, une fois garé devant le pub, j'entrai m'acheter un demi de bitter et revins m'asseoir dehors. Où, tout en regardant passer les voitures, j'entrepris d'attendre que le bus Newquay-St Austell pointe son nez à l'entrée du village.

Il était presque 7 h 10 quand le 58A vert et poussiéreux fit poussivement son apparition. Je me levai quand il passa devant moi et entrevis, collé à la fenêtre, le visage scrutateur d'Oliver. Je vidai mon verre et me dirigeai vers la voiture.

Le bus s'arrêta devant la poste, un peu plus loin que le pub. Plusieurs personnes en descendirent, Oliver parmi elles. Il fonça vers moi, fronçant les sourcils d'irritation en constatant que je n'étais pas prêt à partir. Mais le temps qu'il se jette sur le siège passager, j'avais mis le moteur en route et j'attendais qu'il me dise où il voulait aller.

« On repart dans la direction d'où je viens, dit-il en donnant un coup sec du plat de la main sur le tableau de bord pour ponctuer son propos. Et vite. »

Par chance, la route était dégagée. Je démarrai sur les chapeaux de roue et enfonçai la pédale d'accélérateur, sans que la voiture réagisse autrement qu'avec son habituelle paresse. Je jetai un coup d'œil en direction du pub dans mon rétroviseur et vis une silhouette familière quitter l'arrêt du bus à la hâte et essayer de nous suivre des yeux : Strake.

« Tu le vois ? demanda Oliver.

– Qu'est-ce qu'il fait là ?

– Il n'a pas arrêté de me filer de toute la journée.

– Il t'a suivi jusqu'à Newquay ?

– Oui, dit Olivier, avant d'éclater d'un rire nerveux et forcé. Jolie perte de temps pour lui. J'espère qu'il a apprécié la glace qu'il a mangée pendant que j'étais assis sur la plage.

– Où est-ce qu'on va maintenant ?

– À St Dennis. Je te donnerai d'autres indications une fois là-bas. » C'est alors que je remarquai pour la première fois le petit sac à dos des surplus de l'armée passé sur son épaule. Il se tourna sur le côté pour l'ouvrir et fouiller à l'intérieur.

« Pourquoi es-tu allé à Newquay ? demandai-je tandis que nous laissions le village derrière nous et prenions de la vitesse.

– Pour fatiguer Strake de façon à pouvoir le semer plus facilement.

– Ma foi, c'est réussi.

– Oui. Je me suis plutôt bien débrouillé, non ?

– Pour qui travaille-t-il, celui-là ?

– Demande-le-lui la prochaine fois que tu le vois. Je suis sûr que tu n'auras pas longtemps à attendre.

– Où on va ?

– Ça non plus, tu n'auras pas à attendre longtemps pour le savoir. Pour l'instant, contente-toi de rouler. »

Effectivement, dès que nous eûmes atteint St Dennis et qu'il m'eut dit de prendre la route secondaire pour Enniscaven, je sus que notre destination était Goss Moor. La lande s'étendait devant nous, plate et sans relief, d'un brun-gris dans les ombres grandissantes des terrils de kaolin.

Nous suivîmes la route étroite qui traversait Enniscaven, avant de franchir une grille empêchant le passage du bétail. Un kilomètre plus loin, Oliver m'ordonna de m'arrêter à l'entrée d'un chemin de terre creusé d'ornières qui s'enfonçait au cœur de la lande entre des broussailles et des arbres rabougris. C'était là que, neuf ans plus tôt, s'était déroulé le drame.

« C'est ici que ton père est mort, n'est-ce pas ? » demandai-je.

Oliver se contenta de regarder droit devant lui à travers le pare-brise, perdu dans la contemplation des scènes qu'il se remémorait. « Allez, descendons », finit-il par dire.

L'air était immobile et silencieux. On entendait au loin la rumeur étouffée de la circulation sur l'A30 ainsi que le grondement d'un train sur la ligne secondaire de Newquay, mais plus près... rien. Oliver ouvrit son sac à dos d'où il sortit un appareil photo.

« Je voudrais que tu me prennes en photo, Jonathan, dit-il d'un ton détaché.

– Comment, ici ?

– Oui. Il faut que ce soit ici.

– Pourquoi ?

– Fais-le, c'est tout, dit-il en me tendant l'appareil. La pellicule est prête ; tu n'as qu'à appuyer sur le bouton.

– D'accord.

– Reste où tu es, dit-il avant de s'éloigner de quelques mètres le long du sentier et de se retourner face à moi. Vas-y. »

Il avait l'air chétif et vulnérable dans le viseur, forme frêle et pâle en jean et pull vert, le sac à dos kaki pendant à son côté, ses cheveux blonds dorés par le soleil, le regard vide, fixé sur l'appareil, avec calme et résolution, mais aussi, me sembla-t-il, lassitude. Derrière lui, le chemin sinueux se perdait au milieu des ajoncs et des fougères, avec en arrière-plan une rangée de pylônes électriques et un horizon mal défini. La nature était neutre ici ; seul l'esprit d'Oliver était habité de fantômes.

Je pris la photo et baissai l'appareil.

– Prends-en encore deux, dit-il en revenant vers moi.

– Je peux en prendre autant que tu veux.

– Non. Il n'en reste que deux sur la pellicule. »

Quand il passa à côté de moi, je jetai un coup d'œil sur le compteur de prises de vues et remarquai qu'il était sur 22. Je ne pus m'empêcher de me demander ce qu'il y avait sur les autres. Mais je m'abstins de poser la question.

« Je suis prêt. » Il s'était placé sur le bord du chemin, à un endroit bien précis. Je réarmai et pris la photo. Puis il me désigna le talus herbeux de l'autre côté en me disant : « Maintenant, tu en prends une de là-bas.

– Pas de problème. »

J'allai à l'endroit qu'il m'avait indiqué. Il se positionna près de la voiture et d'un signe de tête me fit savoir qu'il était prêt. Un dernier clic se fit entendre. « Voilà, c'est fait.

– Très bien », dit-il en montant dans la voiture.

Il tenait le sac à dos ouvert quand je le rejoignis. Je lui tendis l'appareil, qu'il rangea aussitôt avant de refermer la boucle avec soin.

« Qu'est-ce que tu te rappelles de ce qui s'est passé ce jour-là, Oliver ? demandai-je d'une voix aussi douce que possible.

– Le jour où mon père est mort ?

– Oui.

– Je me rappelle tout.

– Mais... tu n'avais que sept ans.

– Peu importe. J'ai fait ce qu'il fallait pour, vois-tu. Pour m'assurer que je n'oublierais jamais rien.

– Tu... tu reviens souvent ici ?

– Aussi souvent que j'en ai besoin.

– Et...

– On peut y aller maintenant, s'il te plaît ? J'ai ce que je voulais. »

Sur les instructions d'Oliver, je repris la direction d'Enniscaven, puis coupai par Roche pour, de là, rattraper la route de St Austell. Il ne manifestait aucune intention de parler, mais je ne lui accordai que quelques kilomètres de silence avant de le sonder à nouveau.

« Pourquoi voulais-tu que je prenne ces photos, Oliver ? »

Il ne répondit pas tout de suite, mais fronça le sourcil d'un air pensif comme s'il réfléchissait à ce qu'il devait dire. Tout ce que j'obtins finalement de lui fut une question en réponse à la mienne : « Comment a réagi mon beau-père quand tu lui as dit que j'avais suffisamment d'informations ?

– Tu ne crois pas que j'ai droit à une explication ? demandai-je avec un rire sec.

– Non. »

Nouveau rire devant son refus désinvolte de jouer le jeu autrement que selon ses règles. « T'es vraiment impossible, Oliver. Tu le sais, ça ?

– Comment a réagi mon beau-père ?

– Il a dit qu'il s'inquiétait de ton état d'esprit, dis-je en poussant un soupir.

– Vraiment ?

– D'après lui, tu t'es mis dans la tête que ton père n'aurait jamais permis le rachat de Wren par CCC.

– L'hypothèse est intéressante.

– Tu crois vraiment que ton père aurait été contre ?

– Comme je viens de te le dire, l'hypothèse est intéressante.

– Pourquoi crois-tu que ton père s'est donné la mort ? demandai-je à brûle-pourpoint, espérant le prendre par surprise.

– Je ne crois pas, j'en suis sûr.

– Vraiment ?

– Oui.

– Et pourquoi ?

– Pour garder un secret.

– Quel secret ?

– Si je te le disais, je déprécierais considérablement son geste. Cela signifierait que le secret n'a pas été gardé. Si bien que je ne peux pas te répondre. Désolé. »

Décidé à ne pas lui laisser voir à quel point j'étais exaspéré, je laissai quelques secondes s'écouler avant de revenir à la charge.

« Depuis combien de temps connais-tu la raison de son suicide ?

– Bonne question, Jonathan. La tactique est habile.

– Tu vas répondre, cette fois ?

– La réponse est... depuis peu.

– En ce cas, je suppose que tes activités de ces derniers jours – tes recherches dans les archives de Wren, la question sur la muscovite que tu m'as demandé de poser à ton grand-oncle, jusqu'aux photos que je viens de prendre – ont toutes trouvé leur raison d'être dans ce que tu as découvert.

– C'est ce que tu dirais, hein ?

– Oui. Et... j'aurais raison ?

– Eh bien, je vais te dire. Dans un tournoi d'échecs de haut niveau, tu joues contre la montre autant que contre ton adversaire. Quarante coups en deux heures et demie, c'est la moyenne. Tu ne peux donc pas te permettre de réfléchir avant chaque coup durant la partie. Il faut que tu te sois préparé avec soin. Que tu aies joué la partie dans ta tête avant d'avancer ton premier pion.

– Mais tu ne peux pas prévoir les coups de ton adversaire en même temps que les tiens.

– Tu serais surpris de constater le nombre de fois où tu peux.

– Enfin bref, ça ne...

– Est-ce que tu pourrais obliquer en direction de Scredda un peu plus loin ? La route jusqu'à St Austell sera plus tranquille. »

Je me doutais qu'il devait y avoir une autre raison à son choix que l'absence de circulation, mais je me gardai de tout commentaire. De toute façon, je ne tarderais pas à être fixé. Avant que la route étroite et sinueuse ait atteint le hameau de Scredda, il me demanda de m'arrêter le long d'un talus herbeux, couronné d'un fouillis de broussailles et de haies emmêlées.

« Je vais marcher », m'annonça-t-il tout de go.

C'était indiscutablement le meilleur moyen pour lui de ne plus avoir à se dérober à de nouvelles questions de ma part. Je me tournai vers lui. « Je ne sais pas ce que tu as dans l'idée de faire, Oliver, mais vouloir le faire seul n'est pas la solution. Je voudrais t'aider. Je le voudrais vraiment, mais tu...

– Tu m'as déjà beaucoup aidé, Jonathan. Et je t'en suis reconnaissant. Continue sans moi. Ça ira, ne t'inquiète pas. » Sur ces mots, il ouvrit la portière et sauta sur le talus. Puis il la claqua d'un coup sec avant de taper sur le toit pour m'enjoindre de démarrer.

J'hésitai à descendre de voiture moi aussi, pour tenter de le raisonner. Mais ses refus réitérés m'avaient mis en colère. Je ne pouvais le forcer à m'inclure dans sa confidence. Et à cet instant je n'avais même pas envie d'essayer. J'embrayai et démarrai.

Je jetai un coup d'œil dans le rétroviseur : Oliver me regardait, une jambe repliée contre la pente du talus, sa main gauche posée sur son genou, tandis que de la droite il faisait basculer la bretelle de son sac à dos sur son autre épaule.

Le tournant suivant, dans la côte qui montait vers Scredda, le fit disparaître à ma vue.

7

Chez Wren & Co. le lendemain matin, il n'y avait qu'un sujet de conversation, un seul capable de monopoliser l'attention de tous : la fatidique réunion du comité de direction, programmée pour 10 heures. Au cours de l'heure qui en précéda le début, l'arrivée des différents membres du comité fut surveillée de près, et sans trop de discrétion, par les fenêtres des bureaux de la comptabilité.

Greville Lashley était déjà là, bien sûr, comme en témoignait la présence de sa Jaguar verte à sa place habituelle. On vit bientôt une Rover bordeaux garée à côté, signe que Muriel et Harriet l'avaient rejoint. Puis un taxi déposa Francis, et le conseil afficha complet. Pete prit en douce quelques paris sur le temps que dureraient les débats, et le jeu de l'attente commença.

La réunion avait débuté depuis une demi-heure quand Polly, sur le téléphone de laquelle arrivaient les rares appels qui m'étaient destinés, vint m'annoncer tout essoufflée qu'une « jeune dame » voulait me parler.

C'était Vivien. Une surprise, mais pas la seule.

« Tu aurais une idée de l'endroit où se trouve Oliver ? me demanda-t-elle d'une voix où perçait l'inquiétude.

– Non... pourquoi ?

– Il n'est pas rentré hier soir. Maria a d'abord cru qu'il faisait la grasse matinée, mais, quand elle lui a monté une tasse de thé, ce matin, elle a constaté que son lit n'était pas défait.

– Ma foi, je...

– Personne ne l'a vu depuis hier après-midi. Je ne sais pas quoi faire. Mère et tante Harriet sont à la réunion du conseil.

– Oui, je sais. Écoute... » Qu'est-ce qu'Oliver avait encore bien pu manigancer ? La question me tarauda l'esprit un moment. « Je l'ai vu hier soir, Vivien. Il m'a demandé de le conduire à Goss Moor. Et c'est ce que j'ai fait.

– Où ça ?

– Goss Moor.

– Tu veux dire...

– J'en ai peur, oui. » Il était inutile d'être plus précis. Vivien savait qu'il n'y avait qu'un seul endroit sur la lande où Oliver pouvait vouloir aller.

« Pourquoi as-tu accepté de l'emmener là-bas, bon sang ?

– Je n'avais pas de raison de refuser, objectai-je avec un soupir.

– Mais tu ne l'as pas... laissé seul ?

– Non, non, je l'ai ramené. Enfin... pas jusqu'au bout. Je l'ai déposé près de Scredda. Il a dit qu'il ferait le reste du chemin à pied.

– Scredda ?

– Oui. C'est pas très loin. Moins de deux kilomètres.

– C'était vers quelle heure ?

– Oh... un peu après 20 heures, je dirais.

– Et tu l'as abandonné sur le bord de la route, comme ça ? »

Le reproche était audible à présent et s'ajoutait à l'angoisse qui n'avait cessé de croître.

« C'était à sa demande.

– Tu pourrais me montrer l'endroit où tu l'as quitté ? Je veux dire l'endroit précis ?

– Oui, certainement. Mais...

– Je passe te prendre dans cinq minutes. »

Un heureux hasard voulut que Maurice Rowe ne soit pas dans le bureau quand la Mini de Vivien pénétra dans la cour. La conductrice donna un coup de klaxon et leva les yeux vers moi. Je lui fis signe que j'arrivais et demandai à Polly au passage de dire à Rowe qu'une urgence familiale me réclamait. Rien de moins que la vérité, si ce n'est que la famille en question n'était pas la mienne.

Si je n'avais pas déjà commencé à regretter d'avoir emmené Oliver à Goss Moor, l'expression qu'affichait Vivien aurait suffi à m'en convaincre. C'était son inquiétude évidente pour son frère qui l'empêchait de donner libre cours à sa colère à mon encontre.

« Je ne comprends pas pourquoi tu ne m'as pas prévenue de ce que faisait mon frère, dit-elle sèchement quand la voiture se mit en route.

– Je pensais vraiment qu'il n'y avait pas là de quoi s'affoler, répliquai-je piteusement.

– Raconte-moi au moins ce qui s'est passé. »

Je lui servis la version que j'avais donnée à son beau-père à propos des recherches d'Oliver dans les archives de Wren & Co., mais lui fis par ailleurs un historique exact et complet de la situation : la conviction qu'avait Oliver d'être suivi par Strake, notre rendez-vous à Nanpean, la séance de photos à Goss Moor, notre séparation à Scredda.

« Pourquoi ce Strake le suivrait-il ?

– Je ne sais pas, Vivien. Mais c'est un fait.

– Et puis, ces photos... Qu'est-ce qu'Oliver voulait en faire ?

– Je n'en sais rien non plus.

– Où est-ce qu'il pourrait bien être en ce moment ?

– Peut-être chez un ami.

– Il n'a pas d'amis à St Austell.

– Un ancien camarade d'école, alors. Il a pu prendre le train de nuit pour Londres... ou ailleurs sur la même ligne. »

L'explication me paraissait tout à fait plausible. Et je sentis que Vivien aurait bien aimé s'en convaincre. « Espérons-le », dit-elle en accélérant le long de Menacuddle Hill – la route la plus directe pour atteindre Scredda.

Vivien gara la Mini à l'entrée d'un champ, à quelques mètres de l'endroit où j'avais laissé Oliver. La scène était telle que je me la rappelais : un sentier qui s'incurvait au pied d'un talus herbeux couronné d'arbustes et de buissons. Rien de notable là-dedans.

« Il est parti dans quelle direction ? demanda Vivien en jetant un regard circulaire alentour, les bras croisés sur la poitrine.

– Je ne peux pas te dire. Il était encore à côté du talus quand je suis reparti.

– Dans quelle direction regardait-il, alors ? »

Bonne question. « Vers le haut... je crois.

– Le haut du talus ?

– Oui. » Il avait eu une drôle de façon de faire passer la bretelle de son sac à dos par-dessus sa tête, maintenant que j'y repensais. Comme si... « Je crois qu'il a dû monter par là. »

Le talus était raide et glissant. Je le gravis tant bien que mal, aidant ma compagne en la tenant par la main. Il y avait au sommet une clôture piétinée de barbelés rouillés, puis une épaisse ceinture d'arbres et de buissons d'épineux, au-delà desquels le terrain descendait abruptement, découvrant à la vue la surface miroitante d'un lac à nos pieds.

« C'est la carrière de Relurgis, dit Vivien, qui m'avait lâché la main et regardait, les yeux plissés, la nappe d'eau en contrebas.

– Tu connais cet endroit ?

– C'est le premier gisement à avoir été exploité par mon arrière-grand-père aux débuts de l'entreprise. »

Ce n'était donc pas un hasard si Oliver avait voulu que je l'arrête là. Croire le contraire aurait été stupide. Il était venu ici – précisément sur les lieux où Wren & Co. avait commencé sa carrière commerciale en l'an 1895 – pour une raison qui ne pouvait être que très particulière.

« Oliver ! appelai-je, sans vraiment attendre de réponse. O-li-ver ! » L'écho une fois éteint, le silence retomba.

« Il faut que nous descendions voir », dit Vivien, en s'engageant vivement dans la descente.

L'eau était d'un bleu laiteux, encore blanchie par les dépôts d'argile en dépit du fait que la carrière était depuis longtemps désaffectée. Les flancs des collines qui ceignaient le bassin étaient escarpés et abondamment boisés, mais, plus loin sur notre gauche, le sol descendait en pente douce, et j'aperçus un petit embarcadère sur lequel débouchait un chemin, qui arrivait sans doute d'un point situé plus loin sur la route.

Il aurait été plus logique de retourner à la voiture et d'essayer de rejoindre le lac en faisant le tour par le sentier, mais Vivien, incapable de raisonner de manière cohérente, préféra se forcer un passage à travers les broussailles en partant de l'endroit où nous nous trouvions et suivre ainsi le trajet sans doute emprunté par Oliver lui-même. Je lui emboîtai le pas tant bien que mal.

Quand je la vis s'arrêter brusquement sur la crête d'une petite éminence où les arbres étaient plus clairsemés, je pensai d'abord qu'elle ne voyait plus comment redescendre de l'autre côté. Ce n'est qu'en arrivant à sa hauteur que je compris que, si elle s'était immobilisée, c'était à la vue de ce qui flottait à la surface de l'eau en dessous de nous.

Le vert du pull d'Oliver avait dû lui signifier dans l'instant de quoi il s'agissait : un corps, *son* corps, visage dans l'eau, bras et jambes largement écartés. C'était ce qu'elle craignait depuis le début, la découverte que nous redoutions mais que nous avions tue. Oliver était mort. Elle avait dû s'en rendre compte aussitôt. Et la douleur l'avait engloutie – une douleur plus profonde, plus désespérée que le choc que je ressentais moi-même.

« Vivien, dis-je en lui prenant doucement l'épaule, je suis là. »

Elle se retourna vers moi. Son regard exprimait l'horreur et l'incompréhension, et sa lèvre inférieure tremblait. Ses yeux étaient inondés de larmes. Elle fronça les sourcils, l'air de ne pas savoir qui j'étais, ni pourquoi j'avais dit – bien inutilement – que j'étais là. « Il faut que je sauve Oliver », souffla-t-elle dans un murmure.

Que personne ne puisse plus rien pour son frère, elle devait en être consciente, même si elle était incapable de l'admettre. « Laisse-moi faire », dis-je en passant devant elle, avant de me précipiter dans la pente. Que je descendis en longues glissades, convaincu qu'il vaudrait mieux que j'atteigne Oliver le premier. J'entendis Vivien qui me suivait de son mieux, mais je ne regardai pas en arrière.

Arrivé en bas, je me retrouvai sur une berge d'argile schisteuse, étroite et légèrement incurvée, renforcée par les racines emmêlées des arbres alentour. Oliver n'était pas à plus d'une dizaine de mètres du bord. Plus aucun doute à présent : c'était bien lui – les cheveux blonds, le corps frêle, le pull vert et le jean –, et il était bien mort. J'ôtais veste et chaussures et entrai dans l'eau, avant de me mettre à nager quand je commençai à perdre pied.

Les mains d'Oliver et la partie de son visage que je pouvais voir étaient d'une blancheur de marbre, la peau fripée par une longue immersion. Je passai un bras autour des épaules et remorquai le corps jusqu'à la rive, où attendait Vivien.

Elle m'aida à le retourner une fois que je l'eus tiré sur la berge. Il était étendu à nos pieds, pâle et immobile, ses cheveux mouillés collés à son front. Les yeux clos, il avait l'air parfaitement en paix. Vivien posa une main sur son visage et le caressa doucement, comme elle l'aurait fait avec un enfant endormi.

« Je suis désolé, Vivien, dis-je, n'osant pas, malgré mon envie, lui passer un bras autour des épaules. Tellement désolé. »

Elle ne répondit rien, tout entière concentrée sur Oliver. Les larmes coulaient librement sur ses joues tandis qu'elle restait là à le fixer des yeux, comme si elle avait pu le ramener à la vie par la seule force de sa volonté.

Le temps resta suspendu pendant ce qui sembla une éternité tandis que nous étions accroupis aux côtés du corps de son frère dans la vasque silencieuse de la carrière. Puis elle dit, d'une voix calme mais ferme : « S'il te plaît, va chercher de l'aide. »

Je remontai péniblement la pente jusqu'à la route, incapable tout au long de me débarrasser de l'idée que la mort d'Oliver me marquerait à vie. Je ne savais pas si sa disparition était due à une noyade accidentelle ou à une décision mûrement réfléchie – tout en soupçonnant déjà que la seconde hypothèse était la bonne –, mais la réalité de cette fin, la ruine de toutes les promesses d'avenir qu'il portait en lui, était infrangible. Et j'étais impliqué dans cette perte. Il s'en était assuré. « Il faut que tu aies joué la partie dans ta tête avant d'avancer ton premier pion. » Ses propres mots, soigneusement choisis. Cet épisode, il l'avait programmé, j'en étais certain. Comme il avait programmé tout ce qui allait suivre.

Je demandai à la première maison que je trouvai si je pouvais utiliser le téléphone. La femme qui ouvrit la porte s'alarma d'abord à la vue de mon allure – mes vêtements trempés me collaient au corps, maculés de feuilles et de brindilles –, puis se montra bouleversée quand je lui dis ce qui s'était passé. Il s'avéra que son défunt mari avait travaillé pour Wren & Co.

« Le garçon qui s'est noyé, c'est le fils de M. Foster, paix à son âme ? » demanda-t-elle d'une voix défaillante. Je ne pouvais que confirmer.

La police m'informa qu'elle serait sur les lieux dès que possible. J'avais pour consigne de les attendre au bout du chemin menant à la carrière, la voie qu'ils emprunteraient. Ils viendraient avec un canot pneumatique pour récupérer le corps. Je pensai alors à Vivien, assise auprès du cadavre de son frère, seule avec son chagrin, et décidai de laisser la police se débrouiller toute seule. Il fallait que je retourne près d'elle sans perdre une minute.

Mais je devais d'abord téléphoner à la compagnie pour annoncer la nouvelle. On me transmit Joan Winkworth, à qui je demandai de me passer M. Lashley « de toute urgence », pour m'entendre dire que la réunion du comité de direction n'était pas terminée et qu'elle ne pouvait déranger aucun de ses membres. Ce n'est que quand je lui expliquai la raison de mon appel qu'elle changea de discours. Après quoi, je trouvai dans l'obligation où j'étais d'aller à la rencontre de la police un prétexte idéal pour lui abandonner la tâche d'annoncer la mort d'Oliver à la famille.

« C'est affreux ! s'exclama Joan. Proprement épouvantable. »

L'événement se passait de commentaire.

Ce n'est qu'en retournant à la carrière que me revint en mémoire le sac à dos d'Oliver avec son appareil photo, mais aussi, presque certainement, autre chose. Où pouvait-il être ? Il ne m'avait pas paru trop lourd pour flotter, et il se trouvait peut-être quelque part sur la berge, à proximité de l'endroit où nous avions sorti Oliver de l'eau.

Mais l'appareil ? Si Oliver avait prévu de se suicider, les photos que j'avais prises de lui sur Goss Moor commençaient à apparaître comme un élément du plan préconçu de quelqu'un qui fait ses adieux au monde. Si tel était le cas, quelle histoire les autres photos sur la pellicule avaient-elles pour but de raconter ? Il fallait que je retrouve ce sac. C'était probablement ma seule chance de comprendre ce qui s'était passé – et de convaincre Vivien que j'étais prêt à tout pour l'aider à affronter la perte de son frère.

Une fois redescendu au bord du lac, cependant, je m'aperçus très vite qu'essayer de la convaincre de quoi que ce soit était peine perdue. Si je me sentais personnellement épuisé, hébété, frissonnant dans mes vêtements trempés et sous l'effet d'un choc post-traumatique, Vivien souffrait, elle, d'un mal bien plus inquiétant. Assise sur le sol, la tête d'Oliver sur les genoux, elle lui souriait et lui peignait les cheveux de ses doigts, tout en chantonnant à part elle. Elle avait l'air presque... heureuse.

« La police est en route, dis-je en m'accroupissant à côté d'elle. Elle ne va pas tarder à arriver. »

Elle ne m'accorda même pas un coup d'œil.

« Vivien ? appelai-je en lui touchant l'épaule. Tu m'entends ? »

Très lentement, elle tourna la tête vers moi. Un léger froncement de sourcils, et elle reporta son regard sur son frère.

« Oliver avait un sac à dos avec lui, contenant son appareil photo. On devrait essayer de le retrouver. »

Aucune réaction.

« Vivien ? »

Nouveau mouvement de tête. Nouveau plissement de front. Mais toujours pas de réponse.

« Dis quelque chose, je t'en prie. »

Le front se plissa davantage encore. Plusieurs secondes s'écoulèrent avant qu'elle ouvre enfin la bouche. « Je t'ai demandé... d'aller chercher de l'aide.

– Elle arrive. »

Au même moment, comme convoqué par mes mots, le grondement d'un moteur de voiture se fit entendre en provenance de l'embarcadère. Regardant dans cette direction, je vis une Land Rover venir s'arrêter au bout du chemin qui arrivait de la route. Deux policiers, leurs uniformes presque noirs contre la lumière crue renvoyée par l'eau, descendirent du véhicule et gagnèrent le ponton. L'un d'eux sortit une paire de jumelles et scruta la rive.

« Les voilà, dis-je avant de me relever et d'agiter les bras pour attirer leur attention.

– Tout va bien se passer maintenant, murmura Vivien. Tu vas voir. »

Abaissant les yeux, je m'aperçus que ce n'était pas à moi qu'elle avait parlé mais à Oliver.

« Parfaitement bien. »

Mais non, rien ne se passerait plus jamais parfaitement.

8

Je garde des souvenirs confus et morcelés des événements qui se sont produits après l'arrivée de la police à la carrière de Relurgis lors de cette chaude matinée d'août. L'image d'une agente qui réconforte Vivien assise à l'arrière d'une voiture de police et l'enveloppe dans une couverture ; le visage d'un officier qui note mes réponses à ses questions dans un carnet avec force suçotements de crayon ; l'odeur des vapeurs de diesel du canot pneumatique qui nous emmène de l'autre côté du lac ; les crépitements des radios des policiers ; et, imprimé de façon indélébile dans ma mémoire, le visage pâle et apaisé d'Oliver au moment où remonte la fermeture Éclair du sac mortuaire. Tout le reste a disparu.

Je remarquai tout de même, à un moment, la présence de Greville Lashley. Il me dit quelques mots, mais je n'ai aucune idée de ce que je lui répondis. À ce stade, je pense, le corps d'Oliver était déjà parti pour la morgue, et Vivien avait été évacuée en voiture. J'imagine que Greville était impatient de la suivre. Je fus moi-même bientôt raccompagné chez moi par deux agents. Ma mère s'affola quand ils l'informèrent de ce qui s'était passé, dans un discours toutefois plus cohérent que celui que j'aurais été capable de tenir. Elle insista pour que je prenne un bain chaud et mit immédiatement mes habits dans la machine à laver.

Allongé dans la baignoire à cette heure inhabituelle, les yeux rivés au plafond sur les ondulations de la lumière du soleil, je m'efforçai de passer en revue les événements des dernières vingt-quatre heures et de comprendre comment ils avaient pu conduire à la mort d'Oliver. En vain. Trop de choses m'échappaient. Seul Oliver aurait été en mesure de me les expliquer. Ce qu'il ne pourrait plus jamais faire.

Ma mère me donna de la soupe au déjeuner, comme si j'étais malade – ce qui était le cas, en un sens. Elle avait pris un appel de la police pendant que j'étais dans mon bain : j'étais prié de passer au commissariat plus tard dans l'après-midi pour faire une déposition en bonne et due forme. Ma mère avait dit que je me présenterais à 17 heures. Elle avait ensuite téléphoné à mon père, et il était entendu qu'il quitterait son travail plus tôt pour m'accompagner. Je n'eus pas la force de discuter.

Après avoir docilement avalé ma soupe, j'appelai Nanstrassoe House pour avoir des nouvelles de Vivien, mais la ligne était occupée. Et toutes mes tentatives restèrent infructueuses. J'allai dans le jardin fumer une cigarette en cachette – ma mère était farouchement opposée au tabac –, puis m'installai dans une chaise longue et écoutai les chants des oiseaux, respirant l'odeur de la créosote qu'un voisin passait sans doute sur sa clôture, et me demandant comment la vie pouvait poursuivre son cours normal pour certains quand, pour d'autres, elle n'était plus qu'un champ de ruines.

Je m'apprêtais à rentrer pour appeler une nouvelle fois Nanstrassoe House quand Greville Lashley apparut tout à coup à l'angle du mur. « Ta mère m'a dit que je te trouverais ici, commença-t-il, une seconde avant qu'elle-même apparaisse à la porte de la cuisine.

– Allez, vite, sors la table et une chaise de l'appentis, m'enjoignit-elle. Moi, je vais faire du thé. » Il était clair qu'elle était impressionnée, voire troublée, par l'arrivée inopinée de Lashley.

« Je me suis inquiété pour toi après notre conversation à la carrière de Relurgis, dit notre visiteur quand j'eus apporté la table en osier et une chaise. Pour être honnête, tu étais confus et passablement incohérent.

– Désolé. J'étais… perdu.

– Tu étais carrément choqué, Jonathan. Et cela n'a rien d'étonnant. Mais je suis heureux de voir que tu t'es remis du traumatisme. Ou est-ce que je me trompe ?

– Non, non. Ça va mieux maintenant. J'ai essayé plusieurs fois de vous téléphoner, en fait. Comment ça se présente pour Vivien ?

– Ah, Vivien. » Lashley s'assit et alluma une cigarette. Il m'en offrit une et me signifia d'un coup d'œil entendu en direction de la maison qu'il comprenait pourquoi je la refusai. La mort de son beau-fils n'avait pas le moins du monde entamé son sang-froid. « Elle ne va pas fort, vois-tu. Il était inévitable qu'elle soit profondément affectée, bien sûr, vu l'étroitesse des liens qui l'unissaient à son frère. Le médecin a prescrit des sédatifs. Nous verrons… comment évolue la situation.

– Et Mme Lashley ?

– Son état n'est pas fameux non plus. C'est vraiment terrible pour la famille. Épouvantable, en fait. » Je ne pus m'empêcher de remarquer qu'il parlait de *la* famille, comme s'il n'en faisait pas véritablement partie.

– Je vous présente toutes mes… condoléances, monsieur.

– Merci, répondit-il avec un hochement de tête solennel. Tu es un bon garçon, Jonathan. Je suis certain que tu auras fait tout ce qui était en ton pouvoir pour prévenir cette tragédie.

– Absolument tout.

– Je n'en ai jamais douté. » Quelque chose dans ses yeux étrécis suggérait néanmoins que la question était matière à débat.

C'est le moment que choisit la maîtresse de maison pour arriver avec le thé, et une assiette de biscuits. Bafouillant d'abondance, elle ajouta ses condoléances aux miennes, tout en disposant devant nous tasses, soucoupes, cuillères et sucrier. Lashley calma sa nervosité en la remerciant avec l'effusion dont il était capable ; puis, une fois qu'elle nous eut laissés seuls, il sortit une flasque en métal argenté de sa poche et versa une bonne rasade de whisky dans son thé, et dans le mien.

« Nous en avons besoin autant l'un que l'autre, se justifia-t-il avant d'avaler une gorgée du breuvage. La police m'a servi un compte rendu plutôt embrouillé de ce que tu leur as dit, Jonathan. Les noyades dans ces espèces de cratères sont relativement fréquentes, tu sais : pentes escarpées, eaux profondes, jeunes qui font les fous, inconscients du danger. Si bien que les policiers ont tout de suite pensé à un accident. En notant tout de même que tu semblais croire qu'Oliver se serait donné la mort volontairement et que, au cours de ces derniers jours, il était filé par un ancien employé de l'entreprise Wren. Un dénommé Strake. C'est exact ?

– J'ignore tout des circonstances de la mort d'Oliver, répliquai-je, avant de boire une gorgée d'un thé qui ne me laissa que le goût du whisky dans la bouche. Mais oui, Strake l'avait pris en filature. J'en suis pratiquement sûr.

– Et tu étais avec Oliver hier soir ?

– C'est vrai, oui.

– Je te serais reconnaissant de me raconter... aussi précisément que possible tout ce qui s'est passé.

– Je vais essayer. »

C'est ainsi que, pour la deuxième fois ce jour-là, mais non la dernière, je relatai ce que je savais des ultimes heures de la vie d'Oliver Foster. La répétition ne me procura pas une meilleure appréhension des événements. Lesquels restaient aussi flous avec le recul qu'ils l'avaient été sur le moment. Lashley m'écoutait avec attention, alternant gorgées de thé corsé et bouffées de cigarette. Son front barré de plis profonds suggérait qu'il cherchait à découvrir ce que j'étais incapable de lui fournir : la signification réelle de ce qui s'était passé.

« Je ne dirai jamais assez à quel point je regrette, dis-je en terminant, mais je l'ai... tout simplement abandonné.

– Mais c'est lui-même qui te l'avait demandé, Jonathan, tenta de me consoler Lashley. Et s'il était vraiment déterminé à mettre fin à ses jours, tu n'aurais pas pu l'en empêcher. Quand il avait décidé quelque chose, rien ne pouvait l'en faire démordre.

– Quand même.

– Tout est mystérieux dans cette affaire – le rôle de Strake, par exemple. J'ai réussi à persuader George de me laisser le licencier l'an dernier. De toute évidence, le bougre négligeait son travail. C'est Francis, je crois, qui l'avait engagé ; ils étaient dans l'armée ensemble. Quand Francis est parti, Strake est resté – beaucoup plus longtemps qu'on aurait dû le lui permettre. S'il est vrai qu'il filait Oliver, c'est qu'il était payé pour ça. Mais qui aurait fait une chose pareille ? Et pour quelle raison ?

– C'est précisément ce que j'ai demandé à Oliver. Mais il ne m'a pas donné de réponse – tout en disant que c'était là la question à mille livres.

– Il y a aussi cette histoire de photos qui n'est pas claire. Comme nous le savons, Oliver vivait avec l'obsession maladive du suicide de son père. Mais de là à se faire prendre en photo sur les lieux de l'événement aujourd'hui, neuf ans plus tard...

– Je ne comprends pas davantage que vous, monsieur.

– Il n'y avait pas trace du sac à dos dans les environs ?

– Non, autant que j'aie pu voir.

– C'est une macabre coïncidence, je dois dire.

– Une coïncidence ?

– Ah, tu ne le sais peut-être pas, mais on n'a pas retrouvé le porte-documents de Ken au moment de sa mort. » Si, je le savais, bien sûr ; Vivien me l'avait dit. Mais j'avais oublié. « Et cette serviette est toujours... portée disparue. Bizarre, tout de même. Sacrément bizarre. Comme la disparition du sac d'Oliver. Et son choix de la carrière de Relurgis.

– La première à avoir été exploitée par Wren & Co., d'après Vivien.

– Tout à fait. Un domaine ancestral, pourrait-on dire..., ajouta-t-il avant de vider sa tasse, de se servir un whisky sec et de poursuivre. La police va se contenter de la plus simple des procédures, crois-moi, Jonathan. Ils ne soupçonnent pas l'intervention d'un tiers dans cette affaire et, en conséquence, ils laisseront au coroner le soin de décider s'il s'agit d'un accident ou d'un suicide. Ils considéreraient comme une perte de temps de tout retourner pour retrouver le sac à dos d'Oliver. C'est pourquoi je me demande... » Après s'être interrompu, il se racla la gorge et se pencha vers moi par-dessus la table. « Je le ferais bien moi-même mais je suis terriblement occupé en ce moment. Le comité de direction a approuvé ce matin le rachat de la compagnie par Cornish China Clays, et ce juste avant que me parvienne ton message. Il y a une foule de dispositions juridiques à prendre et d'entretiens à organiser avec la direction de CCC. Franchement, cette histoire n'aurait pas pu tomber plus mal. Le sac, Jonathan... penses-tu que tu pourrais aller à Relurgis pour voir s'il est resté là-bas quelque part ? Pas aujourd'hui, non, tu es suffisamment secoué comme ça. Mais demain, peut-être. Ne t'inquiète pas, je dirai à Maurice Rowe de ne pas t'attendre avant lundi. Notre meilleure chance de découvrir la raison qui a poussé Oliver à agir comme il l'a fait, c'est de mettre la main sur ce sac et son contenu. Tu peux essayer ?

– C'est précisément ce que je projetais de faire, monsieur. Il n'y a pas de doute que le sac doit encore être sur les lieux.

– Ça arrange la police de croire qu'il est au fond de l'eau.

– Je ne peux pas croire qu'Oliver aurait pris la peine de poser pour ces photos s'il pensait qu'elles ne seraient jamais développées.

– C'est bien mon avis. Il va falloir que tu sois très méticuleux. Les alentours de cette carrière ont tout d'une jungle, mais il y a de bonnes chances pour que, pas très loin de l'endroit où tu l'as trouvé...

– Je trouverai le sac... et l'appareil photo avec.

– Et peut-être d'autres choses, qui sait, dit Lashley avant d'avaler le reste de son whisky et de se lever. Je te remercie, Jonathan. J'apprécie vraiment. Je regrette, mais je dois partir très vite. J'ai un emploi du temps plus que chargé aujourd'hui, comme tu peux l'imaginer. Remercie ta mère pour le thé. Et tiens-moi au courant de tes recherches. Appelle-moi au bureau. Joan veillera à ce que j'aie ton message. »

Je me levai de la chaise longue, et il me serra la main.

« Oliver va me manquer, dis-je.

– À moi aussi. Il pouvait être exaspérant comme personne, mais... c'était un garçon extrêmement attachant.

– Peut-être que demain je pourrais... passer et parler à Vivien ?

– Il vaudrait mieux que tu attendes un peu, dit Lashley avec une petite grimace. Les sédatifs l'ont vraiment assommée. Et puis, il y a Muriel... Enfin, il ne faudrait pas qu'elle s'en prenne à toi dans l'agitation du moment, si tu vois ce que je veux dire. Dans des circonstances de ce genre, les gens ont tendance à chercher des boucs émissaires. »

Oui, en effet, pensai-je. Et aux yeux de la famille Wren, j'étais le candidat tout désigné.

« Une chose à la fois, Jonathan. Il faut procéder avec méthode. » Une consolation : lui-même n'avait pas l'air de m'en vouloir. « Et la première chose, c'est de retrouver le sac. »

Le fait que je n'aie pas insisté pour me rendre seul au commissariat en dit long sur l'état dans lequel m'avaient mis les événements de la journée. La contribution de mon père à la séance ne pouvait être que minime, somme toute, mais je savais qu'il tenait à être présent et je lui fus reconnaissant de son soutien, même si, naturellement, je ne lui exprimai pas ma gratitude.

L'enregistrement de ma déposition s'avéra une procédure interminable, pour ne pas dire pénible à certains moments. Je parlai du sac à dos, et l'on me confirma, de façon assez réticente, qu'il n'avait pas été retrouvé. Je parlai aussi de Gordon Strake et, quand j'insistai, on me dit que l'homme serait interrogé en temps voulu. Rien ne pressait, apparemment, et l'on me fit comprendre qu'en ma qualité de simple témoin, l'ado que j'étais devait juste fournir des informations et non en demander.

Une opinion que partageait mon père, toujours prêt, bien sûr, à défendre les autorités en place. « Laisse donc faire la police, Jonathan, me conseilla-t-il sur le trajet du retour. C'est son travail.

– Ce n'est pas ce qu'a l'air de penser M. Lashley.

– Peut-être, mais c'est à lui de le leur faire savoir, pas à toi.

– Je ne peux pas... rester sans rien faire.

– Bien sûr que si. Ce qui s'est passé est une tragédie pour la famille du garçon, c'est vrai, mais toi, tu pars à l'université dans un mois. La promesse de nouveaux amis, de nouveaux horizons. Tu ne tarderas pas à oublier toute cette histoire. »

Mon pauvre vieux papa... Sans doute en était-il sincèrement convaincu.

Je me mis en route de bonne heure le lendemain matin, peu de temps après le départ de mon père pour la banque. Je dis à ma mère que j'allais passer un peu de temps à la plage avant de jouer au tennis au Lido avec un camarade de lycée, autant d'innocentes distractions en plein air qu'elle approuva chaudement. Il va sans dire qu'elles n'étaient pas d'actualité.

J'arrivai à la carrière par le chemin que j'avais pris la veille avec Vivien. Il n'y avait pas moyen de s'en approcher depuis la piste menant à l'endroit où nous avions trouvé Oliver. Les pentes au-dessus du lac étaient trop escarpées pour autoriser un tel accès. Il me fallut donc, pour atteindre la rive, me laisser glisser tant bien que mal à travers les arbres et les broussailles depuis le talus bordant la route.

Aucun signe indicateur de ce qui s'était passé seulement vingt-quatre heures plus tôt. La police avait rassemblé les preuves dont elle aurait besoin, lesquelles, à mon avis, ne se montaient pas à grand-chose, avant de quitter les lieux, laissant la carrière désaffectée retourner au silence. Le lac miroitait faiblement dans le soleil. Une buse tournoyait très haut dans le ciel. Une légère brise agitait le feuillage.

Je m'efforçai d'être systématique et méticuleux, descendant lentement et décrivant des cercles au cas où Oliver aurait abandonné le sac en chemin. Une fois arrivé à la petite plage gravillonneuse où Vivien et moi nous étions agenouillés près du corps, je poursuivis ma recherche aussi loin que je pus le long de la berge, et dans les deux sens, évitant de justesse de tomber à plusieurs reprises.

Aucune trace du sac à dos. Il était possible, évidemment, qu'Oliver l'ait caché; il ne manquait pas dans les alentours de pierres sous lesquelles le dissimuler. Ou peut-être l'avait-il lesté avec quelques cailloux, avant de le jeter dans le lac et de le regarder s'enfoncer. Mais, si compliqué qu'ait pu être Oliver, un tel comportement, joint au soin qu'il avait montré pour que je le prenne en photo à Goss Moor, paraissait absurde. Alors, où pouvait bien être passé ce satané sac ?

Je décidai d'explorer les abords immédiats du ponton avant d'abandonner ma recherche, incapable d'imaginer comment Oliver aurait pu y parvenir. J'escaladai la pente jusqu'au sentier et me dirigeai vers le premier tournant. À ma grande surprise, j'aperçus alors un taxi garé à l'entrée de la piste remontant vers la route. Une cigarette à la bouche, le chauffeur était plongé dans la rubrique hippique de son journal, et tellement absorbé qu'il sursauta quand je lui dis bonjour.

« B'jour, bougonna-t-il, avant de m'adresser un sourire finalement bon enfant. Z'allez au bord du lac ?

– Oui.

– Faites attention, hein ? Y a un jeune qui s'est noyé pas plus tard qu'hier.

– Vraiment ?

– Comme j'vous l'dis. Y s'pourrait bien que ce soit à cause de ça que j'suis là. Y a un client pas loin que j'ai embarqué au Carlyon Bay. Vous le trouverez là-bas, près du ponton. Enfin… j'l'espère. Qui sait, y pourrait bien être en train de tutoyer les poissons, lui aussi. »

Francis Wren, chapeauté et vêtu d'un manteau léger plus adapté au temps changeant d'un mois avril qu'à une chaleur de plein été, était appuyé à la rambarde du ponton, tirant sur un cigare à l'odeur âcre et perdu dans la contemplation du lac étalé devant lui. Il ne semblait pas m'avoir entendu approcher.

« Monsieur Wren ?

– Mais c'est le jeune Jonathan, dit-il après s'être retourné vers moi.

– Oui, monsieur. Je vous souhaite le bonjour.

– Bonjour, mon garçon. » À son initiative, nous échangeâmes une poignée de main. « Voilà, ma foi, une rencontre inattendue. Même si... nous avons autant l'un que l'autre des raisons d'être ici.

– Je suis terriblement désolé de ce qui est arrivé à Oliver, monsieur Wren.

– Bien sûr. C'est compréhensible. Une histoire bouleversante pour tout le monde, vous aussi bien que les proches. J'ai été pour ma part bougrement secoué par la nouvelle, je dois bien l'avouer. Tel père tel fils. Proprement épouvantable.

– Ce n'était pas forcément un suicide.

– C'est gentil à toi de le dire, mais d'après ce que m'a dit Harriet – je ne pouvais compter que sur elle pour me donner des nouvelles –, la chose ne fait guère de doute, vous ne croyez pas ?

– Non, en effet.

– Vous ne seriez pas venu chercher le sac d'Oliver, par hasard ?

– Ah, vous êtes au courant.

– Harriet, voyez-vous, est une informatrice on ne peut plus consciencieuse. Les similitudes avec la disparition du porte-documents de son père sont pour le moins ... troublantes. Mais peut-être pas fortuites. Il était difficile de savoir ce qui se passait dans la tête de ce garçon.

– C'est vrai, monsieur. Et vrai aussi que je suis venu pour essayer de retrouver le sac.

– Mais vous avez fait chou blanc, comme on dit. Et je n'en suis guère surpris. Je ne pense pas qu'on le retrouvera ici, Jonathan. Oliver nous a envoyé un message, reprit Francis après avoir à nouveau regardé le lac, mais il semblerait que nous soyons incapables de l'interpréter.

– C'est ici le premier gisement exploité par la compagnie Wren ?

– En effet. Étrange impression que de voir l'endroit aujourd'hui, si vert, si... tranquille. Alors que dans mon souvenir il se présente comme une vaste fosse blanche, dans laquelle s'activent des hommes qui, vus d'ici, paraissent à peine plus gros que des fourmis et qui attaquent le fond armés de pics et de pelles. La carrière était encore en activité quand j'ai quitté la compagnie, mais elle vivait ses dernières heures. » Il resta un instant perdu dans une rêverie apparemment nostalgique, puis il me regarda d'un air sévère avant de me lancer à brûle-pourpoint : « Qu'est-ce que Gordon Strake vient faire là-dedans ?

– Oliver disait que Strake le suivait. Et c'était vrai. J'en ai été témoin.

– Vous êtes sûr que c'était bien Strake ?

– En tout cas, c'est ce qu'affirmait Oliver. Et un homme le suivait, c'est certain.

– Sidérant. Proprement incroyable, commenta Francis, les sourcils froncés.

– M. Lashley m'a dit que... Strake était un de vos vieux camarades.

– Il a servi sous mes ordres en Italie, oui, mais de là à dire que c'était un "vieux camarade", non. Originaire de Plymouth, il est arrivé ici après la guerre à la recherche d'un emploi. Si je l'ai embauché, c'était pour rendre service à un homme qui avait connu des combats très rudes. J'ai cru comprendre que Greville l'avait licencié l'année dernière.

– Il semblerait, oui.

– Enfin, bon, la police saura bien découvrir ce qu'il avait en tête.

– Si vous étiez son ancien commandant, vous seriez peut-être, en tant que tel, mieux à même de le faire parler que la police. »

Francis eut un petit sourire, comme amusé et séduit par l'idée d'intervenir personnellement dans l'enquête. « La suggestion est intéressante, jeune homme. Je vais y réfléchir. En attendant, il faut que je rentre. Luisa va se demander ce que je fabrique. Voulez-vous que je vous dépose en ville ? »

Je déclinai son offre, en lui expliquant que je voulais continuer à chercher le sac, quoique pratiquement convaincu que je ne le trouverais pas. Je le regardai rejoindre son taxi à petits pas et me surpris à m'interroger sur la nature exacte de ses relations avec Strake.

Ce n'est que quand il eut disparu à ma vue que le rachat de Wren par Cornish China Clays me revint en mémoire. J'aurais quand même dû m'enquérir de ce qu'il pensait de la disparition de la firme familiale. Mais, bizarrement, l'affaire paraissait désormais sans importance. La mort d'Oliver avait éclipsé tout le reste. Comme lui-même l'avait peut-être voulu.

Je perdis une heure à me frayer un chemin dans les ajoncs et à éviter de glisser en longeant le bord du lac pour finalement abandonner mes recherches et rentrer à St Austell. J'y arrivai épuisé, assoiffé et totalement démoralisé. Il était presque 1 heure : peut-être trouverais-je Pete Newlove au General Wolfe. Sa vision salutairement objective du monde de Walter Wren & Co. m'apparut soudain comme le remontant dont j'avais besoin, au même titre que les quelques pintes qu'il serait heureux de partager avec moi.

Je pris le temps, cependant, d'appeler l'entreprise d'une cabine publique. Je tombai sur Joan Winkworth, qui pique-niquait à son bureau. Lashley assistait à une réunion au siège de CCC (pas de surprise de ce côté-là), mais il avait laissé des instructions à mon endroit : j'étais convoqué pour un entretien avec lui à 6 heures. Je demandai à Joan de lui dire que j'y serais.

Je me rendis au pub, tout près, où, malheureusement, je ne trouvai pas trace de Pete. Je me retirai dans un coin avec ma bière, allumai une cigarette et repensai à la futilité de mes efforts de la matinée. La personne avec qui j'aurais tout donné pour m'entretenir était Vivien, bien sûr, mais j'avais plus ou moins accepté de la laisser tranquille pour le moment, même si je commençais à soupçonner Lashley de m'avoir manipulé pour obtenir mon accord. Il y avait toujours une chance, si j'appelais Nanstrassoe, pour que ce soit Vivien qui décroche. Mais, pour quelque obscure raison, je jugeai cette chance bien mince.

« Je peux vous déranger un moment ? »

La question me prit au dépourvu. Levant les yeux, je fus stupéfait de voir Gordon Strake se tenir au-dessus de moi, me dominant finalement de peu étant donné la petitesse de sa taille.

C'était un type courtaud au visage de fouine, au teint cireux, aux cheveux foncés et gras. La cinquantaine, une apparence maladive qu'un costume marron fatigué et une cravate tachée ne faisaient rien pour arranger. Une cigarette roulée pendait au coin des lèvres et il tenait à la main un verre de stout à moitié plein.

« On m'a dit que je vous trouverais ici, commença-t-il après s'être assis à ma table sans y être invité. Vous êtes bien Jonathan Kellaway, je me trompe pas ?

– Et vous êtes Gordon Strake.

– Pas de doute là-dessus. »

Il but une gorgée de bière et reposa son verre. Il émanait de lui comme une odeur de renfermé, perceptible malgré la bière et la fumée de cigarette.

« J'ai un compte à régler avec toi, fiston.

– Qui est ce "on" ? » demandai-je, bien décidé à ne pas lui laisser prendre l'avantage. Il s'imaginait probablement qu'il lui serait facile de m'intimider.

« Comment ?

– Ce "on" qui vous a dit que vous me trouveriez ici.

– Ne fais pas le malin avec moi, tu veux, dit-il avec un ricanement méprisant. J'ai eu les poulets sur le dos ce matin, grâce à toi.

– Très bien.

– Comment t'as dis ? lança-t-il, avec cette fois un froncement de sourcils menaçant.

– Je suis heureux qu'ils soient allés vous trouver. Leur avez-vous dit qui vous payait pour suivre Oliver Foster ?

– Qui me payait ? répéta-t-il, souriant maintenant d'un air déconcerté. Allez, arrête, mon gars. Tu sais très bien ce qu'il manigançait, ton copain. Ce qui n'est pas mon cas. Je me serais jamais laissé embarquer dans cette histoire, bon Dieu, si j'avais eu la moindre idée de la façon dont les choses tourneraient. Ton ami, là, il était fêlé, si tu veux mon avis. Sinon, il aurait jamais fait une chose pareille.

– Qui vous payait ? insistai-je.

– Tu essaies vraiment de me dire que tu le sais pas ?

– Ben oui.

– À d'autres.

– C'est vrai, je n'ai aucune idée de la personne pour qui vous travaillez.

– Pour qui je *travaillais*, tu veux dire.

– Bon, d'accord, travaillais. Quelle différence... » Je m'arrêtai, soudain conscient de ce que pouvait impliquer ce recours à l'imparfait.

« T'as vraiment pas d'idée ?

– Vous voulez dire...

– C'est ce petit magouilleur d'Oliver Foster qui m'avait embauché. Il m'a refilé vingt livres pour cette foutue mascarade de mercredi. Du pognon facile, je m'suis dit à l'époque. Mais j'ai changé d'avis depuis.

– Mais...

– ... pourquoi cette mise en scène ? Bonne question. Je me figurais que tu pourrais peut-être y répondre, toi, que tu étais dans le coup, plus ou moins. Mais faut croire que je m'suis gouré. Finalement, on a rien à se dire, tous les deux. Foutus Wren ! J'donnerais cher pour qu'y m'fichent la paix. Si t'en croises un, tu lui présentes surtout pas mes condoléances. »

Là-dessus, il se leva brusquement et s'éloigna de ma table à grands pas. Il finit sa bière d'une traite en se dirigeant vers la sortie, fit claquer au passage son verre sur le bar sans ralentir l'allure. L'instant d'après, il avait disparu.

Je restai seul à contempler le rond humide qu'avait laissé son verre sur la table – comme une irisation figée, venue de nulle part.

9

À la fin de ce triste après-midi, j'en étais arrivé à la conclusion que Strake était dans le vrai, que le diable l'emporte. Un genre de folie avait poussé Oliver à mettre fin à ses jours dans des circonstances mystérieuses dont il était lui-même l'auteur. De l'avis de Francis Wren, le garçon nous avait adressé un message que nous étions incapables de déchiffrer. Je commençais à me dire que ce message, Oliver *ne voulait pas* qu'on le comprenne. Ce que cela pouvait signifier pour Vivien, je préférais ne pas l'imaginer.

J'arrivai chez Wren comme on me l'avait demandé, à 6 heures pile. Je fus tout de suite surpris de constater que le parking était vide. La Jaguar de Lashley n'était pas là, ce qui laissait supposer que son propriétaire non plus.

Tout le reste du personnel était parti. Pas surprenant en ce vendredi après-midi ensoleillé. Les seules personnes encore présentes étaient les femmes de ménage, Ethel et Mavis. La première m'informa que M. Lashley venait de partir, dix minutes plus tôt à peine. Évidemment, elle ignorait où. « Mais, ajouta-t-elle, y avait urgence, j'vous le dis. »

J'envisageai un instant de téléphoner à Nanstrassoe House, puis décidai qu'il était temps de prendre le taureau par les cornes et de me rendre là-bas en personne, ce que je fis sans plus attendre.

Pas trace non plus de la Jaguar quand j'arrivai à Nanstrassoe House. Mais le garage était suffisamment grand pour abriter plusieurs voitures. En approchant de la maison, je levai les yeux vers les fenêtres du premier étage, m'attendant presque à voir Vivien en train de m'observer de l'une d'entre elles.

Ce n'était pas le cas, bien sûr. En revanche, et à ma grande surprise, il y avait quelqu'un d'autre. Adam Lashley, qui avait dû monter sur une chaise pour atteindre le rebord de la fenêtre, me fixait de son poste d'observation, les yeux plissés, avec cette concentration propre aux très jeunes enfants.

J'agitai la main pour le saluer tout en lui souriant. En guise de réponse, il me tira la langue et disparut.

La porte fut ouverte par Maria, qui parut surprise de me voir, ne sachant trop si elle devait m'inviter à entrer ou non. « Y a... beaucoup d'ennuis », finit-elle par dire.

Puis Harriet Wren apparut dans le hall derrière elle. « Vous êtes Jonathan, n'est-ce pas ? Vous feriez mieux d'entrer, dit-elle, avant d'ajouter quand je franchis le seuil : Maria, tu veux bien aller voir ce que fabrique Adam ? Je viens d'entendre un bruit sourd à l'étage. »

La bonne se hâta en direction de l'escalier, me laissant suivre Harriet au salon. Celle-ci referma soigneusement la porte à deux battants derrière nous.

« Il est arrivé quelque chose ? demandai-je. J'avais rendez-vous au bureau avec M. Lashley. Et il n'était pas là.

– On l'a appelé d'urgence, Jonathan, répondit-elle en m'examinant avec attention derrière ses lunettes rondes à monture argentée.

– Que s'est-il passé ?

– C'est Vivien... elle a absorbé une dose massive de somnifères.

– Quoi ?!

– Elle est à l'hôpital. Muriel est avec elle. J'imagine que Greville y est aussi maintenant.

– Vous voulez dire que...

– Non, non. Muriel l'a trouvée à temps. Ça va aller, j'en suis sûre. Physiquement, en tout cas. Mentalement... c'est autre chose.

– Mais pourquoi faire une chose pareille ?

– Elle a passé toute son adolescence à essayer de protéger son frère, voyez-vous. La mort d'Oliver est un coup terrible pour nous tous, mais pour Vivien…

– Il faut que j'aille la voir, dis-je en me tournant déjà vers la porte.

– Avant…

– Oui ? fis-je en lui faisant face à nouveau.

– Je vous préviens, Jonathan, l'accueil risque d'être plus que mitigé. Muriel estime que vous êtes en partie responsable de ce qui s'est passé.

– Ce qui est peut-être le cas.

– Ce n'est pas mon avis, non.

– Quoi qu'il en soit, je vais à l'hôpital.

– C'est ce que je vois, dit-elle avec un sourire qui me parut approbateur. Bonne chance. »

J'étais bien conscient du fait que l'avertissement d'Harriet était fondé, mais j'éprouvais un réel soulagement à me fier à mon propre instinct plutôt qu'à l'opinion des autres. Il fallait que je voie Vivien, maintenant plus que jamais. Ce que sa mère pensait à mon sujet m'importait peu.

Vivien était la seule occupante d'une salle annexe. Ce qui me frappa d'abord fut sa pâleur. Je ne m'étais pas préparé à la voir ainsi. Elle me rappela Oliver au moment où nous l'avions sorti de l'eau.

Elle était adossée à plusieurs oreillers, un goutte-à-goutte au bras. Muriel Lashley lui tenait la main, tout en lui parlant à voix basse. Greville Lashley était debout près d'elle, les yeux dans le vide, l'air vaguement peiné.

Vivien fut la première à me voir. Il y avait quelque chose de pitoyable dans ses grands yeux mélancoliques. Elle secoua la tête, comme pour me signifier que je n'aurais pas dû venir – vraiment pas.

L'instant d'après, Muriel me remarquait. « Qu'est-ce qu'il fait là, celui-ci ? » l'entendis-je dire. Lashley intervint aussitôt.

« Sortons un moment, Jonathan, proposa-t-il en s'avançant à ma rencontre et en me passant un bras autour des épaules pour m'entraîner dehors. Il faut que je t'explique deux ou trois choses.

– Je voudrais vraiment parler à Vivien, protestai-je tandis qu'il me propulsait littéralement dans le couloir.

– Je comprends très bien, mais elle n'est pas encore en état. Ils lui ont fait un lavage d'estomac, et elle est très faible. Il nous faut y aller doucement. Le médecin dit qu'il faut lui éviter toute forme de stress.

– Je ne lui ferai rien subir de tel.

– Pas intentionnellement, j'en conviens. Mais ce n'est pas aussi simple, je le crains. »

Nous traversions maintenant le hall d'accueil en direction de la sortie. « Monsieur Lashley, insistai-je, je veux juste...

– Je sais, je sais. Mais tu vas devoir patienter. »

Nous nous retrouvâmes dehors, dans l'air clair du soir. Lashley me lâcha enfin et sortit aussitôt son étui à cigarettes.

« Tu en veux une ?

– Pourquoi pas ? dis-je d'un ton réservé. Merci. »

Je sentis que le bref rituel des cigarettes allumées à une flamme commune témoignait en quelque sorte de sa confiance en moi. Ainsi se conduisait le monde : conversation pleine de retenue à l'extérieur sur fond de tabac de Virginie à l'arôme puissant pour les hommes, pendant que les femmes se livraient à leurs émotions à l'intérieur.

« Comment va-t-elle ? hasardai-je.

– Pas très fort. Je ne l'aurais jamais crue assez désespérée pour vouloir se suicider. Ça prend des allures de tare héréditaire. Je n'imagine même pas comment Muriel aurait réagi si la tentative de Vivien avait réussi. J'en tremble rien que d'y penser. Bref, comme tu peux t'en douter, non contente de pleurer la mort d'Oliver, ma femme se fait un sang d'encre à propos de sa fille.

– Bien sûr, mais...

– Écoute-moi, Jonathan. Le bien-être de Vivien doit être notre priorité. Elle quittera l'hôpital demain – son état physique est stabilisé depuis le lavage d'estomac –, et nous la ramènerons à la maison. Mais elle est encore faible, c'est clair. Je suis certain qu'elle voudra te voir à un moment ou à un autre, mais probablement pas avant plusieurs jours. Tant qu'elle ne se sera pas un peu remise de la mort d'Oliver et que nous n'aurons pas l'assurance qu'elle est à l'abri d'un retour de... cet instinct suicidaire, je te demanderai d'être patient. »

Difficile, au vu des circonstances, d'objecter sans paraître égoïste. Il devait se douter que je ne pourrais qu'approuver tout ce qui irait dans le sens du bien-être de Vivien. « Je ne ferais rien qui puisse lui nuire.

– Bien sûr que non, dit-il en posant une main quasi paternelle sur mon épaule. Nous sommes tous bien d'accord là-dessus.

– Alors...

– Nous reprendrons contact. Ou Vivien le fera. Donne-lui un peu de temps. On dit que le temps guérit toutes les blessures.

– Il faut que je vous dise que je n'ai pas retrouvé le sac à dos. J'ai cherché partout, sans succès.

– Merci tout de même de tes efforts. Je ne suis pas surpris outre mesure. D'après les renseignements que m'a communiqués la police dans l'après-midi, Oliver se livrait à une sorte de jeu très savant avec nous tous. Il apparaît qu'il avait payé Strake pour qu'il fasse semblant de le suivre.

– Oui, c'est vrai. Strake lui-même me l'a dit.

– Mais alors, tu as demandé des comptes à cet homme ?

– Pas exactement. J'ai...

– Tu es un garçon énergique, Jonathan, plein de détermination et de ressources, qui ne se laisse pas facilement décourager. Ça me plaît, vois-tu. Alors, dis-toi bien que je ne prends aucun plaisir à la nouvelle que je me dois de t'annoncer : je dois mettre un terme à ton emploi chez nous. Avec effet immédiat. »

J'en restai abasourdi. Rien ne m'avait préparé à ça. « Mais... pour quelle raison ?

– C'est Muriel qui insiste. Elle te reproche d'avoir aidé Oliver à organiser son suicide. Il se peut que la police conclue officiellement à une mort accidentelle. Mais nous en savons plus qu'elle. Et nous savons aussi que tu n'avais aucun moyen de prévoir ce qu'Oliver avait l'intention de faire. Mais mon épouse ne voit pas les choses sous cet angle. Elle juge scandaleux que tu continues à travailler chez Wren. Et, les circonstances étant ce qu'elles sont, je ne me sens pas enclin à la contrarier sur ce point.

– Je vois, concédai-je, prêt à entendre raison.

– Je regrette, mais c'est comme ça. Cependant, continua-t-il sur le ton de la confidence, je peux te dénicher quelque chose à Cornish China Clays, si ça te dit. Ils ont toujours besoin d'intérimaires pendant les vacances. Muriel ne pourra rien trouver à redire. Et puis tu as eu d'excellentes notes en chimie au bac, non ? Je suis sûr qu'ils pourraient t'employer utilement. »

Il était surprenant, voire flatteur, que Lashley soit prêt à prendre autant de peine pour me venir en aide. Licencier un stagiaire étudiant n'était somme toute pas une grosse affaire. Mais il avait l'air de vraiment m'apprécier.

« Eh bien... c'est très aimable à vous. Je vais...

– Appelle donc Ted Hammett chez CCC lundi matin. Je lui aurai parlé d'ici là. Je suis sûr qu'il t'aura trouvé un créneau.

– Merci, dis-je de façon un peu évasive.

– Remarque, le service que je te rends là est peut-être plus grand que tu ne le soupçonnes. CCC ira loin. J'ai bien l'intention de m'y employer. »

En rentrant chez moi, je passai devant le Capitole où l'on faisait la queue pour la séance de 7 h 45 et qui projetait *Millie*, la séance à laquelle Vivien et moi avions prévu d'assister. Le monde de Vivien avait depuis dévié de son axe – et le mien avec. Ce que l'avenir nous réservait, j'aurais été bien en peine de le deviner.

Mon week-end promettait d'être épouvantable. Et il tint toutes ses promesses. Je traînai à ne rien faire le samedi, et le soir je me rendis à une fête que j'avais prévu de manquer, espérant sortir avec Vivien. Je regrettai assez vite de n'être pas resté chez moi et rentrai de bonne heure.

Le dimanche, je fis une longue marche le long de la côte jusqu'à Mevagissey. Les vacanciers profitaient en masse du soleil. Tant mieux pour eux. Je n'étais, quant à moi, pas loin de penser que je ne serais plus jamais capable d'un plaisir aussi simple.

En arrivant à la maison tard dans l'après-midi, je remarquai vaguement l'état rutilant de la voiture, signe que mon père s'était livré au rituel hebdomadaire du lavage. Cette preuve supplémentaire de l'observance obstinée des habitudes banales du quotidien sans aucun égard pour les tragédies individuelles ne fit qu'aggraver mon état dépressif.

Sans se rendre compte de rien, mon père parut déterminé à retourner le couteau dans la plaie en me décrivant en détail le nettoyage du véhicule.

« Ce produit, le Turtle Wax, lui donne un bel éclat, tu ne trouves pas ? » Une question à laquelle je ne pus me résoudre à trouver une réponse. « J'ai aussi passé l'aspirateur à l'intérieur, tu sais. »

À quoi je répondis cette fois par un hochement de tête résigné.

« À propos, j'ai trouvé ça dans la boîte à gants. Tu sais d'où ça vient ? »

C'est alors seulement que je remarquai ce qu'il tenait à la main : une roche lisse d'un blanc crémeux, de forme hexagonale – ou plutôt, comme je m'en aperçus en l'examinant de plus près, un pentagone et un hexagone superposés, fusionnés pour ainsi dire. La pierre était large de plusieurs centimètres, et je la reconnus sur-le-champ : un phénocristal feldspathique – un beau spécimen de muscovite. Et je devinai dans l'instant, avec une totale certitude, comment elle avait atterri dans la boîte à gants.

Je dis à mon père que je tenais la pierre d'un employé de chez Wren et que j'avais oublié de la montrer à Oliver, comme j'en avais d'abord eu l'intention. Établir un lien direct entre elle et Oliver aurait pu pousser mon père à vouloir que j'en parle à la police, et, pour une raison que j'aurais été incapable d'expliquer de façon satisfaisante, je m'y refusais. Il m'apparaissait clairement que cette muscovite était comme un cadeau d'adieu : un cadeau qui m'avait été fait à moi, et à personne d'autre.

En l'examinant de près, je constatai qu'on avait gravé dans un coin la lettre Z, trop profondément et avec trop de précision pour que l'on puisse la prendre pour une sorte de marque naturelle. Hormis ce signe distinctif, la pierre ne présentait rien de particulier. Comme tous les messages transmis par Oliver, elle était aussi mystérieuse qu'impénétrable.

Ma première réaction fut de vouloir parler de cette découverte à Vivien. Mais la seule personne à qui je désirais me confier était aussi la seule à laquelle il m'était interdit de le faire. En soi un véritable supplice.

Je téléphonai à Ted Hammett à Cornish China Clays le lundi après-midi, conformément au conseil de Lashley, et fus immédiatement engagé pour passer quelques semaines chez eux dans un emploi assez flou de chercheur à tout faire. La raison pour laquelle j'étais entré chez Wren était, au départ, que ce n'était pas Cornish China Clays, si bien que ma nouvelle affectation ne manquait pas d'ironie. Mais ce n'était qu'une question de semaines, et puis, la rémunération était supérieure de dix shillings à celle offerte par Wren.

Je débutai le mercredi et tentai de solliciter encore davantage ma chance en demandant tout de suite mon vendredi après-midi. Qui me fut accordé sans problème. Plus de gens que je le pensais devaient savoir qu'Oliver Foster avait été un des mes amis. Vendredi était le jour fixé pour son enterrement à la Holy Trinity Church à 15 heures.

Je commençais à me demander si j'aurais des nouvelles de Vivien d'ici là. Je n'avais guère envie que notre prochaine rencontre se déroule pendant les funérailles de son frère, au milieu des parents et amis de la famille. Mais comment faire autrement ? J'avais accepté de lui laisser tout le temps dont elle aurait besoin, sans connaître l'échéance.

La réponse à la question m'attendait pourtant dès le mercredi sur le parking quand je quittai CCC. La Mini de Vivien était là. Sa conductrice donna un coup de klaxon et me fit signe de la rejoindre.

Elle portait son ensemble saharienne blanc et, à la voir, paraissait aussi insouciante et éblouissante que le premier jour de notre rencontre. Seuls l'ombre qui voilait son regard et le tremblement nerveux qui l'agitait quand nous échangeâmes un baiser hésitant démentaient cette impression.

« Est-ce qu'on pourrait aller discuter quelque part, Jonathan ?

– Bien sûr.

– Je sais que tu veux me parler depuis que…, commença-t-elle avant de secouer la tête. Je suis désolée… tellement désolée de ne pas avoir pu…

– Ce n'est rien, dis-je en posant une main sur la sienne. Je comprends.

– C'est vrai ?

– Je crois, oui. »

Nous partîmes pour Porthpean, la plage la plus proche de St Austell. En cours de route, elle me demanda comment s'était passé mon premier jour chez CCC. Je m'entendis alors lui rapporter fidèlement combien les habitudes de travail étaient différentes de celles en vigueur chez Wren & Co., comme si elle avait pu y trouver un réel intérêt – ou comme si la chose avait une quelconque importance.

Nous eûmes tous les deux la sensation d'être incapables de communiquer avant d'être arrivés à Porthpean et de nous retrouver en train de marcher sur la plage, revivifiés par l'air marin. Il faisait frais et gris, et il n'y avait pas grand monde. Une fois nos cigarettes allumées, nous nous avançâmes jusqu'à l'eau.

« Je suis... en période d'essai, dit Vivien. C'est ma première sortie seule depuis...

– Je suis désolé, Vivien. Je regrette de ne pas...

– Tu n'as aucune raison de t'excuser. Ce n'est pas ta faute si Oliver... a fait ce qu'il a fait. Ou si moi, j'ai craqué, ajouta-t-elle avec un soupir.

– Tu te sens comment, à présent ?

– Fragile. Ce n'est pas ce qu'on dit d'un état de santé ? Oui, fragile, c'est le mot. »

Plusieurs vagues vinrent se briser lentement à nos pieds sans que je puisse trouver les propos adéquats.

Puis, comme si elle me prenait en pitié, Vivien vint à mon secours en reprenant la parole. « Je pense que la hantise de voir Oliver se suicider m'a poursuivie depuis le jour où père est mort. J'ai essayé de toutes mes forces d'empêcher le drame, mais finalement... je n'ai rien pu faire. Et regarder mon échec en face m'a plongée dans un abîme. Un abîme noir et sans fond. C'est pourquoi... s'il y a un pourquoi... » Elle fut secouée d'un frisson, et je fus pris du désir de l'entourer de mon bras. Mais je retins mon geste. « La vérité est toujours douloureuse, Jonathan. Et la vérité sur Oliver, je vais te la dire. Il s'était mis dans l'idée qu'un sombre secret devait forcément expliquer l'acte de notre père. Que des gens l'avaient poussé à se donner la mort et que l'on pourrait les démasquer et les punir. Il s'en était si bien persuadé que, quand il s'est rendu compte qu'il n'existait pas de secret en dehors du tempérament dépressif de notre père, il a décidé d'en... fabriquer un. L'information trouvée dans les archives de la compagnie, le sac à dos perdu, l'homme qui le suivait, tout avait pour but de créer un mystère de toutes pièces... là où il n'y avait en réalité qu'un garçon affligé et déboussolé.

– C'est vraiment ce que tu penses ?

– Oui, vraiment, acquiesça-t-elle avec un hochement de tête résigné. Pas toi ?

– Je suppose… que je ne peux guère faire autrement. »

Je lui parlai alors de la muscovite, mais elle ne sembla y voir qu'une confirmation de la campagne de mystification organisée par son frère. « Qu'est-ce qu'il pouvait vouloir dire avec ce Z, je me demande. Que la fin était proche ?

– Tu penses donc que c'est lui qui l'a gravé.

– Oh oui, c'est lui, à tous les coups.

– Tu aimerais l'avoir, cette pierre ? Je pourrais…

– Non, garde-la, Jonathan. En souvenir de lui.

– Jamais je ne l'oublierai, de toute façon, j'en suis sûr.

– Vraiment ? C'est gentil, dit-elle avec un pâle sourire.

– Qu'est-ce que tu comptes faire… entre aujourd'hui et Cambridge ?

– Partir d'ici. » C'était la réponse que je redoutais. J'avais commencé à me dire que nous étions ici pour nous dire adieu. « Oui, ma mère et moi allons en Égypte. J'ai toujours voulu voir les pyramides. Là-bas, il fera chaud, tout sera poussiéreux et complètement différent de ce que je connais. C'est ce dont j'ai besoin en ce moment. Un pays étranger, exotique.

– Quand partez-vous ?

– Samedi.

– Si tôt ?

– Il le faut. Je ne peux pas rester ici plus longtemps. Après l'enterrement… je dois oublier tout ça. »

Un nouveau silence s'installa, rythmé par le doux clapotis de l'eau. Puis il se fit plus profond autour de nous, debout sur une plage, en cette soirée naissante de fin août, autour des deux jeunes gens que nous étions et dont l'avenir était encore à écrire.

« Je regrette, Jonathan, finit-elle par dire.

– Pas autant que moi », murmurai-je.

10

Nombreux furent ceux à l'enterrement d'Oliver qu'il avait sans doute à peine connus. Greville Lashley prononça un éloge funèbre où il évita adroitement d'évoquer les circonstances réelles de la mort de son beau-fils. De là où j'étais, au dernier rang de l'assistance, je ne voyais de Vivien que sa nuque. Je n'en vis guère plus lors de la réception qui suivit la cérémonie et qui se tint dans le grand salon du White Hart. Elle savait, bien sûr, que j'étais présent. Mais nous nous étions déjà dit tout ce que nous avions à nous dire, et je ne m'attardai pas.

Le lendemain, elle était partie. Pour l'Égypte, puis pour Cambridge, des endroits pour moi hors d'atteinte. Je continuai mon apprentissage à Cornish China Clays, où je suivis un cours intensif d'informatique, pour constater par la même occasion combien Wren était en retard sur son temps. Le rachat prit bientôt effet. En moins de deux semaines, des panneaux « À LOUER » apparurent sur les murs du siège social de Wren à East Hill. Pete Newlove démentit ses prédictions pessimistes en obtenant un emploi de bureau chez CCC, et on se retrouva au General Wolfe pour fêter l'événement. Il voulut savoir à combien j'estimais mes chances de finir par travailler pour CCC après l'université. Voisines de zéro, lui répondis-je. Sur quoi, il me paria cinq livres que je me trompais. Je jugeai alors que mon argent était en sécurité.

Puis je quittai St Austell à mon tour. Pour toutefois y revenir brièvement afin de témoigner dans le cadre de l'enquête sur la mort d'Oliver. Vivien avait envoyé une déposition écrite. « Il nous a paru préférable de suivre l'avis du médecin, selon lequel il fallait lui éviter de revivre ces heures terribles au tribunal », me confia Lashley lors d'un déjeuner au White Hart. « Elle ne se trouve pas mal à Cambridge, et ce serait stupide de compromettre ses chances d'adaptation là-bas, tu ne trouves pas ? » Je n'étais guère en position de le contredire. Un verdict de mort accidentelle permit d'éviter aux juges de conclure qu'Oliver avait imité son père en se donnant volontairement la mort. Finalement, l'issue de l'affaire, du point de vue de la famille et selon les mots de Lashley, se révélait « satisfaisante – tout à fait satisfaisante ».

J'écrivis à Vivien pour lui rapporter comment s'était déroulée l'enquête et lui souhaiter une vie passionnante à Cambridge, tout en lançant au passage l'idée d'une visite de ma part, que avions d'ailleurs évoquée un jour. Je formulai la chose comme une simple suggestion, qui n'attendait pas de réponse particulière. Et en l'occurrence, je n'en reçus pas. « Je dois oublier tout ça », m'avait-elle dit ce dernier jour à Porthpean. Et je comprenais maintenant que je faisais partie de ce qu'il lui fallait oublier.

La vie d'étudiant à Londres m'apporta suffisamment de nouveautés pour me distraire de la perte de ce que j'avais espéré voir fleurir entre Vivien et moi. Un garçon plein de ressources, qui ne se laisse pas décourager, avait dit de moi Lashley. Peut-être avait-il raison. Ou peut-être était-ce simplement que j'étais jeune et désireux d'élargir mon univers. Nouvelles amitiés, nouvel environnement, expériences nouvelles, tout était bon à prendre. La London School of Economics était un foyer de l'activisme étudiant à cette époque, et quand je fus témoin de l'émeute de Grosvenor Square, je pris conscience du côté abrutissant de mon existence à St Austell. D'autres révélations devaient suivre. On était en 1968, après tout. Et je me trouvais là où il fallait être.

Je rentrai pour Noël, avec les cheveux longs, un « Salut, mec » à l'accent traînant dont je me souviens aujourd'hui non sans honte, et beaucoup de choses à raconter – mais aucune à mes parents. Je travaillai quinze jours comme facteur intérimaire, et c'est le soir de Noël, après avoir terminé de bonne heure et éclusé plusieurs pintes au Queen's Head avec mes collègues de travail, que je tombai sur Vivien. Elle marchait dans Fore Street en compagnie d'un homme jeune au physique intolérablement avantageux, qui me fut présenté sous le nom de Roger et qui sentait la *public school*, sans parler de Cambridge, à plein nez. Notre conversation fut très brève et, de mon côté, marquée par une élocution passablement embarrassée. J'étais trop ivre pour faire semblant d'être sobre, mais pas suffisamment pour ne pas me rendre compte à quel point je devais avoir l'air rustre. Il tombait une petite pluie fine. Ma respiration faisait de la buée dans l'air. Un musicien de rue grattait une guitare trempée devant la Midland Bank. L'après-midi gris et humide s'était soudain chargé de regrets contenus. « Joyeux Noël, Jonathan », me lança Vivien en m'embrassant sur la joue. Puis ils se remirent en route, main dans la main, pour gagner Nanstrassoe House, supposai-je, et le réconfort d'un bon thé devant un grand feu de bois. Je les regardai s'éloigner... et adressai à Vivien un adieu silencieux.

2010

11

La professeure Fay Whitworth était une femme mince, vêtue simplement, la quarantaine, des cheveux courts foncés semés de fils argentés, un visage serein et patient, et des yeux marron au regard apaisant. Son ton et son attitude révélaient une bonne dose de sens pratique et d'intelligence.

Notre rencontre eut lieu dans un restaurant à la mode minimaliste du quartier entièrement rénové du port de Bristol, aux frais d'Intercontinental Kaolins, cela va sans dire. Je l'avais volontiers laissée choisir un endroit plus confortable (et plus dispendieux) que le restaurant universitaire. J'avais passé nombre des longues heures de mon voyage depuis Augusta à essayer de comprendre comment et pourquoi Greville Lashley en était arrivé à une telle impasse avec le docteur Whitworth. C'est donc préoccupé par cette énigme et mû par le besoin de n'en rien laisser paraître que je pris place en face d'elle.

« J'ai appris lors de mon entretien avec le secrétaire particulier de M. Beaumont que vous êtes dans le business, chez Intercontinental Kaolins aujourd'hui et avant cela chez Cornish China Clays, depuis plus de quarante ans, monsieur Kellaway, dit la professeure, tandis qu'elle consultait le menu. Je suis heureuse de constater que votre supérieur a été suffisamment avisé pour m'envoyer quelqu'un doté d'une aussi longue expérience.

– Pour arriver à "plus de quarante ans", il nous faudrait prendre en compte plusieurs petits boulots de vacances, dis-je avant d'avaler une gorgée de vin blanc. Mais c'est vrai, mon expérience n'en reste pas moins longue, quel que soit le mode de calcul de mon ancienneté.

– On m'a laissée entendre que vous étiez l'expert numéro un de la compagnie quand il s'agit de résoudre les problèmes.

– Je ne suis pas sûr de l'existence d'une telle appellation.

– Mais si elle existait, s'appliquerait-elle à vous ?

– En tout cas, si je suis ici, répondis-je en souriant, c'est bien pour vous aider à résoudre... votre problème de recherches.

– Et comment comptez-vous vous y prendre ?

– Il faudrait d'abord que vous m'exposiez la nature exacte dudit problème. Presley – je veux dire M. Beaumont – s'est montré plutôt vague quant aux détails.

– Ce n'est pas très compliqué, en fait. Je... » Elle avait été interrompue par l'arrivée de la serveuse venue prendre notre commande. Elle arrêta son choix sur un poisson à chair blanche accompagné d'une salade ; j'optai quant à moi pour un plat figurant dans la section moins saine du menu.

« Donc, mon problème, reprit-elle. Ou plutôt, *notre* problème. Je dois dire que cette affaire a confirmé la réticence que j'ai d'abord eue à accepter un contrat dans le privé. Dans le monde universitaire, voyez-vous, il y a une... présomption de coopération... que je n'ai pas trouvée dans mes rapports avec IK, en dépit du fait que c'est pourtant votre ancien président qui a commandité mon étude.

– Les membres du personnel auxquels vous avez eu affaire se sont montrés peu coopératifs, c'est ce que vous voulez dire ?

– Ma foi, je me suis heurtée à des tactiques d'obstruction, camouflées, parfois de manière tout à fait convaincante, sous des sourires conciliants et diverses cajoleries. »

Sourires conciliants, cajoleries... vraiment ! Je croyais rêver.

« Pourriez-vous être plus précise, professeure ?

– Appelez-moi Fay, je vous en prie. Je n'ai jamais réussi à persuader les gens à St Austell de laisser tomber le "professeure". J'espère avoir plus de chance avec vous... Jonathan.

– Eh bien, espérons que vos espoirs ne seront pas déçus... Fay, dis-je avec un sourire.

– Bien, fit-elle en me rendant mon sourire. Vous m'avez demandé, à juste titre, d'être plus précise. Je vais donc entrer dans les détails. J'ai déclaré dès le départ, quand j'ai accepté l'offre de M. Lashley, que je ne consacrerais à ce travail que le temps limité que je pourrais soustraire à mes obligations universitaires. Pour faire le meilleur usage de ce temps, j'avais besoin d'avoir le loisir de conduire ma recherche par étapes distinctes et fortement concentrées. J'ai proposé de commencer par les Cornouailles et de passer plus tard à l'aspect américain de l'affaire. À ce jour, pourtant, mon travail en Cornouailles reste inachevé, suspendu si vous voulez, avant que je puisse même songer à programmer ma visite en Géorgie.

– Avez-vous rencontré M. Lashley, Fay ?

– Non, non. Les discutions se sont faites par intermédiaires. Je crois savoir qu'il est invalide, à présent. Mais cette rencontre est-elle vraiment indispensable ? À ce que j'ai compris, il désire que l'histoire de la compagnie soit écrite et publiée, de préférence pendant qu'il est encore en vie pour pouvoir la lire.

– Un vieillard pressé par le temps, quoi. »

Elle eut l'air surpris, sinon franchement choqué, par le ton irrespectueux de ma remarque. « C'est donc ainsi que vous le voyez ?

– Oh, c'est probablement ainsi qu'il se voit lui-même. L'homme est avant tout un pragmatique.

– Bref, nous sommes d'accord sur ce point : il veut que je mène le projet à bien, et ce dans les meilleurs délais, non ?

– Tout à fait.

– Bien. Donc, je reprends mon explication. Après m'être familiarisée avec l'histoire générale de l'industrie du kaolin, je me suis rendue à St Austell pour collecter des informations détaillées sur les origines et le développement de la compagnie Cornish China Clays. Je devrais parler en fait, comme vous le savez, des origines et du développement d'une demi-douzaine d'autres compagnies qui ont fini par former CCC à la suite d'une série de fusions et d'acquisitions. J'ai été quelque peu surprise d'apprendre que M. Lashley n'avait pas commencé sa carrière chez CCC, comme je le supposais, mais dans une des petites entreprises qu'ils ont rachetées dans les années 1960, Walter Wren & Co.

– Surprise, dites-vous... mais pourquoi ?

– Parce que, pour quelqu'un qui peut légitimement passer pour une spécialiste de l'étude des entreprises – qualité pour laquelle M. Lashley m'a recrutée, après tout –, il est très inhabituel de voir le directeur d'une compagnie qui a fait l'objet d'un rachat devenir directeur de son acquéreur.

– En l'occurrence, la chose ne s'est pas faite du jour au lendemain.

– Non, mais qu'elle ait pu se faire est en soi remarquable. D'autant plus que cela s'est produit à deux reprises. D'abord de Wren & Co. à Cornish China Clays, puis de CCC à Intercontinental Kaolins. Je n'oublie pas, bien sûr, que son ascension dans la hiérarchie de cette dernière compagnie a dû être facilitée par son mariage avec Jacqueline Hudson. » Elle s'était interrompue, espérant peut-être que je laisserais échapper quelque commentaire sur le second mariage hautement avantageux de Lashley. Quand elle vit que rien de tel ne venait, elle poursuivit. « Aucun facteur de ce genre, toutefois, n'a joué un rôle dans sa montée vers les sommets chez CCC.

– Personne n'a jamais douté des compétences de M. Lashley. Ni de son énergie.

– Non, en effet. Il a cinquante ans quand CCC rachète Wren, et, de toute évidence, plus guère de perspectives d'avenir. Et pourtant, il s'arrange pour atteindre le sommet de la hiérarchie – et y rester. C'est proprement remarquable.

– Beau témoignage des qualités de l'homme.

– Je le reconnais volontiers. C'est pourquoi il m'est apparu que je devais accorder davantage d'attention à Wren qu'à n'importe laquelle des autres petites compagnies rachetées par CCC au fil des ans. Par chance, les archives de Wren, comme vous le savez, sont conservées avec celles de CCC à St Austell.

– Je l'aurais dit sans hésiter, Fay. Mais on aurait pu depuis procéder à des tris et des enlèvements sans que j'en sache rien. Ça fait des années que je n'ai pas mis les pieds dans les bureaux de St Austell.

– Trop occupé, je suppose, à creuser une fosse de la taille de l'île de Wight dans la forêt amazonienne.

– Nous sommes tous les deux payés, d'une façon ou d'une autre, par Intercontinental Kaolins, non ? dis-je en accusant le coup.

– Vous avez raison, bien sûr. Les références écologiques de la compagnie – ou leur absence – feront l'objet d'une autre discussion. » Elle eut un sourire conciliant, dont l'effet apaisant se trouva renforcé par l'arrivée de nos hors-d'œuvre. Pendant que la serveuse déposait les assiettes devant nous en détaillant leur contenu, je me demandai comment Fay Whitworth allait traiter l'épineuse question de l'environnement dans son histoire de la compagnie. Y ferait-elle allusion aux activistes écolos qui avaient perturbé la dernière assemblée générale annuelle ? Je ne pouvais m'empêcher de l'espérer.

« Ne trouvez-vous pas ironique, hasardai-je, que vous rencontriez autant de difficultés à enquêter sur les affaires d'une compagnie sans envergure comme Wren, depuis longtemps disparue, quand IK est une multinationale qui emploie des milliers de personnes et dont le chiffre d'affaires se monte à des millions de dollars ?

– Si, très ironique. Vous auriez une idée des raisons à l'origine du phénomène ?

– Aucune. Comment le pourrais-je, étant donné que vous ne m'avez toujours pas dit sur quoi vous aviez achoppé ?

– Ah, mais oui, c'est vrai. J'y viens, donc. On m'a orientée vers la section Wren des archives, et, au début, j'ai bien avancé. La documentation relative aux premières années de la compagnie est étonnamment abondante. Walter Wren était un employeur inhabituellement doué, pour l'époque. Un exemple en la matière : ses carrières ont continué à tourner lors des grèves de 1913 dans le secteur, grâce à sa politique de salaires élevés. Mais c'était une petite compagnie, et, à ce titre, très vulnérable quand les fusions ont commencé à se multiplier. J'aurais aimé pouvoir apporter des faits et des chiffres à l'appui de cette vulnérabilité, mais c'est là que je me suis heurtée à un obstacle de taille. Tous les dossiers relatifs à Wren sont archivés dans des boîtes-classeurs par exercices financiers, de 1895-1896 à 1968-1969, soigneusement étiquetées et rangées sur les rayons. Mais celles qui couvrent les douze dernières années d'activité de la compagnie – c'est-à-dire, de 1956-1957 à la fin – ne contiennent pratiquement que des feuilles blanches.

– Comment ça, des feuilles blanches ?

– Eh oui. Quelques documents sans importance, et en dessous, des rames totalement vierges – le genre de papier pelure utilisé autrefois pour les carbones. Et c'est la même chose pour tous les fichiers datant de cette période. Pour avoir consulté les archives de CCC, je sais que les membres du comité de direction de Wren ont voté en faveur du rachat de la compagnie par CCC lors d'une réunion qui s'est tenue le 22 août 1968. Mais le procès-verbal de cette réunion, tout comme le compte rendu des événements qui ont précédé le rachat, reste introuvable.

– Mais c'est... totalement anormal.

– C'est plus ou moins ce que m'a dit M. Newlove quand je m'en suis plainte à lui.

– Pete Newlove ?

– Oui. Vous le connaissez ? »

Je n'aurais pas dû être surpris d'apprendre que Pete était encore attelé à un bureau à St Austell. Il avait mon âge et projetait sans doute de rester sous le harnais jusqu'à soixante-cinq ans. Il était aussi, en toute probabilité, le seul des anciens employés de Wren à faire encore partie du personnel. En dehors de moi, évidemment.

« Pete et moi sommes de vieilles connaissances, répondis-je avec quelque réticence.

– En ce cas, vous êtes bien placé pour me dire si son incapacité à traiter ma plainte était réelle ou feinte.

– Je suis sûr qu'il aurait tout fait pour vous aider s'il l'avait pu.

– Pour essayer, il a essayé, oui. Disons, pour faire court, que je n'ai guère obtenu autre chose qu'un haussement d'épaules.

– C'est sans doute parce que vous avez cherché à vous adresser à plus haut que lui dans la hiérarchie.

– Oui, mais sans être pour autant plus avancée. Ce que j'ai trouvé bizarre, étant donné que je travaillais sur un projet soutenu personnellement par l'ancien directeur de la boîte. »

Bizarre, en effet, c'était indéniable. « Je peux aller à St Austell sonder deux ou trois personnes, Fay. Mais si tout le monde reste sincèrement perplexe... » Je remarquai qu'elle avait déjà fini sa salade, laissant une assiette nettoyée jusqu'à la dernière miette, alors que je n'en étais encore qu'à presser du citron sur mon saumon gravlax. Il n'y avait pas à dire, cette femme allait vite en besogne. « Il y a une limite à ce que je peux faire, dis-je piteusement.

– Et à ce que je peux faire, moi, dans la perspective d'une histoire exhaustive d'IK/CCC. Peut-être n'ai-je pas été assez claire, Jonathan. Nous n'avons pas affaire à un banal cas de matériel perdu, de documents jetés, ou détruits par mégarde, comme il n'est pas rare d'en voir dans des recherches d'archives. Il s'agit d'un "escamotage" de fichiers, aggravé et confirmé par le fait qu'on a substitué des feuilles blanches aux documents retirés. Une opération savamment élaborée quand on songe que nous parlons ici des archives d'une compagnie décrite par vos soins, de façon pertinente mais résolument hybride, comme "sans envergure et depuis longtemps disparue".

– Je dirais que... nous ne savons pas quand le camouflage a eu lieu. Cela peut remonter à de nombreuses années en arrière.

– Ce que tendrait à prouver le genre de papier utilisé, c'est vrai. D'un autre côté, on a pu s'en servir à dessein pour donner précisément cette impression. »

Je m'efforçai d'adopter un air et un ton dubitatifs qui ne ressemblaient pas à ce que je ressentais. « Là, vous semblez donner dans une sorte de théorie du complot, Fay. Tout cela me paraît bien improbable.

– Oh, j'en conviens. Mais, improbable ou pas, il s'est bel et bien passé quelque chose de ce genre. Intrigant, n'est-ce pas ?

– Mais est-ce là un obstacle vraiment majeur à votre travail ? Après tout, Wren ne représente qu'une toute petite pièce dans le grand puzzle d'IK/CCC.

– Vous savez quoi, Jonathan, vous êtes en train d'acquérir la fâcheuse habitude qui consiste à répéter ce que d'autres m'ont déjà dit. "Ne vous préoccupez pas de ce problème mineur et concentrez-vous sur l'essentiel", voilà le conseil – alors que, je tiens à le préciser, je ne demandais rien – que m'a donné le fils de M. Lashley. »

Allons bon, Adam ? Comment diable était-il mêlé à cette affaire ? Il était censé être en Thaïlande... occupé à Dieu sait quoi.

« Vous avez rencontré Adam Lashley ?

– Non, mais nous avons eu une conversation téléphonique il y a une huitaine de jours. Enfin... pas vraiment une conversation, pour être juste. Plutôt un monologue de sa part. Dont la teneur était que, à son avis, je faisais toute une affaire d'une vétille et que j'étais grassement payée pour pouvoir la passer sous silence. J'ai eu l'impression qu'il n'était pas vraiment à jeun. Ou se pourrait-il que son élocution soit toujours embarrassée ? »

L'arrivée opportune de la serveuse venant enlever nos assiettes m'évita d'avoir à répondre à la question. Je bus un peu d'eau et, m'efforçant de paraître curieux mais pas le moins du monde décontenancé, je demandai : « D'où appelait-il ?

– De Londres, m'a-t-il dit. »

Londres. Aïe ! Trop proche à mon goût. Beaucoup trop. « Adam peut se montrer parfois très caustique. Il pensait probablement rendre service à son père en vous encourageant à poursuivre nonobstant votre travail.

– En ce cas, il s'est trompé. Plus on me dit d'ignorer l'énigme Wren, plus je suis déterminée à la résoudre. Et, autant que je puisse en juger, le meilleur moyen d'y arriver est de solliciter l'assistance de... quelqu'un comme vous.

– C'est pourquoi je suis là. Prêt à éclaircir ce mystère. Du mieux que je pourrai.

– Des théories préliminaires ?

– Aucune.

– Il n'y a rien, à votre connaissance, dans les douze dernières années de l'existence indépendante de Wren que quelqu'un aurait pu vouloir... étouffer ?

– Non, je ne vois pas.

– Rien que je devrais savoir qui pourrait avoir un lien avec cette affaire ?

– Non.

– Je vois. » Une gorgée de vin. Des yeux qui se plissent. Elle ne m'accordait manifestement aucun crédit. « Je suis surprise de vos réponses, Jonathan. Surprise... et un peu déçue.

– Vraiment ?

– Oui, vraiment. Elles laissent entendre que vous me mésestimez, ce que, d'un point de vue professionnel, je trouve insultant. Vous devriez comprendre que, en l'absence évidente de la plus grosse partie des archives de Wren portant sur les années 1956 à 1968, je doive me tourner vers d'autres sources, en quête de renseignements susceptibles de jeter quelque lumière sur les activités de la compagnie durant cette période. »

Elle avait raison, bien entendu. J'entrevis soudain, non sans angoisse, où tout cela allait mener. Et je vis les volumes reliés du *Cornish Guardian* dans la bibliothèque municipale de St Austell. Mis sur microfilm depuis longtemps, sans doute. Mais toujours disponibles à la consultation.

« Kenneth Foster, reprit Fay sans préambule, mari de la petite-fille de Walter Wren, Muriel, et un des directeurs de la compagnie, considéré comme le bras droit du PDG, George Wren, s'est donné la mort en juillet 1959, suicide dont a été témoin son fils, Oliver, alors âgé de sept ans. Neuf ans plus tard, le 22 août 1968 – le jour même où le comité de direction s'est prononcé en faveur du rachat de la compagnie par Cornish China Clays –, Oliver Foster a été retrouvé noyé dans le cratère inondé d'une ancienne carrière de kaolin. Le verdict : mort par accident. Mais, à la lecture des faits, "suicide" aurait été une conclusion au moins aussi plausible, voire davantage. Le corps a été retrouvé par la sœur d'Oliver, Vivien, et un ami du nom de... Jonathan Kellaway. »

Que répondre ? J'eus un sourire embarrassé. « Je suis désolée, Fay. J'aurais dû me douter que vous apprendriez pour Oliver – et pour son père avant lui. La mort d'Oliver ne fait pas partie des événements que j'aie envie me remémorer, pour être franc. Quoi qu'il en soit, je ne pense pas qu'elle ait un quelconque lien avec cette histoire de dossiers manquants.

– Pourquoi Kenneth Foster s'est-il suicidé ?

– Personne ne le sait. Il souffrait de dépression, mais...

– Et Oliver ? Pourquoi s'est-il lui aussi suicidé ?

– Il n'a rien fait de tel. Vous avez dit vous-même que l'on avait conclu à une mort accidentelle.

– Mais que valait ce verdict ? Le rapport d'enquête dit que vous êtes la dernière personne à avoir vu Oliver vivant. Je peux comprendre que, par égard pour sa famille, vous ayez voulu suggérer qu'il s'était noyé par accident. Mais peut-être que maintenant, après toutes ces années, vous aimeriez me dire ce qui selon vous s'est véritablement passé.

– Mais je l'ignore. Je ne l'ai jamais su. » C'était d'une certaine manière un réconfort que d'avoir une vérité toute simple à laquelle m'accrocher : je ne savais pas.

« En ce cas, vous n'avez pas de raison valable pour affirmer que la mort de Kenneth Foster et celle de son fils n'ont aucun lien avec les dossiers manquants. »

Elle me tenait, bien sûr. « Non, c'est vrai. C'est juste... une opinion personnelle. »

Là-dessus, nos plats arrivèrent. Ce qui, avec le remplissage de nos verres de vin et d'eau, me fournit quelques minutes pour réfléchir à la façon dont je pourrais contrer le raisonnement indéniablement fondé de Fay. Rien ne me vint, surtout parce que je commençais déjà à soupçonner avec quelque angoisse que ces deux morts et les dossiers disparus n'étaient effectivement pas sans rapport – qui plus est, un rapport étroit.

« Je me rends à St Austell dès cet après-midi, dis-je. Je ferai tout ce que je peux pour aller au fond de cette affaire.

– Merci, répondit-elle tout en me dévisageant par-dessus le bord de son verre de vin.

– Mais vous devez comprendre que je ne peux garantir le succès de mon entreprise.

– Et vous, que je ne peux, en cas d'échec de votre part, m'engager à continuer à travailler sur ce projet. »

Certes, elle ne pouvait s'engager mais n'en excluait pas non plus la possibilité. Nous disposerions ainsi, l'un comme l'autre, d'une porte de sortie si le besoin s'en faisait sentir.

« Je comprends très bien. Je vous tiendrai au courant de mon enquête.

– N'oubliez pas, je vous prie.

– Entre nous, Fay, je n'ai pas connaissance des conditions auxquelles vous avez été recrutée pour écrire cette histoire, mais j'imagine qu'elles sont généreuses. Êtes-vous sûre de...

– ... vouloir risquer de passer à côté d'émoluments tels que l'université ne m'en versera jamais ? anticipa-t-elle avec un sourire ironique.

– Exactement, rétorquai-je en lui rendant son sourire.

– Je me refuse à cautionner une opération de blanchiment, quelle que soit la grosseur du chèque. C'est aussi simple que ça.

– Vous êtes une femme de principes, Fay.

– Oui. Il va falloir que vous et M. Lashley vous y fassiez. »

Deux heures plus tard, j'étais sur le quai de la gare de Temple Meads, à attendre le train pour Plymouth et à me creuser la tête pour savoir comment j'allais pouvoir « aller au fond » du mystère que Fay Whitworth avait déterré. Fond qui, je le savais pertinemment, était beaucoup plus lointain qu'elle ne l'imaginait. Les années passant, j'en étais venu à supposer que je ne l'atteindrais jamais. Mais mes appréhensions, tout comme mes espoirs, avaient toujours été démenties. Alors, peut-être le seraient-elles encore cette fois-ci. Qui sait si, en fin de compte, je n'allais pas découvrir, sans le vouloir, la vérité qui m'avait jusque-là échappé.

1969

12

Je m'imaginais naïvement que, après neuf mois passés à Londres, j'avais suffisamment mûri, évolué et fait le tour des plaisirs coupables de la capitale pour comprendre comment la vie devait être vécue. Cette illusion renforça l'estime que j'avais de moi-même au moment où elle en avait particulièrement besoin, si bien que la chose n'est pas entièrement à regretter, même si nombre de mes paroles et de mes actes de l'époque donnèrent lieu à des souvenirs douloureux.

À l'invitation d'une fille qui restera anonyme, j'avais quitté l'austère logement universitaire qui m'avait initialement été assigné, pour aller vivre avec elle et ses copains, des types censément avertis, dans une maison menaçant ruine du quartier de Walworth, où la plupart des week-ends, sans compter certains milieux de semaine, sombraient plus ou moins dans la drogue au son d'une bande du groupe rock Emerson, Lake and Palmer. Mais à la suite de deux événements qui me donnèrent à réfléchir – une descente de police et le départ de la fille pour le studio de son nouveau petit ami –, j'adoptai un autre style de vie, plus sage, au cours de la seconde moitié du deuxième semestre universitaire. J'entendais aussi une petite voix m'avertissant de la triste réalité qui m'attendait à St Austell, où j'avais pris des dispositions pour passer une partie de mes vacances d'été à travailler chez Cornish China Clays. Même un étudiant des années 1960 ne pouvait vivre de l'air du temps, encore moins des vapeurs délétères par lesquelles nous nous employions à le remplacer.

St Austell me fut aussi remis en mémoire un samedi matin frais et gris de début juin, quand, rentrant d'une expédition forcée dans les magasins du quartier, je vis une Mini d'un jaune étincelant garée près de la maison. Je pensai d'abord qu'elle ressemblait étrangement à celle de Vivien, ce qui suffit pourtant à me donner un coup au cœur. Mais quand j'entrai et entendis une voix féminine, je compris à qui appartenait la voiture : c'était Vivien en personne qui parlait à Terry dans la cuisine.

Elle aussi avait changé. Mais, chez elle, le changement avait rehaussé sa beauté d'une clarté diaphane et d'un port littéralement royal – ce n'était pas trop dire – qui contrastaient étonnamment avec les signes ridicules d'une appartenance hippie dont j'étais affublé. Ses cheveux étaient légèrement plus courts et ondulèrent sur sa nuque quand elle se tourna vers moi, et sa tenue sortait de l'ordinaire : veste en velours à boutons dorés, chemisier brodé fermé d'un cordon au col, jupe plissée descendant aux genoux, le tout dans différentes nuances de bleu. L'air de venir d'une autre planète, comme le formula plus tard Terry non sans à-propos – une planète sur laquelle il aurait donné cher pour atterrir.

Impossible de déguiser ma surprise, ni le plaisir que celle-ci me procurait. Terry était occupé à lui préparer un café avec plus ou moins d'adresse, mais, après quelques minutes de propos à bâtons rompus, il comprit le message tacite et disparut dans les toilettes, muni de son cocktail favori, *Guardian* plus *Daily Mirror*.

« Excuse-moi de ne pas avoir répondu à ta lettre l'automne dernier, dit Vivien dès que nous fûmes seuls. C'était moche de ma part.

– Non, ce n'est rien, la rassurai-je tout en débarrassant de ses miettes un coin de table pour y poser sa tasse. Ça n'a pas dû être un moment facile pour toi, je l'ai bien compris. Cambridge, c'est comment ? demandai-je ensuite après avoir attrapé deux chaises pour nous permettre de nous asseoir.

– Tout aussi grotesque que je m'y attendais. Mais splendide, dans le même temps.

– Tant mieux. Cigarette ?

– Oui, merci. Que sont devenues les Peter Stuyvesant ? s'enquit-elle avec un sourire quand j'eus sorti mon paquet et mon briquet.

– J'ai dû y renoncer. Malvenu quand on se targue d'être issu de la classe ouvrière.

– Attends, ton père dirige une agence bancaire, Jonathan. Où sont tes références prolétaires ?

– Chut ! Ici, on pense que tous mes ancêtres travaillaient dans les mines d'étain. Personne ne sait qu'en réalité je suis né à Norwood. »

Ce qui nous fit rire, d'un rire spontané et sincère, bien que bref, qui nous écorcha un peu les oreilles. Il y eut un moment de silence, tout aussi bref, puis Vivien déclara : « C'est bon de te revoir.

– Pas aussi bon, je parie, que pour moi de te revoir, toi.

– Je regrette de… t'avoir fait sortir de ma vie.

– Tu seras toute pardonnée, si j'en fais à nouveau partie. »

Mais était-ce le cas ? Les raisons de sa visite impromptue restaient inexpliquées. « Comment m'as-tu retrouvé ? Je n'habitais pas ici quand je t'ai écrit en octobre dernier.

– J'ai embobiné un employé de l'administration du *college* pour qu'il me donne ton adresse.

– Je n'en reviens pas que tu aies pris cette peine.

– Et tu te demandes pourquoi. C'est ça ?

– C'est que… la dernière fois que nous nous sommes vus, je…

– Je n'étais pas moi-même, vois-tu. Et ce depuis la mort d'Oliver, en fait. Le psychiatre trouvé par Greville m'administrait toutes sortes de médocs – ma seule excuse, soit dit en passant, pour sortir avec ce crétin de Roger. Tu vois qui c'est, tu l'as croisé à St Austell.

– Alors, c'était bel et bien un crétin ? C'est ce que j'ai tout de suite pensé, avouai-je sur un ton qui déclencha un nouveau rire.

– Mais c'est fini, tout ça. Je suis redevenue moi-même. Je suis lucide, je regarde les choses en face… et j'espère sincèrement que tu voudras m'aider. »

Je laissai le silence s'installer, le temps de peser ma réponse. Mais à quoi bon ? Elle n'avait jamais eu l'air aussi adorable qu'en ce moment. J'étais prêt à tout pour elle ou presque, comme elle devait le savoir. « Tu n'as qu'à demander, dis-je en soutenant son regard.

– Eh bien, voilà. À Pâques, j'ai aidé mère à débarrasser la chambre d'Oliver à Nanstrassoe. Une tâche dont nous devions nous acquitter sans trop tarder sous peine de voir l'endroit se transformer en une sorte de sanctuaire. Nous nous y sommes attelées ensemble. Il y avait là une malle où il gardait tous ses vieux jouets d'enfant – ours en peluche qui m'avaient appartenu, tu vois le genre. Au fond, nous avons trouvé… quelque chose que nous n'espérions plus revoir.

– Qui était ?

– La serviette de mon père. »

Je n'essayai même pas de cacher ma stupéfaction. « Je croyais qu'Oliver avait passé des années à la chercher sans succès.

– C'est ce qu'on pensait tous. Il faut croire qu'on se trompait. Elle était bien là, en mauvais état, il est vrai, raide et déformée, la serrure et le fermoir mangés par la rouille. De toute évidence, elle avait séjourné très longtemps dans l'eau.

– Dans l'eau ?

– Le bassin de l'ancienne carrière de Relurgis, Jonathan. Je pense qu'Oliver avait fini par se persuader que c'était l'endroit où notre père avait jeté sa serviette le jour où il est mort. Et qu'il avait réussi à la retrouver et à la repêcher, quoique j'aie du mal à imaginer comment il s'y est pris. Mais c'est incroyable ce que l'obsession d'un monomaniaque peut le pousser à faire. Et Oliver était un cas typique.

– Il y avait quelque chose dans la serviette ?

– Des papiers, comme tu peux t'en douter. Mais le séjour dans l'eau en avait fait de la bouillie. Impossible de déchiffrer quoi que ce soit, ni même de savoir de quel genre de documents il s'agissait.

– Si ta vision des choses est la bonne, Oliver n'aurait pu trouver la serviette qu'en... plongeant dans le lac à d'innombrables reprises avant de tomber dessus.

– C'était un très bon nageur.

– Mais pourquoi ne dire à personne, pas même à toi, qu'il avait fini par la trouver ?

– Je ne sais pas.

– Et pourquoi...

– Se tuer là-bas ? Je n'en sais rien. Je n'ai jamais cru à la thèse de l'accident. Et toi non plus. »

Je la regardai avec attention. C'était là la Vivien que j'avais connue du vivant de son frère : directe, déterminée, passionnée. La Vivien dont il était dangereusement facile de tomber amoureux. « Pourquoi aurait-il fait une chose pareille ? demandai-je, tout en sachant que la question ne recevrait sans doute jamais de réponse définitive.

– Il avait une raison. Ça au moins j'en suis sûre, même si je ne peux affirmer grand-chose d'autre avec certitude. Et j'ai le sentiment qu'il voulait que je... que nous comprenions cette raison. Ma mère a décidé qu'il était préférable de ne pas essayer. Elle redoute que nous n'obtenions rien d'autre – ce qui à ses yeux serait pire que tout – qu'une révision du verdict, transformant la mort par accident en suicide. Ce qu'elle veut éviter à tout prix. Greville est du même avis. Si bien qu'il n'y a qu'un seul mot d'ordre dans la famille : ne bougeons pas, laissons les choses en l'état.

– Mais toi, tu n'es pas d'accord.

– Le coroner ne rouvrira jamais l'enquête, Jonathan. Ma mère s'inquiète pour rien. De toute façon, le verdict, quel qu'il soit, importe peu. Ce que je veux, moi, c'est découvrir la vérité. On doit bien ça à Oliver, tu ne crois pas ?

– Si, bien sûr. Mais...

– Et c'est là que tu interviens. »

On y était. On arrivait enfin à ce qui l'avait amenée jusqu'ici.

« Dis-moi en quoi je puis t'aider.

– Est-ce que tu as toujours la muscovite qu'Oliver avait laissée dans la voiture de ton père ?

– Oui, mais pas ici. Elle est chez moi, à St Austell.

– Peu importe. Tu es sûr que c'est un Z qui est gravé dessus ?

– Absolument.

– Je n'en serais pas si sûre à ta place. À mon avis, ce n'est pas un Z, vois-tu. Mais la lettre grecque *dzêta*. Un Z et un *dzêta* ont la même graphie en majuscule.

– Une lettre grecque, tu dis ?

– Oliver avait pris l'option grec pour son bac. Cela m'est revenu quand j'ai vu ce dictionnaire sur les rayons de sa chambre.

– Bon, d'accord, *dzêta* et pas Z. Mais quelle différence ?

– C'est une sorte de message codé, j'en suis certaine. Le *dzêta* est la sixième lettre de l'alphabet grec, et dans notre alphabet la sixième lettre est le F. Si bien que le Z inscrit sur cette pierre représente en fait un F.

– Ce qui voudrait dire ?

– F pour Francis.

– Ton grand-oncle ?

– C'était un grand helléniste en son temps. Diplômé de langues anciennes et de philosophie de l'université d'Oxford, s'il vous plaît. Il collectionne les cristaux, et sait très bien ce qu'est la muscovite. Et Oliver t'a même dit qu'il pouvait t'expliquer pourquoi cette roche était la clé de toute chose. »

Il me l'avait dit, effectivement. Et la surprise de Francis, quand je lui avais demandé de nous éclairer sur la remarque d'Oliver, ne nous avait pas échappé, à Vivien et à moi.

« Il a essayé de gagner du temps avant de répondre, tu te souviens ? reprit Vivien. Il a fini par suggérer que mon frère faisait par là d'une muscovite une métaphore de la vraie nature de la géologie. Mais je pense que ça n'a rien à voir avec la géologie.

– Avec quoi d'autre, alors ?

– Je ne sais pas. Mais oncle Francis doit savoir, lui. C'est la raison pour laquelle j'ai décidé de prendre son invitation au mot, depuis le temps qu'il me le demande, et d'aller lui rendre visite à Capri. Je pars là-bas dès la fin de l'année universitaire. Ça te dirait de m'accompagner ? »

Un voyage à Capri avec Vivien ? Le rêve. Une transformation radicale de mon été, et peut-être au-delà de ma vie. Pas question d'envisager seulement de résister à pareil projet, et le sourire tranche-de-melon que je lui offris devait être la plus franche des réponses. « Bien sûr.

– On ne peut pas dire que tu sois du genre à te faire désirer, dit-elle en riant.

– Bon, c'est vrai que ça va entraîner quelques sacrifices. J'avais prévu de me payer deux ou trois semaines de repos avant de commencer à bosser chez CCC, et puis de partir camper dans le Peak District avec Terry et quelques copains. Capri avec toi ne serait qu'un pis-aller, mais, décemment, je ne peux pas te laisser partir seule.

– Idiot, va ! me lança-t-elle en expédiant d'une chiquenaude une allumette éteinte dans ma direction.

– Non, sérieusement, ta mère ne va pas trouver à redire à un compagnon de voyage tel que moi ?

– Il n'y a aucune raison pour qu'elle le sache. Ne te fais pas de souci, je m'assurerai de la totale discrétion de Francis et Luisa. »

Je ne voyais pas comment elle s'y prendrait, mais je n'insistai pas. Pas plus que sur les défauts de sa théorie selon laquelle Francis en aurait su plus qu'il ne voulait bien le dire. Il aurait pu être sincèrement déconcerté par la question que je lui avais posée à l'instigation d'Oliver. Et le Z gravé sur la muscovite pouvait fort bien n'être qu'un Z, et rien de plus après tout. Peu m'importait que notre expédition se solde par un échec. Ce ne serait d'ailleurs peut-être pas plus mal, en un sens. De toute façon, on ne pouvait pas ramener Oliver d'entre les morts. Vivien l'avait perdu, quoi qu'on puisse découvrir à Capri. Mais moi, je n'avais pas perdu

Vivien. Elle faisait à nouveau partie de ma vie. Et cette fois, pas question de la laisser m'échapper.

Je la persuadai de retarder son retour à Cambridge jusqu'au soir. Le temps d'une promenade en bateau de Charing Cross jusqu'à Kew et d'une visite des jardins dans le chaud soleil de juin. Le temps aussi d'un échange sur nos expériences contrastées de la vie d'étudiant, et d'un retour progressif à la relation qui s'était établie entre nous du vivant d'Oliver. Nous en vînmes finalement à parler de lui et de l'état dépressif dans lequel elle avait sombré à la suite de sa mort.

« En réalité, je n'ai jamais songé à me suicider, dit Vivien à propos de son overdose. Je voulais juste que le... le désespoir cesse de m'accabler.

– J'aurais tant voulu pouvoir t'aider à traverser cette épreuve, tu sais.

– Oui, je sais. Et je regrette de t'avoir fermé ma porte. Je suppose que je te rendais responsable de ce qui était arrivé, même si je pensais que tu n'y étais pour rien. J'ai connu des moments extrêmement pénibles. Et pas seulement moi. Ma mère avait à gérer son propre chagrin et, en même temps, à s'occuper de moi. Le voyage en Égypte était probablement le meilleur antidote possible.

– Et c'était comment là-bas ?

– Antique. Dépaysant. Et indifférent à nos... malheureux petits problèmes, ajouta-t-elle avec un sourire. Exactement ce qu'il nous fallait.

– Je suis heureux que ça ait marché pour toi.

– Le psychiatre, lui aussi, a eu son rôle à jouer. Il m'a fait comprendre que jamais je n'aurais pu sauver Oliver. » Elle regarda un instant le palmarium d'un air songeur. « Il serait horrifié d'apprendre ce que je me propose d'entreprendre.

– Mais pourquoi ?

– Parce qu'il a insisté sur la nécessité où j'étais d'accepter l'idée qu'il n'y avait pas de grand secret derrière cet acte d'autodestruction, et de laisser en paix mon frère et sa... paranoïa.

– Mais pour toi ce n'était pas de la paranoïa, je me trompe ?

– Je ne sais plus quoi penser. J'y croyais, pourtant. Mais depuis que nous avons trouvé la serviette... » Elle ôta ses lunettes de soleil d'un geste brusque et me regarda attentivement. « Il faut que je découvre la vérité. Ou du moins que je sois sûre d'avoir fait tout ce qui était en mon pouvoir. Tu comprends ça ?

– Tout à fait, Vivien. Ça paraît légitime. »

Elle se pencha et m'embrassa. « Merci. Tu ne peux pas savoir à quel point ça me fait du bien d'avoir quelqu'un qui croit en moi. »

Quand je fis mes adieux à Vivien ce soir-là, tout était planifié. Le semestre se terminait à Cambridge une semaine plus tôt qu'à Londres ; elle partirait donc seule et préparerait le terrain pour mon arrivée. Je n'aurais besoin d'argent que pour payer mon billet de train. La somme fort généreuse qu'elle recevait en guise d'argent de poche couvrirait le reste. De mon point de vue, l'arrangement était parfait, et la perspective du voyage on ne peut plus séduisante.

Tout ce que j'avais à faire dans l'intervalle, c'était de déclarer forfait pour le camping dans le Peak District et d'expliquer à mes parents qu'à la place j'accompagnais des amis, qui restèrent anonymes, en Italie, puis de prendre mon mal en patience jusqu'à la fin du semestre, qui semblait ne jamais devoir arriver. Mais le matin vint enfin pour moi d'emballer mes quelques affaires personnelles dans un sac à dos et de partir pour la gare Victoria. J'avais reçu la veille une carte postale de Capri : *Parvenue à bon port. Impatiente de te voir. Téléphone à la villa quand tu connaîtras l'heure d'arrivée de ton train à Naples et j'irai te chercher. Affectueusement, V.* Le message n'était pas passé inaperçu de Terry ni de mon autre colocataire, Robin. Faisant montre d'une jalousie non déguisée, ils m'avaient fait remarquer que j'avais une veine de pendu. Ce que je ne songeais même pas à nier.

Ce matin-là, ils se levèrent tous les deux inhabituellement tôt – bien avant 11 heures – pour me dire au revoir. Ce n'est qu'au moment où j'étais littéralement en train d'ouvrir la porte pour partir que Terry claqua des doigts et m'annonça : « J'y pense, j'avais quelque chose à te dire, mais ça m'a complètement échappé tout à l'heure au petit déj. » Puis il eut cette question bizarre : « Dis, tu te serais pas par hasard endetté pour financer ta petite escapade méditerranéenne ?

– Mais non, Terry, pas du tout. Pourquoi tu demandes ? Tu veux me proposer un prêt ?

– Je serais bien en peine de le faire, je suis fauché comme les blés, et tu le sais bien. C'est juste que... eh bien, hier soir au Builders... » (Le Builders' Arms était *notre* bistrot, un établissement assez minable qui avait pourtant les faveurs de Terry.) « Y a un type qui a demandé après toi.

– Qu'est-ce qu'il me voulait ?

– Savoir où t'allais pendant l'été. Qu'est-ce que t'avais l'intention de faire. Je l'avais jamais vu avant. J'ai pensé que c'était peut-être un... créancier, tu me suis ?

– Tu lui as dit quoi ?

– Oh, rien. J'ai été cool. » (Je n'en croyais pas un mot.) « Enfin, quand je dis rien...

– *Eh bien ?!*

– Oui, ben... Peut-être que je lui ai dit que t'allais à l'étranger avec ta p'tite amie. Mais c'est tout, hein. Pas de détails.

– T'aurais pas pu l'envoyer paître et lui conseiller de s'occuper de ses oignons ?

– J'étais pas mal bourré, tu comprends. Et avant que j'pige ce qui se passait... » Il eut un timide haussement d'épaules.

Je lui jetai un regard furibard, qui le laissa froid.

« T'es sûr de l'avoir jamais vu avant, ce type ?

– Oui... autant que j'me le rappelle, concéda-t-il, sa certitude sur ce point apparemment ébranlée.

– Il ressemblait à quoi ?

– Ben... le ringard moyen, la cinquantaine, pas grand, pas p'tit non plus. Ni gros, ni maigre. Fumait la pipe. Se tripotait sans arrêt la moustache. Il a pas quitté une seconde son chapeau, alors, il pourrait être chauve… ou pas.

– Ça m'fait penser à mon père, intervint Robin. Pas un poil sur le caillou sous son feutre. »

Quelque association qu'ait pu faire naître la description dans l'esprit de Robin, elle ne m'évoquait rien, mais je n'aurais pu dire si c'était une bonne ou une mauvaise chose. Difficile cependant de ne pas soupçonner que la curiosité de cet homme quant à mes projets de vacances n'était pas sans rapport avec la réapparition de Vivien dans ma vie. Mais quel rapport au juste ?

« Alors, tu le connais ? me demanda Terry.

– Je crois pas, non.

– Lui, si, en tout cas, fit Robin.

– Ouais, peut-être, mais bon… Faut que j'y aille, sinon je vais rater mon train. Une dernière chose, si ce type se pointe à nouveau, ou que quelqu'un d'autre demande à me voir…

– On dira que tu t'es engagé dans la Légion.

– Contentez-vous de la fermer, d'accord ? »

13

Je ne savais que penser de la révélation de Terry. Qui pouvait avoir une raison de s'intéresser à mes projets de vacances d'été ? Il y avait pourtant quelqu'un, et l'idée assombrissait un coin du ciel par ailleurs uniformément bleu de mon avenir immédiat. C'était troublant, mais, en même temps, je devais l'admettre, un peu exaltant, comme si j'étais entré dans un épisode de la série télévisée *The Saint*.

Pour tout dire, j'étais beaucoup plus excité que troublé. Le train jusqu'à Douvres et la traversée de la Manche n'étaient qu'un fade prélude à un voyage de rêve. Calais n'avait pas grand-chose à offrir, mais c'était une porte ouverte sur l'étranger. Rien d'autre ne comptait. Et Paris… c'était Paris, même si je n'eus le temps que d'une brève visite de Notre-Dame et d'une baguette au brie sur les bords de la Seine.

Le train de nuit pour l'Italie aurait dû constituer une épreuve, d'autant plus rude que je n'avais pas de couchette, mais chaque kilomètre parcouru contribuait à exacerber l'exotisme et la nouveauté des expériences que j'étais impatient de vivre. À Rome, je manquai délibérément le premier train pour Naples afin de rendre visite au Colisée. Moment magique que celui où se profila ce dernier sur le ciel baigné d'une lumière matinale presque violente. Révélation éblouissante des merveilles que le monde tenait à ma disposition, à seulement dix-neuf ans.

Mais je ne voulais pas les explorer seul, tout remarquables que fussent Paris et Rome. À Naples, en revanche, Vivien serait là. J'appelai la villa Orchis de la gare de Roma Termini, après un combat titanesque contre les excentricités d'un téléphone public romain. Je tombai sur une voix jeune, masculine et italienne, qui passa à un anglais relativement aisé quoique fortement accentué quand je hurlai mon nom pour couvrir la friture de la ligne.

Je fus rassuré de constater qu'on m'attendait – le « on » étant sans doute une sorte de domestique. Lequel m'assura qu'il communiquerait à « Miss Foster » l'heure d'arrivée de mon train et me souhaita *buon viaggio.*

Trois heures plus tard, j'arpentais le quai à la gare de Napoli Centrale au milieu d'une foule en sueur, regrettant de n'avoir pu prendre une douche à un moment ou à un autre depuis mon départ de Londres. Et soudain, je vis Vivien à quelques mètres devant moi, souriant et agitant le bras dans ma direction.

Fraîche et radieuse dans sa robe blanche, ses cheveux blonds un demi-ton plus clairs que dans mon souvenir. En passant, les hommes lui lançaient, à elle, des coups d'œil approbateurs et à moi, des regards que j'imaginai envieux quand je la pris dans mes bras pour l'embrasser. Je sentis la chaleur de sa peau à travers le mince tissu.

« Naples est un enfer, dit-elle en passant son bras sous le mien pour m'entraîner vers la sortie. En revanche, Capri, tu verras, est un vrai paradis. On y va. »

Nous prîmes un taxi qui nous descendit jusqu'à la gare maritime. Le soleil tombait en pans aveuglants entre des abîmes d'ombre, révélant le chaos grouillant des rues au bas d'immeubles décatis, vestiges peut-être d'anciens *palazzi,* aux fenêtres tendues de linge en train de sécher. Tout était plus bruyant, lumineux et sale qu'à Londres, mais débordant d'énergie vitale. Je m'ouvrais par tous les pores de la peau à la grandeur crasseuse de la scène, riant et secouant la tête d'incrédulité devant les acrobaties de notre chauffeur pour éviter les scooters qui virevoltaient autour de nous.

« Voir Naples et mourir... de tension nerveuse, dit Vivien en riant avec moi.

– J'ai vraiment du mal à croire que nous sommes sur la même planète qu'à St Austell.

– Mais nous n'y sommes pas. Nous ne tournons pas autour du même soleil ici. »

Nous arrivâmes au port juste à temps pour attraper un ferry et, bientôt, alors qu'il quittait la gare maritime, je pus en me retournant contempler un moment le cône du Vésuve et l'arc majestueux et alangui de la baie de Naples. Je fus frappé par une telle profusion de couleurs et de lumière que j'eus l'impression de regarder un tableau plutôt qu'un décor réel dont je faisais partie. Quand je m'efforçai d'expliquer à Vivien ce que je ressentais, elle me dit qu'elle avait connu quelque chose d'approchant lors de sa première visite.

« C'est étrange, remarqua-t-elle, mais, malgré tous les bâtiments portuaires modernes qu'on peut voir, il est facile de s'imaginer dans l'Antiquité – à une époque où le Vésuve n'avait pas encore englouti Pompéi.

– C'est incroyable.

– Luisa m'avait dit que, ici, je serais quelqu'un de différent. Sur le coup, je n'ai pas saisi, mais je n'ai pas mis longtemps à comprendre.

– Différent en quel sens ?

– Tu me le diras quand ça t'arrivera. »

Capri apparut bientôt au loin, forme floue à l'horizon, qui se transforma peu à peu en une imposante masse de falaises et de verdure. Le ferry vint accoster à Marina Grande, et les passagers, en majorité des touristes armés d'appareils photo et de guides de voyage, commencèrent à se masser à l'arrière. C'est nous qui fermions la marche quand la troupe fut lâchée sur le débarcadère. Pour ma part, je n'étais pas pressé, tenant à savourer chaque instant de ma découverte.

Où se trouvait la villa Orchis par rapport à Marina Grande, je n'en avais évidemment aucune idée. Tandis que nous quittions le port, Vivien m'expliqua qu'elle était située de l'autre côté de l'île. « C'est plus tranquille, là-bas, et plus reposant. » Ce que je n'eus aucune peine à croire, vu le nombre de cafés bondés et de boutiques de souvenirs qui s'alignaient devant nous. Il y avait déjà une longue file d'attente devant le funiculaire montant à la ville principale.

Mais notre transport à nous nous attendait sous la forme de la voiture de Luisa, un élégant cabriolet Alfa Romeo, déjà ancien, aux pneus à flancs blancs, garé sur la place bondée, où il semblait constituer une petite oasis de tranquille privilège. Attendait avec lui le domestique faisant office de chauffeur à Luisa, Paolo. La personne que j'avais eue au téléphone – un homme jeune pour son emploi, beau garçon et soigné de sa personne, doté d'une abondante chevelure noire et d'un sourire étincelant. Son accueil plein de déférence n'était pas dépourvu d'un certain narcissisme. Il était apparemment en train de s'admirer dans le rétroviseur quand nous approchâmes, et je sentis qu'il se jugeait supérieur à moi en de nombreux points que seule sa fonction subalterne l'empêchait de faire valoir.

La démonstration de conduite rapide et experte dont il nous gratifia ensuite était aussi impressionnante qu'elle voulait sans doute l'être. Il nous emporta à toute allure le long de la route sinueuse qui menait sur les hauteurs de Marina Grande, la vue sur le port et sur la péninsule de Sorrente s'élargissant à mesure de notre ascension. Le vent faisait voler les cheveux de Vivien, et en la regardant, je fus de nouveau frappé par sa beauté. Je remerciai en silence les caprices du destin qui m'avaient conduit jusqu'ici. Avec comme perspective des journées entières sur notre île au soleil.

La villa Orchis se trouvait au sud-ouest de la ville de Capri, sur les contreforts du mont Solaro, le sommet qui domine la

Marina Piccola, la petite et modeste sœur de Marina Grande située sur le côté sud de l'île. Vues de la route, les villas dans le paysage étaient des îlots d'un blanc éclatant au milieu des vagues de verdure des pelouses, les maisons elles-mêmes à peine visibles derrière leurs hauts murs drapés de plantes grimpantes.

Mais les ananas sculptés qui ornaient les piliers du portail de la villa Orchis étaient un symbole accueillant, et la demeure me donna une impression de confort et de simplicité plus que de grandeur et d'opulence. L'allée dallée de pierres nous fit passer dans un tunnel d'ombre moucheté de lumière, formé par l'impressionnante colonnade d'une pergola de glycine, pour nous amener au pied d'une courte volée de marches qui montait jusqu'à une terrasse protégée par des ajoncs tressés et au corps central de la maison : murs blancs comme ses voisines, toit de tuiles en terre cuite, fenêtres fermées contre le soleil ou bien ouvertes pour laisser pénétrer l'air embaumé.

Francis et Luisa nous attendaient sur la terrasse, où ils prenaient le thé. Ils m'accueillirent avec plus de chaleur que je n'étais en droit de m'y attendre, comme ils l'auraient fait d'une vieille connaissance qu'ils auraient été sincèrement heureux de revoir. Alors que Paolo disparaissait avec mon sac, une bonne doublée d'une cuisinière, une petite femme rondelette d'un certain âge, apporta du thé et des gâteaux ; on la remercia en l'appelant Patrizia. Le moment fut bientôt à la détente et à la bonne humeur. Ce n'est que quand je me trouvai au milieu du récit d'une mésaventure qui m'était arrivée dans le métro parisien que je m'arrêtais net, en voyant le regard grave que Vivien adressait à son grand-oncle et qui me remit en mémoire la véritable raison de mon voyage à Capri – du moins, du point de vue de Vivien.

On m'avait donné une chambre sur le côté de la maison, qui ouvrait sur un balcon d'où la vue embrassait à la fois le flanc vert émeraude du mont Solaro et un rectangle bleu saphir de la mer Tyrrhénienne. Après avoir déballé mes affaires, je sortis admirer le paysage, et remarquai alors que deux autres chambres donnaient aussi sur le balcon. À travers la porte-fenêtre de l'une d'elles, je vis, pliée sur un dossier de chaise, une robe aux rayures multicolores qui ne pouvait qu'appartenir à Vivien. Nous étions donc proches l'un de l'autre. Et peut-être les chambres avaient-elles été choisies dans l'idée que nous pourrions le devenir plus encore, mais d'une autre façon. Une tache de soleil illuminait le titre d'un livre de poche posé sur sa table de nuit : *Catch-22*[1]. Je ne voyais, moi, qu'une issue à la situation.

Une vieille amie de Luisa, qui habitait tout près, devait venir se joindre à nous pour le dîner. Mais nous eûmes assez de temps, Vivien et moi, pour descendre à Marina Piccola nous asseoir à l'un des cafés du front de mer, face à la baie semée de voiliers et de petites embarcations. La lumière de la fin du jour faisait étinceler la crête des vagues et mon verre de bière couvert de fines gouttelettes et dorait la peau bronzée des baigneurs allongés sur leurs chaises longues en dessous de nous, à demi endormis par la chaleur et le clapotis cadencé du ressac.

« Il se pourrait bien que tu aies fait le voyage pour rien, dit Vivien sans préambule, en m'adressant un sourire d'excuse, lèvres pincées, tandis qu'elle reposait son verre.

– Que veux-tu dire ?

– Je suis ici depuis une semaine et je n'ai toujours rien appris – absolument rien – qui puisse laisser entendre qu'oncle Francis cache un quelconque secret.

– Ah bon ?

– Je devrais en être soulagée, en un sens. Je n'ai pas envie de voir en lui autre chose que le sexagénaire affable et bienveillant qu'il m'a toujours paru être.

– Ma foi, je devrais me sentir soulagé moi aussi. Surtout ne t'inquiète pas, ce qui compte pour moi, c'est d'être ici… avec toi.

1. Titre d'un roman de Joseph Heller paru en 1961, dans lequel l'expression *catch-22* dénote une situation sans issue, un cercle vicieux.

– Flatteur, va.

– Non, c'est vrai, Vivien. Il faut que tu le saches.

– C'était gentil à toi d'accepter de venir, Jonathan, dit-elle après avoir légèrement rougi et écarté le compliment de la main. Et c'est vraiment bon de te revoir. On pourrait… essayer de tirer un trait sur l'année dernière.

– Ça me convient tout à fait.

– Mais d'abord, prépare-toi à être impressionné : j'avais raison à propos du Z gravé sur la muscovite ; c'est un *dzêta*, et il renvoie bien à Francis.

– Non, vraiment ? » Impressionné, je l'étais. Et perplexe. La confirmation de l'origine de ce caractère impliquait bel et bien l'existence d'une sorte de secret. « Et comment tu as découvert ça ?

– Il figure sur tous les minéraux de sa collection. J'ai demandé à la voir, ce qui l'a ravi, et j'ai tout de suite remarqué la lettre. Les spécimens sont rangés dans une vitrine de son bureau. Il sera tout heureux de te les montrer. Tu n'as qu'à demander.

– Ils portent tous la même marque ?

– Oui. Je lui ai dit que nous avions trouvé une muscovite dans la chambre d'Oliver. Je ne voulais pas te mêler à l'histoire en lui disant où elle avait été trouvée en réalité. Quoi qu'il en soit, la nouvelle ne l'a pas surpris, ni démonté, et il m'a appris qu'il l'avait donnée à Oliver lors d'un séjour que nous avons fait ici tous les deux il y a deux ans.

– Ce qui explique qu'Oliver l'ait eue en sa possession. Mais pas pourquoi il a jugé bon de la cacher dans la voiture de mon père.

– Peut-être qu'il ne voulait pas la voir perdue au fond du lac. Il n'aurait pas pu te la donner sans te fournir une raison.

– Il reste que Francis a eu une réaction curieuse quand je lui ai parlé de la muscovite ce soir-là au Carlyon Bay.

– Pour tout te dire, il est revenu là-dessus sans que j'aie besoin d'en parler. Apparemment, il ne se souvenait plus l'avoir donnée à Oliver. Son vieux ciboulot, comme il dit, lui avait joué un tour. Qu'on lui remette tout à coup l'épisode en mémoire… l'a déconcerté, sur le moment. »

J'étais moins convaincu que Vivien. Mais j'étais aussi moins concerné. Cela ne regardait qu'elle, après tout. Si elle était heureuse de ne pas remuer le passé, pourquoi pas ? Personnellement, je ne voyais dans son bonheur que la promesse du mien.

« Je pense tout de même qu'il y a un secret à la villa Orchis, continua Vivien en prenant un ton de conspiratrice. Mais qui n'a rien à voir avec Oliver.

– Avec qui, alors ?

– Paolo, le chauffeur. Il habite sur place, tu sais. La pièce au-dessus du garage. Le genre imbu de lui-même, notre Paolo.

– Oui, j'avais remarqué.

– Il ne faisait pas encore partie de la maisonnée quand je suis venue ici avec Oliver et tante Harriet. Quand il n'est pas occupé à lustrer l'Alfa Romeo ou à la lancer à toute allure sur les routes de l'île, il est censé agir en qualité de secrétaire de Luisa, quelle que puisse être la nature de ses fonctions.

– Comment ça ?

– Je crois qu'il veille à satisfaire *tous* les besoins de la dame, si tu vois ce que je veux dire. »

Je ne voyais que trop bien. « Tu plaisantes, j'espère », m'esclaffai-je.

Elle était en fait on ne peut plus sérieuse. « Je l'ai vu sortir de la chambre de Luisa un après-midi où oncle Francis était en ville. À son petit sourire satisfait, j'ai compris ce qui venait de se passer.

– Il faut que je me méfie, alors. Du sourire satisfait, j'entends. »

Elle ne put s'empêcher de sourire, même si elle accueillit ma remarque d'un « C'est pas drôle ».

« Excuse-moi.

– En fait, Luisa sait que je vois clair dans son petit jeu, je crois. Elle a tenu à me parler d'elle ce jour-là. M'a expliqué combien la retraite lui était pénible. "Je mettais tellement de passion dans mon art et je recevais tellement de témoignages d'admiration", m'a-t-elle dit. "J'ai du mal à m'en passer."

– Mais tu es d'avis qu'elle ne s'en passe pas complètement.

– Apparemment non.

– Eh bien...

– Vivre et laisser dire, c'est bien ce qu'on dit ?

– Ou... aimer et laisser dire. »

Je bus quelques gorgées de bière, le temps de laisser les ambiguïtés de mon commentaire se dissiper dans l'air. Le fantasme de l'amour l'après-midi, dans la torpeur de la villa et la grosse chaleur de la journée, s'insinua un moment dans mon esprit. Mais ni Luisa ni Paolo n'y figuraient.

« Francis est au courant ? demandai-je après un raclement de gorge.

– Je ne suis pas sûre. Peut-être, peut-être pas. Mais il n'est pas idiot, alors...

– Il est probable qu'il sait.

– Oui, admit Vivien avec un hochement de tête.

– En tout cas, ils jouent bien la comédie, tous les deux.

– N'est-ce pas ? En notre qualité d'invités, il va nous falloir faire de notre mieux pour ne pas interrompre la représentation. Alors, maintenant que je t'ai prévenu, essaie de faire comme si de rien n'était.

– D'accord. Autre chose qu'il faudrait que je sache sur... les mœurs de la maison ?

– Pas vraiment, non. Le plaisir semble être le principe directeur de la vie à la villa Orchis.

– Ah, ah, je vois que je peux m'attendre à vivre en ces lieux un véritable enfer. Au plaisir, donc ! » dis-je en levant mon verre.

Elle gloussa comme une petite fille. « Je suis heureuse que tu sois ici, Jonathan. Vraiment.

– Moi aussi, tu n'as pas idée. »

L'amie et voisine de Luisa se révéla faire partie de l'aristocratie italienne ; c'est du moins ce que j'en conclus quand on me la présenta comme la comtesse Margherita Covelli. Elle avait certainement le port et la tenue qui convenaient au titre : grande, mince, longue robe en velours, discrète parure de bijoux, nez aquilin et yeux perçants qui lui donnaient un air étonnamment prédateur, même si ses manières n'étaient que raffinement et distinction. Ses cheveux gris la faisaient paraître plus âgée que Luisa ; simple illusion, selon Vivien, entretenue grâce aux soins prodigués par le salon de beauté que fréquentait assidument l'ancienne diva.

La comtesse Covelli donnait l'impression d'être plus satisfaite de son sort que Luisa, moins expansive mais aussi plus réfléchie. Veuve de longue date, elle avait une famille à Milan et un large cercle de connaissances, mais n'en appréciait pas moins grandement son existence solitaire à Capri. « J'ai ici un rythme de vie auquel j'ai pris goût peu à peu », dit-elle à un moment, nous livrant ainsi sa seule remarque personnelle de la soirée. Elle s'intéressa bien davantage aux récits de Vivien sur les joies de la barque et des pique-niques à Cambridge et insista également pour que je leur fasse une relation détaillée (que j'embellis quelque peu au passage) de ma participation aux émeutes de Grosvenor Square. Elle alla même jusqu'à me demander ce que je pensais de la situation en Irlande du Nord. Et, d'une certaine manière, je ne fus pas outre mesure surpris de découvrir qu'elle en savait davantage que moi sur le sujet.

« Margherita est d'une intelligence remarquable, tu ne trouves pas ? » me dit Francis après m'avoir persuadé de partager cognac et cigare avec lui une fois la comtesse partie et Luisa et Vivien retirées pour la nuit. Il n'avait pas eu à me prier. Je me sentais flatté d'être traité comme un égal, comme l'homme du monde qu'il était, lui, alors que j'étais loin de pouvoir revendiquer un tel statut. Ce que ma toux de fumeur de cigare débutant ne tarda pas à mettre en évidence.

J'acquiesçai, bien sûr, et lui demandai depuis combien de temps elle et Luisa étaient amies.

« Plus de trente ans. Elles se sont rencontrées avant la guerre, à Milan. Le défunt mari de Margherita était un grand admirateur de la cantatrice Luisa d'Eugenio.

– Vous l'avez connu ?

– Oh, non. C'est une histoire tragique, vois-tu, que celle du comte Covelli. Tu es au courant des événements qui ont conduit à la chute de Mussolini en 1943 ? »

J'avouai mon ignorance.

« Une petite leçon d'histoire s'impose, alors, dit Francis, qui eut la bienveillance de ne pas se laisser désarçonner par mon inculture. À la fin de 1942, les Italiens en avaient assez de la guerre, un véritable désastre pour eux. Généraux et hommes politiques voulaient dans leur grande majorité rompre l'alliance avec l'Allemagne et faire la paix avec les Alliés. Mais Mussolini était d'un autre avis. La cause de sa chute fut l'invasion alliée de la Sicile en juillet 1943. Pas une promenade de santé, tu peux me croire – et je parle d'expérience –, mais une étape finalement décisive. Le roi, Victor-Emmanuel, a engagé des pourparlers secrets par le biais d'intermédiaires avec des membres influents du grand conseil fasciste dans le but de destituer le Duce. Le comte Covelli figurait parmi ces intermédiaires. Les négociations ont fini par aboutir : le conseil vota le rétablissement du roi dans ses fonctions de commandant en chef des forces armées. Un vote qui n'était ni plus ni moins qu'un plaidoyer pour la paix. Mussolini a été arrêté sur ordre du roi et emprisonné. Hitler, bien entendu, n'avait aucune intention de laisser l'Italie se rendre. Les Allemands ont donc continué à se battre comme si de rien n'était. Ils ont réussi à libérer le Duce et à l'installer à la tête d'une république fantoche. Ceux qui l'avaient trahi et se trouvaient pour leur malheur dans une zone occupée par l'Allemagne allaient devoir payer leur trahison. Le comte Covelli était de ceux-là. Il a pris le maquis mais n'a pas tardé à être arrêté. Avec cinq autres artisans de la destitution de Mussolini, il est passé devant un peloton d'exécution à Vérone après un simulacre de procès.

– Le pauvre homme.

– Tu peux le dire. Et pauvre Margherita. Elle adorait son mari, d'après Luisa. Vers la fin de la guerre, Mussolini a tenté de gagner l'Autriche, mais il a été capturé par des partisans, en compagnie de sa maîtresse, Claretta Petacci, et fusillé. On a suspendu leurs cadavres tête en bas sur la Piazzale Loreto à Milan – tu as sans doute entendu parler de cet épisode –, en signe du mépris dans lequel les partisans tenaient leur ancien Duce. Margherita m'a raconté qu'elle était allée sur cette place pour voir l'homme responsable de la mort de son mari et qu'elle était tombée sur une femme qui frappait Mussolini à la tête avec un bâton, tout en se lamentant sur la perte de son fils, tué au combat en Grèce. Elle m'a avoué avoir été presque aussi horrifiée par la violence des victimes de Mussolini qu'elle l'avait été par la brutalité du régime du dictateur. Et puis elle est venue un jour voir Luisa dans la villa que celle-ci venait d'acheter et elle a décidé que Capri était l'endroit où elle pourrait enfin trouver la paix à laquelle elle aspirait. Je crois qu'elle y est parvenue, ce qui est tout à son honneur.

– Un véritable… havre de paix, en effet.

– N'est-ce pas ? Les îles, surtout quand elles sont de petite taille, ont quelque chose de spécial, je crois. Elles existent comme à l'écart du monde et tendent à attirer les gens en quête de refuge et… d'oubli. »

Je me demandai un instant s'il n'était pas en train de parler de lui-même plutôt que de Margherita Covelli. Une nuance nostalgique s'était glissée dans sa voix, signe qu'il avait peut-être commencé à réfléchir aux raisons pour lesquelles il était venu vivre ici. Il tira une bouffée sur son cigare, l'air songeur, et son regard me quitta pour aller se perdre dans quelque obscur recoin de son passé.

Puis il se reprit et m'adressa un sourire enjoué. « Capri, évidemment, a plus que son lot de paresseux et de doux rêveurs cherchant à se soustraire à l'obligation de gagner leur vie. Je suis bien placé pour le savoir, puisque j'en fais partie. » Il éclata d'un rire tonitruant. « Encore une goutte de cognac, mon garçon ? »

14

Il m'est difficile, après tant d'années, de me rappeler combien j'ai été heureux durant les quelques semaines passées à Capri durant l'été 1969. Je m'en souviens comme si c'était hier et je n'ai pas à chercher bien loin pour trouver les raisons de ce bonheur. Mais se superpose toujours à ces souvenirs heureux la conscience de ce qui s'est passé immédiatement après. La conscience d'événements, en l'occurrence, qui affectèrent gravement et durablement de nombreuses personnes, dont je faisais partie.

On pourrait dire que la tragédie fut un coup de tonnerre dans le ciel uniformément bleu de Capri, qui vibrait d'un azur étincelant sous la violente lumière méditerranéenne, mariage enivrant de l'infinitude du ciel et de la mer bornant l'horizon. Ce coup de tonnerre, personne ne le vit venir ni n'entreprit – autant que je sache – de le faire advenir. Il sortit de nulle part.

Et pourtant… Si je ne vis rien venir, ne devinai pas de quel côté allaient tomber les dominos, je n'en ébranlai pas moins la rangée. Impossible de soutenir le contraire. La tragédie était bien œuvre humaine. Je le sais, puisque je suis de ceux qui la provoquèrent.

Je désirais Vivien à un point tel que j'étais incapable de penser à autre chose, et certainement pas à l'énigme que nous avait léguée son frère. Vivien elle-même n'était plus aussi déterminée à en chercher la clé, depuis qu'elle était à Capri et s'était faite à l'idée que son grand-oncle, lui, ne détenait aucune clé si ce n'est celle d'un homme satisfait de son sort, quoique probablement cocu. Capri elle-même n'était pas étrangère au phénomène. Son climat et sa paix, auxquels s'ajoutait pour des visiteurs tels que nous la séduction de son exotisme, faisaient paraître les soucis et les préoccupations qui étaient les nôtres à l'arrivée très lointains, futiles et, finalement, sans grande importance.

Vivien n'abandonna pas la lutte sans une dernière tentative. De leur séjour antérieur à la villa Orchis, qu'elle avait surtout consacré à la baignade et au bronzage, elle avait gardé le souvenir d'Oliver partant pour de longues promenades solitaires le long des côtes. Il s'était particulièrement intéressé aux ruines romaines qui se trouvaient aux deux extrémités de l'île, et nous décidâmes d'entamer notre hasardeuse entreprise par une visite aux vestiges de la villa Jovis, située sur le promontoire est.

C'était de là que l'empereur Tibère avait gouverné l'Empire romain, mais tout ce qu'il restait de son palais au bord de la falaise n'était que murs écroulés et vestibules à ciel ouvert. Nous fîmes le tour du site, sortant de leur torpeur les lézards qui détalaient à notre passage. Le soleil tapait fort et les pinèdes entourant la villa vibraient dans la brume de chaleur. Je regardais Vivien qui marchait devant moi, jambes et bras bronzés, cheveux un peu décolorés après la semaine passée sur l'île. Elle portait un jean coupé, un haut aux bretelles presque invisibles et un chapeau de paille, au-dessous duquel ses cheveux lui tombaient aux épaules, se balançant doucement au rythme de ses pas. À son poignet, un bracelet m'envoyait des clins d'œil tentateurs. De temps à autre, elle se retournait vers moi et souriait, d'un air entendu, comme si elle avait lu dans mes pensées.

Nous arrivâmes bientôt au précipice de Tibère, une falaise vertigineuse d'où, d'après notre guide touristique, les malheureux qui avaient gravement offensé l'empereur se précipitaient dans le vide vers une mort certaine. Je m'imaginai sautant moi-même, bras écartés, et demandai : « Est-ce qu'ils sautaient vraiment d'eux-mêmes – ou est-ce qu'on les poussait ?

– Oh, on n'avait pas besoin de les pousser. Un détail de la description que m'a faite Oliver de l'endroit vient juste de me revenir : si tu contrariais l'empereur en demandant aux gardes de te pousser, c'est ta famille qui en pâtissait. Si bien qu'ils sautaient d'eux-mêmes.

– Cruel dilemme, remarquai-je, les yeux sur la mer.

– Oliver n'était pas de cet avis. Pour lui, se lancer dans le vide n'était pas le plus difficile. Les choses se compliquaient à partir du moment où tu commençais à t'interroger sur la fin de la chute. »

Nos regards se croisèrent. Oliver était là, entre nous, présence invisible mais palpable. Pour nous bénir ou nous maudire ? Je n'aurais su le dire. Et Vivien, soupçonnai-je, pas davantage. Mais, bénédiction ou malédiction, peu importait, somme toute.

Je lui pris la main et nous quittâmes le bord du précipice.

« Je suis tellement heureuse que tu aies connu mon frère, Jonathan. Et heureuse parce que c'est toi qui es ici en ce moment avec moi. »

Nous prîmes le chemin du retour le long des ruelles et des chemins étroits de l'île, nous arrêtant en route pour déjeuner dans une trattoria ombragée, où le vin me parut d'autant plus grisant que j'étais déjà enivré par la présence à mes côtés d'une jeune femme superbe qui était près – tellement près – d'être mienne.

De Capri nous descendîmes à Marina Grande, où nous allâmes à la plage nous baigner un peu, et paresser beaucoup jusqu'à la fin de l'après-midi.

J'ai dû alors m'assoupir un moment, sous l'effet du vin et de la chaleur. Quand je me réveillai, l'ombre tombant de la falaise avait gagné la serviette sur laquelle nous étions étendus, et Vivien, toujours en bikini, appuyée sur un coude à mon côté, plongeait ses yeux dans les miens. Le front plissé par la concentration, elle donnait l'impression d'avoir à décider d'une question très sérieuse.

« Jonathan... »

Je n'ai pas attendu qu'elle poursuive. J'ai levé la tête et l'ai embrassée. J'ai senti ses cheveux balayer mon cou, ses seins s'écraser contre moi. J'ai posé une main sur son épaule, l'ai fait glisser le long de son flanc, suivant la courbe de sa taille et de sa hanche.

Nos bouches se sont quittées, et nous sommes restés un moment à nous regarder. Notre chemin était maintenant tout tracé. Nous n'étions pas encore amants, mais le serions bientôt. La conscience de l'événement s'était accompagnée de solennité autant que de désir.

« Allez, viens, on rentre à la villa, me dit-elle alors. Il y fera plus frais. »

J'aurais voulu pouvoir être transporté d'un coup d'aile jusqu'à la villa, jusqu'à l'intimité close de sa chambre ou de la mienne. Mais le désir ne fait pas tout. Il nous fallut encore prendre le funiculaire pour remonter à Capri et faire le reste du chemin à pied dans la fournaise de la fin d'après-midi. De nombreux baisers émaillèrent le trajet, mais je ne savais trop comment se négocierait l'arrivée.

Ce sont le désarroi et la frustration qui m'attendaient. Au moment où nous remontions l'allée, il apparut que Francis et Luisa prenaient le thé en compagnie d'un visiteur qui avait exprimé le souhait, nous fit-on savoir, de faire notre connaissance. Que faire, décemment, sinon nous asseoir avec eux sur la terrasse et nous joindre poliment à la conversation ?

Le visiteur était un Italien de l'âge de Francis, ou à peu près, corpulent, les cheveux d'un noir de jais, le costume un peu trop ajusté et la voix sirupeuse, un dénommé Valerio Salvenini. C'était un natif de l'île très bavard, qui se flattait de connaître nombre de personnalités en vue résidant à Capri, aussi bien mortes que vivantes, et qui se mit en devoir de nous asséner une kyrielle d'anecdotes éculées à leur sujet.

Son épouse était absente, comme il s'en plaignit habilement, ce qui lui valut d'être prié par Luisa de rester à dîner. J'en fus donc réduit, quand il accepta, à échanger un sourire attristé avec Vivien. Nous étions coincés.

La nécessité d'une douche avant le repas nous permit toutefois d'échapper brièvement aux histoires à dormir debout du sieur Salvenini. Je sortis ensuite sur le balcon, où je trouvai Vivien qui m'attendait, pieds nus, cheveux mouillés, enveloppée d'un peignoir. Nous échangeâmes des sourires éloquents et un baiser prolongé.

« Je crois que le soleil et le grand air que nous avons pris aujourd'hui en quantité vont m'obliger à me coucher tôt ce soir, me murmura-t-elle à l'oreille.

– Même chose pour moi, abondai-je, avant de glisser une main sous le peignoir pour lui caresser le sein.

– Il y a des choses qui gagnent à être attendues.

– Mouais… à condition tout de même qu'elles ne se fassent pas attendre trop longtemps.

– Continue comme ça, dit-elle, le souffle court, et je suis bonne pour une autre douche.

– Qu'on pourrait prendre ensemble. »

Elle écarta doucement ma main et mit un doigt sur mes lèvres. « Un peu de patience. »

Je garde peu de souvenirs de ce que nous raconta Salvenini ce soir-là. Mais Maxime Gorki, Hugh Walpole, Compton Mackenzie, Jean-Paul Sartre, Thornton Wilder, Norman Douglas, Graham Greene, Gracie Fields, tous, me semble-t-il, eurent droit à une allusion. À un moment, il évoqua la possibilité pour nous d'une rencontre avec Greene, son proche voisin à Anacapri – une offre à laquelle nous restâmes insensibles. S'il fut déçu par notre peu d'enthousiasme, il n'en laissa rien paraître. Peut-être avait-il deviné que, de toute façon, rien ne comptait pour nous en dehors de nous-mêmes. Peut-être Francis et Luisa en avaient-ils fait autant. Peut-être la chose crevait les yeux. Ils avaient tous été jeunes à une époque ; nous n'avions, nous, jamais encore été vieux.

Si l'on me proposait de revivre une seule nuit de toute mon existence, c'est sans hésiter que je choisirais celle-là. À la villa Orchis en compagnie de Vivien, les portes-fenêtres ouvertes laissant pénétrer la légère brise de mer, le clair de lune ondulant sur son corps quand je l'enlaçai. Quand je jouis en elle pour la première fois, ce fut un moment d'extase et d'incrédulité dont je sentis quelque part au fond de moi que, de ma vie, je ne connaîtrais plus jamais le même.

La semaine qui suivit s'écoula dans un voile permanent de sensualité. La journée se passait en baignades, promenades et explorations de l'île ; la nuit, en longues et langoureuses explorations d'un autre genre, suivies d'un lever tardif. Nous étions entièrement l'un à l'autre. Un avant-goût du paradis.

Nos hôtes ne pouvaient pas ne pas avoir remarqué combien notre relation était devenue intime, mais ils n'y firent jamais allusion, ni ne s'en mêlèrent d'une quelconque façon. Peut-être leur condition de partenaires dans un mariage peu conventionnel – du moins si Vivien avait raison quant au rôle de Paolo dans l'affaire – expliquait-elle leur gentillesse et leur compréhension, même s'ils ne cautionnaient pas nécessairement notre conduite.

« Nous avons été mis sur cette terre pour profiter de ce qu'elle a à offrir, mon garçon, me dit un soir Francis. De *tout* ce qu'elle a à offrir. »

Une opinion semblable fut exprimée par la comtesse Covelli le jour où nous la rencontrâmes à Capri et où elle nous offrit d'aller prendre le thé à sa villa, pour nous remercier de lui avoir transporté les paquets accumulés lors d'une tournée des magasins chics de la ville. « J'adore la compagnie des jeunes gens, nous confia-t-elle au moment où nous arrivions à son élégante résidence, la villa Erycina. Elle m'aide à me remémorer le temps où j'étais jeune moi-même, *et*, ajouta-t-elle avec un sourire de connivence, amoureuse. »

Eh oui, nous étions amoureux. Moi, certainement. Vivien m'avait donné toute raison de penser la même chose de son côté. Mais nous n'avions ni l'un ni l'autre parlé d'amour. Il avait fallu une tierce personne pour le faire à notre place. Je craignais, j'imagine, que ce soit trop beau pour être vrai. Et Vivien ? Était-elle *ma belle dame sans merci**, comme l'avait appelée son frère ? Ou quelqu'un qui partageait simplement mes craintes ? Il était encore trop tôt pour le dire.

La villa Erycina était plus petite que la villa Orchis, mais architecturalement plus distinguée : colonnes cannelées, hauts plafonds voûtés, sols de marbre lustrés. La comtesse, comme il nous apparut quand elle nous fit brièvement visiter les lieux avant le thé sur la terrasse, ne supportait ni le fouillis ni la surcharge. Ici, tout n'était qu'ordre et sobriété, et le confort semblait davantage celui d'un hôtel que d'un chez-soi.

La touche la plus personnelle était une collection de photographies dans des cadres dorés, alignées sur la cheminée du salon. Elles représentaient des enfants appartenant à deux ou trois générations différentes – à en juger par leurs habits et leurs coupes de cheveux –, certains photographiés en studio dans des poses guindées, d'autres en groupes, dans un cadre domestique et des attitudes plus naturelles. La femme qui se tenait au centre d'un de ces groupes était de toute évidence Margherita, plus jeune de quelques décennies. Et l'homme au physique avantageux, tiré à quatre épingles dans sa tenue de soirée, était vraisemblablement son défunt mari.

« *Si, si,* dit Margherita, confirmant ma supposition d'un hochement de tête. C'est Urbano.

– Francis m'a raconté les circonstances de sa mort, dis-je. Triste histoire.

– Oui. » Elle s'absorba un moment dans la contemplation du portrait. « Moins triste que si j'avais été mariée à un fasciste.

– Vous devez être très fière de lui, dit Vivien.

– Bien sûr. Mais il m'arrive encore d'être en colère contre lui. Pour m'avoir laissée passer le restant de mes jours sans lui. M'avoir obligée à expliquer à ses petits-enfants pourquoi ils ne le connaîtraient jamais. Peut-être aurais-je dû écouter ma mère quand elle me conseillait de ne pas l'épouser.

– Que lui reprochait-elle ?

– Oh, fit-elle avec un rire attendri, elle disait que c'était un homme de principes. Qu'il ne donnerait jamais la priorité à sa famille. Et elle avait raison. D'un autre côté, c'était en partie pour cette raison que je l'aimais. Pour son sens de l'honneur. La dernière chose qu'il m'a dite a été : "Il vaut mieux être trahi que trahir soi-même." Excusez-moi, dit-elle, des larmes dans les yeux. Mais assez parlé du passé. Allons prendre le thé. »

J'aurais voulu demander à Margherita quelle était cette trahison dont le comte avait été victime, mais, de toute évidence, elle préférait ne pas s'attarder sur le sujet, et je renonçai, comptant tout de même sur Francis pour satisfaire ma curiosité.

Mon attente ne fut pas déçue. C'était à contrecœur, me raconta plus tard Francis, que le comte avait pris le maquis à la suite de la restauration de Mussolini par les Allemands en septembre 1943. Margherita, après maintes cajoleries, l'avait persuadé d'aller trouver refuge chez un parent éloigné qui vivait près de Vicenza, pendant qu'elle-même donnait le change en partant avec les enfants s'installer dans leur résidence d'été à San Remo. « Mais quelqu'un a averti les Allemands, et Urbano a été arrêté. Son épouse a eu la permission de lui rendre visite en prison avant son exécution. Elle m'a avoué un jour combien il l'avait alors exaspérée par l'attitude philosophe qu'il avait adoptée. Elle a eu l'impression qu'il était pratiquement heureux d'avoir été capturé, comme s'il estimait que se cacher des Allemands était une conduite... indigne en quelque sorte. Un vrai gentleman, jusqu'à son dernier souffle. »

Au fil de ces journées enchantées, nous en vînmes à parler de moins en moins d'Oliver. Nous ne l'avions pas oublié, bien sûr. Mais il avait glissé dans le séjour naturel des morts, fait de souvenirs inexprimés, et j'imaginais que Vivien ne voulait pas plus que moi risquer de rompre le charme de l'envoûtante Capri en se remémorant trop souvent la raison supposée de notre présence sur l'île.

Une raison qui, de toute façon, semblait caduque à présent, dans la mesure où il apparaissait clairement que Francis ne voyait pas davantage que nous pourquoi et comment Oliver avait mis fin à ses jours. Je lui demandai un jour de me montrer sa fameuse collection de minéraux, et il ne se fit pas prier. Comme je le savais d'après la description de Vivien, elle était abritée dans les quatre tiroirs d'une grande vitrine qui se trouvait dans son bureau. Il ouvrit le tiroir du dessus et attira tout de suite mon attention sur le caractère *dzêta*.

« Je ne peux pas m'empêcher de faire étalage de mon éducation classique, on dirait bien, se moqua-t-il. Vivien t'a-t-elle dit qu'elle avait trouvé dans la chambre de son frère à Nanstrassoe la muscovite dont j'avais fait cadeau à Oliver ?

– Elle m'en a parlé, oui, répondis-je d'un ton détaché.

– Je ne comprends toujours pas, tu sais, ce qu'il avait en tête avec cette question qu'il t'a demandé de me poser lors de notre première rencontre. Ce soir-là, au Carlyon Bay, tu te rappelles ?

– Oui, tout à fait. Euh… Aimeriez-vous récupérer la pierre ?

– Non, non, j'en ai plusieurs. Ce que je conserve dans cette vitrine, c'est un simple échantillonnage. Les plus beaux spécimens. »

Les objets étaient soigneusement rangés et étiquetés. Quartz. Biotite. Muscovite. Tourmaline. Hématite. Limonite. Cassitérite. Luxullianite. Et l'humble kaolinite – le bon vieux kaolin. Un ensemble certainement fascinant pour un passionné de minéralogie ou de cristallographie… ce que je n'étais pas. J'examinai ces fragments de roche montés avec une extrême minutie, sans y voir autre chose que de vulgaires cailloux.

« Le sarcophage du duc de Wellington dans la cathédrale St Paul est fait de luxullianite, tu sais. Les Victoriens appréciaient beaucoup cette roche. Ah, tiens, voilà ma muscovite. » Celle-ci était un peu plus grosse et de forme moins grossière que celle laissée par Oliver dans la voiture de mon père. Mais elle portait le même *dzêta* révélateur. « Difficile de comprendre pourquoi on en fait une telle histoire, me diras-tu.

– Ma foi, ce n'est pas la pièce la plus remarquable de votre collection, je l'avoue. Est-ce Oliver qui a choisi une muscovite ? Ou est-ce vous qui avez décidé pour lui ?

– Euh... je ne saurais plus te dire avec certitude. » La mémoire de Francis semblait étrangement faillible sur le sujet. « Je crois... que c'est lui l'a choisie. Naturellement, je ne pouvais guère lui offrir ce que j'avais de mieux en la matière dans ma collection. Bon nombre des spécimens sont des pièces uniques.

– Viennent-ils tous de Cornouailles ?

– En aucune façon. Cette partie de l'Italie a beaucoup à offrir dans ce domaine. J'ai par exemple un très bel échantillon de vésuvianite. Tiens, laisse-moi te montrer. »

Il referma le tiroir et ouvrit celui qui était en dessous. D'autres pierres s'offrirent à ma vue. Je commençais à regretter d'avoir demandé à voir sa collection. La séance ne m'apprenait rien.

Ce qui était un soulagement, en un sens. Je n'avais pas vraiment envie de découvrir des indices qui auraient pu expliquer le comportement d'Oliver. J'étais amoureux de Vivien, je pensais qu'elle l'était de moi. Nous étions heureux ensemble. Et notre avenir n'en serait que plus lumineux si nous laissions reposer son frère en paix.

Mais ce n'était pas à moi d'en décider. Comme je n'allais pas tarder à m'en apercevoir.

15

Le premier aperçu de ce que nous réservait l'avenir nous vint avec l'annonce, transmise par Paolo un matin, d'une tentative d'effraction au cours de la nuit. Des éclats de bois et de peinture tout autour des portes-fenêtres du salon qui donnaient sur la terrasse à l'arrière de la maison laissaient penser que quelqu'un avait cherché à s'introduire en forçant les ouvertures. Il y avait aussi l'herbe piétinée dans le carré d'arbustes près de la partie du mur d'enceinte où la pente du chemin du côté extérieur facilitait l'escalade.

Francis ne prit pas la chose au sérieux, jugeant les preuves peu concluantes et nous conseillant de ne pas nous inquiéter. Luisa se rangea à son avis, l'air toutefois moins convaincu. Paolo, lui, prit assez mal de se voir désavouer, manifestant son humeur avec force haussements d'épaules et grommellements. Histoire de plaisanter, je suggérai à Vivien que quelqu'un cherchait peut-être à dérober la vésuvianite de Francis.

Quelques jours passèrent sans autre alerte, et pour ma part j'oubliai totalement l'incident. Puis vint un matin où Francis et Luisa quittèrent le domicile de bonne heure pour se rendre à Naples. Francis avait rendez-vous comme tous les mois dans une clinique privée avec son cardiologue (« Il écoute mon palpitant pour me dire qu'il fonctionne toujours – de l'argent vite gagné. Mais ça rassure Luisa »), et Luisa, quant à elle, profitait toujours de l'occasion pour faire le tour de ses boutiques préférées et se remémorer qu'il existait un monde en dehors de Capri. Paolo se rendait lui aussi à Naples, où, apparemment, il devait retrouver des amis et des parents qu'il n'avait pas vus depuis longtemps. Il emmena ses patrons dans l'Alfa Romeo jusqu'à Marina Grande; le grondement du moteur et le bruit des grilles qui se refermaient me réveillèrent, sans toutefois déranger Vivien qui dormait paisiblement à mon côté.

Je somnolai plus ou moins pendant une vingtaine de minutes, puis décidai de faire une surprise à Vivien en lui apportant le petit déjeuner au lit. Patrizia n'étant pas encore arrivée, nous étions seuls dans la maison. J'enfilai un peignoir et des espadrilles avant de descendre.

J'étais dans le hall d'entrée, à mi-chemin de la cuisine, quand, en passant devant la porte ouverte du salon, je surpris un mouvement furtif du coin de l'œil et me tournai brusquement dans cette direction.

Ce que je vis me cloua sur place : un homme dehors sur la terrasse, accroupi devant la porte-fenêtre, un pied-de-biche à la main. Vêtu d'un costume marron miteux et coiffé d'un feutre, il s'était figé dans sa tentative d'effraction. Lui aussi m'avait vu, et nous nous étions reconnus dans l'instant. Sauf que j'avais du mal à en croire mes yeux.

« Strake ! » m'exclamai-je, le souffle coupé par la surprise, même si ma vue ne me trompait pas. Gordon Strake était là, devant moi.

Ce fut lui qui réagit le premier : il se leva d'un bond avant de traverser la pelouse à toutes jambes. Je voulus partir à sa poursuite mais en fus empêché par la porte-fenêtre, qui était verrouillée de l'extérieur. Je dus faire demi-tour et courir jusqu'à la porte d'entrée.

Le temps que j'arrive sur la pelouse à l'arrière de la maison, Strake avait disparu. Je partis dans la direction que je l'avais vu emprunter. La pelouse était bordée de buissons de chênes verts, dont les branches de certains, aussi grosses que des arbres, dépassaient du mur d'enceinte. Des ramilles ou des petites branches recourbées ou cassées témoignaient du passage de Strake.

Je grimpai sur une des branches les plus solides pour jeter un coup d'œil par-dessus le mur. Il s'était probablement servi d'une fixation de lampadaire, qui se trouvait à portée de main, pour s'assurer une prise avant de sauter. Mais il n'y avait aucune trace de lui nulle part. Il aurait pu prendre le chemin longeant la propriété dans n'importe quel sens, et je savais que celui-ci faisait une fourche non loin de là. Il était inutile de partir à sa poursuite, même dans une tenue plus appropriée que ne l'était la mienne, et je battis donc en retraite vers la maison.

Je réveillai Vivien avec une tasse de café et le récit complet et déroutant de mon aventure matinale. Auquel elle réagit avec une incrédulité bien compréhensible.

« Strake ? Ici ? C'est dingue, cette histoire.

– Tout à fait d'accord. Mais c'était bien lui, Vivien, crois-moi.

– Mais qu'est-ce qu'il peut bien vouloir ?

– Je l'ignore. Quelque chose qui se trouve dans la maison, malgré tout. C'est évident.

– Mais *quoi* ?

– Pas la moindre idée. Peut-être que Francis le sait, lui. Strake a bel et bien servi sous ses ordres pendant la guerre. »

Vivien se mit soudain sur son séant, renversant un peu de café dans la soucoupe. « Ça concerne Oliver, c'est ça ?

– Hou là ! Attends, on ne peut...

– Si, j'en suis sûre. Strake le suivait. Nous n'avons que sa parole quand il nous dit que c'est Oliver qui l'avait engagé. Il travaillait peut-être pour quelqu'un d'autre.

– Mais qui ?

– L'oncle Francis ? C'est peut-être ce qu'Oliver a tenté de nous dire par le biais de la muscovite cachée dans la voiture.

– Mais quelle raison ton oncle aurait-il eue de faire suivre Oliver ? Et puis pourquoi, s'il travaillait pour lui à ce moment-là, Strake chercherait-il aujourd'hui à s'introduire dans la maison par effraction ?

– Je n'en sais rien. »

Il y avait autre chose que de l'exaspération dans le regard que me jeta Vivien à cet instant. Elle n'ignorait pas que je voulais la voir cesser de s'escrimer sur le pourquoi de la mort mystérieuse de son frère. Un moment, pris de panique, j'eus peur de la perdre. Puis elle se radoucit. « Je ne sais pas, Jonathan, c'est tout, dit-elle en me prenant la main. C'est inexplicable. Et pourtant, il y a forcément une explication.

– Tout à fait d'accord. Mais où aller la chercher ?

– Commençons par raconter à Francis ce qui s'est passé ce matin, et voyons ce qu'il en dit. Qu'est-ce qu'on peut faire d'autre ?

– Rien, je suppose. En attendant, il vaut mieux qu'on ne bouge pas d'ici. Strake pourrait vouloir faire une nouvelle tentative, s'il remarque que l'on s'absente. Il a probablement vu Paolo partir avec Francis et Luisa, avant d'en conclure qu'il ne restait plus personne dans la maison. Inutile de lui laisser croire qu'il peut tenter sa chance une deuxième fois.

– Tu crois qu'il surveille la maison ?

– Pas facile sans se faire remarquer. Mais possible. Il est malin, le lascar.

– C'est pas croyable, dit-elle en reposant sa tasse et en me regardant d'un air attristé. J'étais si… insouciante, et si heureuse ces derniers jours. Et voilà que…

– Je suis désolé.

– Ce n'est pas ta faute, dit-elle avec un soupir d'impuissance. Si seulement je savais sur qui la faire porter. »

Je fis le guet pendant que Vivien prenait son bain. J'avais ouvert plusieurs fenêtres au rez-de-chaussée – pour éviter que la maison se transforme en fournaise –, mais je me doutais que Strake ne reviendrait pas. Pour commencer, il n'aurait pas pris la fuite s'il avait voulu s'en prendre à moi. Le seul fait, pourtant, qu'il ait tenté de s'introduire avait vicié l'atmosphère sereine de la villa Orchis. Ce n'était plus le petit paradis qu'elle avait d'abord été.

L'arrivée de Patrizia ramena un semblant de normalité. Je ne lui racontai pas ce qui s'était passé, en partie parce que son anglais et mon italien n'auraient pas été à la hauteur des circonstances, mais aussi parce que sa jovialité était réconfortante. Elle rejetait dans l'ombre Strake et les forces sinistres qu'il représentait.

C'est alors que le téléphone sonna. Je laissai Patrizia répondre. Personne ne demandait jamais à me parler. Mais cette fois-ci, apparemment, l'appel était pour moi.

« *Per te*, Jonathan, dit-elle agitant le poste de la cuisine. *Per te.* »

Je pris la communication dans le salon. Je pensai d'abord qu'il s'agissait de ma mère ou de mon père cherchant à s'assurer de la bonne santé de leur rejeton. Mais je me trompais

« Tu m'as fait une peur bleue, mon gars. Je savais pas que t'étais là.

– Strake ?

– Je pense qu'on peut se rendre mutuellement service, toi et moi.

– Alors là, vous pouvez toujours courir.

– Il se pourrait que tu changes d'avis quand tu sauras ce que j'ai à te proposer.

– De quoi s'agit-il ?

– Tu connais le bar Due Mare, au grand carrefour à l'extrémité ouest de la ville ?

– Oui.

– Retrouve-moi là-bas à midi.

– Pourquoi ? Quel... ? »

Mais je ne me parlais déjà plus qu'à moi-même. Il avait raccroché.

« Il faut que tu y ailles, dit Vivien quand je lui eus rapporté notre conversation.

– C'est peut-être un piège pour m'attirer hors de la villa.

– Gordon Strake ne me fait pas peur. Et puis, je suis sûre que Patrizia serait de taille à résister à un type comme lui. Nous avons là une chance de découvrir ce qu'il se passe, Jonathan. Il ne faut pas la laisser passer. »

Elle avait raison, bien sûr. Et, apparemment, Strake partageait son avis.

Il avait choisi pour lieu de rendez-vous, délibérément sans doute, ce qui était à coup sûr l'endroit le plus bruyant de toute l'île. Les routes venant de Marina Grande, Marina Piccola, Capri et Anacapri se croisaient toutes à cette intersection devant la porte, si l'on peut dire, du bar Due Mare, au pied des pics des monts Solaro et Cappello. Camions, bus, taxis, voitures particulières et scooters se disputaient l'espace restreint, sans compter un arrêt de car et une station-service qui venaient grossir l'embouteillage général. L'air était envahi de fumées d'échappement, de stridences de klaxons et de rugissements de moteurs. Capri pouvait se vanter d'égaler ici le chaos qui régnait dans les rues de Naples.

Le bar n'était guère plus calme à l'intérieur qu'à l'extérieur. Vivien et moi y avions pris un Coca pour nous désaltérer un après-midi, sans éprouver la moindre envie de nous y attarder. Strake m'attendait, assis à une table dans un angle, une bière devant lui et une cigarette roulée à la bouche. Il n'avait pas l'air d'un touriste, avec son costume bon marché et son feutre fatigué, mais pas non plus celui d'un autochtone. Pour tout dire, il avait l'air de ce qu'il était : un type qui prépare un mauvais coup.

Je commandai un Coca et m'assis à côté de lui. « Comment va, mon gars ? me dit-il en guise de salut.

– Qu'est-ce que vous faites ici, Strake ?

– *Monsieur* Strake, je te prie. »

Je n'allais certainement pas lui donner du « monsieur ». Je passai outre à l'avertissement, conscient du fait que, en dépit de ses prétentions, ce clochard d'ex-représentant d'une entreprise de kaolin n'avait rien d'un dur. « Pourquoi avez-vous essayé de vous introduire dans la villa ?

– À ton avis ?

– Je ne vois pas.

– Non. Bien sûr que non. Mais je peux te dire que c'était pas pour admirer le discernement du rossignol dans le choix des tentures. »

Il me fallut une seconde pour comprendre que le rossignol n'était autre que Luisa. L'idée que, de toute évidence, il la connaissait me troubla singulièrement. Je décidai que le moment était venu de faire preuve de fermeté – du moins dans la mesure de mes moyens. « Je suis prêt à parler de vous à la police, Strake, d'accord ? Vous ne devriez pas avoir de mal à comprendre ça.

– T'irais jamais trouver les flics sans l'accord du colonel. Et, cet accord, tu l'auras pas.

– Foutaises ! Il ne va pas vous faire de cadeau simplement parce que vous étiez dans son régiment.

– Tu sauras que c'était pas son régiment. Il a jamais atteint que le grade de chef de bataillon pendant la guerre. Le grade de colonel – en fait, de lieutenant-colonel seulement –, c'était son cadeau de démobilisation. Récompense pour services rendus. Services spéciaux. Et rendus par qui, je te le demande ? Mézigue. Sans jamais de reconnaissance officielle. Mais t'as raison, il me fera pas de cadeau en souvenir de tout ça. » Il s'interrompit le temps de tirer une dernière bouffée de sa cigarette avant de s'en rouler une autre dans la foulée. « Notre dernière transaction, fiston – voilà qui va ôter au colonel l'envie de me mettre la main au collet.

– Quelle transaction ?

– Ah, nous y voilà, dit Strake avec un petit sourire en coin. À ce fameux service que nous pouvons nous rendre mutuellement.

– Je vous ai déjà dit au télé...

– Arrête ça, tu veux. Tu serais pas ici si t'étais pas prêt à discuter.

– Bon, dites toujours ce que vous avez en tête », concédai-je en me redressant sur mon siège.

Il se pencha vers moi, rétablissant la distance qui nous séparait avant mon changement de position. « Tu m'as demandé l'été dernier qui me payait pour filer Oliver Foster, et je t'ai dit que c'était le gamin lui-même. Tu te souviens ?

– Bien sûr.

– C'était faux, dit Strake en haussant les épaules.

– C'était qui, alors ?

– Le colonel », répondit Strake, avec un nouveau haussement d'épaules.

Ainsi, Vivien avait vu juste – apparemment. « Francis Wren vous a engagé pour suivre Oliver ?

– Exact.

– Et pourquoi ?

– Je pourrais te le dire. Je pourrais te dévoiler les dessous de cette vilaine histoire. Mais il faut qu'on passe un marché, fiston. C'est comme ça que ça marche, ce genre d'affaire. C'est donnant donnant.

– Qu'est-ce que vous voulez ? »

D'une voix rauque de fumeur, il chuchota : « Un échantillon de l'écriture du rossignol.

– Quoi ?

– Tu m'as bien entendu. Une page ou deux, ça devrait suffire. Attention, pas seulement quelques lignes. Il m'en faut assez pour satisfaire un expert.

– Un expert ?

– Un expert en graphologie, bon Dieu. Ne joue pas à l'idiot avec moi, mon gars. Tu sais très bien ce que je veux dire.

– Non, mais attendez… vous avez tenté de vous introduire dans la villa uniquement pour mettre la main sur un échantillon de *l'écriture* de Luisa ?

– Ouais. Et maintenant que tu es là, tu vas m'épargner cet effort. De toute façon, je me fais vieux pour ce genre de sport. Alors, tu vas faire le boulot à ma place. Reviens avec ce que je te demande et je te crache le morceau à propos du colonel... et de ce qu'il tenait à ne pas voir révélé au grand jour par le jeune Olly. Alors ? T'as envie de savoir, oui ou non ? Moi je crois que t'en crèves d'envie. »

C'était vrai. Mais je m'obligeai à paraître décontracté. Je ne devais pas laisser Strake croire qu'il maîtrisait la situation. « Et que serait censé... prouver cet échantillon ?

– Tu me prends pour une poire ou quoi, mon gars ? T'auras rien de plus de moi tant que t'auras pas livré la marchandise. Et juste au cas où t'aurais dans l'idée de me doubler, souviens-toi que je connais déjà l'écriture de la dame, alors il me faudra pas plus de deux minutes pour repérer un faux.

– Mais si vous avez déjà...

– Il me faut un exemplaire, d'accord ? J'en ai besoin à des fins de comparaison. Ça devrait pas te poser de problème. Tu vis sous le même toi qu'elle, bon Dieu. Je te donne quarante-huit heures. On se retrouve ici après-demain à midi. Et on conclut.

– Eh bien, je...

– C'est la seule chance que t'auras jamais de découvrir la vérité, mon gars. Tu vas me dire que t'es pas intéressé par ma proposition ? C'est ça ? »

C'était ça, oui.

La réaction de Vivien fut en un sens celle que je craignais. Sa détermination à découvrir ce qui avait conduit à la mort de son frère retrouva dans l'instant une nouvelle vigueur – de même que se renforça en elle l'idée que d'une manière ou d'une autre son grand-oncle était mêlé au drame. Je me sentis obligé de calmer ses ardeurs.

« Il se pourrait que Strake essaie juste de nous mener en bateau. N'oublie pas que nous ignorons tout de la raison pour laquelle il exige un échantillon de l'écriture de Luisa.

– Mais nous pouvons découvrir pourquoi il l'exige. Avant de le lui remettre. Il faut qu'on le fasse, Jonathan. Strake a beau être un sale type, il est notre unique chance de mettre au jour la vérité.

– Ça a l'air simple, à t'entendre.

– Mais ça l'est. Je vais demander à Luisa de me recopier la recette de ce gâteau aux pommes que tu as trouvé si bon. Je lui dirai que j'en ai besoin pour l'envoyer à mère. Luisa sera ravie. Elle apprécierait que ma mère ait une meilleure opinion d'elle que celle qu'elle a toujours eue. »

Vivien semblait avoir décidé d'une solution avant même que j'aie fini d'exposer le problème. Il y avait une lueur dans son regard et une impatience dans sa voix qui ne me plaisaient pas du tout. Nous nous jouions des secrets de la vie des autres sans avoir la moindre idée de leur nature, ni soupçonner les conséquences que pourrait entraîner leur révélation. « Il y aurait peut-être un autre moyen, hasardai-je. Si je disais à Francis ce que Strake m'a raconté, il...

– Non. Il n'est pas question de souffler un mot sur Strake à oncle Francis. Ni à quiconque d'ailleurs. Il faut que ça reste entre nous. Tu ne comprends donc pas, Jonathan ? Nous avons là une occasion unique de remplir la mission que nous nous étions fixée en venant ici. »

Qu'elle s'était fixée, elle. Si moi j'étais venu, c'était pour une tout autre raison. « Il faut vraiment qu'on fasse attention, Vivien. On ne sait pas ce que Strake manigance.

– Aucune importance, s'il nous donne ce que nous voulons. »

Elle avait tort, j'en étais sûr. C'était au contraire d'une importance capitale. « Il reste quand même que...

– Chut, fit-elle avant de me fermer la bouche d'un baiser. Tu t'inquiètes beaucoup trop. Ça va marcher, crois-moi. »

16

Je sentis la tension monter en moi à mesure que s'écoulaient lentement les quarante-huit heures imparties par Strake. L'inconnu et l'imprévisible se disputaient mes pensées. Vivien continuait à affirmer que nous n'avions aucun souci à nous faire. C'était nous qui tenions Strake, et non l'inverse.

Elle exploitait ma passion pour elle pour apaiser mes craintes. Je comprenais parfaitement sa manœuvre, mais n'avais ni la volonté ni le désir de m'y opposer. Elle me laissait lui faire des choses que j'ignorais même avoir envie de faire, jusqu'à ce que le plaisir me terrasse. Je devenais alors son prisonnier, et elle mon jouet. S'engager dans une telle voie était dangereux. Et son empressement à le faire aurait dû me mettre sur mes gardes.

Se procurer un échantillon de l'écriture de Luisa s'avéra, comme l'avait prévu Vivien, une opération toute simple. Le stratagème du gâteau aux pommes fonctionna à la perfection. Dans le fol espoir de se concilier les bonnes grâces de sa snob de nièce par alliance, Luisa recopia obligeamment la recette de sa *torta di mele*, allant même jusqu'à proposer une variante substituant des poires aux pommes. Résultat : deux pages et demie de son écriture – un gros échantillon.

Nous avions donc ce qu'il nous fallait. Il ne nous restait plus maintenant qu'à utiliser le document pour soutirer la vérité à Strake. Mais quelle garantie aurions-nous quant à la véracité de ses allégations ? La question ne laissait pas d'être préoccupante. Du moins pour moi, parce que, là encore, Vivien ne partageait pas mon inquiétude. Cette fois-ci, c'est ensemble, décida-t-elle, que nous irions au rendez-vous fixé. Elle semblait convaincue d'être largement de taille à affronter l'homme. « Peut-être qu'il parle haut et fort, mais c'est pour jouer au dur. C'est une mauviette, en fait, doublée d'une ordure. Fais-moi confiance, on n'aura aucun problème avec Gordon Strake. »

Ce qui restait à voir. En attendant, nous avions affaire à un problème venant d'une autre source qui pourtant ne nous concernait pas directement. Paolo avait repéré des traces de la seconde intrusion de Strake : débris de mortier au pied du mur d'enceinte, sol de nouveau piétiné dans le carré d'arbustes. Nous lui assurâmes qu'il ne s'était rien passé pendant qu'ils étaient à Naples, affirmation qu'il accueillit avec un scepticisme renfrogné. Mais l'insouciance de ses employeurs en la matière lui coupait l'herbe sous le pied. Francis et Luisa restaient absolument imperturbables.

D'une impassibilité quasiment suspecte. Il me sembla qu'ils avaient décidé de se défaire de l'idée que quelqu'un ait cherché à s'introduire dans la villa. Et je ne pus m'empêcher de me demander si la raison n'en était pas qu'ils savaient ce que présageait une telle tentative.

La veille du jour où nous devions rencontrer Strake, je restai jusqu'à une heure avancée de la soirée à partager avec Francis cognac et cigares. Je dis plus tard à Vivien que notre hôte s'était montré si désireux de ma compagnie que je n'avais pas voulu le décevoir. Ce qui était faux ; la vraie raison était que je tenais à lui parler. Même s'il m'était difficile d'aborder le marché que j'avais conclu avec Strake, je pouvais néanmoins discuter de l'homme avec lui. Quoi qu'en dise Vivien, j'étais convaincu que nous avions besoin d'en savoir plus à son sujet. Et Francis était sans doute la personne la mieux à même de m'éclairer.

Je n'eus pas beaucoup de mal à amener l'ancien soldat sur le terrain de ses souvenirs de guerre. Servir avec la huitième armée n'avait pas toujours été de tout repos, même s'il admettait volontiers que sa participation aux grandes batailles d'El-Alamein et de Monte Cassino n'avait guère été significative. « Les instances supérieures ont estimé que, parce que je savais lire le latin, j'étais capable de parler l'italien d'aujourd'hui ; c'est ainsi que, après le débarquement en Sicile, j'ai été affecté aux services de renseignements, dans les fonctions d'agent de liaison avec les autochtones, un truc dans ce genre. Le travail était parfois très divertissant, plus souvent ennuyeux à mourir, mais il était rarement dangereux. Je m'en suis tiré à bon compte, finalement. Sinon, je n'aurais jamais survécu à ce périple qui a mené l'armée d'Alexandrie en mai 1941 jusqu'à Venise, quatre ans plus tard. Trop de balles à éviter, pas vrai ? »

J'avais là une chance inespérée d'orienter la conversation sur Strake. « Quand j'ai croisé Strake l'été dernier, il m'a dit qu'il vous avait aidé dans l'accomplissement de ce qu'il a appelé des services spéciaux. Dont la nature, a-t-il laissé entendre, n'était pas... avouable.

– Ce type exagère. Où est-ce que tu l'as rencontré ? Au General Wolfe, c'est ça ? Mais je vais te dire une chose, tu lui mets un verre dans la main, à Strake, et il raconte tout et n'importe quoi. Il a été mon chauffeur pendant les six derniers mois de la campagne. C'est vrai qu'on a connu quelques situations... délicates, mais de là à parler de services inavouables, non.

– Ça a l'air excitant, même comme ça.

– Ça ne l'était pas tellement, pourtant. Les moments les plus difficiles vinrent après la fin de la guerre, en fait. Laisse-moi te dire que Venise était un endroit épatant pour fêter le cessez-le-feu. Strake est sans doute une des rares personnes à pouvoir se targuer d'avoir traversé la place Saint-Marc au volant d'une Jeep. J'étais assis à côté de lui, brandissant une bouteille de champagne. Pris dans une procession de Jeep, pour tout dire. N'empêche, en moins d'une semaine, le gros de la huitième armée était déplacé en Autriche pour surveiller la frontière avec la Yougoslavie. Moi j'étais resté en arrière, affecté à un détachement chargé de liquider les soldats allemands en fuite et de mettre un frein aux représailles exercées contre les collabos et les partisans de Mussolini. Un travail pas facile, vraiment pas facile. C'est là que Strake s'est montré très utile. Il avait une façon bien à lui de dénicher des informations qui avaient échappé à tout le monde. Je ne sais pas trop quel était son secret. Un esprit retors et tortueux, sans doute.

– Strake a-t-il jamais rencontré Luisa ?

– Luisa ? reprit Francis en écho, en me regardant d'un air interloqué. Bien sûr que non. Je ne l'ai moi-même rencontrée qu'après mon départ de chez Wren et mon retour en Italie en 1949.

– Ah oui, bien sûr.

– Tu as l'air vraiment obsédé par ce Strake, mon jeune ami. Pourquoi t'intéresser autant à lui ?

– Bof..., commençai-je, sentant que je devais faire machine arrière si je ne voulais pas éveiller ses soupçons. Pas de raison particulière. C'est juste que j'ai eu l'impression qu'il ne me disait pas tout ce qu'il savait... au sujet d'Oliver.

– Ce pauvre Oliver, jamais il n'aurait dû s'approcher de Strake. L'homme avait de la ressource, comme je te l'ai dit, mais je ne lui ferais pas plus confiance qu'à un repris de justice.

– Pourtant, vous l'avez fait embaucher chez Wren.

– Avant de devenir mon chauffeur, il avait passé longtemps en première ligne. Il avait risqué sa vie pour son pays, quoi que l'on puisse dire du personnage par ailleurs. Il m'était difficile de le laisser tomber, même si c'est sans doute ce que j'aurais dû faire. Et je l'aurais peut-être fait si j'avais su ce qu'il adviendrait. Mais nous ne voyons l'avenir qu'une fois qu'il est devenu passé. Et à quoi ça sert à ce moment-là, tu veux me le dire ? Tu ne l'as pas encore appris, mais la vie est trop courte pour qu'on s'encombre de regrets. Crois-moi. »

Ainsi, je n'appris rien de Francis que je ne sus déjà : Strake n'était pas un homme en qui l'on pouvait avoir confiance. Mais dans la perspective de Vivien, que je m'efforçais de mon mieux d'adopter, nous n'avions pas besoin de lui faire confiance. Simplement de nous servir de lui.

Aucun signe de Strake quand nous pénétrâmes dans le Due Mare peu avant midi. Nous commandâmes des Coca, avant de nous asseoir et d'allumer une cigarette. J'étais nerveux et plein d'appréhension. Vivien, en revanche, était sereine et confiante. « Laisse-moi m'occuper de ça, Jonathan. Strake n'arrivera pas à nous rouler. Je ne le laisserai pas faire. »

Cinq minutes s'écoulèrent, et toujours pas de Strake. Vivien me dit d'arrêter de regarder ma montre. « Il doit s'imaginer qu'il aura la tâche plus facile s'il nous fait poireauter. Mais il se trompe. »

Cinq autres minutes passèrent, lentement. Puis le téléphone, derrière le comptoir, se mit à sonner. Le barman répondit. « *Pronto ?* » Il regarda dans notre direction. « *Si* », dit-il, avant d'ajouter, le sourcil froncé : « *Si, bene.* » Puis il me fit un signe en me montrant le combiné. « *Per lei.* »

Je regardai Vivien, qui m'encouragea d'un geste. Une fois au comptoir, je m'emparai du combiné. Je n'avais aucun doute sur l'identité de mon correspondant. « Strake ? demandai-je aussitôt.

– T'as pas encore saisi que tu me devais le respect, mon gars ?

– Pourquoi n'être pas venu ?

– Parce que tu ne m'avais pas dit que t'amènerais ta petite amie. Ni que Vivien Foster était ta petite amie.

– Ça, c'est pas votre affaire.

– C'est à moi de décider, d'accord ?

– On a ce que vous voulez, Strake. À vous de venir le chercher.

– Non. Tu vas laisser la petite Foster bien sagement là où elle est et te ramener *fissa* et tout seul, à Marina Grande. Je te retrouve sur la jetée. »

Je savais que Vivien n'accepterait jamais d'être laissée pour compte. Et je n'allais certainement pas permettre à Strake de nous dicter ses conditions. « Non, c'est avec nous deux que vous traitez, dis-je avec toute l'assurance dont j'étais capable. Ou notre marché tombe à l'eau.

– Ça voudrait dire que c'est elle qui a l'échantillon et qu'elle refuse de te le confier, c'est ça ? C'est peut-être elle que je devrais rencontrer, après tout, et toi que je devrais laisser en dehors du coup.

– Nous viendrons tous les deux, Strake. La question est de savoir si vous-même serez là-bas quand on arrivera. »

Il prit plusieurs secondes pour réfléchir, avant de grommeler : « C'est bon. Comme vous voudrez. Je vous attendrai – tous les deux – sur la jetée, mais j'ai pas l'intention d'y faire de vieux os. Alors, grouillez-vous. »

Sur quoi il raccrocha. Je reposai l'appareil et retournai précipitamment à la table. « Allez, viens, dis-je à Vivien. Il faut qu'on y aille.

– Où ça ? »

Je lui répondis alors que nous sortions déjà du bar. Le chemin le plus court pour atteindre Marina Grande passait par une série de passages et d'escaliers qui coupaient à intervalles réguliers la route en zigzag descendant de la ville de Capri jusqu'au port. Nous nous engageâmes dans le premier des passages après avoir parcouru quelques mètres à peine dans la rue.

« Il devait surveiller le bar, dis-je. Encore que la raison pour laquelle il n'a pas voulu nous y retrouver...

– Il essaie de nous prendre au dépourvu, dit Vivien. Mais on ne se laissera pas faire. Garde ton calme, c'est tout.

– Mais je suis calme.

– On ne le dirait pas.

– C'est juste que je ne suis pas sûr de savoir dans quoi on met les pieds.

– Il n'est pas question qu'on donne à Strake ce qu'il veut sans que lui-même nous donne ce qu'on attend de lui. » Elle semblait ne pas vouloir en démordre, et l'idée me traversa que Strake avait peut-être bien eu raison en supposant qu'elle ne m'aurait jamais confié l'échantillon de l'écriture de Luisa. Les feuillets étaient pour l'instant à l'abri dans son sac à bandoulière. Et c'était manifestement là qu'ils resteraient tant qu'elle ne serait pas convaincue de la valeur des informations que Strake avait à nous proposer. « Juste un truc un peu louche, Jonathan, et on le laisse en plan. D'accord ?

– D'accord. »

Nous arrivâmes au premier croisement de la route, aveuglés par la lumière au sortir d'un escalier raide entouré de hauts murs. Deux hommes à scooter surgirent à vive allure et faillirent nous heurter. L'un d'eux cria quelque chose, puis ils disparurent, le bourdonnement de moustique de leurs engins s'éloignant rapidement tandis que nous nous hâtions dans le passage suivant.

« Essayons de ne pas nous faire écraser, dit Vivien en riant. Strake n'apprécierait pas d'avoir à nous retrouver à l'hôpital. » Je m'esclaffai à mon tour. Cette collision évitée de justesse avait d'une certaine manière réussi à détendre l'atmosphère.

Au bout de quelques minutes, nous avions atteint le carrefour suivant. Nous commencions à traverser la route, plus prudemment cette fois, quand deux scooters arrivèrent sur nous, moins vite cependant que les deux premiers ; ils ralentirent même encore pour nous laisser traverser.

Nous étions presque de l'autre côté quand un rugissement de moteur se fit soudain entendre. Tandis que les conducteurs accéléraient pour foncer sur nous, je m'aperçus qu'ils faisaient plus que ressembler aux deux premiers – c'étaient les mêmes : deux jeunes lascars du coin juchés sur des Vespa, qui, en toute logique, n'auraient pas dû mettre le même temps pour arriver là que nous, qui étions descendus à pied. L'idée me vint, un peu tard, qu'ils nous avaient en fait attendus. Je me retournai pour crier un avertissement à Vivien, mais l'un des scooters passa entre nous. D'un geste éclair, le conducteur attrapa la bandoulière du sac de Vivien et le lui arracha. Déséquilibrée, elle tomba sur le sol, tandis que les scooters poursuivaient leur route.

Je me mis à courir derrière eux, mais leur allure ne cessait d'augmenter à mesure qu'ils dévalaient la pente. Celui qui s'était emparé du sac glissa la bandoulière au-dessus de sa tête pour assurer sa prise, ce qui lui fit faire une embardée. Mais il recouvra vite l'équilibre et rattrapa son acolyte. Puis ils disparurent, pleins gaz, en direction du virage suivant.

J'arrêtai ma poursuite et revins en courant vers Vivien, toujours allongée sur la route, le souffle coupé par sa chute. « Ça va ? lui demandai-je en m'accroupissant à son côté.

– Ils ont pris mon sac, dit-elle, en se soulevant pour s'appuyer sur un coude. Tout s'est passé… si vite.

– Je sais. Ils l'ont pris et ils ont filé. Viens, tu ne peux pas rester sur la route. »

Elle se releva avec un petit rictus de douleur, se tenant le genou sur lequel elle était tombée. Je l'aidais à clopiner jusqu'au pied des marches que nous venions de descendre. Elle s'assit avec précaution, en se frottant le genou.

« Tu te sens comment ?

– Courbatue de partout… et un peu secouée. Rien de plus. Mais d'où sortaient-ils, ces types ?

– Ils nous attendaient, Vivien. Ils nous ont jaugés dès la ligne droite précédente.

– C'était déjà eux ?

– J'en suis sûr. Ils avaient dû repérer ton sac et jugé qu'on était des proies faciles.

– *Scippatori.*

– Pardon ?

– C'est le nom donné ici aux motards qui pratiquent le vol à l'arraché. Luisa m'avait prévenue contre eux. Mais elle avait l'air de dire qu'ils sévissaient davantage à Naples qu'ici.

– On dirait bien qu'ils sont arrivés à Capri. »

Vivien laissa échapper un gros soupir, dont je crus qu'il était dû à la douleur qu'elle ressentait au genou, mais quand elle rouvrit les yeux, elle se remit aussitôt debout en prenant appui contre le mur.

« Vas-y doucement.

– On n'était pas des victimes toutes désignées pour ce genre d'attaque, Jonathan, dit-elle, en m'agrippant le bras pour donner plus de force à son propos. Trop jeunes pour tenter des voleurs, pas assez d'argent. Tout ce qu'ils auront retiré de mon sac, c'est deux ou trois produits de beauté et quelques malheureux milliers de lires. Mais aussi… la recette de Luisa. Tu me suis ? C'est ça qu'ils voulaient. L'échantillon de son écriture.

– Tu veux dire…

– C'est Strake qui les a envoyés, c'est évident.

– C'est pas possible.

– Tu crois ça ! Tiens, on va voir. Si c'est vrai, il ne nous attendra certainement pas sur la jetée de Marina Grande, t'es d'accord ? Il disparaîtra dès qu'ils lui auront remis le sac. Viens, il suffit d'aller vérifier. »

Nous descendîmes jusqu'au port aussi rapidement que nous le permettait le genou meurtri de Vivien. Entre les départs et les arrivées des ferrys, la jetée était noire de monde. Impossible de dire de loin si Strake était là ou non. Mais plus nous approchions, plus grandissait en moi la conviction qu'il n'y était pas. Vivien avait raison. Nos *scippatori* n'étaient pas là par hasard. Ils étaient chargés d'une mission : s'ils avaient volé, c'était sur ordre. Et Strake avait obtenu ce qu'il voulait sans rien avoir à fournir en échange.

Comme je le craignais, pas trace de Strake nulle part. Nous étions pourtant allés jusqu'au bout de la jetée, où nous nous étions arrêtés un moment pour parcourir du regard le chemin que nous venions de faire. Il nous avait pris pour des crétins, et c'était bien l'effet que je me faisais.

« Il n'a jamais eu l'intention de conclure un marché avec nous, si ? demanda Vivien, d'une voix blanche où perçait le désespoir.

– Non, dis-je en secouant la tête et en serrant sa main, autant pour y puiser du réconfort que pour lui en donner. Jamais.

– Tu crois qu'il avait quelque chose à nous offrir ?

– Je ne sais pas.

– Quoi qu'il en soit, il nous a arnaqués pour nous amener à faire son sale boulot à sa place.

– Je sais.

– Mais qu'est-ce qu'il veut faire de cet échantillon ?

– Rien de bon, c'est sûr.

– Et nous, qu'est-ce qu'on va faire, Jonathan ?

– Je sais pas. Je suppose... qu'on devrait commencer par aller déclarer le vol à la police.

– À quoi bon ? Ils n'attraperont jamais les voleurs. Et encore moins Strake.

– Alors, on regarde du côté des hôtels ? Histoire de découvrir où il crèche...

– Si ça se trouve, il ne loge même pas sur l'île et il attend que nous renoncions à notre recherche et que nous remontions à la villa pour aller reprendre un ferry pour le continent.

– Ça vaut quand même le coup d'essayer.

– D'accord, on essaie, dit-elle en se tournant vers moi. Mais on ne le trouvera pas. Et tu le sais, n'est-ce pas ? »

J'imagine qu'effectivement je le savais. Et la tournée des hôtels et des *pensione* de Marina Grande, Capri et Anacapri finit par réduire à néant le dernier espoir qui pouvait me rester. Gordon Strake n'était descendu nulle part. Il était vain de vouloir le retrouver. Il était trop malin pour se laisser prendre.

À la fin de notre après-midi d'investigation, nous passâmes un long moment angoissé à la terrasse d'un café d'Anacapri devant deux bières Peroni. Un silence fébrile s'était installé entre nous. « Je m'inquiète de ce que Strake est en train de mijoter, Vivien », finis-je par dire. Et inquiet, je l'étais vraiment. Notre humiliation, c'était une chose ; mais un sort bien pire attendait peut-être Luisa.

« Peu importe ce qu'il mijote, répondit Vivien d'un ton morne. On ne peut rien faire pour l'arrêter.

– Il va se servir de cet échantillon pour prouver quelque chose. Quelque chose... d'infamant. Une histoire de chantage, tu ne crois pas ?

– Peut-être. J'en sais rien. De toute façon, comme je viens de te le dire, on ne peut pas l'arrêter.

– Mais on peut avertir Luisa. Ou Francis. »

Elle me regarda, interloquée. L'idée ne lui avait manifestement pas traversé l'esprit. « Mais à quoi tu penses, Jonathan ! Il faudrait qu'on explique comment on est au courant pour Strake. Et comment il a obtenu l'échantillon. Ce qui reviendrait plus ou moins à reconnaître que nous sommes ses complices.

– Justement, la seule manière de prouver que ce n'est pas le cas, c'est de leur dire tout de suite ce qui est arrivé, avant que Strake passe à l'action. »

Elle continua à me regarder avec de grands yeux, déconcertée, me sembla-t-il, par ma naïveté. « Mais on ne peut pas faire ça. Ils seraient tout bonnement horrifiés. Et nous accuseraient de les avoir trahis.

– C'est pas ce qu'on a fait ?

– Pas délibérément. Strake nous a piégés.

– Certes, il nous a roulés. Et ce n'est pourtant pas faute de m'avoir dit qu'il n'y arriverait jamais. » Le regard de Vivien se durcit, et je regrettai aussitôt mes paroles. J'essayai de me rattraper. « Excuse-moi. Je ne voulais pas dire...

– Mais si, tu l'as bel et bien dit. Tu penses donc que c'est à cause de moi qu'on est dans ce pétrin, c'est ça ?

– Mais non, bien sûr que non.

– Les choses n'auraient pas été différentes si tu étais allé le trouver sans moi. Il t'aurait manipulé de la même façon.

– J'en suis convaincu », dis-je, même si, en mon for intérieur, je ne l'étais pas tellement. J'inclinai en effet à la rendre responsable de la situation.

Elle se leva brutalement, faisant la grimace à cause de son genou. Je me rendis soudain compte de la fragilité de l'intimité, une chose aussi longue et difficile à gagner que facile à perdre et vite perdue. « Je vais prendre un taxi pour rentrer à la villa, dit-elle, la voix blanche de colère. Je t'y retrouverai plus tard. »

Je me levai et fis le tour de la table pour m'approcher d'elle. Elle recula, interdisant tout contact entre nous. « Vivien ?

– Il faut que je réfléchisse posément à ce qui vient de se passer, Jonathan. J'ai besoin de respirer. D'accord ? Alors… lâche-moi, tu veux bien ? »

Elle pivota sur les talons et descendit vivement les larges marches qui menaient du café à la piazza où se trouvait la station de taxis. Je me rassis lentement, malheureux comme les pierres, déchiré entre le désir de faire plaisir à Vivien par tous les moyens et la triste certitude que j'aurais à le regretter si je n'avertissais pas Francis de ce que, sans le vouloir, et sans en connaître la nature, nous avions mis en branle.

Une minute plus tard, j'avais décidé que je ne devais pas laisser Vivien s'en aller sans avoir tenté de la convaincre de voir les choses de mon point de vue. Il nous suffisait probablement d'en discuter franchement pour sortir de l'impasse – ensemble. Je laissai un billet pour régler l'addition et dévalai les marches jusqu'à la piazza.

Mais Vivien était déjà partie.

17

Quand, une heure plus tard, j'arrivai à la villa Orchis, je trouvai Vivien assise sur la terrasse devant nos chambres. Elle avait un air las et pensif, mais elle se leva d'un bond, un sourire aux lèvres, dès qu'elle m'aperçut. Le baiser qu'elle me donna ainsi que son étreinte suggéraient que tout pouvait encore s'arranger, et je ne tardai pas à comprendre qu'elle-même ne demandait pas mieux.

« On ne doit surtout pas se brouiller pour un truc pareil, Jonathan, dit-elle, me noyant dans les profondeurs de ses grands yeux bleus. Strake nous a ridiculisés, c'est vrai, et c'est écœurant, mais je ne veux pas te perdre à cause de ça.

– Pareil pour moi.

– C'est tout à ton honneur de vouloir avertir Francis et Luisa du mauvais coup que semble préparer Strake, mais demande-toi quel intérêt cela présenterait. Il détient l'échantillon, et on ignore où il est. Je ne vois pas ce qu'ils pourraient faire sinon s'inquiéter, en admettant qu'ils aient une raison de le faire.

– Alors, tu penses qu'on ne doit rien leur dire ?

– C'était bien dans nos intentions, non ? C'est ce qu'on aurait fait si Strake avait honoré notre marché.

– Oui, mais uniquement parce qu'il avait promis de nous dire pourquoi Francis cherchait à stopper les recherches d'Oliver. À l'heure qu'il est, nous n'avons plus aucune raison de penser que Strake travaillait pour le compte de Francis. Pour tout dire, je suis sûr du contraire. Il nous a menés en bateau et s'est contenté de se servir de nous pour obtenir ce qu'il voulait.

– Je sais, mais ce qui est fait est fait. Il faut qu'on pense à nous. »

Se manifestait là cette intransigeance que j'avais du mal à accepter. « Vivien...

– Écoute-moi, Jonathan. Nous partirons pour la journée demain. Une excursion sur le continent. Ça fait déjà quelque temps qu'on parle d'aller visiter Pompéi, alors allons-y. À notre retour, j'irai trouver Luisa pour lui dire que la recette qu'elle m'a donnée a disparu de ma chambre. Sans en faire une histoire, mais, comme ça, on ne pourra rien nous reprocher si Strake leur dit que c'est lui qui l'a en sa possession. On sera tranquilles, tu comprends ? »

Je comprenais. Je ne comprenais que trop.

« Si jamais mère ou Greville découvrent ce que nous avons fait, Jonathan, je n'ai pas fini d'en entendre parler. Ils insisteront pour que je revoie ce foutu psychiatre. Ils demanderont probablement aux autorités de Girton de me surveiller de plus près. Ce qu'ils ne feront pas, c'est comprendre. Il n'y a que toi qui puisses le faire, mon amour. »

Que faire d'autre sinon l'assurer de ma compréhension ?

Plus tard, cependant, au cours d'une nuit d'insomnie, ma compréhension ne tarda pas à se muer en culpabilité. Strake avait le mensonge chevillé au corps. De son propre aveu, il m'avait menti quand il m'avait dit avoir été engagé par Oliver. Il s'ensuivait qu'il en avait forcément fait autant à propos de Francis. Il avait travaillé tout au long soit pour le compte de quelqu'un d'autre, soit pour le sien. Nous lui avions probablement fourni le moyen d'exploiter un scandale impliquant Luisa. Et maintenant, si nous suivions l'avis de Vivien, nous ferions comme si nous n'avions joué aucun rôle dans l'affaire.

Mais je m'étais attaché à nos hôtes. J'avais accepté leur hospitalité, et, en retour, je me rendrais complice d'un voleur qui avait toutes chances de devenir un maître chanteur – voire pire ? Non, c'était impensable. Surpris et consterné, je constatai que ma conscience m'interdisait une telle action.

Nous étions déjà sur la jetée de Marina Grande le lendemain matin quand je trouvai enfin le courage de révéler à Vivien la décision que j'avais prise. Les passagers embarquaient sur le ferry pour le court trajet jusqu'à Sorrente, d'où l'on pouvait gagner Pompéi par le Circumvesuviana. Il aurait été plus facile, et peut-être, pensai-je malgré moi, plus sage, de prendre Vivien par la main et de suivre le mouvement, de savourer la traversée, de me délecter de sa compagnie. Mais je n'allais rien faire de ce genre.

« Je ne viens pas, bafouillai-je.

– Comment ça ? » Vivien me dévisageait, les sourcils froncés, comme si elle pensait avoir mal entendu et espérait que tel était le cas.

« Je dois mettre Francis en garde contre Strake, dis-je en m'armant de courage pour croiser son regard. Excuse-moi, mais je ne peux pas faire autrement.

– On s'était mis d'accord hier, dit-elle, l'air sincèrement étonné. Je ne comprends pas. Tu sais pourtant ce qui est en jeu.

– Je dirai à Francis que je t'ai embobinée pour que tu me procures un échantillon de l'écriture de Luisa, mais que tu n'avais aucune idée – pas plus que tu n'en as maintenant – de ce que je voulais en faire. On ne pourra rien te reprocher, Vivien. Je prendrai tout sur moi.

– Francis ne te croira jamais.

– Je ferai en sorte qu'il le fasse. Je sais être persuasif.

– Quand je pense que tu m'as affirmé être d'accord sur le fait qu'il valait mieux ne rien dire à personne ! » Comme prévu, elle était remontée contre moi. J'aurais donné cher pour qu'il en aille différemment, mais j'étais incapable de faire ce qu'il aurait fallu pour l'apaiser. « Tu n'avais pas l'air de regretter quoi que ce soit la nuit dernière, Jonathan, reprit-elle. Tu te souviens de la nuit dernière, j'imagine ?

– Évidemment.

– J'ai eu l'impression que tu ne te souciais de rien ni de personne en dehors de moi, je me trompe ?

– Je suis vraiment désolé, Vivien, mais je ne peux pas. Je m'occupe de Francis pendant que tu seras à Pompéi. Je passerai peut-être un mauvais moment, mais je m'en remettrai.

– Non, ça ne marchera pas. Il ne sera pas dupe une seconde et il devinera sans peine que j'étais complice du marché passé avec Strake. Tout ça sortira forcément au grand jour. C'est impossible autrement.

– Non, tu te trompes. Fais-moi confiance. » Mais je savais que je n'avais rien à espérer de ce côté-là.

La sirène du ferry retentit pour annoncer le départ. Les derniers passagers se hâtaient d'embarquer. « Tu viens avec moi ? demanda Vivien, sur un ton à la fois pressant et sans appel.

– Non.

– Reste, alors. » Elle fit demi-tour et courut jusqu'à la passerelle, juste au moment où l'équipage se préparait à la retirer. Elle fut la dernière à monter. Grondement de moteur, remous dans l'eau, passerelle tirée sur le pont, bastingage arrière coulissant pour se refermer, et le ferry commença à manœuvrer pour sortir du port tandis que Vivien me jetait un dernier regard, les yeux rougis, le visage crispé. Je me sentis soudain abattu, accablé à l'idée de tout ce que je mettais en péril. Puis elle se détourna et disparut dans la cabine. Et je me retrouvai seul.

Il y avait un autre ferry pour Sorrente une heure plus tard. Je dus passer la moitié de ce temps à faire les cent pas sur la jetée de Marina Grande et à me demander si je devais partir ou non sur les traces de Vivien. Je pourrais peut-être la rattraper à la gare de Sorrente ou quelque part au milieu des ruines de Pompéi. Nous pourrions nous réconcilier, être à nouveau heureux ensemble.

Mais comment me sentirais-je à notre retour ? L'idée que nous avions trahi Francis et Luisa me rongerait, comme me rongeait déjà l'idée que j'avais perdu Vivien. Cependant, si je parvenais à persuader Francis que Vivien n'avait rien à se reprocher, puis à lui faire croire à elle que j'avais convaincu son oncle... il fallait au moins que j'essaie. Que je voie si mon plan pouvait fonctionner.

Je trouvai Francis dans le jardin, occupé à tailler tranquillement ses rosiers, activité qu'il prisait particulièrement en milieu de matinée. L'Alfa Romeo n'était nulle part en vue, son absence laissant à penser que Paolo avait emmené Luisa quelque part. Il fut surpris, naturellement, de me voir, et ce d'autant plus que Vivien n'était pas avec moi. « Je pensais que vous étiez partis tous les deux pour la journée, mon garçon.

– J'ai persuadé Vivien de partir sans moi. Il faut que je vous parle, Francis. Seul à seul.

– Bigre, ça a l'air sérieux, dis-moi, remarqua-t-il en fronçant les sourcils.

– Ça l'est, en effet. »

Il m'examina un moment, avant de dire : « Entrons à l'intérieur, nous serons mieux. »

Il abandonna ses gants et son sécateur, et je le suivis jusqu'à son bureau, où il me désigna un siège de la main. Mais je restai debout. M'asseoir pour dire ce que j'avais à dire me paraissait déplacé.

« Alors ? fit-il avec un sourire bonhomme. Vivien et toi… vous prenez les précautions qui s'imposent, j'espère. Si tu as besoin d'un conseil pour savoir où te procurer des préservatifs, je…

– Non, ça n'a rien à voir.

– Ah, désolé. Encore une conclusion hâtive. C'est une fâcheuse habitude chez moi.

– C'est à propos de vous et de Luisa.

– Ah bon ? s'étonna-t-il, tandis que son sourire s'effaçait. Tu es sûr que… quoi que tu aies en tête… ça te regarde vraiment ? » Peut-être croyait-il que j'allais lui parler de ce que, manifestement, il savait déjà concernant la relation de Luisa avec Paolo.

« En fait, je voulais vous parler de… Gordon Strake.

– *Strake ?!*

– En effet. Quelqu'un a bel et bien essayé de s'introduire dans la ville récemment. Et ce quelqu'un, c'était Strake.

– Qu'est-ce que c'est que ces sornettes ? Comment l'aurait-il pu ?

– Si vous voulez bien m'écouter, je vais tout vous expliquer. »

Francis plissa le front d'un air contrarié, avant de grommeler un accord réticent. « Bon, vas-y, raconte. »

Plus moyen de reculer à présent. Je n'avais pas d'autre choix que de m'expliquer. Le récit que je lui fis n'était fidèle qu'en partie, naturellement. Je prétendis que Strake m'avait promis de me révéler l'identité et les intentions de la personne qui l'avait engagé pour suivre Oliver, omettant de préciser qu'il l'avait accusé lui, Francis, d'être cette personne. Je prétendis également que Vivien n'avait pas idée de la raison pour laquelle je voulais me procurer un échantillon de l'écriture de Luisa, document qu'un pickpocket m'avait volé au bar Due Mare, ajoutai-je au lieu de mentionner l'épisode avec les *scippatori* sur la route de Marina Grande. Mais je ne lui cachai pas que Strake cherchait à lui nuire par le biais de Luisa, et qu'il m'avait berné pour que je lui procure un moyen de le faire.

Francis m'écouta dans un silence de plus en plus assourdissant, après avoir pris place sur son fauteuil en cuir clouté derrière son bureau alors que je n'en avais pas même terminé. De là, il m'évalua du regard un peu à la manière de M. Brinkworth, l'ancien proviseur du lycée de St Austell, quand je m'efforçai de justifier quelque grossière infraction à la discipline : un froncement de sourcils menaçant où se mêlaient colère et déception.

« Je suis vraiment désolé, dis-je piteusement en manière de conclusion. Je n'aurais jamais dû tenter de conclure un marché avec un homme comme Strake. C'était vraiment... stupide de ma part.

– *Stupide ?* » Le ton de Francis laissait entendre qu'un tel qualificatif était à des lieues d'une conduite aussi inqualifiable que la mienne. « Non, non, Jonathan. Stupide, c'est peu dire. Dur, ingrat, sans cœur, ne suffiraient pas à rendre compte de ton comportement, de ton inexcusable duplicité. » Il se remit péniblement debout et me fusilla du regard, le visage rouge de colère. « Mais, au nom du ciel, à quoi pensais-tu ?

– Je... je croyais que Strake me dirait la vérité... concernant Oliver.

– La vérité ? La vérité, c'est que le pauvre garçon s'était farci la tête de théories abracadabrantes pour expliquer le suicide de son père et qu'il a fini par se noyer quand il a vu qu'elles ne tenaient pas debout. Strake le sait aussi bien que moi, et, manifestement, mieux que toi, et c'est pourquoi il t'a pris pour le minable crétin que tu es. Cette vérité que tu cherchais, ce secret qui n'existe pas, cette clé donnant accès à une boîte vide – c'est ce que tu espérais trouver en faisant de Vivien ta complice involontaire, c'est ça ? Et pourquoi ? Pour l'impressionner, peut-être ? C'était ça, le but de l'opération ?

– Je suppose...

– Nous t'avons accueilli chez nous, Jonathan. Nous comptions que tu n'abuserais pas de notre hospitalité.

– Je sais. Je suis tellement désolé. Je n'aurais pas dû me comporter comme je l'ai fait. Peut-être que j'essayais effectivement d'impressionner Vivien. Mais... j'étais sincèrement persuadé que Strake allait me fournir des renseignements précieux.

– Au lieu de quoi, il ne t'a rien fourni du tout, en dehors d'une bonne leçon dans l'art de savoir rester à ta place et ne pas te mêler d'affaires qui te dépassent. » Il soupira et se frotta le front. « Sauf que cette leçon, il semble que c'est moi qui vais devoir la payer.

– S'il y a quoi que ce soit que je puisse...

– Tu en as bien assez fait comme ça, dit-il, balayant ma proposition d'un revers de la main. Allez, maintenant, disparais. J'ai besoin de réfléchir.

– Je suis terriblement désolé, Francis.

– Oui, je sais. Tu l'as déjà dit. » Il se tassa sur son fauteuil, appuya un coude sur le sous-main devant lui et le menton sur la paume de sa main.

Il ne me regardait plus. Je pense que, si j'avais encore ouvert la bouche, il ne m'aurait pas écouté. Il ne me restait plus, semblait-il, qu'à partir. Je fis un pas en direction de la porte.

« Attends ! » lança-t-il dans mon dos.

Je m'arrêtai et me retournai pour lui faire face. Son expression s'était quelque peu adoucie. Sa colère s'apaisait déjà, et son visage perdait de sa rougeur.

« Ce que tu as fait, Jonathan, est impardonnable, bougonna-t-il. Je te reconnais cependant le mérite d'être venu m'avouer ton forfait. Cela a dû te coûter de t'exposer ainsi. Sans compter qu'il est très correct de ta part d'avoir cherché à laver Vivien de tout soupçon. Il reste que je te renverrais volontiers chez toi, n'était le risque que je courrais d'alarmer Luisa. Strake ne va pas tarder à me contacter pour me faire part de ses exigences, dont je n'ai pour l'instant aucune idée. Je m'occuperai de lui du mieux que je pourrai. Mais c'est moi qui serai son interlocuteur. Je te serais reconnaissant, en attendant, de te comporter normalement. Je tiens à ce que Luisa ne sache rien de cette affaire. C'est compris ?

– Oui. Bien sûr.

– La même chose vaut pour Vivien.

– Je ne dirai pas un mot.

– Bien, approuva-t-il, satisfait comme à regret. C'est tout pour l'instant, tu peux y aller. »

Je partis me promener pour m'éclaircir les idées et tenter de retrouver mon calme. À la réflexion, en dehors de soulager ma conscience, mes aveux n'avaient sans doute pas servi à grand-chose. S'agissant de Strake, Francis n'avait guère réagi en accord avec le dicton "un homme averti en vaut deux". Impossible, par ailleurs, de savoir s'il avait ou non une idée du genre de menace que Strake pouvait faire peser sur lui. Du moins l'existence du secret avait-elle été mise au jour. Du moins avais-je fait mon possible pour limiter les dégâts que j'avais causés.

Je finis à Marina Grande, regardant les ferrys rentrer de Naples et de Sorrente, dans l'idée que Vivien serait sur l'un d'eux. Quand elle descendrait à terre, je pourrais lui dire que Francis m'avait cru : elle était à l'abri de tout reproche. Ce qui n'était tout de même pas rien.

Je repris le chemin de la villa, déconcerté et troublé, alors que la soirée était déjà bien avancée. C'est en vain que j'avais passé plusieurs heures à Marina Grande. J'en étais réduit à me dire que Vivien avait dû rentrer à Capri par le ferry sur lequel elle était partie, sans jamais débarquer à Sorrente. Et je supposai qu'elle m'attendait à la villa.

Je me trompais. Luisa m'accueillit avec des nouvelles que je n'aurais jamais pu prévoir. « Vivien a téléphoné il y a une heure environ, Jonathan. Elle a rencontré des amis de Cambridge à Pompéi aujourd'hui. *Un caso fortuito.* Elle a décidé sur un coup de tête de les accompagner à Rome. Elle sera donc absente… quelques jours, je pense. Elle m'a priée de te dire qu'elle était désolée. »

Des amis de Cambridge ? Une rencontre fortuite à Pompéi ? Je n'en crus pas un mot. Je me souvins de ce qu'elle m'avait dit ce matin-là. « Il faut qu'on prenne nos passeports avec nous aujourd'hui, Jonathan. Tu es censé l'avoir sur toi tout le temps quand tu voyages en Italie. Si j'en crois Luisa, la police sur le continent peut être particulièrement pointilleuse sur le sujet. » Je me rendais compte maintenant que la rigueur de la police n'avait rien à voir là-dedans. Vivien avait projeté de décamper. Elle avait manifestement pensé qu'elle arriverait à me convaincre de partir avec elle. Et pourquoi pas ? Quelques jours dans *la città eterna* me semblaient en ce moment hautement préférables à une confrontation aux événements qui se déroulaient à la villa Orchis. Peut-être que je me serais laissé persuader une fois le moment venu. Sauf que… je n'avais pas quitté Capri. Et qu'elle était partie seule.

Francis fut d'un calme olympien pendant le dîner, remplissant les silences laissés par l'absence de Vivien et mon mutisme inquiet de remarques amusantes à propos de la vie sur l'île, que je fis de mon mieux pour trouver divertissantes. Luisa n'avait pas l'air convaincue. Elle pensait, je le sentis, que nous nous étions disputés, Vivien et moi. Ce qui, en un sens, n'était pas faux. Mais quelle était la nature de cette dispute, elle n'aurait su l'imaginer.

Francis, lui, n'avait aucun besoin d'imaginer ; il connaissait la situation. Si bien que je fus grandement surpris quand, au moment où Luisa se retira pour la nuit, il m'invita à se joindre à lui pour son cognac et son cigare rituels d'après dîner. J'aurais préféré pouvoir décliner l'invitation. Mais, vu les circonstances, je ne pouvais guère me le permettre.

Je craignais de me faire passer un nouveau savon, quoique moins sévère celui-là, mais parfaitement mérité. Il apparut bientôt, cependant, que Francis me réservait un tout autre traitement.

« Il semblerait que je t'aie mal jugé, mon garçon, dit-il avec un sourire tout en me présentant la boîte à cigares.

– P...pardon ? m'étonnai-je, dérouté par sa cordialité.

– À propos de ce message que nous avons reçu de Vivien : ces amis de Cambridge, sa décision soudaine de les accompagner à Rome... Balivernes que tout ça ! Je suis sûr que tu es d'accord avec moi. Tu n'as pas été tout à fait franc du collier avec moi tout à l'heure, je me trompe ?

– Tout ce que je vous ai dit était...

– Non, non. N'en parlons plus, veux-tu ? » Il me regarda pardessus le cylindre de son cigare en clignant les yeux. « Tu as de manière chevaleresque endossé toute la responsabilité alors que Vivien a préféré prendre la tangente. C'est comme ça que ça s'est passé, n'est-ce pas ? Sa détermination à déterrer le secret qu'elle croit être derrière la mort d'Oliver l'a rendue plus impatiente que toi à passer un marché avec Strake, et moins méfiante des pièges éventuels. Tu pourrais être à Rome avec elle en ce moment, à lui susurrer des mots doux dans quelque trattoria de la Via Veneto. Au lieu de quoi tu es là, à braver la tempête. »

Je fus tenté un instant d'admettre qu'il avait raison et de me laisser aller au plaisir du satisfecit qu'il me décernait. Démarche qui, pourtant, serait revenue à anéantir l'objectif que je m'étais fixé. « Francis, dis-je d'un ton aussi convaincu que possible, je peux vous assurer que Vivien ne sait rien de ma rencontre avec Strake.

– Très bien. Je consens volontiers à ce que nous en restions là : Vivien ne savait rien. » Il me versa une rasade de cognac inhabituellement généreuse, et fit de même pour lui. « Le meilleur conseil que je puisse te donner, mon garçon, c'est de partir à sa recherche. Tu ne devrais pas avoir trop de mal à la trouver. Greville lui verse une pension plus que confortable, et, comme je suis sûr que tu l'as déjà remarqué, elle aime le luxe. Ça ne devrait donc pas être très difficile de lui mettre la main dessus à Rome. Essaie le Hassler. Ou l'Inghilterra. Elle sera descendue dans un cinq étoiles, je te le garantis. Sans un quelconque ami de Cambridge dans les parages, et en manque de compagnie, pour tout dire. De compagnie… et de réconfort. *Salute,* dit-il en levant son verre. Vivien a subi des épreuves qu'on ne saurait humainement imposer à une fille de son âge, je refuse donc de me montrer trop dur avec elle à propos de ce malheureux incident. L'affaire est close, d'accord ?

– Eh bien, je…

– Je te dois maintenant de te dire que Strake m'a contacté. Attendre n'est pas son genre une fois qu'il a flairé un coup fumant qui peut lui rapporter gros. Il prétend que, armé de l'échantillon de l'écriture de Luisa que tu lui as fourni, il est en mesure de prouver qu'elle est l'auteure d'une série de lettres d'amour anonymes envoyées à un jeune membre du gouvernement de Mussolini. Comment ces lettres lui sont tombées entre les mains, je n'en sais rien, et, si ce qu'il prétend est vrai, je me fiche de le savoir. Les journaux feraient sans doute des gorges chaudes de cette affaire, pas à l'échelle nationale certes, mais de façon malgré tout embarrassante. C'est pourquoi, histoire d'épargner tout désagrément à Luisa, je suis prêt à payer à Strake la somme qu'il réclame. Il va sans dire que la transaction se fera par le biais d'un intermédiaire ; il n'est pas dans mes intentions de lui donner la satisfaction d'un face-à-face. Cela devrait mettre un point final à cette histoire. Et je souhaiterais que cette conversation soit la dernière que nous ayons à ce sujet, ajouta-t-il avant de boire une autre gorgée de cognac. Eh bien, qu'en dis-tu, Jonathan ? Pourrais-je me montrer plus équitable ? Sincèrement, je ne le crois pas. »

Pareille bienveillance, pareille bonne volonté étaient irrésistibles. Francis était persuadé que son interprétation des événements était la bonne, et je savais que rien de ce que je pourrais dire ne saurait le dissuader, si bien que, pour finir, je n'essayai même pas. « Moins on en dit, mieux on se porte » furent, je crois, ses derniers mots sur le sujet, avant qu'il se lance dans l'évocation alcoolisée de divers souvenirs de guerre.

Quand je montai me coucher, sur des jambes flageolantes, j'étais convaincu que tout se passerait bien : Strake se laisserait acheter sans faire de bruit par Francis, pendant que j'irais rejoindre Vivien à Rome pour lui dire qu'elle n'avait rien à craindre d'un retour à Capri. Tout serait comme avant. Les mots durs que nous avions échangés et les bêtises que nous avions faites seraient oubliés. Notre vie reprendrait son cours normal jusqu'à la fin de notre séjour.

J'étais en train de me déshabiller quand j'entendis frapper à la porte-fenêtre donnant sur la terrasse. Dans mon état d'ébriété, je crus un instant que c'était Vivien, qui, rentrée en secret, voulait me voir. Mais quand j'ouvris la porte, je tombai sur Paolo, la lampe de chevet derrière moi jetant des ombres dansantes sur les rides de son front.

« Qu'est-ce que vous faites là ? demandai-je, surpris par ma difficulté à articuler.

– Il faut que je vous parle, répondit-il d'une voix pressante.

– À quel propos ?

– J'ai peur qu'il arrive un malheur. Quelque chose de... *molto terribile.* »

18

Paolo pénétra dans la pièce et, sur la pointe des pieds, se dirigea droit sur la porte palière où il colla son oreille ; au bout d'un moment, il hocha la tête, apparemment satisfait. « *Tutto bene*, murmura-t-il.

– Paolo, qu'est-ce que...

– *Sta' zitto.* » Il posa un doigt sur ses lèvres et revint vers moi, toujours dans le plus grand silence. « Parlez à voix basse, Jonathan. Il faut pas qu'*il Colonnello* nous entende. » (Il appelait toujours Francis le Colonel, même s'il était parfois difficile de savoir si c'était par respect ou dans un but satirique.) « Je me fais du souci pour lui. Comment vous l'avez trouvé ce soir ?

– Bien. Enjoué, en fait.

– Plus que d'habitude ?

– Oui, il me semble.

– *Si.* C'est bien ça. Il faisait semblant. Il joue très bien la comédie.

– Mais... attendez, je ne...

– Y a personne d'autre à qui je peux demander ça, Jonathan. Je le ferais moi-même si je pouvais. Mais il faut que ce soit vous. »

Je le regardai sans comprendre, complètement ébahi. Le Paolo que je connaissais, toujours impeccablement mis et content de lui, me traitait d'ordinaire avec un mélange de circonspection et de mépris, voilé néanmoins par la déférence due à un hôte de ses employeurs. Il fallait qu'il soit vraiment inquiet, sinon désespéré, pour venir réclamer mon aide. « Mais enfin, qu'est-ce qu'il se passe, Paolo ?

– Vous n'avez pas été là de toute la journée, alors vous pouvez pas savoir. » (Paolo avait bien entendu été absent, puisqu'il avait emmené Luisa quelque part, pendant mon entretien avec Francis le matin même, entretien dont je n'avais bien évidemment aucune intention de parler.) « *Il Colonnello* est resté dans son bureau à passer des coups de téléphone pendant la plus grande partie de l'après-midi. Il a rejoint *la signora* ni pour le déjeuner ni pour le thé. Et un peu plus tard... il lui a crié dessus. Il y a eu... une dispute. Jamais ils se disputent.

– Et à quel propos ?

– Je sais pas. J'arrivais pas à... distinguer les mots. »

Je me dis alors que, s'il ignorait vraiment le sujet du différend, il n'avait pas à se confier à moi. Une querelle conjugale, même si elle était sans précédent, n'était pas une affaire dont il pouvait se permettre de discuter avec quelqu'un qu'il connaissait à peine. Et puis, il existait une cause évidente de friction entre Francis et Luisa : Paolo lui-même. « Pourquoi n'avoir pas demandé à Luisa ce qui a provoqué cette dispute ? hasardai-je.

– Je peux pas faire ça. »

Je ne me sentis pas le courage d'insister. « Les disputes, ça arrive, vous savez. Il ne faut pas en faire tout un plat.

– Là, je crois que c'est sérieux. Il y a quelque chose qui va pas chez *il Colonnello*. J'ai besoin de votre aide.

– Qu'attendez-vous de moi ?

– Il m'a dit qu'il voulait que je l'emmène à Marina Grande très tôt demain matin. Il veut prendre le ferry de 6 h 30 pour Naples. Mais il va jamais à Naples sans *la signora*, et puis le premier ferry de la journée... ça a pas de sens. Y faut qu'on découvre où il va et pourquoi. »

On ? Manifestement, il n'envisageait pas la possibilité d'un refus de ma part de collaborer à son projet. « Je ne vois pas... commençai-je.

– Y faut que vous preniez le ferry, Jonathan. Soyez sur le quai à l'avance et montez avant notre arrivée. Je m'assurerai qu'*il*

Colonnello embarque dans les derniers. Faut pas qu'il vous voie. Une fois à Naples, suivez-le, voyez où il va. Puis... téléphonez-moi ici.

– Il va probablement voir son notaire... ou son médecin.

– En prenant le ferry de 6 h 30 ? Non. C'est forcément pour autre chose.

– Quelque chose, en tout cas, qui ne nous regarde pas.

– Si, ça me regarde, s'il s'expose à un danger. *La signora* voudrait me voir empêcher ça. Je ne peux pas le suivre, moi. Il n'y a personne d'autre pour le faire en dehors de vous.

– Et qu'est-ce qui vous fait croire qu'il risque quelque chose ?

– Je vois et j'entends des choses. Je tire des conclusions.

– Comme quoi, par exemple ?

– Quelqu'un a essayé de s'introduire dans la villa. Et maintenant, *il Colonnello* est inquiet et en colère... et y s'en va à Naples tout seul. Tout ça est lié. Il faut qu'on sache comment. » À nouveau ce *on*. Qui cherchait-il à désigner par là ? Il me vint à l'idée qu'il essayait peut-être de me recruter pour le compte d'une tierce personne. Possiblement Luisa. « Ferez-vous ce que je vous demande ? » reprit-il.

D'un côté, j'avais envie de l'envoyer promener. De l'autre, j'inclinais à collaborer avec lui. Il était clair, si rien d'autre ne l'était dans cette affaire, que le numéro « tu-es-pardonné-on-oublie-tout » que Francis m'avait servi dans la soirée n'était, comme Paolo le soupçonnait, que comédie. Il s'agissait de quelque chose de beaucoup plus complexe que le simple fait d'acheter Strake. À moins que ce seul fait soit beaucoup plus compliqué en soi. D'une manière ou d'une autre, prendre Francis en filature dans les rues de Naples pouvait mener à une réponse. Que je révèle ensuite à Paolo ce que j'apprendrais à cette occasion était une autre histoire.

« Ferez-vous ce que je vous demande, Jonathan ? demanda-t-il à nouveau.

– Vous croyez vraiment que c'est important ?

– *Si, si.*

– Pourquoi ai-je l'impression que vous ne me dites pas tout ce que vous savez ?

– Parce que vous êtes anglais. Vous êtes soupçonneux de nature. Je me fais vraiment du souci pour *il Colonnello.* Vous devriez, vous aussi. Vivien, je crois, aimerait que vous fassiez tout votre possible pour protéger son oncle. Et je crois que vous voulez lui faire plaisir. *Dunque...*

– De qui ou de quoi essaierions-nous de le protéger, Paolo ?

– Je n'en suis pas sûr. » Ne pas être sûr n'était pas la même chose, évidemment, que ne pas savoir. « Quand vous verrez où il va... alors peut-être que je saurai. C'est pour ça que vous devez me téléphoner dès que vous le découvrirez.

– Et s'il me repère ?

– Il est âgé. Sa vue n'est plus très bonne. Il ne vous... repérera pas. À moins que vous vous approchiez trop.

– C'est facile à dire.

– Vous croyez que c'est de mon plein gré que je fais appel à vous ? Bien sûr que non. C'est parce que j'y suis obligé.

– Merci pour ce vote de confiance.

– *Basta !* Vous êtes partant, oui ou non ? »

Il s'impatientait. Il fallait que je lui donne une réponse, et elle n'allait pas être négative. Tout simplement parce que, en suivant Francis dans les rues de Naples, ce serait aussi Oliver que je suivrais. La vérité était un aimant puissant. « D'accord, vous pouvez compter sur moi. »

Quand le réveil me tira du sommeil à 4 h 30 le lendemain matin, je crus un instant que j'avais rêvé ma conversation de la veille avec Paolo. Mais la réalité reprit bientôt ses droits tandis que je restais allongé dans l'obscurité. Et quand j'allumai la lampe de chevet, je vis, juste à côté, la petite pile de *gettoni* qu'il m'avait laissée pour mon appel de Naples. Il m'avait également donné plusieurs milliers de lires pour régler d'éventuelles courses en taxi. Il se méfiait de mes compétences et ne voulait pas prendre de risques inutiles.

La lumière était allumée dans la chambre de Paolo au-dessus du garage quand je me glissai par la porte d'entrée de la villa, douché mais pas rasé, l'estomac réclamant à grands cris son petit déjeuner. Je me hâtai jusqu'au portail, l'ouvris avec précaution pour ne pas déclencher de grincements intempestifs et me mis en route dans les premières lueurs de l'aube.

Je n'avais jamais été dehors aussi tôt dans la journée. Capri était plongé dans le silence et l'obscurité, et je ne croisai que quelques rares passants qui partaient travailler. Le funiculaire venait juste d'ouvrir, et j'arrivai à Marina Grande avec plus d'une demi-heure d'avance sur le premier départ. J'achetai mon billet et le *Corriere della Sera*, qui me servirait de camouflage, avant de me réfugier dans un bar pour prendre un café et une viennoiserie.

Je n'en étais pas moins de retour sur la jetée avant le début de l'embarquement et l'un des premiers à monter sur la passerelle. Je me dirigeai vers le fond de la cabine et m'abritai derrière mon journal pour observer les alentours. Quelques minutes avant le départ, Francis fit son apparition, muni de son chapeau et de son imperméable pour parer à la fraîcheur du petit matin. Avec sa serviette en cuir à la main, il avait l'air d'un homme d'affaires. Paolo était à son côté, mais fut bientôt congédié d'un geste de la main. En se retirant, il jeta un coup d'œil dans ma direction, encore qu'il me fût difficile de savoir s'il m'avait aperçu.

Peu de temps après, Francis pénétrait dans la cabine et se laissait lourdement tomber sur le premier siège libre qui se présentait. Les départs à l'aube ne lui convenaient manifestement pas. Il sortit de sa serviette un de ses numéros expédiés par avion du *Times Literary Supplement* et entreprit de le parcourir, mais ne tarda pas à s'abandonner à l'assoupissement plutôt qu'à la lecture, bercé peut-être par les premiers rayons du soleil qui striaient les vitres de la cabine. Mon *Corriere della Sera* devint un accessoire superflu.

Je passai l'essentiel de la traversée à me demander ce que Francis mijotait. Il m'avait affirmé ne vouloir à aucun prix rencontrer Strake. En ce cas, qui pouvait-il bien aller voir à Naples ? Il m'avait également dit vouloir épargner toute inquiétude à Luisa, ce qui ne s'accordait guère avec la dispute dont m'avait parlé Paolo la veille. J'en avais déduit qu'il tenait à ce qu'elle ne sache rien des menaces de Strake.

À l'arrivée à Naples je n'étais pas plus avancé dans mes réflexions, très vite remplacées par l'attention que réclamait mon travail de filature. Je dus garder mes distances pendant que Francis rassemblait ses affaires, puis veiller à ne pas me montrer quand il débarqua. Heureusement pour moi, il n'était pas du genre à se déplacer rapidement, et il était encore plus lent qu'à l'ordinaire ce matin-là. Il traversa d'un pas pesant la zone de débarquement pour se diriger, comme je pouvais m'y attendre, mais malencontreusement pour moi, vers la station de taxis.

Force me fut de laisser son véhicule s'éloigner, avant de sauter dans le suivant et de lire la phrase en italien qu'avait préparée Paolo à mon intention : « Suivez ce taxi. » Le chauffeur, un personnage lugubre aux joues hâves, me fit une grimace en guise de réponse. Je répétai mon texte, plus fort cette fois-ci. Sur quoi il haussa les épaules et démarra d'un coup sec.

La circulation, à cette heure de pointe, était déjà dense sur la route qui longeait la zone portuaire de Naples. Il me sembla d'abord que toute tentative pour suivre une voiture au milieu de ce flot de véhicules imprévisibles et tonitruants ne pouvait qu'être vouée à l'échec, mais mon chauffeur s'en tira merveilleusement, d'autant plus que, ce faisant, il fumait, réglait sa radio et me lançait des coups d'œil suspicieux laissant clairement entendre que j'étais trop jeune pour ce genre de jeu.

Quelques minutes plus tard, le taxi de Francis tournait à gauche pour entrer dans le dédale des rues du vieux Naples. Nous étions toujours derrière lui. J'aurais vite perdu tout sens de l'orientation si le soleil maintenant haut dans le ciel n'était venu m'éblouir, me permettant de me repérer. Autant que je pouvais en juger, nous nous dirigions vers le nord, pour nous enfoncer dans le cœur de la ville. Mon chauffeur cessa ses grimaces et ses regards en coin, comme si la poursuite commençait à l'amuser.

Tout à coup, il écrasa sa pédale de frein et dérapa avant d'immobiliser son véhicule. L'autre taxi s'était arrêté à une trentaine de mètres devant nous. Je vis Francis en descendre. Je jetai un coup d'œil au compteur et glissai dans la main du chauffeur suffisamment de lires pour couvrir le prix de la course, avant de bondir à l'extérieur, gardant la tête baissée, et de partir à la poursuite de Francis.

Il disparut dans une entrée. En m'approchant, je m'aperçus que c'était celle d'un hôtel : l'Albergo Lustrini. L'air triste et bon marché. Une devanture poussiéreuse, ornée d'un caoutchouc plus poussiéreux encore, me donna une vue partielle d'une réception miteuse, que traversait Francis en direction de l'ascenseur. Je ralentis, hésitant sur la marche à suivre, tandis qu'il appuyait sur un bouton. Les portes s'ouvrirent lentement devant lui pour le laisser monter.

C'était le moment d'entrer en action. Je franchis le seuil de l'hôtel en catimini au moment où les portes se refermaient. Je gardai les yeux fixés sur l'indicateur d'étage tout en me dirigeant vers l'ascenseur, notant que l'escalier se trouvait juste à droite. L'ascenseur s'arrêta au troisième. Sans même un coup d'œil pour le bureau de la réception, je commençai à gravir les marches quatre à quatre.

Au quatrième palier, j'étais au bon étage. Quand je glissai un œil à l'angle du mur près de l'ascenseur, ce fut pour apercevoir Francis debout devant une porte à mi-chemin du corridor. Je le vis frapper, et la porte s'entrouvrit, retenue par une chaîne. J'entendis une voix étouffée poser une question de l'intérieur. Je n'en aurais pas juré, mais la voix ressemblait étonnamment à celle de Strake.

« C'est le chargé des négociations, dit Francis. Tu me laisses entrer ? On peut régler notre affaire ici et maintenant, et à des conditions pour toi avantageuses, je crois. »

Il y eut un silence. Puis la porte se referma pour s'ouvrir à nouveau, cette fois-ci toute grande. J'aperçus une silhouette... Strake, presque à coup sûr. Francis pénétra dans la pièce, et la porte se referma derrière lui.

C'était donc ça : il avait bel et bien prévu de rencontrer Strake. La raison pour laquelle il avait prétendu le contraire restait un mystère. Techniquement, je m'étais acquitté de la tâche que Paolo avait exigée de moi. Mais je n'avais guère envie de l'appeler pour lui communiquer ma découverte. Moins il en saurait sur Strake, mieux cela vaudrait. Peut-être devrais-je simplement avouer que j'avais saboté le travail et perdu la trace de Francis. Je me dis que relever le numéro de la chambre de Strake pourrait se révéler utile, quoi que je décide par ailleurs. Je longeai le couloir sur la pointe des pieds jusqu'à la bonne porte : 239. Puis, enhardi par le silence qui semblait régner dans l'hôtel, je m'approchai un peu plus. La porte bas de gamme avait l'air bien mince, et était probablement peu performante sur le plan de l'isolation phonique.

Tout ce que j'entendis fut un murmure de voix étouffées, dans lequel je ne reconnus aucun mot. Quel que fût le sujet de la conversation, ce n'était pas une prise de bec. Puis le bruit d'une radio ou d'une télévision explosa soudain dans la pièce, et les basses d'une chanson pop italienne grondèrent à travers le panneau de bois. Au moment où, instinctivement, je me rejetai en arrière, me parvint un claquement sec qui, clairement, ne faisait pas partie de la musique, suivi du bruit sourd d'un objet heurtant lourdement le plancher. Les choses s'envenimaient très nettement.

Quelques mètres plus loin dans le couloir se trouvait la porte de l'escalier de secours ; je me précipitai vers elle et me retrouvai sur un palier étroit ouvrant sur des marches en béton. Maintenant la porte entrouverte, je regardai dans l'interstice. Je n'entendais plus la musique, soit que le son ait été baissé, soit qu'il ait été complètement coupé. Mais je vis la porte du 239 s'ouvrir, et Francis émerger avant de la tirer derrière lui, et de se diriger à la hâte vers l'ascenseur, en titubant légèrement. Une minute plus tard, un petit *ding* se fit entendre, suivi du cliquetis des portes qui s'ouvraient puis se refermaient.

Je fus tenté de descendre directement par l'escalier de secours et de quitter le bâtiment le plus vite possible. Mais il fallait que je sache ce qui s'était passé. Que je découvre si Francis avait réellement fait ce dont je le soupçonnais. Je ressortis dans le couloir. Désert et silencieux. J'allai jusqu'à la porte du 239, hésitai une seconde, puis abaissai la poignée du coude et poussai la porte de l'épaule.

Je ne m'étais pas trompé. Strake était allongé au pied du lit. À moitié dévêtu, en pantalon et maillot de corps, les pieds nus. Un trou rouge bien net au milieu du front. La tête baignant dans une flaque de sang, qui s'étendait à mesure qu'elle pénétrait la moquette en dessous du corps. Je restai un moment à le contempler, pétrifié, sachant qu'il était mort, mais obligé de me forcer pour le croire. Il n'y avait donc eu ni négociation, ni compromis, ni silence acheté. Francis l'avait exécuté. C'était aussi simple, brutal et définitif que ça.

Je refermai la porte, les doigts rentrés dans ma manche pour éviter de laisser des empreintes. Pareille précaution me semblait importante, même si je n'étais pas sûr de savoir au juste pourquoi. J'étais certes sous le choc, mais je m'efforçai de penser clairement. Logiquement, que pouvait faire Francis ? Se contenter de rentrer à Capri et faire comme s'il ne s'était rien passé ? Je me mis en route.

L'ascenseur répondait à un autre appel quand j'arrivai devant, et je m'engouffrai dans l'escalier, évitant de justesse sur le premier palier de heurter une femme de chambre si chargée de linge qu'elle ne me vit même pas. Arrivé en bas, je fis une pause, le temps de reprendre contenance, puis traversai la réception d'un pas tranquille pour me diriger vers la sortie. Un homme, derrière le comptoir, brassait des papiers. Il ne leva même pas la tête quand je franchis le seuil. Je poussai un soupir de soulagement. Personne ne pourrait donner mon signalement à la police. Il n'y aurait même personne pour se souvenir de m'avoir aperçu.

Je tournai tout de suite à droite en sortant, pour la simple raison que, d'après mes calculs, c'était la direction du port. J'ignorais l'avance que Francis pouvait avoir sur moi. Il était peut-être déjà dans un taxi à l'heure qu'il était, même si je n'en voyais aucun en maraude dans la rue. Peut-être s'était-il aussitôt rendu à la station la plus proche. Si je n'avais, moi, aucun moyen de savoir où elle se trouvait, tel n'était peut-être pas son cas.

C'est alors que je l'aperçus. Un peu plus loin devant moi se dessinait un carrefour donnant sur une place, dont le fond était occupé par une église toute simple. Au pied des marches menant au porche se trouvait une vieille fontaine asséchée décorée d'angelots, et sur le socle de la fontaine était assis Francis, le dos appuyé contre la vasque. D'une main il serrait sa serviette contre lui, l'autre était pressée contre sa poitrine. Son chapeau était posé à l'envers à côté de lui ; il avait les cheveux en bataille, le visage d'une pâleur inhabituelle.

J'allai jusqu'à lui en me faufilant à travers la circulation, sans qu'il me voie arriver. Quand je m'accroupis à côté de lui, il me regarda en clignant les yeux d'un air incertain. Sa respiration était haletante. Il semblait dans un triste état. Je le secouai doucement par l'épaule. « Francis ?

– Jonathan, dit-il faiblement. Mais qu'est-ce que... diable tu fiches ici ?

– Je vous ai suivi.

– Comment ? Quel... esprit d'initiative, dit-il, esquissant péniblement un sourire. Dois-je comprendre que tu sais ce qui...

– Oui, je le sais.

– Bon sang, il ne manquait plus que ça ! Je te serais reconnaissant... de garder ça pour toi, mon garçon. À moins bien sûr... que ça ne choque ta conscience.

– Il faut que je vous sorte d'ici.

– Avant que l'alarme soit donnée... tu veux dire ? Oui. Bonne idée. » Il toussa. « Mais je ne peux pas bouger, vois-tu. Cette histoire... m'a complètement vidé. Je n'ai plus vingt ans, comme on dit. C'est ce foutu palpitant qui fait des siennes, j'en ai peur. »

Une ombre tomba sur nous. Un gros homme en tablier, qui tenait toujours à la main une des chaises qu'il était en train de disposer sur la terrasse d'un café à l'angle de la place, posait un regard plein de sollicitude sur Francis. « *Va bene, dottore ?*

– *No*, dit Francis, en faisant la grimace. *Io sto... poco bene.*

– *Dove le fa male ?*

– *Qui*, dit Francis en se tapotant la poitrine. *Qui*, répéta-t-il, le souffle soudain plus court. *Il cuore. Un... dolore terribile.*

– *Il cuore ?* reprit l'homme, l'air sincèrement inquiet. *É un attaco cardiaco, io penso.*

– *Per favore*, dit Francis, *chiami... un'ambulanza.*

– *Si, si. Un'ambulanza. Subito.* » Il fit demi-tour et se précipita vers le café, remportant sans réfléchir sa chaise avec lui.

Deux gamins des rues, sortis de nulle part, étaient venus voir ce qu'il se passait. Ils restèrent, immobiles et solennels, à nous regarder bouche bée, pendant que Francis penchait la tête vers moi pour murmurer à mon oreille. « Il va appeler une ambulance, Jonathan... Ils m'emmèneront à l'hôpital... Là-bas, je serai bien... dans de bonnes mains, de bons docteurs... Maintenant, écoute-moi attentivement... Prends ma serviette, et, une fois à la villa, dépose-la dans mon bureau... Attends que Luisa soit... partie pour le faire. Je demanderai qu'on lui téléphone... de l'hôpital... Après, la voie sera libre... Ne lui dis pas que tu étais ici... avec moi... ou que tu sais ce qui m'a amené ici... Tu feras ça pour moi, mon garçon ? »

Il faiblissait à vue d'œil. Je sentis que je n'avais pas d'autre choix que d'accéder à sa demande. « Oui, Francis. Je m'occupe de tout.

– Merci. C'est... très gentil à toi... Encore une chose. » Il sortit de la poche de sa veste des papiers qu'il fourra aussitôt dans ma main. « La recette... et quelque chose d'autre... que Luisa a écrit il y a bien longtemps... Pas sûr de savoir... comment Strake a pu mettre la main dessus... Pas pris la peine de demander... Si je n'en réchappe pas... donne-le à Margherita.

– Margherita ? La comtesse Covelli ?

– Oui. Elle... a le droit de savoir.

– Entendu. Je le lui donnerai. Mais...

– Plus de questions, Jonathan... Prends la serviette... et pars... Je t'en prie... Fais-moi plaisir. Je t'avais mal jugé... Tu es plus intelligent et plus réfléchi que je pensais. Je te fais confiance... pour agir en conséquence. Maintenant, file, tu veux bien ? Tout va marcher... comme sur des roulettes... tu vas voir. » Il tendit le bras et referma ma main sur la poignée de la serviette. « Il faut vraiment que tu files.

– Vous en êtes bien sûr ? »

Il acquiesça. « Sûr et certain. »

Je m'emparai de la serviette, fourrai les papiers dans ma poche et quittai les lieux. Les ruelles du vieux Naples étaient un lieu idéal pour échapper à d'éventuels poursuivants. Quand l'homme du café reviendrait, il ne trouverait plus personne sur place en dehors de Francis. Lequel concocterait, si besoin était, une histoire ou une autre pour expliquer mon absence, effaçant ses traces en même temps que les miennes, bien sûr. Il avait fait de moi son complice dans le meurtre de Strake. Cette idée glaçante avait commencé à me ronger quand je tournai dans la Via Duomo, une avenue dont je savais, depuis mon trajet en taxi, qu'elle devait me mener au port. J'entendis quelque part sur ma gauche la sirène d'une ambulance qui se rapprochait rapidement. Les secours étaient en route. Je resserrai ma prise sur la poignée de la serviette et pressai le pas.

19

Quand j'atteignis le port, j'avais pris conscience d'une faille dans le plan de Francis. Si j'attrapais le prochain ferry pour Capri, il y avait toutes chances pour que je tombe sur Luisa, escortée sans doute de Paolo, en train d'attendre à Marina Grande la prochaine correspondance pour Naples après avoir été prévenue par l'hôpital. Comment pourrais-je alors justifier le fait que j'avais la serviette de Francis avec moi ? Parfaitement impossible, à moins de leur révéler la terrible vérité.

La seule solution qui me vint à l'esprit fut de déposer la serviette à la consigne du ferry, puis d'attendre dans le bar voisin tout en surveillant les arrivées des bateaux. Installé devant un café, une cigarette longtemps convoitée à la main, je jetai un coup d'œil discret au document que Francis m'avait remis en même temps que la recette de la *torta di mele* de Luisa.

La lettre était indubitablement de la main de cette dernière. Écrite en italien, elle me parut dès l'abord obscure. Mais une sonnerie d'alarme résonna dans ma tête quand je vis la formule désignant le destinataire – *Egregio Comandante* –, surmontée d'un tampon officiel avec des abréviations allemandes sur le pourtour et, au centre, le symbole de l'aigle et du svastika. Le tampon indiquait la date du 04/11/1943. En parcourant la lettre, je tombai sur un nom qui ne m'était pas inconnu : *Conte* Covelli. En guise de signature, uniquement les mots *da una patriota*.

Je sortis mon guide de conversation italien et essayai de traduire le contenu. Je n'allai guère plus loin que quelques mots ici et là, qui me permirent cependant de reconstituer les grandes lignes d'une histoire : fugitif, traître, cachette, devoir, justice. L'intention et le sens de la lettre s'éclaircirent peu à peu. Elle avait été envoyée au commandant SS de la région de Venise en novembre 1943 par une « patriote anonyme » et lui révélait où se cachait le comte Urbano Covelli. Elle constituait, en fait, l'arrêt de mort dudit comte.

Incroyable et pourtant impossible à nier : Luisa avait livré le comte Covelli aux Allemands. Pour quelle raison, je l'ignorais, mais le fait était là. Un quart de siècle plus tard, elle et la comtesse étaient toujours amies. Et pourtant, au cœur de leur amitié se nichait un terrible secret, un secret que je tenais en ce moment même entre mes mains.

« Si je n'en réchappe pas, donne-le à Margherita, avait dit Francis. Elle a le droit de savoir. » Ce qui était effectivement le cas. Mais je n'avais aucune envie d'être celui qui le lui apprendrait. J'avais du mal à comprendre les motivations de Francis. Tuer Strake, passe encore : réflexe de défense d'un ancien soldat face au chantage. Mais fournir à la comtesse Covelli la preuve que Luisa avait trahi son époux ? Aurait-il vraiment réussi à rassembler la force de volonté que réclamait une telle démarche ? Je ne pouvais qu'espérer avoir encore une chance de le lui demander. Dans le cas contraire, ce serait à moi de décider. Et je ne me sentais guère armé pour le faire.

L'animation soudaine à l'extérieur du café m'annonça l'arrivée d'un ferry. D'après ce que j'avais lu sur le panneau des horaires, ce devait être celui en provenance d'Ischia. Je me précipitai dehors pour vérifier, avant de constater mon erreur. Luisa et Paolo étaient au nombre des passagers en train de débarquer. Luisa marchait d'un pas mal assuré, la tête baissée, les yeux cachés derrière d'énormes lunettes noires. Elle semblait totalement oublieuse de son environnement immédiat. Mais Paolo, qui était à son côté, un bras protecteur passé autour de sa taille, avançait le regard fixé droit devant lui. Et me repéra avant que j'aie une chance de battre en retraite.

Les circonstances étant ce qu'elles étaient, je ne pouvais guère que secouer la tête en espérant qu'il comprendrait le message. Il répondit d'une inclinaison du buste tout juste perceptible sans ralentir le pas. Luisa n'avait pas levé les yeux. Puis un pilier s'interposa entre nous et je me déplaçai de manière à rester derrière tandis qu'ils se dirigeaient vers la station de taxis.

J'attendis une bonne minute avant de me remettre en mouvement. J'arrivai au coin du bâtiment abritant le bureau de vente des billets juste à temps pour voir leur taxi s'éloigner. Je me précipitai à l'intérieur, récupérai la serviette à la consigne et pris un billet pour la correspondance suivante à destination de Capri.

Vingt minutes plus tard, alors que le ferry quittait le port, j'ouvris la serviette : un revolver était niché dans les plis du *Times Literary Supplement*. Un modèle, je l'aurais parié, réservé entre autres aux officiers de la huitième armée britannique. Strake n'était peut-être pas le premier à avoir été abattu avec, mais il était probablement le dernier.

L'inquiétude ne me quitta plus de toute la traversée, davantage suscitée, bizarrement, par la lettre que j'avais dans ma poche que par l'arme du crime que je transportais dans la serviette. Je pris un taxi à Marina Grande pour rejoindre la villa, dans l'idée que moins je passerais de temps dans les rues avec la serviette de Francis à la main, mieux cela vaudrait, même s'il était peu plausible que quelqu'un puisse identifier son légitime propriétaire.

J'atteignis la villa sans incident. Patrizia était dans la cuisine, en train de préparer un repas dont on ignorait à qui il était destiné. Je me rendis d'abord dans le bureau de Francis et glissai la serviette sous la table de travail, puis j'allai retrouver la cuisinière. Je fis de mon mieux pour feindre la surprise devant les nouvelles qu'elle avait pour moi. « *Il Colonnello* » s'était trouvé mal à Naples et avait été transporté à l'Ospedale di Santa Maria di Loreto. Il avait été victime d'une «*attacco di cuore*». «*La signora*», accompagnée de Paolo, s'était précipitée à son chevet. Il n'y avait rien d'autre à faire sinon attendre des nouvelles. Mais Patrizia était très inquiète. Et moi aussi. Je commençai à me dire que l'état de Francis s'était sans doute sérieusement dégradé après mon départ. D'après Patrizia, le malade avait été officiellement déclaré «*precario*». Ce qui était de mauvais augure. Pour ne pas dire de *très* mauvais augure.

Patrizia me prépara un déjeuner rapide à base de pâtes, que je touchai à peine. Je fis descendre le peu que je mangeai avec une ou deux bières, assis sur la terrasse à me demander pourquoi le soleil éclatant paraissait avoir perdu sa chaleur. Tout était allé de travers : Strake m'avait roulé; Vivien était partie; Francis était dans un état critique. Et Luisa... À son sujet, j'en savais trop sur certaines choses et pas assez sur d'autres. Je commençais à douter de ne pas avoir été vu à l'Albergo Lustrini. J'étais poursuivi par l'idée que la police m'accuserait de complicité dans le meurtre de Strake. J'étais tendu et j'avais peur. La seule chose que je savais avec certitude, c'est que j'étais complètement dépassé par les événements.

C'est l'instant que choisit Patrizia pour faire son apparition sur la terrasse et me dire que Paolo souhaitait me parler.

«Comment va Francis? demandai-je dès que j'eus décroché.

– Il est très mal, répondit Paolo, d'une voix angoissée. Je pense... qu'on risque de le perdre.

– Oh, mon Dieu!

– Qu'est-ce qui lui est arrivé, Jonathan? Il faut que je le sache. Où est sa serviette? Il l'avait quand il est parti ce matin, mais l'hôpital nous a dit qu'il avait rien avec lui quand on l'a monté dans l'ambulance.

– Elle est ici. C'est moi qui l'ai rapportée. Je peux tout expliquer mais... pas au téléphone. Luisa sait-elle qu'elle a disparu?

– Non. Je lui ai rien dit.

– C'est bien, il ne faut rien lui dire. Et ne rien dire à personne. Il est capital que cette histoire reste entre nous, Paolo. »

Il y eut un silence à l'autre bout de la ligne. Je sentis qu'il avait du mal à recouvrer son sang-froid. « *D'accordo*, finit-il par dire. Je comprends. On discutera plus tard. Je vous téléphonerai dès que... » Sa voix se perdit dans un nouveau silence, avant qu'il ajoute : « Je vous rappellerai. »

L'appel n'arriva qu'en début de soirée. J'entendis la sonnerie et Patrizia qui décrochait. Puis elle se mit à sangloter, et je sus d'emblée que Francis était mort.

Je lui pris l'appareil des mains. « Qu'est-il arrivé ? demandai-je à Paolo d'une voix assourdie.

– Il s'est éteint. Ils ont pas pu le sauver.

– Dites à Luisa que je suis désolé. C'est... terrible.

– *Si.* Je lui dirai.

– Vous rentrez ce soir ?

– Non. Le dernier ferry est déjà parti. Nous passerons la nuit à l'Excelsior.

– OK. Je vous vois demain. On parlera de... ce qui s'est passé.

– *Si.* Entendu. Mais il y a quelque chose dont il faut qu'on parle maintenant. Luisa a demandé si vous pouviez téléphoner à la famille d'*il Colonnello*... en Cornouailles.

– Moi ?

– Elle est trop bouleversée pour le faire elle-même. Vous les connaissez, vous. Et il faut absolument qu'ils soient mis au courant.

– Sans doute, mais...

– Vous vous en chargez ? »

Si j'avais eu la moindre excuse, si ténue fût-elle, pour me défiler, je n'aurais pas hésité à m'en servir. La corvée était détestable, mais je ne voyais aucun moyen d'y échapper. « D'accord, je m'en charge.

– Ce soir ?

– Oui. Ce soir. »

Ce fut quand Paolo eut raccroché que je me rendis compte qu'il avait appelé Luisa par son prénom, sans la désigner, comme à l'ordinaire, par *la signora*. Même lui s'oubliait sous l'emprise de la tension engendrée par les événements.

Je me rendis dans le bureau de Francis et parcourus du regard les livres, les ornements et le mobilier qui en faisaient son domaine particulier. Tous l'attendaient, dociles et dévoués. Mais plus jamais il ne remplirait son stylo à l'aide de la bouteille d'encre posée sur sa soucoupe dorée, ni ne poserait son cigare en équilibre sur le cendrier en onyx, ni n'ouvrirait les tiroirs du meuble aux minéraux pour évoquer où et quand il avait recueilli chacun des spécimens. C'était mon ombre, et non la sienne, que projetait la lumière du hall derrière moi sur le tapis persan.

Je persuadai Patrizia de boire un peu du cognac de Francis avant de rentrer chez elle. Nous portâmes un toast à sa mémoire. Elle pleura beaucoup et m'étreignit à plusieurs reprises, ce qui sembla la réconforter mais n'eut guère d'effet sur moi. J'avalai encore un verre de cognac après son départ. Mais je ne me sentais pas ivre le moins du monde quand je soulevai le combiné et composai le numéro de l'international.

À mon grand soulagement, ce fut Greville Lashley qui décrocha. J'avais craint de tomber sur Muriel ou Harriet, surtout Muriel. Laquelle ignorait que j'avais rejoint Vivien à Capri et n'aurait certainement pas été ravie de l'apprendre. Mais ses préoccupations à ce sujet n'allaient pas tarder à être supplantées par d'autres, autrement plus graves. Pour la deuxième fois en moins d'un an, j'allais devoir révéler à cette famille qu'un de ses membres était décédé. D'abord Oliver. Et maintenant Francis.

Lashley réagit avec le pragmatisme stoïque que l'on pouvait attendre de lui, et sans se permettre le moindre commentaire sur ma présence à Capri, jusque-là gardée secrète. « Cette nouvelle me désole, Jonathan. Même si ce n'est pas vraiment une surprise ; je crois qu'il souffrait d'une maladie de cœur depuis plusieurs années. Mais même ainsi... les femmes vont être très affectées, bien sûr. Je ferais bien d'aller leur annoncer la nouvelle. Comment va Vivien ? Muriel va vouloir lui parler. »

Il me fallut alors lui expliquer la raison pour laquelle je ne pouvais accéder à sa demande. Je resservis l'histoire des amis de Cambridge rencontrés par hasard à Pompéi et le laissai tirer ses propres conclusions quant à ma présence à la villa. Ce qui revenait à dire que Vivien n'était pas au courant de la mort de Francis. Et que je n'avais aucun moyen de la joindre.

« Tu es en train de me dire que personne ne sait où elle est ? demanda Lashley nerveusement.

– Je suis sûr qu'elle appellera quand... ses projets seront plus clairs.

– Mais dans l'intervalle ?

– Nous allons devoir attendre qu'elle appelle. »

Lashley eut un grognement de contrariété. « Nous avions bien insisté pour qu'elle nous donne régulièrement des nouvelles et reste joignable en permanence. Pour commencer, elle ne nous a jamais dit que tu serais à Capri avec elle. Et maintenant cette escapade à Pompéi. Elle ne peut pas simplement... » Il poussa un soupir. « Francis et Luisa n'auraient jamais dû la laisser partir seule. Ils savaient qu'elle a été malade l'an dernier. C'est vraiment... » Nouveau soupir. « Enfin, bon... les récriminations à ce stade ne servent à rien, et manquent de délicatesse. Pauvre vieux Francis. J'imagine que Luisa est effondrée.

– Je l'imagine aussi, monsieur, même si je ne l'ai pas encore revue. Elle est toujours à Naples.

– Oui, bien sûr. » Je sentis qu'il s'accommodait rapidement de la situation. « Restons-en là pour l'instant, Jonathan. Je te suis très reconnaissant d'avoir appelé. Ça n'a pas dû être facile. Je te rappellerai demain matin.

– Entendu, monsieur. Transmettez mes condoléances à Mme Lashley ainsi qu'à Mlle Wren.

– Ce sera fait. Bonsoir, Jonathan. »

Je dormis mal, me réveillant dès que je réussissais à m'assoupir, à cause d'un bruit quelque part dans la villa – un craquement, un grincement, la course d'une souris – qui me donnait à penser que je n'étais pas seul. Je finis par sombrer dans le sommeil le temps d'un rêve où je descendais au rez-de-chaussée pour découvrir Strake sur la terrasse, en train d'essayer de forcer les portes-fenêtres. Jusque-là, c'était plus un souvenir qu'un rêve, mais, quand il leva les yeux pour me regarder à travers la vitre, le trou qu'il avait au milieu du front relevait du pire cauchemar.

Au matin, j'avais pris ma décision, qui se trouva confortée quand Lashley appela juste après 7 heures. Ou juste après 6 heures en Angleterre. Sa nuit n'avait apparemment pas été meilleure que la mienne.

« Nous avons l'intention de partir dès que possible, Jonathan, m'annonça-t-il. Du moins Muriel, Harriet et moi-même. Nous arriverons sans doute demain. Au plus tard après-demain. Peux-tu en informer Luisa quand elle rentrera de Naples ?

– Bien sûr.

– Dis-lui que nous irons à hôtel. Pour éviter de la déranger.

– Je pense qu'elle va vouloir que vous logiez chez elle. La villa est suffisamment grande, et puis tous les hôtels corrects de Capri afficheront probablement complets.

– À elle de décider. Est-ce que tu as eu des nouvelles de Vivien ? Muriel se fait un sang d'encre. Et, pour tout dire, moi aussi.

– Même chose pour moi, monsieur, l'assurai-je, ce qui m'amena à lui communiquer la décision que j'avais prise. En fait, j'aurai sans doute quitté Capri à votre arrivée. Je risquerais de vous encombrer, et je ne voudrais pas m'imposer. Alors, j'ai décidé de rentrer. J'espère pouvoir retrouver Vivien en chemin. À Rome.

– Mais comment ?

– J'ai deux ou trois idées. » Lesquelles étaient en fait celles de Francis. Je ne pouvais être sûr de la présence de Vivien à Rome, mais si c'était le cas et si, comme j'en avais la certitude, elle était seule, j'avais de bonnes chances de retrouver sa trace. Si j'arrivais à faire la paix avec elle, j'aurais au moins sauvé quelque chose du naufrage. « Elle viendra certainement vous rejoindre ici dès qu'elle sera au courant pour Francis.

– Je te serais reconnaissant si tu pouvais arranger tout ça, Jonathan. Très reconnaissant.

– Je vais voir ce que je peux faire.

– Penses-tu vraiment que tu ne reviendras pas avec elle ?

– J'en suis sûr. Je sais que Mme Lashley ne me tient pas en haute estime.

– Sottise. C'est simplement que... » Il réfléchit un instant avant de dire : « Enfin, tu n'as peut-être pas tort. L'atmosphère sera déjà assez tendue sans que... Tu es un garçon très sensé, Jonathan. J'apprécie... ton tact. »

Mon tact ? Tant mieux pour lui si c'était là son avis. La vérité était bien plus simple : il fallait que je parte. Je n'étais pas sûr de grand-chose, mais j'avais du moins cette certitude.

Patrizia arriva un peu plus tard dans la matinée. J'essayai de dissimuler ma hâte à partir pendant que nous attendions le retour de Luisa. J'avais rassemblé mes quelques affaires et j'étais prêt. Mais il me fallait d'abord parler à Paolo. Je ne pourrais quitter les lieux qu'après notre conversation. J'allai m'asseoir sur la terrasse, guettant l'arrivée de la voiture.

Dans mon sac à l'étage, j'avais la lettre écrite par Luisa au commandant SS en novembre 1943. L'ayant examinée à plusieurs reprises, j'avais réussi à en comprendre l'essentiel. Le document était d'une brutalité glaçante. C'était la preuve d'un acte de trahison dont j'avais du mal à croire qu'elle ait pu le commettre. Mais il fallait que je me rende à l'évidence. Et Francis avait été très clair sur ce qu'il voulait voir advenir du document s'il venait à mourir. *Remets-la à Margherita. Elle a le droit de savoir.* Une dernière volonté qu'il m'appartenait de respecter. Je ne pouvais en aucun cas m'y dérober.

Mais pas avant que l'enterrement soit passé. Il me fallait attendre une huitaine de jours. Ensuite seulement, j'enverrais la lettre à la comtesse. Je pouvais le faire de manière anonyme. Elle n'avait nul besoin de connaître l'expéditeur.

J'en étais là de mes réflexions quand que la grille d'entrée s'ouvrit, livrant passage à la comtesse Covelli, qui, en me voyant, leva une main gantée et remonta l'allée. Quelque chose dans son expression donnait à penser qu'elle était au courant pour Francis, même si elle n'avait rien perdu de son sang-froid, de son élégance et de sa réserve habituels. Elle portait une robe gris perle et un chapeau appareillé. J'entendais le rythme régulier de ses chaussures à talons presque plats sur les dalles et je me levai.

« *Buon giorno, contessa.*

– *Buon giorno,* Jonathan. » Elle ôta ses lunettes de soleil en arrivant sur la terrasse et m'adressa un sourire mal assuré. « Un bien triste jour », ajouta-t-elle.

Elle prit la main que je lui tendais, et je l'embrassai sur la joue. « Comment avez-vous appris la nouvelle ? demandai-je.

– Luisa m'a appelée hier soir. Est-elle rentrée à l'heure qu'il est ?

– Non, pas encore. Mais elle ne devrait plus tarder. Puis-je vous offrir quelque chose à boire ?

– Non, rien, merci. Asseyons-nous, voulez-vous, Jonathan, nous l'attendrons ensemble.

– Oui, bien sûr, dis-je en lui avançant une chaise.

– C'est encore pire maintenant que je suis ici, soupira-t-elle en s'installant après avoir remis ses lunettes. Penser qu'il ne traversera plus jamais cette pelouse. *Mai più.* Je n'arrive pas à y croire.

– C'est un choc terrible.

– *Si,* dit-elle, avant de froncer les sourcils d'un air pensif. Où est Vivien ?

– À Rome.

– *Roma ?!*

– Des amis de Cambridge… lui ont proposé de la retrouver là-bas.

– Mais vous n'êtes pas parti avec elle ?

– Euh… non. Je… ne pouvais pas. »

Son froncement de sourcils s'accentua. Je sentis sur moi son regard scrutateur derrière les lunettes noires. « Savez-vous où se trouvait Francis quand il a eu son attaque, Jonathan ? Luisa était trop bouleversée… pour parler de façon compréhensible.

– Non, je ne suis pas sûr.

– Elle va avoir besoin de réconfort. Perdre l'homme qu'on aime, c'est… » Les mots semblèrent lui manquer. Elle détourna le regard, au souvenir, peut-être, de la perte de l'homme qu'elle-même avait jadis aimé. Quel genre de réconfort, songeai-je, serait-elle prête à apporter à Luisa si elle savait le rôle qu'avait joué celle-ci dans l'histoire ? Je fus tenté une seconde de lui dévoiler la vérité sans plus attendre, de révéler le secret une fois pour toutes.

Mais je m'abstins.

Vingt minutes plus tard, qui me donnèrent l'impression de durer des heures, Luisa et Paolo arrivèrent. C'est à peine si Luisa s'aperçut de ma présence au milieu des larmes et des embrassades qu'elle partagea avec sa vieille amie. Elle entra dans la villa, appuyée sur le bras de la comtesse. J'entendis Patrizia l'accueillir avec force sanglots et gémissements. Les femmes de la vie de Francis à Capri étaient réunies dans un deuil commun.

Paolo me fit signe de le suivre, avant d'aller mettre l'Alfa Romeo au garage. Je le retrouvai au moment où il descendait de la voiture. L'ombre était dense et fraîche autour de nous.

« Qu'est-ce qui s'est passé à Naples ? » demanda-t-il sans préambule.

Je lui racontai comment j'avais suivi Francis jusqu'à l'Albergo Lustrini, où il avait abattu l'occupant de la chambre 239, comment je l'avais ensuite rattrapé sur une place proche de l'hôtel, où il était apparu qu'il souffrait d'un grave malaise ; on avait ensuite appelé une ambulance, et, à sa demande, j'avais pris la serviette de façon que l'arme ne soit pas trouvée en sa possession à l'hôpital. Je prétendis n'avoir aucune idée de l'identité de l'homme que Francis avait tué ni de la raison de son geste. Je ne dis rien non plus de la lettre qu'il m'avait remise. Je ne savais pas ce que Paolo connaissait, si tant est qu'il en connût quelque chose, des liens que Francis entretenait avec Strake. Mais il était clair que j'avais tout intérêt à plaider l'ignorance dans cette affaire. L'ignorance ne représente jamais un danger. Et je refusais que Paolo me croie une menace, pour lui ou pour Luisa.

Il me fixa d'un œil attentif tandis que je parlais. À mes propres oreilles, je me fis l'impression d'être encore sous le coup de la violence et de la tournure tragique qui avaient marqué les événements. Ce qui était bien le cas. Et rien dans la réaction de Paolo à mon propos ne laissait supposer qu'il me soupçonnait de lui cacher quelque chose.

« Est-ce qu'*il Colonnello* a dit pourquoi il avait abattu cet homme ?

– Non. Mais, de toute façon, il avait du mal à parler, à ce stade. Il m'a simplement demandé de rapporter la serviette ici.

– Il a demandé pourquoi vous le suiviez ?

– Il n'en a guère eu le temps. Pas plus pour ça que pour le reste.

– *Si, si. Capisco.* » À mon grand étonnement, Paolo me prit dans ses bras et m'embrassa sur le front. « Vous vous êtes bien débrouillé, Jonathan. Je vais décharger le revolver et le nettoyer. Personne ne pourra prouver qu'il a servi. » La force de son émotion me gagna. À sa manière il avait été dévoué à Francis, même s'il l'était bien davantage à Luisa, quoique différemment.

« Pourquoi croyez-vous qu'il ait fait ça, Paolo ? demandai-je, curieux de savoir ce qu'il avait à dire sur le sujet.

– Il avait sûrement une bonne raison, dit-il d'un ton décidé. L'homme méritait ce qui lui est arrivé, c'est certain. À présent, il nous faut protéger *il Colonnello*. Sa... *reputazione*. C'était important pour lui. Vous ne devez rien dire à personne de ce que vous avez vu.

– Entendu.

– *Bene*. Ce sera notre secret. *Si ?*

– Oui. » Nous nous serrâmes la main. Je sentis que je lui donnais là une parole d'honneur sincère. Et qu'il en faisait autant de son côté. Même si je savais que je risquais de me confier à Vivien. Exactement comme je soupçonnais qu'il ferait de même avec Luisa. Une exception passée sous silence en équilibrait une autre.

« On ne dit rien à personne, insista-t-il encore. *Nessuno.*

– D'accord. »

Il hocha la tête pour signifier son approbation. « Vous avez parlé à la famille ?

– Oui. Ils sont déjà en route.

– *Si, si,* acquiesça-t-il. Il y a beaucoup d'affaires à régler.

– Je vais devoir vous laisser vous en occuper, j'en ai peur.

– Vous partez ?

– Pour Rome.

– Ah. Vivien a téléphoné, c'est ça ?

– Non. Mais j'espère quand même la retrouver.

– Vous allez la ramener ici ?

– Oh, je suis sûr qu'elle viendra de son propre chef quand elle apprendra la nouvelle. Mais je ne reviendrai pas avec elle.

– Non ?

– C'est mieux comme ça, je pense.

– Vous avez peut-être raison, dit Paolo en hochant la tête. Il y aura beaucoup de questions.

– Beaucoup trop.

– Quand partez-vous ?

– Tout de suite, dis-je en lui souriant. Mes affaires sont prêtes.

– Alors, il n'y a plus rien à ajouter, Jonathan, me répondit-il en me retournant mon sourire et en me serrant à nouveau chaleureusement la main. *Buon viaggio.* »

Il était manifestement heureux d'être débarrassé de moi. De mon côté, j'étais heureux de partir. Un soulagement égal de part et d'autre, en somme.

20

Le train de Naples avait plus d'une heure de retard quand il entra lentement en gare de Rome. La soirée était chaude et humide ; j'étais fatigué, j'avais faim. Et je devais maintenant pourvoir seul à mes dépenses après une hospitalité de quinze jours plus que généreuse à Capri. Il me fallut donc me contenter de partager une chambre à plusieurs lits dans un foyer voisin dont l'office de tourisme me donna l'adresse. L'un des autres occupants, un objecteur de conscience à la guerre du Vietnam, originaire de l'Iowa, me rappela autour d'une bouteille de piquette partagée jusque tard dans la soirée que, dans le monde de malheurs et de merveilles qui était le nôtre, mes petits problèmes ne pesaient vraiment pas lourd.

Ils n'en restaient pas moins *mes* problèmes. Le lendemain matin, je me douchai, me rasai et me fis aussi beau que possible – ce qui n'allait pas chercher loin – avant de me mettre en chasse, armé de la liste des hôtels agréés fournie par l'office de tourisme. Je projetai de faire la tournée des cinq étoiles, puis, faute de succès, de passer aux quatre, puis, si nécessaire, aux trois. Mais je ne pensais pas devoir descendre aussi bas. Vivien n'était pas du genre à se priver. Il ne me faudrait sans doute pas très longtemps pour retrouver sa trace.

Mon assurance eut pourtant tôt fait de s'effriter au fil de la matinée. Je pénétrai dans d'innombrables halls tout de marbre habillés pour m'exposer à l'accueil dédaigneux d'une kyrielle de réceptionnistes. Leur réponse invariable ne tarda pas à devenir assommante. Aucune *Signorina* Vivien Foster n'était au nombre de leurs clients. Et non, il n'y avait pas d'erreur possible. Je commençai à me dire que l'erreur, c'était moi qui l'avais commise, et qu'elle était de taille.

Sans compter qu'elle était éreintante, puisque qu'il me fallut progressivement étendre le champ de mes recherches au-delà du Tibre en direction du Vatican, pour ensuite redescendre dans le Trastevere, avant de revenir vers Termini. Au milieu de l'après-midi, j'en étais pratiquement arrivé à la conclusion que je ne la retrouverais pas. Soit elle n'était pas venue à Rome, soit elle en était déjà repartie, pour Florence peut-être, ou quelque plage toscane. Rome était une grande ville, et l'Italie un grand pays. Elle pouvait littéralement être n'importe où.

C'est alors seulement que je me souvins de Vivien disant à quel point elle aimait la poésie de Keats. Elle était capable de réciter des strophes entières de ses odes, plus particulièrement de « L'Ode au rossignol ». Le poète anglais avait passé les derniers mois de sa vie dans une maison au pied des marches de la Piazza di Spagna, transformée aujourd'hui en musée dédié à sa mémoire. Mes chances étaient minces, mais pourquoi ne pas tenter le coup, me dis-je dans mon découragement. Je pris le métro jusqu'à la station Spagna.

Vivien n'était pas parmi les visiteurs, et mes tentatives pour la décrire au personnel du musée se révélèrent infructueuses. L'endroit était un des sites favoris des jeunes Anglaises et Américaines de son âge. Elle aurait aussi bien pu partir dix minutes plus tôt que personne ne s'en souviendrait. Je trouvai refuge dans un bar voisin.

Au bout de quelques bières, toujours aussi déprimé en dépit d'une légère ébriété, je revins vers la place sans savoir au juste où aller ni que faire. Je m'assis à mi-hauteur des marches et passai là un moment pénible jusqu'à la fin de l'après-midi, à fumer mes dernières cigarettes et à regarder le flot des touristes et des autochtones s'écouler devant moi.

Faute d'alternative, je décidai de rentrer au foyer et de réserver une seconde nuit, prévoyant de prendre le chemin du retour dès le lendemain matin. Qu'avais-je de mieux à faire ? Mon désarroi était à présent à son comble, et je me sentais totalement désemparé. Je me secouai un peu et entrepris de monter les marches en direction de la station de métro.

J'avais presque atteint le sommet quand je l'aperçus, contournant l'arrière d'un car de tourisme. Ses longs cheveux noirs, ses traits fins et sa démarche assurée lui donnaient des allures de Byron, mais le costume trois pièces couleur crème appartenait, lui, à la panoplie d'un dandy d'aujourd'hui. La dernière fois que je l'avais vu, sa tenue était nettement moins flamboyante. Mais l'on était alors à St Austell en décembre, et non à Rome en juillet. Or, telle une fleur exotique, Roger s'était épanoui sous le soleil italien.

Il regarda dans ma direction sans témoigner du moindre signe de reconnaissance et passa devant les marches qui menaient à la Trinità dei Monti. Instinctivement, je changeai de cap et me plaçai dans son sillage. Sa présence à Rome constituait une coïncidence que je ne pouvais me permettre de négliger.

Je n'eus pas à le suivre bien longtemps pour savoir où il allait. Au-delà de l'église se dressait l'hôtel Hassler, un des premiers que j'avais visités le matin dans ma quête de Vivien. Roger entra directement, recevant un petit salut militaire de la part du portier. Je restai en retrait de quelques mètres tandis qu'il se dirigeait vers la réception.

Où, comme précédemment, on le reconnut aussitôt. « Ah, *signor* Normington », dit l'employé, se tournant vers le tableau des clés.

Mais la clé n'y était pas. La probable implication d'une telle absence me glaça le sang. Je m'arrêtai et écoutai Roger dire quelque chose en italien que je ne compris pas, à l'exception d'une allusion à *la signorina*. Les deux hommes s'esclaffèrent, et Roger se dirigea vers l'ascenseur.

Je refusai de croire à la conclusion à laquelle j'étais arrivé, mais j'étais bien décidé à en vérifier le bien-fondé dans les plus brefs délais. Tandis que Roger attendait l'ascenseur, je suivis la flèche « TELEFONO » qui me conduisit à une cabine lambrissée.

J'appelai le standard du Hassler en me servant des *gettoni* de Paolo. L'opératrice répondit aussitôt.

« *Il signor Normington, per favore.*

– *Signor Normington ?*

– *Si.* Roger Normington.

– *Chi parla ?* »

La question me prit au dépourvu, même si j'aurais dû m'attendre à ce qu'on me demande mon nom. Je ne trouvai rien d'autre à dire que la vérité. « *Mi chiamo…* Jonathan Kellaway. »

Il s'écoula un moment, trop court malgré tout pour permettre à Roger d'atteindre la chambre. La question de savoir qui répondrait à sa place resta en suspens dans l'air confiné de la cabine.

Puis j'entendis la voix de Vivien. « Allô ? » Une voix trahissant l'incrédulité et la peur – non sans raison. « J-Jonathan ?

– Je suis en bas, dis-je d'un ton aussi inexpressif que possible. Je t'attends dehors. » Je raccrochai. Elle avait dû comprendre que si elle me faisait attendre trop longtemps, je risquais de monter dans la chambre. Et je supposai à juste raison qu'elle n'aurait voulu à aucun prix voir la chose se produire.

J'attendis près du garde-fou courant le long des marches menant au porche de l'église. Des gens s'étaient rassemblés au sommet de l'escalier pour admirer la perspective qu'offrait l'église sur Rome. La ville s'étendait devant moi dans toute sa lumineuse beauté. Une clarté splendide qui ne faisait que souligner la noirceur de mes pensées. Je ne comprenais pas pourquoi Vivien me traitait de la sorte. N'avais aucune idée de ce qui pouvait motiver sa conduite. Comptais-je vraiment si peu pour elle ? Ces moments passés ensemble à Capri ne signifiaient donc rien – rien du tout ?

Je la vis sortir de l'hôtel et regarder alentour. Je ne fis rien pour attirer son attention, ni signe de la main, ni appel. J'attendis qu'elle me voie et vienne dans ma direction, écartant de la main les mèches de cheveux qu'un vent léger faisait voleter sur son front. Ces cheveux que je me revis en train de caresser. Souvenir ô combien vivace et douloureux ! Elle portait une robe jaune que je ne lui connaissais pas. Un cadeau de Roger, peut-être ? Déduction qui me plongea dans le plus profond désespoir.

Elle mit ses lunettes de soleil en arrivant au bas des marches et commença à monter. Le soleil, déjà bas, était certes encore éclatant, mais je savais que les lunettes étaient destinées à protéger moins ses yeux que son cœur. Elle se cachait déjà de moi.

« Eh bien... quelle surprise, dit-elle nerveusement, s'arrêtant quelques marches en dessous de moi.

– N'est-ce pas ?

– Comment m'as-tu trouvée ? » La voix était tendue, les lèvres à peine entrouvertes.

« Et comment as-tu, toi, trouvé Roger ? ripostai-je.

– Ah, ce n'est pas ce que tu crois, Jonathan. Roger et moi...

– Il dort sur le canapé, c'est ça ? Comme le parfait gentleman qu'il est. Comme le crétin qu'il était, à t'entendre. » Je descendis la rejoindre. Elle eut un mouvement de recul. Que croyait-elle donc que j'allais faire – la frapper ? Cela nous aurait peut-être fait du bien à l'un comme à l'autre. Mais cela n'arriverait pas. « Dis-moi de quoi il s'agit, alors, si ce n'est pas ce que je crois, Vivien. Vas-y.

– J'avais besoin de m'évader. Besoin de... m'éclaircir les idées. Roger change de parcours le semestre prochain, et il a choisi histoire de l'art. Je savais qu'il passait l'été en Italie pour se mettre dans le bain. J'étais invitée à le rejoindre si je voulais. Quand j'ai décidé que je ne pouvais pas rentrer à Capri, je...

– Tu t'es jetée dans les bras accueillants de Roger ?

– Non, tu ne comprends pas.

– Non, en effet. Explique-moi.

– Si seulement tu étais venu avec moi, dit-elle d'un ton chargé de regrets sincères. Si seulement tu avais fait ce que je te demandais.

– Tu veux dire que c'est toi et moi qui nous serions retrouvés dans une suite du Hassler, au lieu de toi et Roger ?

– Toi et moi quelque part, en tout cas. Ensemble. Mais ça, tu ne l'as pas voulu.

– Il fallait que je prévienne Francis, Vivien. Je ne pouvais pas laisser Strake commettre le pire.

– Alors, tu l'as bel et bien prévenu ?

– Oui. »

Elle soupira et secoua la tête. « Comme je regrette que tu l'aies fait. Je t'avais demandé – quasiment supplié – de ne pas intervenir. Ne vois-tu pas ce que cela va signifier pour moi, Jonathan ? Si tu m'aimais…

– Mais je t'aime, Vivien. C'est bien le pire.

– Non, c'est faux. Si tu m'aimais vraiment, tu n'aurais pas ouvert la porte à tous les ennuis auxquels je vais être exposée.

– Ça ne t'attirera aucun ennui, je t'assure.

– Bien sûr que si. N'aggrave pas les choses en te montrant obtus à ce point. » La culpabilité et la colère avaient pris le dessus. D'une certaine façon, nous nous sentions également trahis. « Ma famille ne me permettra jamais d'oublier ce que j'ai fait. Pour toi, ce n'est pas grave. Tu peux choisir de ne jamais les revoir. Moi pas.

– Ta famille ne sait rien de ce qui s'est passé.

– Plus pour longtemps. Oncle Francis va…

– Oncle Francis est mort. »

Sa bouche s'ouvrit démesurément, avant de se refermer lentement, sous l'effet de la surprise. Puis, après une longue expiration, elle prit appui sur le parapet pour retrouver son équilibre. « Quoi ?!

– D'une crise cardiaque. Il y a deux jours.

– Après que tu…

– Après lui avoir dit ce qu'il en était pour Strake, oui. Ce qui a sans doute motivé sa décision de le tuer. »

Nouveau silence stupéfait. « Il a tué Strake ?

– Il l'a suivi jusqu'à un hôtel du vieux Naples et l'a abattu. Je l'avais moi-même suivi, et j'ai vu le corps. Strake est mort. Francis n'a pas été soupçonné. Mais l'effort était trop grand, et son cœur a lâché.

– Mon Dieu ! » L'ampleur de la tragédie commençait à se faire jour en elle. Elle ôta ses lunettes noires et me fixa d'un œil hagard. « C'est... C'est horrible.

– Horrible, c'est le mot. On a déclenché quelque chose de terrible, tu ne crois pas, Vivien ? À quoi bon se le cacher.

– Et Luisa ? Elle croit qu'il est arrivé quoi, à ton avis ?

– Je n'en sais rien, au juste. Elle, Paolo et moi gardons chacun nos petits secrets pour nous. Mais elle ne dira rien qui pourrait amener la police à relier Francis à la mort de Strake. Et Paolo non plus. Tu peux en être sûre. Tu n'as donc rien à craindre.

– Qu'est-ce que Strake avait sur le compte de Francis ? »

J'aurais pu le lui dire à ce moment-là. Peut-être même aurais-je dû. Mais je ne pouvais pas lui pardonner de m'avoir laissé tomber et d'avoir accueilli à nouveau l'odieux Roger dans sa vie ; lui pardonner, pour tout dire, de ne pas être celle que j'aurais tant voulu qu'elle soit. « Je l'ignore, répondis-je. Mais c'est pour ça que Francis l'a tué. Il aura refusé de céder au chantage.

– Ma mère est au courant ?

– Oui. J'ai parlé à Greville. Il devrait débarquer incessamment avec ta mère et ta grand-tante. Ils sont peut-être déjà arrivés, pour ce que j'en sais. Tu devrais les rejoindre au plus vite.

– Tu viens avec moi ?

– À ton avis ? »

Elle voulut me prendre la main, mais je la retirai vivement. Un geste instinctif que je ne pouvais pas rattraper et sur lequel elle ne pouvait pas se méprendre. Elle me voulait à nouveau pour allié. Ses yeux, radoucis, étaient presque suppliants. Elle réclamait mon aide. Mais la trouver en compagnie de Roger m'avait obligé à confronter cette faille dans son caractère que je n'avais été que trop heureux d'ignorer quand nous étions amants. Elle avait bien trop d'affection pour son frère mort – et pour leur père décédé – pour me donner assez d'elle-même. Je ne serais jamais au centre de sa vie. Pas plus que Roger d'ailleurs, ni aucun autre homme. Mais cela ne m'était d'aucun secours. Ne résolvait rien.

« Je rentre en Angleterre, Vivien. Et toi, tu retournes à Capri. C'est comme ça.

– On n'est pas obligés.

– Si, on l'est. C'est ici que nos routes se séparent.

– Tu as dit que tu m'aimais.

– Et c'est vrai. Mais tu n'en as jamais fait autant. Et si tu le faisais maintenant, je serais incapable de te croire.

– Je regrette vraiment... pour Roger. Je...

– Tout ça n'a rien à voir avec Roger. Et pas grand-chose non plus avec toi ou moi, d'ailleurs. C'est ta sacrée famille qui est en cause. Des gens, comme tu l'as dit toi-même, que je peux choisir de ne jamais revoir. Et c'est ce que je m'apprête à faire. Au revoir, Vivien. »

Je passai devant elle, descendis précipitamment les marches et tournai aussitôt à droite en arrivant en bas pour rejoindre la station de métro. Je ne vérifiai pas d'un regard par-dessus mon épaule que Vivien m'observait. J'étais tiraillé par le désir d'être avec elle, tout en sachant qu'il me fallait absolument la quitter. Il y aurait eu beaucoup trop à dissimuler si je restais, trop à pardonner et davantage encore à oublier. Non, il fallait que je parte maintenant. Il y allait de mon salut.

Perdu dans l'immense salle d'attente de la gare Termini ce soir-là, avec dans ma poche pour tout viatique une place assise dans le train de nuit à destination de Milan, je soupçonnai que si Vivien devait entrer à cet instant et me demander de reconsidérer ma décision, je le ferais sans hésiter. Je rentrerais à Capri avec elle. J'irais n'importe où avec elle. Et pourquoi pas, alors qu'elle était si belle, que j'étais sans le sou, et que l'ivrogne qui s'était endormi sur la banquette un peu plus loin de moi empestait la saleté et le désespoir ? Le choix n'aurait pas été difficile.

Mais elle ne se montra pas. Le choix autrement difficile que j'avais déjà fait était celui auquel j'étais condamné. Le train arriva. Et je montai à bord.

L'apitoiement sur soi-même et les regrets ne furent pas les seuls sentiments que j'éprouvais le lendemain matin en me réveillant dans l'aube sale qui filtrait à travers la vitre encrassée du wagon. J'avais la nuque raide et mal à la tête. Et je savais qu'il me restait une dernière décision à prendre avant de quitter définitivement l'Italie. La lettre qu'avait écrite Luisa au commandant SS en novembre 1943 était toujours dans mon sac. *Remets-la à Margherita,* avait dit Francis. *Elle a le droit de savoir.* Elle en avait le droit en effet. Je pouvais la lui expédier de façon anonyme et laisser les choses suivre leur cours. Elle reconnaîtrait l'écriture de sa vieille amie. Elle saurait qui était la *patriota* et connaîtrait enfin la vérité. La seule chose qu'elle ignorerait serait l'identité de l'expéditeur. Mais si j'attendais d'être rentré en Angleterre, il y avait des chances pour qu'elle devine que la lettre venait de moi. J'aurais préféré attendre un peu, jusqu'à l'enterrement de Francis, la dispersion de sa famille. Mais je ne pouvais pas me le permettre. Peut-être que la poste italienne, bien connue pour sa lenteur, se chargerait du délai à ma place.

J'achetai un timbre et une enveloppe dans une *tabaccheria* à la gare centrale de Milan, rédigeai soigneusement l'adresse en lettres capitales, cachetai l'enveloppe et me mis en quête d'une boîte. Je restai alors cinq bonnes minutes à contempler la lettre, que je glissai finalement dans la boîte, exaspéré par ma pusillanimité.

C'était fait. Elle était en partance. Tout comme moi.

21

La médiocrité de la vie sans lustre de St Austell me plongea, comme c'était prévisible, dans un état semi-dépressif. Le monde qui m'entourait était privé de couleurs et d'attraits. Je crois que mes parents ne furent pas loin de me croire sous l'emprise d'hallucinogènes. Il était aussi inutile qu'il aurait été imprudent de leur dire la vérité sur les événements que je venais de vivre. La nouvelle de la mort de Francis Wren était parvenue jusqu'à sa ville natale, mais ni mes parents ni personne d'autre – pas même Pete Newlove et sa passion pour les complots – ne soupçonnèrent qu'elle pouvait être entachée de quoi que ce soit de sinistre.

Je recherchai la compagnie de quelques camarades de classe que je n'avais pas beaucoup revus depuis le lycée, bus tant et plus que je me rendis malade lors de deux ou trois soirées et qu'une fois je me fis lamentablement vider d'une boîte du Lido Club. Pas joli à voir.

Je me repris jusqu'à un certain point quand je démarrai mon boulot d'été à Cornish China Clays. J'avais veillé très tard la veille, les idées claires pour une fois, à regarder *Apollo XI* atterrir sur la Lune. L'émerveillement généré par l'événement me sortit de mon marasme. Il m'enthousiasma, juste au moment où je m'étais persuadé que rien n'y parviendrait plus jamais.

Mon premier jour à CCC fut aussi celui qui suivit le retour de Capri de Greville Lashley. Il me contacta sans tarder et m'invita à déjeuner le mercredi suivant au White Hart. « Il y a des tas de choses dont il faut qu'on parle », m'annonça-t-il d'un ton qui n'augurait rien de bon.

D'après Pete, le siège de Lashley au conseil de CCC ainsi que ses fonctions de directeur du service logistique ne signifiaient pas pour autant qu'il avait devant lui de longs jours tranquilles au sein de l'organisation. « Tôt ou tard, ils s'en débarrasseront en douceur. Tu verras ce que je te dis. » Je ne pouvais pas savoir s'il avait tort ou raison, et, pour tout dire, je m'en moquais. Je ne voyais pas en quoi les intrigues internes de l'entreprise pouvaient me concerner.

Je me gardai bien de dire à Pete, et encore plus à tout autre employé de la boîte, que j'avais passé quelques jours à Capri avec Vivien. Cela n'aurait pas manqué de soulever un tas de questions auxquelles j'aurais eu du mal à répondre. Et, de toute façon, l'essentiel du personnel ne se préoccupait guère des problèmes de la famille Wren. Walter Wren & Co. était désormais de l'histoire ancienne. Mais pas de celle qui risquait d'intéresser les gens.

Pete prétendait connaître la somme exacte déboursée par CCC pour le rachat de la compagnie : quatre cent soixante-quinze mille livres. Il n'arrivait pas à comprendre pourquoi Lashley continuait à travailler après avoir reçu la plus grosse part du butin. Et moi pas davantage. Et je ne m'attendais pas à le découvrir au cours du déjeuner au White Hart. Pour tout dire, je ne savais pas trop à quoi m'attendre lors de cette rencontre. Un simple remerciement pour avoir réussi à retrouver Vivien à Rome était tout ce que je pouvais espérer.

Lashley ne faisait guère dans la simplicité, je le savais, et j'eus l'occasion de m'en rendre compte à nouveau avant même ma première gorgée de gin tonic. « L'enterrement de Francis s'est déroulé aussi bien qu'on pouvait l'espérer. Et d'autant mieux que tu n'étais pas là, Jonathan, force m'est de le reconnaître. Tu as fait preuve d'un admirable bon sens en ne revenant pas à Capri. Une tête bien faite sur de jeunes épaules. C'est là un atout de taille. Que je ne manquerai pas de prendre en compte. De la discrétion et un jugement sûr, c'est ce que je recherche chez les gens. Et c'est ce que je trouve en toi.

– C'est très flatteur de votre part, monsieur.

– Pas du tout. La flatterie est une perte de temps. Je n'ai pas besoin de flatter ton ego. Tu es assez grand pour le faire toi-même. À ta santé. » Il leva son verre et but. Je suivis son exemple. « Huit jours à la villa Orchis m'auront laissé beaucoup de questions sur lesquelles me pencher, sans parler de la nouvelle qui m'a accueilli à mon retour ici. Mais nous y reviendrons dans un moment », dit-il avec un sourire. Quelle nouvelle ? me demandai-je. « Je n'ai pas l'intention de mettre mon nez dans la relation que tu entretiens avec ma belle-fille. Ça ne me regarde pas. D'après ce que j'ai compris, le dénommé Normington, qui avait disparu du paysage, vient de refaire surface, et ce pour ton plus grand regret, j'imagine.

– Eh bien, je...

– Tu le prends plutôt bien, je dois dire. Mieux que ne le feraient la plupart. L'homme a les faveurs de Muriel. Si j'en parle, c'est uniquement pour que tu sois au courant. Mon épouse est un tantinet snob, inutile de le nier. Les titres l'impressionnent.

– Les titres ?

– Oui, les titres de noblesse. N'oublie pas que nous avons affaire à l'*honorable* Roger Normington. Fils et héritier du vicomte Horncastle. Un jour, il sera propriétaire de la moitié du Lincolnshire. Ou d'un quart... bref, d'une partie du comté. Un sacré paquet d'hectares, en tout cas. Tu l'as rencontré, si j'ai bien compris ?

– Oui, dis-je en déglutissant péniblement. En effet.

– Bon, assez sur le sujet. Et même plus qu'assez. Revenons à ce pauvre Francis. Les pleurs et les lamentations s'expliquent, même si d'après ce que j'ai cru comprendre il était sous surveillance depuis des années à cause de son cœur, et que par suite l'événement n'avait rien de vraiment surprenant. J'ai toutefois la désagréable impression qu'on ne nous a pas tout dit. Que faisait Francis ce jour-là à Naples ? J'ai posé la question, mais personne n'a été capable d'y répondre. En fait, elle a semblé mettre tout le monde mal à l'aise. Verdelli, le premier.

– Qui ça ?

– Paolo Verdelli. Le majordome, chauffeur, factotum et Dieu sait quoi d'autre encore. » Je me rendis compte à ma grande surprise que j'entendais le nom de famille de Paolo pour la première fois. « À peu près aussi causant qu'une huître, le bonhomme. Il ne m'a pas plu, c'est le moins qu'on puisse dire, et, manifestement, c'était réciproque. Qu'est-ce que tu en as pensé, toi ?

– Je… je n'ai guère eu de contacts avec lui.

– Très sage de ta part. M'est avis qu'il est un peu trop proche de Luisa, si tu vois ce que je veux dire. Mais c'est son affaire à elle, dans tous les sens du terme. » Il fit une pause le temps d'allumer une cigarette et m'en offrit une, que j'acceptai. Puis il poursuivit. « Alors, est-ce que tu serais en mesure, toi, de m'éclairer sur l'expédition de Francis à Naples, Jonathan ?

– Euh… non.

– Mais tu savais qu'il y était allé ?

– Non. Pas vraiment. Je…, commençai-je, essayant de rassembler mes moyens au plus vite. Je suis sorti tôt ce jour-là.

– Ah oui ?

– Très tôt. Quand je suis rentré, il était déjà à l'hôpital, et Luisa était partie le rejoindre.

– Tu ne penses quand même pas que Francis avait une maîtresse bien cachée à Naples ?

– Je suppose qu'il aurait pu, mais je ne saurais vraiment dire. J'en doute, malgré tout.

– Moi aussi. Ce qui est sûr, c'est qu'il n'avait rendez-vous ni avec son cardiologue, ni avec son notaire. Ni même avec son dentiste, dit Lashley avec un sourire. J'ai vérifié auprès des trois intéressés.

– Vraiment ?

– C'est toujours bon de vérifier. De tout vérifier. C'est le meilleur moyen d'éviter les surprises désagréables. Du moins, la plupart d'entre elles. Mais pas toutes, malheureusement. Ce qui m'amène à quelqu'un dont toi et moi avons déjà discuté par le passé : Gordon Strake.

– Strake ? » Là, il fallait absolument que je joue les imbéciles. J'avais espéré que Lashley n'aurait pas entendu parler du meurtre de Strake. Personne d'autre que moi à St Austell n'était au courant. (Enfin... disons que Pete Newlove n'en savait rien, ce qui était bon signe.) « Vous avez appris quelque chose sur lui ?

– Tu n'as rien entendu dire ? » Il y avait quelque chose de presque provocateur dans la manière dont Lashley inclinait la tête sur le côté et dans son grand sourire tandis qu'il m'observait derrière le voile de fumée de sa cigarette. « Strake est mort, Jonathan.

– Non ?

– Aussi mort qu'on peut l'être. Assassiné, en fait. Abattu dans un hôtel de Naples. C'est arrivé précisément le jour où Francis a eu sa crise cardiaque. Sacrée coïncidence, non ? »

Je fronçai les sourcils, espérant me donner un air aussi perplexe que stupéfait. « C'est... incroyable.

– N'est-ce pas ? La police de Naples ne semble pas avoir fait de rapprochement entre les deux événements. Aucune raison pour qu'elle le fasse, *a priori*. Mais, naturellement, elle a informé le consulat britannique, lequel a contacté les proches de Strake, en l'occurrence, une sœur qui vit à Plymouth. Il habitait chez elle ces derniers mois, apparemment. Il y avait une lettre d'elle qui m'attendait sur mon bureau quand je suis rentré. Elle s'est dit qu'elle devait m'informer de la mort de son frère, ne serait-ce qu'en raison de la pension de retraite qu'il aurait dû percevoir de Wren une fois atteints ses soixante-cinq ans. J'ai eu par ailleurs l'impression à la lire qu'elle n'était pas autrement surprise que quelqu'un ait assassiné son frère. Moi non plus, d'ailleurs. Il était louche, ce type. Ce qui m'a surpris, en revanche, comme toi, j'imagine, c'est le lieu et le moment de son assassinat.

– Absolument.

– Ou pas.

– Pardon ?

– Il m'est venu à l'idée, vois-tu, que tu étais peut-être au courant de la présence de Strake à Naples et du fait qu'il était en relation avec Francis – son ancien commandant, je crois – au cours des jours qui ont mené à leurs morts... concomitantes, pour ne pas dire plus.

– Moi ? Non, je...

– N'en dis pas davantage, veux-tu, dit Lashley, dont le sourire s'élargit encore. Tu n'as pas à confirmer ni à infirmer quoi que ce soit, Jonathan. Tout ce qui a transpiré de cette histoire n'a eu aucune séquelle fâcheuse, je suis heureux de le dire. N'a provoqué aucun scandale. Plus important encore, Vivien ne s'est pas retrouvée impliquée dans une enquête policière. Et Francis peut reposer en paix. Maintenant, comment l'affaire a pu être menée à son terme, et bien menée, je l'ignore. Mais je suis impressionné par le résultat. Vraiment impressionné.

– Je ne suis pas sûr de comprendre, monsieur.

– Non ? Bof, ça n'a pas grande importance. À propos, je n'ai rien dit à Vivien pour Strake. Inutile de la perturber avec cette affaire. Tu as eu des nouvelles d'elle depuis que tu as quitté Rome ?

– Non, dis-je en secouant la tête.

– Elle y est retournée, au cas où tu voudrais savoir. J'ignore combien de temps elle a l'intention d'y rester. Mais je doute qu'on la voie beaucoup par ici cet été.

– Dommage.

– N'est-ce pas ? » L'expression satisfaite de Lashley laissait plutôt entendre le contraire. Peut-être trouvait-il la vie à Nanstrassoe plus harmonieuse sans elle. Son point de vue et le mien étaient aux antipodes l'un de l'autre, malgré ses dires. « Il nous faut garder le moral pendant son absence, Jonathan. Une bouteille de vin pour accompagner notre repas devrait nous y aider. Où est donc passée cette serveuse ? »

J'aurais dû pouvoir apprécier la suite du déjeuner. La nourriture était bonne, le vin, le meilleur qu'avait à offrir le White Hart. Mais j'étais accablé par les doutes, les regrets et les dilemmes, dont je me tenais en grande partie pour responsable. L'absence de

Vivien me causait une douleur lancinante. Je ne pouvais évaluer la part de vérité que Lashley avait découverte, déduite ou simplement devinée. J'étais obsédé par l'idée absurde que Francis était toujours vivant, que Vivien et moi étions toujours amants et que le soleil de la Méditerranée brillait toujours sur nous tous.

Mais non. Le ciel de Cornouailles était plus souvent gris que bleu. Francis était bel et bien mort. J'avais perdu Vivien. Et le seul membre du clan Wren à vouloir encore me compter parmi ses fréquentations était Greville Lashley. Avant la fin du repas, il me pressa d'envisager sérieusement une carrière dans l'industrie du kaolin et proposa de me faciliter les choses. « CCC n'est qu'un début, Jonathan. J'ai des projets. De grands projets. Tu peux y être associé. C'est une occasion en or, et tu devrais la saisir. Je t'assure. »

Sur le moment, c'est à peine si je l'écoutai. Mais, bizarrement, au fil des ans, le son de sa voix ce jour-là s'est imposé dans ma mémoire. Je n'avais aucune raison de penser alors qu'une si grande partie de mon avenir était contenue dans ses paroles. Et pourtant...

Je savais que ce ne serait ni facile ni rapide de me remettre de ma rupture avec Vivien. Et la tâche me prit en effet le reste de l'année. Je dus commencer par accepter l'idée qu'aucun retour à la situation antérieure n'était possible. Penser à elle en compagnie de l'Honorable Roger Normington ne contribuait pas à m'aider, bien entendu. Pas plus que l'habitude que j'avais prise de la comparer aux autres filles que je rencontrais (toujours à son avantage évidemment). Mes colocataires de Walsworth se fatiguèrent bientôt de mes amours malheureuses et s'efforcèrent de les chasser à coup de sarcasmes et de moqueries. Avec un succès mitigé.

Une désastreuse expédition à Cambridge un samedi de la fin novembre eut finalement raison de l'envoûtement dont j'étais victime. Je partis avec en tête l'idée absurde d'aller rendre visite à

Vivien à Girton et de voir son visage surpris, transfiguré soudain par la joie, quand elle viendrait m'ouvrir sa porte. Le projet resta à l'état de fantasme. Je décidai de puiser un peu de courage dans l'alcool en faisant un détour par un pub du centre-ville, mais finis par en puiser une telle dose que j'arrivai devant sa porte presque trop ivre – mais pas tout à fait assez – pour prendre conscience de ce qu'une rencontre avec elle dans de telles conditions serait catastrophique.

Je n'allai pas plus loin que la loge du gardien. Je ne sus jamais si, comme on me l'annonça à mon arrivée, Mlle Foster était effectivement partie pour le week-end. Peut-être le bobard était-il destiné à me rendre service à moi, aussi bien qu'à elle.

En revenant à la gare, je passai devant le musée Fitzwilliam et vis entrer une fille que, sur le moment, je pris pour Vivien. Ce n'était pas elle, bien entendu, ce qui était heureux vu mon état. Sans doute était-elle bel et bien partie pour le week-end. Qui plus est dans le Lincolnshire. Siège du manoir ancestral du vicomte Horncastle.

Je me trompai de rue après avoir laissé le musée derrière moi et me retrouvai en train d'errer le long d'un chemin longeant la Cam, au sud du centre-ville. Le soir venait, et il soufflait un vent glacial. La pluie qui se mit à tomber se transforma bientôt en neige fondue. Je ne me souvenais pas avoir été aussi frigorifié ni aussi malheureux de ma vie.

Je parvins enfin à la gare après un gigantesque détour. En attendant l'arrivée du train pour Londres, le temps de deux cafés et de plusieurs cigarettes, j'arrivai à la conclusion que trop c'était trop. M'acharner à poursuivre un objet que j'avais auparavant dédaigné était aussi déraisonnable que pitoyable, et je devais à tout prix y mettre un terme. Prendre un nouveau départ.

Ce qui n'impliquait pas de tout oublier, bien sûr. D'autres problèmes, en dehors de mes sentiments pour Vivien, restaient sans solution. Il m'était tout aussi impossible de ne pas m'interroger sur la réaction de la comtesse Covelli à la réception de la lettre que je lui avais envoyée que sur l'identité de la personne qui avait payé Strake pour suivre Oliver, ou même sur celle de l'homme qui avait demandé à me voir le jour où j'avais quitté Capri l'été dernier. Ces mystères, je finis par accepter l'idée que j'allais devoir vivre avec, sans jamais obtenir de réponse.

2010

22

C'était la première fois, en fait, que je séjournais au White Hart. Le lendemain de mon arrivée à St Austell, je regardai de la fenêtre de ma chambre les matinaux se hâter le long de Church Street ; puis mes yeux se portèrent, à travers les arbres, sur la tour de l'église de la Sainte-Trinité. Les années passées depuis l'enterrement d'Oliver Foster semblèrent s'évanouir en un instant. Comment plus de quatre décennies avaient-elles pu s'écouler depuis ? C'était purement et simplement impossible. Comment un temps aussi long pouvait-il paraître aussi court ?

C'est pourtant l'impression que j'avais, alors que je faisais ma première visite à St Austell depuis que ma mère était allée vivre avec ma tante à Lytham, environ un an après la mort de mon père. Quelqu'un d'autre à cette heure grandissait dans la maison qui m'avait vu grandir. Les anciens bâtiments de Wren & Co. à East Hill avaient été rasés et remplacés par un supermarché. Nanstrassoe House avait également disparu, cédant la place à un cul-de-sac de résidences haut de gamme pompeusement baptisé Nanstrassoe Close. Jusqu'au General Wolfe qui, comme j'avais pu le constater la veille, à mon grand désarroi, avait fermé. Plus rien n'était comme dans mon souvenir. Et pourtant mes souvenirs étaient plus vrais que la scène que j'avais sous les yeux ce matin-là. Le passage du temps et les changements opérés faisaient de moi un étranger en ces lieux.

Mon ancienne école et l'immeuble des années 1960 abritant les bureaux de CCC se dressaient toujours sur la colline surplombant la ville, cependant. Seules les désignations avaient changé. Le lycée avait été inclus depuis longtemps dans un établissement appelé Poltair Comprehensive, et CCC s'était donné le nom prestigieux d'Intercontinental Kaolins (Cornwall). Mais les jours de la compagnie étaient comptés, d'après ce que j'avais cru comprendre au cours de ma brève escale à Augusta. La production déclinant en Cornouailles, Intercontinental Kaolins allait devoir procéder à une réduction d'effectifs. On recherchait déjà des locaux plus petits.

Il m'apparut en effet que les bureaux de Tregonissey Road étaient bien trop grands pour l'utilité qu'on en avait. Le parking était loin d'être plein quand j'arrivai pour mon rendez-vous de 10 heures avec Pete Newlove, et une aile entière du bâtiment semblait inoccupée. Le temps qu'il faisait apportait toutefois une note de nostalgie : une petite bruine tenace tombait d'un ciel gris anthracite. Le genre de pluie que je n'avais jamais eu l'occasion de voir durant toutes les années de mon absence.

L'employé aux écritures plutôt mince, aux cheveux longs et à la moustache tombante, que j'avais connu chez Wren & Co. durant l'été 1968 était à présent un homme d'une soixantaine d'années, bedonnant et quasi chauve, que son poste de directeur des ressources humaines (pour le site de St Austell) autorisait à occuper un bureau spacieux surplombant la ville, doté d'un ameublement confortable et d'un fauteuil en cuir pivotant à haut dossier qui couinait au moindre de ses mouvements comme une souris prise au piège.

« Ça fait un bail, Jon. » Telles furent ses premières paroles – prévisibles à défaut d'être précises. Quinze ans voire plus que nous ne nous étions pas vus. « Alors, toujours à la mine ?

– Je vois le bout, Pete. C'est bientôt la quille.

– Ah oui ? À ta place, j'en serais moins sûr. Souviens-toi qu'un jour t'as perdu cinq livres en pariant que tu ne travaillerais jamais chez CCC après la fac. J'ai l'impression que t'arrives pas à lâcher.

– Tu te trompes, je t'assure.

– Si tu le dis, concéda-t-il en souriant.

– Et toi, qu'est-ce que tu as comme excuse pour traîner encore ici ?

– Ils continuent à me payer, Jon. C'est aussi simple que ça. Mais je devrais peut-être plutôt dire : *tu* continues à me payer, vu ta proximité aujourd'hui avec les pouvoirs décisionnaires.

– La seule chose dont je suis proche, c'est la retraite, pas le pouvoir. J'ai donné mon préavis. Cette petite opération de limitation des dommages est ma dernière mission.

– Vraiment ? Désolé de l'entendre.

– Pourquoi ? Ça nous arrive à tous un jour ou l'autre.

– Je ne voulais pas dire que j'étais désolé que tu prennes ta retraite, mais c'est dommage que tu partes sur une fausse note. "Limitation des dommages", c'est comme ça que tu l'appelles ? Moi, je dirais plutôt "breuvage empoisonné".

– C'est censé vouloir dire quoi, ça ?

– Tu vois pas ? Oh, à propos, avant que j'oublie… » Il farfouilla dans un tiroir d'où il sortit une clé de voiture pourvue d'une petite pochette aux armes d'IK et la fit glisser vers moi sur le bureau. « Le secrétaire particulier de Beaumont a pensé qu'on devait t'allouer un véhicule. Le Freelander garé près de l'entrée principale est à ta disposition le temps qu'il faudra.

– Merci.

– Y a pas de quoi. »

J'empochai la clé, me demandant si j'allais devoir encore patienter longtemps avant qu'il développe son histoire de breuvage empoisonné. Il enroula un élastique autour de son doigt, le déroula, puis contempla un moment par la fenêtre la grisaille de St Austell. Finalement, et à ma grande surprise, il sortit un paquet de cigarettes de sa poche dont il fit sauter le rabat, avant de me le présenter.

« Ça te dit ?

– Non, dis-je en secouant la tête. J'ai arrêté.

– Naturellement, dit-il avec un soupir.

– Et puis j'ai bien dû passer devant une dizaine d'écriteaux "INTERDIT DE FUMER" en venant jusqu'ici.

– Ouais, je sais. » Il mit la cigarette de côté, apparemment heureux d'avoir prouvé quelque chose, mais quoi ? « Le pire c'est que je m'y plie. C'en est pitoyable. La perspective de la retraite est un vrai tyran.

– Tu pourrais commencer à la toucher dès maintenant.

– C'est vrai. Mais pour vivre avec, faudrait que je réduise la consommation d'alcool, les clopes et les canassons. J'en ai pas trop envie, vois-tu.

– Faudra bien que tu y viennes, à un moment ou à un autre.

– Ouais. Tout comme y faudra qu'on en vienne au fait à moment ou à un autre, pas vrai ? Alors, allons-y. La professeure Fay Whitworth. Tu l'as rencontrée ?

– J'ai déjeuné avec elle hier à Bristol.

– Bien. J'ai pas besoin de te rencarder, alors. Je suis sûr qu'elle s'en est chargée. Bien, cette femme. Et je veux pas dire par là qu'elle est juste intelligente. J'ai cru que c'était mon jour de chance quand elle s'est pointée ici, si tu veux savoir. Une femme intelligente, séduisante, célibataire, en manque de compagnie et de... distractions nocturnes. Me regarde pas comme ça. On peut toujours rêver, non ? Bref, le rêve s'est transformé en cauchemar. Des dossiers manquants. Tu y crois à ça, toi ? Des foutus dossiers vieux de cinquante ans. Qui pourrait s'intéresser à ça, bon Dieu ?

– La professeure Whitworth, apparemment. Et par conséquent, les gens pour qui nous travaillons, toi et moi.

– OK, OK, dit-il en levant les mains. Message reçu. Y a pas à chercher d'excuses. Quelqu'un a opéré des prélèvements dans les archives de Wren & Co., et c'est ma faute.

– Ce n'est pas ce que j'ai dit.

– Non, pas encore. Mais quand tu feras ton rapport à Beaumont, tu vas lui dire quoi ?

– Ça dépend de ce que je trouverai pendant mon séjour ici.

– Que dalle. Voilà ce que tu vas trouver. Quelqu'un aurait pu faire une descente dans ces archives à n'importe quel moment depuis les années 1960. Peut-être même pendant ces années. Tu te rappelles Oliver Foster ? C'était peut-être ça qui motivait ses visites dans le sous-sol d'East Hill.

– Je ne crois pas, non. Tous les documents de la firme Wren & Co. ont dû être vérifiés et collationnés quand ils ont été déménagés ici, après le rachat en 1968. Le vol a forcément eu lieu depuis.

– Ce qui ne nous laisse jamais que quarante-deux ans pour nous aiguiser l'appétit. Je parie que personne n'est jamais allé consulter cette paperasse pendant tout ce temps. Pour quelle raison on l'aurait fait ?

– Et pourtant quelqu'un l'a fait, Pete. C'est indéniable et c'est bien là le problème. Et tu viens juste de poser la bonne question, *pourquoi* ?

– Tu peux me fouiller.

– Oh, je suis sûr qu'on n'en arrivera pas là.

– Très drôle, dit-il en riant.

– Je devrais sans doute commencer par aller jeter un œil à ces archives dans leur état actuel.

– Ça t'apportera rien.

– Quand même…

– OK. » Il s'extirpa de son fauteuil. « Descendons dans le cachot souterrain. Tu pourras les inspecter tout ton soûl. »

Le sous-sol était une vaste caverne de béton éclairée au néon, vibrante du ronronnement de la chaudière. Il avait été équipé de cages que l'on pouvait fermer à clé et qui abritaient différentes sections des archives de la compagnie, en même temps que du mobilier de bureau hors d'usage et toutes sortes de vieilleries dont on aurait dû se débarrasser depuis longtemps, ce qui n'aurait pas manqué si les dimensions du sous-sol n'avaient pas été de nature à permettre de les entasser aussi facilement hors de vue.

Il y avait là pêle-mêle de vieilles machines à écrire, des armoires de rangement rouillées, des chaises au dossier cassé, des tables bancales, des tas de cartes et de catalogues, et des empilements vertigineux de papiers.

« Il doit bien y avoir quelque part deux ou trois membres du personnel fossilisés, plaisanta Pete, tandis qu'il me précédait le long du passage ménagé entre les cages. "Archivez et oubliez" devrait être la devise de la compagnie. Ça donnerait quoi en latin ? »

Il continua dans la même veine jusqu'à ce que nous atteignions notre destination : la cage réservée à la firme Wren & Co. Les archives qu'avait consultées Fay Whitworth se trouvaient sur des rayonnages en métal ouverts, et, comme elle l'avait précisé, elles étaient toutes soigneusement étiquetées. Il y en avait quelques-unes sur une petite table à côté des rayonnages, en même temps que des registres de procès-verbaux de séances reliés en cuir, le tout en désordre comme si Fay était simplement sortie se chercher un café avant de reprendre ses recherches. Mais ces recherches, bien sûr, elle ne les reprendrait pas, à moins que je découvre ce qu'étaient devenus les dossiers manquants.

Pete ouvrit le cadenas du compartiment pour nous permettre de pénétrer à l'intérieur. Je sortis une boîte datée du milieu des années 1960, la posai en équilibre sur la petite pile de registres et regardai à l'intérieur. J'y trouvai exactement ce que Fay avait décrit. Deux ou trois documents authentiques, puis plus rien en dehors de feuilles de papier vierges. J'en sortis deux autres, sous le regard amusé de Pete, sans plus de résultat. Des douze dernières années de l'existence indépendante de Wren & Co., presque tout avait disparu. On pouvait consulter là, si on voulait, les procès-verbaux de conseils d'administration datant d'avant la Première Guerre mondiale ; mais s'agissant de la fin des années 1950 et de la totalité des années 1960, c'était une autre chanson – une chanson sans paroles.

« C'est à n'y pas croire, non ? dit Pete, agitant la clé du cadenas dans sa main. Proprement renversant.

– La cage a toujours été tenue fermée ? demandai-je avec un soupir.

– Non. J'y veille seulement depuis la visite du docteur Whitworth. Je sais, je sais, toujours veiller à garder la porte de l'étable fermée. Mais bon, c'est fait.

– Donc, à peu près n'importe qui aurait pu s'introduire ici, et n'importe quand ?

– Pratiquement, oui. Et même pas nécessairement un membre du personnel. Il aurait été facile à quelqu'un connaissant la configuration des lieux de se glisser en douce là en bas depuis la réception. Quelqu'un, évidemment, avec une idée précise de ce qu'il cherchait.

– Ce papier qui a été utilisé pour remplacer les vrais documents, c'est bien le genre très mince qui servait aux copies carbone ?

– Absolument. Mais si tu penses que ça pourrait être une preuve que le coup a été fait avant que les machines à écrire soient remplacées par les PC, tu peux chercher ailleurs. Il y a une palette complète de ce genre de papier dans une des cages un peu plus loin.

– Qui, bien entendu, n'est pas cadenassée.

– Bien entendu.

– Nom de Dieu !

– C'est de mieux en mieux, pas vrai ? dit Pete avec un grand sourire.

– T'as une idée, toi ?

– Moi ? Je suis pas payé pour ça, Jon. Et tu le sais.

– Tu l'étais encore moins, quand toi et moi on travaillait chez Wren. Ça ne t'empêchait pas d'en avoir, des idées.

– C'est vrai.

– Et donc ?

– Ben...

– Quoi ?

– Je n'ai aucune idée, honnêtement. Ça me dépasse, cette histoire. Mais... si j'ai pas d'idée, j'ai quand même un indice, dit-il, son sourire soudain malicieux. Je... j'ai trouvé quelque chose.

– Trouvé quoi ? Où ça ?

– Je suis descendu ici après que la professeure Whitworth a piqué sa crise et j'ai vu exactement ce que tu viens de voir. Quand elle a constaté que je pouvais rien faire pour elle, elle est repartie pour Bristol comme une furie. Et puis Beaumont m'a bombardé d'e-mails. Il m'a même téléphoné une fois pour me remonter les bretelles. Mais ça ne les a pas plus avancés l'un que l'autre.

– Où est l'indice dans tout ça, Pete ?

– Il arrive, t'inquiète. La dernière fois que je suis descendu ici, j'ai fait tomber ma clé pendant que je vérifiais l'état du cadenas. Quand je me suis baissé pour la ramasser, j'ai remarqué quelque chose par terre sous les rayonnages. Une seule feuille de papier. Une note de service, en l'occurrence, adressée par George Wren à Greville Lashley et datée de fin 1959. Comment cette feuille a pu atterrir là, à ton avis ?

– Tu as une théorie là-dessus.

– Je dirais qu'elle a glissé derrière le rayon pendant que notre mystérieux cambrioleur était occupé à vider les boîtes.

– Ce qui prouve quoi ?

– Rien. À moins que le document ait été un de ceux qui intéressaient particulièrement notre type.

– Tu as des raisons de le croire ?

– Peut-être.

– Que disait cette note de service ?

– J'ai bien cru que t'allais jamais le demander. Juge par toi-même. Je l'ai remise à la place qu'elle occupait au départ. » Il attira vers lui la boîte étiquetée 1959-1960, la posa sur la table et ôta le couvercle. « Nous y voilà », dit-il, en retirant les quelques documents qui se trouvaient sur le dessus avant de se reculer pour me laisser voir.

26 novembre 1959

À M. Lashley,

Veuillez me faire connaître dans les meilleurs délais les conclusions auxquelles vous êtes arrivé quant à la suite à donner à l'affaire du contrat Trudgeon au vu des problèmes soulevés par votre examen de la correspondance de M. Foster.

G. Wren

À première vue, la note n'avait de remarquable que sa totale impersonnalité. En novembre 1959, Kenneth Foster était mort depuis quatre mois. George Wren avait vraisemblablement demandé à Lashley de conclure diverses affaires dont s'était occupé Foster et voulait savoir ce qu'il avait fait à propos de l'une d'entre elles. Rien là de bien extraordinaire. « Ce document est censé prouver quelque chose, Pete ?

– À toi de le dire, dit Pete en haussant les épaules.

– C'est juste une note de service. George Wren a dû en envoyer des centaines de ce genre en son temps, sinon des milliers.

– Exact. Mais ce que cherchait notre voleur devait ressembler à ça, non ? Autrement dit, quelque chose à l'air insignifiant.

– Peut-être. Mais d'après toi, on fait comment pour distinguer l'*apparemment* de l'*authentiquement* insignifiant ?

– Ça, c'est ton problème, Jon. J'essaie juste de... te donner un coup de main. Je me suis dit que notre voleur avait pu séparer les trucs qui l'intéressaient vraiment du reste de la boîte pendant qu'il fouillait dedans. C'est comme ça que la feuille qu'on a là aurait pu glisser derrière le rayon. Il n'y aurait rien eu pour l'empêcher de tomber jusqu'au sol, pas vrai ? Exactement là où je l'ai trouvée. »

Je jetai un coup d'œil aux rayonnages. Ils n'avaient pas de fond et n'étaient pas fixés au mur. Les choses avaient pu se passer comme le suggérait Pete. Mais ce n'était qu'une supposition. « Tu sais quelque chose de ce contrat Trudgeon ? demandai-je avec quelque espoir.

– Pas vraiment. Wilf Trudgeon était un transporteur dont l'entreprise se trouvait à Charlestown. Tu dois te souvenir de ses camions.

– Je ne crois pas, non.

– Ah bon ? Ça devait être avant ton temps, alors. Il s'occupait du gros des transports entre les séchoirs et les docks. Wren a fini par racheter l'entreprise. C'était la seule façon pour nous de nous procurer une licence A au nom de Wren & Co.

– Une quoi ?

– Une licence A. Il en fallait une pour avoir une entreprise de transport à l'époque. Ça valait de l'or. J'étais en classe avec le fils de Wilf Trudgeon. Dick Trudgeon, un grand type, un vrai colosse. Il est entré dans la police par la suite. Dick Truncheon[1], on l'appelait. Je me demande ce qu'il est devenu. À la retraite, je suppose. Comme on devrait l'être, nous aussi. Comme tu vas pas tarder à l'être.

– Un contrat de transport datant d'un demi-siècle ? Je ne saisis pas, Pete. Pour qui ça pourrait bien avoir de l'importance, tu veux me dire ?

– Difficile à croire, pas vrai ?

– Tu en as parlé à quelqu'un d'autre ?

– Non, à personne. C'est pas grand-chose, de toute façon. Comme tu l'as dit toi-même, c'est… insignifiant.

– Je ferais tout de même bien de faire une photocopie de la note.

– J'en ai déjà une qui t'attend à l'étage. T'en as vu assez ?

– Plus qu'assez.

– Alors allons-y. »

Nous prîmes le chemin de la sortie après que Pete eut cadenassé la cage.

« Il y a deux choses qu'il faut que je te dise, Jon, dit Pete, une fois au bas de l'escalier.

– Ah bon ?

– On pourrait en parler dehors avant de retourner à mon bureau. Je sais pas, toi, mais moi j'ai bien besoin d'un peu d'air frais. »

1. Le mot anglais *truncheon* signifie « matraque ».

Ce n'était pas d'air frais qu'avait d'abord besoin Pete, comme je le constatai quand il s'empressa, à peine sorti, d'allumer une cigarette. Nous nous abritâmes de la pluie sous le passage couvert qui reliait le bâtiment principal au laboratoire, où il se mit à tirer comme un forcené sur sa cigarette avant de s'expliquer.

« La première chose qu'il faut que tu saches, c'est qu'Adam Lashley est en ville. »

Il était déjà passablement ennuyeux qu'Adam ait appelé Fay Whitworth de Londres, mais sa présence à St Austell était franchement alarmante. « Vraiment ?

– J'en ai peur, oui. Quand son père a vendu Nanstrassoe House, il s'est acheté une maison à Carlyon Bay, à mi-chemin à peu près sur Sea Road. Une baraque énorme, comme on pouvait s'y attendre, qu'il a appelée Wavecrest. Vide la plupart du temps, bien sûr, quand il est en Thaïlande. Mais là il est rentré. Une femme du département marketing qui promène son chien sur le chemin côtier pas loin l'a vu dans sa Lotus hier matin. Sacrée coïncidence, non ? Débarquer comme ça tous les deux la même semaine.

– Je doute que ce soit une coïncidence.

– Moi aussi.

– Fay Whitworth a dit qu'il l'avait contactée récemment. Il semble qu'il ait insisté pour qu'elle cesse de faire toutes ces histoires à propos des dossiers manquants.

– Dommage qu'elle n'ait pas suivi son conseil.

– Je me demande ce qu'il manigance.

– Personne ne semble le savoir. Mais j'espère qu'il n'a pas l'intention de se pointer ici pour jouer les gros bras. Évidemment, il aurait pu venir pour... euh... » Pete hésita avant de tirer nerveusement une bouffée ou deux.

« Pour quoi ?

– Eh ben, c'est la deuxième nouvelle que j'avais pour toi, Jon. Il se pourrait qu'il soit ici pour voir... sa demi-sœur.

– Vivien est elle aussi à St Austell ?

– Ouais. Le bruit court qu'elle en a beaucoup bavé ces dernières années. En fait, pas seulement ces dernières années, à mon avis. Quand on perd un fils et un mari comme elle l'a fait..., poursuivit-il avec un haussement d'épaules, ... ça laisse forcément des traces. »

Je ne dis rien, incapable de répondre que j'étais. Les malheurs des Normington avaient été amplement commentés dans la presse à scandale, qui avait pris la famille pour exemple du déclin d'une aristocratie ravagée par les drogues dures et les excès d'une vie de sybarite. Les faits étaient connus de tous. Je n'en savais pas plus.

« C'était quand la dernière fois que tu l'as vue, Jon ?

– Il y a vingt-six ans.

– C'est si vieux que ça ?

– J'ai l'impression que c'était hier.

– Tu dirais pas ça si tu la voyais maintenant.

– Ça veut dire quoi, ça ? demandai-je en le regardant fixement.

– Eh ben, tu sais bien, elle a pas... l'air au mieux, ces temps-ci.

– Où est-ce qu'elle habite ?

– Dans une caravane... du côté des Lannerwrack Dryers.

– Une caravane ?

– Elle l'a installée là-bas il y a quelques mois.

– À Lannerwrack ?

– Oui, je sais, je sais. Ça a l'air d'un acte désespéré. Mais désespérée, c'est bien comme ça que je la sens, en fait. On a déclaré les séchoirs hors service il y a deux ans. C'est une friche, à présent. Destinée, à en croire les communiqués de presse, à être réaménagée en zone cent pour cent éco. Perso, j'y crois pas trop. Bref, pour l'instant, Vivien est la seule résidante. J'ai consulté la direction, et on m'a dit de la laisser tranquille. Je sais pas si le vieux est au courant, mais personne ici n'est trop pressé de l'expulser. Et puis, d'un point de vue légal, je suis pas sûr qu'une expulsion soit possible. Je lui ai donné une clé du bureau des anciens séchoirs, où il y a au moins l'électricité et l'eau courante, chaude et froide. C'est pas vraiment le grand luxe, mais...

– Je ne comprends pas. Elle pourrait sûrement se permettre de vivre dans un endroit plus confortable.

– L'actuel vicomte Trucmuche lui a coupé les vivres. Et elle refuse d'accepter quoi que ce soit de son beau-père. C'est ce que dit la rumeur, en tout cas.

– Oh, bon Dieu !

– C'est ça la famille, non ? Tu vas aller la voir ?

– Oui. » J'essayai de me représenter l'état auquel Vivien avait été réduite. Mais tout ce que j'étais capable d'imaginer, c'était la superbe jeune femme dont j'étais tombé amoureux tant d'années auparavant. Elle était perdue pour moi aujourd'hui. Comme elle l'était pour elle-même. Jamais les choses n'auraient dû en arriver là. On aurait dû trouver un moyen de se bâtir un meilleur avenir. Mais notre avenir d'hier, nous le vivions aujourd'hui. Et il n'avait rien de glorieux. « Je vais aller la voir, murmurai-je. Bien sûr que je vais y aller. »

23

Avant de quitter l'immeuble de CCC ce matin-là, je demandai à Pete Newlove de m'organiser une série d'entretiens en face à face avec tous les membres du personnel par ordre d'ancienneté dans la maison. Cela me prendrait un temps considérable, et je doutais que ces entrevues m'apportent grand-chose, mais je ne voyais guère comment m'y prendre autrement. Il fallait bien commencer quelque part.

Je n'étais pas plus optimiste quant à ce que nous permettrait de découvrir la note de service de George Wren à Greville Lashley en 1959, mais je demandai malgré tout à Pete de téléphoner à tous ceux qu'il avait connus au lycée et avec lesquels il était encore en relation, dans l'espoir que l'un d'entre eux saurait comment joindre Dick Trudgeon. Restait à savoir si Dick, en admettant que je lui mette la main dessus, aurait quelque chose d'exploitable à me confier.

Restait également à connaître les raisons pour lesquelles Adam Lashley était revenu à St Austell. Mais j'étais sûr que je ne tarderais pas à les découvrir, qui plus est de sa propre bouche. Il devait savoir que j'avais été envoyé ici par le siège de l'entreprise pour enquêter sur les archives disparues. Qu'il soit dans ses intentions de m'aider ou au contraire de me mettre des bâtons dans les roues, la chose n'était pas claire. Peut-être était-elle d'ailleurs sans importance. Nous ne nous appréciions pas. Ne l'avions jamais fait. Et sa présence ici n'augurait rien de bon.

Pas davantage que l'épreuve que je m'imposais en me rendant dans l'après-midi aux Lannerwrack Dryers, malade d'appréhension. Je n'avais pas envie de voir Vivien marquée par l'âge, lasse et défaite. Mais c'était sous ce jour que Pete me l'avait décrite. Tôt ou tard, il me faudrait bien la rencontrer. Et je ne gagnais rien à différer plus longtemps ma visite.

Une certaine forme de soulagement m'attendait au bout de mon voyage. Lannerwrack était une usine de séchage et de broyage, desservi depuis St Austell par la route et le rail, dont j'avais gardé un souvenir animé et bruyant. L'abandon du site lui conférait désormais un air de désolation vaguement inquiétant. Plus de camions grondant sur la voie d'accès ; plus de fumées s'échappant des cheminées. Les tours des monte-charges veillaient telles des sentinelles sur des hangars de séchage vides. Rien ne bougeait sous l'immense toiture. Et les mauvaises herbes poussaient dans les crevasses du béton dans l'aire de chargement. Je vis la caravane en entrant lentement. Aucune voiture n'était garée à proximité. La vieille Coccinelle dont, à ce que m'avait dit Pete, Vivien se servait n'était pas là. Ce qui signifiait, selon toute vraisemblance, qu'elle non plus. Je n'aurais donc pas à la voir tout de suite, et j'étais heureux de disposer d'un peu de temps pour me préparer à cette rencontre.

J'arrêtai le Freelander à l'abri du séchoir et descendis. Un silence profond, une immobilité totale. Ce n'était pas un endroit où venir. Encore moins où vivre. C'était pourtant là que Vivien avait choisi de se retirer à l'écart du monde. Je m'approchai de la caravane. Elle avait l'air vieille – vingt ans, voire trente, à vue de nez. Mais la peinture était en assez bon état et les deux ou trois jardinières que Vivien avait accrochées lui donnaient un air accueillant. Il y avait des voilages aux fenêtres, qui m'empêchèrent de voir à l'intérieur. Un fil électrique courait à hauteur d'homme de la caravane jusqu'à une bouche d'aération à demi ouverte dans le mur de l'appentis attenant au bureau à l'autre bout du séchoir. Manifestement, Vivien se procurait à peu de frais toute l'électricité dont elle avait besoin. Et pourquoi pas ? Seul son beau-père aurait pu lui refuser ce droit. Et je doutais qu'il fût disposé à le faire.

En dépit de l'absence de voiture, je frappai à la porte de la caravane. Sans obtenir de réponse, évidemment. À en croire Pete, elle avait été aperçue sur des marchés du coin, en train de vendre des mouchoirs et des nappes brodés. C'était peut-être là qu'elle se trouvait en ce moment. Elle avait certainement besoin de tout l'argent qu'elle pouvait ramasser si le nouveau vicomte Horncastle lui avait coupé les vivres et qu'elle refusait l'aumône de Greville Lashley. L'existence qu'elle menait aujourd'hui devait lui paraître pour le moins étrange, pour ne pas dire sardonique, après tous les privilèges et les avantages que la vie lui avait prodigués. Mais c'était peut-être précisément là le but de l'opération. Son frère, son mari, son fils, tous étaient morts, en partie en raison de ces avantages et de ces privilèges. Peut-être que l'expérience qu'elle vivait maintenant avait pour elle valeur de pénitence.

Si tel était le cas, je résolus de lui dire, si l'occasion s'en présentait, qu'elle devait se montrer moins sévère avec elle-même. Il y avait d'autres épaules que les siennes, à commencer par les miennes, pour porter le poids de la culpabilité. Je retournai à ma voiture, allai jusqu'à l'autre bout de la cour avant de faire marche arrière pour me garer entre le hangar de broyage et la pente qui menait aux grandes cuves de décantation. Ainsi posté, on ne pouvait pas me voir de la route, mais je pouvais observer sans difficulté la caravane. Avec un peu de chance, Vivien en arrivant ne pourrait deviner que quelqu'un l'attendait, moins encore que ce quelqu'un, c'était moi.

Je descendis ma vitre et laissai pénétrer l'air frais et humide du dehors. Un air chargé de souvenirs : de mon enfance à St Austell; du jour à Charlestown où j'avais rencontré Oliver et Vivien Foster pour la toute première fois; du corps d'Oliver flottant dans l'eau du lac de Relurgis; de Vivien telle qu'elle était au cours de l'été qui avait suivi; de Vivien et de moi tels que nous étions alors; et de notre séparation orageuse en haut des marches de la Piazza di Spagna.

Pete aurait été très amusé de savoir à quel point j'étais certain à l'époque de ne jamais finir dans l'industrie du kaolin. Mais les certitudes ont la fâcheuse habitude d'être balayées par l'expérience. C'est sans doute ce que nous appelons la vie.

Ma vie d'étudiant s'était caractérisée par l'inconscience et le laisser-aller bien davantage que par des études sérieuses en vue d'une carrière. Le résultat, c'est que je vivais toujours à Walworth, mais dans des conditions plus déplorables encore que celles que j'avais connues dans la maison que j'avais partagée avec Robin, Terry et les autres pendant plusieurs mois après avoir obtenu une licence sans mention. Je travaillais comme brancardier à l'hôpital St Thomas et j'essayais de me convaincre, malgré les preuves irréfutables du contraire, que ma relation en dents de scie avec une des infirmières pourrait finir par déboucher sur quelque chose de sérieux.

Dire que je fus surpris quand Greville Lashley vint me trouver un jour à l'hôpital serait un énorme euphémisme. Il était à Londres pour suivre un contrat et ne voulait pas laisser l'occasion lui échapper, m'expliqua-t-il lors d'un déjeuner dans un pub, de me rappeler qu'il y avait toujours une place pour moi chez CCC. Et pas nécessairement en Cornouailles, prit-il le soin de préciser. La compagnie ne cessait de s'étendre. Il me faudrait bien sûr faire d'abord mes preuves à St Austell, mais il était certain qu'un diplômé en économie, titulaire en plus d'une mention bien en chimie au bac – en d'autres termes, quelqu'un comme moi –, aurait tout à fait sa place au sein de l'équipe qu'il était en train de rassembler pour implanter de nouvelles usines en Australie.

L'Australie, l'autre bout du monde. Une terre de soleil et d'avenir. Je regardai le ciel londonien d'un gris de plomb par la partie supérieure de la fenêtre du pub et sus dans l'instant que j'allais accepter son offre. Et, à en juger par son petit sourire, Lashley le savait aussi. Pete avait gagné son pari.

Pourquoi Lashley s'était-il donné la peine d'aller s'enquérir auprès de mes parents de l'endroit où je travaillais à Londres ? Pourquoi avait-il trouvé le temps, au milieu d'une journée surchargée dans la capitale, de venir me dénicher pour me recruter ? Parce que, m'avait-il dit un jour, j'étais le genre de garçon fiable et plein de ressources dont il avait besoin de s'entourer pour construire l'empire commercial qu'il voulait créer. À l'époque, je ne l'avais pas pris au sérieux. Personne d'autre en dehors de lui n'aurait utilisé à mon endroit des épithètes telles que fiable ou plein de ressources. Et puis, de mon point de vue, Lashley n'avait pas l'étoffe d'un bâtisseur d'empire.

Mais il se révéla finalement meilleur juge non seulement de moi mais aussi de lui-même. Le futur était son territoire naturel. Il voyait loin et pensait juste. En moins de six mois, je me retrouvai à Ballarat, participant aux débuts de l'exploitation des riches gisements de kaolin dans l'État de Victoria. Au bout d'un an, je dirigeais une raffinerie. Les progrès, les miens et ceux de l'entreprise, furent, comme l'avait prédit Lashley, rapides. J'étais jeune, aussi désireux d'apprendre que de réussir dans la carrière. Le côté pays neuf de l'Australie n'était pas fait pour me déplaire. Je grandissais en même temps que mon environnement. J'épousai une fille du coin, qui par la suite demanda le divorce pour épouser à son tour un type du coin. Sept ans s'étaient alors écoulés, et j'abordais la trentaine.

Lashley ne parlait qu'affaires quand il venait rendre visite aux installations de Victoria. Les nouvelles que je pouvais avoir de Vivien de temps à autre me parvenaient par un autre canal, celui de ma mère, laquelle bavardait de temps en temps avec Harriet Wren quand elles se croisaient. Quand elle m'apprit que Vivien venait d'épouser l'Honorable Roger Normington, le futur vicomte Horncastle, ce ne fut pas franchement une surprise. Je ne perdis pas de temps à pleurer sur ce qui aurait pu être. Deux ans plus tard, elle donnait naissance à un autre futur vicomte. Le cours de son existence au sein de l'aristocratie terrienne du Lincolnshire semblait désormais tout tracé.

Son frère – et le mystère qui entourait sa mort – s'estompèrent peu à peu dans mon souvenir. Oliver me revint à l'esprit cependant le jour où Bobby Fischer remporta le championnat du monde d'échecs. Il avait dit que Fischer méritait ce titre, et il ne s'était donc pas trompé, lui qui ne se trompait d'ailleurs que rarement. Il n'avait pas son pareil pour prouver qu'il avait raison, même si l'on ne voyait pas toujours ce qu'il prétendait prouver. Le hasard voulut que Fischer ne remît jamais son titre en jeu. Je pensai qu'Oliver aurait approuvé la chose.

Je ne pouvais pas m'empêcher de temps à autre de me demander comment la comtesse Covelli avait réagi à la lettre que je lui avais envoyée. Mais je ne voyais aucun moyen de le découvrir. Et la question s'avéra bientôt sans objet. Par le biais de la rubrique nécrologique du journal de Melbourne *Age*, j'appris la mort en 1978 de la célèbre cantatrice italienne Luisa d'Eugenio. Ses représentations les plus mémorables étaient fidèlement rapportées, son mariage avec Francis Wren recevait une phrase et sa relation avec le commandant SS au temps de la République fasciste de Mussolini pas un mot.

Ma mère m'écrivit quelques semaines plus tard pour me dire que Luisa était morte sans avoir modifié son testament à la suite du décès de Francis, ce qui signifiait que la villa Orchis revenait conjointement à Harriet Wren et à Muriel Lashley. Lesquelles avaient décidé qu'elle servirait de maison de vacances pour la famille. J'imaginai aussitôt Vivien y retournant, en épouse et en mère désormais, et présentant son mari et son fils à la comtesse Covelli, savourant le statut dont elle jouirait grâce à son titre dans la bonne société de Capri, sereinement oublieuse des quelques semaines que nous avions passées ensemble là-bas, heureuse de la cage dorée dans laquelle elle s'était installée.

Peut-être l'avais-je mal jugée. Peut-être pas. Il aurait fallu que je la revoie pour me forger une opinion objective. Et je ne m'attendais guère à ce que l'occasion se présente. Pas plus que je ne m'attendais à retourner un jour à Capri.

Pourtant, une fois de plus, mes attentes allaient être démenties.

1984

24

Greville Lashley m'avait dit que travailler aux États-Unis serait d'un point de vue géologique plus simple mais d'un point de vue commercial plus stimulant que ce que j'avais pu connaître en Australie. Comme toujours, il avait raison. Les gisements de kaolin de Géorgie et de Caroline du Sud étaient vraiment l'idéal pour une extraction à ciel ouvert, mais la présence d'un concurrent établi de longue date, North American Kaolins, nous contraignait à opérer dans la limite de marges réduites. Et Lashley, plus autoritaire et arrogant que jamais une fois qu'il se fut débrouillé pour devenir d'abord directeur général de CCC, puis directeur *et* président, supportait mal qu'un intervenant extérieur vînt réduire nos bénéfices.

J'étais depuis deux ans le second de Harvey Beaumont à CCC (États-Unis), dont le siège se trouvait en Géorgie, à Sandersville, quand, au début de l'année 1984, Lashley vint nous rendre visite et nous emmena déjeuner, Harv et moi, afin de nous dévoiler la stratégie qu'il avait mise en place pour résoudre le problème.

« Une fusion, messieurs, voilà la réponse. Nous allons joindre nos forces avec NAK. Ça tombe sous le sens. L'industrie du kaolin opère aujourd'hui à une échelle mondiale. Et CCC plus NAK prendra le leadership. »

Harv, que Lashley avait débauché de NAK, lui opposa que son ancien patron, Don Hudson, ne consentirait jamais à une véritable fusion. Seule une absorption l'intéresserait.

« C'est ce que je vais lui faire croire, dit Lashley avec un sourire, une absorption. Mais ce ne sera pas le cas. Don n'est plus ce qu'il était. Il vieillit, et la perte de son fils au Vietnam a brouillé sa vision de l'avenir. Ne vous faites pas de souci. Don ne posera pas de problème, pas plus que le conseil d'administration de NAK. Je me fais fort de mener cette affaire en douceur. Ce qu'il faut que vous gardiez présent à l'esprit tous les deux, c'est le rôle capital que je vous réserve dans la structure agrandie que je vais mettre en place dans les années à venir. J'ai confiance en vous. Tout ce que vous avez à faire, c'est avoir confiance en moi. Qu'est-ce que vous en dites ? »

On aurait cru entendre parler un homme bien plus jeune, alors qu'à l'époque Lashley avait déjà soixante-cinq, pas loin de soixante-six ans. Il aurait dû envisager de faire valoir ses droits à la retraite. Au lieu de quoi il projetait un coup témoignant d'une grande hardiesse et d'une non moins grande ambition. Personne n'aurait pu dire que l'âge accusé par son concurrent se faisait sentir chez lui. Il n'avait pas l'air très différent de l'homme que j'avais rencontré seize ans plus tôt pour la première fois, même s'il était encore plus difficile aujourd'hui de croire que le noir lustré de ses cheveux fût naturel. Je ne doutai pas un instant qu'il fût en mesure d'accomplir ses projets. Après tout, je l'avais déjà vu à l'œuvre auparavant.

« J'apprécierais que vous gardiez cela pour vous, messieurs. Ça ne se fera pas en un jour, bien sûr. Mais ça se fera, vous pouvez me croire. Si je vous en parle aujourd'hui, c'est pour que vous compreniez bien la démarche qui présidera aux changements et... aux compromis... qui seront nécessaires dans les mois à venir. J'ai besoin de vous pour maintenir le cap quand d'autres s'efforceront peut-être de nous en faire dévier. Vous me suivez ? »

Nous le suivions. Le suivre, c'était là, comme je l'avais appris, ainsi que Harvey, ce que l'on attendait de vous si vous vouliez accéder au grade de fidèle lieutenant de Greville Lashley. Non seulement il ne s'était pas arrêté dans sa course, mais il n'avait même pas ralenti son allure. Il continuait à parcourir le monde. Et nous le suivions.

Comment exactement Lashley s'y prit pour séduire NAK, je ne l'ai jamais su. Et je n'avais nul besoin de le savoir. Toujours est-il qu'au milieu de l'été, il y avait déjà des signes patents de changement, qui en déconcertèrent certains, mais, à l'évidence, ni Harv et moi. Il nous fallut tenir fermement la barre de temps à autre, comme l'avait prédit Lashley, sans pour autant que la tâche nous paraisse à aucun moment insurmontable. Nous n'eûmes plus aucun contact direct avec Lashley après notre entretien au cours de ce déjeuner ; nous ne nous attendions pas à autre chose, puisque nous savions ce qui se passait vraiment.

Mais les choses prirent un tournant soudain et inattendu en juillet, au moment où je m'apprêtais à partir en vacances. Harv me transmit un message de la part de Lashley. Le grand patron avait besoin de mon aide pour faire face à une urgence grave, et ce sans plus de précision. Je devais le rejoindre au plus vite – à Capri.

Je n'étais jamais retourné là-bas. Capri, pour moi, était synonyme de deuil et de regrets, deuil du bonheur que j'y avais brièvement partagé avec Vivien et regrets en raison du rôle que nous avions joué dans les événements qui avaient conduit à la mort de Francis Wren. J'aurais préféré éviter l'endroit. Mais je savais ne pas être en situation d'ignorer les exigences de Lashley. Face à elles, mes préférences ne comptaient pour rien. Il me payait suffisamment pour qu'il en aille ainsi. Je pris donc le premier vol pour Naples.

Naples où j'atterris le mercredi après-midi. Un vent léger qui semblait souffler directement du désert. Sur la piste d'atterrissage miroitaient les reflets liquides de la brume de chaleur. Personne n'était venu m'attendre, et Capodichino ressemblait en tout point aux autres aéroports que j'avais connus au fil des dernières années. Il ne réveilla en moi aucun souvenir particulier.

Je n'en dirais pas autant du trajet en taxi jusqu'au ferry. Je ne pus m'empêcher de revivre celui que j'avais fait depuis la gare pour m'y rendre en compagnie de Vivien. L'atmosphère de la ville, ses bruits, ses odeurs étaient les mêmes : lumineuse, sonores, piquantes. Mais Vivien à présent n'était pas assise à mes côtés, ne me glissait pas un coup d'œil de temps à autre ni ne riait au moindre cahot. Pas plus que je n'étais moi-même celui qu'elle avait eu à ses côtés ce jour-là. J'avais changé avec le temps, au moins autant qu'elle.

Je présumais que Vivien ne serait pas à la villa Orchis. Je ne pensais pas que Lashley m'aurait fait venir si tel avait été le cas. Qui d'autre, en dehors de lui, pouvait s'y trouver, je l'ignorais. Le message ne donnait aucun détail. Muriel, sans doute, peut-être Harriet. Ainsi qu'Adam. Il avait vingt et un ans et étudiait la littérature anglaise (choix que, à mon avis, n'avait guère dû approuver son père) à Oxford. Depuis ma toute première rencontre avec lui, quand il était encore enfant, je ne l'avais revu qu'une fois, trois ans auparavant, quand Lashley l'avait amené dans les bureaux de Sandersville. Je gardais le souvenir d'un grand garçon blond aux cheveux ébouriffés, qui réagissait à tout ce qu'on lui montrait des installations américaines de CCC avec un ennui non déguisé. Si Lashley souhaitait le voir entrer un jour dans l'entreprise, il n'en avait jamais rien laissé paraître. La chose, en tout cas, paraissait pour le moins aléatoire.

Le ferry m'emporta sur le bleu lumineux de la baie. Assis sur le pont supérieur, je regardai Capri prendre peu à peu sa forme familière. Étrangement, il me semblait que beaucoup plus et beaucoup moins de quinze ans s'étaient écoulés depuis ma dernière visite. Mais rien de ce que j'avais pu faire par la suite n'avait éclipsé le souvenir des quelques semaines sur l'île. Rien ne le ferait jamais. Je le savais sans même avoir besoin de me le dire. C'était un fait acquis.

Les faits – la denrée privilégiée de Greville Lashley. La monnaie d'échange de son existence d'homme d'affaires. Il m'avait convoqué à Capri. J'étais donc venu.

Je ne savais pas ce que j'allais trouver à mon arrivée. Mais le voir en train de m'attendre sur le débarcadère de Marina Grande fut une immense surprise. Avec son panama et son costume en lin, il avait l'air d'un expatrié vivant une retraite paisible et oisive. En réalité, comme je le savais, il n'avait que faire des loisirs et moins encore de la retraite. Il fallait que l'urgence mentionnée dans son message soit de taille pour justifier sa venue jusqu'au port. Quelque chose de grave avait dû se produire.

Aucun moyen de le savoir, cependant, à le voir ainsi détendu et souriant à ma descente de la passerelle. Il me serra la main et me donna une petite tape dans le dos. « Je me suis dit que tu arriverais à temps pour prendre ce ferry, Jonathan. Et te voici.

– C'est aimable à vous d'être venu jusqu'ici, monsieur. J'aurais… trouvé mon chemin tout seul.

– Tu n'auras pas à le faire. Je suis venu avec la voiture. Mais pour ne rien te cacher… » Tandis que nous suivions les autres passagers qui venaient de débarquer le long du quai, il garda la main posée sur mon épaule, un geste à la fois complice et paternel, presque intime. « … j'aimerais que nous parlions un peu avant de monter à la villa. Il faut que je t'explique de quoi il retourne. On peut bavarder un moment au café juste un peu plus loin. »

Je connaissais le café en question. Les tables, abritées des foules du ferry par le bureau du capitaine du port, étaient installées sur une terrasse qui surplombait la plage. Vivien et moi y avions pris un café plus d'une fois. Les clients étaient rares à cette heure de l'après-midi et, par une troublante coïncidence, Lashley choisit précisément la table favorite de Vivien. J'essayai de me convaincre que je me trompais. Mais c'était bien la même.

La serveuse s'approcha tandis que nous prenions place et nous commandâmes des cafés. Lashley alluma une cigarette et m'en offrit une. J'acceptai, même si je ne fumais plus que de loin en loin. J'accueillis celle-ci comme une sorte de béquille plus qu'autre chose.

« Désolé d'avoir contrecarré tes projets de vacances, Jonathan, dit Lashley en tirant une première bouffée. Dis-toi bien que je n'ai pas pris ma décision à la légère. Il s'est passé quelque chose, de très grave, et j'ai besoin de ton aide.

– Je ferai tout ce que je peux. » L'homme s'était montré suffisamment généreux au cours des ans pour que je renonce sans me plaindre à une semaine de randonnée dans les Appalaches. « De quoi s'agit-il ? demandai-je.

– J'y viens dans un instant. Je dois d'abord souligner le fait que cela déborde largement le cadre de tes obligations dans l'entreprise et que tu ne mettrais nullement en péril ta position au sein de la compagnie en refusant de m'apporter ton aide.

– Aucun risque que je refuse.

– Attends de voir. J'ai besoin de quelqu'un que je pourrais charger d'agir à ma place. Quelqu'un de loyal... en qui je puisse avoir toute confiance. Ce que tu as toujours été à mes yeux.

– Vous m'en voyez heureux, monsieur.

– Tu risques de ne plus l'être très longtemps. Je... » Il s'interrompit en voyant arriver nos cafés. « *Grazie* », murmura-t-il. Il tira avec application sur sa cigarette tandis que la serveuse posait les tasses avant de s'éloigner. Puis il se pencha vers moi et baissa la voix. « Ce que je m'apprête à te dire doit absolument rester entre nous, Jonathan. Tu me comprends ?

– Tout à fait.

– Je n'aurais jamais cru devoir parler un jour d'une question de vie ou de mort, au sens littéral de l'expression. Mais c'est pourtant le cas aujourd'hui.

– De vie ou de mort ?

– Oui. C'est à propos de Muriel.

– Elle est malade ?

– Non. C'est à dire... À quoi bon tourner autour du pot ? La vérité, c'est que ma femme a été enlevée.

– Quoi ?!

– Je te serais reconnaissant de ne pas élever la voix, Jonathan, même si je suis conscient du caractère épouvantable de la nouvelle.

Je n'en ai pas informé les autorités, vois-tu. Je ne ferais pas confiance à la police locale pour négocier un virage en épingle à cheveux, alors négocier la libération de ma femme des mains de la Camorra...

– Qui ça ?

– La Mafia napolitaine. Ça ne peut être qu'eux derrière cet enlèvement, comme ils sont derrière tous les crimes commis dans la région en dehors de ceux de la petite délinquance. L'Italie a un joli visage, comme tu l'as certainement remarqué. Qui n'est pas sans devoir beaucoup au maquillage. Si tu grattes un peu, ce n'est pas très beau à voir.

– Mais ici ? À Capri ?

– On pourrait raisonnablement s'attendre à ce qu'ils laissent l'île tranquille, non, quand on songe aux profits qu'ils tirent de l'exploitation des touristes ? En ce qui nous concerne, il y a une raison qui explique que nous ayons été pris pour cible, et je crois la connaître, mais ça ne nous aidera pas à obtenir la libération de Muriel. La seule chose capable de le faire, c'est l'argent.

– Ils ont demandé une rançon ?

– Bien sûr. Et nous ne sommes pas loin de nous entendre sur le montant. » Quelque chose dans mon expression dut lui signaler ma surprise devant le fait qu'il avait de toute évidence marchandé le prix de cette libération. « Si l'on cède tout de suite, ils ne font qu'exiger davantage. Sans compter qu'ils se font une idée exagérée de ce que je vaux. Il est important de leur montrer que je ne suis pas prêt à me laisser plumer. Il faut que j'obtienne d'eux un minimum de respect pour mener à bien la négociation.

– Depuis quand la retiennent-ils ?

– Une semaine. Elle est allée chez son coiffeur comme d'habitude mercredi dernier dans l'après-midi, mais n'est jamais rentrée. Ils se sont emparés d'elle quelque part entre le salon et la villa. Elle était à pied, ce qui a dû leur faciliter la tâche. Le trajet est court, et, normalement, agréable. En l'occurrence, il n'a été ni l'un ni l'autre. Elle était probablement déjà sur un bateau filant vers le continent, avant même que je remarque qu'elle était en retard. J'ai eu leur premier appel le même soir. Il y en a eu plusieurs depuis. Ce n'est pas une mince affaire de traiter avec eux. Mais à leurs yeux, il ne s'agit que d'un deal. Il faut donc que j'obéisse à leurs règles. Je n'ai pas le choix, crois-moi. Je me suis renseigné discrètement. La démarche que j'adopte nous donne – donne à Muriel – la meilleure chance possible d'une issue favorable. »

Le calme avec lequel il m'avait exposé la situation aurait eu de quoi me surprendre si j'avais eu une autre personne que lui devant moi. Mais le sang-froid de Greville Lashley était légendaire, et je n'en aurais pas attendu moins de lui. « C'est épouvantable, dis-je. J'ai du mal à croire que pareille chose ait pu se produire.

– Épouvantable, comme tu dis. Mais pleurs et grincements de dents n'aideront en rien Muriel. Ils m'ont fait parvenir une photo d'elle tenant un exemplaire d'*Il Mattino* de vendredi comme preuve de sa détention. Elle n'avait pas l'air mal, compte tenu des circonstances. Encore qu'effrayée, évidemment. On le serait à moins. La Camorra a une réputation sanguinaire. Mais ce qui motive ses membres au premier chef, c'est l'appât du gain. Et c'est là-dessus que je dois jouer.

– En quoi est-ce que je peux vous aider ?

– En premier lieu, en ne disant rien à personne en dehors de ceux qui sont déjà au courant. Le secret doit être absolu tant que Muriel n'aura pas été libérée. J'ai besoin que tu me le promettes.

– Vous avez ma parole.

– Merci, dit-il, en hochant la tête d'un air solennel. Je savais pouvoir compter sur toi. C'est la raison pour laquelle j'ai fait appel à toi.

– Qui est déjà au courant ?

– Très peu de gens, heureusement. Adam est ici avec nous depuis qu'il a quitté Oxford à la fin du semestre universitaire. Il se fait un sang d'encre pour sa mère, mais il m'est reconnaissant quand il voit que ce que je fais est la seule façon de la ramener au bercail saine et sauve. La seule autre personne au courant est Jacqueline Hudson...

– Hudson ? C'est la...

– La fille de Don Hudson. J'ai invité Don ici pour que nous puissions discuter de mon idée de fusion dans un environnement confortable et une atmosphère détendue. Jacqueline est venue avec lui. La discussion s'est très bien passée, ce qui semblait important sur le moment mais semble aujourd'hui presque futile. Don a repris l'avion pour Atlanta la veille de l'enlèvement de Muriel. En fait, c'est Muriel qui a invité Jacqueline à rester un peu plus longtemps avec nous. Les deux femmes s'étaient prises de sympathie, et Jacqueline se plaisait bien ici, alors... pourquoi pas ? Elle se plaît beaucoup moins maintenant, évidemment. Mais elle tient à rester jusqu'à la libération de Muriel. C'est une jeune femme qui a bon cœur, je dois le dire. Elle a promis de ne pas souffler mot à quiconque, même pas à son père, jusqu'à ce que l'affaire soit terminée. Et je la crois. C'est une personne en qui l'on peut avoir confiance.

– Bien. Et Vivien ? Est-ce qu'elle...

– Je ne lui ai encore rien dit, et je n'en ai pas l'intention, à moins, bien sûr... » Il leva la main en référence à une éventualité qu'il se refusait à formuler. « Tu es conscient, Jonathan, que Vivien a subi son compte de traumatismes. Mais le mariage et la maternité semblent lui avoir apporté une forme de stabilité ; elle a trouvé... la paix de l'esprit. Et dans la mesure du possible, je tiens à garder les choses en l'état.

– Je comprends. » Oui, je comprenais, mais cela n'empêchait pas la rancœur de m'envahir. Le mariage et la maternité. Les privilèges et la prospérité. Sans compter le titre de vicomtesse dont Vivien pourrait s'enorgueillir quand son beau-père aurait cassé sa pipe d'aristocrate. La paix de l'esprit ? Qui ne l'aurait pas trouvée, à ce compte ? Sachant que j'avais, pour ma part, grandement contribué à ce qu'elle la trouve.

« Je n'ai rien dit non plus à Harriet pour l'instant. En grande partie parce que, pour ce qui est de Patrizia et d'Elena, Harriet est censément malade, ce qui explique que Muriel ait dû rentrer précipitamment en Cornouailles. Tu te souviens de Patrizia ?

– Oui. Bien sûr. Mais… Elena ?

– Sa fille. Elles se partagent la cuisine et le ménage. Des perles, l'une comme l'autre. Mais elles seraient incapables de garder le silence dans un cas comme celui-ci. Patrizia serait hystérique en permanence. Elle est très attachée à Muriel. Alors, fais bien attention à ce que tu diras quand elles sont à proximité.

– Entendu.

– Nous n'aurons de toute façon pas à dissimuler encore bien longtemps. Je suis convaincu d'arriver à un accord avec les ravisseurs dans les deux ou trois jours qui viennent.

– Je suis heureux de l'entendre. Mais je ne vois toujours pas ce que…

– Ce que j'attends de toi ? J'y viens. Le problème, c'est que, quand un accord aura été conclu, il faudra dans le même temps remettre l'argent de la rançon et récupérer Muriel. Je crains fort qu'ils insistent pour que les deux opérations aient lieu dans des endroits différents. Si bien que, pendant que j'irai chercher Muriel quelque part, quelqu'un d'autre devra se rendre ailleurs pour remettre l'argent. Je sais que c'est beaucoup demander, mais j'espère que tu accepteras d'être ce quelqu'un.

– Je vois. Eh bien, je…

– Tout devrait bien se passer. Comme je te l'ai dit, pour eux ce n'est rien d'autre qu'une transaction commerciale. Mais ils restent capables de n'importe quoi. Je te mentirais si je te disais que l'opération ne comporte aucun danger. »

J'avais déjà deviné qu'il me réservait un rôle de ce genre. Sinon, pourquoi me faire traverser l'Atlantique ? Il avait besoin des services d'un employé en qui il pouvait avoir toute confiance – par implication, l'employé qu'il jugeait le plus fiable d'entre tous. Comment j'en étais venu à mériter une telle étiquette, je n'aurais su le dire exactement. Ce qui était certain, c'est qu'il y avait bien davantage en jeu que ma position et ma carrière au sein de CCC.

Il fallait chercher une explication du côté de Francis et d'Oliver. Et, bien sûr, de Vivien. Peut-être aussi de son père disparu depuis longtemps. J'avais gardé des secrets pour le compte de Greville Lashley sans savoir au juste en quoi ils consistaient. Ils nous liaient l'un à l'autre. Ils justifiaient la confiance qu'il plaçait en moi et garantissaient en quelque sorte ma loyauté.

« Je peux me charger de ce travail », dis-je au bout d'un court instant. Et en disant ces mots, je savourais déjà, dans quelque recoin peu recommandable de mon cerveau, le moment situé dans un avenir mal défini où Vivien découvrirait à qui elle était redevable de la vie de sa mère. « Vous pouvez compter sur moi. »

25

Il était reconnaissant. Indéniablement. Se mêlait à sa gratitude la satisfaction de voir confirmée l'opinion qu'il avait de moi. Mais il ne m'avait pas tout dit. Il commanda deux autres cafés. Alluma une nouvelle cigarette. La chaleur de l'après-midi faiblissait quelque peu. Une barre nuageuse ourlait maintenant l'horizon. Le soir n'était plus très loin.

« Il y a une petite complication, Jonathan. Et je voudrais que tu t'occupes du problème pendant que je finalise la négociation en vue de la libération de Muriel. Un Anglais – un dénommé Thompson – est à la recherche de Muriel. Il est descendu au Gabbiano, en ville. J'ai cru comprendre qu'il posait des questions sur Muriel *et* sur moi dans les magasins et les cafés. Il est arrivé à la fin de la semaine dernière et s'est présenté à la villa dimanche. Je n'avais jamais vu le quidam auparavant. La soixantaine, rondouillard, et passablement cassant. Londonien, à en juger par son accent. Bref, il a prétendu qu'il avait rendez-vous avec Muriel la veille, le samedi. Bien entendu, elle ne s'était pas présentée. Mais elle n'a jamais fait allusion à un tel rendez-vous devant moi. Il a refusé de me dire sur quoi devait porter leur entretien. S'est montré très avare de paroles, en fait. Je lui ai dit que Muriel avait dû quitter l'île précipitamment et je l'ai congédié. Mais il est toujours là, et il continue à poser ses questions. J'ai eu un coup de fil d'Harriet avant-hier soir. Il l'a contactée elle aussi, pour lui demander si Muriel était à St Austell. Au bout du fil, Harriet était manifestement perplexe, et j'ai dû lui raconter que Muriel était partie chez des amis jouer au bridge et qu'elle la rappellerait plus tard dans la semaine. Si tout va bien, c'est effectivement ce qu'elle sera en mesure de faire, encore que j'aie du mal à imaginer ce qu'elle aura à nous servir à propos de l'ami Thompson.

– Vous croyez qu'elle avait vraiment accepté de le rencontrer ?

– Je n'en ai aucune idée. Ça me semble improbable, mais étant donné que le type refuse de révéler ce qu'il fait dans la vie... » Lashley haussa les épaules. « J'aimerais que tu m'en débarrasses. Essaie de trouver à quoi il joue et persuade-le – moyennant finance, si besoin est – de quitter Capri. Je l'ignorerais bien volontiers, mais avec une situation aussi délicate...

– Entendu, je m'en occupe. » Quelle ressource inestimable je représentais pour Lashley ! Voilà que j'étais propulsé au rang de dépanneur polyvalent, tant dans le domaine personnel que professionnel. « Je le contacterai dès demain.

– Parfait. On n'a pas besoin qu'il vienne nous empoisonner dans les jours à venir. Vraiment pas. » Lashley se frotta les yeux. Il avait l'air fatigué et un peu crispé. Ce qui n'était guère surprenant. Un homme de moindre envergure et beaucoup d'hommes plus jeunes auraient été complètement lessivés après la semaine qu'il venait de traverser. « Je ne peux pas te dire à quel point c'est rassurant de t'avoir ici avec moi, Jonathan, dit-il, réussissant à esquisser un sourire. Je t'en suis infiniment reconnaissant.

– Vous avez dit il y a un moment que vous saviez pour quelle raison on vous avait pris pour cible.

– Ah oui, dit-il, avant de tirer longuement sur sa cigarette. Mais peut-être que tu le sais toi aussi.

– Non, fis-je, en levant un sourcil étonné.

– C'est Verdelli, Jonathan. Ça ne peut être que lui.

– *Paolo* Verdelli ?

– Lui-même. Il comptait hériter de la villa Orchis à la mort de Luisa. Ainsi que de la fortune, imaginait-il, qu'elle avait accumulée. À l'entendre, elle lui en avait fait la promesse. Mais de fortune, il n'y en avait pas. Quant à la villa, elle est allée à Muriel et Harriet. Toutes ces années passées à pourvoir à ses besoins...

en tout genre... pour rien. Il n'a rien obtenu en retour, si ce n'est un pied de nez par-delà la tombe. Qu'il n'a pas aimé, ce que je peux comprendre. Qui aurait apprécié, dans sa position ? À un moment, il a même consulté un avocat. Mais même en Italie, il n'y a aucune loi qui protège les intérêts des gigolos sur le retour. Il a fallu qu'il ravale sa déception et qu'il se mette en chasse de quelque autre veuve fortunée. La dernière fois que je lui ai parlé, c'était juste après avoir appris de la bouche de l'avocat que son dossier ne tenait pas la route. "Vous regretterez de m'avoir volé", m'a-t-il dit. Et il avait vraiment l'air de penser ce qu'il disait.

– Une menace en l'air, non ?

– C'est ce que j'ai d'abord pensé. Mais il vient d'une vieille famille napolitaine. Ils sont nombreux à avoir des liens avec la Camorra dans ces milieux-là. Il pourrait lui-même avoir des parents qui font partie de l'organisation. Un mot glissé au bon moment, au bon endroit, un renvoi d'ascenseur, tu vois ce que je veux dire. Ça ne m'étonnerait pas qu'il touche une partie de la rançon. Je le soupçonne même d'être à l'origine de l'affaire. Ce que confirmerait le montant astronomique initialement réclamé par les ravisseurs. Je suppose qu'il croit toujours que Luisa était riche à millions.

– Il vit toujours à Capri ?

– Non. Il a quitté l'île peu après que nous avons pris possession de la villa. Mais d'après Patrizia, il n'est pas allé plus loin que Naples. Pour tout dire, je l'ai aperçu à la gare maritime, quand nous sommes arrivés, Muriel, Adam et moi, il y a quinze jours. Il a fait semblant de ne pas nous reconnaître, et je ne me suis pas fait prier pour lui rendre la pareille. Mais à présent que j'y repense, il y avait quelque chose de... furtif... dans son comportement. Je me dis qu'il projetait sans doute déjà de se venger sur nous du traitement que lui a fait subir Luisa.

– Si vous êtes dans le vrai...

– Il n'y a rien qu'on puisse faire. Du moins jusqu'à ce que nous ayons ramené Muriel à la maison, saine et sauve. Alors... nous verrons ce qu'il convient d'entreprendre. » Une lueur dans son œil donnait à penser qu'il n'avait pas l'intention de laisser Paolo s'en tirer à si bon compte après lui avoir extorqué autant d'argent. Il ne m'avait pas dit quelle somme il allait accepter de débourser, et je ne lui avais rien demandé. La question aurait été déplacée.

Quant à Paolo, je savais qu'il avait de bien meilleures raisons de se montrer amer que Lashley n'était en mesure de le supposer. À nous deux, nous avions dissimulé les preuves qui faisaient de Francis le meurtrier de Strake. J'ignorais si Luisa avait été mise au courant. Si c'était le cas, ne rien avoir laissé à Paolo était un acte de cruauté spectaculaire, peut-être même impardonnable. Mais Luisa, j'étais bien placé pour le savoir, était capable des pires actes de trahison. Celui-là constituait peut-être le dernier de la liste.

C'est le souvenir, jamais très éloigné de mes pensées, du rôle que j'avais joué dans les événements ayant conduit à la mort de Francis et aux conséquences de celle-ci qui me poussa à demander à Lashley, au moment où nous quittions le café et où nous nous dirigions vers sa voiture, s'il connaissait la comtesse Covelli.

« La *contessa* ? Oui, c'est une voisine. Mais, bien sûr, tu es au courant. Nous ne la fréquentons pas, si c'est là le sens de ta question. Aimable mais distante, c'est comme ça que je la décrirais. Élégante aussi. *Très* élégante. Une beauté, j'imagine, du temps de sa jeunesse.

– Elle était très amie avec Luisa.

– J'ai effectivement eu cette impression quand nous l'avons croisée pour la première fois, après le décès de Francis. Mais elle n'a pas assisté à l'enterrement de Luisa. Elles avaient dû s'éloigner l'une de l'autre. À moins qu'elles n'aient été carrément fâchées. Qui sait ?

– Je l'appréciais beaucoup. Il se pourrait que j'aille lui rendre visite, si vous n'y voyez pas d'inconvénient.

– Quel inconvénient pourrais-je y voir ? Dis-lui que je t'ai fait venir pour mettre au point les termes d'un gros contrat que je dois prochainement signer. Ça te servira de couverture. Et rappelle-toi : Muriel est rentrée en Cornouailles parce que Harriet est malade. Mais pas trop quand même, précise-le. Sinon, elle risquerait de se demander pourquoi Adam et moi nous ne sommes pas partis avec elle.

– Ne vous inquiétez pas. Je ne laisserai rien échapper. D'ailleurs, je n'aurai peut-être pas le temps d'aller la voir. »

Mais ce temps, je le trouverais, c'était certain. La chose me démangeait trop pour continuer à rester dans l'ignorance : qu'avait fait la comtesse après avoir lu la lettre que je lui avais envoyée ? Quelles représailles avait-elle exercées à l'encontre de sa vieille amie pour avoir dénoncé son mari auprès des nazis ? Impossible pour moi de me retrouver à Capri sans essayer de le découvrir.

La voiture de Lashley était une petite Fiat. Rien à voir avec les Jaguar qu'il conduisait habituellement mais très pratique sur les routes étroites et sinueuses de Capri. Tandis que nous montions la pente au sortir de Marina Grande, ralentis par un camion poussif, il me demanda des nouvelles de mes parents. Puis, quand je lui eus assuré qu'ils allaient bien tous les deux et que mon père profitait pleinement de sa retraite, il me dit, presque comme s'il les enviait : « Ils doivent être fiers de toi, Jonathan.

– Ma foi, je n'en sais rien.

– Oh, moi, j'en suis convaincu. Devenir parents, c'est comme jouer à la loterie. On ne sait jamais exactement sur quoi on va tomber. Étant donné que tu vas être amené à le côtoyer, je tiens à te prévenir : Adam n'est pas un garçon facile.

– À son âge, je ne l'étais pas davantage.

– Je te connaissais déjà, à son âge. Et la différence est de taille. Comme tu pourras le constater par toi-même. Mais souviens-toi, ne te laisse pas abuser par ce qui n'est qu'une façade. Il aime se donner des airs supérieurs et désinvoltes. En réalité, il est aussi peu sûr de lui que tout un chacun. Et, en ce moment, il est aussi inquiet que je le suis moi-même à propos de sa mère. Il a simplement une façon étrange de le montrer.

– J'en tiendrai compte.

– Tu en auras besoin, crois-moi. »

Il s'avéra que je dus attendre un peu pour ma première rencontre avec Adam. Il était sorti – destination : une plage, un bar ou les deux – peu de temps après le départ de Lashley pour venir m'attendre. Nous en fûmes informés dès notre arrivée à la villa par Patrizia, plus enrobée que quinze ans plus tôt, mais par ailleurs inchangée. Béatement inconsciente de ce qui était arrivé à Muriel, elle m'embrassa et m'étreignit chaleureusement, avant de s'activer avec bonne humeur autour de moi.

Lashley me présenta Jacqueline Hudson, une grande brune à la voix douce d'une petite quarantaine d'années, dont l'expression tendue laissait deviner l'état de nervosité. Elle était peut-être froide et distante à l'ordinaire, mais la gravité de la situation avait fait naître entre elle et Lashley une camaraderie que je fus aussitôt convié à partager.

« Greville m'a parlé de vous en termes plus qu'élogieux, Jonathan, me dit-elle dès que Patrizia nous eut laissés seuls. C'est une bénédiction pour lui d'avoir quelqu'un comme vous sur qui se reposer. Dieu sait qu'il a besoin d'aide en un moment comme celui-ci.

– Je suis ici pour rendre tous les services dont je suis capable.

– Je l'ai incité à contacter la police dès que nous avons compris que Muriel avait été enlevée. Il m'a convaincue que cela serait une erreur. Vous êtes d'accord ? »

Malgré son accent du sud et ses manières stylées, il était clair qu'elle était du genre à ne pas mâcher ses mots. Je pouvais difficilement ne pas être d'accord, étant donné que Lashley se tenait à côté de moi, mais elle pensait sans doute être capable, même ainsi, de jauger la sincérité de ma réponse. « J'ai toujours eu le plus profond respect pour le jugement de M. Lashley. Je suis sûr qu'il agit pour le mieux.

– Tout comme moi, dit-elle, avec un sourire contraint. Mais c'est une épreuve pour nous tous… Et pour Muriel… je préfère ne pas penser à ce qu'elle endure.

– Cela ne saurait durer encore bien longtemps, dit Lashley. Je suis tout près du but, je devrais conclure un accord avec ces gens dans les heures qui viennent.

– Ces gens ? Je ne suis pas sûr que ce soit le terme le plus adéquat pour les désigner.

– Moi non plus. Mais je ne peux pas me permettre de le leur faire savoir. À présent, si vous voulez bien m'excuser, j'ai deux ou trois choses à régler. »

On sentait une exaspération latente dans les mots de Lashley. Il se dirigea vers l'ancien bureau de Francis, devenu le sien à présent, comme un homme qui s'apprête à remplir un devoir douloureux. Il s'était attribué la charge de faire libérer Muriel. C'était sans doute la plus lourde responsabilité qu'il ait jamais eu à endosser, sans pouvoir aucunement s'y dérober.

« Il est d'un sang-froid remarquable, dit Jacqueline quand il eut disparu. J'aurais été incapable d'affronter pareille pression avec une telle fortitude.

– Vous avez dû vous-même être mise à rude épreuve simplement en étant là et en sachant ce qui se passait.

– J'essaye d'aider Greville au mieux de mes moyens. Lesquels, en l'occurrence, sont assez limités. Il enfouit toute l'angoisse et la tension au fond de lui. S'il a rejoint son bureau à l'instant, c'est parce que c'est souvent à cette heure-ci qu'ils appellent. Un accord est proche, me dit-il. On voit le bout du tunnel. En tout cas, je l'espère.

– Et Adam, comment réagit-il à la situation ?

– Vous le connaissez ?

– À peine.

– C'est un autre sujet d'inquiétude pour son père. Toujours dehors, surtout tard la nuit. Trop d'alcool. Sans compter la drogue, j'imagine. Il ne va… » Elle poussa un soupir. « Ce n'est pas à moi de dire quoi que ce soit. C'est certainement difficile pour lui, je sais, mais...

– Il est encore très jeune.

– Mon frère risquait sa vie au Vietnam au même âge. La risquait... et la perdait.

– Je suis désolé de l'apprendre. » Maigre réconfort, mais ce fut tout ce que je trouvai à dire.

« La mort de John a écourté la vie de ma mère, et mon père ne s'est jamais vraiment remis non plus de sa disparition. Un tel malheur cause des ravages irréparables, et sur le long terme. On ne peut pas s'en défaire... d'un simple haussement d'épaules. Je le sais pour l'avoir vécu. C'est pourquoi je prie pour que cette affaire se termine bien, Jonathan. Littéralement. Et tous les soirs. Parce que si ce n'est pas le cas... »

Elle n'en dit pas plus. C'était inutile. Son silence était suffisamment éloquent.

26

En l'absence de Muriel Lashley, l'atmosphère à la villa Orchis était sombre et chargée d'inquiétude. Les changements qu'elle avait apportés à l'ameublement et à la décoration de l'époque de Luisa ne faisaient que souligner, comme l'admettait volontiers son époux, qu'il s'agissait là beaucoup plus de son second foyer à elle que du sien. Elle y avait toujours passé beaucoup plus de temps que lui, y imprimant une marque très anglaise. Luisa aurait sans doute trouvé qu'il y avait beaucoup trop de coussins et de bibelots. Et je lui aurais donné raison. Mais c'était là le choix de Muriel. Je la connaissais à peine, et le peu que j'en avais vu ne m'enthousiasmait guère. Je soupçonnais qu'elle en aurait dit autant de moi. Mais elle était en ce moment dans une situation des plus critiques, et je n'avais pas besoin de beaucoup me forcer pour désirer l'en sortir.

Après le dîner et le départ de Patrizia, Lashley me demanda de l'accompagner dans son bureau pour une mini conférence, dont Jacqueline accepta sans protester de se voir exclure. Lashley était de la vieille école. Il s'agissait d'un travail d'hommes, et nous étions les hommes capables de l'accomplir.

La pièce avait subi moins de changements que la plupart des autres. Elle était pratiquement dans l'état où Francis l'avait laissée, préservée ainsi par Luisa en mémoire de lui, sans doute. Lashley, pour qui l'environnement dans lequel il était amené à vivre et à travailler comptait en général très peu, l'avait simplement colonisée pour ses propres besoins.

La vitrine où étaient exposés les minéraux n'était plus là, cependant, peut-être léguée à un musée. À la place trônait un coffre, dans lequel, me dit Lashley, se trouvait l'argent de la rançon, prêt à être utilisé. « En francs suisses, Jonathan. La monnaie préférée de la Camorra. Ils ont téléphoné un peu plus tôt. On dirait qu'ils deviennent presque raisonnables. Un accord ne saurait tarder. Vingt-quatre heures, quarante-huit tout au plus.

– Je suis heureux de l'entendre.

– C'est alors que tu devras entrer en scène, j'en ai peur.

– Je suis prêt.

– Muriel a toujours été sévère avec toi, comme tu le sais. Elle te rend en partie responsable de la mort d'Oliver. Sans raison valable, évidemment, mais c'est ainsi. Je ne manquerai pas, sois-en sûr, de lui faire remarquer que tu m'es autrement plus utile en cas d'urgence – et à elle aussi – que l'Honorable Roger ne saurait jamais l'être.

– Bah, à chacun son métier.

– Tu es un pragmatique, dit Lashley avec un petit rire désabusé, comme moi. Nous faisons ce qu'il y a à faire. Nous obtenons des résultats. Et un résultat, c'est en l'occurrence ce dont nous avons besoin. » Il ouvrit un tiroir du bureau et en sortit une enveloppe, timbrée et estampillée, portant son nom et son adresse écrits en lettres capitales. Il me la tendit en disant doucement : « Jette un coup d'œil. »

À l'intérieur de l'enveloppe, une photographie, celle dont il m'avait parlé : on y voyait Muriel Lashley, élégante, les cheveux impeccablement coiffés, le visage tiré, les yeux creusés, la peur – mais aussi, oui, la colère – animant son regard ; devant elle, tenu bien en évidence et à deux mains, un exemplaire du quotidien napolitain, *Il Mattino*.

On ne distinguait pas suffisamment les caractères pour déchiffrer la date, mais Lashley sortit du même tiroir un exemplaire de l'édition du vendredi précédent. La première page était la même que celle que l'on voyait sur la photo. « On m'avait donné l'ordre de l'acheter, expliqua-t-il. Pour qu'il n'y ait pas le moindre doute.

– Je suis vraiment désolé qu'une pareille tragédie se soit produite, monsieur.

– Merci, je sais que tu es sincère. Mais ne t'inquiète pas, dit-il en pressant mon épaule. Toi et moi, nous allons en contrôler le dénouement. »

La chambre que l'on m'avait donnée était la même que celle que j'avais occupée quinze ans plus tôt. Lashley n'avait aucun moyen de le savoir, et Patrizia l'avait probablement oublié. Encore une coïncidence, mineure sans doute, dont je me serais volontiers passé. Au-delà du drame que j'étais censé aider Lashley à démêler, il y avait les fantômes de souvenirs que je n'avais aucune envie de revivre.

Je n'arrivai pas à trouver le sommeil, que ce fût en raison de ces mêmes fantômes ou de la fatigue du décalage horaire. J'abandonnai le combat au bout de quelques heures et descendis au rez-de-chaussée pour me préparer une boisson chaude.

C'est ainsi que je me retrouvai seul encore debout quand Adam rentra en titubant de l'endroit où il avait passé la soirée et une bonne partie de la nuit. Je constatai aussitôt qu'il était non seulement ivre mais plus que vraisemblablement défoncé. Ma présence dans la cuisine ne sembla pas le surprendre outre mesure. On lui avait dit que je venais – et pourquoi. Il m'attendait de pied ferme. Moi de même.

« On est resté debout exprès pour m'attendre, Kellaway ? demanda-t-il, articulant avec peine et tirant sur ce qui ressemblait fort à un joint. J'savais pas que mettre au lit le fils et héritier de la maison faisait partie de ton contrat. Mais j'imagine que t'es tenu d'observer ce que mon père a mis dedans. »

Il semblait encore plus grand que dans mon souvenir. Plus empâté aussi. Son visage rond et bouffi était congestionné, son tee-shirt Che Guevara maculé de taches de vin. Il chancelait tout en me regardant les yeux plissés, comme s'il avait du mal à me distinguer. Je pris soin de me rappeler que l'hostilité et l'excès étaient sans doute sa façon de gérer ses angoisses concernant le sort de sa mère. « Tu veux une tasse de thé ? lui demandai-je. Je viens juste d'en faire.

– Nan. C'est pas l'idée que j'me fais d'un dernier verre avant le plumard. » Il ouvrit un placard et en sortit une bouteille de cognac que Patrizia devait garder là pour la cuisine. « Mais ça, oui. » Il dénicha un verre et se versa une dose qui aurait suffi à m'envoyer rouler sous la table.

« Tu ne crois pas que tu as assez bu comme ça ? »

La question était comme un chiffon rouge agité sous le mufle d'un taureau. « J'en ai marre d'être enfermé ici. Et je vais pas tarder à en avoir marre de toi. T'es venu pour le paiement de la rançon, c'est ça ? C'est toi qui vas porter le sac ?

– En quelque sorte.

– Alors, y a combien dedans ? J'estime que j'ai le droit de savoir. C'est autant de pris sur mon héritage, après tout.

– Ton héritage ?

– L'argent que mon père a mis de côté pendant toutes ces années. À mon intention. Et pas à celle d'une bande de malfrats napolitains. »

Il avait beau être complètement ivre, il était clair qu'il regrettait sincèrement de voir les économies de la famille pillées pour acheter la liberté de Muriel. Son égoïsme était proprement déroutant. « C'est de la vie de ta mère qu'il s'agit, Adam, lui rappelai-je.

– Mais moi j'suis pour rien dans ce qui lui est arrivé.

– Je n'ai jamais dit le contraire.

– C'est pourtant moi qui dois régler la note.

– Non, c'est ton père.

– Tu m'as toujours pas dit à combien elle se montait. » Il avala d'un seul coup pratiquement tout le contenu de son verre. Ses yeux lui sortirent de la tête. Il s'ébroua comme un chien au sortir de l'eau et me sourit d'un air idiot. « Ah… mais peut-être que tu sais pas. Le chef t'a pas rencardé, c'est ça ? Il te laisse dans le noir, comme un foutu champignon de Paris ? Dis-moi, quand est-ce que le prochain seau de fumier va t'atterrir sur la tête ?

– Il vaut mieux que je te laisse à ton cognac. » Dans l'état où il était, il était manifestement inutile de vouloir lui parler, même si j'avais très envie de lui dire ce que je pensais de lui. Je m'emparai de ma tasse et me dirigeai vers la porte. Il me saisit par le coude au passage pour m'arrêter.

« Tu devrais être gentil avec moi, Kellaway. Un gentil petit toutou. Parce qu'un jour, c'est moi qui dirigerai l'entreprise. Si tu me léchais un peu les bottes maintenant, ça pourrait te servir pour plus tard. »

– Bonne nuit, Adam », dis-je d'un ton égal en me libérant d'un coup sec.

Il ne répondit rien, mais je sentis le poids de son regard, fixé quelque part entre mes omoplates le temps de quitter la pièce.

J'étais levé de bonne heure le lendemain matin, uniquement parce que j'avais réglé mon réveil. J'eus un instant d'égarement, avant de me souvenir que j'étais à Capri. Que la famille Wren était de retour dans ma vie, du moins la branche Lashley. Greville Lashley m'avait fort bien traité au cours de toutes ces années, et ce n'était pas maintenant que j'allais le laisser tomber. Que son fils fût un parfait crétin uniquement préoccupé de lui-même ne pesait pas lourd en comparaison, et je n'étais pas prêt à prendre la chose en considération.

Mon intention était d'intercepter le mystérieux M. Thompson à son hôtel avant qu'il s'absente pour la journée. Le Gabbiano était un petit bâtiment blanchi à la chaux situé à l'extrémité est de la ville de Capri. Le réceptionniste qui m'accueillit comprenait suffisamment l'anglais pour pouvoir m'orienter vers le petit jardin à l'arrière de l'établissement, où le *signor* Thompson prenait sa *prima colazione*.

Les clients en train de petit-déjeuner se résumaient à un couple parlant allemand et un vieux Britannique chauve, ventru et tout en bajoues, installé à une table munie d'un parasol rose, avec devant lui thé, corn flakes et journal, le seul de langue anglaise qu'il ait sans doute trouvé, l'*International Herald Tribune*.

Il fumait une pipe, ce qui, joint à une moustache sévèrement taillée et à une chemise et un pantalon trop larges, son idée de la tenue estivale adéquate probablement, lui conférait l'air d'un homme qui en était resté aux années 1950.

« Monsieur Thompson ?

– Je suis effectivement Fred Thompson, dit-il, en me regardant d'un air soupçonneux. Je vous connais ? » Comme me l'avait dit Lashley, il avait une pointe d'accent cockney.

« Non, mais permettez-moi de me présenter. Je travaille pour Greville Lashley. Et je m'appelle Jonathan Kellaway. »

Quelque chose qui s'apparentait à un frisson parcourut son visage : bref étrécissement des yeux, sursaut de surprise, froncement de sourcils incrédule. Le résultat était déconcertant, comme si, effectivement, il me connaissait ou avait du moins entendu parler de moi, mais ne s'était pas attendu à me rencontrer dans un tel environnement. « Que puis-je pour vous, monsieur Kellaway ?

– Vous permettez que je m'assoie ?

– Je vous en prie.

– Désolé d'interrompre votre petit déjeuner, dis-je en m'installant en face de lui. Je ne voulais pas vous manquer. »

Il tira une bouffée de sa pipe. « Et... de quel genre de travail vous charge M. Lashley ?

– D'un peu de tout. J'ai cru comprendre que vous aviez demandé à voir Mme Lashley.

– Je me contente d'ouvrir l'oreille. Je pensais la trouver à Capri. Nous avions rendez-vous.

– À quel sujet ?

– Sans vouloir vous offenser, la chose ne regarde qu'elle et moi ; ce ne sont pas vos affaires.

– Et vos affaires à vous, monsieur Thompson, quelles sont-elles ?

– Oh, je suis à la retraite, et je vis d'une pension chèrement gagnée.

– Vous êtes donc ici en vacances, si je comprends bien ?

– Pas précisément. Je n'ai pas cessé toute activité. Et Mme Lashley..., s'interrompit-il, le temps d'un vague sourire à mon adresse. C'est heureux que vous soyez venu, en fait. Ça m'évitera de monter jusqu'à la villa, ce que j'avais l'intention de faire, voyez-vous. Ce matin même, pour ne rien vous cacher.

– Et pourquoi cette visite ?

– Je voulais donner à Lashley une dernière chance de régler ses comptes avec moi... avant d'aller trouver la police.

– La police ?

– Que puis-je faire d'autre ? Mme Lashley n'est pas ici alors qu'elle m'a demandé de faire ce long voyage uniquement pour discuter d'une affaire urgente. M. Lashley refuse de me dire où elle se trouve. La rumeur parmi les commerçants veut qu'elle soit retournée en Cornouailles pour s'occuper d'une tante malade. Mais ladite tante, qui, entre nous, n'est pas le moins du monde malade, pense que sa nièce n'a pas quitté Capri. Ce qui est aussi l'avis de la fille de Mme Lashley. Or elle n'y est pas. Apparemment. *Misterioso*, non ? Comme diraient les gens d'ici.

– M. Lashley n'est pas tenu de vous rendre compte des allées et venues de sa femme.

– Certes pas, dit-il en souriant à nouveau. Mais il en irait différemment avec la police.

– La police ? Elle vous conseillerait de passer votre chemin et de cesser de lui faire perdre son temps.

– Nous verrons bien.

– Vous serez obligé de leur révéler la nature de votre relation avec Mme Lashley.

– Et je le ferai.

– Alors pourquoi ne pas me le dire à moi d'abord... et vous éviter de passer pour un idiot ?

– Parce que vous croyez que j'aurais l'air d'un idiot ?

– M. Lashley ignore tout de votre prétendu "rendez-vous" avec sa femme.

– La chose est relativement courante, dans mon domaine. »

Ce qui n'était susceptible que d'une seule interprétation. « Vous êtes détective privé ? demandai-je.

– Expert en enquêtes confidentielles, c'est l'étiquette que je m'étais choisie, monsieur Kellaway. À la retraite, comme je vous l'ai dit. Mais encore disponible... pour quelques clients de confiance. »

Détective privé, ni plus ni moins. Thompson l'avait reconnu. Qu'il l'ait admis fit que le sol se déroba soudain sous mes pieds. Je me souvins en effet de la description que m'avait faite Terry de l'homme qui avait voulu se renseigner sur moi au Builders' Arms à Walworth un jour de l'été 1969. *Le ringard moyen, la cinquantaine, pas grand, pas p'tit non plus. Ni gros, ni maigre. Fumait la pipe. Se tripotait sans arrêt la moustache. Il a pas quitté une seconde son chapeau, alors, il pourrait être chauve... ou pas.* C'était lui, en plus ventru et en plus chauve, avec quinze ans de plus. C'était Fred Thompson, l'expert en enquêtes confidentielles. Aucun doute ne subsistait plus dans mon esprit.

« Tout va bien, monsieur Kellaway ? On dirait que vous venez de voir un fantôme.

– Je vais très bien.

– Ah bon, si vous en êtes sûr.

– Êtes-vous en train de dire que... vous avez déjà travaillé pour le compte de Mme Lashley par le passé ?

– En effet.

– Quel genre de travail ?

– Le genre confidentiel.

– Comme des filatures ? Des surveillances ?

– J'ai bien dit "confidentiel", non ?

– Quand avez-vous travaillé pour elle pour la première fois ?

– Elle est ma cliente, monsieur Kellaway. Vous ne l'êtes pas.

– Cela remonte à quinze ans ? Davantage ?

– Information soumise au secret professionnel, j'en ai peur. » Il affichait à présent un petit sourire satisfait et s'amusait à mes dépens. « Où est Mme Lashley, c'est tout ce que je veux savoir : où elle est et comment elle va. Je m'inquiète pour elle, voyez-vous. »

Lashley m'avait donné pour instruction d'acheter Thompson, si besoin était. Et c'était peut-être ce que le privé vieillissant attendait. Peut-être me dirait-il tout ce que je voulais savoir si la somme était adéquate. Aussi déplaisant que ce fût, cela valait la peine d'être tenté. « Vous avez dû engager des frais conséquents pour venir jusqu'ici, monsieur Thompson. Et sans doute n'avez-vous qu'un forfait journalier standard. M. Lashley serait...

– Pas un mot de plus, monsieur Kellaway. Vous me mettriez dans l'embarras. Et vous-même aussi par la même occasion. Je vais vous dire ce je peux faire pour vous. Pour votre patron, plutôt. Je lui donne vingt-quatre heures. Retrouvez-moi sur la Piazzetta demain matin à 10 heures. Je serai à une table de café. Vous pourrez alors m'apprendre où se trouve Mme Lashley et pourquoi elle n'est pas ici. Ensuite, j'agirai en conséquence. Il se peut que j'aille quand même trouver la police. Nous verrons. Tout dépendra de la réponse. En revanche ce qui n'en dépend pas, c'est ceci : vous me posez un lapin ou vous me racontez des salades, et je vais tout droit au commissariat pour faire une déposition en bonne et due forme. Ça me paraît honnête comme proposition, non ? »

Je rentrai en toute hâte à la villa Orchis, à la fois humilié et hors de moi. Je m'étais fait manipuler dans les grandes largeurs. Pour ne rien arranger, j'étais certain que Thompson en savait plus sur mon compte qu'il ne le laissait paraître. Ce qui valait aussi pour Lashley, bien entendu. Je n'avais que des mauvaises nouvelles à lui communiquer.

Je trouvai Jacqueline en train de prendre son petit déjeuner sur la terrasse. Elle m'invita à me joindre à elle. Mais il fallait que je voie Lashley de toute urgence.

« Il est dans son bureau, occupé à travailler, me dit-elle. Il reçoit des fax tous les jours.

– Bien sûr. » Cela n'avait rien d'étonnant ; c'était un homme qui n'aurait pas supporté de rester un jour sans contact avec les affaires. « Je vais pourtant devoir le déranger.

– Adam n'a pas encore refait surface.

– Ah bon ?

– Vous lui avez parlé cette nuit ? J'ai le sommeil léger, et il m'a réveillée en rentrant. J'ai cru l'entendre parler avec quelqu'un au rez-de-chaussée.

– C'était moi, acquiesçai-je avec une grimace. Il est peut-être un peu plus amical quand il n'a pas bu.

– Pas au point qu'on le remarque. Simplement un peu moins excité. » Elle m'adressa un sourire compatissant. « Mais il nous faut faire la part des choses.

– Absolument », dis-je, en lui retournant un sourire résigné.

Lashley, lui aussi, allait devoir faire la part des choses. Ce dont il se montra vite convaincu quand j'eus fini de lui rapporter ma rencontre désastreuse avec Thompson.

« Au diable ce minable ! s'exclama-t-il quand j'en eus terminé, avant d'écraser sa cigarette dans le vieux cendrier en onyx de Francis et d'en rallumer une aussitôt. Mais à quoi Muriel pouvait-elle bien penser ?

– Je me demandais justement, monsieur, si vous aviez une idée là-dessus. » Je ne lui avais pas dit que je soupçonnais Thompson d'avoir été sur mes traces à Londres, quinze ans plus tôt. S'il avait vraiment travaillé pour Muriel à l'époque, Lashley devait à tout prix être mis au courant.

« Ça se pourrait, Jonathan. Quand Vivien est partie à Cambridge, Muriel s'est inquiétée de savoir comment elle allait aborder sa nouvelle vie. On peut la comprendre, au vu des circonstances. Inutile que je te rappelle l'overdose qu'elle avait faite suite à la mort d'Oliver. Muriel était convaincue qu'elle avait toute chance "d'avoir de mauvaises fréquentations", comme elle disait. Les journaux regorgeaient d'histoires à faire peur à propos de drogues et du reste. Muriel a insisté pour que nous... la fassions surveiller. Pour que nous nous assurions que tout allait aussi bien qu'elle le prétendait. Vivien voyait un psychothérapeute, mais elle était tout à fait capable de le mener en bateau. Muriel venait de perdre son fils, et elle était bien décidée à faire tout son possible pour protéger sa fille. Je l'ai laissée faire, un peu malgré moi, pour être franc. Mais le rachat de Wren par CCC exigeait beaucoup de mon temps et de mon attention à l'époque. Elle a consulté une agence de détectives de Plymouth. Ils avaient une sorte d'arrangement réciproque avec une autre agence à Londres. Un agent a été affecté à… une surveillance discrète des activités de Vivien et… de ses fréquentations.

– Thompson ?

– C'est ce que nous devons en conclure, oui. Si le nom a jamais été prononcé devant moi, je ne m'en souviens pas. Mais il est certain que Muriel s'est rendue à Plymouth à deux ou trois reprises pour se faire remettre des rapports en mains propres. Je n'avais pas le temps de l'accompagner. Il se peut aussi que Thompson ait fait le trajet depuis Londres pour la rencontrer.

– Croyez-vous que j'aurais pu "bénéficier" de cette surveillance ?

– Je crains bien que oui, Jonathan. J'en suis désolé. Muriel ne m'a rien dit à ce propos et je n'ai rien demandé. L'opération semblait la tranquilliser, et je n'ai pas cherché plus loin.

– Pourquoi aurait-elle voulu recontacter ce Thompson après toutes ces années ?

– C'est justement la question que je me pose. Je pense qu'il n'existe qu'une seule réponse : Paolo Verdelli. Je n'ai pas caché à ma femme les bruits qui couraient sur les liens éventuels du lascar avec la Camorra. Et il se peut qu'elle ait entendu des choses de son côté. Elle passe plus de temps ici que moi. Peut-être a-t-elle eu peur pour sa sécurité. Pour celle d'Adam également et de Vivien, tout bien réfléchi. Et du petit Dylan. Je ne peux que supposer qu'elle a décidé de faire appel à Thompson pour prendre la mesure de Verdelli et évaluer, le cas échéant, la menace qu'il pourrait représenter. Hélas, il semblerait que la menace ait été plus grande et plus proche que nous le redoutions, elle ou moi. »

Il se renversa sur sa chaise et se retourna pour jeter un coup d'œil dans le jardin tacheté de soleil. « Les ravisseurs de Muriel ont été très clairs sur ce point : s'ils ont vent d'une quelconque intervention de la police dans l'affaire, il n'y aura pas d'accord. Ils n'ont pas précisé le sort qu'ils réserveraient alors à Muriel, mais je pense qu'il nous faudrait envisager le pire. Il se peut que Thompson soit sincèrement inquiet à son sujet, mais toute intervention de sa part pourrait s'avérer calamiteuse. Il faut à tout prix l'empêcher de parler à la police.

– Mais comment y parvenir ?

– Je n'en sais rien, Jonathan. Laisse-moi réfléchir. Nous avons encore un peu de temps devant nous. Espérons que ça suffira. »

27

Je n'avais jamais aimé Muriel Lashley. C'était une femme froide, orgueilleuse et étroite d'esprit. Je n'aurais pas dû être surpris d'apprendre qu'elle avait engagé un détective privé pour surveiller les activités de Vivien. Elle était certes inquiète pour sa fille, mais elle tenait aussi à s'assurer que Vivien éviterait les mauvaises fréquentations. Or, j'en faisais partie. C'était aussi simple que ça. Jusqu'où aurait-elle été prête à aller pour nous séparer si nous n'avions pas nous-mêmes fait le travail à sa place, je l'ignore. Mais très loin, j'en étais sûr.

La situation présente ne manquait pas d'ironie. L'homme auquel Lashley avait fait appel pour l'aider à obtenir la libération de sa femme était celui-là même dont cette dernière ne voulait à aucun prix qu'il se mêle des affaires de la famille. Mes sentiments personnels cependant cédaient devant la gravité et l'urgence de la situation. Mais une fois libérée, serait-elle seulement capable de me remercier ? Et, dans ce cas, quelle serait ma réaction ? Il faudrait que nous arrivions à mettre les choses au clair entre nous.

Les heures passèrent lentement et dans l'appréhension, pendant que Lashley réfléchissait à la meilleure façon de régler le problème de Thompson. Malgré la chaleur écrasante, je fis une grande promenade le long du rivage au sud-est de l'île. L'exercice était une sorte de palliatif. Mais il ne réussit à calmer mes inquiétudes immédiates qu'au prix de la résurgence d'images douloureuses. Le moindre pas sur l'île était assombri par le souvenir des semaines que j'y avais passées avec Vivien.

Le trajet que j'empruntai pour rentrer à la villa m'amena à longer les grilles de la villa Erycina. Je jetai un œil en passant à l'allée à colonnade qui montait vers la maison. Des roses blanches qui s'enroulaient autour des colonnes faisaient ressortir le rouge profond des bougainvillées. Le jasmin embaumait l'air immobile traversé par le murmure des abeilles. C'était l'heure de la sieste, et la comtesse Covelli devait se reposer. Le moment n'était pas propice à une visite, et je passai mon chemin.

Les siestes ne faisaient pas partie de la routine du noctambule qu'était Adam Lashley. Il était dans la cuisine en train de se préparer un petit déjeuner plus que tardif quand j'arrivai à la villa. Le doublage aux voix gutturales de l'épisode de *Bonanza* qu'il regardait sur un poste de télé portatif tout en plongeant sa cuillère dans un énorme bol de céréales l'empêcha de m'entendre. Je me rendis donc directement à l'étage et pris une douche, avant de m'endormir, nu sur le lit, bercé par le ronronnement lent du ventilateur au-dessus de ma tête. L'après-midi bascula.

Il était presque l'heure du dîner quand je me réveillai. Je m'habillai à la hâte et en descendant trouvai Lashley et Jacqueline dans le salon. Je les sentis d'humeur plutôt gaie. Sans doute à la suite d'une bonne nouvelle. « Nous parlerons plus tard », dit Lashley en guise de réponse à mon regard interrogateur. Je me gardai bien d'en demander plus.

Adam nous fit l'honneur de partager notre repas ce soir-là. Jacqueline se fit un devoir de lui poser quelques questions sur la littérature. Si ses réponses ne furent pas données d'un ton franchement méprisant, ce fut, de toute évidence, uniquement en raison de la présence de son père. Je n'arrêtai pas de me dire que cette façade d'indifférence était sa manière de masquer ses craintes face à la situation angoissante dans laquelle se trouvait sa mère. Sans toutefois réussir à m'en convaincre.

Lashley dit à Elena qu'elle pouvait partir de bonne heure : nous débarrasserions nous-mêmes la table. Dès qu'elle eut quitté la maison, il annonça qu'il avait eu un autre coup de téléphone des ravisseurs de Muriel. Un accord avait été conclu sur les conditions de sa libération.

Je sentis qu'Adam n'avait qu'une envie : s'enquérir du montant de la rançon ; mais tout ce qu'il réussit à dire, ce fut : « Tu crois que ça marchera, papa ? » On aurait cru entendre un petit garçon, jeune et vulnérable.

« J'ai de bonnes raisons de le croire, répondit Lashley. Ils doivent rappeler demain soir pour nous fixer l'heure et le lieu de l'échange. Rappelle-toi qu'il est capital pour eux, financièrement parlant, que l'opération se déroule sans accroc.

– Vous allez bientôt revoir votre mère, Adam », dit Jacqueline.

Si la remarque était censée rassurer ce dernier, le regard noir avec lequel elle fut accueillie prouva qu'elle avait manqué son but. Lashley parut ne rien remarquer. À moins qu'il ait fait semblant. « Tout ce que nous avons à faire, dit-il, c'est garder notre sang-froid encore quelques heures.

– Pas vraiment "tout", en fait », intervins-je prudemment, ignorant s'il avait parlé de Thompson à Adam. Lequel dissipa toute incertitude en appuyant sa remarque d'un coup d'œil méprisant à mon adresse : « C'est au privé qu'il fait allusion, papa. »

– J'ai longuement réfléchi au problème posé par Thompson, dit Lashley, frappant la table du plat de la main d'un air décidé. Il est impératif que nous le dissuadions d'aller trouver la police. Le moyen le plus sûr d'y parvenir, c'est de lui dire la vérité. Une fois qu'il aura pris conscience de la gravité de la situation, il se rangera à notre avis. On court certes un risque en le mettant dans la confidence, mais moindre que celui qui consisterait à inventer une histoire de toutes pièces pour nous couvrir ou simplement à le défier d'aller contre nos intérêts. Tu es d'accord, Jonathan ? »

Je fus surpris. Je pensais que Lashley aurait rechigné à prendre une telle décision, mais j'aurais dû mieux le connaître. On pouvait compter sur lui pour être réaliste. « Oui, répondis-je. Autant que j'aie pu en juger, Thompson s'inquiète sincèrement du sort de Muriel. » Mais me croirait-il ? C'était la question cruciale. « Je pourrais peut-être lui montrer la photo… que vous avez reçue.

– Mais bien sûr, dit Lashley en acquiesçant de la tête. Il a besoin d'être convaincu. C'est pourquoi la suggestion que m'a faite Jacqueline un peu plus tôt dans la journée me paraît tout à fait sensée.

– Je vous accompagnerai lors du prochain rendez-vous, Jonathan », dit-elle. Une autre surprise, encore plus grande que la première, comme dut en témoigner mon expression. « Je ne suis pas partie prenante dans l'affaire. Et je suis une femme. Ma présence…

– … renforcera ta crédibilité, dit Lashley. Nous avons besoin que Thompson soit de notre côté, Jonathan. C'est absolument vital. » Il serra le poing jusqu'à faire blanchir ses jointures. C'était le premier signe notable de l'état de tension qui devait être le sien. « Tu crois pouvoir réussir ? Ce n'est pas que je ne lui parlerais pas moi-même, mais l'entretien risquerait d'être contre-productif.

– Oui, j'y arriverai, monsieur, déclarai-je, avant d'ajouter avec un regard à l'adresse de Jacqueline : *nous* y arriverons. »

Adam partit à pas traînants dans sa chambre pour y regarder la télévision. Un peu plus tard, Lashley annonça qu'il avait besoin d'une longue nuit de sommeil. Il avait effectivement l'air épuisé, ce qui était compréhensible, mais néanmoins troublant, comme je ne tardais pas à le reconnaître auprès de Jacqueline quand il monta se coucher.

« Il est toujours tellement indomptable. Et il ne cesse de s'enorgueillir de sa résistance. Je ne l'ai jamais vu admettre sa fatigue auparavant.

– Il n'est pas jeune, Jonathan, même si, Dieu sait, il ne fait pas son âge. On ne croirait jamais qu'il n'a que quatre ans de moins que mon père. Il s'inquiète à longueur de temps pour Muriel. Il doit être difficile pour lui de ne pas imaginer les conditions de sa détention. C'est une situation éprouvante pour nous tous, mais tout bonnement insupportable pour Greville. »

Elle l'admirait. C'était clair. Et sa force de caractère était effectivement admirable. Si j'avais été prisonnier de la Camorra, j'aurais voulu avoir Greville et personne d'autre pour négocier les conditions de ma libération. Il avait la négociation dans le sang. « Merci d'avoir proposé de venir rencontrer Thompson avec moi, Jacqueline. Je pense qu'il vous croira beaucoup plus volontiers qu'il ne me croirait, moi.

– Je cherche simplement à aider. »

Une minute s'écoula dans le silence de la réflexion. « L'homme dont Greville pense qu'il est à l'origine de tout ça, Paolo Verdelli, vous le connaissez mieux qu'aucun d'entre nous, n'est-ce pas ?

– Sans doute, oui.

– Vous le croyez capable d'une pareille monstruosité ?

– L'envie et la rancœur peuvent conduire à toutes sortes de comportements. Pour ce qui est de Paolo, je... » Il avait protégé Luisa. Avait été loyal à son égard. Peut-être même l'avait-il aimée. Et ce qu'elle lui avait promis en retour lui avait été volé. Envieux et rancunier ? Il y avait tout à parier qu'il l'était. Et même davantage. « Je l'en crois capable, en effet.

– Alors, il ne nous reste plus qu'à espérer qu'il saura se contenter de sa part de la rançon.

– Oui, en effet. » Sage attitude s'il en fût, mais néanmoins, bien que Jacqueline l'ignorât, sans pertinence aucune. Lashley n'avait nullement l'intention de laisser à Paolo la chance de revenir en réclamer davantage. Dès que Muriel serait en sécurité, il se lancerait à sa poursuite. Je préférais ne pas savoir comment ladite poursuite se terminerait.

Le premier ferry de touristes venus de Naples pour la journée n'avait pas encore déversé sa cargaison quand nous arrivâmes à la Piazzetta le lendemain matin à 10 heures. La place était tranquille et silencieuse, et les clients rares aux tables des cafés à l'écart les unes des autres. Le soleil déjà chaud promettait des heures encore plus chaudes et faisait étinceler le bord des cloches de la tour de l'horloge, qui présentement sonnaient l'heure.

Thompson leva une main prudente pour nous accueillir en nous voyant approcher. Il était sur le côté ouest de la place, à l'ombre, une tasse de thé à la main, occupé à parcourir l'*International Herald Tribune*. Il eut un froncement de sourcils soupçonneux à l'intention de Jacqueline, puis à la mienne. « Je croyais que vous deviez venir seul, monsieur Kellaway, dit-il. Je ne m'attendais pas à vous voir avec... Mlle Hudson, je me trompe ? » Il s'autorisa un petit sourire narquois pour avoir deviné l'identité de ma compagne.

« Je vois que vous êtes bien informé, monsieur Thompson », répondit Jacqueline sans se troubler. Elle tendit la main, l'obligeant à se lever de sa chaise, ce qui ternit quelque peu l'éclat de sa victoire.

« L'information est mon fonds de commerce, dit-il avec un grand sourire. Je suppose que M. Kellaway vous l'a dit.

– En effet.

– Bien, bien. Asseyez-vous, tous les deux. Je vous en prie. »

J'empruntai une troisième chaise à la table voisine, et nous nous installâmes. Thompson en fit des tonnes pour plier son journal, avant de pointer le tuyau de sa pipe non allumée dans ma direction et de pencher la tête sur le côté.

« Vous faites du jogging, monsieur Kellaway ? Vous en avez l'air. »

La question était aussi ridicule que déplacée. « J'essaie de me maintenir en forme, dis-je en haussant les épaules.

– Grave erreur. *Multo errore*. C'est dans le journal. Le type qui a inventé le jogging est tombé raide mort d'une crise cardiaque... au cours d'une séance de jogging, continua Thompson, l'air réjoui. Le genre de chose qui ne s'invente pas.

– Pourrions-nous en venir au fait ? » intervint Jacqueline, d'un ton grave et digne. Le sérieux et la dignité caractérisaient aussi son allure : lunettes de soleil et robe lilas toutes simples, cheveux noués derrière la nuque et regard direct. L'expression de Thompson laissa entendre qu'il était impressionné. Autant que je l'étais moi-même.

« Mais bien sûr, venons-y sans tarder. »

Avant que nous en ayons eu le temps, le serveur apparut, et Jacqueline et moi commandâmes un café. Une fois qu'il eut tourné les talons je m'avançai sur ma chaise et fixai Thompson du regard. « Mme Lashley a été enlevée, dis-je d'un ton égal. Cela s'est produit la semaine dernière. Et depuis, M. Lashley négocie les termes de sa libération. Il n'a pas informé la police.

– Enlevée ? répéta Thompson, sans hausser le ton lui non plus et effaçant le sourire de son visage. Voilà une terrible nouvelle.

– Vous avez entendu parler de la Camorra ?

– La Mafia napolitaine, dit-il en hochant la tête. Oui, je connais. Ce sont eux les auteurs de l'enlèvement ?

– J'en ai peur.

– Eh ben, dites-donc, quelle histoire ! s'exclama-t-il avant de se tripoter la moustache. Et vous dites que M. Lashley a tenu la police à l'écart ?

– Oui.

– C'est la raison, monsieur Thompson, dit Jacqueline, pour laquelle nous vous supplions de faire de même.

– Les deux parties se sont mises d'accord hier sur le montant de la rançon, poursuivis-je. Mme Lashley devrait être libre dans quelques jours.

– Un dénouement heureux, quoique coûteux, est donc en vue, si je comprends bien ?

– Le seul souci de M. Lashley, c'est de retrouver sa femme saine et sauve, dit Jacqueline.

– Bien entendu, je comprends. Sinon, en citoyen britannique respectueux de la loi, il aurait sans doute immédiatement averti la police.

– Il est facile de recommander une telle démarche, dis-je. Mais c'est une tout autre affaire quand la vie d'un être cher est en jeu.

– Oui, en effet. C'est d'ailleurs ce sur quoi comptent d'ordinaire les ravisseurs, monsieur Kellaway. Aucun d'entre eux ne se ferait jamais prendre si toutes les victimes leur facilitaient autant la tâche.

– Cette dernière semaine a été tout sauf facile, monsieur Thompson, intervint Jacqueline.

– J'imagine aisément que ça n'a pas été une partie de plaisir pour Mme Lashley, c'est certain. » Je sentis que le choc initial provoqué chez lui par la nouvelle de l'enlèvement laissait la place à quelque chose qui ressemblait à du scepticisme. « Les ravisseurs ont-ils fourni une preuve quelconque qu'elle était en vie et bien portante ? »

Jacqueline sortit de son sac à main l'enveloppe que nous avait confiée Lashley et montra la photo à Thompson. « Nous avons authentifié le journal comme étant l'édition de vendredi dernier, dis-je pendant qu'il l'examinait.

– J'espère que M. Lashley sait ce qu'il fait. Les gens de la Camorra ne plaisantent pas.

– Il en est bien conscient », dit Jacqueline.

Elle récupéra la photo au moment où le serveur réapparaissait avec nos cafés. Son départ fut suivi d'un instant de silence.

« Je reste malgré tout perplexe, reprit Thompson. Pourquoi la choisir, elle ? Les Lashley ne constituent pas une cible évidente. Le kaolin ne les place pas au rang des magnats du pétrole ou des grands armateurs, si ?

– Il se peut, c'est du moins ce que nous croyons, qu'un élément personnel ait joué. Un homme qui travaillait autrefois pour Luisa d'Eugenio, l'ancienne propriétaire de la villa Orchis, est apparemment convaincu qu'il aurait dû hériter de la propriété en lieu et place de Mme Lashley. Il ne s'est pas caché de lui en vouloir terriblement. Et le bruit court qu'il aurait des liens avec la Camorra. Il est probable que Mme Lashley projetait de vous engager pour déterminer si ce personnage représentait ou non une réelle menace. »

Thompson réfléchit un moment à ce qui venait d'être dit, puis demanda : « Comment s'appelle cet homme ?

– Je ne suis pas sûr que nous...

– Verdelli ? » Mon effroi passager ne lui échappa sans doute pas. « C'est bien ça, non ?

– En effet », concédai-je

Il hocha la tête, satisfait de s'être rassuré sur ce point. « On dit que Paolo Verdelli était l'amant de Luisa d'Eugenio en même temps que son domestique. Et l'on pense qu'il a fini par s'occuper d'elle après l'attaque qui a fait d'elle une invalide quelques années avant sa mort. Il n'y aurait donc pas à s'étonner s'il escomptait être récompensé d'une façon ou d'une autre pour ce... dévouement.

– Ce n'est pas la faute des Lashley s'il n'en a rien été.

– Non, certes. Mais c'est devenu leur problème. J'aurais peut-être conseillé un paiement préventif si j'avais été consulté.

– Voyez-vous ça », dit Jacqueline. Il m'apparaissait clairement (et plus clairement qu'à Thompson, espérai-je) qu'elle détestait davantage l'homme à mesure qu'il parlait.

« S'en tenir à la lettre de la loi peut parfois s'avérer une fausse économie, mademoiselle Hudson.

– Vraiment ?

– Vous pourrez en parler à loisir avec Mme Lashley dans un proche avenir, dis-je en faisant un effort pour être conciliant.

– Vous m'en voyez ravi.

– En attendant...

– Vous aimeriez que je vous promette de ne rien dire de tout cela. Tout particulièrement à la police.

– Exactement. Si nous vous avons mis dans la confidence, c'est, très franchement, parce que vous ne nous avez pas laissé le choix. Mais si l'intérêt de Mme Lashley est réellement votre préoccupation première...

– Très bien, dit-il, en pointant à nouveau sa pipe sur nous. M. Lashley est dans un pétrin de tous les diables, c'est évident. Si j'apprenais que vous avez inventé toute cette histoire uniquement pour que je cesse de le harceler, alors...

– Non, sérieusement, l'interrompit Jacqueline, vous douteriez de la véracité de nos dires ? Vous avez cru la photo, bon sang. Que voulez-vous de plus comme preuve ? »

Je n'aurais personnellement pas été aussi direct de peur de nous mettre l'homme à dos. Mais l'effet fut étonnamment salutaire. « Vous allez devoir m'excuser, dit-il d'un ton apaisant. Il m'arrive d'être trop soupçonneux pour mon propre bien. Voyez-y le résultat de quarante années passées à filer des conjoints infidèles. Je ne mets pas en doute la vérité de ce que vous m'avez raconté, mademoiselle Hudson. Et je ne ferai rien qui puisse mettre Mme Lashley en danger. Êtes-vous satisfaite ?

– Oui, dit Jacqueline, hochant légèrement la tête en signe de gratitude. M. Lashley sera soulagé de l'apprendre.

– Je peux donc attendre... de bonnes nouvelles... d'ici à deux à trois jours ?

– Vous le pouvez, répondis-je.

– En ce cas, tout est clair entre nous, n'est-ce pas ? J'espère... poursuivit-il en agitant vaguement sa pipe. J'espère que tout se passera bien. »

Un silence de quelques secondes s'ensuivit. Puis Jacqueline murmura : « Dieu vous entende. »

28

Le funiculaire avait commencé à déverser les premières grappes de touristes sur la Piazzetta quand nous laissâmes Thompson à sa pipe et à son journal pour rentrer à la villa Orchis. Nous ne voulions pas faire attendre Lashley plus longtemps que nécessaire pour lui rapporter les détails de notre entretien. De la promesse que nous avions obtenue dépendait somme toute en grande partie le succès de son entreprise.

Nous ne parvînmes cependant pas à la villa aussi vite que nous l'espérions. Une rencontre fortuite avec la comtesse Covelli devait forcément se produire tôt ou tard. Le monde était petit, et Capri plus petit encore. Même ainsi pourtant, et sans trop savoir pourquoi, je ne m'y attendais pas.

Elle faillit nous heurter en sortant d'une *farmacia* de la Via Roma. Elle était pratiquement telle que dans mon souvenir : grande, mince, un nez aquilin, vive et gracieuse. À peine marquée par le passage de quinze années. Elle portait une robe en lin très pâle, une longue veste ouverte, un chapeau de paille à larges bords. En me voyant, elle me gratifia d'un sourire où se mêlaient, me sembla-t-il, chaleur et ironie.

« Jonathan ? *Santo cielo !* C'est vraiment vous.

– Bonjour, *contessa*, répliquai-je, couvrant mon embarras de mon mieux en la présentant tout de suite à Jacqueline.

– Greville m'a parlé de vous, *contessa*, dit celle-ci. Mais uniquement en tant que voisine, ajouta-t-elle en me lançant un regard plein de curiosité. Manifestement, vous et Jonathan vous connaissez mieux que de simples voisins.

– Nous nous sommes connus lors du dernier séjour ici de Jonathan, dit la comtesse en me jetant un coup d'œil. Je me suis souvent demandé s'il reviendrait jamais.

– M. Lashley m'a fait venir pour affaire, dis-je avec un sourire gêné.

– Je vois. Je me suis laissé dire que c'était... un homme d'affaires entreprenant. Et vous travaillez pour lui ?

– En effet, oui.

– Mais pas suffisamment tout de même pour ne pas trouver le temps de venir prendre le thé avec moi, j'espère.

– Bien sûr que non. Je serais... ravi.

– Viendrez-vous aussi, mademoiselle Hudson ?

– C'est vraiment très gentil à vous de m'inviter, *contessa*. Je serais heureuse de me joindre à vous.

– Demain après-midi, alors ? »

Jacqueline et moi échangeâmes un regard. Nous pouvions difficilement révéler à la comtesse pourquoi il nous était si peu commode de consacrer du temps à d'innocentes mondanités.

« M. Lashley et moi-même avons un week-end très occupé devant nous, *contessa*, dis-je, hésitant. Il se peut que...

– Écoutez, ne prenons pas d'engagement ferme. » Il y avait dans son sourire quelque chose de plus que son charme habituel. Comme une franche détermination. Ou peut-être n'était-ce que le fruit de mon imagination. « Venez si vous le pouvez. Vers 5 heures. Personne ne devrait encore s'occuper d'affaires à pareille heure. J'espère vous voir tous les deux. »

Eût-elle été moins préoccupée, Jacqueline se serait sans doute montrée beaucoup plus curieuse au sujet de la comtesse Covelli. En l'occurrence, elle ne me posa aucune question jusqu'à une heure tardive de la journée. Nous pressâmes le pas pour rentrer à la villa et annoncer la bonne nouvelle à Lashley : Thompson acceptait de coopérer.

Il en fut grandement soulagé. C'était un sujet d'inquiétude en moins. Même s'il en restait encore beaucoup. Il nous fallait désormais attendre que la Camorra veuille bien nous communiquer les conditions de l'échange de Muriel contre la rançon dont Lashley était convenu avec les ravisseurs. Une attente éprouvante.

« Je leur ai dit que je refusais de leur remettre l'argent tant qu'ils n'auraient pas relâché Muriel, nous révéla-t-il. Il faut qu'ils comprennent qu'ils ne feront pas de nous des marionnettes. Mais ce sont eux qui mènent la danse, il faut l'admettre. Et ils le savent. C'est un équilibre foutrement précaire », ajouta-t-il avec un soupir.

Précaire, il l'était. Et le resta. La journée s'écoula avec une lenteur insupportable. Jacqueline s'installa à l'ombre dans le jardin pour essayer de lire. Lashley se confina dans son bureau, à portée de main du téléphone. Adam partit se baigner et revint quelques heures plus tard dans un état qui laissait à penser qu'il avait passé beaucoup plus de temps à boire qu'à nager. Elena arriva pour son travail puis repartit. À un moment, Jacqueline réussit à me convaincre de lui raconter la triste histoire de la comtesse Covelli. Naturellement, j'omis la partie la plus triste. Je n'étais pas censé savoir – pas plus ni moins que n'importe qui – que son mari avait été dénoncé aux nazis par l'ancienne propriétaire de la villa Orchis.

L'appel eut lieu, comme tous les précédents, en début de soirée. Jacqueline et moi, assis sur la terrasse, entendîmes la sonnerie par la porte-fenêtre ouverte du bureau. Adam était à l'étage dans sa chambre. Le grondement des basses de la chaîne Hi-Fi suggérait qu'il était peu susceptible de l'avoir entendue de son côté. J'en fus heureux, soupçonnant que son père l'était tout autant.

Nous restâmes assis à attendre, dans un silence angoissé, pendant cinq minutes, puis dix. Pour finir, nous entendîmes le clic caractéristique du combiné que l'on repose, sans pour autant bouger.

Puis Lashley vint jusqu'à la porte-fenêtre et me fit signe de le rejoindre à l'intérieur.

« J'aimerais que tu me confirmes ta participation dans le marché que j'ai conclu, Jonathan, me dit-il en me précédant dans le bureau.

– Cela va de soi.

– Il convient néanmoins, avant que tu t'engages sans possibilité de retour, que je t'expose les conditions que j'ai acceptées. Assieds-toi. »

Il revint à son fauteuil derrière son bureau, et je pris place en face de lui. Il attrapa dans le cendrier une cigarette qu'il devait être en train de fumer avant de m'appeler et la contempla, l'air absent, avant de décider qu'elle était presque terminée et de l'écraser.

« Êtes-vous... satisfait de ces conditions ? » demandai-je.

Il réfléchit un moment, avant de hocher la tête. « Autant qu'on peut l'être. Je dois me rendre à Naples demain et passer la nuit à l'Excelsior. Une chambre y a été réservée à mon nom. L'échange est prévu pour dimanche matin. C'est à ce stade que tu entres en scène. Tu emporteras l'argent jusqu'à Marina Grande. Je l'aurai mis dans un porte-documents. Tu dois y être au plus tard à 8 h 20. Tu retrouveras un homme au point d'embarquement du ferry de 8 h 30 pour Naples. Il te demandera du feu et te donnera son nom. Bartolomeo. Tu ouvriras le porte-documents pour lui en montrer le contenu. Un complice, quelque part sur le quai, surveillera les opérations. Quand le ferry sera prêt à partir, remets la serviette à Bartolomeo et veille à ce qu'il monte à bord. Reste jusqu'au départ du ferry. Puis rentre à la villa. C'est alors que le complice de Bartolomeo me téléphonera pour me dire où je dois récupérer Muriel, quelque part près de l'hôtel.

– C'est aussi simple que ça ?

– Espérons-le. La garantie de leur bonne foi réside dans le fait que, au cas où ils ne téléphoneraient pas, je pourrais contacter la police et faire arrêter Bartolomeo à sa descente du ferry à Naples. Avec l'argent bien entendu. Mais je suis sûr que nous n'en arriverons pas là. C'est l'argent qu'ils veulent. Toute l'affaire repose là-dessus.

– Je le remettrai bien volontiers.

– Merci. J'emmènerai Adam avec moi demain, en espérant que l'Excelsior lui trouvera une chambre, dit Lashley avec un pâle sourire. Je te l'enlève des pattes. Je ne voudrais pas qu'il te crée des ennuis. C'est ce dont nous avons le moins besoin en ce moment.

– Je veillerai à ce que tout se passe au mieux.

– Parfait. Et encore merci, Jonathan. Je ne saurais suffisamment te remercier. Je n'oublierai jamais. » Il me fixa droit dans les yeux, apparemment décidé à ce que je prenne la mesure de l'étendue de sa gratitude. « Je te le garantis. »

Les événements se déroulaient aussi bien que l'on pouvait raisonnablement l'espérer, mais il restait encore trente-six heures d'inaction angoissée à traverser avant la libération de Muriel. La léthargie due à la chaleur estivale et l'oisiveté frivole qui régnaient sur Capri donnaient au crime dont étaient victimes les propriétaires de la villa Orchis un air surréel, sinon irréel. Rien ne le trahissait au grand jour. Sa réalité était confinée aux esprits des rares personnes qui en avaient connaissance. Et c'est là qu'il exerçait ses ravages en silence.

À ma grande surprise, même si le phénomène témoignait peut-être de la tension nerveuse qui était la sienne en ce moment, Adam se leva de bonne heure le samedi matin. Ma surprise s'accrut encore quand il me proposa une partie de tennis. « On peut arriver à coincer un match avant qu'il fasse trop chaud », dit-il sur un ton qui, faute d'être franchement amical, était nettement moins hostile qu'à l'ordinaire. J'acceptai sa proposition et nous partîmes pour le centre-ville où se trouvaient les courts.

Les services d'Adam étaient des boulets de canon, dont ils avaient par ailleurs la lourdeur. J'aurais pu le battre plus facilement que je le fis, ce qui ne lui échappa pas. « Content de voir que tu as... suivi mon conseil, haleta-t-il pendant que nous nous essuyions avec une serviette après le match.

– À quel sujet, le conseil ?

– Rester en bons termes avec moi. C'est une... excellente idée.

– Songes-tu sérieusement à entrer dans l'affaire ? demandai-je, incapable d'accorder un quelconque crédit à cette lubie.

– Je ne pense pas à grand-chose... au-delà de demain.

– Non. Évidemment non, dis-je, rabroué.

– Et tu devrais en faire autant.

– Tout va bien se passer, Adam. J'en suis sûr. »

Une lueur de colère brilla dans ses yeux quand il me regarda sous sa frange perlée de sueur. Il n'avait pas besoin de moi pour que je le rassure. Il n'attendait rien d'autre de ma part, comme il fut prompt à me le faire savoir, sinon que j'obéisse. « Contente-toi d'exécuter les ordres qu'on t'a donnés sans tout foutre en l'air. D'accord ? »

Un jour viendrait, j'en étais convaincu, où il faudrait que je fasse comprendre à Adam qu'être le fils de Greville Lashley ne lui conférait aucune autorité naturelle sur moi. Mais ce jour pouvait attendre, et je me contentai d'opiner. « D'accord. »

J'emmenai Adam et son père à Marina Grande en voiture dans l'après-midi. Jacqueline m'accompagna et nous attendîmes de les voir embarquer sur le ferry de 15 h 30. Lashley préférait éviter la presse des touristes rentrant à Naples en fin de journée. Il me serra la main avant de monter à bord, sans rien ajouter en guise de recommandations de dernière minute. Je n'avais pas besoin qu'on me rappelle ce que j'avais à faire. Il le savait.

Leur départ nous laissa, Jacqueline et moi, avec du temps devant nous et, du même coup, une bonne raison de répondre à l'invitation de la comtesse Covelli. « Ça nous fera du bien de bavarder avec quelqu'un qui n'est pas impliqué dans cette histoire », affirma Jacqueline. Je ne pouvais qu'acquiescer, conscient tout de même que la comtesse était bel et bien impliquée, du moins jusqu'à un certain point. Il y avait une piste reliant la trahison de Luisa d'Eugenio en 1943 et l'enlèvement de Muriel Lashley plus de quarante ans plus tard. Et cette piste, nous étions en train de la suivre.

Notre rencontre de la veille avec la comtesse m'avait laissé avec le sentiment désagréable qu'elle se moquait de moi. Elle avait plus que probablement compris que c'était moi qui lui avais envoyé la lettre de Luisa. Mais j'allais devoir faire comme si je l'ignorais, surtout en présence de Jacqueline. J'aurais préféré la rencontrer seul à seul, une fois Muriel rendue saine et sauve à ses proches. Nous aurions pu alors parler en toute liberté. En l'état des choses...

La comtesse Covelli était l'image même de l'hôtesse courtoise et expérimentée. Nous étions installés sur la terrasse de la villa Erycina à l'heure où le soleil étirait ses lueurs orangées sur le jardin, bavardant, à bâtons rompus, semblait-il, de Capri, des Cornouailles, de la Géorgie. Elle avait auparavant fait faire un tour rapide de la maison à Jacqueline, au cours duquel elle avait brièvement mentionné le triste sort qu'avait connu son époux, dont le portrait trônait toujours sur le manteau de la cheminée du salon dans son cadre d'argent. En guise de réponse, Jacqueline avait esquissé la tragédie qu'avait connue sa propre famille. Toutes deux avaient déploré le coût humain de la guerre. Et la comtesse n'avait pas une seule fois prononcé le nom de Luisa.

Ce fut Jacqueline qui s'en chargea tandis que nous buvions notre thé. Elle savait, parce que je le lui avais dit, que la comtesse avait été une amie et une contemporaine de Luisa, et elle lui demanda, de façon toute naturelle, si cette dernière ne lui manquait pas.

La réponse de la comtesse se fit attendre si longtemps que je crus celle-ci prête à ignorer la question. Mais elle était simplement occupée à choisir soigneusement ses mots. « Celle qui me manque, c'est celle que j'ai longtemps pensé être mon amie, finit-elle par dire.

– Je vous demande pardon ? dit Jacqueline, clairement déconcertée.

– Je n'ai jamais plus adressé la parole à Luisa pendant les neuf dernières années de sa vie. Je n'ai eu pendant tout ce temps... aucune communication avec elle.

– Pourquoi ? Si je puis me permettre.

– Parce que j'ai découvert qu'elle avait fait quelque chose de terrible... d'impardonnable... pendant la guerre.

– Et quoi donc ? »

La comtesse eut un sourire peiné. « Je ne l'ai pas accusée de son vivant. Je ne le ferai pas davantage maintenant qu'elle est morte. Je ne lui ai jamais dit pourquoi j'avais mis fin à notre amitié. Mais je suis sûre qu'elle le savait. Et il ne m'en fallait pas plus. »

Le bref regard qu'elle m'avait lancé tandis qu'elle parlait suffit à dissiper mes derniers doutes. C'était à moi qu'elle s'adressait et non à Jacqueline. Et elle répondait à la question que j'avais toujours voulu poser, sans jamais oser le faire. Elle n'avait pas permis à la vérité de la détruire. Mais elle l'avait accueillie et traitée avec la dignité qui la caractérisait.

« C'est triste... de devoir perdre une amie, dit Jacqueline, à court de mots.

– En effet. Mais je pense qu'il serait plus triste encore d'être trompé par quelqu'un durant toute sa vie.

– Je veux bien le croire.

– Pensez-vous que Paolo la savait coupable de ce crime impardonnable, comtesse ? » demandai-je. Il fallait que je dise quelque chose si je ne voulais pas laisser mon silence devenir trop bruyant. Et puis, il m'était apparu que je pourrais peut-être glaner quelque renseignement utile en orientant la conversation sur Verdelli.

« Je ne pense pas que Luisa ait jamais rien dit à personne, Jonathan, répondit la comtesse d'un ton mesuré.

– J'ai cru comprendre que Paolo avait quitté Capri.

– Je le crois, en effet.

– Savez-vous où il vit actuellement ? J'aimerais le contacter, pendant que je suis ici.

– Vraiment ? Vous me surprenez.

– Il m'avait rendu… quelques services, dis-je en haussant les épaules. Si les choses ont mal tourné pour lui… j'aimerais lui donner un coup de main.

– C'est gentil à vous. Mais… *purtroppo*… je n'ai pas la moindre idée d'où il perche.

– Il a de la famille à Naples, m'a-t-on dit.

– Ah. C'est peut-être là-bas qu'il se trouve.

– C'est une grande ville.

– *Si.* Et qui ne cesse de s'agrandir, me semble-t-il, chaque fois que j'y mets les pieds.

– On dirait que vous ne voulez pas m'aider à le retrouver.

– Il y a simplement que, tout seul, vous n'y arriverez pas. Mais si vous voulez, ajouta-t-elle avec un sourire, je pourrais demander à… Valerio Salvenini. Vous vous souvenez de lui ? »

Salvenini, le personnage si friand de commérages que connaissait Luisa à Anacapri. Je me souvenais de lui, en effet. « Oui, bien sûr.

– Il connaît beaucoup de gens à Naples. C'est un homme qui… a une foule de relations.

– Vraiment ?

– C'est simple. S'il ne connaît pas personnellement, il y a de fortes chances pour qu'il connaisse quelqu'un qui connaît…

– Dans ce cas, comtesse…, dis-je en faisant de mon mieux pour ne pas paraître trop empressé. Si ça ne vous ennuie pas trop, demandez-le-lui. Je vous en serais très reconnaissant.

– Je le ferai, Jonathan, répondit-elle en me souriant. Et nous verrons ce qu'il aura à nous dire. »

Par chance, il se trouva que Jacqueline ne soupçonna pas que je pouvais avoir connaissance de ce « quelque chose d'impardonnable » qu'avait commis Luisa pendant la guerre. J'étais heureux de ne pas avoir à le nier. Au lieu de quoi, une fois que nous eûmes quitté la villa Erycina, je n'eus qu'à me faire l'écho de l'opinion qu'elle avait de la comtesse. « C'est une grande dame, vous ne trouvez pas, Jonathan ? » Je l'assurai que c'était également mon avis.

Je ne pris pas la peine non plus de corriger Jacqueline quand elle exprima l'idée que c'était Lashley qui m'avait suggéré d'interroger la comtesse sur l'endroit où pouvait être Paolo. « Greville ne le laissera pas s'en tirer comme ça, n'est-ce pas ?

– Non, je ne crois pas.

– Que va-t-il faire, selon vous ? Il peut difficilement aller trouver la police après ne leur avoir rien dit de l'enlèvement de Muriel.

– J'ignore ce qu'il a l'intention de faire. Mais je suis sûr qu'il a une idée dans la tête, et je... »

Je m'arrêtai net quand nous arrivâmes devant les grilles de la villa Orchis. Elles étaient ouvertes, et je vis, horrifié, une voiture de police garée dans l'allée.

« Oh, mon Dieu ! s'exclama Jacqueline. Mais qu'est-ce qu'ils fabriquent ici ? »

29

Ma première idée fut que Thompson avait rompu sa promesse en allant trouver la police. La seconde, que je n'exprimai pas de vive voix, fut que l'irrémédiable s'était produit.

En un sens, cependant, cela ne faisait aucune différence. Jacqueline et moi devions garder notre sang-froid. Nous forcer à feindre l'ignorance. « Ne laissez filtrer aucune information, lui murmurai-je tandis que nous remontions l'allée en toute hâte. Tenez-vous-en à notre version des faits tant que nous resterons crédibles.

– Vous croyez que Thompson leur a tout dit ?

– Je n'en sais rien. Mais nous n'allons pas tarder à l'apprendre. »

Ce fut d'abord la voix de Patrizia qui nous parvint à notre entrée dans la maison. Elle était dans la cuisine en train de parler d'une voix si haut perchée qu'on pouvait la croire au bord de la crise de nerfs. Il y avait trois hommes avec elle, deux en uniforme, le troisième en costume de ville. C'est Patrizia qui nous aperçut la première et qui se lança alors dans un discours balbutiant et incohérent que nous aurions eu du mal à comprendre même s'il ne s'était pas tenu en italien. Son anglais rudimentaire avait tendance à l'abandonner dans les moments de crise, et elle était de toute évidence en train d'en vivre un.

Notre retour était manifestement attendu. Les policiers en uniforme opinaient du chef en réaction aux explications que leur fournissait Patrizia à grand renfort de moulinets. Le plus âgé des deux montra un badge le temps d'un éclair et se présenta d'un ton las sous le nom de Tenente Bianconi. Son jeune collègue lui, resta anonyme. Bianconi confirma laborieusement que nous étions bien les personnes que j'avais entendu Patrizia décrire à plusieurs reprises, avant de céder la parole au troisième homme.

Celui-ci avait à peu près l'âge de Bianconi ; les cheveux argentés, il était bel homme selon les canons italiens, et vêtu d'un costume bleu pâle bien coupé. Il avait un port autoritaire et des yeux étonnamment perçants. Lui aussi produisit une sorte de badge. *Commissario Gandolfi, Polizia Giudiziaria, Napoli.* Il avait l'air de quelqu'un qui a l'habitude de prendre en main toutes les situations susceptibles de se présenter. Ce à quoi il s'employa aussitôt.

« Où est le *signor* Lashley ? me demanda-t-il à brûle-pourpoint.

– Il est... heu... parti à Rome pour le week-end. Avec son fils. » Je savais que c'était là ce que Patrizia avait dû leur dire, puisque que c'était ce que nous lui avions fait accroire.

« Et son épouse... la *signora* Lashley ? »

La question était plus épineuse. Patrizia croyait Muriel en Cornouailles. Mais Thompson – et donc probablement Gandolfi – savait que ce n'était pas le cas. J'éludai la question en y répondant par une autre : « De quoi s'agit-il au juste ?

– Nous avons reçu des informations selon lesquelles il serait arrivé quelque chose à la *signora* Lashley. » Patrizia se lança aussitôt dans un galimatias d'exclamations éplorées que l'autre interrompit d'un ton impérieux avant de reporter son attention sur moi. « Votre domestique nous a dit que la *signora* Lashley était allée voir sa tante à Santa Ostel. Nous avons téléphoné à cette personne, qui nous a dit ne pas savoir où se trouvait la *signora* Lashley.

– Je vois. » Ce qu'Harriet avait pu penser d'un tel appel était difficile à imaginer. Mais il serait toujours temps de s'en soucier plus tard. « Écoutez, croyez-vous qu'on... pourrait aller parler de tout ceci dans le salon ? C'est un peu... compliqué. » Jacqueline croisa mon regard. Elle savait que l'euphémisme était de taille.

Le coup d'œil que jeta Gandolfi à Patrizia suggérait qu'il mesurait à leur juste valeur les mérites de ma proposition. Il s'adressa à Bianconi en italien, avant de hocher la tête dans ma direction.

« Entendu. Allons dans le salon. »

Quand nous quittâmes la cuisine, Jacqueline et moi, seuls Gandolfi et Bianconi nous suivirent. Le plus jeune des policiers resta sur place pour surveiller Patrizia. Je l'entendis dire d'un ton plein d'attente : « *Caffè, signora ?* », tandis que nous longions le vestibule. Tout en marchant, je me triturais les méninges pour essayer de faire la part de ce que je devais garder pour moi et de ce que je pouvais admettre sans dommages. Gandolfi était suffisamment rusé pour me laisser m'empêtrer dans les contradictions si je ne faisais pas preuve de la plus extrême prudence.

La façon qu'il eut de me regarder avec un sourire interrogateur quand nous fûmes à nouveau rassemblés ne fit que me conforter dans mon opinion. Il était prêt à me fournir la corde pour me pendre.

« Le fait est, commissaire...

– Oui ?

– Eh bien, le fait est que M. Lashley a dit à Patrizia que sa femme était rentrée en Cornouailles parce que... parce qu'il pensait que c'était effectivement là qu'elle s'était rendue.

– Mais ce n'était pas le cas ?

– Non. Ils avaient eu un différend, je crois.

– Un... différend ?

– Oui, une dispute.

– Ah. Une dispute.

– Une sérieuse altercation, pour tout dire. Mme Lashley a quitté la maison. Ils étaient tous les deux... furieux... et il était difficile de savoir où elle avait l'intention de se rendre.

– Et où s'est-elle rendue finalement ?

– Je ne suis pas sûr. Rien d'aussi loin en tout cas que les Cornouailles. Elle a parlé à M. Lashley au téléphone pas plus tard qu'hier soir, apparemment. Il est parti la retrouver avec son fils un peu plus tôt dans la journée.

– À Rome ?

– Peut-être. Peut-être moins loin. Il fallait bien que M. Lashley trouve quelque chose à dire à Patrizia. Il a sans doute pensé à Rome... comme ça... sans réfléchir. Il était très embarrassé par toute cette histoire. Il n'a pas voulu entrer dans les détails, ni avec moi ni avec Mlle Hudson. Il nous a dit qu'il nous contacterait dès que la situation serait... plus claire.

– Mais il ne vous a toujours pas fait signe ?

– Pas encore, non.

– Souscrivez-vous à ces déclarations, *signorina* ? demanda Gandolfi après s'être tourné vers Jacqueline.

– Oui, dit-elle, un léger tremblement dans la voix. Tout à fait.

– Je vois. Il n'est donc pas possible qu'il soit arrivé quelque chose à la *signora* Lashley ?

– Pas à notre connaissance, répondis-je.

– Vous diriez donc que nous avons reçu... de fausses informations ?

– Il semblerait.

– Quelqu'un aurait-il fait... des allégations un tant soit peu précises, commissaire ? demanda Jacqueline.

– Un peu plus tôt dans la journée, la Questura ici à Capri a reçu un appel téléphonique dont l'auteur signalait que la *signora* Lashley aurait pu être... assassinée.

– *Assassinée ?!*

– Oui. C'est une allégation très grave, *signorina*.

– Et qui appelait ?

– Il n'a pas donné son nom.

– Il était italien ? anglais ?

– Anglais. On a eu quelque difficulté à le comprendre. Son italien n'était pas... bon.

– Peut-être a-t-on mal interprété ses paroles ? »

Gandolfi fronça les sourcils, comme peiné par une telle suggestion. « Je ne pense pas. Il a également prétendu que si la *signora* Lashley a bel et bien été assassinée, c'est parce qu'elle en savait trop à propos d'un autre meurtre non élucidé. Celui de Gordon Reginald Strake. Ce nom vous dit quelque chose, *signor* Kellaway ? »

Que répondre ? Si la personne qui avait appelé était Thompson, il ne pouvait pas être au courant pour Strake. Comment aurait-il pu l'apprendre ? Et que savait-il, au juste ? « Je ne pense pas, non, dis-je.

– Il a été abattu dans sa chambre de l'Albergo Lustrini à Naples il y a quinze ans. C'est à moi que l'on avait confié l'affaire. » Et c'était, bien entendu, la raison pour laquelle, quinze ans plus tard, Gandolfi était venu de Naples pour enquêter sur une dénonciation anonyme reçue par la police de Capri. Il avait bien l'air d'un homme qui déteste laisser une affaire non élucidée.

« Je ne vois pas quels liens cela pourrait avoir avec les Lashley, dis-je, non sans quelque raison, me sembla-t-il. Ils ne vivaient pas ici à l'époque.

– Non. Mais l'oncle de la *signora* Lashley, Francis Wren, était là, lui. C'est la domestique qui nous l'a dit. » *Merci, Patrizia,* pensai-je. *Merci du peu.* « Nous lui avons donné la date du meurtre de Strake : le 9 juillet 1969. Ce qui l'a beaucoup perturbée, parce qu'elle pense que c'est le jour où Francis Wren est mort. Mais peut-être sont-ils morts le même jour. Peut-être pourriez-vous nous éclairer sur ce point, *signor* Kellaway ? La domestique dit que vous étiez présent à ce moment-là. C'est exact, n'est-ce pas ? »

Du coin de l'œil, je surpris le froncement de sourcils inquiet de Jacqueline. Les choses se compliquaient au-delà de ce qu'elle avait supposé – et de ce à quoi je m'étais moi-même attendu. Tout ce que je pouvais faire désormais, c'était mentir effrontément pour tenter de m'en sortir. « Eh bien, oui, j'étais ici quand Francis Wren est mort. J'ai passé une quinzaine de jours à Capri pendant l'été 1969. Je ne me rappelle pas la date exacte. Mais début juillet me paraît plausible.

– Vous vous souvenez avoir entendu parler du meurtre de Strake à l'époque ?

– Non.

– Êtes-vous revenu à Capri depuis ?

– Non. Je… C'est la première fois que je reviens.

– La première fois… en quinze ans ?

– Oui. Le hasard.

– Je crois que nous vous avons dit tout ce que nous savions, commissaire », intervint Jacqueline. Une lueur froide dans ses yeux suggérait que, quelques doutes qu'elle puisse avoir, elle avait décidé que nous devions tenir tête à la police. « Dès que M. Lashley ou Mme Lashley nous feront signe, nous leur dirons de vous contacter. Ils seront en mesure, je n'en doute pas, de clarifier la situation. Nous ne sommes que leurs invités. Il y a des limites à ce que nous pouvons dire. Mais, de fait, y a-t-il une raison, en dehors de cet appel anonyme, de supposer qu'il soit arrivé quoi que ce soit susceptible de retenir votre attention ? »

Gandolfi regarda Jacqueline avec curiosité, comme s'il se décidait seulement maintenant à la prendre au sérieux. « En effet, nous n'avons rien d'autre que l'appel téléphonique, concéda-t-il.

– En ce cas… ? »

Gandolfi se tourna de nouveau vers moi. « Vous êtes d'accord, *signor* Kellaway, avec ce qui vient d'être dit ? Le *signor* et la *signora* Lashley seront en mesure de clarifier la situation ?

– Bien entendu.

– Il n'y a rien d'autre que… vous voudriez me dire ?

– Rien que je *puisse* vous dire, non.

– *Allora*, espérons que vous ne tarderez pas à avoir des nouvelles.

– De cela, je suis sûr.

– Si vous n'en avez pas, nous reviendrons.

– C'est vraiment gentil à vous de vous montrer aussi préoccupé de leur bien-être, dit Jacqueline. Mais tout à fait inutile, j'en suis certaine, dit-elle en lui adressant un sourire appuyé. Ce sera tout, commissaire ?

– Oui, ce sera tout. Pour l'instant. » Il signifia à Bianconi d'un léger hochement de tête qu'ils en avaient terminé. « Je vous souhaite une agréable fin de journée. »

L'imperturbabilité dont avait fait preuve Jacqueline en présence des policiers l'abandonna sitôt qu'ils eurent tourné le dos. « Mon Dieu, Jonathan, croyez-vous que ce puisse être vrai ? Muriel morte... assassinée ?

– Je crois qu'il n'y a pas une once de vérité dans ce qu'il raconte », dis-je d'un ton ferme. Je n'avais évidemment aucune certitude, mais l'identité de celui qui nous avait envoyé la police ne faisait aucun doute pour moi. « C'est Thompson qui est derrière tout ça. Il ne nous aura pas crus quand nous lui avons annoncé la nouvelle de l'enlèvement, mais il n'a pas eu le courage de nous accuser en face – d'où le coup de fil anonyme.

– Il ne nous a pas crus ? Et la photo alors ?

– J'ignore comment il pourrait expliquer son existence. Mais pour un esprit soupçonneux comme le sien, tout est possible.

– Et qui donc, bon sang de bois, est ce Gordon Strake ? »

Il allait manifestement falloir que je trouve quelque chose à lui dire sur le compte de Strake. Sinon, elle risquait de croire que Muriel avait réellement été victime d'un complot. « C'est une longue histoire, Jacqueline. L'homme travaillait pour l'entreprise Wren, avant que celle-ci soit rachetée par CCC.

— Ah bon ? Et il a été assassiné... ici à Naples ?

— Oui. Écoutez, est-ce qu'on peut laisser cette affaire de côté jusqu'à ce que j'aie vu Greville ? Il faut vraiment que je lui parle. Et puis, il nous faut aussi calmer Patrizia. Pouvez-vous vous en charger ? Je vous expliquerai tout ce que je pourrai après... C'est promis. »

C'était une promesse qu'elle n'oublierait pas, j'en étais sûr. Je savais qui avait tué Strake, et pourquoi. Elle ne tarderait pas à le savoir elle aussi. Mais je devais d'abord parler à Lashley.

Il m'avait dit de ne l'appeler qu'en cas d'extrême urgence, or il s'agissait bien d'un cas de force majeure. Il avait l'air inquiet quand il répondit au téléphone de l'Excelsior. Et ce que j'avais à lui dire ne risquait guère d'apaiser son inquiétude.

« Nom de Dieu ! fut sa première réaction. Le problème Thompson, je croyais que tu l'avais réglé.

– Moi aussi. Je suis désolé, monsieur. Manifestement, il ne nous a pas crus.

– Mais il ne fait que supposer, non ? Sinon, il aurait donné son nom à la police, ainsi que notre explication de la disparition de Muriel. En l'état, il essaie de jouer sur les deux tableaux, le salaud. Et en l'occurrence, c'est avec la vie de Muriel qu'il joue. » Lashley était hors de lui, et je ne pouvais l'en blâmer. « Il ne nous reste plus qu'à espérer que la Camorra n'a pas mis la maison sous surveillance. S'ils croient que la police est venue parce qu'on l'a appelée...

– Vous croyez qu'ils pourraient nous surveiller ?

– Je n'en sais rien. Peut-être, peut-être pas.

– Que voulez-vous que je fasse ? »

J'entendis Lashley pousser un profond soupir. « Tu procèdes comme prévu. Nous n'avons pas le choix. » Il réfléchit deux secondes avant d'ajouter : « Vous avez géré la situation aussi bien que possible, au vu des circonstances. Remercie Jacqueline de ma part. Je vais appeler Harriet et faire de mon mieux pour la rassurer.

– Et... pour Thompson ?

– Ne t'approche pas de lui. Nous nous en occuperons une fois cette affaire réglée.

– Mais tout de même, comment peut-il être au courant pour Strake ?

– Bonne question. Peut-être lui est-il tombé dessus un jour pendant qu'il surveillait les mouvements de Vivien. Étant donné que je n'ai jamais compris ce que manigançait Strake, je ne vois pas comment leurs chemins ont pu se croiser. Thompson a dû parler de Strake à la police dans l'idée qu'un meurtre non élucidé commis dans le coin retiendrait leur attention. Il semblerait qu'il ait eu raison.

– Je vais devoir dire à Jacqueline ce que vient faire Strake dans l'histoire. Elle se demande ce que tout ça signifie.

– Naturellement. Dis-lui la vérité… ou du moins ce que tu m'en as dit. Francis a tué Strake, c'est bien ça, Jonathan ? »

Il ne m'avait jamais posé la question de manière explicite, même si je sentais depuis longtemps qu'il connaissait la réponse.

« Je crois que Strake faisait chanter Francis, dis-je.

– Bon débarras, en ce cas. Si cela doit finir par se savoir, ma foi tant pis. Les vivants importent davantage que les morts. C'est à Muriel qu'il nous faut penser pour l'instant.

– Bien sûr.

– Il nous faut garder notre sang-froid et mener cette affaire à son terme. »

Mais ce terme, quel serait-il ? J'avais cru le savoir, comme j'avais cru avoir pris la mesure de Thompson. Nous devions nous convaincre que tout se déroulerait selon nos plans. Comme l'avait dit Lashley, nous n'avions pas le choix. Conviction et comportement adéquat ne suffiraient cependant pas à façonner l'avenir. Les actes et la volonté de tiers étaient à l'œuvre. Et l'issue ne pouvait être prévue, seulement vécue. Comme elle le serait incessamment.

Une fois Patrizia partie, plus calme mais encore très perturbée, je m'assis en compagnie de Jacqueline et lui révélai tout ce que je pouvais de la vérité sur le meurtre de Gordon Strake. Je passai sous silence ma présence à l'Albergo Lustrini au moment du meurtre, tout comme le moyen dont s'était servi Strake pour faire chanter Francis… et aussi, bien sûr, la responsabilité que je partageais avec Vivien pour lui avoir aplani les difficultés. Les questions de Gandolfi m'avaient remis en mémoire à quel point j'aurais du mal à justifier ce que j'avais fait quinze ans plus tôt. J'avais commis beaucoup d'erreurs, notamment des erreurs de jugement. Tout ce que je pouvais espérer aujourd'hui, c'était éviter d'en allonger la liste.

« Je crois beaucoup mieux comprendre maintenant la raison pour laquelle Greville a fait appel à vous, Jonathan, dit Jacqueline quand j'en eus terminé. Vous en savez plus là-dessus qu'il n'en sait lui-même.

– Je préférerais qu'il en soit autrement.

– J'imagine, oui. Mais il a de la chance de vous avoir dans son équipe. Et je suis sûre qu'il en est conscient.

– Vous avez vous-même tenu la dragée haute au commissaire Gandolfi.

– Je me suis contentée de jouer la montre. Et le temps que j'ai gagné devrait être suffisant, non ?

– Oui, je le pense aussi.

– Comment croyez-vous que Thompson ait pu avoir connaissance du meurtre de Strake ?

– Je l'ignore. Il serait sans doute le premier à dire qu'il est détective, et que détecter est son métier.

– Eh bien, espérons qu'il ne détectera rien d'autre dans un proche avenir.

– Espérons-le, en effet. »

Un peu plus tard dans la soirée, je m'assis sur le balcon devant ma chambre, et restai à contempler le ciel nocturne. Il était piqueté d'étoiles, sauf là où, devant moi, ce que je savais être la masse du mont Solaro dessinait un grand pan de totale obscurité. Une vérité du même genre m'attendait, j'en étais certain, au cours du jour encore à naître : vaste, noire, invisible, détectable uniquement grâce aux vérités mineures qu'elle obscurcissait. *Ah*, dirais-je si je devais la voir. *C'était donc ça. Bien sûr. Tout du long.*

30

Avant de partir pour Naples, Lashley avait emballé l'argent de la rançon dans une mallette en cuir noir. L'argent lui-même se présentait sous forme de liasses de billets de banque de cent francs suisses retenus par des élastiques. Je choisis délibérément de ne pas essayer de les compter ni d'en évaluer grossièrement le montant. Il me sembla important, même si je n'aurais su dire pourquoi, de me réserver le pouvoir de dire plus tard en toute sincérité que j'ignorais à combien il s'élevait.

Le dimanche matin de bonne heure, même en plein été, Capri était un havre de paix et de silence. Je pris la Fiat pour descendre jusqu'à Marina Grande le long d'une route déserte, sous un ciel sans nuages et sans les traînées blanches des avions à réaction. Aucune voiture ne me suivait. Il m'avait traversé l'esprit que Gandolfi avait peut-être détaché un de ses hommes pour nous surveiller. La chose me paraissait assez improbable, ne serait-ce que parce qu'il n'aurait pas disposé d'assez de temps pour mettre une surveillance en place et aurait eu du mal à en justifier le déploiement. Il reste que l'absence totale de circulation finissait de me rassurer.

Le port était l'endroit le plus animé de l'île, même si l'on était loin de l'activité débordante de la mi-journée. Je me garai près de la station du funiculaire, descendis de voiture et me dirigeai vers l'embarcadère. De rares personnes prenaient leur petit déjeuner aux terrasses des cafés sur le port, tandis que d'autres, certaines avec des bagages, empruntaient sans se presser la direction que je prenais moi-même, autrement dit celle du ferry de Naples, déjà à quai. Quelques embarcations naviguaient paisiblement dans les eaux du port. Pas de hâte ni de cris nulle part. Atmosphère calme, ambiance détendue.

Pour ma part, je n'étais ni l'un ni l'autre. Je parcourus la jetée du regard tout en poursuivant mon chemin, me demandant si le dénommé Bartolomeo serait au rendez-vous. Pour quelque obscure raison, il était terriblement facile de croire qu'il ne viendrait pas. Les passagers embarqueraient, mais personne ne s'approcherait de moi. Puis le ferry s'éloignerait, et je resterais là sur la jetée avec l'argent. Quant à Muriel...

C'est alors que je remarquai, au-delà du ferry, là où la jetée s'incurvait vers la droite, un homme vêtu d'un costume sombre et coiffé d'un chapeau de paille, assis sur une bitte d'amarrage et tenant un journal ouvert devant lui tout en me regardant, moi. Tandis que je dépassai le ferry et continuai à marcher dans sa direction, il se leva, plia soigneusement son journal et le glissa dans la poche de sa veste. Cheveux gris, trapu, musclé, de toute évidence mon contact.

Il hocha la tête à mon approche et dit d'une voix parfaitement neutre : « *Buon giorno.*

– *Buon giorno*, répondis-je, circonspect.

– *Signor* Kellaway ?

– *Si.*

– Bartolomeo. » Je serrai la main qu'il me tendit. Sa poignée était ferme et sans concession. Il soutint mon regard un moment, avant de regarder par-dessus mon épaule. « *Tutto bene ?*

– *Si. Tutto bene.* »

Je jetai un coup d'œil autour de moi. Il n'y avait personne derrière moi – personne, en fait, à portée de voix. Nous avions cette partie de la jetée pour nous seuls.

Il recula et désigna de la main le bollard sur lequel il était assis un instant plus tôt, puis le porte-documents que j'avais sous le bras. « *La cartella. Qui.* »

Je m'exécutai et ouvris le porte-documents. Il se pencha pour regarder, puis il plongea la main à l'intérieur et tripota deux ou trois des liasses de francs suisses. Apparemment satisfait, il me fit signe de refermer le porte-documents.

« C'est bon ? demandai-je.

– C'est bon, répondit-il.

– Alors, allons-y. *Andiamo ?*

– *Andiamo* », acquiesça-t-il.

J'empoignai la mallette et nous revînmes jusqu'au ferry. Une fois au pied de la passerelle, je lui tendis le magot. Il me gratifia d'un mince sourire, comme s'il appréciait ma prudence. « *Grazie* », dit-il, avant de monter à bord.

Je le regardai disparaître dans la cabine et jetai un coup d'œil à ma montre : 8 h 26. Le bateau ne partirait pas avant cinq minutes. Je reculai jusqu'au mur qui surplombait la jetée, tandis que quelques passagers se pressaient pour embarquer.

C'est alors que je pris conscience que l'un d'entre eux s'était arrêté. Regardant de plus près, je tombai sur l'œil sévère et interrogateur de Gandolfi.

« *Buon giorno, signor* Kellaway.

– *Buon... giorno* », eus-je un mal fou à articuler. Je savais que la surprise et le désarroi devaient se lire sur mon visage. Le sourire désinvolte que je m'efforçai d'afficher n'aurait trompé personne. « Qu'est-ce... qui vous amène ici ?

– Je rentre chez moi, tout simplement. » Il me rendit mon sourire, mais le sien était autrement plus convaincant. « Mon enquête m'a retardé hier soir, et j'ai raté le dernier ferry. *Allora,* je suis ici. Vous allez à Naples vous aussi ?

– Non. Je... » Que pouvais-je bien faire sur la jetée à ce moment de la journée si je ne me rendais pas à Naples ? Je me sentis incapable d'imaginer une réponse plausible. « Non, je ne vais nulle part.

– La *signora* Hudson, alors ? Est-elle déjà à bord ? »

Une dénégation résignée fut l'unique parade qui me vint à l'esprit.

« Ah, vous aimez peut-être le spectacle des bateaux. C'est ça ? Je peux comprendre. Il y a toujours quelque chose à regarder dans un port, n'est-ce pas ? Les arrivées, les départs. Les rencontres. Comme la nôtre, ce matin. »

Difficile de ne pas percevoir les sous-entendus dans son propos. M'avait-il vu remettre la mallette à Bartolomeo ? En avait-il deviné le contenu ? « Je ne voudrais pas vous retenir, dis-je mollement.

– Vous avez raison. Il ne faut pas que je manque un autre ferry. J'aurai des nouvelles du *signor* Lashley très bientôt… j'espère.

– J'en suis sûr.

– *Bene. Arrivederci, signor* Kellaway. » Sur quoi il me salua d'un signe de tête et s'engagea sur la passerelle.

Quelques minutes plus tard, le ferry démarrait. Je le regardai quitter lentement la jetée en ahanant, puis virer en direction de l'entrée du port. Ni Gandolfi ni Bartolomeo n'étaient assis sur le pont. Ils étaient donc tous les deux dans la cabine. Bartolomeo ignorait probablement qu'un officier de police était à bord. Mais ce n'était peut-être pas le cas du *camorrista* qui – comme il avait été précisé à Lashley – devait observer à distance respectable la remise de la mallette. Ces hommes connaissaient-ils Gandolfi ? Je ne pouvais qu'espérer le contraire.

Dès que le ferry fut sorti du port, je remontai la jetée. Il se pouvait qu'il y ait une explication toute innocente à l'arrivée de Gandolfi sur les lieux, mais je ne parvenais pas à m'en convaincre. Il fallait que je prévienne Lashley. Et le plus vite serait le mieux.

Le téléphone était occupé dans le premier bar où j'entrai. J'achetai quelques *gettoni* et me dépêchai d'essayer le suivant, mais l'appareil, dans celui-là, était hors service. De précieuses minutes me filaient entre les doigts tandis que je repartais en courant dans la direction d'où je venais.

Cette fois-ci, le téléphone était libre. J'appelai l'Excelsior et demandai à parler à Greville Lashley. Un bref délai s'ensuivit, puis on me passa la communication.

Mais ce fut Adam, et non Greville, qui répondit. « Tu n'es pas censé appeler, bon sang. Qu'est-ce qui ne va pas ?

– Où est ton père ?

– Ils l'ont appelé comme prévu. Il vient de partir. Pour le Borgo Marinaro. »

Je savais que l'Excelsior était situé sur le front de mer, en face d'un petit port de pêche – le Borgo Marinaro –, abrité par les anciens murs et les tourelles du Castel dell'Oro. Le port serait tranquille un dimanche matin, et l'endroit avait sans doute été jugé propice pour convoyer Muriel jusque-là par bateau. Il était par ailleurs facilement accessible à pied depuis l'Excelsior.

« T'as tout foutu en l'air, Kellaway ? dit la voix d'Adam, qui était déjà montée de plusieurs tons. Je savais qu'on ne pouvait pas compter sur toi.

– Rien n'est foutu en l'air. J'ai remis la mallette. Le type qui l'a prise est sur le ferry.

– Pourquoi t'appelles, alors ?

– Écoute-moi bien, Adam. Je...

– On t'a assez écouté comme ça, bordel !

– Tu vas te taire, oui ? » Si je n'avais pas l'attention d'Adam, j'avais celle du pilier de bar le plus proche en train de boire son expresso. Je réfléchissais, vite, sinon aussi bien que je l'aurais voulu. Tout pouvait encore bien se terminer. Mais je ne pouvais ignorer le fait que Gandolfi était sur le ferry. Il fallait à tout prix que je tente quelque chose. Ou plutôt, dans la mesure où Adam était sur place, contrairement à moi, c'était à lui d'intervenir. Je baissai la voix. « Rends-toi au terminal des ferrys. Il faut que tu y sois quand le prochain bateau accostera. Autrement dit, dans quarante-cinq minutes environ, tu as donc tout le temps. L'homme à la mallette porte un costume sombre et un chapeau de paille. Il faut qu'on soit sûrs qu'il n'est pas suivi.

– Et comment je fais pour le savoir ?

– Essaie de repérer un type d'âge mûr, dans un costume bleu pâle, cheveux grisonnants, plutôt bel homme. Il est monté sur le ferry après notre homme. Je ne crois pas qu'il le file, mais si c'est le cas...

– Ouais ? Si c'est le cas ?

– Alors, il se pourrait qu'on ait un problème.

– Et je fais quoi dans ce cas ?

– Rien. » Au moment même où je m'apprêtais à la formuler, l'idée me parut soudain nettement moins bonne. Je ne pouvais pas être sûr qu'Adam n'attirerait pas l'attention sur lui d'une manière ou d'une autre, ce qui ne ferait qu'aggraver les choses.

« N'interviens pas, Adam. Contente-toi d'observer.

– D'observer, hein ? Pour voir un salopard se tirer avec mon fric, c'est ça ?

– Je suis sûr que ton père t'a expliqué que...

– Ouais. Mon père m'a expliqué. *Tu* m'as expliqué. Tout le monde m'a expliqué, bordel. C'est bon. Je m'en occupe.

– Ce n'est pas... » Mais il avait déjà raccroché. Et je savais qu'il ne servirait à rien de le rappeler. Je raccrochai de mon côté et sortis du bar en toute hâte.

Sur le front de mer de Marina Grande, tout respirait le calme d'un paysage de carte postale. Le ferry en route pour Naples était encore visible, creusant dans le bleu profond de la mer un sillage d'écume blanche. Le soleil me réchauffait le visage. L'air était encore frais. Il semblait inconcevable que la vie de Muriel Lashley tienne à un fil dans la quiétude de ce matin d'été. C'était pourtant le cas. Et je ne pouvais absolument rien y changer.

Je rentrai à la villa et racontai à Jacqueline ce qui s'était passé. Elle n'était pas sûre que je me sois montré très avisé en expédiant Adam au terminal du ferry. Moi non plus d'ailleurs. Mais les dés étaient jetés. Il y avait encore de bonnes raisons de croire que les choses se dérouleraient sans accroc. La rançon avait été payée. À présent, Muriel ne pouvait qu'être relâchée. Je l'imaginais en train de descendre d'un petit canot à moteur pour prendre pied sur un ponton du Borgo Marinaro avant de trouver son chemin jusqu'à l'endroit où l'attendait Lashley. Il n'était pas si difficile de se convaincre de la réalité de la scène.

Les heures s'écoulaient, lentement, mais inexorablement. Enfin le téléphone sonna.

C'était Lashley. Au ton de sa voix, je supputai aussitôt que les choses ne s'étaient pas déroulées telles que je venais de les rêver.

31

Les mauvaises nouvelles annoncées par Lashley lors de son premier coup de téléphone furent suivies de nouvelles plus mauvaises encore lors du deuxième, avant la catastrophe finale lors du troisième appel. Nous étions, Jacqueline et moi, à la villa, occupés à digérer les événements de la matinée, attendant, impuissants, que leurs conséquences se manifestent. Notre seule certitude, c'était qu'elles ne sauraient être qu'amères et sinistres.

Les faits, une fois clairement reconstruits, disaient l'ampleur du désastre. Tout commençait avec l'attente de Lashley devant le Piovra, l'un des bars du Borgo Marinaro, pendant plus d'une demi-heure. On lui avait dit qu'on lui amènerait Muriel à cet endroit, et il avait supposé que ce serait par la mer. Les minutes s'écoulèrent, le bar ouvrit, sans qu'il se passe rien.

Puis le barman du Piovra sortit lui dire que quelqu'un le demandait au téléphone. Dès qu'il eut pris la communication, Lashley reconnut la voix de son correspondant. Celle de l'homme avec lequel il avait mené les négociations jusqu'ici. Sauf qu'il ne s'agissait plus de négocier. « Vous n'avez pas tenu parole, *signor* Lashley. La police nous a repérés. Vous n'auriez pas dû aller la trouver. Notre marché ne tient plus.

– Je n'ai jamais…

– Vous ne reverrez pas votre femme aujourd'hui. »

L'homme raccrocha, laissant Lashley abasourdi et défait. Il se demanda s'il devait contacter la police sur-le-champ mais n'en fit rien et rentra précipitamment à l'hôtel.

À peu près dans le même temps, à un kilomètre environ au nord du Borgo Marinaro, le ferry en provenance de Capri entrait à quai au Molo Beverello. Posté à l'angle de la billetterie, Adam regarda les passagers débarquer. Il repéra aussitôt Bartolomeo. Ainsi que l'homme au costume bleu pâle qui le suivait – Gandolfi. Il resta à son poste tandis que Bartolomeo s'éloignait du ferry en direction du parking.

Un éclat de soleil sur un pare-brise attire soudain l'œil d'Adam sur une voiture qui négocie lentement le tournant à la sortie du parking, arrivant peut-être pour prendre Bartolomeo au passage. Gandolfi doit avoir la même idée, parce qu'il presse soudain le pas, dépasse Bartolomeo et se met en travers de son chemin.

Ils échangent quelques mots, inaudibles pour Adam. Gandolfi montre sa carte et désigne la mallette. Nouvel échange, plus rapide et plus animé. Et nouveau geste en direction de la mallette. Bartolomeo hausse les épaules et la pose par terre. Gandolfi la regarde sans bouger, puis dit quelque chose. Peut-être s'attend-il à ce que son interlocuteur l'ouvre. Mais, loin de s'exécuter, Bartolomeo sort un pistolet et lui tire une balle en pleine poitrine.

Une femme pousse un cri. Les témoins de la scène se dispersent. Adam se met à l'abri derrière la billetterie. Gandolfi s'écroule. Bartolomeo empoigne la mallette et court vers la voiture, qui démarre dans un crissement de pneus, gagne la route en trombe avant de disparaître à l'horizon.

Les spectateurs, encore sous le choc, se remettent lentement de leurs émotions. Gandolfi, qui gît sur le sol, gémit et saigne abondamment. Quelqu'un court appeler une ambulance. Adam s'éloigne à pas pressés pour rentrer à l'Excelsior.

Quand il arriva, Lashley m'avait déjà eu au téléphone, et il comprit donc aussitôt, quand Adam lui eut raconté ce qui s'était passé, que l'homme qu'avait abattu Bartolomeo était le commissaire Gandolfi. Il n'était plus temps de tergiverser. Il appela la police.

Adam tenta de s'y opposer, arguant qu'une telle démarche mettait en péril les dernières chances de Muriel d'être libérée. Il ne paraissait pas comprendre que le fait de tirer sur un officier supérieur signifiait que la police viendrait nous trouver sans qu'on ait à les appeler. Mieux valait tout leur dire sans plus attendre. Enfin, peut-être ne voulait-il pas comprendre. Et Lashley n'eut pas le courage de lui faire remarquer qu'entre l'argent désormais entre leurs mains et une enquête policière en bonne et due forme sur le dos, la Camorra n'avait plus aucune raison de relâcher Muriel. Il s'efforça de trouver une dernière raison d'espérer dans la remarque finale du négociateur – « Vous ne reverrez pas votre femme aujourd'hui » –, mais c'était essentiellement par égard pour Adam. Lui-même ne nourrissait déjà plus guère d'espoir, comme il devait me l'avouer par la suite.

« Que Gandolfi t'ait suivi depuis la villa ou qu'il ait fait une apparition fortuite sur la jetée pour prendre ce ferry, nous ne le saurons jamais, mais le résultat n'aurait pas pu être pire. La police voudra faire payer quelqu'un pour le meurtre de l'un des leurs. Ils feront tout ce qui est en leur pouvoir pour arrêter ceux qui sont derrière cette affaire. Ce qui fait de Muriel, en plus d'être son otage, un potentiel témoin à charge contre la Camorra. Imaginer qu'en pareilles circonstances ils pourraient la relâcher serait une folie. »

À ce stade – la police le lui avait dit –, Lashley savait déjà que Gandolfi était mort. Quand ils eurent compris qu'un enlèvement antérieur qui n'avait pas été signalé avait conduit à la mort de leur collègue, leur compassion initiale se mua en franche hostilité, qu'Adam ne fit qu'exacerber en exigeant d'un doigt menaçant qu'ils « se décident à faire quelque chose, bordel ». Ce qui se termina, une fois que le doigt menaçant se fut transformé en bourrades répétées, par son arrestation.

« J'aurais dû stopper Adam avant qu'il aille aussi loin, reconnut Lashley. Mais j'étais tellement horrifié par la tournure catastrophique qu'avaient prise les choses, qui plus est à une vitesse à peine croyable, que j'étais incapable de me concentrer. La police va sans doute se contenter de le placer en garde à vue pour la nuit. Théoriquement, ils pourraient nous accuser tous autant que nous sommes d'obstruction à la justice. C'est en tout cas ce que dit le type que le consulat de Grande-Bretagne m'a dépêché. Mais il doute que les choses en arrivent là, et j'avoue que moi aussi. Ne te fais aucun reproche pour ce que tu as fait ou omis de faire. Nous avons tous agi de bonne foi et au mieux de nos capacités. Que le résultat ait été à ce point désastreux ne change rien à la chose. »

Belle déclaration de la part de Lashley, mais je doutais qu'il fût prêt à y souscrire totalement. Il avait retenu une seconde nuit à l'Excelsior, pour être à proximité quand Adam serait relaché. On nous avait clairement fait comprendre que Jacqueline et moi aurions à nous présenter en compagnie de Lashley au commissariat central de Naples le lendemain afin de faire nos dépositions. Le représentant du consulat nous avait fourni le nom d'un avocat que nous avions intérêt à consulter au plus vite. La procédure officielle suite au meurtre du commissaire Gandolfi et à l'enlèvement de Muriel Lashley était enclenchée.

Que le voile qui jusque-là avait couvert l'affaire du rapt ait été levé signifiait que les proches de Muriel qui, à cette heure, ne savaient toujours rien devaient désormais être mis au courant. Le secret ne nous avait menés nulle part. Il nous appartenait d'avouer la terrible vérité. Je savais que Lashley préviendrait Harriet et Vivien sans attendre, et je savais aussi que la nouvelle amènerait cette dernière à Capri, sans doute mardi au plus tard. Je me souvenais d'une époque où la perspective de la revoir m'aurait transporté de joie. Aujourd'hui, au contraire, elle m'emplissait de crainte. Pour reprendre les mots de Lashley, les choses avaient empiré *à une vitesse à peine croyable.*

Je n'avais aucun doute quant à l'identité de celui qu'il fallait rendre responsable de cette catastrophe. Je laissai à Jacqueline le soin d'expliquer l'affaire à Patrizia et Elena, tâche que je ne lui enviais pas, et en profitai pour me rendre au Gabbiano. La police ignorait toujours qui avait passé l'appel anonyme provoquant la venue de Gandolfi à Capri. J'avais bien l'intention de le leur révéler. Mais pas avant d'avoir moi-même forcé Thompson à s'expliquer.

On était en milieu d'après-midi quand j'atteignis le Gabbiano. L'atmosphère était calme, pour ne pas dire assoupie. Un homme émergea péniblement d'un cagibi et me livra le numéro de la chambre de Thompson. Les chambres ne disposaient pas du téléphone, ce qui me convenait parfaitement, puisqu'ainsi Thompson ne risquait pas d'être prévenu de mon arrivée.

Sa réponse tardive et enrouée aux coups frappés à sa porte me donna à penser qu'il était lui aussi assoupi. Il me demandait encore qui j'étais et ce que je voulais quand, en manipulant la poignée, je me rendis compte que la porte n'était pas fermée à clé.

« Kellaway ? » Il était assis, en chaussettes, pantalon et maillot de corps, au bord du lit quand j'entrai dans la petite chambre plongée dans la pénombre derrière les volets clos. Il me regarda d'un œil chassieux. « Qu'est-ce que vous venez foutre ici ?

– Vous aviez promis de ne rien dire. »

J'allai jusqu'à la fenêtre et repoussai les volets. Le soleil qui entra à flots dans la pièce l'éblouit, et tomba sur un petit classeur rose écorné posé sur la table de nuit. Le rabat était ouvert, et Thompson le referma promptement pour cacher ce qui était écrit, tandis qu'il s'abritait les yeux de l'autre main.

« Pourquoi avez-vous appelé la police ? demandai-je, campé devant lui.

– Je... Je n'ai rien fait de tel.

– Personne d'autre n'était au courant, Thompson. Ça ne pouvait venir que de vous.

– Je n'ai appelé personne.

– Vous n'avez pas entendu ce que je viens de dire ? *Personne d'autre n'était au courant.*

– Cet appel était… anonyme.

– Évidemment.

– Alors, c'est que quelqu'un d'autre savait bel et bien. Parce que, moi, je n'ai pas appelé. » Il prit sa chemise qui pendait à la colonne du lit et l'enfila tant bien que mal. « C'est censé s'être produit quand ?

– Hier. Et le "censé" n'est pas de mise. La police nous est tombée dessus. Vous avez saboté la remise de la rançon. Un officier de police a été tué et…

– Tué ?! » Ce meurtre sembla l'inquiéter plus que tout le reste. « Mais qu'est-ce que vous racontez ?

– Les ravisseurs l'ont abattu et ont pris la fuite avec l'argent de la rançon. Ils n'ont pas libéré Muriel Lashley. Il y a de fortes chances pour qu'ils ne le fassent plus à présent. Grâce à vous, si j'ose dire.

– Un policier *abattu* ?

– Oui. Le commissaire Gandolfi.

– Nom de Dieu ! s'exclama-t-il, cessant de tripoter les boutons de sa chemise. C'est le pavé dans la mare.

– Auquel vous ne vous attendiez pas, je me trompe ? La police ne vous remerciera pas, vous savez, pour avoir fait marcher le commissaire Gandolfi avec vos absurdes allégations concernant le meurtre de Strake.

– Strake ? Mais qu'est-ce qu'il vient faire… ? » Il s'interrompit au milieu de sa phrase quand il se rendit compte qu'il venait d'admettre implicitement avoir reconnu le nom.

« D'où connaissez-vous cet homme ?

– Qui ça ? dit Thompson, feignant en vain l'étonnement.

– Gordon Strake, dis-je en m'approchant tout près de lui. Tout est là, hein ? »

Je m'emparai du classeur sur la table de nuit un quart de seconde avant lui et l'emportai vers la fenêtre. Il se redressa en titubant et me poursuivit en grommelant : « Donnez-moi ça. » Mais tout ce que je condescendis à lui donner, ce fut un coup de coude dans l'estomac. Qui le plia en deux. Son visage vira au violet, et, dans un gémissement, il retomba sur le lit, s'accrochant à la colonne pour ne pas perdre complètement l'équilibre. « Espèce de salaud..., haleta-t-il. Je viens d'être opéré d'une hernie, et je me remets à peine.

– Dommage que vous n'ayez pas choisi de rester cher vous pour récupérer, non ? »

J'ouvris la chemise qui contenait plusieurs pages de notes gribouillées à la hâte, des photocopies d'articles de journaux et une liasse de photographies en noir et blanc. Celle du dessus représentait Vivien... et moi, debout à côté de sa Mini à Walworth ce jour de 1969 où elle était descendue de Cambridge pour me demander de l'aider à faire éclater la vérité concernant la mort d'Oliver. Nous étions tout sourire, ne nous doutant pas un instant que, quelque part pas très loin, Thompson nous avait dans son viseur.

C'était Vivien qui était sur toutes les autres photos. Elles semblaient avoir été prises à Cambridge. L'Honorable Roger figurait sur deux ou trois d'entre elles. Je les levai vers Thompson pour qu'il les voie. « C'est vous qui les avez prises ?

– Pour le compte de Mme Lashley, dit-il avec une grimace. Où est le mal ?

– Et ces articles de presse ? » dis-je en les feuilletant rapidement. Ils sortaient du *Cornish Guardian* et du *Western Morning News* : verdicts rendus dans les enquêtes *post mortem* concernant Oliver et son père, comptes rendus de la fusion de Wren avec Cornish China Clays, une interview de Greville Lashley. Thompson s'était beaucoup démené.

« De simples renseignements sur le contexte, dit-il, sur la défensive. Je faisais juste mon boulot.

– Vous nous avez suivis jusqu'ici il y a quinze ans ?

– Non. Mme Lashley m'a demandé d'arrêter la surveillance quand je lui ai fait savoir que Vivien vous avait de nouveau contacté.

– Pour quelle raison ?

– Qui sait ? Peut-être qu'elle n'avait pas besoin de détails pour lui prouver que vous baisiez sa fille. »

Je fis deux pas en direction du lit, avec l'intention d'envoyer mon poing dans la figure du grossier personnage. Puis je m'arrêtai net, convaincu qu'il cherchait à me pousser à ce geste afin d'avoir un hématome à exhiber à la police.

« Frapper un vieil homme, voilà tout ce à quoi vous êtes bon, hein, Kellaway ? dit-il avec un sourire méprisant.

– Comment avez-eu connaissance de l'existence de Strake ?

– Je ne sais de lui que ce que Mme Lashley m'en a dit il y a quinze ans. Un ancien employé de l'entreprise familiale, un dénommé Strake, avait apparemment harcelé son fils avant que celui-ci se suicide. Elle m'a demandé de garder un œil sur lui pendant que je surveillais Vivien, au cas où il ferait la même chose avec elle. Mais je ne l'ai jamais vu, ni de près ni de loin. Pourquoi intéresserait-il aujourd'hui la police italienne ? »

Le numéro était au point. Sa curiosité avait un air d'innocence presque parfait. Mais j'étais sûr que l'auteur de l'appel anonyme alléguant qu'il existait un lien entre la disparition de Muriel et le meurtre de Strake, c'était lui. Je n'allais pas me laisser berner. « Vous savez pertinemment pourquoi il les intéresserait, Thompson. C'est vous-même qui le leur avez dit.

– Vous vous trompez. Ce n'est pas moi qui ai passé l'appel.

– Bien sûr que si. Personne d'autre n'aurait pu le faire à votre place. Et vous pouvez être certain que je le leur dirai.

– Non, ne faites pas ça.

– Et pourquoi pas ?

– Écoutez..., commença-t-il, en s'humectant fébrilement les lèvres. Les policiers ne font pas dans le détail quand un des leurs tombe dans l'exercice de ses fonctions. Je les ai déjà vus à l'œuvre. Et je ne pense pas que les poulets italiens soient bien regardants sur les moyens. Je ne suis plus très jeune. J'ai besoin que vous m'aidiez pour que mon nom n'apparaisse pas dans cette affaire. En échange, je peux vous rendre un service.

– Qu'est-ce que vous essayez de me dire, là ?

– Quoi qu'il arrive – je dis bien *quoi qu'il arrive* –, je n'ouvrirai pas la bouche. La police n'obtiendra rien de moi. Vous avez ma parole.

– Que vaut-elle au juste, votre parole ?

– Au moins autant que la vôtre ou celle de Lashley, au vu de la situation. »

J'étais coincé, et il le savait. Je n'avais aucun moyen de découvrir ce qu'il savait exactement du meurtre de Strake, et il était trop malin pour me le dire, mais, techniquement parlant, j'étais impliqué dans un acte d'entrave à l'exercice de la justice, ce dont je n'avais pas franchement envie de discuter avec la police napolitaine et les collègues de Gandolfi. Il était possible que Lashley tombe sous le coup de la même accusation. Difficile de dire dans quels ennuis au juste Thompson était capable de nous fourrer. Mais c'était précisément de cette incertitude qu'il tirait sa force dans d'éventuelles négociations.

« Cet air mauvais signifie-t-il que vous allez descendre de vos grands chevaux et gentiment rapporter ma proposition à votre patron ? demanda-t-il avec un petit sourire narquois. Si vous pensez qu'un "oui" risque de vous étouffer, je me contenterai d'un hochement de tête. »

Lashley tomba d'accord avec moi : aussi humiliante que fût la situation, la sagesse voulait que nous ne parlions pas de Thompson à la police. Tout ce qu'ils auraient à savoir, c'est que nous n'avions aucune idée de l'identité de l'auteur de l'appel téléphonique ni de la raison qui avait pu le pousser à vouloir relier d'une manière ou d'une autre l'enlèvement de Muriel au meurtre de Strake.

Jacqueline, toujours prête à apporter son soutien, nous assura qu'elle ferait montre de la même réserve. « Ce ne sera pas très difficile, prédit-elle. Ils penseront probablement que je ne suis pas utile à leur enquête. »

Or, elle savait beaucoup de choses à présent. Témoin la question qu'elle me posa, tandis que nous nous apprêtions à partager une soirée angoissée à la villa : « Regrettez-vous de ne pas être allé trouver la police en 1969, Jonathan, pour tout leur dire ? »

Je n'eus pas à réfléchir à la réponse bien longtemps. « Oui, profondément. » Mais... « À l'époque, cependant, il semblait y avoir tellement de bonnes raisons de ne pas le faire. Jamais je n'aurais pu imaginer alors que Strake reviendrait nous hanter.

– Non plus, sans doute, que se produiraient les événements que nous venons de connaître.

– Vous avez mille fois raison.

– Greville m'a donné l'impression d'être au trente-sixième dessous. Vous croyez qu'il reste encore un espoir pour Muriel ?

– Je ne sais pas. Franchement, je n'en sais rien. »

Il eût été plus exact de dire que je n'avais pas envie de savoir. Mais c'était là un luxe dont je ne devais pas profiter bien longtemps. Nous nous apprêtions le lendemain matin à partir pour Marina Grande, afin de prendre le ferry de 10 heures à destination de Naples, quand la sonnerie du téléphone retentit.

C'était Lashley. « La police vient juste d'appeler, Jonathan, m'annonça-t-il sans préambule, ce qui était mauvais signe. Un corps a été retrouvé sur le rivage près d'Herculanum. Ils pensent qu'il pourrait s'agir de Muriel. Je pars tout de suite. Vous et Jacqueline... devriez vous préparer au pire. »

32

Le corps rejeté par la marée près d'Herculanum ce matin-là était bien celui de Muriel Lashley. Elle s'était noyée, vraisemblablement après avoir été jetée par-dessus bord la veille au soir, d'un bateau quelque part dans la baie de Naples. Techniquement, d'après Cremonesi, l'avocat mielleux que nous avait fourni le consulat de Grande-Bretagne, la question allait se poser de savoir s'il s'agissait bien d'un meurtre, surtout dans la mesure où il n'y avait aucune preuve solide d'un enlèvement préalable en dehors de la photographie envoyée à Lashley. Il n'existait aucun enregistrement des appels téléphoniques émanant des ravisseurs, ni aucun témoin oculaire de l'enlèvement.

Non pas, expliqua Cremonesi, que le juge d'instruction doutât de ce qui s'était passé, mais simplement qu'il manquait de matière sur laquelle instruire. Le commissaire Gandolfi avait été assassiné, certes, mais on disait volontiers qu'il cachait si bien son jeu que ses collègues ignoraient le plus souvent les pistes qu'il suivait.

Nous aurions pu aider le juge dans son enquête en désignant Thompson comme source de l'appel anonyme ou en suggérant que Paolo Verdelli était impliqué dans l'organisation de l'enlèvement, mais l'une comme l'autre de ces démarches risquaient de nous créer plus d'ennuis qu'elles n'en causeraient à Thompson ou à Verdelli. L'ombre efflanquée de Strake avait envahi notre ciel.

« Si nous tenons à en savoir plus sur cette affaire, Jonathan, me dit Lashley dans un moment de réflexion, ce doit être à notre propre initiative, sans avoir recours aux autorités. » Je savais qu'il soupçonnait la Camorra d'exercer suffisamment d'influence au sein des échelons supérieurs de la police napolitaine pour faire en sorte que le meurtre de Gandolfi et la mort de Muriel (quelque qualification que reçoive celle-ci) restent officiellement inexpliqués.

Adam, relâché au terme de vingt-quatre heures de garde à vue, était en proie à une agitation fébrile où se mêlaient le chagrin, la rage, la rancune et la réprobation. C'est à peine si je réagis quand il se déchaîna, le visage écarlate, contre moi dans la suite de Lashley à l'Excelsior, me noyant sous un déluge d'accusations de stupidité, sans parler d'autres tares plus graves encore. Je me souviens avoir regardé par la fenêtre derrière lui l'immense étendue de la baie et avoir imaginé les derniers moments de Muriel s'étranglant dans les flots et se débattant sur le fond bleu de l'horizon. Tout était allé de travers, pour une série de raisons dont la plupart n'importaient plus guère à présent.

Et voilà que, tout à coup, j'étais en trop, symbole gênant de notre échec commun à sauver Muriel. Vivien était en route pour l'Italie, même si son départ avait été reporté suite à la nouvelle de la mort de sa mère. Elle était pour l'instant à Londres, attendant que l'Honorable Roger la rejoigne et qu'Harriet arrive de Cornouailles de manière qu'ils prennent l'avion ensemble. Les problèmes qu'engendrerait ma présence n'avaient pas besoin d'être explicités. Je crois que Lashley m'aurait immédiatement renvoyé à Sandersville s'il avait pu, mais le juge d'instruction nous demanda à tous de ne pas quitter le territoire soumis à sa juridiction tant qu'il n'aurait pas décidé s'il retiendrait ou non des charges contre nous – éventualité dont Cremonesi nous assura qu'elle était hautement improbable.

Je pris une chambre dans l'hôtel voisin de l'Excelsior sur le front de mer, le Vesuvio, et tentai de me faire à l'idée que j'allais me morfondre là, attendant que Lashley accueille le reste de la famille, avant de rentrer à Capri, où Muriel devait être inhumée. Jacqueline les accompagnerait et, sans doute, assisterait-elle aux funérailles. J'étais le seul à être *persona non grata*. Lashley s'en excusa, même si je comprenais parfaitement les raisons de cette exclusion. On m'avait appelé pour faire face à une urgence. Qui n'en était plus une. Il était donc temps pour moi de partir. Malheureusement, j'en étais empêché.

« Je te demanderais bien d'occuper ton temps à essayer de retrouver Verdelli si je n'étais pas aussi sûr qu'il gardera profil bas jusqu'à ce que l'affaire se tasse, me dit Lashley avant que nous nous séparions. Pour ce qui me concerne, elle ne se tassera jamais, tu le comprendras. Je ferai appel aux ressources locales pour retrouver sa trace dès que le juge aura classé l'affaire.

– Et ensuite, monsieur ?

– Ensuite, Jonathan, je verrai ce qu'il conviendra de faire. Mais il ne s'en tirera pas comme ça, pas après m'avoir condamné au veuvage et volé qui plus est. Je te le garantis. »

Je savais que Lashley n'avait pas parlé à la légère. Mais je n'étais pas sûr qu'il aurait à attendre aussi longtemps qu'il le pensait pour infliger à Paolo le châtiment qui serait le sien. J'appelai la comtesse Covelli pour lui demander si Salvenini lui avait fourni quelque renseignement utile. Horrifiée d'apprendre les circonstances de la mort de Muriel, elle avait envoyé une lettre de condoléances à la famille et avait essayé de me joindre à la villa, sans succès.

« J'ai demandé à Salvenini de se renseigner sur Paolo pour vous, Jonathan, et il m'a dit qu'il me tiendrait au courant. Mais je n'ai eu aucune nouvelle depuis. Voulez-vous que je le... relance ?

– Eh bien, oui, si ce n'est pas trop insister.

– C'est important ? » Sa voix laissait entendre qu'elle le soupçonnait et qu'aucune dénégation ne saurait la tromper.

« Ça pourrait l'être.

– Et vous êtes au Vesuvio... pour l'instant ?

– Oui. Je ne veux pas être dans les jambes de la famille à la villa.

– Très attentionné de votre part. » Et pas seulement attentionné, donnait-elle clairement à comprendre. « Vous reverrai-je avant votre départ ?

– Je... je l'espère.

– Je vais moi-même à Naples voir mon notaire vendredi. Peut-être pourrions-nous nous y retrouver.

– Bien sûr, j'en serais ravi. »

Il y avait donc une personne qui ne m'avait pas ostracisé.

Je téléphonai également au Gabbiano pour m'entendre dire, sans surprise, que Frederick Thompson avait quitté l'hôtel. Il était parti au moment où il pouvait encore le faire sans s'attirer d'ennuis, comme je l'aurais fait moi-même si j'en avais eu la possibilité.

Je me demandai si j'aurais des nouvelles de Vivien. Elle devait être à la villa Orchis à l'heure qu'il était, avec son mari, son beau-père, sa grand-tante et son demi-frère : les parents les plus proches de Muriel Lashley, rassemblés dans l'affliction. Peut-être trouverait-elle là de quoi occuper pleinement son temps. Peut-être le traumatisme consécutif à la mort de sa mère ne lui laisserait-il aucune place pour moi.

Je pensais pour ma part beaucoup à elle. Ma solitude et mon oisiveté y contribuaient grandement. Le mercredi, faute d'avoir mieux à faire, je pris le train qui longeait la côte jusqu'à Pompéi et me mêlai aux hordes de touristes bardés d'appareils photo qui envahissaient les rues bordées de ruines. Vivien et moi avions projeté d'y venir en 1969, sans jamais mettre notre projet à exécution. C'était là qu'elle avait inventé de toutes pièces une rencontre de hasard avec des amis de Cambridge, censée expliquer son voyage à Rome. En réalité, elle n'était jamais allée jusqu'à Pompéi, supposai-je, même si elle l'avait probablement fait depuis.

Je n'étais pas en état d'apprécier ce que je voyais. Je parcourais les avenues aux dalles de pierre comme si j'étais sous l'emprise d'un stupéfiant et, à un moment, passai pratiquement une heure assis dans l'amphithéâtre, à fixer le vide.

C'est là que, comble de l'ironie, mon ancien colocataire de Walworth, Terry, me tomba presque littéralement dessus. J'eus d'abord du mal à le reconnaître. L'étudiant efflanqué à la barbe hirsute était devenu un homme à la taille épaisse et aux cheveux courts, marié et père de deux enfants, travaillant dans un cabinet d'audit. Je préfère ne pas repenser à l'impression que j'ai dû faire à sa femme dans l'état second où j'étais. Terry, lui, crut y voir le signe que je vivais toujours la vie libre et facile à laquelle il avait d'une certaine manière consenti à renoncer, même s'il m'assura consciencieusement que ses fils (lesquels au même moment me fusillaient du regard) étaient pour lui la source d'un bonheur sans mélange.

Ils séjournaient dans un camping près de la plage à Pozzuoli avant de poursuivre leur route le long de la côte. Terry suggéra avec empressement que je pourrais les retrouver là-bas le même soir. Nous pourrions ainsi évoquer nos souvenirs et comparer nos carrières postuniversitaires en buvant une bière, ou plusieurs. J'acceptai, avec un empressement mitigé. Je ne me sentais pas d'attaque pour une soirée bien arrosée, mais je n'avais pas vraiment d'autre projet. Il fut convenu qu'il viendrait m'attendre à la station de métro de Pozzuoli à 20 heures.

Pauvre vieux Terry. Je suis sûr qu'il se faisait par avance une joie de nos retrouvailles et de notre soirée entre hommes. Mais je n'allai jamais jusqu'à Pozzuoli.

Vivien m'attendait au Vesuvio. Je ne la vis pas quand je pénétrai dans le hall. Elle était au bar qui jouxtait la réception. Le réceptionniste me fit savoir que quelqu'un m'attendait et, en me retournant, je la vis se lever d'une banquette dans la lumière tamisée d'un rayon de soleil doré.

Elle avait l'air sombre et épuisée. Ses cheveux étaient un peu plus courts que dans mon souvenir, et peut-être légèrement plus foncés. Elle portait une simple jupe bleue à godets et un tee-shirt blanc retenu par une ceinture. À peine une touche de maquillage. Pour autant sa beauté, si elle n'était pas inchangée, n'était en rien diminuée.

Je m'avançai lentement vers elle, me demandant comment l'aborder. Un baiser ? Une poignée de main ? Un simple bonjour ? Rien ne semblait convenir. Et rien, pour finir, fut ce à quoi j'aboutis.

« Je suis désolé... pour ta mère, Vivien, dis-je, surpris d'entendre à quel point ma voix était rauque. Je suppose... que Greville t'a tout raconté.

– Je n'en suis pas sûre, Jonathan, dit-elle, en me regardant d'un œil froid. C'est la raison pour laquelle je suis ici. » La seule, à en juger par le ton qu'elle avait adopté. « On peut parler ?

– Bien sûr. On s'assied ?

– Pas ici. Dehors, au grand air.

– Comme tu veux. »

Nous nous dirigeâmes vers la porte à tambour qui menait à la rue. Avant que nous ayons eu le temps de l'atteindre, le réceptionniste m'appela.

« Ah, *signor* Kellaway. Si vous partez... Il y a un message pour vous. La personne qui l'a déposé a dit que ce pouvait être urgent.

– Je t'attends de l'autre côté de la rue », dit Vivien en reprenant le chemin de la porte.

Je retournai jusqu'à la réception où l'on me tendit une petite enveloppe portant le monogramme V. À l'intérieur, un mot à mon intention : *La comtesse Covelli a appelé. L'adresse que vous vouliez connaître est le 33 Salita Penitenza.*

« Pouvez-vous m'indiquer où ça se trouve ? » demandai-je, en présentant mon plan de la ville.

L'homme regarda le mot, puis le plan avant de marquer d'une croix l'endroit en question. « Vous avez l'intention d'aller là-bas, *signor* Kellaway ?

– Très probablement, oui. Pourquoi ?

– Le quartier… n'est pas très fréquentable. Il vous faudra faire attention. Ce n'est pas un endroit pour… *la bella signora*, ajouta-t-il en souriant.

– Ne vous inquiétez pas, répondis-je en lui rendant son sourire. Je n'y emmènerai pas *la bella signora*.

– *Bene* », dit-il avec un hochement de tête approbateur.

Vivien était appuyée contre le mur à côté du pont qui menait de la via Partenope au Castel dell'Oro et au Borgo Marinaro, apparemment oublieuse de la circulation ambiante et des touristes qui flânaient dans le quartier. Je traversai la rue pour aller la rejoindre.

« Le message était de Greville ? me demanda-t-elle aussitôt, les yeux désormais abrités derrière des lunettes de soleil.

– Non. Pas du tout.

– Vraiment ?

– Vraiment, dis-je, d'un ton catégorique. Pourquoi vouloir à tout prix croire le contraire ?

– Parce qu'il savait que je venais te voir. Peut-être cherchait-il à s'assurer que tu suivrais la ligne adoptée par la famille.

– Comment ça, quelle ligne ?

– Tu sais très bien ce que je veux dire.

– Non, je ne vois pas. Écoute, Vivien, ce qui est arrivé à ta mère était…

– Pourquoi est-ce que tout est allé de travers, Jonathan ? Pourquoi a-t-il fallu qu'elle finisse par mourir ? demanda-t-elle avant de se détourner, les yeux embués de larmes. Désolée. J'étais pourtant décidée à ne pas en arriver là. » Elle respira à fond deux ou trois fois, puis se tourna pour me faire face. « Un appel téléphonique anonyme à la police, dont Greville pense qu'il vient de ce Thompson, a tout fichu par terre. C'est vraiment comme ça que ça s'est passé ?

– Oui. Sinon, je crois que Muriel aurait été libérée saine et sauve.

– C'était là-bas ? » demanda-t-elle, en posant les yeux sur le port en dessous de nous, où les cafés qui bordaient les quais étaient bondés. Les bateaux de plaisance à l'amarre se balançaient doucement. Le soleil scintillait sur l'eau. « Là-bas que Greville était allé l'attendre ?

– C'était ce qui était convenu. Et c'est vraisemblablement ainsi que se seraient passées les choses sans l'intervention de Gandolfi.

– La faute à qui si Gandolfi est intervenu ?

– À celui, quel qu'il soit, qui a passé l'appel anonyme.

– Vraiment ? Il ne faut pas aller chercher plus loin que ça ?

– Qu'est-ce que tu entends par là ?

– Tu n'es pas prêt à l'admettre, hein ?

– Admettre quoi, bon sang ?

– Oh, pour l'amour de Dieu ! » Elle avait l'air exaspéré. Mais le tremblement de sa main, tandis que son regard s'égarait au loin et qu'elle se frottait le front, laissait à penser qu'elle était en proie à autre chose que l'exaspération. Son chagrin était teinté de colère, une colère apparemment dirigée contre moi. « Ça t'ennuie si on marche ? Le mouvement... me fait du bien, je crois.

– Pas de problème. »

Nous partîmes vers l'est, en direction de l'Excelsior et des trois arches de la fontaine Immacolatella, le Vésuve se profilant devant nous de l'autre côté de la baie. Vivien ne flânait pas. Je dus allonger le pas pour rester à sa hauteur. « C'est notre faute, dit-elle soudain, d'un ton sans réplique. Si nous n'avions pas aidé Strake à faire chanter Luisa, oncle Francis ne l'aurait pas assassiné, et Gandolfi n'aurait rien trouvé à quoi s'intéresser toutes ces années plus tard. Et Paolo, même s'il avait eu du mal à se remettre de ne pas avoir reçu ce qu'il considérait sans doute comme son dû, ne se serait pas senti aussi injustement traité par la famille dont il avait protégé la réputation. C'est nous, toi et moi, qui avons mis le feu aux poudres. Et nous n'avons jamais prévenu ma mère de la rancœur qui animait Paolo.

– Personne n'aurait pu prévoir une telle issue, Vivien. Comment voulais-tu qu'on sache qu'il avait des liens avec la Camorra ?

– Greville le savait, lui. Ou du moins le soupçonnait. Je lui en veux, à lui aussi.

– Sans compter qu'il n'y a pas vraiment de preuve quant à l'implication de Paolo dans cette affaire.

– Bien sûr que si. L'appel téléphonique. Je tiens de Jacqueline les détails de la visite de Gandolfi à la villa. Et d'autres choses encore. Tu sembles avoir été plus ouvert avec elle que tu ne l'as jamais été avec moi.

– Attends un...

– Ah, oublie ça, d'accord ? Tu lui fais confiance. Tout le monde lui fait confiance. Et il semblerait que je doive en faire autant. »

La dureté de son ton cachait mal une trace de culpabilité – celle de s'être trouvée si loin à un moment où sa mère aurait eu besoin d'elle. « Thompson n'aurait jamais pu passer cet appel, Jonathan, si on ne l'y avait pas aidé. Il n'avait aucune raison de supposer que Strake était venu à Naples, sans parler d'y avoir été assassiné. Et il n'est pas pensable qu'il soit tombé par hasard sur cette information. Quelqu'un l'a forcément renseigné. Et d'après ce que m'a dit Jacqueline, il est incapable d'aligner trois mots en bon *ou* en mauvais italien. Il aurait eu besoin de recevoir ses instructions de quelqu'un d'autre. Toujours la même personne.

– Paolo ?

– Exactement.

– Et pourquoi aurait-il fait une chose pareille ?

– Parce que sa part de la rançon ne lui suffisait pas. Elle ne devait pas être bien grosse de toutes façons. Non. Ce qu'il voulait, c'était faire couler le sang. Et quand il a entendu dire que Thompson le cherchait, il a vu là un moyen d'obtenir ce qu'il voulait. Il devait savoir que Gandolfi faisait toujours partie de la police et qu'il passerait à l'action après le coup de téléphone. Et il devait savoir comment réagiraient les ravisseurs de ma mère quand ils commenceraient à soupçonner que l'on avait fait appel à la police.

– Tu es en train de suggérer qu'il a délibérément saboté l'accord passé avec eux ?

– Oui. Et ça a marché, non ? Il est arrivé à ses fins.

– Vivien, c'est...

– La vérité. Pure et simple. »

Nous étions à la fontaine. Elle se tourna de côté et s'arrêta, les yeux rivés sur la mer, se demandant, je le pressentais, ce que sa mère avait dû éprouver tandis qu'elle se débattait, perdait pied et finissait par se noyer là-bas dans les ténèbres.

« Elle ne savait pas nager, murmura-t-elle, serrant les bras autour d'elle pour réprimer un frisson. Pas la moindre notion. Comment le juge peut-il dire qu'il ne s'agit pas d'un meurtre ?

– À cause d'un point de procédure.

– Je veux qu'on trouve Paolo, et qu'il réponde de ses crimes.

– Je suis sûr que Greville fera tout ce qui est en son pouvoir pour y parvenir.

– Tu sais où il est, Jonathan ?

– Moi ? » Mon instinct me disait de ne pas lui révéler le contenu du message de la comtesse Covelli. Pas pour l'instant, en tout cas. Il me fallait réfléchir avec soin avant d'entreprendre quoi que ce soit. « Et comment le saurais-je ?

– Jacqueline m'a dit que tu avais demandé son aide à la comtesse Covelli pour retrouver sa trace.

– En effet. Mais...

– J'ai parlé à la comtesse il y a quelques heures.

– Vraiment ?

– Elle m'a dit qu'elle n'avait fait aucun progrès. »

À quoi pensait au juste Vivien ? Que disaient ses yeux que je ne pouvais voir derrière les lunettes noires ? « Le message qu'on m'a transmis à l'hôtel tout à l'heure venait d'elle, dis-je, pesant mes mots, comme je sentais Vivien le faire de son côté. Elle veut que je lui téléphone. Pour m'apprendre qu'elle a fait chou blanc, je suppose.

– Ou pour te révéler où il est.

– Mais tu as dit toi-même...

– Je ne suis pas sûre de pouvoir la croire.

– Pourquoi te mentirait-elle ?

– Je l'ignore. Mais il y a quelque chose entre vous deux, je me trompe ? Une sorte de... lien.

– Crois-tu ?

– Cet acte terrible que Luisa aurait commis. Et qui serait la raison pour laquelle la comtesse aurait mis un terme à leur amitié... Tu sais de quoi il s'agit, n'est-ce pas ? » Elle leva la main pour prévenir ma réponse. « Ne nie pas. Elle t'a sans doute fait jurer le secret. Et je ne veux pas le savoir, de toute façon. En tout cas pas autant, et de loin, que je tiens à savoir où se trouve Paolo. Promets-moi que tu me le diras si tu le découvres.

– Et que ferais-tu... ?

– Promets-le-moi, c'est tout. Ta parole, Jonathan. » Elle ôta ses lunettes et me fixa d'un regard implorant, plissant les yeux dans l'éclat du soleil, des larmes perlant au coin de ses paupières. « Donne-moi ta parole, sinon pour ma mère, du moins pour ce que nous avons été l'un pour l'autre autrefois. »

J'en étais incapable. Ce mensonge-là était au-dessus de mes forces. « Non, dis-je en secouant la tête.

– Non quoi ?

– Je n'ai pas l'intention de te promettre quoi que ce soit.

– Parce que tu sais déjà. » Une étincelle de compréhension brilla dans son regard. « C'est ça, hein ? C'était là le sens du message. La comtesse t'a dit où il se trouvait.

– Si je le savais, j'en informerais Greville.

– Et il ne me resterait plus qu'à espérer qu'il accepte de me livrer l'information. Non, Jonathan. Dis-le-moi. Dis-le-moi maintenant. »

Il était inutile de prétendre plus longtemps que je n'étais pas au courant. « Pourquoi ? demandai-je.

– Parce que je veux pouvoir regarder Paolo droit dans les yeux quand il niera être responsable de la mort de ma mère. Et parce que je veux qu'il sache qu'il ne s'en tirera pas comme ça.

– Je soupçonne que Greville trouverait une confrontation avec lui peu judicieuse à ce stade.

– Et Greville est ton patron. Alors, quoi qu'il dise, il a raison. C'est ce que tu veux dire ?

– Bien sûr que non. Mais ce ne serait effectivement pas judicieux. Il faut que tu le comprennes.

– Je me fiche de savoir si ça l'est ou pas. Je veux que Paolo comprenne à quel point je le hais pour ce qu'il a fait. De toute façon, je découvrirai son adresse, d'une manière ou d'une autre. D'après Jacqueline, la comtesse devait demander à Valerio Salvenini. C'est donc lui qui a dû la lui fournir. Eh bien, s'il le faut, j'userai de mes charmes, mais je l'obtiendrai. À moins que tu ne m'y emmènes maintenant. À toi de choisir, Jonathan. À toi de décider... laquelle de ces options est la plus judicieuse. »

33

Le chauffeur de taxi nous abandonna sur une petite place non loin de la Via Toledo, en expliquant à Vivien – dont l'italien était bien meilleur que le mien – qu'il ne pouvait pas nous approcher davantage.

À partir de là, la ville montait à l'assaut de la colline vers les hauteurs du Vomero. Les habitations étaient tassées les unes contre les autres le long de rues raides et étroites, nombre d'entre elles séparées par des volées de marches qui n'en finissaient pas. De la lessive pendait aux balcons, tandis qu'en dessous les marchandises s'empilaient devant les boutiques, se disputant les trottoirs avec des scooters alignés sur deux rangées. Des gamins sales aux yeux vifs couraient un peu partout. La chaleur moite de cette fin d'après-midi pesait sur la Salita Penitenza noyée dans des ombres jaunes. Des remugles persistants de canalisations bouchées accompagnaient la cacophonie de musiques stridentes et le brouhaha de voix haut perchées qui sortaient des fenêtres ouvertes autour de nous. Pas un endroit, comme me l'avait fait remarquer le réceptionniste de l'hôtel Vesuvio, pour *la bella signora*, laquelle était néanmoins là de son plein gré. Quant à Paoli, on avait du mal à croire que pareil habitat pût être le sien.

Quelques badauds nous lancèrent des regards méfiants tandis que nous gravissions les marches tortueuses, nous efforçant de déchiffrer des plaques écaillées, voire presque effacées, sur les murs à la recherche du numéro 33.

Nous finîmes par le repérer, partiellement caché par l'échafaudage qui encadrait une partie de l'escalier apparemment en réparation, même s'il n'y avait aucune trace de travaux en cours.

Cinq sonnettes s'accrochaient au stuc qui s'effritait à côté d'une porte délabrée. Quatre d'entre elles étaient flanquées de noms plus ou moins lisibles, dont aucun n'était Verdelli. Vivien appuya sur la cinquième, restée anonyme. Sans obtenir de réponse, ni même savoir si la sonnette fonctionnait. Elle renouvela sa tentative à plusieurs reprises.

Nous étions toujours là quelques minutes plus tard, nous demandant quoi faire, quand une vieille femme ronde comme une barrique et toute vêtue de noir, son embonpoint rendu plus volumineux encore par un sac à provisions ventru, nous bouscula pour introduire sa clé dans la serrure. Aussitôt, Vivien entreprit de lui parler, et la femme ne fit aucune remarque ni ne protesta quand nous nous glissâmes à sa suite dans l'obscurité du hall d'entrée. Elle accompagna ses réponses aux questions concernant Verdelli de force roulements d'yeux et hochements de tête. Je ne saisis que quelques bribes ici et là, mais l'expression *ultimo piano* était suffisamment claire pour que je la comprenne : Paolo habitait au dernier étage.

« J'ai l'impression qu'elle ne l'aime pas beaucoup, dit Vivien, tandis que nous entreprenions notre ascension. Elle a parlé de visiteurs bruyants, et d'autres choses que je n'ai pas comprises. Tu sais ce que veut dire *mosconi* ?

– Pas la moindre idée. Tu pourras toujours demander à Paolo. »

L'immeuble, déjà passablement miteux au niveau de la rue, se détériorait à mesure que nous montions. Le plâtre s'effritait, et des fragments jonchaient le sol des paliers et les marches. La lumière était rare, l'atmosphère confinée. Le 33 de la Salita Penitenza était loin, très loin de la villa Orchis, comme Paolo en était sans doute douloureusement conscient.

« Tu es sûre de vouloir continuer ? demandai-je à Vivien, sentant que je devais lui donner une chance de reculer.

– Parfaitement sûre.

– Il se peut qu'il ne soit pas chez lui.

– On va bientôt le savoir. »

Nous atteignîmes le dernier étage, où il faisait un peu moins sombre grâce à une lucarne au-dessus de nos têtes. Je fis en sorte d'arriver le premier devant la porte de Paolo. S'il devait y avoir du grabuge, mieux valait que j'en fasse les frais.

Je compris presque aussitôt que quelque chose clochait. L'encadrement avait été entaillé au niveau du verrou, et, à mon approche, la porte s'entrouvrit toute seule quand je posai le pied sur une latte mal ajustée du plancher. De l'intérieur me parvint un bourdonnement étouffé dont je ne pus d'abord discerner l'origine. Je frappai et poussai la porte. « Paolo ? » appelai-je.

Le bourdonnement s'intensifia. Je remarquai des mouvements rapides dans l'air devant moi, avant de m'apercevoir que des nuées de mouches envahissaient la pièce.

« *Mosconi*, dit Vivien derrière moi. Je me souviens maintenant de ce que ça veut dire. La vieille femme se plaignait… de mouches à viande.

– Reste ici », dis-je, en pénétrant plus avant dans l'appartement.

Je n'eus pas à aller bien loin pour découvrir ce qui attirait les mouches. Dans la cuisine, elles faisaient un bruit semblable au vrombissement d'un moteur. Un homme nu était allongé par terre sur le côté, membres écartés, tête renversée en arrière. Le corps était couvert de mouches. Une odeur pestilentielle emplissait l'air.

Paolo Verdelli était mort. Impossible d'en douter, tandis que je me couvrais le nez et faisais signe à Vivien de rester où elle était. Je m'avançais de quelques pas mal assurés.

Il était toujours aussi mince, mais sa tignasse avait beaucoup grisonné. Les traits harmonieux de son visage étaient déformés par une grimace. Une corde à linge avait été enroulée plusieurs fois autour de son cou. Elle reposait, lâche, sur le sol, mais on s'en était manifestement servi pour l'étrangler. Verdelli n'était pas simplement mort ; il avait été assassiné.

Vivien n'était pas restée près de la porte. Je pris soudain conscience de sa présence à mes côtés. « Mon Dieu, murmura-t-elle. Oh, mon Dieu. »

Que dire d'autre, en vérité ?

J'appelai la police d'une boutique voisine, puis j'allai attendre les agents devant l'entrée du 33. Vivien avait rejeté la proposition que je lui avais faite de partir avant leur arrivée, de même qu'elle avait écarté mes efforts pour tenter de la protéger de l'horreur de la mort de Paolo. Elle semblait bien décidée à y faire face, de même qu'aux questions auxquelles nous n'allions pas manquer d'être exposés. Je savais que, comme moi, elle était en état de choc ; respiration hachée, mains tremblantes. Mais je ne voyais pas comment la réconforter. Son attitude et la distance qu'elle maintenait entre nous signifiaient clairement que mes efforts seraient vains.

« Il est mort depuis combien de temps, à ton avis ? me demanda-t-elle d'une voix atone pendant que nous attendions.

– Je n'en sais rien. Deux ou trois jours, peut-être. Ou moins, dans ce climat.

– Ils l'ont tué parce qu'il a saboté l'opération. Tu en es conscient, n'est-ce pas ?

– Euh... ça se pourrait.

– C'est ça, forcément. Il s'était rendu suspect. Il a dû donner des noms. Il fallait qu'ils le fassent taire.

– Pour se taire, il s'est tu.

– Oui, dit-elle, baissant la tête un moment, avant d'ajouter : Toutes ces mouches. Et cette odeur. C'était horrible.

– Je sais. Essaie de ne plus y penser. »

Elle me regarda d'un air bizarre, comme si pareil conseil était absurde, ce qui, en un sens, était le cas. « Ce qui me préoccupe, dit-elle, c'est ce qu'on va pouvoir dire à la police et ce qu'on devrait garder pour nous. On ne peut pas citer Thompson comme complice de Paolo sans courir le risque qu'ils découvrent que tu as contribué à effacer les traces d'oncle Francis dans la chambre d'hôtel de Strake.

– Dis-leur ce que tu veux, Vivien. Je ne suis pas sûr que cela me tienne encore en souci.

– C'est facile à dire pour toi, quand tu sais que, moi, je me soucie trop de ma famille pour pouvoir révéler la vérité au grand jour.

– Tu préférerais que l'affaire reste aussi simple que possible ?

– Je n'ai pas le choix, si ?

– Je ne sais pas. C'est ton secret autant que le mien.

– Nous ne dirons rien à propos de Thompson en ce cas, dit-elle en poussant un soupir.

– Ça me va. »

La remarque sembla la contrarier au plus haut point. Elle me lança un regard noir, avant de passer brusquement devant moi et de se diriger vers la boutique d'où j'avais appelé la police. « Il faut que je dise à Roger ce qu'il s'est passé, dit-elle. Il va s'inquiéter de ne pas me voir rentrer. Je n'en ai pas pour longtemps. »

La police arriva avant son retour. Cet échange avait été en quelque sorte notre dernière chance de faire la paix. Et nous n'avions pas su la saisir.

Faire nos dépositions, répondre aux questions, entrer dans le détail des événements, tout cela occupa une bonne partie de la soirée, même si, comme nous en étions convenus, Vivien et moi passâmes sous silence les liens qui rattachaient Thompson et Strake à l'affaire. Ce que la police apprit de nous, c'est que nous soupçonnions que le mobile de Paolo avait été de ne pas figurer sur le testament de Luisa, ni plus ni moins. Si Paolo – lui ou quelque complice non identifié –, leur laissa-t-on supposer, avait mentionné le meurtre de Strake dans son coup de fil anonyme, c'est parce que celui-ci n'avait pas été élucidé, et que ce seul fait avait toute chance de piquer la curiosité de Gandolfi.

Lashley nous retrouva au commissariat central. Roger l'accompagnait, suant le mépris et la mauvaise humeur. Il se débrouilla pour ne pas m'adresser une seule fois la parole. Son inquiétude pour Vivien semblait toute de circonstance. Mais peut-être étais-je partial dans mon jugement.

Nous fûmes bientôt rejoints par Cremonesi, qui avait quitté quelque raout à la demande de Lashley. (Il était toujours vêtu de son smoking.) Son intervention mit de l'huile dans les rouages et hâta notre départ. « Entre nous, je crois comprendre qu'ils pensent que Verdelli a été tué par les ravisseurs pour la raison que vous avez vous-même suggérée, *signora* Normington, dit-il à Vivien. Je suis quant à moi désolé que vous ayez eu à vivre un événement aussi horrible. » Ses regrets nuançaient son propos d'une touche de délicatesse, même si celle-ci faisait partie de son métier.

Lashley restait une nuit supplémentaire à l'Excelsior, de même que Vivien et Roger. « J'ai peur que Vivien souffre d'un choc post-traumatique », me confia-t-il après les avoir mis dans un taxi. Personnellement, je préférais rentrer au Vesuvio à pied, et il décida de m'accompagner. « Elle se croit plus forte qu'elle n'est en réalité, poursuivit-il.

– Je n'ai pas pu l'empêcher d'entrer pour voir Paolo, dis-je en acceptant une cigarette, tandis que nous nous éloignions de la *questura*. Évidemment, je n'aurais jamais imaginé qu'on risquait de tomber sur une scène pareille.

– Je ne vois pas comment tu aurais pu. Encore que, à bien y réfléchir, je dirais que nous ne devrions pas être surpris outre mesure. Verdelli mort, la police n'a plus aucune piste à suivre. L'idée m'est même venue à l'esprit que ce meurtre pouvait être un geste destiné à ménager ma susceptibilité, une forme d'excuse, un peu extrême, je l'admets, de la part de la Camorra à mon intention. Mais même ainsi, je me sens floué. J'étais bien décidé à le poursuivre moi-même, tu sais.

– Oui, je le savais. Alors, c'est peut-être mieux ainsi, finalement.

– Peut-être. Mais il me faudra du temps pour voir les choses sous cet angle. Comment as-tu découvert où il habitait ?

– Par l'intermédiaire de la comtesse Covelli.

– Ah, oui. La comtesse. Pas du genre à se confier, la vieille dame. Mais elle te fait confiance, à toi. Ne t'inquiète pas, je ne vais pas te demander pourquoi. Chacun de nous a droit à ses petits secrets. »

Nous continuâmes notre chemin quelques instants sans rien dire, sa remarque restant comme suspendue. Puis je demandai : « Comment ça se passe… à la villa ?

– Oh, aussi bien que possible, au vu des circonstances.

– Et vous-même ? Après tous ces...

– Bah, je survivrai, dit-il en m'envoyant une vaillante tape sur l'épaule. Ne t'inquiète pas. »

Je n'eus pas à me forcer pour le croire.

Après une mauvaise nuit, je me levai à l'aube et m'en allai courir le long de la promenade jusqu'à Mergellina. La mer était un parfait miroir du ciel. Naples s'étirait langoureusement tandis que le soleil montait à l'horizon. Je n'avais pas ma place ici. M'attarder ne servirait à rien. Mais il m'était impossible de partir. J'étais prisonnier de la procédure, témoin involontaire de crimes qu'aucun de ceux qui enquêtaient sur eux n'avait une chance sérieuse d'élucider. Trois personnes étaient mortes. Et pourtant la vie continuait.

Ce fut avec gratitude que j'accueillis le coup de téléphone de Harv Beaumont quand il m'appela ce matin-là. Il voulait avoir mon avis sur quelques problèmes survenus récemment dans une des usines de traitement de CCC. Tenter de les résoudre me fournit une diversion bienvenue. Qui fut malheureusement de courte durée. Vivien et moi devions nous présenter au palais de justice un peu plus tard dans la journée pour faire une déposition formelle devant le juge d'instruction. Nous avions cependant rendez-vous à des heures différentes. Roger n'avait pas perdu une seconde pour la remmener à Capri, si bien qu'elle n'était déjà plus là quand j'arrivai. Je fus pris d'angoisse quand je compris que je risquais fort de ne pas la revoir pendant mon séjour forcé à Naples. Si ce devait être le cas, la dernière chose qu'elle m'aurait dite serait bel et bien : « Je n'en ai pas pour longtemps. »

Le lendemain matin, je retrouvai la comtesse Covelli au Caffè Gambrinus. Elle avait une heure à me consacrer avant son rendez-vous chez son notaire. « J'ai beaucoup d'argent, Jonathan, me dit-elle avec un sourire d'autodérision. Et cela me cause bien des ennuis. »

La plupart des clients étaient assis à l'extérieur. Mais la comtesse préféra le calme et la fraîcheur des salons à l'arrière, loin des pots d'échappement de la Piazza Trieste e Trento. Elle était curieuse de ce que je pourrais lui dire de la mort de Paolo Verdelli.

Et qui allait bien au-delà de ce qu'elle était en mesure d'imaginer. Je lui rapportai toute l'histoire : le meurtre de Strake, la mort de Francis, le souhait qu'il avait exprimé avant de mourir de la voir récupérer la lettre dont s'était servi Strake pour le faire chanter. Lashley avait raison : la comtesse me faisait confiance. Et c'était réciproque. Ce fut un soulagement de constater que je pouvais m'épancher auprès d'elle sans crainte des conséquences.

« Je savais que, si j'attendais suffisamment longtemps, tout finirait par se clarifier », me dit-elle quand j'en eus terminé.

– Vous aviez déjà deviné que l'expéditeur de la lettre, c'était moi ?

– Oui, en effet. Mais je n'avais pas pour autant deviné l'arrière-plan de l'affaire. Je suis surprise de constater à quel point Francis était un homme de principes.

– Oui, je l'ai été moi aussi.

– Et vous pensez que Paolo a réussi à convaincre la Camorra d'enlever la *signora* Lashley uniquement parce qu'elle avait hérité de ce qu'il pensait devoir lui revenir – comme une sorte de... récompense pour tout ce qu'il avait fait pour Luisa ?

– Ça se résume à cela, oui.

– *Dio mio*, dit-elle en secouant la tête. *La vendetta*. C'est un vice bien italien.

– Et pourtant, vous-même n'en souffrez pas, comtesse. Luisa vous a fait bien plus de mal qu'elle n'en a jamais fait à Paolo. Or vous vous êtes contentée de... l'ignorer.

– Mais je suis une femme. Et j'ai été témoin de... trop d'actes de vengeance.

– Y compris la profanation du cadavre de Mussolini, si j'en crois ce que m'a dit Francis.

– *Si*. La Piazzale Loreto, à Milan, le 29 avril 1945. J'ai regretté d'y être allée dès l'instant où je suis arrivée, même si aujourd'hui je suis heureuse de m'y être rendue – heureuse de la leçon que l'événement m'a infligée. Les gens donnaient des coups de pied dans le corps du Duce ; j'ai vu une femme lui asséner des coups de bâton ; et une autre essayer de lui enfoncer un chat crevé dans la gorge. Beaucoup de gens croient que les partisans ont pendu les corps du Duce et de sa maîtresse au toit d'une station-service pour montrer le mépris dans lequel ils les tenaient. Mais j'étais là, et je sais pourquoi ils l'ont fait. C'était pour protéger les corps de profanations encore plus infâmes. Ils en avaient assez vu. Et moi aussi. Je me suis souvenue alors de ce que m'avait dit mon cher Urbano quand je lui avais rendu visite en prison avant son exécution, et j'ai enfin compris ce qu'il entendait par là : "*La vendetta è un suicidio.*" La vengeance est un suicide.

– Votre époux était un sage, comtesse.

– Il l'était.

– Pourquoi Luisa l'a-t-elle dénoncé aux nazis ?

– Parce qu'elle avait foi en Mussolini, comme bon nombre d'Italiens. Beaucoup plus nombreux qu'ils sont prêts à l'admettre aujourd'hui, pour la plupart. À ses yeux, Urbano était un traître.

– Alors pourquoi vouloir rester votre amie – l'amie de la veuve d'un traître ?

– Parce qu'après la guerre elle a renoncé à ses convictions premières. Elle est allée jusqu'à prétendre qu'elle ne les avait jamais eues. Vous voyez ? Elle s'est trahie elle-même. Je crois que c'est là ce qu'elle a fait de plus méprisable. Et elle en a souffert jusqu'à la fin. J'ai su par Patrizia qu'elle avait eu une mort bien triste.

– Quelque chose me dit, comtesse, que ce ne sera pas votre cas.

– J'espère que non, dit-elle en buvant une gorgée de café et en me regardant avec attention. Promettez-moi que vous vous souviendrez des paroles d'Urbano, Jonathan. La vengeance est toujours… autodestructrice.

– Il n'y a rien dont j'aie à me venger.

– Mais il se pourrait que cela change. Avant la fin de votre vie. Quand je serai moi-même morte et que vous m'aurez oubliée.

– Ce qui n'arrivera jamais.

– Alors ?

– Je vous en fais la promesse, dis-je en la regardant droit dans les yeux. Une promesse solennelle. »

34

La semaine arriva à son terme. Je demeurai à Naples, prisonnier des exigences de la justice italienne. Le samedi, Jacqueline vint me rendre visite. Nous déjeunâmes dans une pizzeria du front de mer non loin de mon hôtel. C'est d'elle que j'appris la véritable ampleur des problèmes de Lashley, dont il ne m'avait donné qu'une vague idée lors de nos conversations téléphoniques. La réaction d'Adam à la mort de sa mère avait pris la forme, telle que me la décrivit Jacqueline, d'un raz-de-marée exténuant, mélange de larmes et de vociférations d'ivrogne. Et le mépris d'Harriet pour ce qu'elle appelait l'« incontinence émotionnelle » d'Adam n'arrangeait pas les choses. Vivien, de son côté, était bien trop affligée pour partager le fardeau de son beau-père. Quant à Roger, toujours aussi hautain et indolent, « tout ce dans quoi il était capable de s'absorber, c'était sa propre personne ». Le « pauvre » Lashley était en conséquence « épuisé ».

Jacqueline reconnut m'envier quelque peu mon exil. « Laissez-moi vous dire, Jonathan, que vous gagnez beaucoup à rester en dehors de tout ça. » J'eus l'impression qu'elle serait soulagée de partir dès que, une fois passé l'enterrement de Muriel – prévu pour le mercredi suivant –, les autorités lui en donneraient la permission.

Il se trouva que les choses furent plus rapides que nous ne l'avions craint. J'appris la nouvelle de la bouche de Cremonesi le lundi, tard dans l'après-midi : le juge d'instruction avait fait savoir qu'aucune charge ne serait retenue contre aucun d'entre nous, en partie, laissa entendre Cremonesi, pour éviter de mettre la police dans l'embarras à propos de la mort de Muriel. En conséquence de quoi nous n'avions plus aucune raison, Jacqueline et moi, de rester dans la juridiction du magistrat. Nous étions libres de partir.

Le mercredi matin, tandis que Muriel Lashley était inhumée dans la partie protestante du cimetière de Capri, j'embarquai dans un avion pour Rome, avec une correspondance pour Atlanta. Je rentrais enfin chez moi.

Il y avait d'un côté ce que je croyais savoir et, de l'autre, ce que je croyais comprendre des événements qui s'étaient produits au cours des quinze jours passés en Italie cet été-là – deux semaines qui avaient vu la mort de Muriel Lashley, de Paolo Verdelli et du malheureux commissaire Gandolfi. Mais avec le passage du temps, j'en vins à me rendre compte que ce que je savais et ce que je comprenais étaient loin d'être clairs. Il y avait un sens sous-jacent aux événements que je n'avais pas réussi à percevoir, encore moins à démêler. Un sens caché au sein du sens que je m'imaginais avoir saisi. Une réponse à une question que je n'avais pas eu la clairvoyance de poser.

La fusion entre Cornish China Clays et North American Kaolins fut officialisée en octobre. Nombreux étaient à CCC ceux qui doutaient de la sagesse d'une telle opération. Mais je n'en faisais pas partie. Greville Lashley nous avait dit, à Harv Beaumont et à moi, quelles en seraient les retombées, et j'étais convaincu qu'il avait raison. La perte d'un être cher n'était pas de nature à freiner les ambitions de Lashley, pas plus qu'à altérer son jugement. Intercontinental Kaolins, comme devait se nommer la nouvelle entité, serait l'instrument de son hégémonie sur le marché mondial. Ce serait son fief – à lui et à lui seul.

Je passai Noël à St Austell avec mes parents, en me demandant si je n'aurais pas dû inventer une excuse pour être ailleurs.

Je commençais à me faire un peu vieux pour jouer les fils prodigues. C'était néanmoins le rôle que je m'imposai.

Les circonstances de la mort de Muriel Lashley avaient fait beaucoup de bruit dans sa ville natale. Mais les détails manquaient, et les espoirs de ma mère de me voir apte ou prêt à en fournir quelques-uns allaient se voir réduits à néant. « Ta discrétion est une grande déception pour ta mère », fit remarquer mon père en plaisantant.

Ma mère n'avait guère eu plus de chance, à ce qu'il apparut, avec Harriet Wren la dernière fois qu'elle l'avait croisée par hasard dans Fore Street. La vieille dame lui avait bien dit que la famille se réunirait pour Noël dans le Lincolnshire, profitant de l'occasion pour placer quelques remarques acides sur le compte de l'Honorable Roger, mais sa seule allusion à sa nièce décédée avait été indirecte, quoiqu'alléchante.

« À son avis, M. Lashley ne restera pas longtemps veuf, nous révéla maman.

– Ah bon ? » J'étais surpris, même si je fis de mon mieux pour le dissimuler.

« Oui. » Elle s'est tapoté l'aile du nez et elle est partie sans rien ajouter.

« Tu as une idée de la personne à laquelle elle pensait pour remplacer Muriel Lashley ? demandai-je à mon père.

– C'est justement la question que j'allais te poser.

– Eh bien, non, pas la moindre.

– Vraiment ?

– Vraiment.

– Tu es bien sûr ?

– Tout à fait certain », dis-je, accompagnant ma réponse d'un hochement de tête appuyé.

Et je l'étais. Il me semblait hautement improbable que Lashley songeât à se remarier dans un futur proche. Mais l'improbable, évidemment, comme j'aurais dû le savoir, n'est pas l'impossible.

2010

35

Quand le bruit d'une voiture vint interrompre ma rêverie, je supposai que c'était Vivien qui rentrait bien loin de chez elle aux Lannerwrack Dryers, où elle me trouverait en train de l'attendre. Mais je me rendis compte presque aussitôt que le moteur ne cadrait pas du tout avec celui de la Coccinelle que, d'après Pete Newlove, elle était censée conduire. Trop sourd, trop rauque, beaucoup trop puissant, il s'apparentait davantage au rugissement étouffé d'une voiture de sport.

Et je ne me trompais pas : il s'agissait bien d'un bolide rouge sang rutilant, dont je devinai qu'il appartenait à Adam Lashley avant d'avoir reconnu ce dernier sur le siège du conducteur. Il freina brutalement dans un nuage de gravillons tout près de la caravane de Vivien, repoussa la portière du pied et s'extirpa du véhicule.

Adam ne s'était pas arrangé avec l'âge. Rien n'avait jamais laissé présager qu'il le ferait un jour. L'enfant gâté vaniteux et colérique transparaissait encore dans le presque quinquagénaire bien enrobé, au visage rougeaud et à l'air hargneux qu'il était devenu. Il portait un costume de prix, qu'il n'avait pas jugé bon de faire mettre à ses mesures. Les manches de la veste étaient trop longues, et je n'aurais pas donné cher de ses chances de pouvoir la boutonner. Le pantalon était trop long lui aussi, et le bas tirebouchonnait sur les chevilles. La chemise avec laquelle il l'avait apparié semblait être prévue pour la plage. En résumé, il avait piètre allure.

J'avais dans l'idée que l'homme était aussi délabré au-dedans qu'au-dehors. Adam n'avait jamais joué qu'un rôle théorique à la direction d'Intercontinental Kaolins. Il vivait (et vivait bien) de la pension que lui versait son père et passait le plus clair de son temps en Thaïlande. À propos de ce qu'il faisait là-bas, les rumeurs circulant dans les bureaux évoquaient tous les vices possibles et imaginables, bien que, pour un hédoniste, il ne m'eût jamais donné l'impression de prendre beaucoup de plaisir à la vie.

Fidèle à son habitude, il avait l'air d'être dans une colère noire quand il jeta un coup d'œil alentour. Mais, comme à l'ordinaire, il ne vit pas ce qui était devant lui, à savoir ma personne. Il ôta son cigare de sa bouche, se racla la gorge et cracha, puis referma la portière d'un coup sec et se dirigea vers la caravane.

La Coccinelle n'étant pas là, il devait savoir que Vivien ne pouvait être chez elle. Raison pour laquelle sans doute il ne se donna pas la peine de frapper. Il se contenta d'actionner la poignée de la porte à deux ou trois reprises, puis regarda à travers les rideaux en tulle d'une des fenêtres, sans en apprendre davantage. Qu'était-il venu chercher ici ? Mystère.

Un mystère qui ne le resta pas longtemps. Il retourna à la voiture, ouvrit le coffre d'où il sortit un pied-de-biche. Quelque peu alarmé par la tournure des événements, je débloquai sans bruit la portière du Freelander et descendis de la voiture.

Je traversai rapidement la cour, et, comme il me tournait le dos, il ne me vit pas arriver. Il tira une dernière bouffée de son cigare, le jeta au sol, avant de monter sur la marche de la caravane afin de trouver un point d'appui pour son pied-de-biche entre la porte et le chambranle – tentative si maladroite que son outil finit par déraper.

Adam était occupé à secouer un pouce écorché et à jurer à voix basse quand je l'interpellai. Il fit volte-face, et son visage s'assombrit sur-le-champ. « Kellaway ?

– Bonjour, Adam.

– Mais qu'est-ce que tu fous ici, bon Dieu ?

– Rien de mal. Contrairement à toi. »

Il regarda derrière moi et remarqua la présence du Freelander. Puis il me fixa à nouveau de ses yeux furibonds. « Tu pourrais pas juste t'occuper de tes affaires, bordel ?

– Les affaires, c'est précisément ce qui m'amène ici. Ordres d'en haut, pourrait-on dire.

– Quoi, quels ordres ?

– Ces dossiers manquants qui ont obligé la professeure Whitworth à suspendre ses recherches… on m'a envoyé les récupérer.

– Mon cul, oui.

– Ton père ne te l'a pas dit ? »

La question toucha un point sensible – un parmi beaucoup d'autres. Il brandit son outil, comme soudain tenté de m'en frapper. Je reculai légèrement.

« Pourquoi tu prends pas ta retraite, Kellaway ? Ça nous ferait des vacances.

– Je ne vais plus tarder. Mais pas avant d'avoir terminé la tâche qu'on m'a confiée.

– Ces foutus dossiers, je sais pas où ils sont.

– Je n'ai jamais dit le contraire.

– Peut-être que c'est Vivien qui les a volés. Ça t'a pas traversé l'esprit, pauvre malade ?

– Si, tout à fait. Et on dirait bien que cela a aussi traversé le tien. Tu as l'intention de fouiller la caravane, c'est ça ?

– On est sur une propriété d'IK ici. Et IK, c'est moi. Alors, si j'ai envie d'inspecter une caravane qui s'y trouve illégalement installée, j'en ai le droit. Et j'ai bien l'intention de l'exercer.

– Elle est là avec l'assentiment de ton père. Je ne peux pas t'y laisser entrer par effraction.

– Qu'est-ce que tu feras pour m'en empêcher ?

– N'essaie pas, Adam. Ce serait une erreur grossière. Tu trouves que tu n'en as pas assez fait comme ça dans ta vie ?

– Qu'est-ce que tu peux en savoir, bon Dieu ? Heureusement pour moi, t'as pratiquement jamais croisé mon chemin depuis que t'as coûté la vie à ma mère. » Il ne lui avait pas fallu longtemps pour me rappeler mon rôle dans les événements ayant conduit à la mort de Muriel Lashley. Mais je n'avais aucune intention de jouer à « c'est pas ma faute, c'est la tienne ».

« La professeure Whitworth m'a dit que tu l'avais contactée.

– Et alors, qu'est-ce qui m'en empêchait ?

– Je m'étonne, c'est tout. J'aurais cru que cela te serait égal qu'on écrive ou non une histoire de la compagnie. C'est un sujet pour lequel tu n'as jamais montré beaucoup d'intérêt jusqu'ici.

– Je n'ai pas à fournir d'explications à des gens comme toi.

– C'est vrai. » Ça l'avait toujours été. À cinq ans déjà, Adam avait trouvé le moyen de me dire : « Toi, tu comptes pour du beurre. » Je me souvins alors de la remarque d'Oliver sur son demi-frère à cette même occasion : « Tu lui donnerais un vrai pistolet qu'il serait tout heureux de me tirer dessus. » Rien n'avait changé. En fait – j'avais vécu assez longtemps pour le comprendre –, rien ne changeait jamais.

« Allez, maintenant va te faire voir, Kellaway.

– Après toi, Adam. »

Je ne sais pas si j'avais vraiment eu l'intention de le provoquer ; la réplique m'était sortie de la bouche avant que j'aie pu mesurer mes mots. Toujours est-il que son effet ne se fit pas attendre. Un éclat sauvage et sombre que je lui avais déjà vu alluma les yeux d'Adam. Il se précipita vers moi et voulut me porter un coup vicieux à la tête avec le pied-de-biche.

Il devait être ivre, ou drogué. À moins qu'il n'ait absorbé tellement d'alcool au cours des années qu'il n'était plus jamais véritablement à jeun. Quoi qu'il en soit, mes réflexes, en dépit de mon âge, furent plus rapides que les siens. J'esquivai le coup, qui ne trouva que l'air à décapiter. Emporté par son élan, mon assaillant perdit l'équilibre et, l'instant d'après, il s'étalait de tout son long.

Il avait lâché son arme par la même occasion. Je m'en emparai et reculai vivement. Il regarda autour de lui, l'air hébété, comme s'il ne comprenait pas comment il avait pu atterrir là. Puis il me vit, et sa perplexité sembla se dissiper aussitôt. « T'es un putain de p'tit malin, pas vrai ? dit-il, haletant.

– Allez, rentre chez toi, Adam. » J'espérais sincèrement qu'il suivrait mon conseil.

Il se remit debout tant bien que mal, en prenant appui sur l'aile de sa Lotus. Le regard noir qu'il me lança ne m'était pas particulièrement destiné. Il portait la marque de l'agressivité qui régissait d'ordinaire son comportement à l'égard du monde.

« Je vais garder ça pour le moment, dis-je, en resserrant ma prise sur le pied-de-biche.

– Tu perds rien pour attendre, Kellaway. Tu l'sais, ça ? Et tu vas pas attendre bien longtemps, j'te le dis. Oh, non, ajouta-t-il avec un hochement de tête appuyé. Tu peux compter sur moi.

– Tu as un message pour Vivien ?

– Ce que je viens de te dire, ça vaut pour elle aussi.

– Elle ne perd rien pour attendre, c'est ça ?

– Vous perdez rien pour attendre, tous autant que vous êtes. Tas de salopards. »

Sa haine était universelle. Je doutais qu'il pût expliquer clairement ce qu'il entendait par le « tous autant que vous êtes ». Il n'aurait pas su dire non plus quelle forme prendrait sa vengeance. Et il ne se souviendrait probablement plus de sa menace dans quelques heures. Mais la colère qui l'avait toujours habité ne le quittait plus.

« Tu crois que je plaisante ? reprit-il en me menaçant du doigt. Attends un peu pour voir. » Il contourna la voiture, monta côté conducteur et actionna le démarreur. Le moteur surpuissant lui fournit l'occasion de manifester un peu de la virilité qui lui faisait défaut. Il décrivit un arc autour de la cour, écrasa l'accélérateur et s'éloigna dans son bolide.

Je regardai la poussière retomber dans son sillage et écoutai s'estomper le grondement de la Lotus. Je retournai ensuite à pas lents vers le Freelander.

La vie n'avait pas été tendre avec la famille d'Adam. Une partie de sa profonde amertume venait de là, on ne pouvait le nier. Le reste était le résultat de sa personnalité. Il se croyait autorisé à jouir de toutes les bonnes choses de la vie. Et sa rancœur, en constatant que certaines lui échappaient, ne connaissait pas de bornes.

La mort de sa mère avait certes constitué un traumatisme et une tragédie. Mais à vingt et un ans, il aurait dû pouvoir surmonter l'épreuve. Qu'il ne l'ait pas fait m'amenait à me demander si, quelque part, il n'avait pas été heureux de la prendre comme prétexte à une orgie d'apitoiement sur soi. Le rapide remariage de son père (d'une rapidité indécente, de l'avis général) n'avait certainement pas arrangé les choses, mais j'imagine que ce n'était rien en comparaison de son horreur quand, à presque soixante-dix ans, Lashley avait engendré un autre enfant. C'était au moins une fille, plutôt qu'un fils, sur laquelle le vieil homme bêtifierait.

Michelle Lashley était aujourd'hui, à vingt-trois ans, une cavalière de premier ordre qui nourrissait des ambitions olympiques soigneusement entretenues par sa mère. La résidence des Lashley près d'Augusta était suffisamment vaste pour abriter les écuries, manèges et enclos nécessaires à tout un escadron de cavalerie, à plus forte raison à une jeune femme choyée et privilégiée à l'assiette parfaite. Je n'avais pas revu Jacqueline depuis des années et n'avais jamais eu le courage quand l'occasion s'était présentée de lui demander comment et pourquoi elle avait épousé un homme de trente ans son aîné. Peut-être la réponse résidait-elle dans sa fille (apparemment) parfaite. Et sans doute pas dans un quelconque bonheur conjugal, au vu de tout le temps qu'ils passaient, disait-on, loin l'un de l'autre. Quand Lashley était à la maison, Jacqueline et Michelle étaient en Europe, où cette dernière participait à divers concours hippiques. Et quand elles revenaient, lui-même partait pour Capri. Il y faisait des séjours de plus en plus fréquents. Nul doute que la chaleur sèche de l'île convînt beaucoup mieux à un homme de son âge que l'humidité de la Géorgie. Mais il était bien possible que leur arrangement ait eu une autre raison ; quoi qu'il en soit, il paraissait convenir à toutes les parties.

Je n'aurais pas aimé savoir depuis combien de temps Vivien n'était pas allée à Capri, ou en Géorgie. Si Adam s'apitoyait sur son sort, il aurait toujours pu se dire qu'il restait plus enviable au bout du compte que celui de sa demi-sœur. L'accession à l'aristocratie que lui avait valu son mariage avec l'Honorable Roger Normington n'avait conduit qu'au scandale et à la catastrophe. La dépendance de Roger à la drogue n'était sans doute pas étrangère à l'accident dans lequel il avait blessé (pas mortellement, par chance) un randonneur sur un chemin qui traversait le domaine de son père. Mais six mois de prison n'avaient rien fait pour calmer le jeu. De son côté, leur fils, Dylan, dans lequel Vivien plaçait tous ses espoirs, s'était tué dans la Lamborghini qu'il avait reçue pour son vingt et unième anniversaire. Deux ans ne s'étaient pas écoulés que Roger mourait à son tour d'une overdose. Comment Vivien avait survécu à ces tragédies, je l'ignorais. Lashley n'avait avec moi que des discussions d'affaires, et je ne voyais aucun des autres membres de la famille. À l'époque, Harriet Wren était morte. Ma mère ne pouvait rien me dire non plus et était par ailleurs trop préoccupée par la santé déclinante de mon père. Les bruits circulant au sein de l'entreprise n'en disaient pas plus que ce que j'aurais pu deviner tout seul. Vivien était un être que les épreuves de la vie avaient détruit.

La rumeur rapportait que le père de Roger, le vicomte Horncastle, avait fait tout ce qui était en son pouvoir pour subvenir aux besoins de sa belle-fille. Mais il était mort à présent et, d'après Pete Newlove, le nouveau vicomte, le frère cadet de Roger, l'avait jetée dehors. Qu'elle se soit éloignée de Lashley, d'après ce que Pete m'en avait dit, n'était peut-être pas surprenant. Somme toute, ils n'avaient aucun lien de sang. Et puis, la seconde épouse de Greville avait le même âge qu'elle – pas vraiment l'idéal pour établir des relations sereines et équilibrées. Si bien que, par choix ou par nécessité, à un âge déjà relativement avancé, elle se retrouvait seule, désargentée, sans plus d'enfant, condamnée à vivre au milieu des ruines de sa vie.

L'après-midi toucherait bientôt à sa fin. La grisaille de la journée se fit plus sombre. C'est le moment qu'elle choisit pour rentrer.

Je regardai la voiture s'arrêter dans un toussotement près de la caravane. Une femme en descendit pesamment. Elle portait un jean, des tennis et un pull rouge foncé informe, et, par-dessus, une polaire bleue ouverte. Ses cheveux gris étaient noués sans soin sur sa nuque. Son visage était celui de Vivien, comme je réussis à grand-peine à m'en persuader, mais c'était celui d'une Vivien méconnaissable : blême et bouffi, la chair en quelque sorte affaissée autour des mâchoires. Elle avait grossi ; sa silhouette avait pris une corpulence que ses vêtements informes ne parvenaient pas à dissimuler. Et il y avait de la raideur dans ses mouvements. En la voyant, un étranger l'aurait prise pour une vieille femme contrainte à une existence miséreuse. Je revis, moi, l'image de la fille magnifique dont j'étais tombé amoureux. Avec un terrible serrement de cœur à la pensée du sort cruel qu'elle avait connu.

Elle examina un moment la porte de la caravane, puis elle la déverrouilla et l'ouvrit à la volée. Elle alla rechercher deux gros sacs noirs en plastique dans le coffre de la voiture et entra. La porte se referma derrière elle. J'attendis une ou deux minutes avant de descendre du Freelander et de traverser la cour.

J'arrivais pratiquement à la porte quand j'entendis la clé tourner dans la serrure.

« Vivien, appelai-je après avoir frappé.

– Non, va-t'en, Jonathan. » Sa voix, elle, n'avait pas du tout changé. Douce et légèrement rauque, telle que je me la rappelais.

« Je veux juste te parler.

– Nous n'avons rien à nous dire.

– Une grande partie des archives de Wren & Co. ont disparu. Tu es au courant ?

– Ce n'est pas moi qui les ai prises.

– Mais je ne t'accuse de rien.

– On t'a envoyé pour les retrouver ?

– Oui, en effet.

– C'est Greville ?

– Qui d'autre ?

– Les gens aux ordres de Greville, je ne leur parle pas.

– On est en train de parler pourtant.

– Va-t'en. Je t'en prie. »

Cette dernière supplique me bouleversa. J'en fus ému au point de ne pouvoir sortir un traître mot.

Vivien ne dit rien non plus. Mais elle fit tourner la clé dans la serrure et ouvrit la porte.

Nous restâmes à nous dévisager le temps d'un silence figé, tous nos souvenirs, les bons comme les mauvais, rassemblés entre nous en une boule compacte bien qu'invisible.

Ce fut Vivien qui finit par rompre le silence. « Tu te rappelles quand le cirque venait dans notre ville, Jonathan ? Dans notre enfance ?

– Je me rappelle, oui.

– Il y avait toujours une diseuse de bonne aventure. Une année, j'ai supplié mon père de me laisser aller la voir. Il a refusé, chose très inhabituelle de sa part ; en règle générale, il ne m'interdisait jamais rien. Là, il m'a dit : "Il vaut mieux ne pas connaître l'avenir, ma biche." C'est comme ça qu'il m'appelait de temps en temps – ma biche. Tu n'imagines pas ma déception. Je ne comprenais pas pourquoi ni comment on pouvait ne pas vouloir connaître l'avenir. Eh bien, je comprends à présent.

– Je suis désolé, Vivien, dis-je, sincèrement mais inutilement.

– De quoi ?

– De tout.

– Tu n'y es pas pour grand-chose.

– Ça ne m'empêche pas d'être désolé.

– Maigre consolation. Mais c'est gentil quand même.

– Je peux entrer ?

– Histoire de vérifier que je ne cache pas les dossiers manquants ?

– Tu me dis que ce n'est pas toi qui les as pris, et je te crois.

– Tu ne devrais pas. Je suis le suspect numéro un dans l'histoire.

– À cause d'Oliver ?

– Ah, je constate avec plaisir que tu ne l'as pas oublié.

– Ça ne risque pas d'arriver. » Je sortis la muscovite de ma poche et la lui tendis. « J'ai pensé que tu aimerais l'avoir en souvenir.

– C'est à toi qu'Oliver l'a donnée. Tu devrais la garder.

– Tu as beaucoup de souvenirs de lui ?

– J'ai son album de photos. C'est à peu près tout.

– Il y en a de lui dedans ?

– Quelques-unes.

– J'aimerais beaucoup les voir. Si tu le permets. »

Elle me regarda un instant, l'air de réfléchir, avant de hocher la tête. « D'accord. Tu peux entrer. »

Elle se recula, et je pénétrai à l'intérieur. La caravane n'était pas aussi exiguë que je l'avais pensé, surtout en raison de la rareté du mobilier. Où qu'aient pu être la plupart des possessions de Vivien, elles n'étaient pas ici. La kitchenette à un bout, le lit à l'autre et l'espace séjour au milieu étaient équipés du strict minimum. Il y avait un placard tout en hauteur où elle avait déjà dû ranger le contenu des sacs noirs, un autre sous l'évier, et un dernier à portes coulissantes sous le lit. Rien d'autre en guise d'espace de rangement. Aucune trace nulle part de documents volés dans les archives de CCC.

« J'ai laissé pratiquement tout ce que je possède dans le Lincolnshire, dit-elle, comme s'il était besoin d'une explication. J'y ai laissé aussi beaucoup de moi-même.

– Est-ce que tu as moins de mal aujourd'hui à vivre avec... les épreuves que tu as traversées ?

– J'imagine que oui. Sinon, je ne serais plus en vie, à respirer et à tenter... d'exister. » Elle prit une profonde inspiration. « Je préférerais ne pas parler de ça, Jonathan. Vraiment. Parlons plutôt d'Oliver. Il s'est écoulé suffisamment de temps depuis le jour où toi et moi l'avons vu flotter dans les eaux du bassin de Relurgis pour que nous puissions le faire sans trop de souffrance. C'est vrai que le temps guérit les vieilles blessures.

– Je ne suis pas venu ici pour raviver ta douleur.

– Non, mais pour découvrir si je sais qui a pu dérober ces dossiers. Qui, quand et pourquoi ? C'est bien ça, non ?

– À ma connaissance, la seule personne à avoir jamais manifesté de l'intérêt pour les archives de Wren & Co. était...

– Oliver, dit-elle en me regardant fixement.

– En effet, Oliver.

– Donc, ce serait moi qui aurais pris ces documents... pour essayer d'y trouver ce qui l'intéressait tant.

– Ce serait possible, oui.

– Mais c'est faux.

– Qui l'a fait, alors ?

– Je ne sais pas. Quelqu'un qui... cherchait à se couvrir en effaçant des traces.

– Des traces de quoi ?

– Ça, c'est à toi de le découvrir, apparemment. Peut-être même que ça l'a toujours été.

– Comment ça ?

– Oliver t'avait choisi, Jonathan. Pourquoi toi, je ne sais pas. Mais le fait est là.

– Choisi pour faire quoi ?

– Terminer ce qu'il avait commencé. » Elle fit deux pas pour aller jusqu'au grand placard, l'ouvrit et prit quelque chose sur le rayon du haut. C'était l'album de photos dont elle avait parlé. Une couverture noire et rigide, un gland doré au dos. Elle le posa sur la table devant la fenêtre et entreprit de le feuilleter jusqu'à ce qu'elle trouve ce qu'elle cherchait. « Tiens, le voilà », dit-elle doucement.

C'était un instantané d'Oliver tel que je me le rappelais : visage mince, front haut, cheveux couleur paille en raison des teintes légèrement passées de la pellicule. Il plissait les yeux, aveuglé par un grand soleil ; une esquisse de sourire à l'adresse de l'objectif étirait à peine sa bouche. On voyait derrière lui un promontoire envahi par la végétation et une vaste étendue de mer d'un bleu profond.

« J'ai pris la photo près de la villa Jovis quand nous étions à Capri pendant l'été 1967. Parmi les clichés de l'album, ceux qui le représentent sont le résultat d'un travail d'amateur comparés aux autres, ceux qu'il a pris lui-même.

– C'était un passionné de photographie ?

– Tout comme c'était un passionné d'échecs. Quelle que soit l'activité qu'il pratiquait, il fallait toujours qu'il soit le meilleur. Regarde celles-là. »

Elle tourna plusieurs pages l'une après l'autre, s'attardant quelques secondes sur chacune. Il y avait à peu près autant de photos noir et blanc que de photos couleur. Elles portaient en majorité sur le décor d'un pays de kaolin : montagnes de déchets, grands séchoirs en bois, voies ferrées, bassins de décantation, souvent pris sous des angles inhabituels et soit tôt soit au contraire tard dans la journée, à en juger par la lumière voilée et légèrement inquiétante. Elles témoignaient d'un savoir-faire qui confinait parfois à un véritable talent artistique.

« Comment se fait-il que tu ne me les aies jamais montrées avant, ces photos ?

– Ma mère gardait l'album à Nanstrassoe House. Il m'est revenu seulement à la mort de tante Harriet. C'est le seul souvenir d'Oliver que j'ai ici avec moi ; et je n'ai pas besoin de quoi que ce soit d'autre. Il me suffit à évoquer sa mémoire – à me le rendre présent – chaque fois que je choisis de l'ouvrir.

– Je donnerais cher pour savoir ce qu'il y avait sur la dernière pellicule qu'il avait chargée dans son appareil.

– Et moi donc. » Elle referma l'album et le remit à sa place.

« C'est vrai que tu n'as aucune idée de qui aurait pu voler ces dossiers, Vivien ? demandai-je, espérant qu'elle serait maintenant mieux disposée à mon égard.

– Oui, c'est vrai, répondit-elle après s'être assise à la table et avoir levé les yeux vers moi. Et toi, tu en as une ?

– Pas la moindre.

– Je suppose que tu pourrais penser à des gens dont tu sais qu'ils considèrent ces documents comme importants.

– La liste n'en serait pas longue. Ceux qui ont produit les documents qui se trouvaient dans ces dossiers ont pratiquement tous disparu.

– Pas mon beau-père, je te signale.

– Mais ton beau-père, Vivien, est précisément celui qui a commandité le travail ayant conduit à la découverte du vol. Pourquoi l'aurait-il fait s'il en était lui-même l'auteur ?

– Je l'ignore. Mais... » Elle s'interrompit et détourna les yeux pour regarder dehors.

Je vins m'asseoir en face d'elle. « Mais quoi ?

– Oh, rien. » Elle secoua la tête. « Il n'y a rien que je puisse te dire.

– Tu es sûre ? Tu peux me dire tout ce que tu veux.

– À condition que je ne voie pas d'inconvénient à ce que ça revienne aux oreilles de Greville. C'est ton patron ; tu l'as dit. Tu travailles pour lui, non ?

– Tu peux avoir confiance en moi, Vivien.

– Eh bien, non, vois-tu. » Le regard qu'elle me jeta était plein de regrets plus que de reproches. « Je n'ai même pas confiance en moi-même.

– Tu n'es pas prête à m'aider, c'est ça ?

– Si c'est mon aide que tu recherchais, en effet tu as échoué.

– OK, message reçu, dis-je en me levant. Je vais te laisser à... tes occupations.

– La broderie. Et un tas de petits riens. C'est à ça que se résume ma vie à présent.

– Encore une chose quand même : tu devrais te méfier d'Adam. Il était ici il y a peu. J'ai dû l'empêcher de forcer ta porte. Il était d'une humeur massacrante.

– Ah, c'est pour ça que la peinture est éraflée. Mais rassure-toi. Tu l'as déjà vu ne pas être d'une humeur massacrante ? Je sais comment m'y prendre avec lui.

– Il pensait peut-être trouver ici les dossiers manquants.

– Possible, oui. Mais alors il ne cherchait pas au bon endroit. Une habitude chez lui. Si tu as raison, tu devrais te demander à quel titre il s'intéresse à ces archives.

– Tu en aurais une idée, toi ?

– Pas la moindre.

– Il était dans tous ses états, Vivien. Dans une colère noire. Et potentiellement dangereux, je dirais. Je n'aime pas penser à toi toute seule ici, dans ce coin perdu, loin de tout secours.

– N'y pense pas, alors. »

Je notai mon numéro de portable sur une de mes cartes que je posai devant elle sur la table. « Tu peux m'appeler à n'importe quelle heure.

– Je n'appellerai pas… je n'ai pas de téléphone.

– Pete Newlove m'a dit que la ligne du bureau du séchoir n'a jamais été coupée.

– Je ne pouvais pas savoir. Je n'ai pas essayé de l'utiliser.

– Pourquoi ne pas juste me faire plaisir en disant que tu appelleras en cas d'urgence ?

– Bon, d'accord, concéda-t-elle avec un petit sourire las en ramassant la carte. En cas d'urgence.

– Merci. »

Elle croisa les mains et me regarda d'un air impersonnel. Un silence pesant s'installa entre nous, qu'elle brisa finalement d'un : « Au revoir, Jonathan. »

36

J'arrivai le lendemain matin aux bureaux d'IK de St Austell en proie à de sombres pensées sur les ravages du temps et l'apparente impossibilité de mener à bien la tâche que m'avait assignée Greville Lashley. J'avais envisagé de lui téléphoner pour lui demander comment, à son avis, je pourrais l'accomplir. Mais je savais que j'avais peu de chances de lui parler et que tout message de ma part apparaîtrait défaitiste, pour ne pas dire agressif.

Agressif, c'était en fait l'épithète qui me caractérisait le mieux à ce moment-là. Pete Newlove m'aurait sans doute répondu qu'il était dans le même état d'esprit si j'avais commis l'erreur de lui poser la question. Mais nous avions à discuter tous les deux d'affaires d'ordre pratique. Je le trouvai dans son bureau, grimaçant devant une tasse de café dont l'arôme ne parvenait pas à dissiper l'odeur d'une récente cigarette. Il m'accueillit d'un air grincheux et me tendit une liste imprimée des horaires des entretiens individuels qu'il m'avait organisés avec les membres du personnel.

« Heureusement pour toi que c'est vendredi, hein ? dit-il tandis que je parcourais la liste. T'auras deux jours pour te remettre de la première fournée avant d'attaquer la seconde.

– À t'entendre, je perds mon temps, c'est ça ?

– Ton temps, le mien. C'est tout du temps d'Intercontinental. Alors, tu peux le gaspiller comme bon te semble, mon vieux. Ça m'enlève rien, à moi.

– Je vois que tu n'as prévu qu'une heure pour le déjeuner.

– T'as qu'à les expédier *fissa* et t'auras plus de temps. Autant aller vite, vu que, de toute façon, tu en ressortiras bredouille. Je suis pas resté le cul vissé sur une chaise, tu sais, après que la professeure Whitworth a donné l'alerte. J'ai fait mon boulot. Et je peux te dire que personne ici ne sait où sont passés ces foutus dossiers.

– T'es sûr de ça, vraiment ?

– En tout cas, je suis sûr que, si un des employés a réussi à m'embobiner, il aura pas de mal à t'entuber, toi aussi. Sans vouloir te vexer, Jon », ajouta-t-il avec un sourire moqueur.

Je me contentai de soupirer, incapable, en dépit de mes efforts, de me sentir agacé par son cynisme.

« Tiens, poursuivit-il, dis-moi donc comment ça s'est passé à Lannerwrack.

– J'ai vu Vivien, dis-je après un nouveau soupir. Elle est... telle que tu me l'as décrite.

– T'as appris quelque chose d'utile ?

– Non, pas sur les dossiers. Mais... » Je jetai un coup d'œil au programme d'entretiens établi par Pete. « Les derniers à être interrogés aujourd'hui devront peut-être rester assez tard. Il faut que je m'absente autour de midi. J'en aurai pour... une heure, tout au plus. Mais, de toute évidence, cela va retarder les opérations.

– Tu vas chez le toubib, c'est ça ?

– Quoi ?

– Ben, j'me demandais... On dirait que t'as mal quelque part. T'en as plein le cul, peut-être ?

– T'as pas l'air d'avoir trop la pêche non plus, Pete.

– Ah, bon ? Tu m'étonnes... pas. Bref, tu peux pas te permettre de dépasser le temps imparti cet après-midi. Ceux que t'auras pas pu voir avant 17 heures devront attendre jusqu'à lundi.

– Et pour quelle raison ?

– Parce que je me suis activé au téléphone hier soir et que je nous suis pris un rendez-vous en fin d'après-midi avec... mon ancien camarade d'école Dick Trudgeon.

– C'est pas vrai !

– Tu passes toute ta vie dans la même petite ville minable, ça t'élargit pas l'esprit, c'est sûr, mais tu finis par connaître pas mal de gens. Et ces gens en connaissent d'autres. C'est comme ça que j'ai pu retrouver la trace de Dick. Il est pas parti bien loin, lui non plus. À la retraite, comme je le pensais. Et tout disposé à parler du vieux temps, bon ou pas. On doit le rencontrer au Fountain à Mevagissey à 18 h 30. Il habite dans le coin.

– Le rendez-vous dans un pub, c'était ton idée ou la sienne ?

– Eh ben, sa nana aurait risqué de lui faire perdre ses moyens. Tu feras passer la bière en note de frais. La mienne, en tout cas. Comme c'est toi qui conduiras, j'espère bien que tu seras au jus d'orange.

– Évidemment.

– Un petit mot de remerciement serait pas de trop, Jon. Du genre : "Bien joué, Pete, joli coup." Tu voulais lui parler, à Dick Trudgeon, non ?

– Oui, tout à fait, acquiesçai-je avec un sourire de conciliation. Excuse-moi, je suis de mauvaise humeur ce matin. Mais ça va passer. T'as été super, Pete. Merci beaucoup.

– De rien, de rien. Mais touches-en quand même un mot à Beaumont. Ça serait sympa de lui faire savoir que j'ai été un modèle de coopération dans cette affaire.

– Promis, compte sur moi. » Je jetai un coup d'œil à la pendule sur le mur derrière lui. « Et maintenant, comment je fais pour avoir un café avant de commencer mes interrogatoires ? »

Les entrevues avec le personnel s'avérèrent aussi peu fructueuses que l'avait prédit Pete. Lui et moi étions les seuls employés de la compagnie Wren encore en exercice. La plupart de ceux à qui je parlai n'étaient même pas nés quand Walter Wren & Co. avait cessé d'exister. Ils auraient certes été tout heureux de faire plaisir à l'expert, spécialement envoyé par la direction, qu'ils voyaient en moi, mais ils étaient dans l'incapacité de m'aider. Malgré toute leur bonne volonté.

Quand je quittai les lieux à midi, j'aurais dû éprouver un grand soulagement, mais ce n'était que pour échanger un travail de routine fastidieux contre une entreprise potentiellement périlleuse. J'avais décidé d'essayer, pour le bien de Vivien, de convaincre Adam qu'elle n'était en rien mêlée au vol des documents. La tâche ne s'annonçait pas facile, mais le prendre pratiquement au saut du lit, et à jeun – du moins pouvait-on l'espérer –, était sans doute ma meilleure chance de succès. D'après ce que je savais de son mode de vie, cela signifiait aller le trouver aux alentours de midi.

Wavecrest était encore plus grand et plus ostentatoire que je m'y attendais après la description que m'en avait faite Pete. Établie sur une petite butte qui lui donnait l'avantage sur ses voisines, elles-mêmes déjà fort voyantes, et jouissant de surcroît d'une vue panoramique sur la baie de St Austell, l'habitation était d'un style que son architecte aurait probablement baptisé « arêtes vives » : toit plat, murs blancs, ceinture de balcons et de loggias, et verre bleuté à profusion. Le jardin n'apportait pas grand-chose en matière de camouflage. Les plantations, pins et arbustes divers, n'étaient pas encore assez hautes ni fournies pour adoucir les lignes droites de la construction et ne seraient sans doute jamais autorisées à le devenir. Wavecrest était une proclamation, pas un murmure.

Le portail donnant sur le bas de l'allée était commandé électroniquement. Un interphone communiquant avec l'intérieur était encastré dans le pilier, à portée de main du conducteur. Mais il y avait aussi une porte latérale pour les piétons, et, comme j'étais certain qu'il valait toujours mieux avoir Adam en ligne de mire quand on voulait lui parler, je garai la voiture sur le talus au bord de la route et pénétrai à pied.

Aucune trace de la Lotus, mais le garage en sous-sol que j'aperçus en montant l'allée avait l'air assez grand pour abriter un parc de voitures. Je n'aurais pas été autrement surpris de le voir sortir son bolide uniquement pour le bénéfice de locaux envieux et admiratifs, si bien que je commençai à me dire que j'avais peut-être différé trop longtemps mon arrivée.

En m'approchant de la maison, je constatai que les vitres bleutées avaient des reflets miroitants qui rendaient l'intérieur des pièces plus ou moins invisible. Adam aurait pu tout aussi bien être nu à une de ses fenêtres en train de m'observer que je n'en aurais rien su. J'appuyai sur la sonnette et attendis. Le silence était d'une profondeur abyssale. J'avais de plus en plus l'impression de perdre mon temps.

Puis, tout à coup, la porte se débloqua et s'ouvrit d'elle-même. Miracle de l'électronique qui dispensait quiconque de venir vous accueillir. Je pénétrai dans un espace circulaire et haut de plafond, d'où partait un escalier incurvé aux marches ouvertes. Des portes à deux battants menaient à diverses pièces. J'étais pris dans des flots d'une lumière étrangement tamisée.

« Ohé ! appelai-je.

– Oui, bonjour », me revint une voix en écho, mais pas celle d'Adam. Une jeune femme, qui ne portait qu'un court peignoir de bain en soie et une paire de mules en peluche, émergea d'un pas nonchalant dans le hall, venant d'une pièce que la vision fugitive d'un réfrigérateur-congélateur me permit d'identifier comme étant la cuisine. Elle avait un mug à café dans une main, un téléphone dans l'autre et tapait un texto tout en marchant. Elle me gratifia d'un regard rapide – yeux brillants sous une frange ébouriffée de cheveux noirs – et d'un sourire, un peu plus appuyé que le regard.

« Vous êtes pas le type de la télé, si ?

– Ah, non.

– Dommage. Adam n'arrive pas à avoir toutes ses chaînes par satellite. Ça le fout en rogne comme pas possible. » Elle cessa de taper une seconde pour m'accorder un peu plus d'attention. Elle avait un joli visage de fillette que sa petite taille ne démentait pas. J'aurais dit qu'elle était encore adolescente. Combien de filles comme elle étaient passées par les mains d'Adam au fil des années, je ne pus m'empêcher de me poser la question, même si je n'avais pas vraiment envie de connaître la réponse. « Il vient juste de sortir. Si c'est lui que vous vouliez voir. » Elle gloussa avant d'ajouter : « En fait, il vient de sortir, que ce soit lui que vous vouliez voir ou pas.

– C'était Adam que je cherchais, en effet. Je travaille chez Intercontinental Kaolins. Mon nom est Kellaway, Jonathan Kellaway.

– Non, je ne crois pas.

– Pardon ?

– J'ai entendu parler de vous. Mais Jonathan, c'est pas votre prénom.

– Je vous assure que si, affirmai-je avec un sourire déconcerté.

– Mais non. C'est "Putain de". Ce putain de Kellaway. C'est comme ça qu'Adam vous appelle.

– Vous m'avez bien eu, avouai-je en riant.

– Moi, c'est Mad. Pour Madeleine.

– Ravi de faire votre connaissance, Mad.

– Vous êtes un ami de la famille, en plus d'être un de leurs exploités, c'est ça ?

– C'est ça.

– Alors vous devez connaître la sœur d'Adam – Vivien.

– Oui, en effet.

– Il dit qu'elle est folle. Complètement barrée. C'est vrai ?

– Non, non.

– Mais c'est une comtesse. Et elle vit dans une caravane !

– Une vicomtesse, devrait dire Adam. Et, techniquement, elle n'a même plus droit à ce titre. Mais c'est vrai qu'elle vit dans une caravane.

– Comtesse, vicomtesse : quelle différence ? » Mad fit la grimace en avalant une gorgée de son café et posa brutalement son mug sur une table en verre, avant de me regarder d'un air pensif. « Z'êtes déjà venu ici ?

– Non, jamais.

– Vous en pensez quoi de l'endroit ?

– Et vous ?

– C'est pas mal, dit-elle avec un haussement d'épaules. Venez, je vais vous montrer ce qui me plaît le plus dans la baraque. »

Elle me précéda à travers un grand séjour aux tons pastel et au mobilier contemporain, suivi d'une autre pièce qui s'en distinguait à peine, amenée sans doute à devenir une bibliothèque, à en juger par le nombre de rayonnages vides qui couvraient deux des murs.

« Depuis combien de temps vous connaissez Adam ? demandai-je en chemin.

– Quelques mois. On s'est rencontrés à Phuket.

– Ah, oui, la Thaïlande. Bien sûr. Vous étiez en vacances là-bas ?

– On pourrait dire ça comme ça, oui », répondit-elle en pouffant.

Nous longions maintenant un long couloir très haut de plafond. Une légère odeur de chlore m'avertit de notre destination.

La piscine était tout aussi démesurée que le reste : un vaste rectangle d'eau d'un bleu azuréen entouré de marbre blanc. Les hautes fenêtres permettaient d'apercevoir des étendues de pelouse sur chacun des côtés. Tout avait des allures de prospectus d'agence immobilière : luxueux, froid et vide.

« Génial, non ? dit Mad en se retournant vers moi.

– Très joli. »

Elle laissa tomber son portable sur une chaise et envoya valser ses mules. « J'adore nager un peu au réveil », annonça-t-elle. Puis elle défit la ceinture de son peignoir, s'en débarrassa et, l'ayant laissé tomber derrière elle, s'avança au bord de la piscine.

Je n'avais pas vu le contour d'un maillot de bain se dessiner sous l'étoffe de son vêtement pendant que je la suivais à travers la maison, si bien que je n'aurais pas dû être surpris de voir qu'elle était nue. Et pourtant, comme elle l'avait sans doute prévu, cette découverte me causa un petit choc. Elle resta plusieurs secondes debout sur la margelle, me donnant le temps d'admirer son petit derrière rose pêche, avant de plonger.

Elle fit une longueur, d'une nage rapide et fluide, vira et revint, puis nagea sur place et me fit signe de la rejoindre.

« Pourquoi tu viendrais pas, Jonathan. C'est super.

– Très tentant, mais… non, merci.

– Adam n'aurait pas à le savoir. » Elle se passa la langue sur les lèvres. « Si c'est ça qui t'inquiète.

– Quand pensez-vous qu'il sera de retour ?

– Oh, pas avant des heures. Il joue au golf. Rasoir, ce truc, t'as pas idée.

– Vous pouvez lui dire que je suis passé ?

– Si tu y tiens.

– J'y tiens, en effet. Dites-lui de me téléphoner. J'attendrai de ses nouvelles.

– Oui, je sais. Il l'a dit lui-même : "Ce putain de Kellaway, il va pas tarder à avoir de mes nouvelles." » Elle leva les yeux vers moi avec un sourire espiègle.

« Vous êtes une fille amusante, Mad.

– J'aime bien m'amuser, c'est vrai. Ça te dit vraiment rien, une petite trempette avec moi ?

– Non, vraiment.

– Tu le regretteras.

– Probablement.

– Non, c'est sûr. Salut, alors. » Là-dessus, elle se retourna et se remit à nager paisiblement, animant l'eau de courants sinueux.

Je gagnai un des côtés les plus longs de la piscine, les yeux sur elle tout le temps qu'il me fallut pour atteindre les portes à deux battants qui menaient sur une terrasse à l'air libre – et même un peu plus longtemps que nécessaire. Puis je quittai les lieux.

Tout au long d'un après-midi mortel passé à interroger sans le moindre succès le personnel d'IK sur ces satanés dossiers, il y eut plusieurs moments où je me surpris à regretter de ne pas avoir répondu à l'invitation de Mad. Je supportais mal d'avoir à poursuivre cette enquête totalement inepte, et ma patience était à bout.

Il restait que la rencontre avec Dick Trudgeon valait incontestablement la peine. Et, à mesure que la journée touchait à sa fin, Pete avait de plus en plus de mal à tenir en place tant il avait hâte de partir pour Mevagissey. Son humeur était un tel mélange de nervosité et de bonhomie que je ne tardai pas à regretter la lourde ironie qui le caractérisait d'ordinaire. Je finis par lui demander s'il n'y avait pas quelque chose qui le tracassait.

« Si, en quelque sorte, admit-il à demi-mot. On ne pourrait pas en parler dans la voiture ? Je ne voudrais surtout pas qu'on se mette en retard. »

La ponctualité n'avait jamais été un de ses points forts. Ce seul fait aurait dû suffire à me mettre la puce à l'oreille. Mais, en l'occurrence, il parla durant le trajet jusqu'à Mevagissey de tout sauf de ce qui le turlupinait, préférant me distraire avec les bruits qui couraient sur le projet municipal de ville écologique et la viabilité du nouveau centre commercial.

Nous arrivâmes avec une vingtaine de minutes d'avance, et Pete proposa qu'on prenne d'abord un verre au Ship, le premier pub qui se présenta à nous une fois la voiture garée, avant d'aller rencontrer Trudgeon au Fountain. Le whisky qu'il commanda pour accompagner sa pinte de bière suggérait qu'il avait besoin d'un remontant pour se donner du courage avant d'aborder un sujet délicat. Ce que la suite ne fit que confirmer.

« Pendant que tu étais sorti déjeuner, Jon, j'ai eu une visite... d'Adam Lashley. »

Il s'avérait donc qu'Adam n'était pas allé jouer au golf, finalement.

« Vraiment ?

– Tout ce qu'il y a de plus vrai. Il s'est pointé peu de temps après ton départ.

– Peu de temps, c'est-à-dire ?

– Bof, cinq minutes, je dirais. Ça a de l'importance ?

– Ça se pourrait, oui. » L'idée me traversa qu'il avait peut-être délibérément attendu que je parte. Ce qui ne laissait pas d'être troublant. « Qu'est-ce qu'il voulait ?

– Juste discuter. Il n'est pas monté au bureau, mais a téléphoné de l'accueil pour me demander de le rejoindre au rez-de-chaussée. Ce que j'ai fait; après quoi, il m'a entraîné dehors, et nous avons fait plusieurs tours du parking pendant qu'il... crachait le morceau.

– Qui consistait en quoi ? »

Pete avala une grosse lampée de bière avant de répondre. « Je te rends un sacré service, tu sais, Jon, en te mettant au parfum. Un peu plus de... reconnaissance de ta part serait apprécié.

– Oh, mais j'apprécie, Pete, je t'assure, m'empressai-je de clamer avec un large sourire. Et maintenant, tu peux me dire ce qu'il te voulait ?

– Oui, mais à une condition. »

Je poussai un soupir. Que Pete joue à se faire prier de cette façon était bien la dernière chose dont j'avais besoin.

« Laquelle ?

– La garantie que tu me garderas dans le coup, rapport à cette affaire d'archives volées.

– Tu es bien sûr de vouloir y rester, dans le coup ?

– Je préfère encore y rester qu'être en dehors.

– D'accord, tu as ma parole, Pete. Je te tiendrai au courant. »

Il s'accorda un instant de réflexion avant de dire : « OK. Alors voilà. Adam m'a fait une offre : dix mille livres, pour être précis, en liquide, de la main à la main, pour dire que c'est moi qui ai volé les dossiers… et qui les ai détruits.

– Toi ?!

– Moi, agissant, comme Adam l'a suggéré, sur les instructions d'un cadre supérieur de la compagnie qui mange aujourd'hui les pissenlits par la racine. Il y en a plusieurs qui seraient éligibles. Je serais amené à dire que je n'ai fait que suivre des ordres venus d'en haut de façon anonyme, et sans savoir ce qui les motivait. La chose remonterait à des années, peu de temps après le rachat de Wren, alors que je n'étais encore qu'une sorte d'homme à tout faire dans la boîte. Autrement dit, tu pourrais mettre un terme à ta recherche des documents manquants et, de son côté, la professeure Whitworth devrait en faire son deuil et se débrouiller autrement. Fin de l'histoire.

– Tu y crois, toi ?

– Ma foi, ça pourrait marcher. C'est pas totalement farfelu. On aurait une explication à ce qui s'est passé… sans que rien soit vraiment expliqué.

– Et Adam pense qu'arriver à ce résultat vaut la bagatelle de dix mille livres ?

– Il semblerait, oui.

– Mais pourquoi, bon sang ? Enfin... pourquoi cette histoire lui tiendrait-elle à cœur au point d'essayer de te soudoyer ?

– À ce qu'il dit, lui, il serait soulagé de voir notre professeure terminer son histoire tant que son père est encore en état de la lire, et ce stratagème la forcerait à reprendre son travail et à en finir.

– Tu y crois, toi, à cette fable ?

– Bien sûr que non. Adam, le fils dévoué, aimant ? À d'autres. De toute évidence, c'est du pipeau. Je lui ai pourtant laissé croire que je partageais son point de vue. J'aurais été stupide de ne pas le faire.

– Et qu'as-tu répondu à sa proposition ?

– Qu'il me fallait un peu de temps pour y réfléchir. Je lui ai fait remarquer que, si je l'acceptais, je risquais de me fourrer dans de sales draps. Voire de me faire virer.

– Et comment il a réagi ?

– Il m'a dit qu'il veillerait personnellement à ce que je ne sois pas mis à la porte. Et il m'a donné jusqu'à lundi pour prendre une décision. J'ai eu l'impression que... il pourrait aller au-delà de dix mille si je le poussais suffisamment.

– Il doit être aux abois.

– C'est la réflexion que je me suis faite. En fait, c'est surtout à cause de ça que je voulais te mettre au courant.

– Que veux-tu dire ?

– Dix mille livres – ou plus –, ça se trouve pas sous le sabot d'un cheval, Jon. Tu crois peut-être que je suis pas tenté d'accepter son offre ? »

Une offre effectivement tentante. Décidément, entre Adam et sa poupée, la journée était à la tentation. « Qu'est-ce qui t'a empêché de l'accepter ?

– Précisément la question que t'as posée il y a deux minutes : *pourquoi ?* Pourquoi Adam devrait-il s'inquiéter de la disparition de documents dont la moitié au moins datent d'avant sa naissance ? Normalement, il ne devrait rien en avoir à foutre. Or, c'est pas le cas. Et ça je peux pas me permettre de l'ignorer – quelle que soit la somme qu'il est prêt à débourser. Et puis, autre chose... ce type, je l'aime pas. Je l'ai jamais aimé.

– Alors, qu'est-ce que tu vas lui dire lundi ? demandai-je en souriant.

– J'espère que j'aurai rien à lui dire. J'ose croire que d'ici là toi et moi on aura découvert ce qu'il trafique – ou ce qu'il essaye de cacher. »

« Toi et moi ». Intéressant, le choix de cette expression. De toute évidence, aux yeux de Pete nous formions une équipe.

« À ton avis, c'est Adam qui a pris les dossiers ?

– Peut-être.

– Mais pour quelle raison ?

– Si ça se trouve, il ne faisait que suivre des ordres, répondit-il avec un haussement d'épaules. Comme il voudrait que je le dise si je marchais dans sa combine.

– Des ordres de qui ?

– Pas la moindre idée. Et toi ?

– Même chose... pour l'instant. Espérons que Dick Trudgeon nous en fournira une.

– Ouais, espérons-le. » Pete jeta un coup d'œil sur la pendule accrochée derrière le bar et finit son whisky. « Et espérons que cette pendule avance un peu. Autrement, on est en train de le faire poireauter, notre ami Trudgeon. »

37

Dick Trudgeon était un bel exemple des policiers de notre génération : haute stature, forte carrure, débit mesuré. Il avait des cheveux blancs crêpelés et un nez tordu qui donnait l'impression d'avoir été mis à mal de nombreuses années auparavant par un casseur du vendredi soir. Il arborait un air à la fois circonspect et satisfait. Il occupait une place derrière la devanture du Fountain, et je m'aperçus qu'il aurait pu nous voir entrer au Ship s'il était arrivé suffisamment tôt, ce qui semblait tout à fait possible à en juger par le niveau de sa pinte, de l'artisanale de St Austell.

Je lui offris une autre bière, et, une dizaine de minutes passées à une brève évocation de nos années d'école et de nos carrières respectives nous amenèrent à un moment où de toute évidence il sentit qu'il fallait mettre cartes sur table.

« Pete ici présent n'aurait quand même pas pris toute cette peine pour me retrouver pour le simple plaisir de bavarder du bon vieux temps, dit-il en me regardant d'un œil perçant.

– Bien sûr que non, Dick, tu as raison. Pour tout te dire, nous espérons que tu pourras nous aider à éclaircir un petit mystère.

– Ah, oui ? Quel genre, ce mystère ? »

Je fus aussi précis dans ma réponse que je pouvais me le permettre : quelqu'un avait retiré des archives d'Intercontinental Kaolins tous les documents relatifs aux transactions de Wren & Co. avec l'entreprise de transport routier de son père, et nous cherchions à savoir pourquoi.

Il accueillit mon explication d'un air sceptique, comme on pouvait s'y attendre, se contentant de remarquer : « Dites, les gars, vous n'avez rien de plus urgent à faire ?

– C'est normal que tu réagisses comme ça, concéda Pete. Mais notre patron n'aime pas les affaires en souffrance. Et il paie des gens comme nous pour les régler une bonne fois pour toutes.

– Votre patron, autrement dit... Greville Lashley ?

– Lui-même.

– Il est toujours en activité ? Il doit être à peu près de l'âge de mon père. Donc, dans les quatre-vingt-dix.

– Officiellement, il a pris sa retraite il y a quelques années, dis-je. Mais il continue à... s'intéresser aux affaires.

– Tant mieux pour lui.

– Et ton père, Dick ? demanda Pete.

– Il nous a quittés. Tout comme mon frère, Mike. Lui, c'était le bras droit du paternel jusqu'à ce que l'entreprise soit rachetée par Wren. Moi je n'ai jamais fait partie du personnel. Je pensais qu'il n'y avait pas d'avenir dans le secteur.

– Ma foi, tu voyais juste, dis-je.

– Oui, sans doute. Il reste que le rachat des transports Trudgeon par Wren a été une véritable aubaine. Il a servi à financer la retraite anticipée de mon père, qui est parti vivre en Espagne, et il a permis à Mike de s'installer à son compte dans une autre branche d'activité. Une bonne affaire pour eux. Excellente même.

– Un permis catégorie A constituait un atout de taille à cette époque, dit Pete.

– C'est ce qu'on m'a dit, oui, acquiesça Trudgeon, l'air pensif. Sauf que, deux ans plus tard, Wren était à son tour racheté par CCC. Si bien qu'en réalité, c'était de l'argent foutu en l'air, non ?

– J'imagine que M. Lashley comptait que la transaction accroîtrait à long terme la rentabilité de Wren, argumentai-je avec un sourire. Malheureusement, il n'y a pas eu de long terme.

– C'est ce qui a dû se passer, en effet, admit Trudgeon, dont le ton, pourtant, indiquait qu'il était loin d'être convaincu. En tout cas, mon père n'a pas eu à s'en plaindre. D'ailleurs, il n'a jamais eu à se plaindre de Wren. Il disait souvent que la compagnie était son meilleur client. Même avant le rachat.

– Vraiment ?

– Oui, vraiment. "Des bons payeurs, toujours à l'heure", qu'il disait. Une formule qu'il sortait souvent avec un clin d'œil à l'adresse de mon frère. Je vivais encore à la maison à l'époque, et je me souviens que lui et Mike traitaient ça comme une plaisanterie.

– Une plaisanterie ?

– Oui, ça les faisait rire. Ma mère et moi, on ne voyait pas ce qu'il y avait de drôle là-dedans.

– J'avoue que moi non plus, dit Pete.

– Combien Wren a-t-il payé pour acquérir l'entreprise ? demandai-je en regardant Pete.

– Je sais pas, dit celui-ci avec un haussement d'épaules. Des informations de ce genre n'étaient pas communiquées aux sans-grade. Et toi, Dick, t'en as une idée ?

– On ne m'a jamais révélé la somme exacte, dit Trudgeon après avoir haussé les épaules à son tour. Mais vous, les gars, vous pourriez le découvrir si vous le vouliez, non ? Il doit bien y avoir un…

– Une trace de la transaction quelque part ? » Pete avait terminé la phrase de Dick en m'adressant un sourire, même s'il n'y avait pas là de quoi se réjouir.

Il fallait arrêter maintenant de tourner autour du pot. Aussi posai-je la question à Dick sans ambages. « Est-ce que tu aurais une idée de qui aurait pu dépouiller les archives de Wren des documents concernant les transports Trudgeon ? »

Il s'accorda un long moment de réflexion avant de répondre. « Mon père et Mike sont morts tous les deux, alors je suppose que je ne ferai de tort à personne en vous disant ce que je sais de cette histoire. » Un autre long silence. Une gorgée de bière. Un regard qui va de l'un à l'autre de ses interlocuteurs. Et puis : « C'est bizarre quand même que vous déterriez cette affaire après tant d'années. Elle m'était quasiment sortie de la tête. À l'époque, j'ai pas vraiment su quoi en penser. Pour être honnête, je n'avais pas trop envie d'en connaître les tenants et les aboutissants. Je venais juste d'entrer dans la police. S'il y avait une chose dont je pouvais me passer, c'était de voir des membres de ma propre famille... compromis dans des transactions douteuses. Alors, j'ai fait la sourde oreille, pour ainsi dire.

« La sourde oreille à quoi, allez-vous demander. Eh bien, voilà. Les faits remontent à janvier ou février 1969, je saurais pas les dater avec plus de précision. C'était une soirée froide et humide, de celles où vous passez plus de temps à battre la semelle dans les entrées des immeubles qu'à faire vos rondes dans les rues. St Austell était plongé dans un silence de mort. Et tout à coup, alors que je descendais South Street, voilà que j'entends un bruit de verre brisé au bas d'East Hill. Je me précipite dans cette direction pour trouver un homme, soûl comme une bourrique, debout devant les anciens bureaux de Wren, toujours inoccupés après le rachat de la compagnie par CCC. Il avait fracassé une bouteille de whisky vide contre une des fenêtres. Des éclats de verre partout. Le type qui vacille comme le blé sous la brise, qui tempête et jure comme un charretier. Mais tellement défoncé qu'on comprend rien à ce qu'il raconte. Je l'arrête pour ivresse et atteinte à l'ordre public, et je l'embarque au poste.

« C'est pendant que le brigadier dressait son procès-verbal que le type entend prononcer mon nom. Et le voilà qui repart de plus belle. "J'en ai assez fait pour ton père et ton frère pendant toutes ces années, bon Dieu, pour que tu fermes les yeux sur un peu de verre cassé." J'en passe et des meilleures. Je ne savais pas de quoi il voulait parler, mais ça n'a pas n'empêché le brigadier de lever un sourcil à mon adresse. Le type était toujours en train de hurler quand on l'a bouclé pour la nuit. Au matin, il s'était calmé, mais il ne nous avait pas oubliés, moi et les miens. Il prétendait que mon frère paierait la caution. Et je veux bien être pendu si c'est pas ce qu'il a fait. Le juge n'avait pas sitôt accepté la libération sous caution que Mike s'est pointé avec l'argent. Je me souviens qu'il m'a demandé ensuite de ne pas en parler devant notre père. "Moins on en dit, mieux on se porte", c'est comme ça qu'il s'est justifié.

– Ton type, c'était Gordon Strake, non ? intervint Pete. Je me rappelle avoir lu dans le journal qu'il avait eu une lourde amende.

– Strake, c'était bien son nom, oui. Un ancien représentant de commerce chez Wren. Mis à la porte parce qu'il buvait trop, ça ne me surprendrait pas.

– Dis-moi, Dick, as-tu jamais demandé à ton frère ce que Strake avait fait pour lui et pour votre père ? insistai-je.

– Non. J'ai cru comprendre que tout ce petit monde trempait dans une histoire de corruption, mais je ne tenais pas à en apprendre davantage. Mike m'a dit avoir veillé personnellement à ce que Strake quitte la ville, et j'ai été... je dirais pas heureux, bien sûr, mais... soulagé de laisser les choses en l'état.

– Et, à ton avis, cette... corruption pourrait-elle expliquer pourquoi ces documents d'archives ont été volés ?

– Oui, peut-être, après tout. En tout cas, si je devais nommer un suspect, c'est le nom de Strake qui me viendrait à l'esprit.

– Il est mort depuis longtemps, le bonhomme.

– D'autant plus facile à accuser, alors. Ça devrait vous faire plaisir, les gars. Vous avez là une explication toute trouvée à servir à votre patron. Ça n'a pourtant pas l'air de te réjouir », ajouta-t-il, après m'avoir gratifié d'un coup d'œil, le front plissé.

Quelques minutes plus tard, Trudgeon rentrait chez lui, prétendant que son dîner ne pouvait pas attendre. Il nous remercia pour la bière, et nous, pour sa franche collaboration. Laquelle nous avait apporté quoi au juste ? Difficile à dire. Pete était à ce moment-là prêt à défaillir tellement il avait envie d'une cigarette, et nous poussâmes jusqu'au port, où les mouettes se disputaient des emballages de chips froissés et le soleil couchant jetait une lueur blême sur les façades.

« Nous voilà revenus à Strake, constatai-je, songeur, tandis que Pete tirait avidement sur sa cigarette. Ça devient une habitude, on dirait.

– Tu penses sérieusement qu'il a volé les dossiers ? demanda Pete, entre deux crachotements de fumeur.

– C'est tentant. Ça nous arrangerait bien, tout compte fait. Mais ce n'est pas très plausible. Il ne connaissait pas les lieux, si ? Et il y avait pas mal de gens qui auraient pu le reconnaître et vouloir découvrir ce qu'il venait faire là.

– Tiens, à propos de Strake, il y a quelque chose que je voulais te demander : comment tu expliques qu'il ait fini par se faire assassiner... et à Naples, encore ? Quand j'ai appris ça, par le téléphone arabe bien entendu, j'en suis pas revenu. Mais toi, tu étais là-bas, non, quand c'est arrivé ?

– Je séjournais à la villa Orchis, sur l'île de Capri. Je n'étais pas à Naples.

– Oh, tu vas pas chipoter. Pourquoi il était allé là-bas, à ton avis ?

– À vue de nez, je dirais qu'il avait en tête de taper Francis Wren, mais il a eu des ennuis – des ennuis mortels, en l'occurrence – avant d'en avoir l'occasion.

– Ce serait pas étonnant de sa part, je suppose. Alors, il n'y a aucune chance pour que son meurtre soit lié à notre petit mystère ? »

Il y avait toutes les chances du monde, bien sûr. Et je soupçonnais Pete de le savoir autant que moi. Je répondis pourtant, d'une voix neutre : « Impossible de connaître la réponse.

– Et impossible de demander une explication à Strake, on a quarante ans de retard.

– Eh oui », répondis-je, quand l'idée me vint qu'il n'était peut-être pas trop tard. À condition d'utiliser un autre canal.

« Mais attends un peu. Il avait bien une sœur à Plymouth. Elle avait écrit à Lashley pour l'informer de la mort de son frère.

Strake habitait chez elle au moment où il est parti pour l'Italie, autrement dit quand Mike Trudgeon lui a signifié de disparaître de St Austell.

– Tu aurais le nom de la sœur, par hasard ? Ou une adresse ?

– Non, mais Lashley a probablement archivé la lettre dans le fichier du personnel de Cornish China Clays.

– Ce qui signifie qu'elle ne figurerait pas dans les liasses des papiers qui ont disparu.

– Exactement.

– Il se peut qu'elle soit morte elle aussi, Jon. Ou complètement gâteuse dans une maison de retraite. Ou que Lashley ait tout simplement jeté la lettre.

– À moins qu'elle soit toujours en vie et pas du tout gâteuse. Et que la lettre soit dans le fichier.

– Ouais, fit Pete, avant de tirer une bouffée. On ferait mieux de vérifier, alors ?

– Demain matin, toutes affaires cessantes ?

– C'est ça, à la première heure. »

Et pour être tôt, il était tôt, quand j'entrai dans le parking pratiquement désert d'IK le lendemain. Aucun des membres du personnel ayant l'intention de passer une partie de leur samedi au bureau n'était encore arrivé, à une exception près.

Pete m'attendait près de l'entrée principale, une cigarette au coin des lèvres. Ses yeux cerclés de rouge et son visage grimaçant suggéraient que les whiskys avaient rattrapé le nombre des pintes de bière au cours de la nuit pour déclencher une épouvantable gueule de bois. Il avait l'air par ailleurs de ne pas s'être rasé. Pour tout dire, il n'était pas beau à voir.

« J'espère qu'on fait pas tout ça pour rien, grommela-t-il quand nous pénétrâmes dans le bâtiment.

– Moi de même, Pete.

– Va falloir monter jusqu'à mon bureau pour récupérer les clés des casiers réservés aux archives de CCC. Par chance, c'est là que se trouve la bouilloire. J'ai sacrément besoin d'un café noir bien fort.

– À te voir, on le dirait.

– Sûr, mais moi, j'ai pas eu le luxe d'un petit déj anglais complet et d'une pleine cafetière du meilleur arabica, tu vois.

– Chez Newlove on ne sert pas ça ?

– Devine.

– Tout compte fait, j'aime autant pas. »

Tout ce que j'obtins en guise de réponse, tandis qu'il commençait à monter les marches d'un pas chancelant, fut un signe de doigts provocateur.

Un quart d'heure plus tard, nous étions au sous-sol, devant le grand casier abritant les archives CCC des années 1960 et 1970, Pete le nez dans son mug de café.

Les cartons ressemblaient fort à ceux des archives de Wren, mais nous étions certains de ne pas tomber cette fois sur des liasses entières de feuilles blanches, pour la bonne raison que Fay Whitworth les avait déjà passés en revue. Notre certitude s'avéra fondée : les dossiers étaient intacts.

C'est en tout cas l'impression qu'ils donnaient. Mais les fichiers du personnel ne contenaient pas de lettre adressée à Greville Lashley par la sœur de Gordon Strake au cours de l'été 1969. On vérifia à plusieurs reprises, mais en vain. Pete en profita pour réitérer sa suggestion selon laquelle Lashley avait jeté la lettre.

Il n'avait pourtant rien fait de tel. Il ne l'avait pas passée pour archivage au département du personnel. Quand nous fouillâmes les dossiers du département dont il était responsable chez CCC, celui de la logistique, la lettre était bel et bien là, accompagnée d'une note rédigée de sa main : *Aucune suite à donner.* Précision tout à fait compréhensible – à l'époque.

Je mis la lettre sous la lumière, Pete se démanchant le cou pour lire par-dessus mon épaule.

12 Gascoyne Terrace
Plymouth
Devon

18 juillet 1969

Cher monsieur Lashley,

Je vous écris pour vous faire part du décès de mon frère, Gordon Strake, le 9 de ce mois. Comme vous étiez son employeur à Walter Wren & Co., j'ai pensé que je devais porter ce fait à votre connaissance, étant donné que je me souviens l'avoir entendu dire que, à sa retraite, la compagnie aurait à lui verser une pension. Il habitait avec moi après avoir quitté St Austell plus tôt dans l'année, et il était resté célibataire, si bien que la question d'une pension de réversion ne se pose pas non plus. Si vous désirez de plus amples informations, vous pouvez me joindre au numéro suivant : Plymouth 68115.

Je vous prie d'agréer, monsieur, l'expression de mes sentiments les meilleurs,

Dora Strake

« Tu crois qu'il l'a appelée ? demanda Pete.

– Sans doute pas. Mais moi, je vais le faire. Et tout de suite, encore.

– Voyons, Jon, cette femme a écrit ça il y a plus de quarante ans. Quelle chance y a-t-il pour qu'elle prenne son téléphone et dise : "Ah oui, cette lettre... bien sûr. Merci de revenir vers moi" ?

– Il n'y a pas trente-six moyens de le savoir.

– Ma foi, si tu ne crains pas d'être déçu.

– Je me prépare *toujours* à être déçu. »

Éternel optimiste, Pete émit l'idée que Plymouth 68115 avait certainement acquis un chiffre supplémentaire depuis 1969, à supposer que la ligne soit toujours en service. Il avait raison sur le premier point, pas sur le second. La voix féminine qui répondit paraissait beaucoup plus jeune que n'aurait pu l'être celle de Dora Strake. Mais c'était mon jour de chance : elle connaissait Dora.

« Nous lui avons racheté la maison il y a trois ans, quand elle a déménagé dans une résidence pour personnes âgées.

– Connaîtriez-vous son adresse par hasard ?

– Oh, oui. Nous lui envoyons toujours une carte à Noël.

– Et un numéro de téléphone ?

– Oui. Vous le voulez ? »

Quelques minutes plus tard, j'avais Dora elle-même au bout du fil. L'opération avait été d'une incroyable simplicité. Mais la suite risquait de s'avérer plus compliquée. En dépit de sa courtoisie, Dora était perplexe, ce qui se comprenait aisément.

« Vous me téléphonez au sujet de Gordon ? Mon frère Gordon ? Et vous dites que dans le temps vous travailliez pour Wren ?

– Je sais qu'il y a longtemps de cela, mademoiselle Strake. Mais...

– Très, très longtemps, en effet.

– Je connaissais votre frère, voyez-vous. Pas très bien, mais... nos chemins se sont croisés. Je n'ai jamais vraiment su dans quelles circonstances il était mort. Cela s'est passé à Naples, je crois.

– C'était un meurtre, monsieur Kellaway. La police italienne n'a jamais découvert le coupable. Ni le mobile du crime. Un drame épouvantable, croyez-moi. Il est enterré là-bas, vous savez, à Naples. Il y a des jours où je regrette de..., s'interrompit-elle avant d'ajouter après un silence : Mais peu importe.

– Il est arrivé quelque chose, mademoiselle Strake, qui pourrait peut-être – je dis bien : peut-être – contribuer à expliquer ce qui s'est passé à Naples.

– Vraiment ?

– Je me demandais si nous pourrions nous rencontrer. »

Comme je l'avais escompté, il y avait peu de chances pour que Dora Strake refusât de me parler dès l'instant où je lui avais fait miroiter la possibilité d'éclaircir la mort de son frère. Quelques heures plus tard, je partais pour Plymouth – seul, en dépit des protestations de Pete, qui voulait absolument m'accompagner. Je prétendis que Dora risquait de s'alarmer si nous arrivions à plusieurs, même si elle ne m'avait pas paru du genre à se laisser facilement démonter. Pour être tout à fait honnête, il y avait certains aspects de mes rapports avec Strake que je ne tenais pas à dévoiler à Pete. Sa présence risquait de me gêner. Je le consolai en lui promettant un compte rendu exhaustif de mon expédition à mon retour.

38

Hillingdon Court était un ensemble d'appartements conçus spécialement pour les personnes âgées, situé à deux pas de Mannamead Road dans un petit parc arboré bien entretenu. Quoi que Dora Strake eût fait dans sa vie, ses activités avaient été plus profitables que celles auxquelles avait pu se livrer son frère, d'autant que, à l'évidence, ses dépenses en matière d'alcool, de cigarettes et de canassons avaient été moindres.

C'était une vieille dame de petite taille, aux cheveux blancs et aux yeux vifs, aux mouvements précautionneux d'arthritique, mais manifestement en pleine possession de ses facultés mentales. L'intense concentration dont elle fit preuve quand elle m'écouta raconter comment j'avais retrouvé sa trace était en soi une mise en garde. Avec Dora Strake, on ne plaisantait pas.

Je ne lui dis rien de la connaissance que j'avais personnellement de ce à quoi s'était occupé Strake durant le séjour à Naples dont il n'était jamais revenu, mais lui livrai tout le reste : les documents manquants, les preuves selon lesquelles son frère avait filé Oliver, les accusations qu'il avait proférées au moment de son arrestation par l'agent Trudgeon. Ce qu'elle allait faire de tout cela, je n'en avais aucune idée. Mais j'étais certain qu'elle était suffisamment lucide pour s'être aperçue que son frère n'était pas un saint, et mon expérience m'avait appris que, d'ordinaire, la franchise appelait la franchise.

« Mon Dieu, mon Dieu ! » Telle fut sa première réaction. Ce n'est qu'après un aller-retour à la cuisine en quête d'eau chaude pour remplir la théière qu'elle poursuivit. « Il serait inutile de vouloir nier le côté louche de Gordon, monsieur Kellaway. Oh, je pourrais mettre ça sur le compte de la guerre ; il a passé si longtemps à son contact, à voir et à faire des choses qui ont pu le rendre... méfiant à l'égard des hommes. Mais ça ne marcherait pas vraiment, n'est-ce pas ? Des milliers d'autres jeunes gens ont servi sans pour autant perdre ce que mon père aurait appelé leur boussole morale. Gordon a été pour lui une immense déception. "L'ennui avec toi, mon garçon, disait-il, c'est que tu crois que le monde va tout t'apporter sur un plateau. Eh bien, tu te trompes." Mon père avait ses défauts – et plus d'un, croyez-moi –, mais, s'agissant de Gordon, il voyait juste.

« C'était mon frère, et je l'aimais beaucoup. Mais j'étais bien consciente de ses faiblesses. J'espérais que son emploi chez Wren le remettrait sur le droit chemin et, pendant longtemps, j'ai cru que c'était le cas. Il a attendu le moment où il est venu s'installer chez moi, début 1969, pour m'avouer qu'il avait été licencié. Mais il ne m'a jamais dit pourquoi il avait quitté St Austell. J'ai supposé qu'il m'avait choisie parce qu'il était à court d'argent, même s'il semblait toujours en avoir des tonnes à dépenser dans les pubs et les bureaux de paris. Et puis, un jour, il m'annonce qu'il a trouvé du travail, et le voilà parti. Pour l'Italie, comme je l'ai appris par la suite.

– Est-ce qu'il a dit de quel genre de travail il s'agissait ?

– Non. Il s'est montré très vague à ce sujet. Ce qui ne le changeait guère ; il était du genre à toujours vouloir cacher son jeu. Pour être honnête, je n'ai pas été mécontente de le voir tourner les talons. Nous ne nous sommes pas séparés dans les meilleurs termes, ce que j'ai longtemps regretté. Quand la police m'a dit qu'il avait été assassiné, à Naples... j'en suis restée abasourdie. Je n'avais jamais soupçonné qu'il avait l'intention de quitter le pays. » Elle me regarda avec un air d'excuse, avant de poursuivre. « C'est aimable à vous d'avoir fait tout ce chemin pour venir me voir, monsieur Kellaway. Le meurtre de Gordon n'est sans doute pas sans rapport avec ces autres choses dont vous m'avez parlé à son sujet. Mais sous quelle forme – que faisait-il exactement et avec l'accord de qui –, je serais bien incapable de vous le dire. Pensez-vous qu'il ait pu voler les dossiers disparus pour… effacer des traces compromettantes ?

– Peut-être, encore que je doute qu'il ait eu la possibilité de le faire.

– Vous êtes mieux placé que moi pour le savoir.

– J'espérais que, durant le temps où il a vécu chez vous, il aurait pu laisser échapper un indice susceptible de nous orienter.

– Hélas, non. Gordon était terriblement secret, et d'un mutisme exaspérant. » Elle sourit, comme au souvenir d'une époque heureuse, puis continua. « Il était très protecteur à mon égard quand nous étions enfants ; je pense que c'est de là que vient la tolérance dont j'ai fait preuve par la suite face à sa… susceptibilité. Tout ce que je peux vous dire, c'est que j'ai senti, au cours des jours qu'il a passés avec moi, qu'il était dans l'expectative. Dans l'attente de quelque message, d'un ordre, peut-être. Et il a fini par le recevoir. Je ne sais pas par quel canal ; il ne se servait jamais de mon téléphone, et personne ne l'appelait. Il ne recevait jamais de courrier non plus. Mais il prenait toutes les précautions nécessaires dans ce domaine : il utilisait les cabines publiques, ou persuadait un patron de pub de lui servir de boîte aux lettres. "Pense d'abord à toi, toujours, Dor, disait-il. C'est la première règle dans la vie." Malheureusement, on ne peut pas dire qu'il ait excellé dans ce genre d'exercice. Mon père prédisait qu'il finirait mal. Et c'est ce qui est arrivé.

– Il n'a jamais prononcé les noms de Wilf ou de Mike Trudgeon ?

– Pas à ma connaissance, non.

– Ni celui d'Oliver Foster ?

– Non plus. Mais j'ai pu lui parler, moi, d'Oliver Foster. Sa mort avait été rapportée dans le *Western Morning News*, et j'avais bien noté la relation qu'il y avait entre le défunt et la firme Wren. Mais je n'ai pas souvenir que Gordon ait dit quoi que ce soit à ce propos. Tout bêtement parce qu'il n'a probablement rien dit.

– Je le crois bien volontiers. Il était coutumier du fait.

– Je regrette de vous décevoir, monsieur Kellaway. On dirait bien que Gordon a emporté ses secrets avec lui dans la tombe. J'aurais aimé les connaître tout autant que vous, mais je ne pense pas que nous les découvririons un jour, et vous ? »

J'étais arrivé à Plymouth plein d'espoir, pensant déboucher enfin sur la vérité. J'en repartis non seulement frustré dans mon attente, après un voyage inutile, mais désespérant de jamais avancer dans ma recherche. Les secrets que je traquais étaient trop anciens, leurs gardiens disparus depuis trop longtemps. Je m'étais mis en chasse de fantômes, qui refusaient obstinément de prendre forme.

Je téléphonai à Pete, comme promis, lequel m'attendait au bar quand j'arrivai au White Hart. Il ne parut pas surpris d'apprendre que j'avais fait chou blanc.

« Je te l'avais bien dit. Sans un vaisseau spatio-temporel genre Tardis à ta disposition, tu découvriras jamais ce qui est arrivé, ni pourquoi, au bout de quarante ans.

– Tu me conseilles quoi, alors ?

– Laisse tomber. Et éponge-moi tout ça. Qu'est-ce que tu dirais pour un samedi soir d'une tournée des bars ? »

Quand je me réveillai le lendemain matin, le cerveau embrumé et la gorge à vif, je regrettai d'avoir suivi la suggestion de Pete. Je me souvenais de la soirée sous la forme de réminiscences avinées et sentimentales, entrecoupées d'allées et venues incessantes dans les rues du centre-ville, en proie à la conviction dérangeante de m'être conduit comme un idiot ; de quelle façon exactement, cela restait obscur, comme beaucoup d'autres choses.

Tandis que j'étais en train de prendre ma douche, je me fis la réflexion que la situation dans laquelle je me trouvais n'avait peut-être rien de surprenant, étant donné le caractère mission impossible de la tâche qu'on m'avait confiée. Dans ces conditions, il ne me restait plus qu'à reconnaître la futilité de mes efforts. Et à terminer mes interrogatoires en cours, rédiger un semblant de rapport sur les documents manquants, l'envoyer par mail à Presley Beaumont, et... rentrer chez moi.

Mais chez moi, où ? Ma carrière itinérante et ma récente solitude domestique ne me permettaient pas de me prononcer avec certitude sur ce point. Ma retraite imminente faisait de la question un sujet que je n'allais plus pouvoir ignorer encore bien longtemps. Un sujet qui méritait peut-être davantage d'intérêt de ma part que les lacunes inexpliquées dans les archives d'une petite compagnie d'exploitation de kaolin disparue depuis longtemps. Le moment n'était-il pas venu de laisser le passé reposer en paix ?

Je soignai le plus gros de ma gueule de bois en avalant plusieurs cafés très noirs en guise de petit déjeuner et sortis prendre ma voiture. Il était encore tôt pour un dimanche, et j'étais pratiquement seul sur les routes. Le temps clair était d'une fraîcheur revigorante. Je montai jusqu'à Goss Moor, me garai à l'endroit où Oliver m'avait fait arrêter en ce jour qui devait être le dernier de sa vie, il y avait quarante-deux ans de cela, et me tins un moment exactement là où il avait posé pour sa photo.

« Pourquoi m'avoir fait prendre des photos dont tu savais que personne ne les verrait jamais, Oliver ? murmurai-je. Pourquoi élaborer un jeu aussi compliqué alors que tu savais que tu ne terminerais jamais la partie ? »

Me revint alors en mémoire ce qu'il m'avait dit un jour à propos des tournois d'échecs : *Tu ne peux pas te permettre de réfléchir à tout pendant la partie.* Sauf que, bien sûr, cela s'appliquait à autre chose qu'aux échecs. *Il faut que tu te prépares en amont. Et que tu aies joué les coups dans ta tête avant d'avancer ton premier pion.*

Voulais-tu dire par là que tu savais déjà comment les choses allaient tourner ? Que tu savais que je ne comprendrais jamais ?

Tu m'as déjà beaucoup aidé, Jonathan. Et je t'en suis reconnaissant. Continue sans moi. Ça ira, ne t'inquiète pas.

Les dernières paroles qu'il m'ait adressées. Un remerciement ; un adieu ; une bénédiction. Et peut-être la seule forme de conclusion que connaîtrait jamais cette histoire.

Je rentrai par le même chemin que lors de ce soir de l'été 1968, en passant par Roche et Scredda. Le trajet, comme tout le reste, avait été choisi par Oliver, en fonction de ce qu'il prévoyait de faire. Cette fois-ci, je ne m'arrêtais pas là où je l'avais laissé au bord de la route, près de Relurgis, mais je me surpris à jeter un coup d'œil derrière moi en dépassant l'endroit, m'attendant presque à le voir charger son sac à dos et commencer à gravir le talus. Il avait beau avoir disparu depuis longtemps, j'eus la sensation qu'il était encore là et qu'il m'observait. Je m'arrachais à cette vision non sans difficulté.

La route pour rentrer à St Austell depuis Scredda me fit passer devant les bureaux d'IK et mon ancien lycée, puis la bibliothèque où j'avais retrouvé Oliver pour lui remettre le savon marqué de l'empreinte de la clé ouvrant les grilles du sous-sol des bureaux. Le jeune Jonathan n'avait aucune peine à aller du même pas que le Jonathan d'aujourd'hui, plus grand en âge, mais si peu en sagesse.

Au moment où je franchissais le pont au-dessus de la voie de chemin de fer dans Carlyon Road, j'aperçus une silhouette vaguement familière qui marchait en direction de la gare. Un examen plus approfondi me révéla qu'il s'agissait de Mad, la petite amie d'Adam. Elle portait un imper rose, un jean et des bottes en peau de mouton, et avançait avec peine, encombrée d'un grand sac à bandoulière ventru, suffisamment grand en tout cas pour contenir la plus grande partie de ses maigres possessions.

À ce moment-là, j'avais dépassé l'embranchement descendant vers la gare, et il me fallut attendre le rond-point suivant au sommet d'East Hill pour faire demi-tour. Quand j'arrivais sur l'esplanade devant la gare, Mad était invisible. Je laissai la voiture sur un parking courte durée et me hâtai vers la billetterie.

La jeune fille quittait le guichet, billet à la main, quand elle me vit. Surprise, elle eut un mouvement de recul. « Oh, salut ! » fit-elle, sans plus aucune trace dans la voix de l'assurance et de l'exubérance dont je gardais le souvenir.

Pas besoin d'aller loin pour en trouver la cause : un œil au beurre noir méchamment tuméfié. « Qu'est-ce qui vous est arrivé ? demandai-je aussitôt.

– J'ai pas envie d'en parler, répondit-elle en regardant derrière moi en direction des quais.

– Vous vous en allez ?

– Heu… oui. À Londres. Habiter chez un copain.

– Votre train est à quelle heure ?

– Dans… une vingtaine de minutes, dit-elle après un coup d'œil à la pendule.

– Je pourrais peut-être vous offrir un café, proposai-je avec un geste en direction du bar.

– Non, merci. C'est… pas la peine.

– Allez, laissez-vous faire. Vous avez l'air d'en avoir bien besoin. En tout cas, moi oui.

– Je suppose… Bon, d'accord. »

Je m'emparai de son sac, la fis asseoir à une des tables et partis chercher nos cafés. Je l'observai en attendant à la caisse. Elle regardait à travers la fenêtre panoramique de l'établissement, les yeux tournés vers la station de taxis, et au-delà la ligne grise des toits de St Austell. Elle avait l'air à la fois plus jeune et plus âgée que quand je l'avais vue à Wavecrest : plus fragile et vulnérable, et cependant plus dure et résolue.

« Voilà, dis-je en m'asseyant après avoir posé sa tasse devant elle.

– Tu prends le train ? demanda-t-elle, le sourcil froncé et le visage incliné de façon à m'empêcher de voir clairement son œil poché.

– Non, non. Je passais en voiture, et je me suis arrêté quand je vous ai aperçue.

– Pourquoi ?

– Vous sembliez sur le point de quitter la ville.

– C'est le cas, oui. Mais qu'est-ce que ça peut te faire ?

– J'étais… surpris, c'est tout.

– La vie est pleine de surprises.

– Comme par exemple de découvrir qu'Adam est d'un tempérament violent ?

– Ça, c'était pas… Bof, je préfère ne pas parler de lui.

– Oui, ça se comprend.

– Je pourrais… te demander un service ?

– Sûr.

– Ne lui dis pas que tu m'as vue ici.

– Entendu.

– Merci… Jonathan.

– Quel âge avez-vous, Mad ?

– Pourquoi cette question ?

– Simple curiosité.

– Dix-neuf ans.

– Dix-neuf ? C'est bien.

– Pourquoi c'est bien ?

– Parce que vous avez tout le temps de vous reconstruire une vie. Plusieurs même, s'il le faut. Oubliez Adam. Oubliez-le pour toujours. C'est le meilleur conseil que je puisse vous donner.

– Il se pourrait que je le suive.

– Vous ferez bien. »

Elle esquissa un petit sourire. « En tout cas, je parie que toi tu voudrais ne plus y penser, à Adam.

– Là, vous n'avez pas tort, dis-je en riant.

– Il se conduit pas toujours comme un salaud, tu sais.

– Je veux bien le croire.

– C'est juste qu'il y a… des limites. Et que quand tu les franchis, tu t'en mords les doigts.

– Comme quoi, ces limites ?

– Eh ben, comme avec ce putain de garage.

– Quel garage ?

– Celui de la maison de Wavecrest. Adam sort toujours la voiture en me faisant poireauter dans l'allée. Même quand il pleut des cordes. J'avais pas le droit d'entrer dans le garage. Il en faisait toute une affaire. Ça avait l'air si important que j'ai décidé de… enfin, juste pour le contrarier. Un jour, j'ai attendu qu'il sorte, bien sûr, je suis pas folle. J'ai pourtant rien touché. Je sais pas comment il a fait mais il s'en est aperçu. Il est méfiant comme pas possible.

– C'est pour ça qu'il vous a frappée ? »

Elle porta la main à son front pour masquer son cocard. « Ouais, il a piqué une crise. Je l'avais jamais vu dans cet état. C'est pas seulement l'œil qui a pris, ajouta-t-elle après avoir détourné la tête.

– C'est arrivé quand ?

– Hier après-midi. Plus tard, ça a été genre mamours-viens-on-fait-la paix. Mais j'avais déjà décidé de partir. Il est encore au golf ce matin, alors…

– Vous avez saisi votre chance.

– C'est ça. » Elle abaissa la main et me fixa droit dans les yeux. « Ça rimait à rien, cette comédie. Y a vraiment rien à voir dans le garage. T'aurais pu penser, je sais pas, moi, qu'il y cachait un cadavre, mais y a que des outils, des produits d'entretien pour la Lotus et une pile de cartons.

– Des cartons ?

– Ouais. Une demi-douzaine, empilés contre le mur.

– Et qu'est-ce qu'ils contiennent ?

– J'en sais rien, j'ai pas regardé. Ils sont fermés avec du ruban adhésif marron. Ça se serait vu si j'en avais ouvert un, alors j'y ai pas touché.

– Il y avait quelque chose d'écrit sur ces cartons ?

– Le nom d'une entreprise de déménagement. Imprimé, genre. Rien d'écrit. Ils sont tous pareils. J'imagine que c'est des bricoles… qu'il a jamais pris le temps de déballer.

– Possible, oui.

– Attends, une seconde.

– Quoi ?

– Pourquoi tu fronces le sourcil ? On dirait que tu sais ce qu'ils contiennent, ces cartons. Et c'est pas juste des bricoles.

– Comment je pourrais le savoir ? » rétorquai-je avec un haussement d'épaules.

Elle avala une gorgée de café et me regarda fixement.

« Il a peur de toi.

– Adam ? Allons donc.

– Si, je t'assure. Et la raison, elle est là, non ?

– Mad, je vous garantis que je…

– Je veux pas le savoir, me coupa-t-elle. Alors, inutile de nier. Je me tire d'ici, point barre. C'est fini avec Adam, et ça n'aurait jamais dû commencer. Il est trop vieux pour moi et trop… » Elle se contenta d'un geste dédaigneux de la main en lieu et place d'une mention des diverses névroses d'Adam, avant de dire : « On pourrait aller dehors ? Je tiens plus, j'ai envie d'une clope. »

Une fois terminée la cigarette tant attendue, nous rentrâmes dans la gare, et j'attendis sur le quai avec elle l'arrivée du train pour Londres. Elle me parla de cet ami chez qui elle allait loger ; j'écoutai poliment. Plus un mot sur Adam, ni d'un côté ni de l'autre. Quand le train fut annoncé, je la persuadai d'accepter de l'argent pour le voyage, tout en étant conscient que ce que je lui tendais excédait largement ce dont elle avait besoin. Elle me gratifia d'un baiser excessivement passionné en guise de remerciements. « Tu aurais dû venir dans cette piscine avec moi, tu sais, Jonathan », dit-elle avec un sourire malicieux. Je ne pus m'empêcher de sourire en retour. Puis le train entra en gare dans un grondement sourd.

Après son départ, je revins à ma voiture et appelai Pete. La sonnerie sembla le tirer du lit.

« Qu'est-ce que... je peux faire pour toi, Jon... en ce beau dimanche matin ?

– Tu peux faire du café. J'arrive tout de suite.

– Quoi ?!

– Du café. Il faut qu'on parle, Pete. Je suis déjà en route. »

L'appartement de Pete était bien situé, proche à la fois d'IK et du centre-ville. Il m'avait avoué la veille qu'il aurait dû investir dans quelque chose de plus spacieux et de plus cossu, mais l'inertie du célibataire sans ambition avait été la plus forte. En arrivant, je le trouvai en robe de chambre, tasse de café dans une main, cigarette dans l'autre, errant au milieu d'une vaisselle sale et de journaux abandonnés. Il avait l'air d'un homme tout à fait à l'aise dans le chaos de son environnement domestique, et il me donna l'impression sur le moment qu'il aurait nettement préféré pouvoir en profiter seul.

« Attends, je veux être sûr de comprendre, dit-il quand j'eus fini de lui raconter ma rencontre avec Mad. Tu penses que les cartons que cette fille a vus dans le garage de Wavecrest renferment les dossiers manquants ?

– Ça ne te paraît pas évident ? C'est la raison pour laquelle il voudrait que tu dises les avoir détruits. Pour effacer toute trace compromettante. Et c'est pourquoi il est devenu fou furieux quand il a découvert que Mad lui avait désobéi en pénétrant dans le garage. Parce que c'est là qu'il a caché les documents.

– T'as aucune certitude. Si ça se trouve, c'est sa collection de magazines pornos qu'il a enfermée là-dedans.

– Je ne peux pas en être sûr, c'est vrai, mais j'ai bien l'intention d'aller vérifier. Et pour ça j'ai besoin de ton aide. »

Pete avala une gorgée de son café en me tirant une vilaine grimace. « Oh, non, tu vas...

– Écoute, tout ce que tu as à faire, c'est téléphoner à Adam et lui dire que tu aimerais passer chez lui ce soir pour parler de sa proposition. Il pensera que tu veux juste discuter son offre.

Discute donc tout ton soûl. À condition de demander d'abord à utiliser les toilettes, et de veiller à laisser la fenêtre ouverte en ressortant, ce qui me permettra d'entrer dans la maison et de filer direct au garage pendant que tu occupes le maître des lieux.

– Et s'il refuse de me voir ?

– Ça n'arrivera pas. Il tient trop à ce que tu acceptes de porter la responsabilité du vol.

– Bon, d'accord. Mais… imagine qu'il m'indique des toilettes au premier étage.

– Pour l'amour du ciel, Pete ! Pourquoi il ferait ça ? Il y en a forcément au rez-de-chaussée pour les visiteurs, des toilettes. Alors, tu y vas, et tu ouvres la fenêtre. Le reste, je m'en charge.

– Le reste… c'est-à-dire ?

– Je jette un œil dans ces cartons.

– Et après ?

– Après, on saura tout.

– Et Adam saura aussi qu'on sait.

– Si je ne me trompe, il a pas mal de choses à clarifier. Il pourrait aussi bien commencer avec nous.

– Eh ben, c'est parfait. Je suis sûr qu'il sera ravi de s'exécuter.

– Oh, arrête, Pete. Je ne peux pas faire ça tout seul. J'ai besoin de ton aide.

– Rappelle-moi ce que je gagne dans l'affaire ?

– Ma gratitude. Celle de Greville Lashley aussi, si on parvient à persuader la professeure Whitworth de se remettre au travail.

– La gratitude de Lashley ? Pour avoir dénoncé son fils comme criminel ?

– Adam ne l'aura pas volé.

– Là, je ne peux qu'être d'accord.

– Alors… tu marches avec moi ? » demandai-je après lui avoir donné une tape sur l'épaule.

Pour toute réponse, je n'obtins qu'un air renfrogné, assorti de ce qui ressemblait tout de même à un assentiment.

39

Adam donna rendez-vous à Pete à 10 heures ce même soir. Son habitude de se coucher tard jouait en notre faveur puisqu'elle me permettait d'opérer sous couvert de l'obscurité. Nous nous rendîmes à Carlyon Bay dans la Vauxhall de Pete, après qu'il se fut héroïquement limité avant notre départ à un seul whisky thérapeutique au White Hart.

Les grilles de Wavecrest étaient ouvertes, et nous entrâmes directement. Si je le sus, c'est parce que Pete me le dit ; à ce moment-là, j'étais roulé en boule sur la banquette arrière, la tête sous une couverture. « Allez, c'est parti ! » ajouta-t-il en guise d'encouragement.

Il s'arrêta en haut de l'allée, murmura : « Personne en vue », descendit de voiture et referma la portière. Au bout de quelques secondes, j'entendis un carillon étouffé. Suivi un instant plus tard d'un bruit lointain de conversation. Puis le silence retomba.

J'attendis deux ou trois minutes inconfortables avant de m'extirper de ma cachette et de sortir de la voiture, courbé en deux pour éviter d'être aperçu de la maison, même s'il n'y avait aucune raison de penser qu'Adam fût en observation. Je fermai la portière aussi discrètement que possible, puis me dirigeai sur le côté de la maison, empruntant un chemin qui menait à l'arrière.

Je portais des vêtements sombres, et Pete m'avait fourni une torche. Dans l'après-midi, j'avais acheté des piles pour la recharger ainsi qu'un cutter dans un magasin de bricolage. J'avais vérifié au moins trois fois que mon portable était éteint. On n'aurait su être mieux préparé.

Il y avait de la lumière dans pratiquement toutes les pièces de la maison. Adam ne regardait pas à la dépense, dans quelque domaine que ce fût ; c'était presque chez lui une question de principe. La piscine scintillait sous l'éclat des projecteurs, et des lampes disséminées dans le jardin mettaient en valeur diverses topiaires. Je soupçonnais qu'Adam avait reçu Pete dans le séjour, du côté de la maison opposé à celui où je me trouvais. Mais je ne pris aucun risque et me dissimulai là où l'ombre était le plus dense.

Plusieurs minutes s'écoulèrent, assez lentement pour me faire sentir combien la nuit était froide, sensation accentuée par une brise de mer soutenue. De la lumière finit par apparaître à une petite fenêtre étroite au verre dépoli qui se trouvait juste à côté de la cuisine. Puis la fenêtre s'ouvrit, et je vis Pete scruter un instant l'obscurité ; mais je me gardai de signaler ma présence. Notre plan était simple, et nous n'avions pas à ce stade besoin de communiquer. Il actionna la chasse d'eau, puis quitta les lieux en éteignant et en refermant la porte derrière lui.

C'était maintenant à moi de jouer. Traversant la terrasse en diagonale pour éviter la lumière crue de l'éclairage de la cuisine, j'atteignis la fenêtre ouverte et regardai à l'intérieur. Le haut du réservoir de la chasse d'eau me cachait pratiquement tout le reste. L'escalade s'annonçait difficile, quoique faisable. Il fallait avant tout que j'évite le bruit. J'appuyai la torche contre le réservoir, me hissai en m'accrochant au cadre de la fenêtre, puis me laissai prudemment glisser au sol.

Je repris ma torche et ouvris doucement la porte. Sur ma droite la cuisine était prolongée par un couloir qui partait en direction du hall d'entrée. J'entendais les échos d'une conversation et des tintements de verre. Adam servait à boire, jouant sans doute les hôtes affables et généreux dans l'attente de ce que Pete avait à lui dire. Fais-le patienter encore un peu, dis-je en moi-même à l'adresse de mon complice de fortune.

Respirant un grand coup, je pénétrai dans la cuisine. L'éclairage était violent au point d'en être aveuglant, et je me réfugiai en toute hâte dans la buanderie. La porte juste en face de moi ouvrait sur l'arrière de la maison. En me tournant sur le côté, j'en vis une autre qui, elle, était clairement celle qui m'intéressait. Je m'en approchai, abaissai doucement la poignée et l'ouvris. Je tombai sur un escalier qui s'enfonçait dans les ténèbres. Je ne touchai pas à l'interrupteur, préférant m'en remettre à ma torche. Que j'allumai en franchissant la porte avant de la refermer derrière moi.

Les marches étaient en béton et ne risquaient donc pas de grincer. Je descendis en silence pour finir par émerger dans le garage. La Lotus était prête pour la prochaine sortie d'Adam, s'étalant goulûment sur un espace qui aurait facilement accueilli trois voitures. Je fis courir le rayon de ma torche sur le mur du fond et aperçus aussitôt les cartons, empilés au-dessous d'une étagère couverte de pots de peinture et de pinceaux.

Ils étaient tels que Mad les avait décrits : au nombre de six, tous de la même taille, en bon état, et portant le nom d'une compagnie de déménagement – Pickford, imprimé sur les côtés me faisant face. Aucune étiquette ne permettait d'identifier leur contenu. Mais je n'en avais pas besoin.

J'en soulevai un, le posai par terre et sortis mon cutter pour inciser la bande adhésive qui le maintenait fermé. Puis j'écartai les rabats et dirigeai ma torche à l'intérieur.

Walter Wren & Co., East Hill, St Austell, Cornwall, affichait l'en-tête de la première lettre, assortie d'une date : *14 avril 1966*. Plus aucun doute n'était possible.

Je fouillai dans le carton. Tombai sur un paquet de lettres et de notes de service datant du printemps 1966. Plusieurs portaient la signature de Lashley, ainsi que des notes écrites de sa main. Venaient ensuite une chemise bourrée de factures et de reçus remontant à la même période et une autre liasse de lettres. Sur une des feuilles, la mention du nom de Trudgeon attira mon œil. Je la sortis aussitôt.

Il s'agissait d'une note de service adressée par Lashley à George Wren, datée du 24 mai 1966 et portant pour titre « Acquisition Trudgeon ».

L'urgence à laquelle je faisais allusion dans ma note du 20 courant était motivée par le caractère extrêmement rare de telles opportunités. Il y a déjà quelque temps le comité de direction avait émis l'avis que nous devrions essayer par tous les moyens d'obtenir un permis de classe A pour effectuer nous-mêmes nos opérations de transport. Le prix de rachat que j'ai négocié avec Trudgeon était, vu les circonstances, tout à fait raisonnable. Je crois sincèrement qu'en y repensant dans les années à venir, vous conviendrez que c'était une affaire.

Quelqu'un avait souligné le mot « affaire » à l'encre verte et ajouté dans la marge une note écrite avec une telle force que le stylo bille avait traversé le papier : *Une affaire pour GL, pas pour Wren !!!*

C'était l'écriture d'Oliver, je l'aurais juré. Même si, autant que je m'en souvienne, c'était le premier spécimen qu'il m'ait jamais été donné d'en voir. Le choix de l'encre verte, les trois points d'exclamation et le ton accusateur parlaient d'eux-mêmes. Aucun employé de bureau n'aurait fait une chose pareille. Ça ne pouvait qu'être Oliver. Je sortis la note de service et la fourrai dans ma poche, projetant déjà de demander à Vivien de confirmer que l'annotation était bien de la main de son frère.

Mais que signifiait-elle ? *Une affaire pour GL, pas pour Wren !!!* Celui qui avait volé les dossiers et les avait cachés ici devait le savoir. Autrement dit, Adam le savait aussi.

Promenant la torche autour de moi, je trouvai un interrupteur sur lequel j'appuyai. Un cliquetis, un grésillement, et le garage fut inondé d'une lumière au néon. J'envisageai un instant de monter le carton au rez-de-chaussée, de le vider sur les genoux d'Adam en le sommant de s'expliquer. Au lieu de quoi j'estimai plus judicieux de le faire descendre. Je contournai le long capot de la Lotus et tirai sur la portière côté conducteur, dans l'idée d'attirer son attention par quelques coups de klaxon.

La portière était verrouillée. Ce qui importait peu, finalement, dans la mesure où ma tentative pour ouvrir la portière avait déclenché l'alarme de la voiture : un miaulement électronique assourdissant qui déchirait l'air confiné du garage. Je me couvris les oreilles et reculai de quelques pas.

Deux minutes à peine, et la porte donnant sur l'escalier s'ouvrait à la volée, livrant passage à Adam qui arrivait au pas de charge. Il s'arrêta net en me voyant, les joues rouges, la bouche entrouverte, les yeux plissés par la colère.

« Arrête-moi ça ! hurlai-je, mais le vacarme était tel qu'il aurait fallu qu'il puisse lire sur mes lèvres pour me comprendre. Arrête ce foutu boucan ! »

Il capta le message, d'une façon ou d'une autre, sortit la commande à distance et coupa l'alarme. Le silence subit s'accompagna d'un calme étrange, chargé d'attente. Pete était debout dans l'embrasure de la porte, derrière Adam. Il avait l'air inquiet. Adam, de son côté, semblait proche du coup de sang.

« Mais bordel, c'est quoi ce cirque ?

– Tu le sais très bien, Adam, répliquai-je d'une voix calme. J'ai trouvé les documents manquants dans ces cartons, précisai-je en les montrant du doigt. Là où tu les gardais cachés.

– Qui t'a donné le droit de venir ici ? » Il jeta un regard mauvais à Pete par-dessus son épaule. « T'étais dans le coup, hein ? J'te le ferai payer, Newlove.

– Tu ne feras rien payer à personne, Adam Lashley, dis-je, l'obligeant à me regarder à nouveau. À moins que ce soit à toi-même. Pete n'a rien fait que je ne lui aie demandé. Et moi, rien que ton père ne m'ait demandé. Alors, tu es prêt à t'expliquer ?

– Devant toi ? Et pourquoi ça ?

– Parce que je suis ici investi de l'autorité de ton père. Et que lui attend une explication.

– Tu sais pas de quoi tu parles, pauvre couillon. Tu n'as rien compris à rien.

– Alors aide-moi à comprendre. »

Il me regarda fixement, les lèvres tremblantes. Mais aucun son ne sortit de sa bouche. Puis il annonça, avec un sourire de défi : « Très bien. Comme tu voudras. » Il pressa sur une touche de la télécommande ; la Lotus émit quelques clignotements en signe de bienvenue. Après quoi, il appuya sur un interrupteur encastré dans le mur derrière lui ; le volet roulant du garage commença à monter lentement. « Il faut que je te montre quelque chose », dit-il.

Il atteignit la portière côté passager en deux enjambées, l'ouvrit et se pencha à l'intérieur de l'habitacle. De là où j'étais, je ne voyais rien, mais je supposai qu'il cherchait quelque chose. Quand il se redressa, il avait un pistolet à la main. Et le pointait sur moi.

« Dis à Newlove de ne pas bouger, lança-t-il d'un ton glacial.

– Qu'est-ce qu'y se passe, Jon ? m'interpella Pete en voyant mon changement d'expression.

– Il a un flingue, Pete.

– Bon Dieu, non ! s'exclama mon complice, aussitôt pris de panique.

– Ne bouge pas, reste où tu es.

– D'accord, d'accord.

– Allez, on va tous rester calmes. Qu'est-ce que tu en dis, Adam ?

– Si c'est toi qui le dis.

– Écoute, Adam, on pourrait…

– Non, c'est toi qui vas m'écouter. Tu t'es entendu avec Vivien pour mettre cette magouille sur pied. Deux complices en train de comploter contre moi pour me voler mon héritage.

– Vivien ne sait rien de tout ça.

– Des conneries, oui. Elle sait tout, au contraire. Parce que tu lui dis tout.

– Mais non, tu te trompes.

– Tu la fermes, maintenant. Vous allez faire ce que je vous dis, point. Allez vous mettre près des cartons. Tous les deux. »

Que faire sinon obéir ? J'allai jusqu'au fond du garage, où Pete me rejoignit, pendant qu'Adam nous surveillait, posté à l'arrière de la Lotus.

Mais dans quel pétrin tu m'as fourré ? lançait le regard accusateur de Pete. J'aurais été bien en peine de lui répondre.

Adam pointait toujours son pistolet dans notre direction quand il dirigea la télécommande sur la voiture. La malle arrière s'ouvrit avec un déclic. Puis il se recula, pour nous faire de la place. « Maintenant, chargez les cartons dans la voiture, aboya-t-il. En commençant par le coffre.

– Tu vas en faire quoi ?

– T'occupe. Vous faites ce que je vous dis, répliqua-t-il, d'une voix dont le ton avait encore monté d'un cran.

– Allez, on charge », dit Pete, craignant, j'imagine, que je pousse Adam à se servir de son arme. Il souleva un carton et le porta à la voiture.

« Toi aussi, Kellaway, magne-toi.

– OK, OK. » Je m'emparai de celui que j'avais ouvert et suivis Pete.

La porte du garage était complètement levée à présent. Adam se tenait dans l'embrasure, pistolet au poing, le visage parcouru de tics nerveux. Il nous regarda charger chacun notre carton dans l'étroite malle arrière, qui se retrouva pratiquement pleine. « Mettez les autres à l'intérieur », ordonna-t-il. Ce qui fut fait : deux sur la banquette arrière, un sur le siège passager, le dernier au pied. « Bien. Maintenant vous retournez là-bas, dit-il avec un geste en direction du pan de mur nu où étaient précédemment empilés les cartons.

– Ne fais pas de bêtises, Adam. Quoi qu'il y ait dans ces dossiers, ça n'en vaut pas la peine.

– La peine de vous tuer pour vous empêcher de les avoir, tu veux dire ?

– Nous ne dirons rien à propos des cartons, Adam, intervint Pete, sa voix se brisant sous le coup de la peur. On s'en moque de ces papiers, pas vrai, Jon ?

– Absolument.

– En ce qui nous concerne, ils peuvent rester introuvables à jamais.

– Parfait, dit Adam. Parce que c'est ce qui va leur arriver. » Il alla jusqu'à la portière côté conducteur, l'ouvrit d'un coup sec et monta dans la voiture. Le pistolet toujours à la main, plaqué sur le volant, il mit le moteur en route. Un rugissement remplit l'espace autour de nous. Puis il claqua la portière et sortit en marche arrière du garage, avant de faire un tête-à-queue au sommet de la rampe dans un grand crissement de pneus. Un autre rugissement, et il avait disparu dans l'allée qui descendait vers la route.

Nous restâmes un moment silencieux, les yeux perdus dans le gouffre sombre qui s'ouvrait au-delà de l'éclat aveuglant des néons. Le grondement de la Lotus s'évanouit dans la nuit. Puis un énorme soupir vint gonfler les joues de Pete. « Putain de merde, murmura-t-il. J'ai bien cru qu'il allait tirer, tu sais.

– Désolé, Pete. Je ne pouvais pas me douter qu'il avait une arme.

– Il est fou, ce type. Fou à lier. Tu en es conscient, je suppose ? Fou et rond comme un Polonais. Il sifflait le scotch comme si c'était de la limonade là-haut.

– Ça va, il est parti, à présent.

– Oh, pour être parti, il est parti. Pour un endroit d'où on ne revient pas. Tu pourras dire au paternel qu'il faut vraiment qu'il fasse enfermer son fils. C'est vrai, quoi, qu'est-ce qu'il va faire maintenant ? C'est qui le prochain sur la liste ?

– Je ne pense pas...

– Que quoi ?

– Non, il ne ferait pas ça, quand même.

– Ferait pas quoi, bon sang ?

– Vivien, dis-je en me tournant vers lui. C'est sur elle davantage que sur moi qu'il fait peser la responsabilité. Et elle est seule là-bas, à Lannerwrack.

– Appelle-la pour la prévenir. Dis-lui de décamper vite fait.

– Elle n'a pas le téléphone.

– Pas le téléphone ?

– Il faut qu'on y aille. Et sans traîner. »

40

Quand nous prîmes la rocade en direction de l'ouest, une fois sortis de la ville, je m'étais pratiquement persuadé que je m'inquiétais inutilement. Quelque secret qu'ait pu percer Oliver en fouillant dans les archives de Wren, il nous restait toujours caché. Le maintenir dans cet état devait être une priorité pour Adam, étant donné la peine qu'il s'était donnée pour en empêcher la divulgation. Si bien que, selon toute probabilité, il voudrait d'abord mettre les dossiers définitivement hors de notre portée, avant de songer à s'en prendre à Vivien. Peut-être les détruirait-il cette fois-ci, même si j'avais du mal à imaginer la raison pour laquelle il s'était abstenu de le faire jusqu'ici.

Ce n'était pas la seule chose que j'avais du mal à imaginer. Le secret lui-même restait impénétrable, en dépit de la note marginale figurant sur le document que j'avais dans ma poche. *Une affaire pour GL, pas pour Wren !!!* GL, pour Greville Lashley, bien sûr, alors même que c'était lui qui m'avait envoyé à la recherche des documents manquants ; ce ne pouvait donc guère être lui qu'Adam cherchait à protéger. Mais alors qui ? Qui et – après tant d'années – pourquoi ?

Les pensées de Pete avaient à l'évidence suivi le même cours que les miennes. « Je ne sais pas trop ce qui va se passer, Jon. Adam est carrément cinglé à certains moments, mais c'est lui qui a les documents en sa possession, et pas nous. Est-ce qu'il ne va pas...

– S'occuper d'abord de leur trouver une autre cachette ?

– Exactement.

– Je venais juste de parvenir à la même conclusion, vois-tu. Je ne crois pas qu'il soit allé à Lannerwrack.

– Fini la panique, alors ?

– En un sens, oui.

– Tu veux quand même aller là-bas ?

– Oui, pour essayer de convaincre Vivien de venir avec nous. Elle n'y est pas en sécurité. Si elle l'a jamais été.

– Bon. Je me ferai un plaisir de voir comment tu vas t'y prendre. »

Si ce n'est que j'avais déjà décidé de m'entretenir avec Vivien seul à seul. La conversation promettait d'être suffisamment difficile sans la présence d'un tiers comme Pete. Je lui dis d'arrêter la voiture à l'entrée du site et de m'attendre là. Il protesta, mais le cœur n'y était pas. Je soupçonnai qu'il était heureux de se voir épargner l'éventualité d'une seconde rencontre avec Adam, armé et dangereux. Sans compter que, quoi qu'il pût se passer dans l'esprit dérangé d'Adam, ce n'était pas à Pete de le démêler. C'était à moi, d'une certaine manière, qu'incombait cette responsabilité.

« Il n'y a pas d'inquiétude à avoir, tu sais, dis-je en m'apprêtant à descendre de la voiture. Adam ne sera pas là.

– J'espère qu'on a vu juste à ce sujet, Jon.

– Moi aussi. S'il devait se passer quelque chose...

– Comme quoi, par exemple ?

– Je ne sais pas, n'importe quoi. » Je tournai les yeux vers lui dans l'obscurité et je sentis les siens fixés sur moi. « Tu appelles la police et tu ne bouges pas. Ne me suis pas, d'accord ?

– C'est toi qui commandes, alors... Ne sois pas trop long, hein ? Y me reste plus beaucoup de clopes.

– Je ferai de mon mieux. »

Je m'éloignai de la voiture le long de la route d'accès sinueuse conduisant aux anciens séchoirs. Leurs tours se profilaient, noires et massives, sur le ciel laiteux dans la clarté pâle de la lune. J'entendais le gravillon crisser sous mes chaussures et le vent bruire dans les haies bordant les champs de part et d'autre de la route. J'avais ma torche avec moi, mais je connaissais suffisamment les lieux pour trouver mon chemin sans avoir à m'en servir.

En pénétrant dans le grand rectangle noir de la cour, je vis de la lumière aux fenêtres de la caravane. Tout était tranquille, apparemment normal, et ma certitude qu'Adam n'était pas venu s'en trouva renforcée. Je passai à côté de la Coccinelle et arrivai devant la porte. Les rideaux étaient tirés, mais assez fins pour laisser voir une ombre se déplacer à l'intérieur. Vivien était encore debout. Je percevais l'écho assourdi d'un poste de radio.

Je frappai. Immédiatement, la radio s'éteignit; mais il n'y eut pas d'autre réaction. Je frappai de nouveau et appelai : « Vivien, c'est moi, Jonathan.

– Jonathan ?

– Oui. Je peux entrer ? »

Je dus attendre longtemps qu'elle consente à ouvrir.

Je l'avais vue seulement trois jours auparavant, mais j'avais réussi, Dieu sait comment, à oublier combien elle était différente aujourd'hui de celle dont je gardais le souvenir.

« Qu'est-ce que tu fais ici à une heure pareille ? demanda-t-elle avec un froncement de sourcils prononcé.

– J'ai quelque chose à te montrer. Et il s'est produit... un incident dont il faut que je te parle.

– Quoi donc ? »

Je sortis de ma poche la note de service rédigée par Lashley et la lui tendis. « L'annotation en vert dans la marge, c'est bien l'écriture d'Oliver ? »

Elle chaussa une paire de lunettes qui lui pendait au cou et recula dans la lumière pour déchiffrer l'annotation. La surprise lui coupa le souffle.

« Oui. C'est bien de la main d'Oliver.

– Je peux entrer, maintenant ?

– Je t'en prie. »

Elle fit un pas en arrière pour me laisser passer. C'est à ce moment que j'entendis un claquement sec derrière moi suivi d'un *ding* sonore sur le toit de la caravane. Un coup de feu. La conscience de cette réalité s'accompagna de la certitude que je m'étais lourdement trompé sur les intentions d'Adam. Il était bien ici. Et depuis longtemps, attendant mon arrivée pour confirmer ses soupçons d'une alliance contre lui entre Vivien et moi.

Presque aussitôt, un deuxième coup de feu retentit. Cette fois-ci, la balle vint étoiler la vitre de la fenêtre sur ma droite. Je bondis à l'intérieur de la caravane, claquant la porte derrière moi. « Baisse-toi ! » criai-je à Vivien. Sans m'écouter, elle alla appuyer sur un interrupteur qui nous plongea dans l'obscurité puis se précipita pour revenir verrouiller la porte.

« À terre, bon Dieu ! »

Elle tomba enfin sur les genoux à côté de moi. « Mais que se passe-il, bon sang ? haleta-t-elle, son visage contre le mien. Qui est là dehors ?

– Adam. J'ai appris ce soir que c'est lui qui a pillé les archives.

– Adam ?!

– Il s'est mis dans la tête que nous sommes ses ennemis, toi et moi. Dieu seul sait ce qu'il y a là-dessous. Je ne pensais pas qu'il viendrait ici, je voulais juste… »

Un troisième coup de feu fit exploser la vitre avant que la balle aille se loger dans la cloison opposée.

« Il est devenu fou, ou quoi ? Pour l'amour du ciel, Jonathan, qu'est-ce qui lui a pris ?

– Je crois qu'il est devenu fou, oui – littéralement. Quelque chose l'a fait craquer. » Pete avait dû entendre les coups de feu, et devait déjà être en train d'appeler la police. Mais combien de temps leur faudrait-il pour arriver ? « Désolé, Vivien, je ne sais vraiment pas quoi faire. Ça ne servira à rien d'essayer de lui faire entendre raison.

– Y a-t-il d'autres notes de service du même genre dans les dossiers ?

– Probablement, mais je n'ai pas pu vérifier. Adam a tout embarqué.

– Oliver avait donc levé un lièvre, dit-elle, en me donnant l'impression bizarre qu'elle souriait. Il ne s'était pas trompé, finalement.

– Peut-être pas. Mais ça ne nous avance guère aujourd'hui.

– Moi, je crois que si. Ça veut dire...

– Sortez de là ! hurla Adam, qui devait se trouver à peine à deux ou trois mètres de l'autre côté de la porte. Montrez-vous, salopards ! »

Je fus sidéré de voir Vivien commencer à se lever. Je la forçai à se remettre à genoux. « Mais à quoi tu penses ? chuchotai-je.

– Je n'ai pas peur de lui, tu sais.

– Tu devrais, pourtant.

– C'est possible, mais la peur, j'ai trop connu pendant des années pour y céder encore, Jonathan. Mes réserves sont épuisées.

– Alors, vous attendez quoi ? explosa Adam.

– Pete Newlove est à l'entrée du site, Vivien. Il aura entendu les coups de feu et appelé la police. Ils seront bientôt là.

– Pas assez vite, j'en ai peur.

– Tu ne peux pas sortir, Vivien, c'est trop dangereux.

– Adam m'a toujours haïe ; je n'ai jamais compris pourquoi. J'ai peut-être là une chance de le découvrir.

– J'ai pas l'intention d'attendre encore longtemps », hurla Adam, dont la voix avait atteint un paroxysme.

Vivien essaya à nouveau de se dégager, mais je lui tenais solidement le bras. « Je ne te laisserai pas partir.

– Voilà quelque chose qu'à une époque, j'aurais bien aimé t'entendre me dire. Une époque depuis longtemps révolue.

– Il veut nous tuer, Vivien.

– Je vais risquer le coup. De toute façon, qu'est-ce que j'ai à perdre ?

– Pour l'amour du... » Je m'interrompis, mon attention soudain détournée par un remue-ménage autour de la caravane. Un bruit métallique sourd, suivi de celui d'un liquide qui éclaboussait la porte et la paroi. « Qu'est-ce que c'est que ça ? » Une odeur d'essence entrant par la fenêtre fracassée me renseigna avant même que j'aie terminé ma phrase. « Bon Dieu, il veut nous faire sortir en foutant le feu !

– Je ne vais pas attendre qu'il essaye.

– Moi non plus. » Il me vint à l'idée qu'un incendie était le moyen par lequel, dans sa folie furieuse, Adam avait pensé pouvoir mettre nos morts sur le compte de quelque pyromane anonyme. Qu'il y ait eu suffisamment d'indices probants pour permettre à la police de remonter jusqu'à lui ne lui avait probablement pas traversé l'esprit. Peu importait. Il venait de nous fournir notre meilleure chance d'évasion. Il serait dans l'incapacité de tenir un pistolet, sans parler de viser avec, tant qu'il s'activerait à répandre de l'essence avec un jerrican. « On y va, suis-moi », dis-je à Vivien.

Je bondis sur mes pieds, certain que je devais agir vite si je voulais prendre la main. Je repoussai Vivien derrière moi, déverrouillai la porte, l'ouvris à toute volée et me précipitai dehors, me tournant aussitôt dans la direction d'où étaient venus les premiers ruissellements sur la paroi de la caravane.

Retrouvant difficilement mon équilibre, je vis une silhouette sombre se découper à quelques mètres devant moi. Adam semblait tenir le jerrican à deux mains. Des vapeurs d'essence m'emplirent les narines, mêlées à l'odeur du tabac. Il avait allumé un cigare, dans l'idée sans doute de s'en servir pour enflammer son combustible. J'en distinguai le bout rougeoyant quand il se tourna vers nous.

Je me précipitai sur lui sans réfléchir une seconde de plus – et sans savoir où pouvait se trouver le revolver. Il essaya de m'éviter, mais, ivre et encombré du jerrican comme il l'était, il ne réagit pas assez rapidement. Je le heurtai en pleine poitrine et l'entraînai dans ma chute. Il poussa un grognement en heurtant le sol, et le cigare gicla de sa bouche. Je n'aurais su dire où avait fini le jerrican, mais j'entendais le gargouillis de l'essence qui finissait de se déverser.

J'immobilisai Adam en lui écrasant la gorge de mon avant-bras et tâtonnai autour de moi de ma main libre à la recherche du pistolet. « Espèce d'enfoiré », dit-il d'une voix étranglée. Puis un souffle sourd anima l'air quand le cigare enflamma la flaque d'essence qui s'était formée. Des flammes jaillirent sur ma gauche, qui, l'instant d'après, se précipitaient sur nous. Le pantalon d'Adam devait être imbibé d'essence ; notre assaillant eut aussitôt les jambes en feu. Puis ce fut mon tour. Je le lâchai alors et roulai sur le côté. Quand je regardai derrière moi, je vis Vivien debout dans l'embrasure de sa porte et une langue de feu qui courait déjà le long de la caravane.

« Sors de là ! » lui criai-je.

Mais elle se contenta de rentrer à l'intérieur. Assis par terre maintenant, je commençai à me taper sur les jambes dans une vaine tentative pour étouffer les flammes. Adam remuait lui aussi, se levant avec peine, sans prendre conscience, apparemment, des flammes qui se tordaient autour de lui. Je sentais une odeur de chair brûlée, la mienne, peut-être, aussi bien que la sienne. De la fumée sortait aussi de la caravane à présent, en un long ruban âcre et étouffant.

Soudain, Vivien reparut. D'un bond, elle fut dehors, un ballot dans les bras, et se précipita vers moi. Elle me couvrit les jambes de la couverture qu'elle transportait et se mit à taper dessus du plat de la main. Elle continua ainsi même quand les flammes se furent éteintes.

J'entendis alors un cri perçant, où se mêlait désespoir et exultation. Le visage de Vivien refléta la stupeur générée par le spectacle qu'elle découvrait dans mon dos. Je me retournai.

Adam était debout, ses vêtements en feu. Mais il ne semblait pas s'en soucier. Il avait réussi à sortir le pistolet de sa poche et essayai de le pointer sur nous. Les flammes sur sa manche l'aveuglaient, l'empêchant de viser. Il penchait la tête d'un côté, puis de l'autre, dans un effort pour se concentrer sur sa cible.

Soudain, il fut inondé d'un flot de lumière, qui submergea les ombres dessinées au sol par les flammes : les phares d'une voiture approchant à vive allure sur la route d'accès. La police n'aurait pas pu être là aussi vite ; c'était donc Pete. Après avoir vu le feu, il avait dû décider qu'il ne pouvait pas attendre l'arrivée des secours sans rien faire.

Adam se tourna face à la lumière et resta quelques secondes comme hypnotisé, la mâchoire pendante. Puis une atroce grimace lui déforma le visage, laissant deviner ses souffrances pour la première fois. Je n'étais pas sûr qu'il puisse encore nous voir. Il marmonna quelque chose que je ne compris pas. Il brandit son pistolet. Deux coups partirent se perdre en sifflant dans la nuit, bien au-dessus de nos têtes.

« Lâche ton arme, Adam, cria Vivien. On va t'aider. »

Mais il était trop tard, personne ne pouvait plus rien pour lui. Il considéra un instant, bouche bée, la peau boursouflée et fumante de son poignet et de son bras, obligé cette fois de reconnaître, au plus profond de lui, que sa dernière heure avait sonné. C'est alors qu'il enfonça le canon du pistolet dans sa bouche et appuya sur la détente.

41

Je passai la nuit à l'hôpital après qu'on eut soigné mes brûlures aux jambes et aux mains, tandis que la police et les sapeurs-pompiers investissaient Lannerwrack et commençaient à enquêter sur les circonstances du drame. Je répondis du mieux que je pus à leurs questions, mais, en tout état de cause, aucun d'entre nous n'était capable de démêler les raisons qui avaient pu pousser Adam à agir ainsi.

J'avais sans cesse à l'esprit l'image de l'enfant de cinq ans menaçant Oliver de son pistolet à amorces un dimanche matin à Nanstrassoe House. La haine habitait déjà Adam à l'époque, même si je n'avais jamais voulu le reconnaître. La vie l'avait couvert de largesses qui n'avaient pourtant pas réussi à le guérir de l'obsession qui le rongeait : celle d'une éternelle conspiration du reste du monde contre lui.

Cette conviction ne suffisait pas à elle seule, bien sûr, à expliquer le comportement qui l'avait finalement conduit à la mort. La cause de sa folie suicidaire, il fallait d'abord la chercher, en admettant qu'on puisse la trouver quelque part, dans les archives vieilles de plusieurs décennies de Walter Wren & Co. qu'il avait pris tant de peine à nous cacher. La police les découvrit dans sa Lotus, garée dans le chemin bordant la limite ouest du site de Lannerwrack. C'est par là qu'il était entré, après avoir pratiqué une ouverture dans la clôture.

Les documents furent saisis comme pièces à conviction, même si la police ne tarda pas à prendre la mesure qui s'imposait : demander à Fay Whitworth de venir au commissariat les examiner.

Aucun membre du personnel d'Intercontinental Kaolins ne devait y avoir accès tant qu'elle n'aurait pas rendu son verdict. De St Austell à Augusta, les langues allèrent bon train quant à ses éventuelles découvertes. Il ne me restait plus qu'à dire à Presley Beaumont que nous n'aurions plus longtemps à attendre avant d'apprendre le pire.

Dans l'intervalle, il allait falloir s'occuper de l'enterrement d'Adam. Aucun membre de sa famille ne semblait pressé de s'en charger. Quand je téléphonai à Greville Lashley pour lui apprendre la mort de son fils, je fus obligé de laisser un message sur une boîte vocale. D'après Beaumont, le vieillard ne prenait plus aucun appel directement. Il apparut aussi qu'il ne répondait pas lui-même aux messages ; ce fut Jacqueline qui m'appela de Géorgie pour me dire que Lashley n'était pas en état de faire le voyage. Il lui était « difficile » de venir elle-même en Cornouailles, quant à Michelle, elle était engagée dans un concours hippique en Uruguay. Elle suggéra que Vivien se charge des formalités.

Mais celle-ci n'était pas non plus en situation de faire face aux complexités administratives d'une mort aussi brutale qu'atroce. Elle avait perdu la plus grande partie de ses possessions dans l'incendie ; parmi elles, l'album de photos d'Oliver, le dépositaire des plus chers souvenirs qu'elle ait gardés de lui. Sans domicile et, dans une large mesure, sans ressources, elle n'opposa aucune résistance quand Pete persuada sa sœur, une bonne âme, de la prendre chez elle. Il ne restait plus que moi pour rencontrer le coroner, l'entrepreneur des pompes funèbres et le notaire de la famille. Mes diverses tentatives pour revenir avec Vivien sur les récents événements de Lannerwrack – et la remercier pour être venue à mon secours ce soir-là – se heurtèrent toutes à un regard vide, des hochements de tête de dénégation et un systématique « c'est sans importance ».

Elle était choquée, bien sûr. Je l'étais aussi, dans une certaine mesure. Mes pansements aux jambes et aux mains ralentissaient mes mouvements et les médicaments que le médecin m'avait prescrits avaient tendance à m'assommer. Je faisais quelques pas tout au plus en traînant les pieds, usé par l'âge et la fatigue, et je fus reconnaissant à Pete quand il me proposa d'aller me faire quelques courses. Des engagements universitaires préalables reportèrent l'arrivée de Fay à la fin de la semaine, ce qui prolongea d'autant notre incertitude à tous. Aucune date n'avait été fixée pour l'enterrement. Il était toujours possible que Lashley sorte de sa léthargie et prenne l'avion pour venir affronter les conséquences du suicide de son fils. Je m'attendais presque à ce qu'il le fasse. Mais, les jours passant sans nouvelles de lui, la chose parut de moins en moins probable.

J'avais réservé une chambre pour Fay Whitworth, aux frais d'IK. Elle arriva le vendredi après-midi et me retrouva pour le dîner après s'être entendue avec la police sur la marche à suivre. Elle eut beau faire mine de s'inquiéter de l'état de mes blessures et du traumatisme que nous avions subi Vivien et moi, elle ne fit aucun effort pour cacher son empressement à découvrir le contenu des dossiers.

« Il est clair qu'ils doivent contenir du sensationnel. Sinon, pourquoi Adam Lashley les aurait-il volés pour commencer ?

– On n'est pas certains à cent pour cent que ce soit lui l'auteur du vol, Fay. On sait seulement qu'il les conservait.

– Qu'il les cachait, vous voulez dire.

– D'accord, concédai-je, haussant les épaules, peu enclin à discuter sémantique.

– Il est étonnant que vous cherchiez à minimiser la gravité de son comportement. Il a essayé de vous tuer, tout de même.

– Certes. Il y a simplement que...

– Que quoi ?

– Toute cette affaire paraît tellement... inexplicable.

– Eh bien, je suis là pour expliquer l'apparemment inexplicable.

– Me ferez-vous connaître les résultats de votre enquête ? Ou êtes-vous tenue au secret de l'instruction ?

– Je ne vois pas pourquoi. Adam est mort ; il n'y aura pas de procès.

– Pas celui d'Adam, en tout cas.

– La remarque est intéressante, Jonathan, dit-elle en fronçant le sourcil. Que craignez-vous qu'il puisse se passer ?

– Je ne crains rien. Je suis seulement... circonspect.

– Ma foi, nous ne tarderons pas à savoir si vous avez de bonnes raisons de l'être.

– Et dans quels délais ?

– J'ai convenu avec la police de livrer mes conclusions lundi. Mais je compte qu'une bonne journée de travail demain suffira à boucler l'affaire.

– Demain, déjà ?

– Oui. Alors, à votre place, je ne m'éloignerais pas trop. »

Je n'en avais nullement l'intention. Pete m'emmena chez sa sœur le samedi matin, et je communiquai à Vivien l'agenda probable de Fay Whitworth. Elle sembla considérer le travail de celle-ci avec un certain scepticisme, mais elle était encore tellement sous le choc des derniers événements qu'il était difficile de savoir ce qu'elle avait vraiment en tête. Je soupçonnai tout de même que ses pensées ne différaient guère des miennes. Il était pratiquement impossible de croire que nous étions peut-être sur le point d'apprendre, après tant d'années, dans quelles circonstances et pour quelle raison Oliver était mort. Le passé devenait instable sous nos pieds. Mais la vérité n'était plus nécessairement hors d'atteinte.

Pete m'emmena à Charlestown pour déjeuner au Harbourside Inn et mit tout de suite les choses au point. « Si ça risque de barder en raison de ce que la prof va déterrer, Jon, je veux être parmi les tout premiers avertis. J'estime qu'avoir eu un pistolet braqué sur moi par ce fou furieux d'Adam Lashley me place avant des types comme Presley Beaumont sur la liste des candidats à l'information. »

Je ne discutai pas. En fait, je partageais son point de vue. À cent pour cent.

En fin d'après-midi, alors que je me reposais dans ma chambre du White Hart, on frappa à ma porte. Je ne devais pas être très beau à voir, mais Fay Whitworth fit comme si de rien n'était.

« Un café serait le bienvenu, dit-elle en agitant son carnet d'un geste qui en disait long. La journée a été rude.

– Mais gratifiante ?

– On pourrait le dire comme ça, oui. »

Me voyant cafouiller avec la bouilloire, elle prit les choses en main et me dit de m'asseoir, en me désignant le fauteuil et non la chaise qui se trouvait derrière le bureau. Qu'elle semblait vouloir se réserver.

Tout en préparant le café, elle se plaignit du distributeur automatique du commissariat et de l'éclairage sinistre de la pièce qu'on lui avait allouée. J'attendis patiemment, regardant par la fenêtre les arbres agités par le vent dans le cimetière de l'autre côté de la route. Je ne ressentais aucune excitation à l'idée de connaître la vérité. Si elle devait venir, elle viendrait.

« Je ne m'attendais pas à ce que j'ai trouvé, Jonathan, commença Fay en s'installant au bureau avant d'avaler une première gorgée de café. Non pas que je me sois attendue à quoi que ce soit en particulier, mais ça… c'était vraiment une surprise.

– Allez-vous me dire ce qu'il ressort de votre examen ?

– Ce sera autant à vous qu'à moi de le dire. Ce que je peux vous donner, moi, ce sont les faits ; les conclusions à en tirer restent dans une large mesure matière à conjecture. Je suppose que cela dépend de la profondeur à laquelle vous êtes prêt à creuser. Peut-être l'affaire est-elle plus sérieuse que ce qu'elle laisse voir en surface.

– Et qui ressemble à quoi ?

– À de la fraude, d'un genre assez raffiné. Je n'ai pas encore eu le temps de me pencher sur *tous* les documents, mais la conclusion que je peux tirer de ceux que j'ai d'ores et déjà examinés est claire. C'est Oliver Foster qui m'a servi de guide. Il y a beaucoup de notes de sa main et de son encre verte si reconnaissable – comme sur la note de service que vous aviez soustraite –, et encore beaucoup plus de soulignements et d'astérisques qui permettent de repérer les chiffres et les passages clés dans des factures ou des lettres, qui, sans eux, risqueraient de passer inaperçus. C'était un garçon intelligent. Très intelligent même. Un esprit très... analytique. Un joueur d'échecs, m'avez-vous dit ?

– Oui. Très doué.

– Ça ne me surprend pas. Même s'il aurait probablement reconnu avoir affaire à plus fort que lui.

– Qui ça ?

– Greville Lashley. »

Je savais qu'elle finirait par le nommer. C'était, semblait-il, inévitable, tout en restant – du moins pour l'instant – incompréhensible. « Vous êtes en train d'accuser notre employeur mutuel de fraude ?

– Non, et je n'accuserai personne de quoi que ce soit. Et je doute que la police veuille poursuivre un nonagénaire, expatrié qui plus est, sur la base du genre de preuves que contiennent ces archives. Ils auraient sans doute aimé malgré tout lui poser quelques questions. S'ils l'avaient eu sous la main.

– Il est trop malade pour voyager.

– C'est ce qu'on m'a dit.

– Qu'est-ce qu'il a fait, exactement ?

– Rien que remarquerait un œil peu exercé – voire un comptable négligent. Mais Oliver Foster, lui, savait ce qu'il cherchait. Et il l'a trouvé.

– Et c'était ?

– Durant la dizaine d'années couvertes par les dossiers – de 1956 à 1968 –, Greville Lashley s'est employé à ruiner l'entreprise Wren, lentement mais sûrement.

– À la ruiner ?

– Elle était viable en tant qu'entreprise indépendante, et elle aurait pu le demeurer. C'est là une des découvertes les plus surprenantes. Ils n'avaient pas besoin de vendre. C'est Lashley qui les y a forcés.

– Comment ?

– En manipulant la direction pour qu'elle achète de nouveaux équipements alors que les anciens fonctionnaient parfaitement, en payant les marchandises et les services au-dessus de leur prix, en négociant des contrats au plus bas, en achetant des terrains dont il n'avait nul besoin dans l'immédiat, et, plus globalement, en jetant l'argent par les fenêtres. Le contrat Trudgeon est un cas d'espèce. Wren avait toujours payé Trudgeon au-dessus du marché, dans l'idée que CCC n'aurait aucun mal à absorber l'entreprise si elle n'avait pas de contrat d'exclusivité avec Wren, et il n'y avait personne d'autre disposant d'une expérience suffisante en matière de chargements et de transports sur le site de Charlestown. L'argument était faible, mais George Wren manquait d'énergie. Et de lucidité. Lashley l'embobinait régulièrement. Quand ils ont fini par racheter Trudgeon pour obtenir une licence de transport catégorie A bien à eux, le prix en était beaucoup trop élevé. Et ce n'est pas tout. Il semblerait qu'ils aient payé Trudgeon jusqu'à trois fois pour le même travail. Lashley était passé maître dans l'art des fausses factures. Mais Oliver l'a traqué dans le labyrinthe du système qu'il avait mis en place. Et moi, je me suis contentée de suivre les traces d'Oliver. Je suis sûre à cent pour cent de ce que j'avance.

– Trudgeon devait être partie prenante dans l'affaire.

– J'imagine.

– Et Gordon Strake jouait les intermédiaires ?

– En tout cas, c'est ce que pensait Oliver, s'il faut en croire la note qu'il a rédigée sur la copie de la lettre envoyée par Lashley à Strake au moment du licenciement de ce dernier. Même l'accommodant George Wren avait fini par en avoir assez du bonhomme et insisté pour en être débarrassé. Mais que dit Lashley dans cette lettre ? "Votre loyauté et votre discrétion restent grandement appréciées." "Tu parles !!!", avait gribouillé Oliver dans la marge, en multipliant les points d'exclamation.

– Pourquoi Lashley aurait-il voulu pousser Wren à la faillite, Fay ? Quel était le véritable but de cette fraude ?

– J'ai d'abord pensé qu'il prenait un pourcentage sur les facturations et les rabais consentis – dessous-de-table réglés en liquide par les fournisseurs et les clients de Wren. Mais non. C'était bien plus habile, et du même coup bien pire aussi. Je n'ai pas de preuve irréfutable, mais le ton chaleureux des lettres envoyées à Lashley par Percy Faull, directeur général de CCC et président de l'association professionnelle des industriels du kaolin, révèle le pot-aux-roses. Wren disposait d'une force de travail solide et de quelques-uns des gisements les plus productifs. Convenablement gérés et mis en valeur, ils auraient été suffisamment rentables pour concurrencer CCC, et Faull le savait pertinemment. C'est bien pourquoi il a recruté Lashley pour saboter Wren. Avec, comme récompense, une position de premier plan dans les opérations de fusion et la promesse d'une ascension rapide au sein de la nouvelle compagnie. Faull a choisi Lashley pour lui succéder à la tête de CCC et, au moment de sa retraite, a fait adopter la nomination de son protégé par le comité exécutif. Ce n'est un mystère pour personne. Mais la raison pour laquelle il a choisi quelqu'un d'extérieur à la compagnie n'a cessé de m'étonner depuis le début de mes recherches. Aujourd'hui, j'ai ma réponse. Dans un post-scriptum rédigé à la main, Faull dit à Lashley : "Continuez votre excellent travail." À quoi Oliver attribue un double soulignement et un astérisque. Il savait ce que cela signifiait. Et, grâce à lui, moi aussi.

– Vous êtes sûre de ça ?

– Après avoir vu ce que j'ai vu aujourd'hui, oui. Greville Lashley était employé par Wren. Mais il travaillait pour le compte de Cornish China Clays. Et il semble avoir recruté Gordon Strake pour lui servir d'assistant. L'étendue des services rendus pas Strake est difficile à cerner, bien sûr. Et nous entrons là dans le domaine des spéculations.

– Allez-y. Spéculez, je vous écoute.

– Il existe des notes de service de Kenneth Foster pour les premiers mois de 1959 qui suggèrent qu'il avait flairé quelque chose. Puis, ce qui arrange on ne peut mieux Lashley, il se suicide. On se débarrasse de George Wren en lui assurant que les soupçons de Foster étaient sans fondement, et le tour est joué – Lashley continue tranquillement son petit manège.

– Êtes-vous en train de suggérer que Strake aurait participé à la mort de Foster ?

– Ce que je suggère, c'est que Strake était l'exécuteur des basses œuvres de Lashley. Et que le problème soulevé par Foster s'est trouvé miraculeusement réglé. Sauf que son fils, Oliver, a refusé de laisser les choses en l'état et s'est mis à creuser, creuser jusqu'à ce qu'il découvre ce qu'il se passait vraiment. Comme par hasard, lui aussi meurt. Tout comme Strake, moins d'un an après le rachat. À un moment, je suppose, où ce dernier ne présentait désormais plus aucune utilité.

– C'est Francis Wren qui a tué Strake, Fay. C'est un fait avéré. Strake le faisait chanter. Peu importe à quel sujet, mais ça n'avait rien à voir avec ce que vous avez découvert.

– Vraiment ?

– La fraude, c'est une chose. Le meurtre en est une autre. Je ne vois pas Lashley recourir à de telles extrémités.

– Croyez-vous ? Je veux bien m'en remettre à votre connaissance des circonstances de la mort de Strake, mais il reste que Kenneth et Oliver Foster représentaient tous deux une menace pour Lashley. Et tous deux sont morts avant d'avoir pu le faire tomber.

– C'est possible, mais…

– Et il y a plus : cette première affaire m'a amenée à me poser des questions sur la mort de Muriel Lashley.

– Oh, je vous en prie.

– Sa disparition laissait Lashley libre de faire un mariage plus qu'avantageux avec Jacqueline Hudson, non ? On pourrait voir là, sans trop se forcer, la dernière pièce de sa stratégie globale.

– Vous le pensez vraiment ?

– Peut-être que Muriel a commencé à avoir des soupçons concernant les circonstances de la mort de son premier mari et de son fils. Peut-être s'est-elle mise à poser trop de questions. »

Ou peut-être projetait-elle de faire poser ces questions par Fred Thompson. Les indices ne manquaient pas, qui confortaient la théorie de Fay bien au-delà de ce qu'elle pouvait imaginer. Mais pour autant, je n'arrivais pas à y accorder un quelconque crédit. « Si vous avez raison, pourquoi diable Lashley vous aurait-il recrutée – vous ou n'importe qui d'autre – pour rédiger une histoire de la compagnie, en sachant les révélations qui risquaient de sortir au grand jour ?

– La vanité a peut-être été la plus forte, allez savoir. Peut-être a-t-il pensé que je ne remarquerais pas l'absence d'une partie des documents dans les archives.

– Mais pourquoi alors me charger, moi, de découvrir ce qui s'était passé quand vous l'avez effectivement remarqué ? Et pourquoi ne pas détruire les dossiers plutôt que de les confier à son fils totalement irresponsable pour les cacher, sachant par là même, si vos conjectures sont exactes, qu'il lui livrait des informations potentiellement explosives ? Ça n'a aucun sens.

– Non, je vous l'accorde. C'est pourtant bien ce qu'il semble avoir fait.

– Je n'arrive pas à y croire.

– Il va peut-être falloir vous y résoudre.

– Mais pourquoi ? Pourquoi faire ce qu'il a fait ?

– Je l'ignore, dit Fay en secouant la tête. Moi non plus, je n'arrive pas à comprendre. J'aimerais le lui demander de vive voix, cela va sans dire, ajouta-t-elle, se penchant vers moi et me fixant droit dans les yeux. Pas vous ? »

Je me levai à cet instant, ouvris la fenêtre et me penchai au-dehors, aspirant goulûment l'air frais du printemps. Je me sentais oppressé à l'idée que j'avais été partie prenante, quoiqu'à mon insu, dans les machinations de Lashley. Je n'étais pas encore sûr de savoir jusqu'où elles allaient – et si vraiment elles incluaient le meurtre. Mais j'allais devoir le découvrir. J'allais devoir forcer la vérité à sortir au grand jour – toute la vérité et rien que la vérité.

Je sentis la main de Fay sur mon épaule. « Qu'allez-vous faire, Jonathan ? me demanda-t-elle.

– Je vais aller le trouver, dis-je en me tournant vers elle.

– Quand ?

– Dès que possible.

– J'ai décidé de présenter mes conclusions à la police lundi. Je ne me livrerai à aucune spéculation avec eux. Mais je crains qu'ils n'aient pas besoin de moi pour le faire.

– Ça les regarde.

– Avez-vous l'intention de dire à quelqu'un ce que je viens de vous révéler ? Concernant la fraude, j'entends. J'imagine que vous préférerez garder le reste pour vous, du moins pour l'instant.

– Je vais mettre Pete Newlove dans le secret. » Voyant qu'elle haussait le sourcil devant ma remarque, j'ajoutai : « Il l'a mérité.

– Et Vivien ?

– Il faut d'abord que je parle à son beau-père avant de lui dire quoi que ce soit.

– Êtes-vous certain que lui sera prêt à vous parler ?

– Oui, dis-je, en hochant la tête. Je n'ai pas l'intention de lui laisser le choix à ce propos. »

42

La villa Orchis avait très peu changé depuis mon dernier séjour, vingt-six ans plus tôt, même si la pergola croulait peut-être plus qu'avant sous ses rideaux de glycine. J'arrivai le lundi dans l'après-midi. Une lumière douce, un air parfumé. Il était facile de comprendre pourquoi Greville Lashley tenait à passer ses dernières années dans un tel cadre, et pourquoi, à son âge, il ne voudrait le quitter sous aucun prétexte. Mais il fallait qu'il ait été plus malade que je ne le croyais pour ne pas avoir assisté à l'enterrement de son fils, à moins, comme l'avait laissé entendre Fay Whitworth, qu'il y ait eu d'autres raisons, moins avouables, pour prévenir son retour dans son pays natal.

J'avais beaucoup réfléchi depuis mon départ de St Austell. Sans parvenir à des conclusions convaincantes. Escroc ? Manifestement, Lashley méritait pleinement l'épithète. Et, d'une certaine façon, au vu de l'incroyable habileté dont il avait fait preuve en tant qu'homme d'affaires, ce n'était pas surprenant. Mais... assassin ? Je ne pouvais me résoudre à le croire. Or, si ce n'était pas le cas, comment expliquer toutes ces morts non naturelles qui lui avaient si bien profité, et qui, au vu des découvertes de Fay, semblaient aujourd'hui si éminemment suspectes ? Mieux encore, sans doute, quelle explication pourrait-il lui-même en donner ?

En remontant l'allée, j'eus le sentiment de remonter le temps et de revenir à mon point de départ. Un jeune homme mince aux cheveux lustrés lavait une voiture devant le garage. Il n'avait pas l'allure suffisante de Paolo, et la voiture était une banale Lexus au lieu d'un cabriolet Alfa Romeo doté de pneus aux flancs blancs, mais les échos du passé me parvinrent néanmoins très clairement, faisant affluer les souvenirs tous en même temps.

« *Buon giorno* », lançai-je, pour attirer l'attention du jeune homme.

Il interrompit son lavage et me regarda sans un sourire. « *Buon giorno. Desidera ?*

– Je viens voir le *signor* Lashley.

– Vous avez un… *appuntamento* ?

– Non. Mais…

– Téléphonez pour en prendre un, d'accord ? » Et il retourna à son éponge, sans plus de manières.

« Entendu, je vais le faire. » Je m'éloignai sans lui accorder plus ample attention et revins légèrement sur mes pas le long de l'allée avant de couper par la pelouse, me dirigeant à grandes enjambées vers la porte-fenêtre entrouverte du bureau.

« *Eh, signor*, me héla le jeune homme. *Fermatevi !* »

Je n'obtempérai pas, évidemment. Et avant que je me fasse rattraper, une silhouette s'encadra dans la porte-fenêtre. « C'est bon, Toni, lança Lashley. C'est un ami. »

À quatre-vingt-douze ans, Greville Lashley portait encore beau. Il avait les cheveux – blancs là où ils avaient été noirs autrefois – juste un peu trop longs, et ce geste vif que je lui avais toujours connu, quoiqu'un peu plus lent en raison de l'âge. Son visage était sillonné de rides profondes, et son regard avait perdu quelque peu de son acuité, mais l'expression restait typiquement lashleyenne : désabusée, perspicace, conviviale, tout en restant méfiante. Il s'appuyait sur une canne à pommeau d'argent pour garder son équilibre et me souriait comme s'il était sincèrement content de me voir.

« Ça fait un bail, Jonathan.

– La réunion annuelle d'il y a trois ans, le corrigeai-je. Pas si vieux que ça, tout compte fait.

– J'entendais par là depuis ton dernier séjour à la villa Orchis.

– Ah, en ce cas, effectivement, vous avez raison.

– Entre donc. Nous serons mieux pour bavarder. »

Il repartit d'où il était venu, et je le suivis, passant de la lumière aveuglante de l'après-midi au bistre du bureau lambrissé, où les choses avaient si peu changé depuis l'époque de Francis Wren qu'il était facile d'imaginer ce dernier en train de nous observer dans l'ombre.

Lashley s'assit devant son bureau, où une liasse de feuilles à l'en-tête d'Intercontinental Kaolins était posée sur le sous-main, et me fit signe de rapprocher une chaise de l'autre côté. Il but une gorgée d'eau pour apaiser la toux qui grondait au fond de sa gorge. Il paraissait essoufflé. Le seul aller-retour entre son bureau et la porte-fenêtre avait suffi à l'épuiser. Du moins physiquement. Mentalement, il était sans conteste toujours aussi alerte et tranchant.

« Quelle saleté que la vieillesse ! dit-il avec un pâle sourire. Mon médecin est incapable de me dire ce qui, du cœur ou des poumons, lâchera en premier. À ce train-là, ça pourrait être un match nul. Ou une arrivée *ex aequo*. » Il accompagna sa plaisanterie d'un rire grinçant, auquel je ne me joignis pas.

« Jacqueline m'a dit que vous ne vous sentiez pas suffisamment bien pour voyager.

– Mais tu es persuadé du contraire, je suppose.

– Adam était votre fils, en dépit de tous ses travers. J'aurais pensé…

– J'ai commencé à perdre tout espoir dans ce garçon il y a bien des années. À ce stade de ma vie, je ne peux pas gaspiller le peu d'énergie qu'il me reste dans les manifestations d'une affection que je ne ressens pas ni dans l'observation de conventions auxquelles je ne crois pas. » Sa voix avait les accents de la colère. L'homme n'aimait pas avoir à se justifier. Il ne l'avait jamais supporté.

« Vous êtes dur, Greville.

– Je n'ai jamais prétendu le contraire.

– En ce cas, vous ne m'en voudrez pas de souligner que vous aviez peut-être d'autres raisons de ne pas vouloir entreprendre ce voyage en Cornouailles.

– Crois-tu ?

– Je pense que vous savez parfaitement ce que j'entends par là. Et c'est la raison qui m'amène ici.

– Bien sûr, dit-il avec un hochement de tête.

– Vous ne semblez pas surpris de me voir.

– Presley Beaumont m'a fait savoir que la police avait demandé à la professeure Whitworth d'examiner les dossiers qui se trouvaient dans la voiture d'Adam. Quand j'ai téléphoné au White Hart hier et que j'ai appris que tu en étais parti, j'en ai déduit qu'elle t'avait fait part de ses découvertes… et que tu étais déjà en route pour Capri. Je n'en attendais pas moins de toi, en fait. C'était même ce que *j'espérais* te voir faire. Tu es donc le bienvenu. À propos, voudrais-tu boire quelque chose ? Elena n'est pas ici pour le moment, donc si tu veux du thé ou du café, tu vas devoir te le préparer toi-même, mais il y a du whisky dans le bar, dit-il avec un geste vague de la main dans cette direction. Vas-y, sers-toi.

– Non, je suis très bien comme ça.

– Vraiment ? Personnellement, je ne dirais pas non à un petit verre. Si ce n'est pas trop te demander… »

J'allai jusqu'au meuble, où attendait une bouteille de Highland Park aux trois quarts pleine. Je lui en versai une dose, avant d'en faire autant pour moi.

« Je suis heureux de voir que finalement tu m'accompagnes », dit-il quand je lui apportai son whisky.

Je me rassis. Lashley leva son verre, comme pour me proposer un toast en silence. Je le regardai, attendant – et je savais qu'il connaissait les raisons de mon attente – qu'il me demande ce que j'étais venu chercher depuis les lointaines Cornouailles : la vérité.

« Tu te demandes sans doute pourquoi j'ai engagé la professeure Whitworth pour écrire l'histoire de notre compagnie, alors que je savais qu'elle finirait pas découvrir une béance dans les archives de Wren, et pourquoi, après sa découverte, je t'ai envoyé, toi, à la recherche des dossiers disparus, alors que je savais qu'il n'y avait personne de mieux qualifié, d'une manière ou d'une autre, pour mettre la main dessus, sans parler du fait que je connaissais le contenu desdits dossiers.

– Je me le demande, en effet.

– Bon, nous y viendrons dans un moment. Qu'il me suffise de te dire pour l'instant que la façon dont ont tourné les choses a été celle à laquelle je m'attendais et j'aspirais tout à la fois. Je ne parle pas de la mort de ce pauvre Adam, bien sûr. Je n'avais absolument pas prévu une telle issue. J'ignorais à quel point il était devenu... suicidaire. Je suppose que d'aucuns me rendraient responsable des folies de mon fils, mais je ne suis pas enclin à partager cette opinion. Tu le connaissais, n'est-ce pas ? Ses problèmes, c'est lui qui se les créait. Ou alors, ils venaient de tares congénitales. J'étais désolé pour lui. Mais il m'a déçu tellement souvent. J'en resterai là, si tu veux bien.

« Entrons maintenant dans le vif du sujet. Je vais commencer par le commencement. Francis Wren n'a pas quitté la compagnie en 1949 parce qu'il en avait assez du commerce du kaolin, même si c'était peut-être aussi le cas. Il l'a quittée parce que George Wren a découvert que lui et Kenneth Foster étaient amants. Et s'il l'a appris, c'est parce que je le lui ai moi-même appris. Et si je le savais, c'est parce que Gordon Strake m'avait fourni l'information en échange du règlement de ses dettes de jeu. George était un méthodiste à tout crin et un veuf de longue date. Il condamnait radicalement toutes les formes de licence en matière sexuelle. Quant à l'homosexualité... je n'ai pas besoin de te faire un croquis. Ça se passait il y a soixante ans, souviens-toi. Un autre monde. On a prié Francis de faire ses valises... et il a fini par trouver un exil des plus confortables dans cette maison même. Ken Foster, en sa qualité de mari de la fille unique et chérie de George et bientôt de père de son premier petit-enfant, a été, lui, autorisé à rester, à la stricte condition qu'il réprime ses penchants homosexuels.

« Résultat de ce grand chambardement, je suis devenu le bras droit, l'homme de confiance de George. Je nourrissais déjà de grands projets à l'époque. Je pensais – non sans raison – que le moment était venu d'une expansion de l'entreprise. Mais George était aussi conservateur en affaires qu'il était intransigeant moralement. Il ne voulait rien entendre. Toutes mes propositions, si fondées et réfléchies fussent-elles, étaient rejetées l'une après l'autre. On m'a donné un siège au conseil d'administration, mais seulement un nombre infime de parts, si bien que je ne pouvais faire passer aucun de mes projets. Ce n'était pas là une situation que j'étais prêt à supporter indéfiniment. J'ai eu plusieurs entretiens secrets avec Percy Faull sur la question de l'opportunité pour moi d'aller travailler chez CCC, mais il m'a finalement fait une proposition plus alléchante et, sur le long terme, bien plus rémunératrice : je devais me débrouiller pour affaiblir Wren, afin que sa capacité à concurrencer CCC soit réduite à néant et que l'entreprise devienne, à plus ou moins longue échéance, une proie facile pour un rachat à des conditions extrêmement favorables. Ma récompense irait bien au-delà de mes rêves de carrière les plus fous : le poste de Faull, président et directeur général de CCC, quand il partirait à la retraite. J'ai accepté sa proposition. Et le marché a été conclu. Il l'a honoré ; j'en ai fait autant de mon côté.

« J'ai su dès le départ que Ken poserait problème un jour ou l'autre. Il avait l'œil pour les détails. Par chance, et sans surprise, il ne s'était pas plié aux injonctions de son beau-père relatives à son orientation sexuelle. Il y avait eu d'autres... écarts... au fil des années. Strake avait continué dans son rôle d'informateur. Un homme avec son goût du jeu avait souvent besoin d'un complément de salaire. C'était moi qui le lui fournissais. Il m'était utile de plus d'une façon.

– Et entre autres à propos des transactions avec les Trudgeon.

– Entre autres, effectivement. Bref, le moment est venu où j'ai dû apprendre de manière très claire à Ken que je savais tout de ses liaisons, jusqu'au moindre détail, et qu'il serait bien avisé d'arrêter de fouiner dans mes affaires. Muriel et moi étions déjà... proches... à l'époque. Je pense qu'il était au courant. Et je crois qu'il était douloureusement conscient du fait que j'avais sur lui une emprise dont il ne pourrait se libérer. Je suis sûr que c'est la raison pour laquelle il s'est suicidé : parce qu'il ne voyait aucune issue.

« J'ai donc épousé Muriel. Adam est né, et ma... stratégie a continué à fonctionner de manière satisfaisante. Très satisfaisante même. Jusqu'à ce qu'Oliver entre en scène et commence à fouiner lui aussi, dans le but de découvrir la vérité sur la mort de son père. À un moment de ses recherches, il a trouvé le moyen de récupérer la serviette de Ken dans le lac de la carrière de Relurgis. Ce qui n'a pas dû être facile, et l'on ne peut qu'admirer sa pugnacité. Il a dû trouver dedans la muscovite qu'il t'a donnée par la suite, et qui était au départ un cadeau de Francis à Ken en témoignage de son amour. Une petite pièce du puzzle qu'Oliver s'est alors mis en devoir d'assembler. J'imagine qu'il a dû augmenter sa collection avec quelques pièces supplémentaires au cours de sa visite ici en 1967. Et puis, quand j'ai dévoilé le projet de fusion l'année suivante, après la mort de George, Oliver a commencé à s'intéresser à nos archives. Il ne pouvait pas savoir ce qu'il cherchait au juste, mais, malin comme il l'était, je savais, moi, ce qu'il finirait par découvrir. J'ai essayé de l'effrayer en le faisant suivre par Strake. Ça n'a pas marché. Mais je n'étais pas inquiet outre mesure. Le rachat était pratiquement une affaire conclue ; il n'y manquait plus que l'accord du conseil. Une fois les documents dûment signés, j'aurais tout loisir de m'occuper d'Oliver.

« C'est alors que, dans l'après-midi du jour précédant la réunion du conseil, Oliver m'a téléphoné au bureau. D'une cabine publique – à Newquay, comme me l'apprit Strake par la suite.

Il avait baladé celui-ci toute la journée. Il m'a annoncé sans ambages qu'il était au courant de mes agissements, et que, si je voulais empêcher l'information de parvenir aux autres membres du conseil, je devais le retrouver au lac de Relurgis ce même soir à 20h30. Il a raccroché avant que j'aie eu le temps de le raisonner.

« Je n'avais guère d'autre choix que d'honorer ce rendez-vous. Mais à ce moment-là, Strake m'avait signalé qu'Oliver l'avait semé, et ce grâce à ton intervention. J'avais l'intention de tout faire pour dissuader le garçon. Faute de quoi, il ne me resterait plus qu'à espérer que Francis, Harriet et Muriel refuseraient tout simplement de le croire. Pour finir, néanmoins, quand je suis arrivé sur le site de Relurgis, il n'était visible nulle part. Mais il y était venu ; je le savais parce que son appareil photo pendait à la rambarde du ponton, à un endroit où je ne pouvais manquer de le voir.

« Il commençait à faire nuit. J'ai patienté une dizaine de minutes, tout en sachant qu'il ne se montrerait pas. Je me suis demandé s'il m'observait, caché quelque part dans les fourrés autour du lac ; je crois que c'était le cas. Pour finir, j'ai pris l'appareil et je suis parti.

– Vous ne l'avez pas vu du tout ?

– Non.

– Et pourtant, il vous avait fait venir expressément pour entendre ses accusations. Pourquoi ne pas aller jusqu'au bout de sa démarche ?

– On ne peut que se livrer à des conjectures. Je n'aurais jamais pensé qu'il puisse mettre fin à ses jours. J'ai été aussi choqué que tout un chacun quand j'ai appris la nouvelle. Il avait dû préméditer son geste. Je crois qu'en fait il s'était mis lui-même dans une impasse. Pour me dénoncer, moi, il était obligé de dénoncer la conduite de Ken. Et il n'a pas supporté l'idée d'infliger la vérité sur la sexualité de son père – sans parler de la liaison de celui-ci avec Francis – à sa mère et à sa sœur. Mais il m'avait percé à jour et il tenait à ce que je le sache. Sans ambiguïté possible. »

Je fixai Lashley d'un œil dur. Était-ce vraiment ainsi que les choses s'étaient passées ? Je n'arrivai pas à croire qu'Oliver l'aurait laissé s'en tirer à si bon compte, quelque réticence qu'il ait pu éprouver à voir la liaison de son père avec Francis sortir au grand jour. Les événements de ce soir-là à Relurgis auraient pu avoir un cours différent. Mais ils se seraient toujours terminés par la noyade d'Oliver.

« Je n'ai pas tué Oliver, Jonathan, dit Lashley d'une voix calme. Je n'aurais jamais fait une chose pareille.

– Je ne suis plus du tout sûr de ce que vous auriez ou n'auriez pas fait.

– Une réaction de ta part qu'Oliver voulait sans doute provoquer. Il cherchait à éveiller tes soupçons à mon endroit. D'où cette mise en scène avec l'appareil photo. J'ai fait développer la pellicule, tu sais. Il n'y avait rien dessus.

– Que voulez-vous dire ?

– Elle était vierge.

– Comment ça, vierge ?

– Eh oui. Il ne l'avait pas enroulée sur la bobine. »

Je fouillai dans ma mémoire un moment. Avais-je essayé de rembobiner la pellicule après avoir pris la dernière photo, confirmant, ce faisant, qu'un film était bel et bien en place ? Peut-être... peut-être pas. L'incident était trop ancien pour que je puisse en décider. Mais pareille supercherie aurait été typique d'Oliver, bien sûr. Comme ne l'ignorait pas Lashley.

« Je n'imagine pas un instant qu'Oliver ait pu oublier de charger l'appareil, poursuivit-il. C'était la manière qu'il avait choisie pour me faire parvenir son message : "Que t'attendais-tu à trouver ? De quoi avais-tu peur ?" Une sorte de sarcasme posthume. Et peut-être aussi une tactique de diversion. L'appareil introuvable ; la question de ce qu'il y avait sur le reste de la pellicule avant les photos que tu croyais avoir prises à Goss Moor ; le sens du monogramme sur la muscovite : autant de petits mystères qui accaparaient toute ton attention, comme ils étaient censés le faire. »

L'histoire que me racontait Lashley s'accordait assez bien au fonctionnement de l'esprit retors d'Oliver. Et je commençais à y croire, en partie, essentiellement je suppose parce que l'autre version possible des événements était trop horrible.

« En attendant, je ne vis pas le danger qui était juste sous mon nez. Les archives. Et ses annotations dans les marges. » Lashley poussa un soupir. « Quand je suis tombé sur la première de ses... notes malveillantes – purement par hasard, devrais-je ajouter –, j'ai compris qu'il espérait sans doute que tu serais celui qui les lirait. Et en tirerait les conclusions qui s'imposaient. Il fallait que tu trouves un fil directeur, bien sûr. Sans quelques soupçons au départ et la ferme résolution de mener les choses à leur terme, tu avais peu de chances d'avancer beaucoup dans ta recherche. Mais il t'avait tracé une piste à suivre, si tu te montrais prêt à entrer dans son jeu. Il semblerait qu'il ait bel et bien eu envie de voir la vérité éclater. Simplement, il n'avait pas envie d'être présent à ce moment-là.

« J'ai fait de mon mieux pour te détourner de la piste en question en envoyant Strake te dire qu'Oliver l'avait engagé pour donner l'impression qu'il était suivi. Ça me semblait suffisamment tordu pour passer. Mais tu n'étais pas le seul à me causer du souci. Francis posait des tas de questions, et j'avais le sentiment qu'une réponse que je n'avais aucune envie d'entendre allait bientôt se faire jour dans son esprit. Quand Vivien a débarqué ici l'été suivant, j'ai commencé à m'inquiéter sérieusement, surtout quand j'ai compris que tu étais venu avec elle. J'ai chargé Strake de dénicher quelque chose, n'importe quoi, qui me permettrait de tenir Francis en respect. Je ne comptais plus sur son passé d'homosexuel – ou son présent, tant qu'à faire – pour le réduire au silence si la nécessité se présentait. Manque de chance pour moi, la société italienne était beaucoup plus tolérante en la matière. Strake s'est bien acquitté de sa tâche, mais il était si content de sa trouvaille qu'il a décidé de faire cavalier seul en faisant chanter Francis. Bref, tu sais mieux que moi ce qu'il en est sorti. Francis a effectivement été réduit au silence, un silence éternel que je n'avais jamais envisagé pour lui. Pas plus que pour Strake. Non pas que je regrette grand-chose le concernant. Il se serait tôt ou tard retourné contre moi. C'était vraiment le genre à mordre la main qui le nourrissait.

– Contrairement à moi.

– Ma foi, c'est vrai, dit Lashley en levant un sourcil curieux à mon adresse, maintenant que tu le dis.

– Étais-je le substitut de Strake, Greville ?

– Qu'est-ce que tu veux dire ?

– Je me souviens que vous m'avez chaudement félicité pour la façon dont j'ai géré la situation après la mort de Francis. Par la suite, vous vous êtes donné beaucoup de mal pour me faire entrer dans l'entreprise. Je suis devenu votre expert en résolution de problèmes. Souvenez-vous, c'est vous-même qui m'avez conféré ce titre. J'étais plus scrupuleux que Strake bien sûr, mais aussi plus fiable. Comme je l'ai démontré, je suppose à votre entière satisfaction, lors de l'enlèvement de Muriel.

– Ton aide a en effet été très précieuse. Aucun doute là-dessus.

– Mais une question demeure, Greville. Particulièrement dérangeante. Muriel commençait-elle à avoir des soupçons à propos de votre fulgurante ascension professionnelle – trop peut-être pour que vous puissiez le tolérer davantage ?

– Qu'est-ce que tu insinues, Jonathan ? demanda-t-il, son froncement de sourcils s'accentuant.

– Que l'enlèvement n'en était peut-être pas vraiment un. Que vous auriez pu... vous livrer à une mise en scène. »

Il regarda le soleil qui inondait les portes-fenêtres. « Tu crois que j'aurais payé la Camorra pour kidnapper Muriel et la tuer ?

– Eh bien ? C'est le cas ?

– Comment aurais-je su de quelle manière contacter ces gens ? s'enquit-il en poussant un soupir.

– Vous avez pu vous servir de Paolo Verdelli. Dont la propre élimination, une fois son rôle rempli, était la seule partie du marché dont il n'avait pas connaissance.

– En fait, si je comprends bien, c'est moi qui ai saboté l'échange pour éviter que Muriel soit relâchée vivante ?

– Oui. Ce qui vous laissait libre de vous marier dans la famille Hudson et d'accéder ainsi au leadership dont vous rêviez sur le marché international du kaolin.

– Ce qui ferait de moi une sorte de... monstre. Un meurtrier sans pitié... sans le moindre scrupule moral.

– C'est vous qui me dites ce que cela ferait de vous.

– Pour tout dire, tu ne poses pas la bonne question, Jonathan, dit-il en se retournant pour me faire face. Pourquoi aurais-je engagé la professeure Whitworth pour rédiger une histoire de la compagnie avec tous ces squelettes dans le placard ?

– Je n'en sais rien. À vous de me le dire.

– La professeure Whitworth a-t-elle suggéré une raison ?

– Elle a émis l'idée que la vanité aurait pu brouiller votre jugement.

– Vraiment ? dit-il avec un sourire amusé. Ma foi, la vanité n'est certainement pas étrangère à la chose. Mais dans quelle proportion, cela reste à déterminer. La professeure Whitworth est une universitaire qui a des principes. Personne ne peut acheter son silence. Elle divulguera le résultat de ses recherches. Je crois qu'on peut compter sur elle pour ce faire. Personnellement, j'y compte bien.

– Vous voulez vraiment que tout ceci éclate au grand jour ?

– Absolument. C'est la raison pour laquelle je t'ai envoyé à la recherche des fragments d'archives manquants. De manière qu'elle puisse terminer son travail. Quand j'ai pris conscience de l'étendue de l'interférence d'Oliver dans les dossiers, peu de temps après qu'ils ont été transférés dans les bureaux de CCC, je les ai déplacés pour qu'ils soient en sécurité dans le sous-sol de Nanstrassoe House. Et quand nous avons vendu la maison, je les ai transportés à Wavecrest. C'est à ce moment que j'ai parlé à Adam du marché que j'avais conclu avec Percy Faull. Ce qui n'a fait qu'accroître le respect qu'il avait pour moi. Il a compris que j'étais bien plus roublard qu'il ne le serait jamais. Il voulait détruire les dossiers, bien entendu. Mais j'ai insisté pour que nous les gardions.

– Dans quel but ?

– J'ai dit à Adam que je voulais pouvoir les consulter de temps à autre. Non pas que je l'aie jamais fait. Mais je savais qu'il ne me désobéirait pas. Il n'oserait jamais. C'était là la mesure de sa faiblesse. Les dossiers étaient parfaitement en sécurité avec lui.

– Savait-il que vous aviez laissé une note de service concernant le contrat Trudgeon sous les rayons du compartiment Wren dans le sous-sol de CCC ?

– Certainement pas. Je l'ai placée là au cas où tu aurais besoin d'un petit coup de pouce quand tu commencerais tes recherches.

– Vous étiez décidé à ce que je réussisse ?

– Je n'en ai même jamais douté. C'était couru d'avance. Je suis désolé que cet exercice ait failli te tuer. Je ne savais absolument pas qu'Adam possédait une arme... ni qu'il serait suffisamment désespéré pour s'en servir. J'imagine que c'est en partie ma faute. Je l'ai convaincu de ce que, si la vérité devait se savoir un jour, je serais déchu de ma participation majoritaire dans Intercontinental Kaolins, ce qui reviendrait en fait à le déshériter. L'argent lui brûlait les doigts. Il ne supportait pas l'idée qu'il lui faudrait peut-être un jour... économiser.

– Vous auriez pu tout simplement me dire la vérité.

– Mais en ce cas nous n'aurions pas eu la professeure Whitworth sous la main pour divulguer la nouvelle partout, je me trompe ?

– Mais pourquoi tenez-vous tant à ce qu'elle le fasse ? Ses déclarations ne peuvent que signer votre ruine.

– Ne crois-tu pas que c'est précisément ce que je mérite, la ruine ? »

Je le regardai, interloqué, incapable d'assimiler pleinement son propos. Je l'avais connu une bonne partie de ma vie. Je l'avais admiré. Et je lui avais fait confiance. Aujourd'hui qu'il était vieux et vulnérable et que notre association professionnelle touchait à sa fin, il avait choisi de révéler la vérité dont j'avais été le serviteur à mon insu. J'aurais dû être en colère contre lui bien plus que je l'étais, mais l'incrédulité me retenait encore. « Est-ce que vous cherchez à apaiser votre conscience, Greville ? Est-ce là le but de cette... confession : obtenir une forme d'absolution avant de comparaître devant votre créateur ? »

Il avala une gorgée de whisky et s'absorba un instant dans la contemplation des profondeurs ambrées de son verre, avant de reprendre. « Je peux comprendre les raisons qui te poussent à réagir ainsi. Le grand âge se recentre forcément sur la possibilité d'un au-delà. D'un autre côté, je pourrais aussi montrer une certaine réticence à mourir sans avoir donné à tout le monde une chance d'apprécier l'extrême intelligence dont j'ai fait preuve. Cela constituerait, bien sûr, une marque certaine de vanité, de celle à laquelle la professeure Whitworth faisait allusion en parlant de moi.

– Votre vanité se nourrit-elle de tous les dégâts que vous avez causés ?

– Des dégâts, dis-tu ?

– Ken Foster. Francis. Oliver. Muriel. Et votre propre fils, en dernier ressort, c'est vous qui l'avez bousillé. Sans parler de Vivien. C'est toute sa vie que vous avez fichue en l'air.

– Crois-tu vraiment ? dit-il en fronçant les sourcils. Je crains de ne pas adhérer à ta notion de cause et d'effet. J'ai forcé Ken et Francis à affronter les conséquences de leurs actes. Ce qu'ils ont fait, à leur manière. Oliver, lui aussi, a choisi sa propre voie. Et si quelqu'un a "bousillé" la vie d'Adam, c'est bien Adam lui-même. Quant à Vivien, ce sont les tragédies de la famille dans laquelle elle s'est mariée qui l'ont conduite dans l'impasse où elle se trouve aujourd'hui. Je n'en suis pas responsable.

– Et Muriel ? Qu'est-ce que vous avez à dire à son sujet ?

– Je dis que je la connaissais mieux que personne. J'ai vécu avec elle vingt-deux ans. Elle avait un côté intransigeant. Ce qui n'était pas toujours un atout.

– Vous l'avez fait assassiner, bon sang ! Et je ne suis toujours pas convaincu que vous n'aviez pas déjà fait assassiner son fils seize ans plus tôt.

– Je ne peux pas t'empêcher de le penser. Mais, à bien y réfléchir, où sont les preuves ? L'autopsie n'a rien révélé qui puisse suggérer qu'Oliver a été assassiné. Quant à Muriel, n'est-il pas plus vraisemblable – bien plus vraisemblable – de penser que c'est Verdelli le responsable de son enlèvement, et qu'il n'a pas agi à mon instigation ? C'est la conclusion à laquelle en était arrivée la police à l'époque. Et j'incline à penser que sa position serait la même aujourd'hui, en dépit de ce que tu as pu lui dire.

– Si je comprends bien, votre sort ne dépend que de ce qui peut être prouvé, c'est ça ?

– C'est la même chose pour nous tous. Ainsi va le monde. Ainsi va la loi.

– À quelle loi avez-vous obéi pendant toutes ces années, Greville ? La loi de la jungle ? Celle du chacun pour soi ? Celle du coq roi sur son fumier ?

– J'ai fait ce que j'ai fait, et beaucoup de gens autour de moi, à commencer par toi, en ont profité. J'ai gagné beaucoup d'argent et tous ceux qui ont travaillé avec moi et pour moi en ont fait autant. J'ai regardé les choses en face, et je ne me suis jamais dérobé.

– Un grand homme, quoi.

– Ça t'ennuierait de me resservir, Jonathan ? dit-il en faisant glisser son verre presque vide dans ma direction. J'ai quelque chose d'important à t'expliquer. De beaucoup plus important que tout ce que j'ai pu dire jusqu'à présent. »

Je faillis lui dire d'aller se chercher son whisky tout seul. Mais j'en avais moi-même besoin d'un autre. Et je ne voulais pas risquer d'avoir à le prendre en pitié pendant qu'il se dirigerait vers le bar de sa démarche vacillante de vieillard. Je me levai donc pour remplir nos deux verres.

« Alors ? demandai-je.

– *Slàinte*, dit-il en levant son verre. À ta santé.

– Pardon ?

– À ta santé, Jonathan. Au nouveau président d'Intercontinental Kaolins.

– Mais de quoi parlez-vous, bon Dieu ?

– De l'avenir. Le tien et celui de la compagnie. Je te transmets toutes les parts que je possède dans la compagnie. Le document est chez mon notaire. Il m'assure que l'opération est d'un point de vue légal inattaquable.

– Ce n'est pas possible, vous n'êtes pas sérieux.

– Mais si, tout à fait. Je t'ai choisi comme successeur. Honnêtement, je ne vois pas qui serait mieux qualifié. Certainement pas Presley Beaumont, ni aucun autre de ces fantoches du comité de direction. Le seul candidat envisageable, c'est toi, Jonathan. Rien à voir avec ma conscience, vois-tu. Mais tout à voir avec la tienne. Je voulais que tu comprennes ce à quoi tu vas devoir te mesurer. Je voulais que tu te débarrasses une fois pour toutes du passé et que tu puisses prendre un nouveau départ en ton nom propre. La compagnie est à toi. Prête à prendre la direction que tu jugeras bon de lui donner. Je sais que tu as formulé des réserves quant à nos activités au Brésil. Tu seras libre maintenant d'agir à ta guise. Le prix de l'action va en prendre un coup quand la professeure Whitworth aura publié ses découvertes, évidemment. Mais tu sauras régler le problème. Je sais que tu en es capable.

– Qu'est-ce qui vous fait croire que je suis prêt à envisager ne serait-ce qu'une seconde de prendre votre succession ?

– Le personnel. Ils vont avoir besoin de quelqu'un pour les sortir de cette passe difficile. Tes collègues, Jonathan. Des hommes et des femmes qui ont des familles à faire vivre et comptent sur une retraite. C'est pour eux que tu vas prendre ma suite. Cela fait déjà quelque temps que je mûris ma décision. J'ai décidé depuis le début que tu méritais de connaître toute l'histoire. De cette manière, tu n'aurais pas à craindre de mauvaises surprises une fois à la tête du groupe. J'ai engagé la professeure Whitworth pour rédiger l'histoire de la compagnie, de façon que, quand la vérité éclaterait, Adam me rendrait responsable, moi – son vieux cinglé de père – et pas toi. Il se serait certainement mis en chasse d'un bouc émissaire dès lors qu'il aurait appris qu'il n'allait pas prendre le contrôle de l'entreprise. En l'état actuel des choses, pareille option est caduque. Quant à Jacqueline et Michelle, j'ai généreusement pourvu à leurs besoins. Je doute qu'elles contestent cet arrangement. Reste Vivien, me diras-tu. Eh bien, si tu estimes qu'elle a besoin d'aide, tu y pourvoiras, non ? »

Je le dévisageai, interloqué par le caractère éhonté de sa proposition. « Je refuse votre offre.

– Pour l'instant, peut-être, mais tu changeras d'avis, dit-il en souriant. J'avais commencé à voir la comtesse Covelli pendant les dernières années qui ont précédé sa mort, vois-tu. Une femme intelligente et perspicace. Elle me manque. Elle m'a demandé un jour, après un séjour d'Adam ici, au cours duquel il s'était montré parfaitement imbuvable comme à l'ordinaire, si je n'aurais pas préféré t'avoir toi comme fils. J'en ai convenu. Si bien que ce que je fais à présent est d'une certaine manière dans l'ordre des choses. À partir d'aujourd'hui, le patron, c'est toi. »

43

Il fallait que je sorte de la villa. J'avais besoin de temps et d'espace pour réfléchir. Je descendis à Marina Piccola, où se levait une brise soutenue et où la houle était forte. J'allai marcher sur les rochers, et m'exposai aux rafales du vent et à l'écume des vagues qui venaient se briser à mes pieds. Je restai là, assailli par les contradictions et les compromis d'une vie que Lashley avait tenue au creux de sa main pour la disperser d'un seul souffle ténu. Maintenant, je savais. Et la vérité, semblait-il, était bien pire que l'ignorance.

Je trouvai un bar où je descendis coup sur coup quelques bières. Qui ne m'aidèrent en rien. Je me sentais vidé et totalement dépassé. J'allais être un homme riche, apparemment, riche et puissant. Bien sûr, je pouvais tout donner si je voulais. Je pouvais contrecarrer la dernière tentative de manipulation de Lashley. Mais la meilleure façon de m'assurer qu'il répondrait de ses crimes était d'accepter d'être investi de l'autorité qu'il était déterminé à me conférer. Il le savait, bien sûr. Il n'avait pas son pareil pour laisser un piège se refermer sur sa victime.

La nuit tombait quand je rentrai à la villa. Elena était en train de me préparer un repas sur les instructions de Lashley. Elle était devenue une réplique de sa mère maintenant décédée. Elle devait avoir à peu près le même âge que cette dernière quand j'étais venu pour la première fois à Capri, lors de ce lointain été de 1969.

« Ça fait du bien de te revoir, Jonathan, après tout ce temps, dit-elle en me serrant dans ses bras. Mais le *signor* Lashley et vous n'êtes là que pour un soir. Il rentre avec vous demain en Angleterre.

– Il a dit ça ?

– Oui. Pourquoi, il y a quelque chose qui ne va pas ?

– Non, non. Tout va bien. C'est ce qui était prévu. »

Geste calculé de la part de Lashley. « À partir d'aujourd'hui, le patron, c'est toi », avait-il dit. Il savait que c'était le moins que je puisse exiger de lui. Il se rendait à mon jugement en accédant à une requête que je n'avais pas encore formulée.

Je ne le vis pas ce soir-là. Il resta dans sa chambre. Elena m'en donna la raison. « Il est souvent fatigué, Jonathan. Il est très vieux. » Elle lui porta un bouillon, avant de partir. Elle avait préparé ma chambre habituelle. Impossible de fuir le passé. Je fus soulagé à la pensée que je n'étais là que pour une nuit. Quelles que puissent être les conséquences des révélations de Lashley, il me tardait de les affronter sans délai.

Je dormis mal et me levai de bonne heure. Lashley ne s'était toujours pas montré quand Elena se présenta. Elle me fit une omelette avant de lui porter une tasse d'Assam, son thé préféré.

La sonnerie du téléphone retentit au moment où elle quittait la cuisine. Je n'avais pas rallumé mon portable depuis mon arrivée, ni même vérifié s'il y avait des messages pour moi, craignant d'avoir à répondre à certains. Instinctivement, je pressentis que l'appel venait de quelqu'un qui avait déjà laissé un message. Je fus tenté d'ignorer la sonnerie. Mais pour une raison ou pour une autre, le répondeur ne s'enclencha pas, et, lassé par l'insistance des coups répétés, je finis par décrocher.

« Allô ?

– Jonathan. » C'était Vivien. Instantanément reconnaissable à l'annonce de mon nom de sa voix douce et plaintive. Elle était bien la dernière dont je m'attendais à avoir des nouvelles, même si c'était celle à laquelle je craignais le plus d'avoir à rapporter la confession de Lashley.

« Vivien. Quelle surprise ! » Un euphémisme pour le moins. Puisqu'elle n'était pas censée être au courant de ma venue à Capri. Or, le ton de sa voix laissait clairement entendre le contraire. « Comment m'as-tu… retrouvé ?

– Je suis allée au White Hart dimanche pour te voir. Mais tu étais parti, sans même un adieu.

– Je ne resterai pas absent très longtemps. En fait…

– Pete Newlove m'a tout raconté.

– Pardon ?

– Il n'a pas pu faire autrement, vu l'état dans lequel j'étais. Ça vaut mieux comme ça, crois-moi – il est préférable que je sache. Greville a-t-il admis que… c'était vrai.

– Oui. » Tant de choses contenues dans ce simple petit mot.

« Je veux le voir.

– Tu le verras bientôt. Il a accepté de rentrer avec moi en Cornouailles.

– On peut encore gagner du temps. Je suis à Naples. Sur le ferry.

– Ah bon ?

– Je ne pouvais pas rester à attendre à St Austell. Il faut que je l'entende – que j'entende toute l'histoire – de sa bouche. Le ferry part dans dix minutes. Peux-tu venir me chercher… à Marina Grande ?

– Oui, bien sûr. J'y serai.

– Merci. » Sa gratitude semblait s'étendre bien au-delà du simple accord que je venais de lui donner. « J'ai pris conscience d'une chose pendant le vol, Jonathan : tu es la seule personne que j'aie aimée qui ne soit pas morte ou qui ne m'ait pas trahie.

– Ce n'est pas possible.

– Mais si, je t'assure. À bientôt », dit-elle avant de raccrocher.

Au moment où je reposai le combiné et me retournai, je vis Elena sur le seuil du hall. D'emblée, je sus qu'il était arrivé malheur.

« *Signor* Lashley, Jonathan, dit-elle. Je n'arrive pas à le réveiller. Je crois… je crois qu'il est mort. »

À voir l'expression paisible de son visage, on aurait pu croire qu'il s'était éteint, tout naturellement, dans son sommeil. Mais le flacon de pilules vide sur la table de chevet racontait une autre histoire. Il avait planifié son dernier geste, comme tant d'autres avant lui. Il me vint à l'esprit, tout en le regardant, que le document de transfert dont il m'avait parlé la veille et qu'il avait déposé chez son notaire, était en fait son testament. Ce qu'il m'avait confié, c'étaient ses dernières volontés.

Presque aussitôt j'aperçus une enveloppe appuyée contre la lampe de chevet, et portant mon nom, rédigé de sa main. Je l'ouvris, m'attendant à trouver un mot à l'intérieur.

Pas de mot. Mais un message, tout de même, à mon intention.

Une photo d'Oliver. Que je n'avais jamais vue auparavant. Mais dont je me souvenais parfaitement. C'était une de celles que j'avais prises à Goss Moor le dernier soir de sa vie. Il était vêtu de son jean bleu et de son pull vert, son sac à dos passé sur l'épaule, et le soleil en séton posait des éclats dorés sur ses cheveux blonds ébouriffés.

L'appareil contenait donc bel et bien une pellicule. Preuve que Lashley m'avait encore une fois menti. À l'évidence, la confession m'était exclusivement destinée, puisqu'il avait également menti sur ce qui s'était passé à la carrière de Relurgis. Il avait été incapable de m'avouer en face la partie la plus terrible de la vérité : le rôle qu'il avait joué dans la mort d'Oliver et, plus tard, dans celle de Muriel.

Je fouillai le tiroir de la table de nuit à la recherche des autres photos. Sans rien trouver. Il les avait probablement détruites depuis longtemps. C'était peut-être sans importance. Que m'auraient-elles apporté de plus que ce que je savais ou soupçonnais déjà ? Oliver aurait été sans illusions quant aux risques qu'il prenait en affrontant Lashley face à face. C'était désormais au tour de *mes* illusions de s'évanouir.

Elena téléphona au médecin de Lashley, qui promit une visite dans les plus brefs délais. Mais je ne pouvais pas attendre son arrivée. Retrouver Vivien à la descente du ferry me semblait plus important que jamais. J'empruntai la Lexus et, en descendant la pente aux virages serrés qui menait à Marina Grande, je jetai un œil vers la mer. Venant de Naples, un bateau traversait la baie, Vivien à son bord. Aujourd'hui plus rapide qu'à l'époque où elle et moi étions venus à Capri pour la première fois, plus de quarante ans plus tôt. Mais peu importait, je serais à l'heure pour l'accueillir. Après...

L'avenir. Territoire inexploré. Un monde prend fin, et un autre, naissance. L'histoire d'une partie – ou de la totalité – du reste de ma vie.

LA FAMILLE WREN
(en avril 2010)

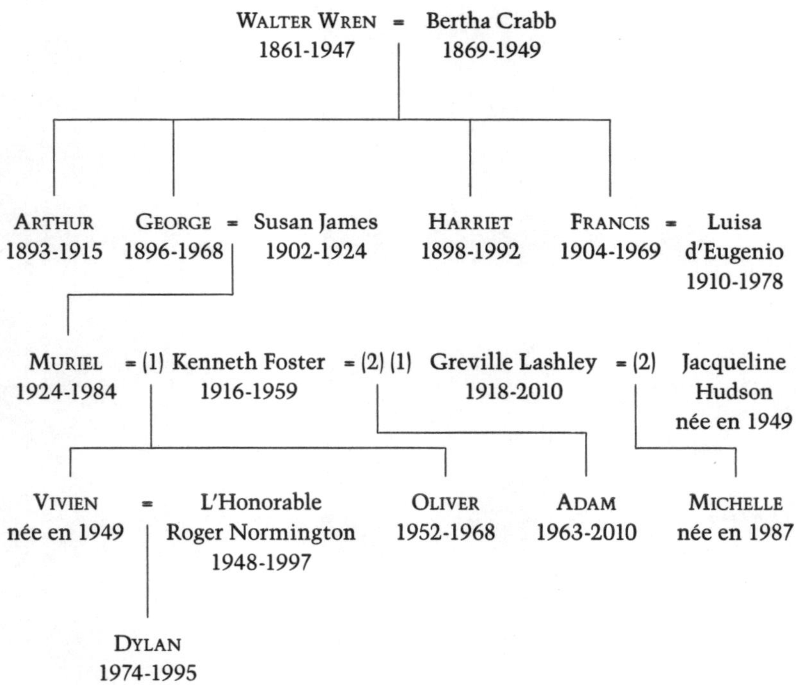

REMERCIEMENTS

Toute ma reconnaissance à Roger Preston, Derek Giles et Ivor Bowditch pour avoir partagé avec moi leurs précieuses connaissances et leur familiarité avec l'industrie du kaolin. Ceci est, bien évidemment, une œuvre de fiction, et il convient de n'y voir aucune ressemblance entre les compagnies pour lesquelles ils ont travaillé et celles que j'ai inventées de toutes pièces pour les besoins de mon histoire.

Je suis également très reconnaissant à Ben Aldington de Westover Sports Cars, à Poole, de m'avoir fait connaître les joies de la Lotus Evora, le moyen de transport préféré d'Adam Lashley.

CET OUVRAGE
A ÉTÉ ACHEVÉ D'IMPRIMER
SUR ROTO-PAGE
PAR L'IMPRIMERIE FLOCH À MAYENNE
EN AOÛT 2021

N° d'impression : 98787
Imprimé en France